몸과 그늘의 미학

몸과 그늘의 미학

이재복 지음

도서출판 b

차례

III 상징과 문신

IV 지각의 방식과 예술의 형식

머리말

- 몸의 소리를 들어라

본격적으로 글을 쓴 지가 올해로 이십여 년째다. 이제 조금 글 쓰는 것이 무엇인지 알 것 같다. 등단 초기에는 글 쓰는 일이 즐거웠다. 원고 청탁이 들어오면 가리지 않고 밤을 낮 삼아 글을 써댔다. 많이 쓸 때는 한 달에 열 편 가까이 쓸 때도 있었다. 이렇게 글을 많이 쓰던 시기에는 이 대학 저 대학 돌아다니며 강의도 많이 했고 또 지인들과 술도 많이 마셨다. 지금 되돌아보면 어떻게 그것이 가능했는지 내 자신도 의아해 할 때가 있다. 나는 종종 지인들에게 '대한민국 문단은 이재복이 글을 쓰는 잡지와 쓰지 않는 잡지로 나누어진다'고 호기를 부리기도 했다. 나의 이런 행태에 대해 걱정과 두려움을 표하는 지인들이 있었지만 나는 그것을 한 귀로 듣고 한 귀로 흘려버렸다.

그러나 기세등등하던 나의 호기도 차츰 꺾이기 시작했다. 그것은 타인이 아닌 나 자신에 의해 벌어진 일이었다. 내 몸이 말을 듣지 않았던 것이다. 정신은 은화처럼 맑은데 육체는 흐느적거리는, 의식은 이것 해라 저것 해라 명령을 내리는데 몸은 그것을 못 하겠다고 아우성치는 상황이 벌어진 것이다. 정신과 몸의 이율배반은 내 삶과 글쓰기를 미궁 속으로 몰고 갔다. 이 과정에서 나는 정신의 비만함이 몸을 허약하게 하여 세계를 왜곡시켜 왔다는 것을 알게 되었다. 정신이 비만해짐에 따라 몸은 허약해지고, 이것은 그대로 글쓰기의 왜소함을 불러왔다. 비만한 정신은 몸을 통해 드러나는 세계의 부피감과 무게를 온전히 지각할 수 없게 하여 글쓰기 자체를 관념의 덩어리로 만들어버렸던 것이다.

몸이 아파보고 고파봐야지 어떤 깨달음을 얻을 수 있다는 사실을 알게 된 후 나는 몸을 살피고 모시게 되었다. 몸으로 육화된 말이나 글의 진정성과 그것이 드러내는 존재의 견고함을 신뢰하게 되었다. 말이나 글은 단순한 재주만으로 이루어지는 것이 아니라 몸의 육화된 과정을 거친 연후에야 진정한 가치와 의미를 지닐 수 있다고 믿게 된 것이다. 이런 맥락에서 나는 몸의 육화된 과정이 하나의 예술의 형식으로 탄생한 것들을 주목하게 되었다. 시와 소설은 물론 음악, 미술, 영화, 연극, 무용에 이르기까지 몸은 그 가치 평가와 판단에 하나의 준거가 되었다. 이 과정에서 내가 특히 주목한 예술은 '판소리'이다. 판소리 역시 소리의 예술이지만 그것은 여느 소리와는 다른 성격을 드러낸다. 판소리의 성격을 규정하는 것은 몸을 통한 수련 과정과 그 성취의 정도이다. 판소리의 소리는 맑은 소리(천구성)와 걸쭉하고 탁한 소리(수리성)가 결합된 것으로 이 두 소리를 내기 위해서는 반드시 '삭임'의 과정이 전제되어야 하며, 이것은 몸을 통한 신산고초의 과정을 의미한다.

판소리의 소리는 온갖 전자 매체의 소리로 넘쳐나는 '지금, 여기'에서 소외와 소멸의 길을 걷고 있지만 존재의 진정성 차원에서 그것을 찬찬히 살펴볼 필요가 있다. 몸이 사라지고 가상실재의 속성을 지닌 매트릭스의 세계에서 살다 보면 그곳이 가상 세계라는 사실을 망각하기 쉽다. 이때 그곳이 가상 세계라는 것을 증명해 줄 가장 확실한 실재가 있다면 그것은 아마 몸일 것이다. 우리의 정신은 전자 매체에 의해 알 수 없는 미지의 공간으로 늘 전송된다. 하지만 몸은 우리가 숨 쉬는 바로 여기에 있다. 전자 시대의 공간 내에는 몸 없는 혹은 몸 가벼운 말이나 글들이 떠돌아다니고 있다. 이 말이나 글들은 몸이 없어 부피감이나 무게감 없이 떠돌 수 있다. 그러한 떠돎이 전자 시대의 운명이라면 할 말이 없지만 어떤 부피감과 무게감 없이 부유하는 것이 얼마나 고독하고 불안한 것인지에 대해서는 몸으로 느끼고 또 자각해야 하리라.

몸에 대한 나의 사유는 『몸』(2002)을 시작으로 『비만한 이성』(2004), 『한국문학과 몸의 시학』(2004)을 거쳐 이번에 출간하는 『몸과 그늘의 미학』(2016)으로 이어진다. 이러한 사유의 궤적은 일정한 변화와 부침을 동반하지만 그 토대를 이루는 중심 원리는 달라진 것이 없다. 몸에 대한 사유의 과정 내내 그 흐름의 중심에 자리하고 있는 것은 '몸을 통한 에코와 디지털의 통합' 혹은 '에코와 디지털이 통합된 몸'이다. 에코와 디지털은 화합과 공존보다는 그 안에 불화의 요소를 더 많이 내재하고 있다는 점에서 단순히 인간 개인의 차원을 넘어 인류 문명사 전반에 걸쳐 어떤 뿌리 깊은 딜레마를 제공한다고 할 수 있다. 인식과 존재의 차원에서 커다란 차이를 드러내고 있는 에코와 디지털과 그것의 통합으로서의 몸은 이에 대한 사유의 과정이 결코 간단하지 않다는 것을 의미한다. 『비만한 이성』과 『한국문학과 몸의 시학』을 낸 이후 『몸과 그늘의 미학』이 나오기까지 십 년 넘게 숨 고르기를 한 이유 역시 이와 무관하지 않다.

이번 책에서는 몸에 대한 사유의 대상과 범주가 넓어졌을 뿐만 아니라 몸을 존재 넘어 생성의 차원에서 이해하고 또 해석하려고 하였다. 시와 소설과 같은 문학은 물론 굿, 탈춤, 판소리 등과 같은 전통적인 연희 양식, 영화, 광고, 음악, 웹툰, 애니메이션, 누드 등과 같은 매체를 통한 대중문화 양식 그리고 집회(응원), 바이러스, 선, 한의학 등과 같은 사회, 종교, 의학의 분야로 사유의 대상을 확장하여 몸의 지형과 의미 지평을 탐색하였다. 이것은 이러한 다양한 대상들을 통해 몸이 에코와 디지털이 통합된 존재라는 것을 확인하는 과정에 다름 아니다. '지금, 여기'에서 볼 때 인류 문명은 비트bit를 기반으로 한 디지털 테크놀로지에 의해 빠르게 구축되고 있는 것이 사실이다. 제Ⅰ장 '인간현상과 몸'에서 이야기하고 있는 피크노렙시, 속도, 촛불집회, 바이러스, 누드, 웹툰, 영화, 애니메이션 등의 경우 그것의 현상을 지배하고 있는 것은 '디지털'이다. 디지털로 인해 속도의 개념이 상상을 초월할 정도로 변화했고, 자발적인 참여와 질서의 창출로 인해 집단지성이 형성되기도 했으며, 대중의 향유와 소통의 방식이 익명화되고 또 전 지구화되었다고 할 수 있다. 디지털에 기반을 둔 사회 문화의 변모는 곧 인간 조건의 변모를 의미한다는 점에서 그것은 곧 인류 문명사의 대전환을 예고한다. 인간의 몸이 점점 사이보그화되어 간다는 것은 그것에 대한 하나의 징후라고 할 수 있다.

인간의 몸의 온전한 사이보그화는 생식 기능의 포기를 말한다. 하지만 생식 기능을 하지 않는 인간을 인간이라고 할 수 있을까? 우리 인간이 호흡, 임신, 출산, 배설 등이 없이 실리콘 생명체와 같은 형태로 존재한다면 지금과 같은 형태의 인간과 역사는 단절되거나 사라지고 말 것이다. 이런 사이보그의 출현은 그 가능성의 여부를 떠나서 자연이나 생명으로서의 현 인류의 존재성을 제대로 해명하지도 못한 상태에서 그것을 어둠의 기억 속으로 추방한다는 점에서 불안하고 공포스러운 것임에 틀림없다. 인간의 몸이 지니는 생식성과 생명성은 아직 해명되지 않은 그늘의 영역을 은폐하고 있는 현 인류의 존재 조건이며, 그 심층에는 '산알'과 같은 내적 응축으로서의 생명이 자리하고 있다. 이러한 사실을 토대로 보면 제Ⅱ장 '산알과 우주 생명'에서 이야기하고 있는 인간의 몸은 우리가 해명하기 어려운 복잡한 영적, 우주적 기능이 충만한 존재라는 것을 알 수 있다. 몸 안에 있는 표층경락이나 심층경락은 단순한 물질적인 세포 덩어리가 아니라 그 안에 '넋'이나 '얼' 등 정신 에너지를 지니고 있는 존재인 것이다. 이것은 에코와 디지털이 통합된 인간의 몸이 복잡한 생성과 진화의 단계에 놓여 있다는 것을 의미한다.

몸의 복잡성은 다양한 이미지와 상징의 생산으로 이어진다. 인간이라는 존재가 언어로 세계를 표현한다는 점을 상기한다면 어쩌면 이것은 당연한 것인지도 모른다. 인간이 만들어내는 언어는 몸을 기반으로 하며, 이 과정에서 지각의 방식이 결정되고 그것이 예술의 형식을 낳는 것이다. 인간의 몸이 이미지와 소리를 어떻게 지각하느냐에 따라 여기에 새겨지는 문신은 달라진다. 이때 중요한 것은 몸의 반성의 과정과 정도이다. 제III장 '상징과 문신'에서처럼 몸이 일정한 발견과 깨달음의 경지에 이를 때 상징은 깊고 풍부한 의미를 지니게 된다. 가령 몸으로 하는 예술의 경우 어떤 세계의 발견과 의미의 깨달음은 지난한 과정을 필요로 한다. 우리의 전통 양식 중에 굿이나 탈춤, 풍물이 그렇고 판소리가 또한 그렇다. 이 양식들은 연희의 형식도 독특하지만 지각의 방식도 독특한 데가 있다. 마당이라는 열린 공간에서 관객과의 호흡을 통해 응어리진 한을 풀어내고 신명 나는 살판을 겨냥하고 있는 것이 바로 이 양식들이다. 제IV장 '지각의 방식과 예술의 형식'에서 주로 이야기하고 있는 연희 양식이라든가 선禪과 같은 방식을 통해 이루어지는 시 양식은 우리 예술의 독특한 정체성을 드러낸다. 이것들은 하나같이 내 사유의 화두인 '몸과 그늘'을 구현하고 있는 대표적인 예술의 양식들이다.

몸은 가장 표층적인 감각부터 가장 심층적인 영의 세계까지를 아우르는 복잡한 생성체이다. 우리는 디지털의 세계를 감각으로 에코의 세계를 영으로 이해하려는 경향이 있는데 이것은 지극히 단선적인 사고에 불과하다. 디지털 역시 영적일 수 있고 에코 또한 감각적일 수 있다. 디지털 세계에서의 집단지성의 구현은 감각을 넘어 정신의 차원에서 이루어질 수 있는 것이고, 『공각기동대』의 쿠사나기 소령이 보여주는 거대한 네트의 세계 속에서의 자신의 정체성에 대한 고뇌는 단순한 감각 행위를 넘어 정신적인 반성 행위를 동반한다고 할 수 있다. 인류 문명의 흐름이 점점 디지털화되어 가고 있고, 인간 또한 점점 사이보그화되어 가고 있는 상황에서 우리 인간은 그러한 세계가 하나의 인공 내지 가상 세계에 불과하다는 것을 망각할 수 있다. 인간의 몸이 에코와 디지털의 통합이라는 관점에서 보면 몸적인 존재인 인간은 어느 한 방향(디지털)으로 자신의 존재성을 규정하는 것은 심각한 오류를 범하는 것이 된다. 지금 인간의 몸이 처한 이러한 존재성은 거대한 혼돈과 복잡 미묘한 흐름을 지니고 있다는 점에서 우주의 그것과 닮아 있다. 몸이 하나의 우주라는 사실을 우리는 어디 멀리서가 아니라 바로 여기 인간의 몸에서 그것을 발견하게 되는 것이다. 내 공부의 의미 지평이 저 우주만큼 아득하고 또 아득하다. 우주라는 저 망망대해에 나갈 한 척 배를 마련해준 도서출판 b의 조기조 대표와 식구들께 감사하며, 꼼꼼하게 선생의 글을 읽어준 제자 김세아, 이융희, 이민주, 이황임에게도 고마움을 전한다.

2016년 2월
뚝섬의 陋屋에서 저자

I

...

인간현상과 몸

1. 직립보행에서 피크노렙시까지

- 몸의 욕구와 인류의 탄생

1. 직립보행의 슬픔

인류 문명사에서 가장 중요한 사건은 무엇일까? 흔히 이야기하듯이 불의 발견일까? 아니면 문자의 발견일까? 불과 문자의 발견은 유형무형의 새로운 동력을 우리 인류 문명사에 불어넣은 것이 사실이다. 불은 인류의 기술과 과학의 물질적인 토대로 작용하면서 수직적인 문명의 발달을 이끌었으며, 문자는 이러한 일련의 문명화의 과정을 체계화하고 구조화하여 역사적인 견고함 속에 그것을 위치시켜 놓았다고 할 수 있다. 하지만 불과 문자는 그 스스로 주체가 될 수 없다. 불과 문자의 발견의 주체는 인간이기 때문이다. 이것은 인류 문명사의 가장 중요한 사건을 인간 밖이나 인간에 의한 그 무엇에서 찾아야 할 것이 아니라 바로 인간 그 자체에서 찾아야 한다는 것을 의미한다. 이것이야말로 우리가 불과 문자의 발견에 앞서 인간을 주목해야 하는 이유이다.

이렇게 인간에 주목해서 인류 문명사를 볼 때 가장 중요한 존재론적인 사건은 '직립보행'이라고 할 수 있다. 네 발 짐승에서 두 발의 직립보행을 하는 인간으로의 진화는 단순한 뇌의 크기의 변화 차원을 넘어 몸의 감각의 변화를 의미한다. 직립보행을 하게 되면서 자연스럽게 네 발 중 두 개는 '손'의 기능을 담당하기에 이른다. 손은 도구적인 인간 존재를 가능하게 하는 몸의 가장 중요한 감각 기관 중의 하나이다. 인간이 눈부신 문명을 건설할 수 있었던 데에는 손을 통한 도구의 사용이 있었기에 가능했다고 할 수 있다. 이것은 인간의 몸의 감각 기관 중 손만이 할 수 있는 것이다. 손이 아닌 다른 몸의 기관은 그것을 제대로 수행할 수 없다. 이런 점에서 손은 단순한 도구가 아니다. 손은 도구가 아니라 그 자체가 하나의 목적으로 존재하는 몸의 총체적 감각이다. 손은 뇌와 연결되어 있어서 손으로 하는 모든 작용은 감각이나 사유의 차원에서 섬세함과 정교함을 고스란히 드러낸다. '손으로 감각하고 손으로 사유한다'는 말이 여기에서 비롯된 것이라고 할 수 있다.

직립보행이 손이라는 몸의 기관을 혁명적인 문명의 동력으로 바꾸어 놓음으로써 인간은 다른 존재와의 차이 혹은 차별화의 길을 걷게 된다. 하지만 손은 몸과의 밀착된 관계 속에 놓여 있기 때문에 손을 기반으로 한 문명은 인간과 자연 혹은 인간과 생명 사이의 분리보다는 융화에 가까운 속성을 지닌다고 할 수 있다. 손으로 어떤 대상을 감각하고 사유한다는 것은 곧 만지면서 만짐을 당하는 융화적인 접촉과 소통이 이루어지고 있다는 것을 말해준다. 손으로 감각하고 사유하면 기본적으로 여기에는 '보살핌의 윤리' 같은 것이 존재할 수밖에 없다. 손과 연결된 뇌 혹은 뇌와 연결된 손이 의미하는 것은 감각과 사유의 면에서 '고립된 차가움'을 넘어서는 '융화된 따뜻함'이다. 손이 배제된 뇌는 차가운 고립이라는 관념화된 속성을 지닌 기계적인 감각이나 사유만을 끊임없이 생산할 것이다. 손을 통한 대상과의 융화적인 접촉과 소통은 그것이 닿을 수 있는 거리 내에서 가능하다.

그러나 손은 아이러니하게도 자신의 손으로 생산한 도구들에 의해 배제되거나 소외되는 비극적인 상황에 놓여 있는 것이 사실이다. 비록 손의 접촉에 의해 도구들이 실행된다고 하더라도 그것은 이미 손의 범주를 훨씬 넘어서 스스로 작동하는 자동화된 기계의 차원을 드러낸다고 할 수 있다. 손으로 생산한 최첨단의 문명의 도구인 디지털 역시 손끝에서 열리는 세계이지만 그 속에서 손의 흔적을 찾는 것이 점점 어려워지고 있다고 할 수 있다. 손이 사이버네틱스화되면 여기에서의 감각과 사유는 철저하게 가상적인 것이 될 수밖에 없다. 그 가상적인 이미지를 손으로 만지고 그것이 만짐을 당하는 차원의 교감은 단지 사이버적인 차원에서만이 이루어질 수 있다. 가상적인 이미지가 제공하는 감각과 사유는 손이 아닌 뇌의 변장된 형식에 불과하다. 뇌로 느끼고 뇌로 사유하는 사이버 세계에서의 교감은 그래서 허무하고 슬플 수밖에 없다.

이러한 사이버 세계의 허무와 슬픔을 넘어서기 위해서는 손의 감각과 사유를 회복해야 하지만 이것은 거의 불가능해 보인다. 문명화가 진행될수록 손은 더 이상 손이기를 거부한 채 점점 존재의 가벼움을 넘어 소멸 속으로 블랙홀처럼 빨려 들어가고 있는 것이 현실이다. 하지만 이 모든 것이 손으로부터 비롯된 과오일까? 손으로 만들어진 도구에 의해 손은 스스로 반성할 힘을 상실하고 말았지만 기실 이 도구의 이면에서 그것을 철저하게 조종하고 통제한 힘의 실체는 '욕망'이다. 욕망은 뇌의 산물이지만 그것을 가능하게 한 것은 '인간의 눈'이라고 할 수 있다. 눈은 직립보행을 하게 되면서 인간의 몸 중 가장 커다란 변화를 보인 감각 기관이다. 직립보행을 하게 되면서 눈은 몸의 상단부를 이루게 되었으며, 시야 자체가 네 발일 때와는 비교할 수 없을 정도로 확대되기에 이른다. 시야의 확대는 단순한 보기 차원의 확대를 의미하는 것은 아니다.

인간의 감각 기관 중 눈은 언제나 보이지 않는 인간의 욕망의 심층부에 닿아 있어서 시야의 확대는 곧 욕망의 확장으로 이어진다고 할 수 있다. 보이는 모든 것에 닿고 싶고, 그것을 소유하고 싶은 것이 인간의 눈의 거부할 수 없는 속성이다. 눈에 보이는 대상에 대한 이러한 욕망은 그것을 단순한 상상의 차원으로만 인식하도록 하는 것이 아니라 그것에 직접 이르고 싶은 실질적인 행동을 유발케 한다. 그 대상에 이르려는 욕망이 크면 클수록 욕망의 주체와 대상 사이의 거리는 점점 가까워지게 된다. 하지만 그 일은 욕망만으로 이루어질 수 없다. 보다 실질적인 것이 필요하다. 단숨에 그 거리를 무화시킬 수 있는 유형무형의 그 무엇이 필요한 것이다. 욕망의 주체와 대상 사이의 거리를 관념이 아닌 실질적인 차원에서 무화시킨다는 것은 곧 '시간과 공간의 영점화'를 의미한다.

둘 사이의 영점화가 가능하기 위해서는 필연적으로 '속도'의 개념이 개입될 수밖에 없다. 욕망의 주체가 대상과의 거리를 무화시키기 위해서는 속도가 최대로 극대화되어야 한다. 속도가 거의 제로 상태에 이를 때 우리는 거의 속도를 느끼지 못할 뿐만 아니라 거리 개념도 상실하게 된다. 둘 사이의 거리의 무화를 위해 우리는 빛의 속도를 욕망한다. 하지만 빛의 속도로도 시간 여행은 불가능하다. 그것이 가능하기 위해서는 빛의 속도를 뛰어넘어야 한다. 그것을 뛰어넘을 때 주체가 욕망하는 대상과의 거리는 무화된다. 그러나 무화가 곧 욕망의 사라짐을 의미하는 것은 아니다. 또 다른 대상이 주체를 욕망하게 하기 때문이다. 이처럼 빛의 속도를 뛰어넘어 자신이 욕망하는 대상에 닿거나 그것을 소유한다고 해서 그 욕망이 거기에서 정지하지 않는다는 사실은 우리 문명의 미래와 관련하여 암울한 전망을 드러낸다.

이런 점에서 직립보행에서 비롯된 눈과 욕망의 문제는 비극성을 지닌다고 할 수 있다. 욕망의 충족을 위해 인간은 속도에 광적으로 집착해 왔으며, 이제는 빛의 속도를 넘어서는 새로운 속도기계의 개발에 도전하고 있다. 이 도전의 결과가 미래 문명의 지형도를 바꾸어 놓을 것이다. 하지만 여기에서 정작 중요한 것은 그 도전의 성공 여부가 아니라 "한 자리에 진득이 붙어있지 않고 들썩들썩 어디론가 가려는 욕구, 움직여서 이동하려는 욕구, 다른 곳에의 동경, 미지의 세계를 향한 끝간 데 없는 열망은 이주, 여행, 순례, 탐험으로 이어지고 자연스럽게 영토 확장의 전쟁과 함께 확산된다"[1]는 사실이다. 비릴리오의 이 말에서 우리는 직립 보행의 결과가 야기한 눈과 욕망 그리고 속도의 문제가 인류사 전반을 지배해온 힘의 메커니즘과 아주 밀접하게 연관되어 있다는 사실을 알 수 있다. 다만 한 가지 비릴리오의 논리에서 강조한 움직이는 욕구가 순수한 욕구가 아니라 사회 구조적인 메커니즘의 산물이라는 사실을 명확히 할 필요가 있다. 움직이려는 욕구, 다시 말하면 눈을 통한 대상에의 무화에 대한 욕망과 속도는 서로 쌍방으로 작용하고 있다고 할 수 있다. 움직이려는 욕망이 속도를 낳고 속도가 다시 욕망을 낳는다는 사실이야말로 직립보행 이래 지금까지 계속되고 있는 인류사의 움직이지 않는 하나의 진리라고 할 수 있다.

2. 기氣와 비트bit 생명체로서의 몸

욕망의 주체와 대상과의 거리의 무화를 위해 속도에 대한 인식이 필요하지만 만일 그것이 인식으로만 그친다면 어떤 실존적인 사건도 일어나지 않을 것이다. 그것이 하나의 사건이 되기 위해서는 인식이 물질을

---

[1] | 폴 비릴리오, 『소멸의 미학』, 연세대학교 출판문화원, 2004, pp. 13~14.

I. 직립보행에서 피크노렙시까지

19

동반하는 실존적인 상황이 전제되어야 한다. 주체의 욕망과 대상 사이의 실질적인 감각의 실존이 이루어진다는 것은 몸의 이동이 개입된다는 것을 의미한다. 이때 몸의 이동은 순수한 몸 그 자체의 이동으로부터 매체에 의존한 이동에 이르기까지 매우 다양하고 복잡한 양상을 드러낸다.

이러한 몸의 이동은 욕망에서 비롯되며 그것은 몸에 대한 한계를 넘어서려는 의지와 다른 것이 아니다. 순수한 몸은 속도의 측면에서 엄청난 결핍의 덩어리에 불과하다는 사실을 깨닫는다는 것은 결코 어려운 일이 아니다. 인간의 순수한 몸은 다른 동물의 몸에 비해 나약하기 그지없을 뿐만 아니라 속도의 측면에서도 열등함을 면치 못한다. 이 결핍을 충족시키기 위해 인간은 몸을 확장한 새로운 매체를 개발한다. 가령 입의 확장으로서의 스피커나 귀의 확장으로서의 보청기, 눈의 확장으로서의 안경이나 망원경, 현미경, 발의 확장으로서의 자전거, 자동차, 배, 비행기, 손의 확장으로서의 타자기, 뇌의 확장으로서의 컴퓨터 등이 바로 그것이다. 이 매체들은 모두 대상과의 거리를 무화하려는 인간 욕망의 산물이다. 대상과의 거리의 무화에 접근할수록 매체는 더욱 빠르고 섬세하고 세련된 속도성을 드러낸다.

매체에 의한 이러한 몸의 확장을 통해서 알 수 있는 것은 눈에 보이는 차원보다 눈에 보이지 않는 차원에서 그것이 더 활발하게 전개되고 있다는 점이다. 눈에 보이는 실재하는 몸의 이동은 그 속성상 많은 장애가 존재할 수밖에 없다. 실재하는 몸의 이동을 위해서는 생식 기능을 가능하게 하는 구체적인 시공간의 형태를 지닌 매체가 필요하다. 생식 기능을 하는 몸이 이동할 수 있는 시간과 공간의 영역이 무한한 것이 아니라 일정하게 정해져 있는 것이 사실이다. 이에 비해 생식 기능을 하지 않는 몸은 그 이동이 자유롭고 무한히 열려 있다. 그렇다면 생식 기능을 하지 않는 몸이란 어떤 것을 말하는 것인가? 이 물음에 대한 답을 스티븐 호킹 박사는 '실리콘 생명체', 이를테면 컴퓨터 바이러스 같은 것으로 간주하고 있다.

생식 기능을 하는 몸이 '에코' 혹은 '기氣 생명체'라면 생식 기능을 하지 않는 몸은 '실리콘' 혹은 '비트bit 생명체'라고 할 수 있다. 인간의 몸은 기 생명체이면서 동시에 비트 생명체라고 할 수 있다. 생명 혹은 생명체의 규정을 비트(실리콘) 차원으로 확장하는 것은 우리가 처해 있는 지금, 여기의 상황을 충분히 고려해서이다. 인간의 몸은 비트화된 디지털 환경 속에서 그 존재성을 첨예하게 드러낸다. 디지털 환경은 인간의 몸을 실리콘 생명체화하고 있다. 디지털의 무한한 관계망 속으로 인간의 몸은 끊임없이 전송된다. 이때 전송되는 것은 생식기능을 하는 몸이 아니라 의식이나 정신으로서의 몸이다. 이 의식이나 정신이 비트화되어 디지털의 무한한 관계망 속을 끊임없이 유영한다. 비트화된 몸은 디지털의 관계망이 존재하는 한 어디든지 이동할 수 있다. 현실의 시공 개념이 여기에서는 무화된다. 비트화된 몸이 존재하는 시간과 공간은 가상의 어떤 차원이라고 할 수 있다.

비트화된 몸은 시공의 장애를 받지 않고 어디든지 자유롭게 이동할 수 있다. 영화 〈매트릭스〉에서 케이블을 타고 순간 이동을 자유롭게 단행하는 네오의 몸이 바로 그 적절한 예이다. 하지만 네오의 순간 이동은 생식 기능을 하는 생명체로서의 몸이 아닌 의식이나 정신으로서의 몸이라는 점에서 실리콘 생명체의 이동이라는 의미의 연장선상에 있다고 할 수 있다. 생식 기능을 하는 몸의 순간 이동이 지금, 여기에서 불가능하다는 점을 고려한다면 이러한 비트화된 몸의 이동은 인류의 오랜 욕구를 충족시켜 줄 수 있는 가장 실현가능한 방안이라고 볼 수 있다. 기 생명체로서의 몸과 비트 생명체로서의 몸의 분열은 인간의 정체성의 문제를 그 근본에서부터 다시 묻게 한다. 비트화된 몸이 디지털의 무한한 관계망 속을 미끄러져 내릴 때 과연 나는 어디에 있는가? 혹은 나라는 존재는 과연 존재하기나 하는 것인가? 와 같은 의문을 제기하게 된다.

비트화된 생명체로서의 몸의 확장은 실재하는 현실보다 비실재의 가상이나 환상을 더 실제적인 것으로 믿게 하는 결과를 초래한다. 가상의 홀로그램이나 이미지가 현실보다 더 리얼한 세계로 받아들여짐으로써 욕망과 속도의 문제도 이 차원에서 새롭게 정립되기에 이른다. 먼저 욕망하는 주체들은 이 차원에서 속도의 문제를 인식하고 실천한다. 이들은 실재하는 현실도 추상화된 가상의 이미지로 드러날 때 더 빠르고 분명하게 받아들인다. 실재하는 현실 혹은 대상이 추상화된 가상의 이미지로 드러나면서 거리와 속도는 그만큼 감각의 직접적인 응축의 형태를 띠게 된다. 물리적인 거리가 수천, 수만 킬로미터 되는 먼 곳에서 일어나는 일도 디지털 세계에서는 바로 몇 미터 앞에서 그것을 이미지로 재현하기 때문에 감각의 직접성은 오히려 배가 된다. 이런 세상에서는 주체가 욕망하는 대상이 언제나 감각적으로 열려 있다고 할 수 있다. 따라서 여기에서의 문제는 그 욕망의 대상을 보다 자세히 보여주는 것이다.

욕망의 대상을 자세히 보여주기 위해서는 거리가 직선이 되어야 하고, 속도 역시 그러해야 한다. 이것은 전쟁 그 자체이다. 총성이 들리지 않는 아주 무서운 전쟁이며, 여기에서 지면 곧바로 실존의 위기에 처하게 된다. 이 전쟁의 의미를 가장 잘 드러내고 있는 것 중의 하나가 우주 경쟁이다. 왜 모든 국가들이 우주 개발에 역량을 집중하는가? 그것은 우주를 지배하면 지구를 지배할 수 있기 때문이다. 우주를 지배하면 지구는 곧바로 시야의 점유의 대상이 된다. 가장 직선적으로 가장 빠르게 지구의 모든 곳을 타격할 수 있는 유리한 고지를 선점하는 것이다. 이런 점에서 인공위성을 활용한 매스미디어의 확장은 그러한 음험한 점유욕의 변장된 형식일 뿐이다. 인공위성의 도움을 받아 걸프전을 생중계한 미국 'CNN'의 경우는 그것이 언제든지 실시간으로 지구에 융단폭격을 감행할 수 있다는 것을 그 변장된 형식을 통해 드러낸 것에 다름 아니라고 할 수 있다.

이처럼 인공위성이나 우주선(우주정거장) 등은 직립보행의 인간의 눈이 생산한 욕망의 결정체이다. 인공위성이나 우주선은 인간의 가시권을 무한히 확장해 놓았을 뿐만 아니라 거리와 속도에 혁명을 가져다주었다고 할 수 있다. 하지만 우리가 여기에서 주목해야 하는 것은 인간의 눈을 대체한 인공위성이나 우주선과 같은 매체 역시 디지털의 거대한 네트 속에서 작동하면서 추상화된 가상의 이미지를 끊임없이 생산한다는 것이다. 인간의 눈이 그것을 통해 보고 또 보여진다고 할 때 엄청난 왜곡과 부정이 일어날 수도 있다는 사실은 그 자체가 하나의 공포라고 할 수 있다. 이것은 인간의 몸의 확장인 매체의 등장이 욕망을 충족시켜주는 것이 아니라 오히려 극단적인 직선화와 속도의 가속화를 통해 욕망 안에 내재해 있는 환상마저도 사라지게 할 수 있다는 것을 의미한다.

비트화된 인간의 몸이 즐기는 환상은 극단적인 속도에 의해 언제든지 환멸로 바뀔 수 있다. 기 생명체로서의 몸은 속도의 차원에서는 비트 생명체로서의 몸을 따라잡을 수 없지만 욕망과 속도에 대한 조절이 자연스럽게 이루어진다는 점에서 쉽게 환멸의 상태로 빠지지는 않을 것이다. 이에 반해 비트 생명체로서의 몸은 욕망과 속도를 인위적으로 조작할 수 있다는 점에서 환상의 스펙트럼이 다양하고 무한한 것처럼 보이지만 그것이 추상화된 가상의 이미지이기 때문에 공허함을 불러일으킬 수 있다. '디지털 생태학'이라는 말이 널리 통용될 정도로 비트 생명체로서의 몸은 그 나름의 존재론적인 토대를 구축한 것이 사실이지만 그것은 어디까지나 뇌 중심적인 범주를 벗어나지 못하고 있는 것이 사실이다. 뇌는 그 자체만으로 온전한 몸을 이룰 수 없다. 뇌가 온전한 몸을 가지기 위해서는 다른 몸, 특히 생식기능을 하는 회음부와 긴밀하게 연결되어 있어야 한다. 이 사실은 비트 생명체로서의 몸이 기 생명체로서의 몸과 한 몸을 이루고 있어야 함을 말해준다.

　기 생명체로서의 몸이 소멸된 비트 생명체로서의 몸의 도래는 인류의 종말을 의미한다. 그것은 기와 비트의 존재론적인 동질성의 미미함 때문이다. 이 둘은 반드시 공존해야 하지만 비트 생명체로서의 몸으로는 인류의 정체성을 드러낼 수 없다. 이 생명체는 현존하는 인류와는 다른 궤적을 지닐 수밖에 없다. 현 인류가 지구를 모태로 역사적인 궤적을 형성해 왔다면 비트 생명체는 우주를 모태로 그 궤적을 형성해 갈 것이다. 생식기능을 하는 생명체가 소멸하고 비트 혹은 실리콘 생명체의 본격적인 출현을 태양계의 수명이 다하는 50억 년 이후로 보고 있는 스티븐 호킹 박사의 견해 역시 이와 다른 것이 아니다. 스티븐 호킹 박사의 말이 강하게 환기하고 있듯이 실리콘 생명체의 출현은 인류사의 절멸을 의미하지만 문제는 그러한 징후가 지금, 여기에서도 나타나고 있다는 점이다. 어쩌면 인류는 유사 이래 욕망을 지니게 되면서 비트 혹은 실리콘 생명체로서의 몸을 강하게 희구해 왔는지도 모른다. 인간의 욕망이 무서운 속도를 낳고 이 과정에서 분명한 한계를 지니고 있는 기 혹은 생식기능을 하는 생명체로서의 몸을 배제하거나 소멸시키려는 의지를 키워왔다고 할 수 있다. 그 결과 우리가 상상할 수 없을 정도로 빠르게 실리콘 생명체로서의 몸을 지니게 된 것이다.

3. 피크노렙시picnolepsie와 선禪

　인간의 욕망에서 비롯된 속도가 인류의 종말이라는 어두운 그림자를 드리운다면 그것에 대한 반성적인 대안을 찾는 일은 당연하다고 할 수 있다. 현대는 분명 속도전의 시대이며, 이제 이 상황은 관성화의 길로 치닫고 있는 것이 사실이다. 무서운 힘으로 질주하는 속도를 돌려 세운다거나 방향을 바꾼다는 것은 시시포스 언덕에 놓인 바위를 밀어 올리는 것만큼이나 어려운 일이다. 그렇다면 우리는 현대 문명의 무서운 속도에 대해 속수무책으로 그것의 광폭한 위력 앞에 두려움만 내보일 수밖에 없는 것일까? 속도의 공포를 넘어설 수 있는 보다 실질적인 대안은 없는 것일까?

이 물음에 대한 답을 하기 전에 우리는 왜 그토록 많은 사람들이 속도에 대해 불안과 공포를 느끼고 있는가 하는 점부터 밝혀야 한다. 이 말은 왜 사람들이 다른 사람들보다 더 속도를 내려고 하는가 하는 점을 밝히는 일과 다른 것이 아니다. 만일 내가 다른 사람과의 속도 경쟁에서 지면 나는 어떻게 될까? 분명 나는 그 사람에게 점유(점령) 당할 것이다. 앞다투어 인공위성을 쏘아올리고 우주정거장을 건설하는 이유도 다른 사람에게 점유 당할지도 모른다는 불안과 공포가 작용하기 때문이라고 할 수 있다. 직선거리에서 최단 속도로 나를 점유하는 인공위성이나 우주정거장의 눈은 그 자체가 극단의 공포를 불러일으키는 괴물이 아니고 무엇이랴.

속도의 공포로부터 벗어나기 위해서는 그 괴물과 싸워야 한다. 하지만 그 괴물은 내가 상대하기 힘들 정도로 힘이 세다. 현명한 사람이라면 그 괴물과 맞붙어 한판 승부를 벌이지는 않을 것이다. 그는 싸움의 대상으로 괴물이 아닌 바로 자기 자신을 지목할 것이다. 나 자신과의 싸움이란 모든 존재의 척도를 내 중심으로 해 놓고 세계를 감각하고 인지하고 이해하고 판단하는 태도이다. 지극히 유아독존적이고 자기폐쇄적인 방식으로 보일 수도 있지만 기실 이 방식은 자기반성적이며 자기희생적이라고 할 수 있다. 비릴리오는 이러한 방식의 예로 하워드 휴즈를 들고 있다. 그는 어두운 방 안에 칩거하면서 자신을 "시간의 지배자라고 하여 개인 시간의 기준 잣대를 천문학적 시간의 기준틀에 일치시키지 않고 분리"[2]하는 태도로 일관한다. 그의 태도는 시간의 속도를 끊임없이 단절시킴으로써 그것이 주는 구속으로부터 벗어나려는 "피크노렙시$^{picnolep-}$^{sie}(기억 부재증)(p. 23)적인 방식"이라고 할 수 있다.

비릴리오가 말하는 피크노렙시는 소멸을 사유함으로써 얻어진 것이다. 이때 소멸은 "이곳에서 사라져 다른 곳으로 가는 움직임 혹은 운동"(p. 13)이다. 현대 문명의 광폭한 속도로 인해 발생한 소멸이 그것을 넘어서는 하나의 대안으로 제시된다는 것은 하나의 아이러니이다. 마치 안에서 안을 부수는 모순어법 같은 것이 여기에 존재한다고 할 수 있다. 그가 말하는 피크노렙시는 비유적으로 사용한 것이기 때문에 그것을 문명사회의 각종 시스템의 단절과 불통을 표상한 것으로 보아도 무방할 것이다. 그가 제시한 피크노렙시 개념은 속도에 대한 대안이 느림이라는 단선적이고 상투적인 논의로부터 벗어나 있다는 점에서 주목할 만하다. 하지만 피그노렙시의 궁극이 무無가 아닌 무^{nothing}에 닿아 있다는 점에서 속도에 대한 대안으로 삼기에는 어딘지 불안한 구석이 있다. 또한 피크노렙시가 간질 발작 같은 것이라면 그것은 몸이 깨어 있는 것이 아니라 수면 상태에 있는 것과 다르지 않다고 할 수 있을 것이다.

이런 점에서 보면 동양의 '선禪'은 몸이 깨어 있는 상태에서 시간의 단절을 수행하는 자기반성적인 소멸의 방식이라고 할 수 있다. 선의 단절은 무^{nothing}가 아닌 무無에 닿아 있다. 선의 단절 혹은 절연은 관계를 끊는 것이 아니라 무한한 관계의 세계인 인드라망 속으로 들어서는 것이

---

2 | 폴 비릴리오, 위의 책, pp. 56~57.

다. 이런 점에서 선은 지독한 역설을 지닌다고 할 수 있다. 무한한 관계를 위해 단절을 하는 이 모순 속에 인간과 사회 그리고 우주의 존재론적인 진리가 놓여 있는 것이다. 선은 눈에 보이는 바깥 대상을 찾는 것이 아니라 내 안에 존재하는 대상을 찾는다. 눈에 보이는 바깥 대상은 끊임없이 욕망을 불러일으키지만 내 안에 존재하는 대상은 욕망을 자신의 반성적인 사유 안으로 수렴한다. 이 과정을 통해 나는 외부의 시간의 지배로부터 벗어나 나만의 시간을 발견하게 된다. 시간의 지배는 곧 나만의 속도를 가진다는 것을 의미한다. 벽 하나만 있으면 뉴욕의 맨해튼에서도 홀로 생각에 든다는 류짜이푸의 '면벽침사록面壁沈思錄'의 논리야말로 인간의 욕망이 만들어낸 문명의 광폭한 속도 속에서 그것으로부터 단절된 나만의 시간과 속도를 가질 수 있다는 것을 잘 보여주고 있는 예라고 할 수 있다.

그러나 나만의 시간과 속도는 몸을 통한 깨달음이 없으면 얻을 수 없는 것이다. 깨달음은 일종의 통과제의이다. 깨닫는 순간 나는 이곳에서 저곳으로 이동하는 것이다. 비릴리오 식으로 이야기하면 그것은 '소멸'이다. 인간의 욕망의 산물인 움직임을 다시 움직임으로 넘어서는 역설의 세계가 바로 선이다. 이 대목에서 의문이 생긴다. 그렇다면 선적인 깨달음은 무불통지인가? 인간의 모든 욕망도, 속도도, 시간도 단절시킬 수 있는 깨달음의 경지란 진정으로 가능한 것일까? 이 물음에 대해 단정적으로 말하기는 어려울 것이다. 다만 분명한 것은 선적인 깨달음이 현대 문명의 메커니즘 속에서 끊임없이 욕망을 자극받고 속도의 지배를 받고 있는 인간을 구원할 수 있는 진리를 내포하고 있다는 점이다. 선에서 말하는 깨달음의 경지란 누구나 도달할 수 있는 세계가 아니다.

이처럼 선에서 중요한 것은 깨달음의 여부와 함께 그것이 지닌 의미이다. 선에서의 깨달음은 대상에 대한 집착으로부터 벗어나는 것을 말한다.

욕망하는 주체가 대상을 온전히 소유할 수 없는 것은 그것이 공空에 불과하기 때문이다. 욕망하는 대상이 스스로의 성질과 형태를 지닌 것色으로 생각하기 쉽지만 기실 그것은 무한의 관계 속에서 순간순간 대상으로 나타나는 것에 불과하다는 것이다. 따라서 대상에 집착할 필요는 없다는 것이다. 이러한 깨달음은 곧 욕망으로부터의 단절을 의미한다. 하지만 여기에서 말하는 깨달음은 대상에 대한 인식을 통해 얻어질 수 있는 것이 아니다. 이것은 몸을 통한 깨달음이 전세되어야 얻어질 수 있는 것이다. 몸이 없으면 진정한 깨달음도 없는 것이다.

몸으로 깨달음을 얻기 때문에 선에서의 단절은 속도에 저항하는 훌륭한 방식이 될 수 있다. 몸으로 깨닫는 순간 섬광이 일면서 욕망하는 주체는 이쪽에서 저쪽으로 이동한다. 욕망하는 주체가 경험하지 못한 세계가 펼쳐지는 것이다. 하나의 몸이지만 그 몸은 깨달음의 이전과 이후가 다른 것이다. 깨달음을 얻은 몸은 무궁무진한 관계로 이어진 삼라만상 속으로 막힘없이 자유롭게 이동한다. 삼라만상의 무궁무진한 관계란 이것이 있음으로 말미암아 저것이 있는 상호 의존적이며 고유한 자성自性이 없는(무자성無自性) 세계를 말한다. 자성이 없기에 관계는 구속을 의미하지 않는다. 단지 그것은 공이 색이 되고 색이 다시 공이 되는 중중무진重重無盡의 세계 속에 있을 뿐이다. 깨달음을 얻은 몸의 이러한 자유로운 이동은 불멸에 대한 욕망을 해체한다. 불멸에 대한 욕망은 몸이 언젠가는 죽음을 맞이할 수밖에 없다는 소멸에 대한 불안과 공포의 산물이다. 하지만 중중무진의 연기의 세계에서는 불멸 운운하는 것 자체가 무의미하며 공허한 것이다. 몸은 불멸도 소멸도 없는, 다시 말하면 불멸하면서 소멸하는 혹은 소멸하면서 불멸하는 세계 속에 놓여 있는 것이다.

이 논리대로라면 인간의 욕망과 그것의 산물인 속도는 깨달음을 얻은 몸을 통해 새롭게 정립될 수 있을 것이다. 인간의 욕망은 정지를 모르며 그것을 끝내는 길은 죽음밖에 없다. 욕망의 끝은 곧 속도의 무화를 의미한다. 이처럼 죽음은 욕망과 속도의 더할 나위 없이 완벽한 대안이지만 이때의 죽음은 상징적인 것으로 해석해야 할 것이다. 따라서 죽음과 같은 기능을 하거나 의미를 지닌 행위나 사건은 모두 여기에 해당된다고 할 수 있다. 사정이 이러하다면 이 죽음과 선에서의 단절 사이의 유비성을 서로 이해하고 판단하는 일이 중요하다고 할 수 있다. 선에서의 단절은 일단 속세와의 관계를 모두 끊는다는 점에서 죽음과 닮아 있다. 하지만 여기에서의 관계의 끊음은 더 큰 관계를 회복하기 위한 행위이자 사건일 뿐이다. 속세에서의 관계란 욕망으로 얽혀 있기 때문에 늘 나누고 분리하고 구분 짓고 차별화하는 양상을 드러낸다. 선 수행을 통해 이 관계를 끊음으로써 욕망과 속도에 의해 깨진 평정심을 회복해 몸은 새롭게 거듭나게 된다. 평정심의 회복은 몸이 중도나 중용의 상태에 있다는 것을 말해준다.

4. 중용의 도와 평정심으로서의 몸

몸이 평정심을 회복해 중도와 중용의 상태에 있다는 것은 무엇을 의미하는가? 몸이 평정심을 회복하면 거대한 문명의 메커니즘이 생산해온 저 광폭한 속도로부터 해방될 수 있을까? 내 몸에 앞서 거대한 문명의 메커니즘의 평정심을 회복하는 것이 순서이지 않을까? 이러한 의문은 몸이 지니는 존재론적인 의미를 고려할 때 어쩌면 당연한 것인지도 모른다. 몸은 개인과 개인, 개인과 집단, 집단과 집단 사이를 이어주는 매개체인 동시에 그 자체가 하나의 통합체로서 존재한다.

이런 점에서 볼 때 나 개인의 몸의 문제는 언제나 나를 넘어서 타자로서의 사회 집단의 문제로 이어진다. 나 개인의 몸의 단절이 사회의 단절과 유비관계를 드러낼 수밖에 없는 이유이다. 피크노렙시나 선에서의 단절을 개인 차원에서 이야기하고 있지만 그것이 좀 더 의미를 지니기 위해서는 사회 차원의 단절로 확대해야 한다. 사회 차원의 단절 역시 개인 차원에서처럼 욕망과 속도를 스스로 조절할 수 있는 메커니즘을 지녀야 한다. 이 메커니즘 역시 깨달음을 얻은 몸처럼 평정심의 상태를 유지해야 한다. 인간의 욕망과 그것의 산물인 가공할 만한 속도를 완전히 소멸시킬 수 있다는 믿음은 허황된 것이다. 다만 아이러니하게도 그 대안이 소멸, 다시 말하면 단절에 대한 사유 속에 존재한다는 것이다.

피크노렙시나 선에서 제시한 단절에 대해 우리는 좀 더 깊은 사유를 감행해야 한다. 욕망과 속도를 완전히 소멸시킬 수 없다면 그것의 존재를 인정하고 그것을 중도 혹은 중용의 차원에서 조절하는 것이 그 대안이 될 수 있을 것이다. 욕망과 속도에 대한 적절한 조절이 가능하기 위해서는 선 수행에서처럼 내면을 성찰하는 눈과 연기적인 사유가 필요하다. 욕망과 속도가 이 눈과 사유의 회로 속에 놓이면 그 특유의 모순어법적인 과정을 거쳐 무화의 상태를 지향하게 된다. 없는 것이 아니라 너무 많아 없는 것처럼 보이는 무화의 상태란 어떤 불안과 공포도 스며들지 않은 평정심의 세계와 다른 것이 아니다.

인간은 본능적으로 평정심을 유지하려고 한다. 평정이 깨지면 인간은 불안을 느끼고 그것을 회복하기 위해 물질적이고 상징적인 대체물을 찾는다. 이것은 과도한 욕망과 속도로 인해 실존적인 위기를 맞고 있는 현 인류가 그것을 넘어서기 위해 스스로 평정심을 유지하려고 할 수도 있다는 것을 의미한다. 하지만 현실은 그렇지 못한 것이 사실이다. 현대 문명의 과도한 속도에 대한 우려와 비판의 목소리가 그 빛을 잃은 지

오래다. 거대한 인류사적인 인식의 대전환(게슈탈트 스위치)이 있어야 함에도 불구하고 그러한 자각의 맹아는 보이지 않고 있다. 스스로 파멸의 길로 들어서기 전에 몸을 통한 통렬한 깨달음이 있어야 한다. 몸을 통하지 않은 깨달음은 가짜다. 그것이 바로 우리가 지금, 여기에서 욕망과 속도를 사유하고 몸을 사유하는 이유인 것이다.

2. 속도와 몸의 정치학

1. 속도와 이동으로서의 몸

움직임은 몸의 존재성을 드러내는 가장 중요한 지표 중의 하나이다. 움직임이 없는 몸은 곧 죽음을 의미한다. 몸은 정지해 있는 것처럼 보일 때에도 그 이면에서는 끊임없는 움직임이 이어진다. 모든 몸의 감각은 언제나 대상을 향해 열려 있고, 또 그 대상을 향해 꿈틀거린다. 몸의 꿈틀거림은 감각의 확장을 동반한다. 눈과 귀의 확장은 어떤 대상을 더 보고 듣고 싶어 하는 데서 비롯된 것이고, 손과 발의 확장은 어떤 대상을 좀 더 섬세하고 빠르게 닿고 싶어 하는 데서 비롯된 것이다. 그리고 뇌의 확장은 대상에 대한 지식과 정보를 더 많이 축적하고 활용하고 싶어 하는 데서 비롯된 것이라고 할 수 있다. 이것은 몸의 확장이 인간의 욕망과 밀접하게 연관되어 있다는 것을 의미한다.

그러나 인간의 욕망에 비례해 이루어지는 몸의 확장은 과학 기술을 전제하지 않고서는 불가능하다. 과학 기술의 발달에 힘입어 인간의 몸은 생체적인 것에서 기계적인 것으로, 기계적인 것에서 다시 전자적인 것으로 변모하기에 이른다. 이러한 변모는 생식기능을 하는 인간의 몸이 점점 비트^{bit}화된 몸으로 대체된다는 것을 암시한다. 생식기능을 하는 기^{氣}로 충만한 몸과 비트화된 몸은 움직임과 관련하여 비교할 수 없을 정도로 엄청난 차이를 드러낸다.[3] 생식기능을 하는 몸은 속도와 이동에 한계가 있다. 이 몸의 속도는 인간의 두 다리와 두 팔에 전적으로 의존하는 경우에는 음속이나 광속을 낼 수 없다. 몸이 가지는 이러한 속도에 대한 한계를 넘어서기 위해 인간은 자동차나 비행기를 개발하게 된 것이다. 하지만 자동차는 음속의 한계를, 비행기는 광속의 한계를 넘어서지 못한다. 생식기능을 하는 인간의 몸이 광속을 지니기 위해서는 몸을 완전히 비트화된 생명체로 바꾸어야 한다. 지금으로서는 이러한 비트화된 생명체의 모습을 상상의 차원에서만 그려볼 수 있지만 급속한 과학 기술의 발달로 보아서는 현실 속에서 구현될 여지가 있다고 할 수 있다.

컴퓨터 바이러스 같은 것이 하나의 생명체의 모습을 드러낸다면 지금까지와는 다른 새로운 생명체가 탄생하게 되는 것이다. 이 생명체는 기의 실체가 없는 실리콘이나 금속 같은 속성으로 이루어진 존재이기 때문에 철저하게 인공적인 것이라고 할 수 있다. 실리콘 생명체[4]는 태양계를 넘어 다른 은하계 행성으로의 이동을 견딜 수 있다. 〈스타트랙〉이나 〈스타워즈〉, 〈터미네이터〉 같은 영화 속에 등장하는 로봇의 존재가 보여주는 이동이 바로 이것의 한 예라고 할 수 있다. 실리콘 생명체는 기존의 생식 기능을 하는 생명체와는 생명의 토대 자체가 다른 존재이다. 이런 점에서 볼 때 실리콘 생명체의 출현은 인간의 정체성을 상실하게 할

---

3 | 이재복, 『비만한 이성』, 청동거울, 2004, p. 89.
4 | 미치오 가쿠, 박병철 옮김, 『평행우주』, 김영사, 2006, p. 512.

정도로 인류사적인 중대 사건이다. 분명 실리콘 생명체는 우리의 존재 기반을 뒤흔드는 불안과 공포의 대상임에 틀림없다. 그것은 하나의 괴물이거나 에일리언에 다름 아니다. 인간의 정체성을 유지하기 위해 그 괴물은 기꺼이 존재의 장에서 배제되어야 한다.

그러나 우리는 그것에 대한 환상을 쉽게 버리지 못한다. 그 괴물이 우리를 파멸에 이르게 할 수도 있다는 사실을 알면서도 쉽게 그것으로부디 벗어나지 못하는 것이다. 벗어나기에는 프랑켄슈타인으로 표상되는 인간의 몸의 개조 욕망이 너무 강하고, 이미 그러한 욕망의 견고한 시스템 속에서 인간의 몸이 작동하고 있기 때문이다. 그 시스템 속에서는 속도와 이동이 관성화되어 돌이킬 수 없는 상황을 발생시킬 위험성이 그만큼 커진다. 두 말할 것도 없이 그 돌이킬 수 없는 상황이란 곧 인류의 파멸을 의미한다. 인간의 속도와 이동에 대한 욕망이 크면 클수록 몸은 점점 생식기능을 하는 생명체를 넘어 실리콘 생명체화되어 갈 것이다. 매체, 특히 컴퓨터 등 디지털 기술의 발달로 인간의 몸의 속도와 이동은 가히 혁신적인 변화를 맞이하기에 이른다. 컴퓨터의 발달이 생식기능을 하는 인간의 몸을 온전히 실리콘 생명체화한 몸으로 바꿔 놓은 것은 아니지만 그것을 상당부분 무력화시키고 소멸시킨 것은 사실이다.

생식기능을 하는 인간의 몸은 컴퓨터에 접속하는 순간 비트화된 시공간의 체계 속으로 편입된다. 생식기능을 하는 생체적인 몸은 이동이 불가능하지만 자신의 몸의 이미지와 사고 그리고 감각 등은 광속의 랜을 통해 자유롭게 이동할 수 있다. 이때 속도와 이동은 어떤 현실의 물리적인 시공의 장애나 제약도 받지 않는다. 자신이 욕망하는 대상에 이르는 데에는 채 몇 초도 걸리지 않는다. 비록 생체적인 몸은 아니지만 그것의 이미지, 사고, 감각이 비트로 재현 혹은 재생되면서 실재하는 것 같은 효과를 불러일으킨다. 자신이 욕망하는 대상을 광속으로 자유롭게 이동하면서 접촉하고 점유할 수 있다는 것은 어떤 결절점도 없이 끊임없이 미끄러져 내리는 무한 욕망의 세계를 드러내는 것이라고 할 수 있다. 몸의 이러한 속도와 이동은 가상의 차원에서 이루어지는 것이지만 중요한 것은 그것이 여기에서 소멸하고 마는 그 무엇이 아니라는 점이다. 몸의 이러한 속도와 이동은 생식기능을 하는 생체적인 몸에 영향을 미친다.

이런 점에서 볼 때 지금, 여기에서의 우리의 몸은 기와 비트, 현실과 가상, 실재와 비실재 사이에 놓여 있다고 할 수 있다. 이 사실은 우리의 몸을 생체적인 의미로만 규정할 수 없다는 것을 말해준다. 몸이 생식기능을 중단하면 죽음이 도래하지만 그 죽음은 과학 기술의 발달로 인해 끊임없이 지연되고 있는 것이 사실이다. 인간의 몸의 생식기능을 대체할 새로운 인공장기의 개발, 인간이나 동물로부터의 장기이식 등이 그것을 잘 말해준다. 생체적인 몸의 죽음을 지연시키려는 인간의 욕망의 끝은 실리콘 생명체 같은 영원한 생명성 획득을 목표로 한다고 할 수 있다. 그러나 이것에 앞서 이미 인간의 몸은 생체적인 영역을 넘어 비트화된 인공의 영역 속에서 그 존재성을 강하게 드러내고 있다고 할 수 있다. 비트화된 인공 영역의 네트워크 속에 놓여 있음으로 인해 인간의 몸은 그 존재성을 유지할 수 있는 것이다. 만일 이 네트워크로부터 배제되거나 소외된 몸은 더 이상 살아 있는 몸이라고 할 수 없다. 지금, 여기에서의 인간의 몸은 이 네트워크 속에서 끊임없이 광속으로 이동하면서 그 정체성을 유지하고 있는 것이다.

만일 지금, 여기에서 인간의 몸이 존재한다고 말한다면 그것은 생식기능과 비트적인 기능이 교차하고 재교차하면서 세계를 영토화하고 또 탈영토화 내지 재영토화하는 일련의 과정을 모두 포함하는 것을 의미한다. 이제 우리 인간의 몸은 밥을 먹고 숨을 쉬어야 살 수 있는 것처럼 전자화된 무한한 네트워크 속에서 비트적인 감각을 느끼고 그것과 함께 호흡을 해야만 살 수 있는 것이다. 지금까지 우리는 기 차원의 생태학에 대해 많은 성찰과 반성을 단행해 왔지만 비트 차원의 생태학에 대해서는 이렇다 할 만한 깊이 있는 성찰을 보여주지 못한 것이 사실이다. 기 생태학과 비트 생태학의 충돌이 지금, 여기에서 일어나고 있는 실존의 가장 적나라한 모습이라고 할 수 있다. 기와 비트 모두 눈에 보이지도 않고 형체도 없지만 한쪽은 연속적인 속성을, 다른 한쪽은 단속적인 속성을 드러낸다. 이 두 속성의 차이는 속도와 이동의 차이로 드러난다. 비트 차원에서의 몸의 속도와 이동은 0과 1의 단속적인 관계 속에서 이루어지기 때문에 어떤 텅 빈 심연을 유발할 수 있다. 인공지능을 지닌 인간의 몸이 광속으로 이동하여 새로운 시공간을 점유한다고 하더라도 이러한 단속적인 것에서 비롯되는 텅 빈 심연을 어떻게 극복할 수 있을지 의문이 든다. 우리는 영화나 소설 같은 데서 인간에 의해 만들어진 복제 생명체나 사이보그들이 이 텅 빈 심연으로 인해 괴로워하는 모습을 심심 찮게 발견할 수 있다.

　어쩌면 인간의 몸은 지금 아주 강력한 실존의 위기에 직면해 있는지도 모른다. 비트 생태계의 도래는 인간 몸의 속도와 이동에 대한 욕망이 만들어낸 필연적인 산물이다. 광속으로 이동하면서 영토화하고 탈영토 화 내지 재영토화하는 인간 몸의 욕망은 영원히 충족되지 않는다. 생식기 능을 하는 생명체가 소멸하고 그것을 대체한 실리콘 혹은 비트 생명체는 단속성에서 오는 텅 빈 심연을 불러일으켜 결국에는 인류사의 단절이라 는 존재론적인 위기를 초래할 수도 있다. 우리는 지금 여전히 밥을 먹고 숨을 쉬고 있지만 손은 컴퓨터 자판을 눈은 모니터를 주시하면서 광속으 로 우리가 점유할 대상을 찾는다. 이럴 때 과연 나는 어디에 또 어떻게 존재하는 것일까? 광속으로 점유한 대상은 또 광속으로 소멸한다. 파편과 파편으로 이어진 존재의 텅 빈 심연에서 기억을 되살리는 일이 가능하기나 한 것일까? 빛의 속도가 시공은 물론 기억의 연속성을 파괴함으로써 영원히 우리를 뿌리 없는 전자사막의 유목민으로 만들어버리는 것은 아닐까?

사람에 따라 위기를 체감하는 정도는 다르다. 어쩌면 이러한 불안은 과도하게 예민한 한 신경증 환자의 허무에 찬 독백일 수도 있다. 생식기능을 하는 생명체가 소멸하고 컴퓨터 바이러스 같은 실리콘 생명체가 출현하기 위해서는 수백 년 아니 수천 년이 걸릴지도 모른다. 이제 겨우 몸의 이미지나 감각을 비트로 재현하는 수준에 머문 단계에서 실리콘 생명체 운운하는 것은 그야말로 공상 과학 만화나 영화 수준의 현실 인식이라고 비판할 수도 있을 것이다. 하지만 아이러니하게도 그 만화나 영화의 세계가 현실이 되는 예를 우리는 생생하게 목도하지 않있는가? FACETS^Fast Analog Computing with Emergent Transient States 프로젝트를 총괄하고 있는 독일 하이델베르크 대학의 물리학자 카를하인츠 메이어 Karlheinz Meier 교수는 인간 두뇌와 같은 기능을 하도록 고안된 실리콘 칩을 개발했으며, 이 칩은 뇌에서 볼 수 있는 것처럼 수많은 뉴런(연결 조각)으로 구성되어 있으며, 디자인을 통해 그 크기를 확장할 수 있다고 밝혔다.[5] 인공두뇌가 탄생하면 인공 생명체의 탄생도 가능할 것이다. 처음에는 인공두뇌를 가진 초기 단계의 로봇 정도이겠지만 그것이 점차 진화하면 고차원의 두뇌를 가진 사이보그가 탄생할 것이다. 이러한 인공두뇌를 가진 생명체의 탄생은 인간의 정체성을 더욱 혼란스럽게 할 것이다.

5 | 김형근, 『The Science Times』, 2009. 6. 15. 참조.

2. 몸의 소멸과 허공의 메타포

몸이 인간 존재의 처음이자 끝이라면 그것에 대한 자의식은 지극히 당연한 것이다. 프랑켄슈타인으로 표상되는 인간의 오랜 몸의 확장 혹은 개조 욕망을 주목해온 사람이라면 지금, 여기에서 일어나고 있는 일들이 인류사의 전환을 알리는 존재론적인 사건이라는 사실을 알게 될 것이다. '몸이 바뀐다'는 것이 단순한 관념이 아닌 실감의 차원에서 이렇게 절실하게 혹은 절박하게 다가온 경우는 인류사적으로 없었다고 해도 과언이 아니다. 몸이 바뀌면 그것의 존재론적인 토대 자체도 바뀌는 것이다. 몸의 바뀜이 급격하게 이루어지면 그만큼 존재론적인 혼란도 커지게 된다. 인간 존재를 규정해온 몸이 이렇게 급격하게 바뀜으로써 인간이란 무엇인가? 에 대한 물음이 강하게 대두되기에 이른다. 이 물음은 곧 인간의 정체성에 대한 혼란을 의미한다.

인간의 정체성 혼란은 주로 신이나 창조주에 의해 이미 만들어진 몸을 대상으로 전개되어 왔다. 하지만 과학 기술의 눈부신 발달로 그것은 바뀐다. 신(창조주)이 인간으로 대체되면서 그것은 새로운 양상을 드러낸다. 지금까지 밝혀진 바로는 자신의 몸을 스스로 개조하거나 만들어내는 생명체는 존재하지 않는다. 또한 인공두뇌가 저장된 로봇이나 사이보그화된 몸을 만들어내는 생명체도 존재한 적이 없다.[6] 신의 권위에 대한 도전은 단순한 도덕적, 윤리적인 차원의 문제를 넘어 신 혹은 자연이나 우주의 상실이라는 보다 근원적인 차원의 문제를 불러일으킨다. 근대

---

6 | 정화열 교수는 데카르트가 인간을 하나의 거대한 기계로 보았으며, 이것이 사이버네틱스, 즉 인간을 자동인형이나 사이보그로 볼 가능성을 열어주는 계기가 되었다고 주장한다. (『몸의 정치』, 민음사, 1999, p. 182)

이후 인간은 자연이나 우주 그리고 신으로부터 멀어지면서 불안에 시달려 온 것이 사실이다. 불안의 거대한 뿌리가 여기에 있다면 몸의 바뀜은 그것의 회복을 더욱 어렵게 하는 것이라고 할 수 있다. 불안의 거대한 심연이 존재한다는 것은 곧 여기에 대한 민감한 자의식이 존재한다는 것을 말해준다.

인간의 몸이 불안의 거대한 심연을 드러낸다면 그것은 인간 실존을 위협하는 상징적인 징후라고 할 수 있다. 인간은 그 실존의 블랙홀 속으로 빨려들어 가지 않기 위해 스스로 방어망을 만들어야 한다. 그것이 바로 징후를 징후로서 즐기는 방식이다. 인간의 몸으로부터 멀어지는 것이 아니라 직접 몸속으로 뛰어들어 그 징후를 즐기는 것이다. 몸이 점점 생식기능을 잃고 사이보그화 내지 실리콘 생명체화됨으로써 거대한 불안의 심연을 드러낸다면 그것에 민감한 자의식을 가지고 그 징후를 즐기는 것이다. 이것은 불안의 심연 속으로 자신을 투사하는 행위라고 할 수 있다. 몸의 거대한 불안의 심연을 회복하기 위해서는 불안을 앓는 주체가 스스로 그 환상을 즐겨야 한다. 몸 바뀐 존재의 실체가 낯설고 두려워 그것으로부터 도망치면 영원히 그 실체를 인식할 수 없다. 이런 점에서 볼 때 무엇보다도 중요한 것은 낯설고 두려운 세계 속으로 들어가는 것이다. 이 세계로의 입사는 과연 어떻게 이루어지는 것일까?

이 물음에 대해 이원은 "나는 클릭한다 고로 나는 존재한다"라고 말한다. 시인에게는 '클릭'이 바로 이 낯설고 두려운 세계로의 입사를 알리는 표지인 것이다. 생각하기 때문이 아니라 클릭하기 때문에 존재한다는 것은 인간의 규정을 단숨에 바꿔 놓고 있는 발언임에 틀림없다. 시인이 클릭할 때마다 새로운 세계가 펼쳐진다. 시인은 그것을 "클릭 한 번에 한 세계가 무너지고/한 세계가 일어선다"(「나는 클릭한다 고로 나는 존재한다」)라고 표현한다. 클릭으로 인해 펼쳐지는 세계는 무한하며,

세계 사이의 경계는 기호로 표시되어 있다. 비록 이미지와 감각으로 구성된 세계이지만 그것이 실재하는 현실을 대체하거나 새로운 가상현실을 드러낸다는 점에서 몸의 이동과 속도의 의미를 지닌다고 할 수 있다.

이처럼 광속으로 끊임없이 세계를 넘나들면서 영토를 점유해가는 시인의 일련의 행위는 새로운 몸의 탄생을 의미한다. 여기에서는 몸이 하나가 아니라 무한히 분열되어 드러날 수밖에 없다. 마치 강물에 천 개의 달이 뜬 것처럼 몸 또한 어느 것이 진짜인지 구분하기가 모호해진다. 하나이면서 여럿이고 여럿이면서 하나인 몸이 탄생하는 것이다. 사정이 이러하다면 여기에서 진짜 몸을 찾는 것은 부질없는 일이 되고 만다. 나의 존재는 하나의 고정된 중심으로 규정되지 않고 끊임없이 움직이는 중심 없는 중심으로 규정된다. 이런 점에서 나는 '계속해서 클릭할 수밖에 없는 존재'인 것이다. 클릭을 멈추면 그것은 곧 죽음인 것이다. 시인은 자신의 이러한 끊임없는 이동을 "오아시스를 찾아 나선 쌍봉낙타"(「나는 클릭한다 고로 나는 존재한다」)에다 비유하고 있다.

그러나 쌍봉낙타의 꿈은 이루어질 수 없다. 쌍봉낙타에게 오아시스는 욕망의 대상일 뿐이다. 결국 오아시스를 찾아 끊임없이 이동하는 쌍봉낙타 혹은 나의 존재가 의미하는 것은 공허함이다. 오아시스가 없는 사막은 모래와 먼지로 표상될 뿐이다. 이것은 의미심장한 상징이다. 시인의 끊임없는 이동이 행해지는 곳은 컴퓨터 모니터 속이다. 빛(전기)과 금속으로 이루어진 모니터 속에서의 이동은 그야말로 "건조한 유목"인 것이다. 이 속에서는 축축한 온기도 느낄 수 없고 시큼한 "땀 냄새"(「나는 검색 사이트 안에 있지 않고 모니터 앞에 있다」)도 맡을 수 없다. 모든 것에서 감각적인 접촉이 차단당한 세계에 존재한다는 것은 진정한 소통이 부재하다는 것을 의미한다. 시인의 날카로운 감각 역시 이것을 놓치지 않고 있다.

이곳에는 발자국이 찍히지 않습니다
모래 위에 태양의 병이 창궐하고
별의 뼈와 바람의 피가 쌓인다고 전해집니다
오아시스는 허공의 뒤쪽에 있다고 전해집니다
하늘은 허공의 위쪽에 펼쳐진다고 전해집니다
지평선은 허공의 먼 앞쪽에 걸려 있다고 전해집니다
이곳에서는 허공을 만질 수는 있어도
서로의 몸이 만져지지는 않습니다

－「사막을 위한 변주」 부분

시인이 규정하고 있는 '사막'은 전자로 열리는 세상이다. 이 사막은 '모래', '태양', '별의 뼈', '바람의 피', '오아시스', '하늘', '지평선' 등의 질료로 이루어진다. 이 질료만 놓고 보면 우리가 흔히 알고 있는 사막과 다르지 않다. 하지만 이 질료들이 모두 시인의 눈으로 포착된 것들이라는 점을 알게 된다면 사정은 달라진다. 눈으로만 구성된 사막은 구체적인 실체를 느낄 수 없는 평면적인 세계이다. 따라서 '이곳에는 발자국이 찍히지도 않'고, 또 '서로의 몸이 만져지지도 않'는다. 마치 투명인간이나 유령의 몸처럼 존재감이 느껴지지 않기 때문에 시인은 그것을 '허공'으로 표상한다. 허공만이 사막에서는 구체적인 실체이다. 시인은 이 허공만을 만질 수 있다. 이 말은 지독한 역설이다. 실체가 없는 허공이 실체이며, 실체가 있는 '모래', '태양', '별', '바람', '오아시스' 등은 오히려 실체가 없는 존재라는 지독한 역설은 전자로 열리는 세상의 속성을 적나라하게 드러낸 것이라고 할 수 있다.

'오아시스', '하늘', '지평선'이 '허공'의 '뒤쪽', '위쪽', '앞쪽'에 놓인다는 것은 존재의 중심에 허공이 있다는 것을 말해준다. 허공은 실체가 없는 존재이기 때문에 여기에서의 어떤 움직임도 무의미하다. 어쩌면 그곳은 생성이 정지된 죽음의 세계와 다를 바 없다. 허공 속에는 "砂山이 하나 솟아 있"고 "그 아래 砂山을 담고 있는 샘이 하나 있"(「사막을 위한 변주」)을 뿐이다. 이 사실은 샘이 샘으로서의 기능을 하지 못한다는 것을 의미한다. 여기에서의 샘은 모래산과 다를 바 없다. 생성이 정지된 죽음의 땅에서는 어떤 존재도 뿌리를 내릴 수 없다. 샘이 흘러야 뿌리는 그 물줄기를 따라 뿌리를 땅속 깊이 드리울 수 있지만 사산 혹은 사산死産 하는 곳에서는 그것이 불가능하다. '砂山을 담고 있는 샘' 혹은 '砂山과 샘 사이에 이음새'가 없는 것만큼 비극적인 것이 또 있을까?

시인의 이동은 여기에서 시작된다. 오아시스도 만져지는 몸도 없는 허공 속으로 발을 내디뎌야 하는 것이다. 하지만 사막 속으로의 이동이 무의미하고 허무하다는 것을 안다면 과연 그 누가 그것을 감행하려고 할까? 누구나 샘을 찾고 그것을 통해 생성의 뿌리를 내리고 싶어 하는 것이 보편적인 욕망이라고 할 수 있다. 만일 이 욕망을 고집하면 사막 속으로의 이동은 불가능하다. 이 사실은 사막 속으로의 이동이 가능하기 위해서는 무엇보다도 '뿌리'에 대한 인식의 변화가 전제되어야 한다는 것을 의미한다. 시인 역시 이 사실을 잘 알고 있다. 그래서 "실크로드"(「실크로드」)로의 긴 여정을 앞두고 시인은 "뿌리가 없다는 사실을 인정한 날 밤부터 잠이 오기 시작했다 두 다리는 뿌리가 아니라는 사실을 길이 확인시켜 준 다음날부터 꿈이 찾아오기 시작했다"고 고백한다.

시인의 이러한 고백은 몸 없는 몸, 기관 없는 몸의 존재를 드러내는 것이다. 이 몸은 어디로든 길을 들어설 수 있으며, 어디에서도 접속 가능하다. 몸이 가지는 뿌리 깊음에서 오는 존재의 무거움이 소멸하면서 허공의 텅 빈 존재로서의 새로운 몸이 탄생하는 것이다. 존재의 무거움으

로부터 벗어나기 위해 인간은 몸을 점점 가볍게 하는 법에 대한 탐구에
자신을 내던져 왔다고 해도 과언이 아니다. 그것의 궁극이 바로 "기관
없는 몸"[7]이다. 시인 식으로 이야기하면 그것은 "세상에서 가장 가벼운
오토바이"(『세상에서 가장 가벼운 오토바이』)가 된다. 시인은 폭주족들
의 질주를 "허공 속에 알을 낳은 것"(「폭주족들」)으로 표상한다. 폭주족
들의 속도의 끝이 허공이라는 것은 이들의 질주 역시 몸의 소멸을 욕망하
고 있다는 것을 말해준다. '몸의 속도'를 높이다 보면 결국에는 몸이
하나의 구멍, 다시 말하면 허공으로 바뀔 것이라는 기대는 시간과 공간의
경계가 해체되고 그 개념이 무화된 세계를 이들이 꿈꾸고 있다는 것을
의미한다. 속도의 궁극이 몸의 소멸 혹은 무화이며, 그것이 허공의 메타포
를 지니고 있다는 것은 속도를 점유와 권력의 문제로 본 기존의 속도의
정치학에서 한 걸음 더 나아간 새로운 질주학[8]을 드러낸 것이라고 할
수 있다.

3. 사이보그, 또 다른 신의 탄생

전자 사막 속으로의 입사를 위해서는 몸을 바꾸어야 한다. 생식기능을

---

7 | 질 들뢰즈·펠릭스 가타리, 최명관 옮김, 『앙띠 오이디푸스』, 민음사, 1994,
  p. 25.
8 | 폴 비릴리오는 질주학의 본성으로 속도를 내세운다. 그는 이러한 속도가
  정치나 전쟁과 밀접한 관계를 맺는 이유를 철학적으로 설명해준다. 그에
  의하면 속도와 정치는 전쟁의 역사와 병법을 이어주는 가교이며, 전쟁의
  역사와 병법이 중요해지고 논리적이 되어가며 끊임없이 발전하는 것도 속도
  와 정치를 통해서라고 말한다(『속도와 정치』, 그린비, 2004, pp. 16~17).

하는 생체적인 몸으로는 입사가 불가능하다. 일단 몸을 전자 사막에서 살아남을 수 있는 몸으로 개조해야 한다. 샘이 없는 모래 산에서 살아남을 수 있는 몸이란 모래처럼 건조한 생명체이어야 한다. 물처럼 축축한 것이 제거된 빛이나 금속 같은 생명체가 아니고서는 그 건조함을 견뎌낼 수 없다. 하지만 생식기능을 하지 않는다고 해서 이 생명체가 움직임을 멈춘 것은 아니다. 이 생명체의 몸은 생식기능을 하는 생명체의 몸에 견줄 만한 복잡한 체계를 지니고 있다. 그렇나면 이 생명체의 몸속에는 어떤 것들이 내장되어 있을까?

이 물음에 대한 시인의 대답은 의외로 담담하다. 시인은 "몸속에 웹 브라우저를 내장하게 되었어"(「몸이 열리고 닫힌다」)라고 말한다. 이런 점에서 시인에게 웹 브라우저는 전자 사막으로 들어서기 위한 절대적인 도구이다. 웹 브라우저의 버전에 따라 전자 사막으로의 입사 속도가 달라진다. 웹 브라우저를 통해 열리는 몸속의 세계는 상상 그 이상이다. 여기에는 우리가 지금까지 본 적도 상상한 적도 없는 세계가 펼쳐져 있다. 이곳이야말로 별천지 중의 별천지인 것이다. 신이 창조한 자연이나 우주에 견줄 만한 새로운 자연, 우주가 몸속에 존재하는 것이다. 시인은 그것을 "신이 몸속에 살게 되었어"라는 말로 표현한다. 새로운 신이 몸속에 산다면 그 몸은 완벽한 체계를 지닐 수밖에 없다. 이제 '더 이상 신전은 몸 밖에는 없'으며 '낮과 밤은 몸속에서 만나고', '몸속에서 헤어진'다.

신이 몸속에 산다는 시인의 말은 일종의 존재론적인 충격이다. 하지만 그것보다 더 충격적인 것은 '신을 몸속에서 키울 수 있는 존재'(「몸이 열리고 닫힌다」)로 인식하고 있다는 점이다. 이것은 신 위에 또 다른 존재가 있다는 것을 의미한다. 그 존재란 누구인가? 몸속에 웹 브라우저를 내장한 인간인 것이다. 신과 인간의 위치가 전도되는 존재론적인 사건이 발생한 것이다. 신만이 생명체를 창조할 수 있다는 숭고한 법칙이 인간에 의해 깨지게 된 것이다. 유사 이래 인간은 신의 창조적인 능력에 도전해 왔지만 지금처럼 그것이 예각화되어 드러난 적은 없었다. 인간의 뇌의 진화의 속도가 그것보다 수천 배 혹은 수만 배 더 빠른 속도로 진화하는 컴퓨터라는 존재를 창조한 것이다. 컴퓨터는 앞으로 더욱 진화할 것이다. 그 미래의 모습은 누구도 예상할 수 없지만 분명한 것은 신이 인간에 의해 도전 받았듯이 인간 역시 그 컴퓨터에 의해 도전받을 것이다. 컴퓨터의 지능이 인공두뇌를 생산하고 그것이 하나의 살아 있는 생명체로 기능한다면 영화 〈매트릭스〉에서 볼 수 있듯이 인간은 기계의 역습을 받게 되고, 그것들과 운명을 건 힘겨운 싸움을 해야 한다는 것이다. 어쩌면 인간은 인공지능 컴퓨터가 만든 가상 현실프로그램인 매트릭스에 의해 철저하게 통제되고 관리될지도 모른다.

이러한 상황은 이미 벌어지고 있는 것이 사실이다. 이제 우리의 삶에서 "기계는 적어도 그 삶보다 먼저 도착"해 있고, 우리는 "기계의 속도를 따라가야 한"(「바코드」)다. 아직 생식기능을 하는 생체적인 몸을 가지고 있다고 하더라도 우리의 몸은 많은 영역에서 그 프로그램화된 체계에 따라 작동하고 있다고 할 수 있다. 이런 점에서 볼 때 인간은 점점 사이보그화되어 가고 있다고 해도 과언이 아니다.[9] 신이 창조한 최고의 생명체

---

9 | 최초의 사이보그는 사람이 아니라 삼투압 조절기를 몸에 이식한 쥐였다. 그렇지만 1960년대 이후 의수나 의족은 물론 인공장기, 인공관절, 인공피부를 이식한 사람들이 점차 늘어나기 시작했다. 인간과 기계의 접합은 SF소설에서만이 아니라 병원에서도 끊임없이 계속되었던 것이다. 예를 들어 사이보그 예찬론자들은 지금 미국 인구의 10퍼센트는 이런 의미에서 사이보그라고까지 한다. 그렇지만 무엇보다도 사이보그는 우리의 환상에, 미디어에, 만화에 SF소설에, 메타포에 가득 존재한다(홍성욱, 『몸 또는 욕망의 사다리』, 한길사, 1999, p. 201).

중의 하나가 인간이라면 인간이 창조한 최고의 생명체 중의 하나는 단연 사이보그라고 할 수 있다. 시인은 인간과 인간의 삶 자체를 사이보그 혹은 사이보그화된 삶으로 규정하고 있다. 이런 점에서 시인의 '사이보그 시리즈'(『야후!의 강물에 천 개의 달이 뜬다』)는 주목에 값한다. 이 시리 즈에서 시인이 강조하고 있는 것은 '기계들에 기숙하는 인간 존재'(「사이 보그 1 – 외출프로그램」)이다.

텔레비전의 플러그를 빼고, 오디오의 플러그를 빼고, 가습기의 플러그를 빼고, 스탠드의 플러그를 빼고, 냉장고의 플러그를 한 번 더 꽉 꽂고, 커피메이커의 플러그를 빼고, 컴퓨터 옆에 꽂혀 있던 나의 플러그도 빼고, 사방의 벽에 붙어 있는 스위치들을 확인하고, 천장의 전등들을 올려다보고, 실내온도 조절기의 버튼을 바꾸어 누르고, 가스레인지의 중간 밸브를 확인하고, 앞쪽 베란다 창을 닫고, 베란다 창의 고리를 잠그고, 뒤쪽 베란다 창을 닫고, 베란다 창의 고리를 잠그고, 거실의 창을 닫고, 창의 양쪽 고리를 잠그고, 이중창을 닫고, 이중창의 양쪽 고리를 잠그고, 이중창 위로 블라인드를 내리고, 방들의 창을 닫고, 창들의 양쪽 고리를 잠그고, 이중창들을 닫고, 이중창들의 양쪽 고리를 잠그고, 이중창들 위로 블라인 드를 내리고 **-+^%*#-#-$%#*&$$%*&@+#*&+@#%$%*&@+ &*%$$%*^%$&-+^%**$&*+&*%&$*가방을 들다 외출 시스템의 입력 오류를 범한 것을 인식하고, 재부팅을 시작합니다.

다시 텔레비전의 플러그를 빼고, 오디오의 플러그를 빼고, 가습기의 플러그를 빼고, 스탠드의 플러그를 빼고, 냉장고의 플러그를 한 번 더 꽉 꽂고, 커피메이커의 플러그를 빼고, 컴퓨터 옆에 꽂혀 있던 나의 플러그 도 빼고, 사방의 벽에 붙어 있는 스위치들을 확인하고, 천장의 전등들을

올려다보고, 실내 온도 조절기의 버튼을 바꾸어 누르고, 전화기를 자동응

답 상태로 돌려놓고, 변함없이 째깍째깍 소리를 내는 벽시계 옆을 지나며

몸속에 환상 하나를 슬그머니 켜고, (…후략…)

　　　　　　　　　　　　　　　　－「사이보그 1-외출 프로그램」 부분

웹 브라우저가 컴퓨터라는 전자 사막으로의 입사를 가능하게 하는 보다 섬세한 소프트웨어라면 플러그는 다소 투박한 하드웨어이다. 하지만 이 플러그가 없으면 웹 브라우저의 전자 사막으로의 입사는 불가능하다. 우리는 플러그를 통해야만 네트워크화되고 시스템화된 삶 속으로 들어가 그것을 온전히 영위할 수 있다. 이렇게 프로그램 된 체계 속에서 살다 보면 자연스럽게 그것에 순응하는 경우도 있지만 그것과 갈등 관계에 놓이는 경우도 존재한다. 갈등이 있다는 것은 그 체계에 대한 무의식적인 강박이 있다는 것을 의미한다. 이 프로그램 내에서 이탈하거나 그것에 제대로 적응하지 못하면 어떤 실존적인 위험에 처할지도 모른다는 불안에 시달리고, 그것이 심해지면 스스로 그 체계에 편입하는 것을 포기하게 된다.

그러나 실존적인 위기는 타의적인 이탈이 아니라 자의적인 몰입의 경우에도 존재한다고 할 수 있다. 자의적인 몰입은 상황에 대한 무지를 유발할 수 있을 뿐만 아니라 프로그램 된 체제에 대한 저항의지를 무력화시킬 수 있다. 프로그램 된 체계 밖에서 사유할 수 있는 능력이 없으면 그 체계에 대한 반성이 불가능하다. 더욱이 그 체계의 속도가 상상을 초월할 정도로 빠른 경우에는 그만큼 반성의 능력이나 시간이 약화된다. 체계에 대한 반성이 없으면 반성이 없는 체계가 영원히 지속될 수밖에 없다. 이 시에서 "컴퓨터 옆에 꽂혀 있던 나의 플러그"라는 말이 환기하는 것은 주객의 상호 관계이다. 이때 주는 컴퓨터이고 객은 나이다. 시인이

"나의 플러그"라고 한 것은 컴퓨터에 플러그를 꽂아야만 나의 존재성이 드러나기 때문에 그렇게 표현한 것이라고 할 수 있다.

프로그램 된 나의 존재는 인접성과 유사성의 코드 체계가 끊임없이 작동하는 사막의 세계 속으로 편입해 들어간다. 인접성과 유사성의 코드는 "끊임없이 움직이고, 즉각적이고, 날마다 빠른 속도로 생겨난"다. 그로 인해 우리는 "그것에 갇혀가고 있"고, "그것이 가리키는 방향"으로 "질 길들여지"(「사이보그 2 – 정비용 데이터 A」)게 된다. 프로그램 된 체계 내에서 나의 의지는 무력화되어 드러나고, 결국 나는 누군가에 의해 정비를 받을 수밖에 없는 수동적인 존재로 전락하게 된다. 프로그램 된 체계에 의해 통제되고 조작되는 나의 몸은 "감정칩까지도 전자상가의 물품으로 업그레이드"(「사이보그 3 – 정비용 데이터 B」) 되기에 이른다. 감정조차도 통제되고 조작된다면 가장 감성적인 예술의 한 장르인 시도 조작되고 통제된 체계 속에서 만들어질 수밖에 없다. 시인은 이런 세계 내에 존재하는 시인을 주저 없이 "사이보그"라고 명명한다.

사이보그 001 : 서정시를 옹호하는 캐릭터. 권력 실세. 전속 로봇이 베스트셀러용 시의 최종 점검을 늘 맡아주고 있다.

…(중략)…

사이보그 003 : 정비 전문. 전파 탐지, 레이더 기능이 뛰어나 대량의 정보를 기록, 재생한다. 시의 내부 구조 튜닝이 특기로 사이보그 002와 자주 대립한다. 양성애자이며, 비밀리에 이와 사귀는 자가 상당수라고 알려져 있다.

사이보그 004 : 여러 행성에서 전송되는 시와 시에 관한 각종의 정보를
제공하는 홈페이지를 사이보그 003과 함께 운영한다

…(중략)…

사이보그 008 : 고뇌하는 사이보그. 전복적, 불온적 언어를 꿈꾸는
이상론자. 일년에 반 이상을 지구 밖 별에 머물며 다각도의 언어 실험에
몰두하고 마니아용 난해시만 발표한다

— 「2050년/시인 목록」 부분

시인 목록에 등재된 각각의 사이보그들의 특징을 보면 지금의 시인들
이나 별반 다를 바 없다. 이 시대에도 서정시와 난해시를 옹호하는 시인
(사이보그 001, 사이보그 008)이 있고, 시의 내부 구조에 민감한 시인(사
이보그 003)도 있으며, 시와 시에 관한 각종의 정보를 제공하는 홈페이지
를 운영하는 시인(사이보그 004)도 존재한다. 시에 대한 취향과 시적인
환경이 2050년에도 존재한다는 사실은 이 시대에도 감성적인 영역이
중요한 부분으로 간주되고 있다는 것을 말해준다. 하지만 이때의 감성은
시인 스스로의 자발적인 것이라기보다는 프로그램 된 것이라고 할 수
있다. 프로그램 안에서 재현되기 때문에 감성은 언제든지 조작되고 통제
될 수 있다. 프로그램 안에는 다양한 버전의 감성칩이 내장되어 있어서
필요에 의해 그것을 수시로 바꿔 끼울 수 있다.

이런 점에서 시인 목록에 시인이 없고 대신 사이보그가 있는 것이다.
시인이 시인인 이유, 조금 더 차원을 확장하면 인간이 인간인 이유는
감성이나 정서에 대한 기억을 지니고 있기 때문이다. 감성이나 정서의
기억은 필요에 의해 갈아 끼울 수 있는 성질의 것이 아니다. 쉽게 포착되지

도 쉽게 드러나지도 않기 때문에 그것을 온전히 표현하기가 어려울 뿐만
아니라 기억의 양상이 무수한 변이와 변형의 수를 지니고 있기 때문에
그것은 절대 프로그램 될 수 없다. 감성이나 정서란 이성이 체계화하거나
프로그램 할 수 없는 인간의 고유한 영역이다. 왜 시인이 체계화되고
프로그램 된 전자 세계로의 입사를 사막이라고 명명했는지 이해가 될
것이다. 감성이나 정서는 인간 세계의 물과 같은 것이라고 할 수 있다.
따라서 감성이나 정서가 프로그램 되어 조작되고 통제되기 위해서는
인간의 몸이 바뀌지 않으면 안 된다. 인간의 몸 안에 물이 내장되어서는
안 되고 모래와 금속 같은 건조하고 딱딱한 것이 내장되어야만 한다.
　감성이나 정서를 언제든지 갈아 끼울 수 있는 사이보그화된 세상은
사막의 변주의 또 다른 모습이다. 프로그램 된 인공 감성이나 정서가
구축되면서 사막에는 보다 섬세하고 세련된 네트워크가 새롭게 생성될
것이다. 이것은 사막의 건조함을 더욱더 현란하게 할 것이다. 이 현란함은
철저하게 인공적인 것이기 때문에 자연적인 것에서는 볼 수 없는 낯설고
그로테스크한 이미지를 무한정 생산해낸다. 전자로 유지되는 이 낯설고
그로테스크한 사막의 풍경을 시인은 「공중도시」에서 다음과 같이 진술
하고 있다.

　　　이곳의 사람들은 머리를 떼어놓고

　　　머리 대신 모니터를 달고 다닌다

　　　모니터 안에 암내가 주입되어 있는지

　　　하늘이 자주 지퍼를 배꼽 근처까지 내리고

레고블럭 같은 공기들은 허공에 끼워지고 있다

그러나 기어이 무선이 된

사람들의 몸에서 플러그가 뽑혀나간 흔적은 없고

이곳에 전력은 아직도 충분하다

―「공중도시」 전문

머리 대신 모니터를 달고 다니는 사람들의 모습은 그로테스크 그 자체이다. 정상적인 사람들의 몸이라면 머리가 있어야 하지만 이곳 공중도시에서는 그것이 꼭 정상적인 것은 아니다. 이곳 사람들은 머리를 떼어놓고 모니터를 달고 다닌다. 모니터가 머리를 대체해도 무방할 뿐만 아니라 그 안에는 "암내가 주입되어 있"다. 이것은 모니터가 무엇인가를 생산하는 전자 사막의 자궁이라는 것을 의미한다. 이렇게 되면 모니터가 머리를 대신하는 것이 아니라 자궁이나 회음부를 대신하는 것이다. 모니터가 머리도 되고 자궁도 되는 그로테스크한 몸은 각 부분이 고유한 기능을 하면서 하나의 통합된 유기체를 이루는 생체적인 몸과는 커다란 차이를 드러낸다고 할 수 있다. 하지만 인간의 생체적인 몸의 형상이 임의적으로 만들어진 것이 아니라 최고의 존재적인 필요에 의해 만들어진 것처럼 공중도시의 이 그로테스크한 몸 역시 전자적인 생명체의 몸으로서는 그 나름의 존재론적인 필요에 의해 만들어진 것이다.

공중도시 사람들의 몸은 '전력'의 공급을 받아야 유지가 가능한 몸이다. 생체적인 몸이 오랜 세월 동안 진화를 거듭해 왔듯이 공중도시 사람들의 몸 역시 진화를 거듭한다. 유선으로 전력을 공급받던 몸이 무선으로 바뀐 것 역시 일종의 진화라고 할 수 있다. 유선일 때보다 무선일 때보다 자유롭게 공중도시 이곳저곳을 이동할 수 있다. 여기에서의 자유로운 이동은 속도와도 밀접하게 관련된다. 자유롭게 공중도시를 끊임없이 이동하려면 빠른 속도가 보다 효율적이다. 공중도시, 다시 말하면 전자사막에 광랜이 구축되면 시공의 개념이 현저하게 변모하면서 네트워크는 그만큼 활기를 띠게 될 것이나. 전사 사막이 표상하는 네트워크의 영역은 지구를 넘어 우주를 겨냥한다. 우주적인 네트워크가 성립되기 위해서는 시공의 개념을 혁명적으로 축소시켜야 하며, 이것을 위해 가장 필요한 것은 속도라고 할 수 있다. 전자 사막에서 살아남으려면 몸을 바꿔야 하는데, 이것의 궁극은 전자화된 몸을 통한 이러한 속도에 적응하기라고 할 수 있다. 속도에 적응하지 못하면 우주적인 네트워크는 성립될 수 없다.

머리 대신 모니터를 달고 다니는 공중도시의 활력은 이 보이지 않는 빛의 이동에 있다고 해도 과언이 아니다. 이 빛 속에는 공중도시 사람들의 "신경이 지나가고 있"고, "무선 신호 장치가 연결되"(「사막을 위한 변주」)어 있다. 그러나 이것이 곧 완전한 소통을 의미하는 것은 아니다. 이 네트워크의 체계에는 빛의 이동을 통제하고 조절하는 장치들이 있기 때문이다. 보이지 않는 손이 빛의 이동의 통로에 존재하면서 그것을 통제하고 조절하는 것이다. 누가 먼저 그 통제와 조절의 장치들을 점유하느냐에 따라 공중도시의 새로운 권력자가 결정되는 것이다. 아날로그 체계에서의 속도와 권력의 문제가 그대로 디지털 체계 속으로 옮겨온 것이라고 할 수 있다. 하지만 아날로그와는 비교할 수 없을 정도의 가공할 속도와 그것의 변주 속에 놓여 있기 때문에 시공의 소멸에서 오는 허무의 정도도 클 수밖에 없다고 할 수 있다.

4. 인간과 기계의 불화와 공존

　인간의 몸이 사이보그화된다는 것은 누구도 부정할 수 없는 사실이다. 기계를 넘어 전자의 시대가 도래하면서 인간의 몸은 내적 팽창을 거듭해 왔다고 할 수 있다. 보다 복잡하고 정교하게 프로그램 된 전자의 세계 속에 놓임으로써 인간의 몸은 생체적인 리듬 대신 건조한 비트적인 리듬을 지니게 된다. 그러나 인간의 몸의 생체성은 그것이 온전히 사이보그화 되지 않으면 소멸할 수 없는 것이다. 이런 점에서 몸의 생체성의 소멸은 곧 현존 인류의 소멸을 의미한다. 인간은 생체적인 몸의 한계를 극복하기 위해 끊임없이 사이보그화의 욕망을 견지해 왔기 때문에 그러한 개연성이 없다고 볼 수 없다.

　인간의 사이보그화의 욕망은 기존의 네트워크와는 다른 새로운 네트워크를 구축하면서 속도와 이동의 문제에 가히 혁명적인 변화를 불러일으켰다고 할 수 있다. 사이보그화된 네트워크 내에서는 시공의 개념이 사라진다고 해도 과언이 아니다. 이것은 속도 때문이라고 할 수 있다. 광속으로 이동하면서 무한한 시공을 영토화하고 또 탈영토화 내지 재영토화하는 것이 바로 전자화된 혹은 비트화된 사이보그의 운명이다. 광속의 세계에서는 시공 자체가 무화되기 때문에 구체적인 현실의 실체를 감지할 수 없을 뿐만 아니라 그것에 대해 사유하고 반성하는 것이 어렵다고 할 수 있다. 속도와 이동의 목적이 무엇인지도 모른 채 끊임없이 전자 사막으로 입사를 단행하는 것은 무의 극단으로 치달을 위험성이 늘 존재한다고 할 수 있다.

　속도와 관련하여 시에 드러나는 허공은 그 허무를 잘 드러내고 있는 메타포이다. 오토바이 폭주족들이 질주의 정점에서 만나는 것이 허공이라든가 전자 사막에서는 구체적인 몸이 아니라 허공만을 만질 수 있다는 시인의 발언은 속도의 의미를 예각적으로 드러낸 것이다. 이 사실은 속도가 빠르면 빠를수록 그만큼 공허함도 커진다는 것을 말해준다. 이러한 공허함은 이미 비트화된 세계를 사막으로 규정하고 있는 데에서도 알 수 있다. 광속으로 전자 사막을 아무리 이동을 해도 오아시스는 없고 모래산만 끝없이 펼쳐진다는 인식은 그 이동 혹은 욕망의 공허함을 말해준다. 시인의 이러한 태도는 전자 사막으로의 입사에 대한 부정적인 인식이 투영된 것이라고 할 수 있다. 다른 그 무엇보다도 시인은 사이보그화되어가는 인간의 몸에 대해 심한 강박증을 드러낸다. 사이보그화는 주체로서의 삶보다는 그 프로그램 된 체제에 의해 통제되고 조작되는 삶 속으로 자신을 내맡기는 행위이기 때문이다.

　그러나 이것보다도 시인이 더 불안해하고 있는 것은 인간과 신의 위치 전도이다. 인간은 신의 위치에 있는 것을 넘어 신을 자신의 아래에 둔다. 신이 인간을 창조하는 것이 아니라 인간이 신을 창조하는 것이다. 시인의 불안의 뿌리는 바로 여기에 있다. 인간의 극에 달한 욕망은 결국 파멸을 향해 나아갈 수밖에 없다는 인식을 시인은 하고 있는 것이다. 이것은 인간의 몸의 사이보그화에 대한 반성의 산물이라고 할 수 있다. 인간의 욕망의 속도가 사이보그화를 불러왔다면 문제는 그것을 어떻게 적절하게 조절하고 또 그것으로 인해 상실된 것을 어떻게 회복하느냐 하는 것이다. 하지만 그 가공할 속도의 관성을 늦추거나 되돌리기란 지극히 어려운 일이다. 그것이 가능하려면 속도로부터 자유로워야 한다. 다시 말하면 속도로부터 비껴나 자기 자신만의 시간과 공간을 확보해야 한다. 이것은 일종의 단절 혹은 절멸의 방식이라고 할 수 있다.

　이러한 단절 혹은 절멸은 곧 폐허의 의미를 드러낸다. 이런 점에서 시 속의 '사막'의 이미지는 주목에 값한다. 시인은 사막을 기존의 문명과는 다른 새로운 전자 문명의 시작을 의미하는 것으로 보고 있지만 아이러니하게도 이 사막은 전자 문명의 속도를 늦추거나 되돌리기 위한 하나의 메타포로도 기능하고 있는 것이다. 전자 문명의 가공할 속도를 폐허, 다시 말하면 사막화하는 것, 이것이 바로 속도의 관성을 늦추거나 되돌리는 효과적인 전략이다. 이와 관련해서 폴 비릴리오는 피크노렙시picnolep-sie 전략을 제시한다.[10] 피크노렙시란 기억의 부재를 의미한다. 속도에 관한 기억이 부재하면 그것으로부터 자유와 해방이 가능하다. 하지만 여기에서의 문제는 그러한 단절이 속도에 구체적으로 어떤 영향을 미칠 수 있는가 하는 점이다. 비록 피크노렙시가 비유적으로 사용된 것이긴 하지만 그것이 좀 더 구체적이고 실천적인 영향력을 담보하기 위해서는 속도와의 단절과 연속 사이의 관계에 대한 탐구가 있어야 하리라고 본다.

사이보그화에 대한 무조건적인 비판이나 부정은 경계해야 한다. 인간과 기계 사이의 경계가 애매모호해진 것은 이미 오래전의 일이며, 인간의 몸은 기계와 접속하지 않으면 제대로 삶 자체를 영위할 수 없는 것이 현실이다. 인간에게 기계는 이식된 타자가 아니라 자아의 내부에 존재하는 또 다른 주체인 것이다.[11] 인간과 기계의 공존은 우리가 희구하는 미래의 모습이지만 그것의 실현 가능성은 그 누구도 장담할 수 없다. 다만 한 가지 분명한 것은 이것이 단순한 과학 기술의 문제가 아니라 인간의 욕망의 문제라는 점이다. 인간 중에는 사이보그를 모순되고 부조리한 현실을 해결하는 미래의 대안으로 내세우고 있는 경우도 있다. 이것은 인간과 기계의 공존이 아니라 기계를 인간의 욕망 충족을 위한 도구로 인식하고 있다는 것을 말해준다. 인간은 사이보그화되어 가는

---

10 | 폴 비릴리오, 김경온 옮김, 『소멸의 미학』, 연세대출판부, 2004, pp. 27~83 참조.

11 | 진중권, 『진중권의 이매진imagine』, 씨네21, 2008, p. 100.

현실을 부조건 비판하고 부정할 것이 아니라 인간과 기계 혹은 인간과 사이보그 사이의 고유한 차이성을 찾아내어 그것이 어떻게 공존할 수 있는가를 끊임없이 모색해야 할 것이다. 이 차이에 대한 발견과 모색은 인간과 기계 각각의 우월성을 드러내려는 것이 아니라 서로 공존하기 위한 토대를 마련하려는 것이라고 할 수 있다. 가령 컴퓨터가 할 수 없는 것에 대한 연구를 오랫동안 진전시킨 허버트 드레퓌스의 작업들이야말로 그것의 한 예라고 할 수 있다. 이러한 연구를 통해 드레퓌스는 인공지능을 비판한다. 인간이 컴퓨터에 종속되지 않아야 이들 사이의 공존은 가능한 것 아닌가? 어쩌면 전자 사막으로의 유목이 일상화된 시대에 시인이 가져야 할 태도가 바로 이런 것 아닐까?

3. 신인간현상으로서의 촛불

1. 디지털 세대의 정치적 무의식과 비동일성

촛불이 이렇게 강렬한 한국 사회의 표상이 될 줄은 아무도 몰랐을 것이다. 우리의 기억 속에 촛불은 늘 고독한 개체였다. 홀로 자신을 태우면서 시간이 지나면 곧 소멸하고 마는 그 무엇, 거센 바람 앞에서는 스스로의 모습조차 드러낼 수 없는, 기껏해야 전깃불 대용 아니면 근사한 만찬이나 의례적인 행사에 구색을 맞추기 위한 장식 정도로 인식되어 온 것이 사실이다. 존재론적인 차원에서 보면 촛불의 진정한 의미는 세계의 어둠을 밝히는 구원의 빛이다. 이런 점에서 촛불은 종교와 긴밀한 관계를 지니며, 그것을 통해 서로 연대하고 자신들만의 세계를 이루는 어떤 상징으로 존재한다고 할 수 있다. 이것은 촛불이 세속과의 경계를 표상하는 데 빈번히 사용되었다는 것을 말해준다.

촛불이 타락한 세상의 어둠을 밝히는 구원의 빛임에도 불구하고 그것이 경계를 넘기까지는 아주 오랜 시간이 필요했던 것이다. 식민지와 분단 그리고 개발독재로 이어지는 그 칠흑 같은 역사의 시기에 우리가 켜든 것은 촛불이 아니다. 촛불 같은 생명과 평화의 빛보다는 반생명과 파괴의 어둠이었던 것이다. 어둠을 어둠으로 맞선 것은 시대적인 상황으로 보아 그 나름의 대응 논리로서의 의미를 지닌다고 할 수 있다. 물리적인 폭력의 직접성은 거기에 맞서는 최소한의 폭력으로 대응하지 않으면 안 되는 절박성이 있었던 것이 사실이다. 어떤 희망이나 가능성도 차단되어 버린 칠흑 같은 어둠 속에서 느끼는 불안과 공포는 촛불을 켜 늘 여유조차 앗아가 버렸던 것이다.

어둠의 불안과 공포가 극에 달한 80년대에 들어 하나의 돌림병처럼 이어진 분신정국은 시대에 대한 반성과 성찰이라는 최소한의 여유조차 가질 수 없었던 우리의 아픈 역사의 기록이다. 자신과 역사에 대한 충분한 반성과 성찰이 없었다는 것은 곧 인간답게 살 권리가 주어지지 않았다는 것을 의미한다. 80년대 널리 회자된 구호 중에 "인간답게 살고 싶다"는 말이 있다. 이 말은 인간답게 살 수 있는 최소한의 임금과 사회 문화적인 조건을 보장해 달라는 의미였다고 할 수 있다. 하지만 이 말을 존재론적인 차원에서 보면 자신의 삶과 역사에 대해 맹목적으로 사는 것이 아니라 반성과 성찰을 통해 좀 더 가치 있는 삶을 살고 싶다는 의미로 이해할 수 있을 것이다.

우리 현대사에서 이러한 삶이 가능했던 시기는 근대적인 이념이나 이데올로기의 망령이 약화되면서 새로운 정치적 무의식이 형성된 90년 대 이후라고 할 수 있다. 여기에서 우리가 주목할 것은 새로운 정치적 무의식과 근대적인 이념이나 이데올로기와의 관계이다. 나는 그것을 소멸이 아니라 약화라고 하였다. 이것은 자신의 삶과 역사에 대한 반성과 성찰이 90년대 이후에도 온전한 것이 아니라는 것을 말해준다. 온전하지는 않지만 90년대 이후 어느 정도 역사와 그 그늘에서 살아온 자신의 삶이 가지는 콤플렉스로부터 벗어나면서 세계에 대한 대응방식이 변화하게 된다. 그것을 나는 '동일성과 반동일성에서 비동일성으로의 변화'라고 명명하고 싶다. 그러나 이것이 반드시 시대적인 순차성으로 드러나는 것은 아니다. 50년대와 60년대는 그 시대의 이념이나 이데올로기에 대해 동일성에 가까운 태도만 보인 것이 아니다. 4·19에서 알 수 있듯이 반동일성의 태도도 강하게 드러난다. 또한 70년대와 80년대에도 비교적 반동일성에 가까운 태도만 드러나는 것이 아니라 동일성에 가까운 태도도 강하게 드러난다.

하지만 90년대 이후에는 사정이 달라진다. 이 시대에도 동일성과 반동일성의 태도가 어느 정도 드러나지만 전반적인 흐름은 비동일성에 가깝다고 할 수 있다. 비동일성이란 시대의 지배적인 이념이나 이데올로기에 대해 그것을 향유하면서 동시에 비판하는 인식 태도를 말한다. 90년대 이후 국가나 민족 같은 거대 이념이나 이데올로기가 약화되면서 개인의 욕구나 욕망은 강화되기에 이른다. 개인은 보다 자유롭게 자신의 취향에 따라 행동하고 그동안 금기시 되어온 유희와 놀이를 삶의 한 방식으로 수용한다. 국가나 민족 같은 거대 이념이나 이데올로기에 의해 통제되고 관리되던 중앙 집권적인 삶이 그것이 해체되면서 유목민적이고 파편화된 삶으로 바뀐다.

이 대목에서 많은 오해가 빚어지기에 이른다. 기존의 동일성과 반동일성의 삶에 익숙한 세대가 보기에 유희와 놀이를 수용해 유목민적이고 파편화된 삶을 사는 세대의 그것은 허무와 무의미 그 자체로 인식되기에 이른다. 이들은 지극히 개인주의적이고 이기적이며 폐쇄적인 삶을 사는 그야말로 신인류인 것이다. 그래서 이들을 사회병리학적인 차원에서 분석하여 마치 이들이 사회악인 것처럼 간주하는 풍토가 팽배했던 것이 사실이다. 정치적인 상황에 대해 무관심하고, 도덕이나 윤리에 대해 참을 수 없을 정도로 따분해하며, 국가나 민족에 대한 공동체 의식이라고는 전혀 없는 저들이 도대체 어떻게 미래 우리 사회를 이끌어갈 수 있을까? 하는 의문을 동일성과 반동일성의 삶에 익숙한 세대들은 강하게 지니고 있었던 것이다.

그러나 이들 세대가 간과한 것이 하나 있다. 바로 비동일성 세대의 삶의 토대가 되는 디지털 세계에 대한 이해이다. 디지털은 단순한 도구가 아니다. 네그로폰테의 'being digital'이 말해주듯이 그것은 존재 그 자체이다. 아날로그와 대비되는 디지털 존재론이 형성되는 것이다. 비동일성 세대의 삶의 토대는 바로 이 디지털이다. 따라서 아날로그적인 세계 인식 방법과 구조로는 디지털적인 것을 이해할 수 없다. 이들 세대에 대해 가졌던 여러 생각들이 편견일 수 있다는 것이 여기에서 기인한다. 실제로 이런 우려가 현실로 드러나고 있다. 그중에서 가장 문제가 되는 것은 이들의 정치적 무의식의 부재라는 주장이다. 이것은 오프라인에서 보여주는 것만으로는 결코 진단할 수 없는 것이다.

디지털 세계 안에서 이들은 상당히 정치적인 무의식을 드러낸다. 인터넷 블로그나 카페 같은 곳을 들어가 보면 이들이 얼마나 정치적인 감각을 지닌 존재인지를 금세 알 수 있을 것이다. 인터넷에 개설된 블로그에 올린 글들 중에는 전문가 못지않은 지식과 논리적인 힘과 구조, 현실에 대한 감각을 보여주는 것들이 있다. 이들의 정치성은 디지털 세계 안에서 이미 일정한 체계를 형성하고 있는 것이 사실이다. 이들은 디지털 세계 안에서 자신의 정치적인 무의식을 아날로그 세계에서와는 달리 보다 자유롭게 그것을 즐긴다. 나 혼자만이 즐기는 것이 아니라 상대방과의 상호 소통을 통해 아주 신속하고 스펙터클하게 또 때로는 심적인 여유를 가지고 그것을 즐긴다.

그렇다면 이들은 디지털 세계 안에서 무엇인가를 향유하기만 하는 것일까? 물론 디지털 세계는 아날로그에 비해 향유할 수 있는 요소들이 다양하고 또 그것을 자유롭게 행할 수 있다. 어떤 결절점도 없이 끊임없이 미끄러져 내린다는 말을 디지털 세계에서의 향유와 관련하여 많이 이야기한다. 크게 틀린 말은 아니지만 여기에는 어느 정도 과장이 존재한다. 디지털 세계에서도 향유를 자정하고 관리하는 장치들이 있다. 다만 이러한 장치들은 오프라인에서의 그것과는 차이가 있다. 여기에서의 그것은 국가와 같은 거대 권력에 의한 이데올로기적 장치가 아니라 모든 구성원들이 동등한 입장에서 함께 참여하여 만들어가는 그런 장치라고 할 수 있다. 여기에서는 권력이 어느 한 사람이나 집단에 편중되는 일이 거의 없으며, 각자 각자가 서로 경쟁하고 협력하여 새로운 공공의 합의를 도출해낸다. 흔히 '집단지성Collective Intelligence'이라는 것이 여기에 작동하는 것이다.

집단지성이 작동한다는 것은 디지털 세계 안에서 반성과 성찰이 이루어지고 있다는 것을 의미한다. 다음 '아고라'에서 진행된 촛불집회 관련 누리꾼들의 의견 개진 과정을 보면 정보의 신뢰성은 물론 신속성 그리고 성숙된 논쟁과 토론의 면에서 공중public의 생산적인 기능을 충분히 발휘하고 있다. 특히 이러한 담론 생산의 훼방꾼인 까쇠르Casseur의 의도된 궤변과 선동을 논리적인 방식으로 대응함으로써 인터넷 토론의 장에서의 자정을 통한 공동선의 추구를 모범적으로 보여주고 있다. 그동안 인터넷을 통한 담론 생산에 대해 부정적인 입장을 견지한 많은 사람들이 아고라를 통해 긍정으로 돌아선 것은 여기에서 디지털 민주주의의 가능성을 보았기 때문이다. 디지털 세대의 인터넷을 통한 정치적인 무의식의 향유와 반성은 새로운 공중의 부활이면서 동시에 수평적 민주주의의 미래태라고 할 수 있다.

2. 각자 각자의 개체성으로서의 생명과 집단지성

다음 아고라로 대표되는 디지털 정치의 장이 그대로 서울시청 앞 광장이라는 현실의 장으로 재현되면서 우리가 흔히 디지털과 아날로그, 가상과 실재, 밀실과 광장, 개체와 집단, 주체와 객체 사이의 경계가 해체되었다는 점에서 이번 미국산 쇠고기 수입 반대 촛불 집회의 의의를 찾을 수 있을 것이다. 서울시청 앞 광장을 중심으로 전개된 촛불 집회 역시 아고라에서의 생산적인 공중 담론의 형성과 실천의 형식을 향유와 반성의 차원에서 보여주고 있다는 점에서 이전 집회와는 확연히 차별화된다고 할 수 있다.

집회도 축제가 될 수 있다는 생각은 근래 우리 역사에서는 감히 엄두도 못낸 일이다. 세대와 계층과 계급과 성별을 넘어 광장에 모여든 이들이 든 것은 돌과 화염병, 쇠파이프가 아니라 촛불이다. 집회의 주체도 없고 리더도 없다. 모두가 주체이고 모두가 리더가 되는 그야말로 수평적 정치의 장이다. 배후 세력 운운하는 것이 한낱 코미디로 전락해버린(촛불 시위의 배후는 다음 아고라다) 집회의 저간의 사정을 고려해 본다면 이것은 분명 카니발의 속성을 띤다고 할 수 있다. 하지만 그것은 가장무도회가 아니다. 모두가 가면을 쓴 것이 아니라 맨얼굴을 하고 있고, 계급과 계층과 세대의 위치 전도를 통해 평등성을 전략화 할 필요도 없다. 여기에서는 집회 참여자 모두가 애초부터 평등한 자격을 지니고 있기 때문이다. 특히 무엇보다도 서구의 카니발과 차이가 나는 것은 이것을 국가에서 허가해준 것이 아니라는 점이다. 어느 일정 기간 국가의 허용 아래 즐기는 행사가 아니라 자발적으로 참여하고 자발적으로 해산하는 카니발을 넘어선 축제인 것이다.

하지만 이들이 내세운 중심 이슈는 미국산 쇠고기 수입 반대이며 여기에서 대운하 반대와 의료 및 공기업 민영화 반대, 교육 개혁 등으로 확산되기에 이른다. 이러한 이슈는 2002년 효순·미선양 추모 촛불 집회, 2003 이라크 파병 반대 촛불 집회 그리고 2004년 탄핵 반대 촛불 집회 때와 비교해 볼 때 현저히 다양화되고 있다는 것을 알 수 있다. 특히 미국산 쇠고기 수입 반대는 반미적인 의미보다는 음식 및 생활 전반에 대한 새로운 가치 인식을 드러낸다는 점에서 그 의의가 크다고 할 수 있다. 먹거리가 중요한 이유는 그것이 단순한 개인의 욕구 차원의 문제를 넘어 생명 전반을 아우르는 문제의식을 드러내기 때문이다. 생명은 만인 앞에 평등한 것이다. 미국인과 한국인이 생명 앞에 평등함에도 불구하고 30개월 이상 된 쇠고기를 우리에게 먹으라고 강요하는 것은 명백한 반생명적인 행위라고 볼 수 있다. 이번 촛불 집회에 가정주부들과 가족 단위의 참여가 많았던 이유도 이런 맥락에서 이해할 수 있을 것이다.

생명에 대한 경시는 곧 국민을 모심의 대상으로 인식하지 않는다는 것을 의미한다. 국민 각자 각자는 모두 그 안에 신령스러운 생명을 담지하고 있는 존재들이다. 이것은 흥정의 대상이 아니다. 이것은 어떤 것과도 맞바꿀 수 없는 소중한 것인 동시에 우리가 마지막까지 지켜야 할 권리인 것이다. 이들이 촛불을 든 것이 그 생명을 지키기 위한 숭고한 행위였다는 것을 간과해서는 안 될 것이다. 이러한 생명의 숭고함이 촛불을 든 사람들의 내면에 자리하고 있었기 때문에 그것이 과도한 폭력이나 지나친 선전 선동으로 흐르지 않고 한바탕 축제가 될 수 있었던 것이다. 축제의 본질은 생명이어야 하며, 생명 또한 축제이어야 한다. 촛불을 든 각자 각자는 개체화된 생명체이며 그것이 모여 거대한 집단 생명이 탄생한 것이다. 나는 촛불을 든 거대한 생명들을 보면서 그들의 존재를 더욱 생명답게 하는 아름다운 넋 혹은 얼 등을 발견했고, 그것이 이런 집단지성의 현현을 가능하게 한 것이라고 생각했다.

혹자들은 이러한 현상에 대해 포퓰리즘이라고 비판한다. 하지만 이들이 촛불을 든 것이 이기주의적인 발로인가? 자신과 가족의 생명을 지키기 위한 것이 이기주의적인 것인가? 또한 이들을 정치적으로 이용해 자신의 입지를 강화하려는 사람들이 있었던가? 촛불 집회의 배후 운운하는 것은 이들이 보여준 주체적이고 자율적인 각자 생명의 존재를 인정하지 않는다는 것에 다름 아니다. 오히려 포퓰리즘을 이야기하는 사람들이야말로 이기주의적인 것 아닌가? 그것이 자신의 기득권을 놓지 않으려는 자의 왜곡된 시선으로밖에 보이지 않기 때문이다. 이들 중에는 여기에서 한 걸음 더 나아가 촛불 집회에 참여한 사람들을 향해 '집단적인 네크로필리아 심리'라고 간주하기도 한다. 이들이 모두 죽음 심리를 찬미하는 환자들이라는 것이다.

집단지성의 현현을 병리학적인 것으로 몰아붙이는 심리야말로 병적인 것이 아닐까? 나는 이런 사람이야말로 까쇠르라고 말하고 싶다. 그는 민주주의 파괴자인 동시에 생명의 파괴자인 것이다. 나는 이 까쇠르를 다루는 방법을 다음 아고라나 서울시청 앞 시위 현장에서 배웠다. 이들은 까쇠르의 선전 선동적인 전략에 무조건적으로 동조한 것도 아니고, 그렇다고 무조건적으로 반대한 것도 아니다. 이들은 까쇠르의 선전 선동을 들으면서 거기에 대한 비판적이고 반성적인 거리를 확보하여 각자 각자가 논리적으로 대응하였고, 이것이 집단적인 이성 혹은 지성을 형성하면서 공공의 선을 추구하였던 것이다. 이 과정을 지켜보기 전에 나는 다수 집단의 의견에 묻혀 소수자의 의견이 그 권리를 상실하게 될지도 모른다는 생각을 했다. 하지만 누리꾼들과 집회 참가자들은 정당한 소수자의 의견을 무시하거나 소외시키지 않는 현명함을 보여주었다. 개인의 발언을 충분히 개진할 수 있도록 열린 태도를 취하였고, 이 과정에서 많은 사람들은 소수자의 의견도 진리일 수 있으며, 설령 그것이 일반에게 널리 인정되지 않는다 하여도 소수자의 의견을 배제하거나 소외시키지 않음으로써 혹여 자신들이 가질 수도 있는 편견을 경계하였던 것이다. 이러한 태도는 이들이 까쇠르를 단순히 다수에 의해 배제하거나 소외시키는 것이 아니라는 것을 말해준다.

그러나 까쇠르는 자신의 태도를 쉽게 포기하지 않는다. 그들은 집단지성에 틈만 생기면 언제든지 비집고 들어가 그것을 파괴해버리려는 욕망으로 가득 찬 존재들이다. 미국산 쇠고기 수입 반대 촛불 집회에서도 그러한 일이 벌어졌다. 이것은 국가 공권력이 개입할 수 있는 여지를 제공했고, 촛불 집회는 위기를 맞이하게 되었다. 이때 꺼져가는 촛불을 이어가게 한 것은 안이 아니라 밖에 있던 사람들이다. 바로 천주교 정의구현 사제단이다. 이어서 불교와 원불교, 기독교가 여기에 가세하였다. 이들은 까쇠르로부터 촛불을 지켜야 한다는 사명감을 가지고 집회를 비폭력 평화 시위로 다시 이어나갔다. 이들이 사명감을 가지고 지키려고 한 것은 순수하고 숭고한 민주주의의 맹아^{萌芽}로서의 촛불이다.

촛불 집회에 나온 사람들의 바람은 각자 각자 개체로서의 생명을 존중해 달라는 것이다. 이들은 모심의 대상이지 군림의 대상이 아닌 것이다. 군림의 정치는 동일성과 반동일성의 논리가 통용되던 구시대의 산물이다. 비동일성의 논리가 통용되는 시대에는 군림이 아닌 모심이 정치의 화두가 되어야 한다. 각자 각자의 개체들이 만들어내는 여론은 집단지성을 형성하면서 기존의 정치보다 훨씬 높은 수준의 민주주의를 구현하고 있다는 것을 자각하는 일이 무엇보다 중요하다. 이것은 대중영합 정치가 아니라 대중과 함께하는 진정한 민주 정치인 것이다.

3. 디지로그 아고라

　미국산 쇠고기 수입 반대 촛불 집회에서 가장 주목할 만한 점 중의 하나는 디지털과 아날로그의 결합이다. 온라인에서의 정치 행위가 어떻게 오프라인으로 확대 적용될 수 있을까? 하는 문제는 그것이 엄청난 사회적인 파괴력을 지니고 있다는 점에서 커다란 주목을 받아온 것이 사실이다. 하지만 지금까지 온라인과 오프라인은 마치 별개의 영역처럼 인식되어 왔다고 할 수 있다. 온라인은 오프라인과는 다른 체계를 가지고 있으면서 오프라인에서와는 다른 캐릭터를 통해 비교적 자유롭게 그 세계를 향유할 수 있었던 것이다. 흔히 익명의 정치 행위가 가능했던 것이다.

　이러한 행위가 많은 부작용을 초래하고 그것이 직접적으로 오프라인으로 영향을 미치면서 이 요지경 같은 세계를 보다 잘 인지할 수 있는 인식적 지도그리기를 통해 그 실체를 파악하려고 했던 것이다. 그러나 문제는 온라인과 오프라인을 동등한 차원에서 보지 않고 오프라인을 위한 하나의 수단으로 인식함으로써 진정한 생산적인 소통은 이루어지지 않았다고 할 수 있다. 이것은 이 세계의 권력을 쥐고 있는 기득권 혹은 기성세대가 온라인에 대한 이해의 폭이 좁았을 뿐만 아니라 피상적이었다는 것을 말해준다. 온라인도 오프라인처럼 아주 섬세하고 실재적인 생태 혹은 생명의 시공간이라는 것을 인식하지 못했던 것이다. 마치 여기와는 다른 저 너머의 별천지나 우리보다는 못나고 허접한 소인배들의 나라쯤으로 치부했던 것이다.

　그러나 이 세계에서는 디지털키드 세대를 중심으로 새로운 삶이 펼쳐지고 있었던 것이다. 기성세대들은 여기에서 자꾸 부정적인 것만을 보려 했고, 마치 이 세계가 온갖 타락과 부정의 총체적인 시공간인 것처럼 여기게 되었던 것이다. 따지고 보면 이것은 이 세계에도 오프라인과 다르지 않는 정치 행위가 행해지고 있었다는 것을 의미한다. 온라인과 오프라인의 이러한 상동성은 차츰 두 세계의 벽을 해체하는 실천 행위가 자연스럽게 이루어지는 계기를 제공하기에 이른다. 두 세계의 경계가 해체되는 모습을 가장 잘 보여준 사건이 바로 촛불 집회인 것이다. 그중에서도 이번 미국산 쇠고기 수입 반대 촛불 집회인 것이다.

다음 아고라는 온라인과 오프라인의 만남을 상징적으로 보여주는 기표이다. 다음 아고라는 온라인 광장이고 그것이 그대로 재현된 곳은 서울시청 앞 광장인 것이다. 아고라는 이제 온라인과 오프라인 사이의 경계 해체와 두 세계의 상호 보완성을 자연스럽게 드러내기에 이른다. 온라인 아고라에서는 수많은 누리꾼들이 참여하는 열띤 토론의 장이 형성되고, 여기에서 모아진 의견들은 그대로 오프라인으로 이어진다. 누리꾼들은 대개 오프라인 아고라의 참여자가 되고, 또 다른 참여자를 모으고, 집회 때 필요한 촛불이나 행동 수칙을 숙지하여 그것을 실제 행동으로 옮긴다. 오프라인 아고라에서는 이렇게 온라인 소통을 통해 참여한 시민들이 온라인 아고라에서 한 것처럼 시위의 방향과 시간과 주제와 향후 계획을 자유롭게 토론을 통해 결정한다.

어디 그뿐인가. 디지털 카메라나 핸드폰으로 집회 현장을 찍어 다시 온라인 아고라에 올리면 여러 누리꾼들이 그 상황을 공유하고 여기에서 수많은 새로운 담론이 생산되는 것이다. 특히 동영상은 집회 현장을 생생하게 보여주기 때문에 누리꾼들의 감성을 자극하여 참여를 적극적으로 이끌기도 한다. 몸에 직접적으로 휴대한 디지털 기기들은 수천, 수만의 눈이 되어 집회 현장을 구석구석 포착하기 때문에 기성 언론이 담지 못하는 것조차 다양하게 보여줄 수도 있다. 집회 현장에서 전경의 군홧발에 밟히는 동영상은 그 현장을 바라보는 눈이 얼마나 많으며,

자칫 잘못된 보도나 사건 조작이나 은폐가 불러올 파장을 예견하고 있다는 점에서 디지털 민주주의와 관련하여 많은 것들을 생각하게 하는 동영상이라고 할 수 있다.

또 하나 촛불 집회에서 주목해야 할 것은 인터넷 방송이 집회 현장을 직접 생중계했다는 점이다. 실시간 인터넷 방송인 '아프리카'나 '진보신당 칼라 TV'의 촛불 집회 현장 생중계는 인터랙션interaction과 재매개re-mediation와 같은 1인칭~2인칭의 회상전화 모델에 가까운 쌍방향 소통 방식을 통해 온라인과 오프라인의 경계를 해체하는 새로운 시도를 선보였다. 이 방송을 보고 온라인 시청자가 갑자기 오프라인의 시위 현장에 나타나는 경우에서처럼 수동적인 관찰자를 적극적인 참여자로 바꾸기도 하고, 온라인 시청자에게 직접 도움을 요청하면 그들이 실제 행동에 개입하기도 하면서 집회 현장을 서울시청 앞 광장만이 아니라 사이버 공간에까지 확장하기에 이른다.

온라인과 오프라인이 결합된 디지로그는 미래 우리 문명이 지향해야 할 바이다. 온라인이 점점 더 강하게 지배력을 행사하고 있지만 오프라인에서의 실천 행위가 담보되지 않으면 그것은 온전한 기능과 형태를 지닐 수 없다. 어쩌면 디지로그는 기본적인 먹거리를 통해서 가장 잘 드러날 수 있을 것이다. 온라인에서는 먹거리에 대한 여러 가지 정보를 다양하게 실시간으로 제공할 수 있다. 하지만 그렇다고 그 먹거리가 온라인에 존재하는 것은 아니다. 그것은 오프라인에 있으며, 여기에서 재배되는 것이다. 이때 이 먹거리를 재배하는 땅이 오염되었다면 온라인의 그것은 아무런 소용이 없다. 하지만 온라인에서는 오염을 막을 수 있는 다양한 대책을 각자 각자가 개진하면서 공동선을 추구해 나갈 것이다. 디지털의 영성과 아날로그의 육체성이 결합하면 엄청난 시너지 효과를 창출할 것이다. 아날로그와 디지털은 필연적으로 결합될 수밖에 없다.

디지털토피아와 에코토피아는 존재에 대한 해석 자체가 다르다. 존재론적인 측면에서 보면 디지털은 존재하지 않는 것을 존재하게 하는 것이다. 'being digital'이라고 할 때 그 being은 기존의 어떤 실체로부터 존재성을 부여받은 그 being은 아니다. 이때의 being은 색깔도 없고 크기도 없고 무게도 없는 단지 광속으로만 흐를 수 있는 bit라는 기반 위에서 성립된 것이다. 이것은 우리가 존재론을 이야기할 때 종종 말해지는 '無名天地之始'의 '無'와는 다른 것이다. '無'의 없음은 '있음을 전제로 한 없음'이다. 이에 비해 'being digital'의 없음은 '없음을 전제로 한 없음'이다. 디지털과 에코적인 것은 그 존재성의 측면에서 볼 때 상생하기 어려운 것이 사실이다. 그러나 이 둘은 반드시 상생해야 한다. …(중략)… 디지털토피아가 유토피아라는 발상은 인간을 포함하여 모든 존재 혹은 존재자의 토대가 되는 에코적인 존재성을 배제한다는 점에서 위험하며, 에코토피아가 곧 유토피아라는 발상은 지금, 여기에서 모든 사람들의 숭배의 대상이 될 정도로 지배적인 힘의 실체로 부상하고 있는 디지털 문명 자체를 외면한 채 지나치게 당위적이고 이상적인 측면만을 내세울 우려가 있기 때문에 또한 위험하다. 가장 바람직한 유토피아 상은 디지털토피아와 에코토피아 사이의 적절한 긴장과 이완을 통해 성립되는 것이다.

─ 이재복, 『비만한 이성』, pp. 89~93 참조

디지털과 에코, 다시 말하면 디지털과 아날로그는 지금, 여기에서의 존재의 상호 보완성의 측면에서 반드시 상생해야 한다는 것이다. 디지털의 토대가 되는 비트^{bit}와 아날로그의 토대가 되는 기^{氣}의 결합은 우리의 생생한 실존인 몸을 통해 구현되고 있다. 우리의 몸은 숨을 쉬고 생식 기능을 한다는 점에서 기의 집합체라고 할 수 있지만 몸이 온갖 디지털 매체 환경 속에 놓이게 되면서 비트의 구성체로 이루어지게 되었다고 할 수 있다.

이처럼 디지털과 아날로그는 인간 몸의 안과 밖, 내면과 외면을 이루면서 상생의 과정을 통해 새로운 미래의 존재 형태로 거듭나고 있다고 할 수 있다. 이것은 새로운 문화와 문명이 도래하고 있다는 것을 의미한다. 우리는 그 한 형태를 촛불 집회를 통해 확인할 수 있었던 것이다. 디지털과 아날로그의 결합이라는 촛불 집회의 여러 현상들을 나는 '디지로그 아고라'라고 명명하고 싶다. 디지로그 아고라는 미래 인류의 민주 정치의 모습이면서 동시에 저 먼 고대 황금시대의 광장이나 화백 정치의 이상을 재현한 것이라고 할 수 있다. 디지로그 아고라의 이상이 비록 현실의 지배적인 권력에 의해 탄압을 받고 소외된다고 할지라도 그것은 사라질 수 없는 미래적인 가치를 지니고 있다고 할 수 있다.

4. 생명사름과 게슈탈트 스위치 그리고 신인간의 탄생

수많은 사람들이 자발적으로 촛불을 들고 광장으로 나온 가장 큰 목적은 생명을 지키기 위해서이다. 국가가 자신의 생명을 지켜주는 것이 아니라 오히려 위협하는 상황에서 이들이 택한 것은 거대한 생명 현상으로서의 촛불을 드는 것이었다. 각자 각자의 개체 생명이 모여 집단 생명을 이루고, 그것이 자유와 평화의 방식으로 행해지면서 이전에 볼 수 없었던 새로운 민주주의의 모습을 드러낸 것이다.

그동안 개체 생명은 반생명적이고 반주체적인 거대한 근대의 시스템 속에서 실존의 위협을 느끼지 않을 수 없었던 것이다. 생명에 대한 불안은 근대 이후 자연으로부터 멀어짐으로써 가속화되었으며, 여기에 대한 실질적인 반성이 개인이나 국가 이기주의에 의해 제대로 이루어지지 않았던 것이 사실이다. 하지만 그 불안은 사라진 것이 아니라 인간의 심층에 내재하면서 의식의 대전환(게슈탈트 스위치$^{Gestalt\ switch}$)을 준비하고 있었던 것이다. 그 불안이 직접적으로 촉발된 것이 바로 미국산 쇠고기 수입 반대 촛불 집회라고 할 수 있다. 이 집회를 생명 운동이라고 명명하는 보다 근본적인 이유는 그것이 먹거리와 연결되어 있기 때문이다. 생명은 바로 먹거리로부터 시작되는 것이다. 우리가 무엇을 먹는다는 것은 땅과 우주의 기운을 먹는다는 것을 의미한다. 음식물이 공기와 만나 몸 안에서 소화되는 행위는 곧 '생명사름'인 것이다.

광장에 모인 시민들의 촛불은 이 생명사름을 위협하는 세력에 대한 저항인 것이다. 땅과 물과 공기가 오염되고 그로 인해 먹거리가 불안해질수록 대전환의 자각은 필연적으로 촉발될 수밖에 없는 것이다. 이것은 아날로그 세대, 디지털 세대 모두에게 해당되는 것이다. 디지털 세대 역시 가장 진화한 '얼'과 '넋'을 가지고 있으며 디지털 세상은 그것을 전파하고 표현하는 더없이 좋은 시공간이 되는 것이다. 디지털이 영성을 지닌 매체로 거듭날 수 있다는 것도 이러한 이유에서이다. 디지털은 인간의 영성을 일깨우고 이것은 정치적 무의식과 공중의 선이라는 집단 지성으로 이어져 '디지로그 아고라'라는 새로운 형태의 민주주의를 창출하게 되는 것이다.

촛불 집회는 단순한 시위가 아니다. 이 대전환의 징후를 여기에서 발견하지 못한다면 그것은 참으로 어리석고 불행한 일이다. 이 시위의 목적이 반미가 아니라 생명 주권이라는 사실을 자각할 필요가 있다. 민족이나 국가 이데올로기보다 앞선 것이 생명 주권이라는 사실은 글로벌한 시대의 인류 공동의 목표와 공중의 최고선이 어떤 것인지를 잘 말해주고 있다고 할 수 있다. 디지털은 이것을 가능하게 하는 중요한 통로가 될 것이며, 이렇게 해서 이루어지는 무한 시공 개념으로서의 광장은 사회, 정치는 물론 윤리와 일상 전반에 걸쳐 신인간을 탄생시킬 것이다. 촛불 집회가 어느 일정한 시기에 일회적으로 전개된 운동이 아니라 인간의 실존, 다시 말하면 인간 생명을 위협하는 위기의 순간마다 지속적으로 전개되고 있는 운동이라는 점에서 인류사적이고 미래사적인 가치를 지닌다고 할 수 있다.

4. 바이러스와의 공생 혹은 상생

1. 실존의 위기와 공포의 현시

인류에게 21세기의 도래는 어떤 의미일까? 인류의 운명이 곧 몸의 운명이라고 규정해온 나로서는 21세기 역시 이 범주 내에서 이야기할 수밖에 없다. 한마디로 말하면 21세기는 기氣와 비트bit와의 긴장 관계가 점점 심화되리라고 전망할 수 있다. 이 둘 사이의 긴장은 빠름과 느림, 인공과 자연, 환상과 현실, 불연속과 연속, 억압과 해방 등의 의미를 더욱 예각화하면서 21세기의 지형도를 그려나갈 것이다. 기와 비트는 서로 공생하고 상생해야 하지만 그것을 힘들게 하는 요인은 한두 가지가 아니다. 본질적으로 이 둘은 속성 자체가 다르다. 그중에서도 가장 문제가 되는 것 중의 하나가 바로 연속적이냐 불연속적이냐 하는 것이다. 기의 경우에는 모든 것이 연속적으로 이루어지지만 비트의 경우에는 그것이 불연속적으로 이루어진다. 이러한 이유로 기는 비트에 비해 느리다. 기를 토대로 하는 아날로그적인 문화와 문명이 비트를 토대로 하는 디지털적인 문화와 문명을 따라잡을 수 없는 이유가 바로 여기에 있다. 생식기능을 하는 우리의 몸은 기본적으로 아날로그적이다. 아날로그적인 몸은 시공의 이동이 자유롭지 못하거나 불가능하기 때문에 인간은 늘 디지털적인 몸, 다시 말하면 실리콘 생명체를 욕망한다고 할 수 있다.

하지만 생식기능을 하는 몸이 실리콘 생명체로 몸 바꾸기를 하는 것은 결코 쉬운 일이 아니다. 또한 인간의 몸이 실리콘 생명체로 바뀌면 모든 것이 해결 될 수 있을까? 이 의문은 단순히 실리콘 생명체를 가진 존재가 기존의 생식기능을 하는 인간의 정체성을 드러내느냐 아니냐 하는 것을 의미하는 것은 아니다. 몸이 바뀌면 인간의 정체성도 바뀔 수 있으며, 이 바뀜이 곧 인간에게 커다란 불안과 공포를 유발할 수도 있다. 많은 사람들이 인간의 몸의 실리콘화, 다시 말하면 사이보그화에 대해 불안과 공포를 가지는 이유가 여기에 있는 것이다. 이 사실은 인간의 몸의 사이보그화를 인류의 소멸을 의미하는 것으로 인식하고 있다는 것을 말해준다. 사이보그화에 대한 불안과 공포는 사이보그 자체를 '휴머노이드'나 '휴보'라고 하여, 형태는 물론 인식 기능까지 인간을 닮은 존재로 만들고 싶어 하는 욕망 속에 그것이 잘 드러나 있다.

이러한 휴머니티의 상실에 대한 공포는 낯선 것에 대한 공포라고 할 수 있다. 사이보그화에 대한 공포는 그것이 인간의 몸의 연장을 넘어 낯설고 이질적인 것에 대한 발견의 정도가 클수록 더욱더 클 수밖에 없다. 사이보그에게서 어떤 친밀성이 사라지고 낯설고 이질적인 것을 느낄 때, 그래서 그것이 인간을 기습할지도 모른다는 불안과 공포감을 느낄 때, 우리는 여기에서 한 번도 경험한 적이 없는 신이나 괴물 혹은 이방인의 도래를 인식하게 될 것이다. 사이보그라는 낯선 괴물과 맞닥뜨렸을 때 그것에게서 인간의 모습을 떠올리려는 시도는 어쩌면 나이브한 것이라고 할 수 있다. 흔히 인간과 기계와의 공존이나 상생을 이야기하지만 그것이 얼마나 어려운지를 이해하는 것은 어려운 일이 아니다. 인간과 인간 사이의 공존이나 상생도 제대로 이루어지지 않고 있는 상황에서 인간과 기계와의 공존과 상생을 기대한다는 것은 어쩌면 어불성설인지도 모른다.

이런 점에서 볼 때 인간의 몸의 사이보그화는 인간의 욕망 충족의 시나리오를 반영하고 있는 것이 아니라 실존의 위기를 반영하고 있는 것이라고 할 수 있다. 기와 비트라는 상생하기 어려운 실존의 인자들이 서로 충돌하면서 복잡하고 불투명한 전망을 드러내고 있는 지금, 여기에서의 상황은 엄청난 고뇌의 폭풍을 동반하고 있다고 볼 수 있다. 전 인류적인 차원에서 세계관 자체의 근본적인 전환을 이야기하고 있는 것으로 평가받고 있는 토머스 쿤의 개념인 '게슈탈트 스위치$^{\text{Gestalt switch}}$가 그 한 예이다. 하지만 그가 말하는 근본적인 전환은 몸을 통한 깨달음이 전제되지 않으면 불가능하며, 비트를 토대로 한 디지털 문화와 문명의 속도는 회복하기 힘들 정도로 충분히 관성화되어 있다고 할 수 있다. 인간의 몸의 사이보그화를 통해 알 수 있는 이러한 인류의 실존의 위기에 대한 징후는 여러 곳에서 드러나고 있다. 인간의 몸에 대한 정의는 지금까지 '우주적인 기가 몸 안에 모였다가 흩어지는 것'(장횡거, 왕부지)으로 규정해 왔지만 나는 그것이 기만이 아니라 비트를 토대로 하여 새롭게 규정해야 한다고 생각한다. 인간의 몸은 '우주적인 기와 비트가 몸 안에서 충돌하면서 복잡한 긴장 관계를 유지하고 있는 상태'라고 규정해야 할 것이다. 이런 점에서 인간의 몸의 실존은 기와 비트와의 관계를 통해서 탐색되어야 한다.

인류의 운명이 곧 몸의 운명이라면 몸의 위기는 곧 인류의 위기가 될 수밖에 없지만 여기에서 우리가 반드시 간과하지 말고 깊이 고려해야 할 것이 있다. 몸의 위기가 기와 비트의 관계를 통해 드러나는 것은 사실이지만 이러한 둘 사이의 관계만이 아니라 기와 비트 각각의 차원에서도 그것이 드러날 수 있다는 것이다. 기로서의 몸과 비트로서의 몸의 실존을 위협하는 그 실체는 무엇일까? 지금, 여기에서 우리 인간은 기와 비트라는 환경을 벗어나 존재할 수 없다는 점에서 그 실체는 실로 공포의 대상이라고 할 수 있다. 기와 비트로서의 인간의 몸을 치명적인 위험 속에 빠뜨려 버릴 수 있는 그 힘의 실체란 다름 아닌 '바이러스'이다. 바이러스에 대한 공포는 문명이 발달하면서 점점 확산일로에 있을 뿐만 아니라 복잡성을 띄고 나타난다. 문명의 발달은 필연적으로 자연에 혹은 생명체에 은폐되어 있는 바이러스를 인간의 몸 안으로 침투시켜 치명적인 위협을 불러일으키기에 이르렀으며, 비트화된 몸인 컴퓨터의 네트 속으로 새로운 바이러스를 만들어 엄청난 속도로 그것을 침투시켜 시스템 자체를 마비시키고 있다.

　바이러스의 존재가 점점 더 공포스러운 것은 기와 비트 모두 정교하고 복잡한 네트워크를 이루고 있기 때문이다. 기로서의 몸과 몸 사이의 네트워크를 가능하게 해주는 것이 바람과 같은 단순한 기류가 아니라 자동차, 기차, 배, 비행기 같은 최첨단의 운송수단이다. 글로벌화된 세상에서 이러한 운송수단은 거리의 개념을 단숨에 무화시켜 생물과 생물, 생물과 무생물 사이의 바이러스의 경계를 급속하게 해체하기에 이른다. 최근 대유행 중인 '신종 인플루엔자'의 전 지구적인 확산이 이것을 잘 말해준다. 멕시코의 한 돼지 농장에서 발생한 신종 인플루엔자가 채 일 년도 되지 않아 전 세계로 확산된 데에는 거미줄처럼 연결된 운송망 때문이라고 할 수 있다. 전 지구적인 운송망은 거리의 개념을 무화시키고, 각 지역의 경계를 해체함으로써 신종 플루의 확산을 속도의 차원으로까지 끌어올리고 있다고 해도 과언이 아니다. 신종 플루가 두려운 것은 그것이 가지는 치사율 때문이라기보다는 바로 이러한 속도에 비례해서 확산되는 불안과 공포 때문이라고 할 수 있다. 신종 플루의 전 지구적인 급속한 확산은 바이러스로부터 더 이상의 안전지대는 존재하지 않는다는 것을 의미한다.

신종 플루의 확산에 따른 공포는 비트를 토대로 한 컴퓨터 네트워크에 오면 그 정도는 상상을 초월한다. 인터넷을 통한 바이러스의 확산 속도는 광속에 가깝다. 인터넷에서의 거리는 없다고 해도 틀린 말이 아니다. 멕시코에서 발생한 신종 플루 바이러스가 수개월 걸려 전 세계로 확산되었다면 인터넷을 통한 바이러스의 확산은 단 몇 초 혹은 몇 분이면 가능하다. 신종 플루 바이러스의 감염만큼 컴퓨터 바이러스의 감염 역시 인간의 실존에 치명적일 수밖에 없다. 신종 플루 바이러스가 몸 안으로 들어오면 정교하고 복잡한 몸의 체계가 이상을 일으키듯이 컴퓨터 시스템 역시 그러하다고 할 수 있다. 가장 좋은 방법은 바이러스를 제거하는 것이지만 저간의 사정으로 보면 그것은 불가능하다. 바이러스는 그것이 기든 아니면 비트든 그 몸 안에 영원히 내장하고 가야 할 공동 운명체이다. 여기에 인류와 인류 문명의 딜레마가 있다.

2. 기의 혼란과 바이러스의 역습

바이러스하면 무엇이 떠오를까? 아마도 공포부터 떠오를 것이다. 그렇다면 이 공포는 어디에서 기인하는 것인가? 이 물음에 대한 답을 우리는 최근의 신종 플루나 에이즈, 에볼라 등을 통해 알아낼 수 있다. 우선 이 단어들에서 우리가 가장 강하게 환기 받는 것은 죽음에 대한 공포이다. 다소 차이가 있지만 이들 질병의 치사율은 다른 사건과 사고의 사망률에 비해 그다지 높은 편이 아니다. 특히 신종 플루의 경우에는 그 치사율이 겨우 계절 독감 정도에 지나지 않는다. 이렇게 치사율이 낮음에도 불구하고 전 세계가 공포에 사로잡혀 있는 것은 분명 지나친 감이 있다. 하지만 그 사실을 감안하더라도 신종 플루 공포는 그것을 단순히 과장된 것이라고 몰아갈 수 없는 그 무엇이 존재한다. 지금, 여기에서 바이러스에 의한 죽음의 공포로부터 자유로운 사람은 없을 것이다.

신종 플루에서처럼 바이러스에 대한 공포는 매체를 통해 표현된 텍스트 어디서나 흔하게 볼 수 있다. 가령 볼프강 페터젠 감독의 〈아웃브레이크^{Outbreak}〉(1995)를 보자. 이 영화는 1976년 아프리카 자이르에서 실제로 출현해 수백 명의 목숨을 앗아간 에볼라 바이러스를 소재로 삼고 있다. 영화의 줄거리는 대강 이렇다. 아프리카 자이르^{Zaire}의 모타바 계곡 용병 캠프에서 의문의 출혈열이 발생해 군인들이 죽어나가자 미군은 용병 캠프에 폭탄을 투하한다. 그 후로 30여 년의 세월이 지난 뒤에 다시 자이르에 출혈열이 발생 감염자 모두가 사망하자 미국에 지원 요청을 한다. 이에 전염병 예방 및 통제 센터에 파견되어 있던 닥터 샘 다니엘즈 육군 대령$^{Sam Daniels}$(더스틴 호프만 분)은 자신의 친구이자 직속 상관인 빌리 포드 준장$^{General Billy Ford}$(모간 프리만 분)으로부터 그곳에 들어가 이를 조사하라는 명령을 받는다. 샘은 이 바이러스가 미국 전역에 퍼질 수 있다는 결론에 도달하여 정부 각료에게 비상조치를 취해줄 것을 요청한다. 그러던 중 이 바이러스에 감염된 자이레에 있던 원숭이 한 마리가 실험용으로 잡혀오다 검역소 직원에 의해 빼돌려 숲에 놓아진다. 이 원숭이와의 접촉으로 많은 사람들이 바이러스에 감염되고, 이 과정에서 샘의 아내인 닥터 로비 커우$^{Robby Keough}$(르네 루소 분)가 환자들을 치료하다 바늘에 찔려 감염된다. 다급해진 샘은 숙주 원숭이를 찾아나서고, 그것이 아프리카에서 한국인의 태극호라는 화물선에 실려 있음을 알게 된다. 천만다행으로 그 숙주 원숭이를 감리하던 직원은 숨겼지만 그가 찍은 사진이 언론을 통해 공개되어 가까스로 그 원숭이를 찾는데 성공한다. 그리고 그 숙주 원숭이에서 치료제를 개발해 로비를 구한다.

바이러스에 대한 공포가 잘 드러나 있는 영화이다. 에볼라 바이러스를 소재로 하고 있지만 영화 속에서 자이르 우림 지대를 휩쓸고 간 것은 에볼라보다 더 빠른 잠복기와 치사율 100%의 무시무시한 모타바 바이러스^{Motaba virus}이다. 이 바이러스는 공기를 통해 전염되고 내장이 녹는 무서운 바이러스이다. 만일 모타바 바이러스가 유행한다면 인류의 생존을 위협하고도 남을 만큼 끔찍한 일이 벌어질 것이다. 모타바와 같은 치사율이 높은 바이러스는 아직 발견되지 않았음에도 불구하고 그 개연성을 상상하고 또 표현하는 것은 이제 특별한 것이 아니다. 테리 길리암 감독의 〈12 몽키즈^{Twelve Monkeys}〉(1995)에서는 바이러스에 의해 인류가 거의 멸망하다시피 한 미래를 그리고 있다. 에볼라 바이러스보다 더 큰 파괴력을 지닌 신종 바이러스가 1967년 이후 계속해서 등장하고 있는 것이 사실이다. 이러한 여러 정황들은 실제로 영화와 현실의 경계를 모호하게 만들고 있다. 이제 영화 같은 현실이 실제로 벌어질 수도 있다는 공포가 팽배해지는 것이다. 계절 독감 정도의 치사율을 지닌 신종 플루에 대해 전 세계가 보인 과도한 불안과 공포가 이것을 잘 말해준다.

신종 바이러스와 변종 바이러스의 확산에 대해 공포를 느끼는 것은 어쩌면 당연한 것이라고 할 수 있다. 죽음 앞에서 불안과 공포를 느끼는 것은 살아 있는 생명체의 본능이라고 할 수 있다. 하지만 바이러스의 확산에 대한 과도한 공포로 인해 우리가 정작 놓치고 있는 중요한 진실이 있다면 이야기는 달라질 수 있다. 지금 우리가 보여주고 있는 과민 반응은 바이러스 자체를 낯설고 공포스러운 괴물과 같은 대상으로 간주하여 그것을 영원히 인간으로부터 추방하거나 소멸시켜버려야 한다는 의미를 내포하고 있다고 할 수 있다. 이것은 인간의 공포심과 이기심이 낳은 잘못된 생각이다. 바이러스는 유사 이래 인류와 함께한 생명체이다. 바이러스는 다른 생물의 세포 안에 들어가야만 비로소 생존할 수 있는 아주 기묘한 생명체이다. 이렇게 다른 생명체의 몸을 빌리는 것은 바이러스가 스스로 생존에 필요한 에너지를 만들거나 물질의 대사를 위한 어떤 도구도 가지고 있지 않기 때문이다. 바이러스는 오로지 "숙주세포에 침투해 들어가 그곳의 여러 도구를 활용해 자신을 복제하며 증식"시킨다. "생물로 보기에는 현격히 자격 미달이지만 일단 숙주세포만 있으면 자신과 같은 바이러스를 끊임없이 만들어낸다는 점에서 무생물"(『바이러스, 삶과 죽음 사이』, 이재열, 지호, 2005)이라 말할 수도 없다.

인간을 포함해 살아 있는 생명체라면 그것을 숙주로 만들어 버리는 특성을 지닌 바이러스는 인간의 의지와는 상관없이 지금까지 공생해온 것이 사실이며, 앞으로도 그럴 수밖에 없는 운명을 지닌 존재라고 할 수 있다. 우리 인간은 자신의 생명을 죽음으로 몰고 가기 때문에 그것을 마치 낯설고 공포스러운 괴물로 인식해 제거하려고 하지만 그것은 결코 사라질 수 없는 존재인 것이다. 사라지기는커녕 그것은 끊임없이 인간을 괴롭히고 또 위기로 몰아넣을 것이다. 바이러스와 인간 사이의 전쟁은 이미 시작된 지 오래며, 그 싸움은 한 치의 양보도 없는 살벌한 힘겨루기에 다름 아니다. 오히려 다양한 신종과 변종으로 몸 바꾸기를 거듭하면서 공격해 들어오는 바이러스에 인간의 저항은 이렇다 할 만한 성과를 거두지 못하고 있다. 이 사실은 우리 인간이 바이러스에 대한 적절한 저항과 동시에 그것과의 공생의 길을 모색해야 한다는 것을 말해준다. 바이러스와의 공생이라는 말이 낯설고 소름 돋는 일이지만 지금까지 인간은 바이러스와 함께 살아왔다고 할 수 있다. 비록 인간의 몸을 숙주로 하여 살아왔지만 그것 역시 부정할 수 없는 생명체인 것이다. 바이러스도 하나의 생명체라는 인식을 가질 때 공생의 길이 드러나며, 그것을 부정하고 배제해 버리면 불안과 공포만이 더 가중될 뿐이다.

바이러스는 지금까지 그 실체가 밝혀진 것 이외에도 무수한 종이 존재한다. 바이러스는 생태계 어디에도 존재하며, 그것들 고유의 영역이 있다. 우리 인간은 그것을 간과해온 것이 사실이다. 바이러스의 숙주인 생태계의 근거지를 인간이 함부로 파헤치고 개발함으로써 그 바이러스의 실체와 맞닥뜨리게 된 것이다. 자신들의 생존을 위해 바이러스는 몸을 바꾸면서 강력한 침투력으로 인간의 몸을 공략한다. 자신들의 숙주를 파괴당한 바이러스는 그것을 인간의 몸속에 마련하려 한다. 인간은 자신이 저지른 과오에 대해서는 반성하지 않은 채 몸속에 침투해 들어온 바이러스에 대해서만 과도하게 반응한다. 바이러스에 의한 감염이 다른 생명을 파괴한 것에 대한 대가라는 사실을 망각한 채 자신의 생명에 대한 방어에만 집착하는 인간의 모습은 이기주의의 한 극단을 보여준다고 할 수 있다. 바이러스의 인간 몸을 숙주로 한 침투는 의미심장한 데가 있다.

이 우주는 인드라망의 구조로 이루어져 있다. 그것을 이어주는 물질적이면서 정신적인 존재가 바로 기이다. 기의 흐름은 음양의 조화에 의해 이루어지며, 그것이 깨지면 우주 생명에 문제가 생긴다. 그런데 안타깝게도 지금까지 밝혀진 바에 따르면 우주 생명의 질서를 깨친 유일한 생명이 바로 인간이라는 것이다. 인간의 과도한 욕망이 우주 생명의 질서를 깨뜨렸으며, 그로 인해 일정한 혼란이 야기되어 기의 흐름이 우주의 리듬에서 벗어나게 된다. 이것은 기의 흐름의 혼란을 의미한다. 1967년부터 1990년까지 20여 종이나 되는 바이러스의 출현도 이러한 기의 흐름의 혼란과 무관하지 않다. 기의 흐름이 곧 생명의 흐름이기 때문에 다른 생명을 훼손하는 인간의 행위는 우주 운행의 질서를 뒤바꿀 정도의 음산한 기운을 발산할 수밖에 없다. 새로운 바이러스의 출현으로 항바이러스제의 개발에 혈안이 되어 있는 지금, 여기에서의 상황을 지켜보면서 바이러스와 인간 사이의 공생이 요원하다는 것을 절감하는 것은 바로 이러한 이유 때문이다. 바이러스의 역습이 시작되었다고 두려워하기 전에 먼저 우리는 기의 흐름을 본래대로 되돌려 놓을 수 있는 방법을 고민해야 하는 것 아닌가?

3. 비트의 욕망과 바이러스의 역습

기 차원의 바이러스의 출현은 인류의 역사, 더 나아가 지구의 역사만큼 이나 오래된 것이지만 비트 차원의 바이러스의 출현은 컴퓨터의 발명 이후부터이다. 컴퓨터 바이러스에 대한 개념은 1972년 초 소설가 데이비 드 제럴드의 공상과학소설 「할리가 하나였을 때When Harlie was One」에 처음 등장한다. 한 과학자가 '컴퓨터 시스템을 마비시키는 바이러스를 제작·배포시켜 혼란을 일으킨다'는 내용이 소설 속에 나온다. 하지만 이것은 어디까지나 소설 속의 이야기이고 실제로 컴퓨터 바이러스의 출현은 그로부터 10여 년이 더 지난 후의 일이다. 최초의 컴퓨터 바이러스 는 1985년 파키스탄에서 발견된 '브레인 바이러스Brain virus'라고 알려져 있다. 파키스탄의 한 프로그래머가 자신들이 공들여 개발한 소프트웨어 가 불법복제 되자 이에 바이러스를 제작해 디스켓을 통해 유포시킨 것이 그 유래이다. 이런 점에서 비트 차원의 바이러스의 창조자는 신이 아니라 인간이다. 그것도 아주 불온한 의도에 의해 만들어진 것이다. 이것은 컴퓨터 바이러스에는 인간의 검은 욕망이 잠재해 있다는 것을 의미한다. 하지만 일단 그것이 인간의 손을 떠나면 비트 스스로 욕망의 주체가 되어 무차별적으로 컴퓨터 시스템 안으로 침투하여 그것을 감염시킨다.

컴퓨터 바이러스는 기 차원의 바이러스와는 그 전파 속도가 비교가 되지 않을 정도로 순간적이고 또 전면적이다. 인간의 삶의 조건이 기를 토대로 하는 에코 생태학을 넘어 비트를 토대로 하는 디지털 생태학의 차원까지 확대된 상황에서 컴퓨터 바이러스의 출현은 인간의 실존적인 위기를 반영하고 있다는 점에서 주목에 값한다. 기 차원의 바이러스에 감염되면 인간의 몸이 기능을 상실하게 되어 죽음에 이르듯이 비트 차원의 바이러스에 의한 감염 역시 이와 다르지 않다. 컴퓨터 자체가 인간의 몸의 확장이라는 차원에서 보면 그것의 감염은 곧 인간 몸의 위기라고 해도 과언이 아니다. 인간은 자신의 몸을 컴퓨터를 통해 광속으로 끊임없이 전송하기 때문에 바이러스에 의한 감염은 곧 몸의 기능의 마비를 의미한다고 할 수 있다. 몸의 디지털화가 확산되고 심화될수록 컴퓨터 바이러스의 출현은 점점 더 인간의 실존을 위협하게 될 것이다.

컴퓨터 바이러스는 기 차원의 바이러스가 그렇듯이 다양한 신종과 변종의 출현을 야기한다. 브레인 바이러스$^{\text{Brain virus}}$ 이후, 13일의 예루살렘에 맞춰 등장한 예루살렘 바이러스$^{\text{Jerusalem virus}}$, 컴퓨터 파괴 바이러스의 원조인 모리스 웜 바이러스$^{\text{Morris Worm virus}}$, 미켈란젤로의 탄생일인 3월 6일에 활동하게 프로그램 된 미켈란젤로 바이러스$^{\text{Michelangelo virus}}$, 매크로 명령을 사용하는 프로그램의 데이터에 감염되는 매크로 바이러스$^{\text{Macro virus}}$, 이메일 바이러스의 효시인 멜리사 바이러스$^{\text{Melissa virus}}$, 특정 포트를 이용해 MS SQL 서버를 공격해 인터넷 대란을 일으켰던 슬래머 웜 바이러스$^{\text{Worm.SQL.Slammer, SQL-Overflow virus}}$, 1~2분 간격으로 컴퓨터를 강제 재부팅시키는 블래스터 웜 바이러스$^{\text{Blaster worm virus}}$와 웰치아 웜 바이러스$^{\text{Welchia worm virus}}$, 엄청난 양의 스팸 메일을 집중 발송하는 소빅. F 웜 바이러스$^{\text{Sobig. F worm virus}}$, 그리고 역대 최고의 전파 속도로 전 세계적으로 100만 대 이상의 PC를 감염시킨 마이둠 웜 바이러스$^{\text{Mydoom worm virus}}$ 등 이루 다 헤아릴 수 없을 정도로 새롭게 등장하는 바이러스는 그 자체로 하나의 역사를 쓰고 있다고 할 수 있다.

이러한 다양한 신종과 변종 바이러스의 침입에 두려움을 느끼지만 그것을 퇴치할 수 있는 백신의 개발은 미흡한 실정이다. 바이러스에 대한 공포는 그것의 역사에 비례할 것이다. 아직은 역사가 일천하지만 시간이 흐를수록 바이러스는 자기지능을 가지게 될 것이고, 그렇게 되면 그것은 하나의 생명체가 될 수도 있을 것이다. 그 생명체는 기를 토대로 하는 탄소 생명체가 아니라 비트를 토대로 하는 실리콘 생명체가 되는 것이다. 바이러스가 이렇게 실리콘 생명체가 되면 지금과는 비교할 수 없을 정도의 신종 혹은 변종 바이러스가 출현하게 될 것이다. 인간에게 이 실리콘 생명을 지닌 바이러스는 강력한 적이 될 수 있다. 그리고 만일 그 바이러스를 인간이 아닌 컴퓨터가 조종한다면 과연 어떤 일이 벌어질까? 이와 관련해 러셀 멀케이 감독의 〈레지던트 이블^{Resident} ^{Evil}〉(2007)은 우리에게 의미심장한 메시지를 던진다.

이 영화는 바이러스를 이용해 세계를 파멸로 몰아가려는 컴퓨터와의 대결을 다루고 있다. 어느 날 유전자 연구소인 하이브에서 치명적인 바이러스가 유출된다. 이로 인해 연구소의 슈퍼컴퓨터 레드 퀸이 인간의 통제를 벗어나 스스로 명령을 내리고 연구소 전체를 통제하는 사태가 발생한다. 만일 레드 퀸과 바이러스에 의해 좀비화된 연구소를 회복하지 못하면 인류는 파멸하고 만다. 인류를 파멸시키려는 레드 퀸과 그것을 막으려는 인간과의 숨 막히는 두뇌 게임이 벌어진다. 이 영화의 결론은 중요하지 않다. 여기에서 중요한 것은 인간에 의해 만들어진 컴퓨터와 바이러스가 인간을 향해 공격을 감행한다는 점이다. 인간이 그러한 공격을 적절하게 방어하고 그들과의 공존을 모색한다는 것은 인간이 만들어 낸 스토리에 지나지 않는다. 이들의 역습이 어떤 결과를 초래할지는 그 누구도 예견할 수 없다.

우리는 지금 컴퓨터를 지나치게 맹신하고 있다. 그것이 마치 무엇이든지 다 해결해 줄 수 있는 알라딘의 마술 램프쯤으로 생각하는 경향이 있다. 컴퓨터에 의존하면 할수록 인간은 자신의 고유한 아이덴티티를 상실할 위험성이 높아진다. 인간의 뇌를 컴퓨터로 대체한다든가 인간의 실제 모습과 행동을 컴퓨터의 가상의 이미지와 움직임으로 대체한다든가 하는 것은 자칫하면 거대한 프로그램의 운용 체계 속으로 아무런 의식이나 반성적인 인식 없이 함몰될 위험이 늘 존재한다고 할 수 있다. 이것은 컴퓨터에 아무런 의식이나 반성적인 인식 없는 욕망의 투사가 비극적인 결과를 가져올 수 있다는 것을 의미한다. 자신의 모든 욕망을 컴퓨터가 충족시켜 줄 것이라고 굳게 믿음으로써 인간은 더 이상의 욕망을 자신의 몸을 통해 육화 내지 체화하는 과정을 포기하게 되어 스스로 주체가 될 수 없는 지경까지 이르게 된다.

인간과 컴퓨터의 위치가 전도되어 자신이 종從이 되고 컴퓨터가 주主가 되면 〈레지던트 이블Resident Evil〉에서처럼 바이러스의 습격을 받아 좀비로 전락하게 될 것이다. 좀비가 되어버린 인간은 컴퓨터의 통제를 받으면서 자신뿐만 아니라 타인의 존재를 훼손하고 파괴하는 도구로 전락할 수밖에 없다. 아이러니하게도 인간은 자신의 욕망을 충족시켜 줄 좀비라고 굳게 믿어온 컴퓨터의 통제를 벗어나야지만 그 도구로부터 해방될 수 있는 것이다. 자신의 도구였던 것이 반대로 자신을 도구화하려는 예가 어디 이 영화뿐이겠는가? 인간과 컴퓨터 혹은 인간과 기계 사이의 관계를 그리고 있는 대부분의 소설, 영화, 드라마 등이 여기에 해당된다. 우리가 이 텍스트를 통해 환기 받는 가장 섬뜩한 공포는 컴퓨터, 기계(로봇), 바이러스 등의 역습이 시작되고 있다는 사실이다.

이것들 중에서 가장 현실감 있게 실제적인 공포로 다가오는 것은 바이러스라고 할 수 있다. 지금까지 출현한 바이러스만으로도 인간은 거의 노이로제 수준에 이르렀다고 할 수 있다. 늘 백신을 컴퓨터 안에 내장해 놓고 끊임없이 바이러스를 검사하고 또 치료하는 일은 이제 전자 병원 수준이라고 해도 과언이 아니다. 하지만 이렇게 한다고 해서 바이러스에 대한 공포가 사라지는 것은 아니다. 그것은 아직 출현하지 않은 바이러스 때문이다. 이미 그 모습을 드러낸 바이러스보다 더 공포감을 주는 것은 우리 인간이 한 번도 대면하지 못한 바이러스이다. 그것은 이 세계 어딘가에 은폐되어 있거나 아니면 누군가에 의해 만들어질 미지의 바이러스이다. 이러한 바이러스의 유출과 생성은 모두가 인간의 욕망의 산물이라고 할 수 있다. 결국은 인간의 욕망의 조절이 바이러스의 유출과 생성을 조절하고 이것이 곧 인류의 생존을 결정한다고 할 수 있다.

4. 공생의 조건

기와 비트를 토대로 하는 인간에게 바이러스는 분명 불청객임에 틀림 없다. 바이러스에 걸리면 어느 한 부분이 아니라 전체가 치명적인 손상을 입는다. 이 사실은 바이러스의 문제가 어느 한 개인의 불행으로 그치지 않는다는 것을 말해준다. 인간의 몸 안으로 침투해 들어와 생명에 치명적인 위협을 가하는 바이러스든 아니면 컴퓨터의 운용 체계를 혼란에 빠뜨리고 심지어 파괴하는 바이러스든 중요한 것은 그것이 관계망 속에서 작동하기 때문에 어느 누구도 그것으로부터 안전할 수 없다는 점이다. 기든 비트든 그것들은 우주의 시공간이나 미지의 시공간 속을 끊임없이 흐르는 존재들이다. 바이러스는 기와 비트로 된 체계를 숙주로 이용하면서 생존하는 운명을 지닌 존재이기 때문에 그것 역시 끊임없이 흐를 수밖에 없다.

바이러스에 대해 인간이 가지는 공포가 바로 여기에 있는 것이다. 아직까지 그 백신이 개발되지 않은 에이즈 바이러스의 경우는 성이나 혈액 관계를 통해 퍼질 수 있지만 최근 유행하는 신종 플루는 공기를 통해 감염될 수 있다는 점에서 훨씬 더 전면적인 공포를 불러일으킬 수 있는 존재라고 할 수 있다. 신종 플루에 대한 다양한 예방책과 백신이 개발되어 있음에도 불구하고 그 공포감이 줄어들지 않고 있는 것은 그것이 기의 흐름 속에 놓여 있기 때문이다. 거미줄처럼 연결되어 있는 각종 망을 통해 기의 흐름이 전 지구적으로 확산되고 있는 현실을 실시간으로 접하면서 우리의 공포감은 그것을 스스로 이해하고 판단할 여유를 상실하게 된다. 만일 바이러스의 공포가 일상을 점령해버리면 우리는 노이로제 상태에 처하게 될 것이다. 바이러스로부터의 위기를 늘 의식하고 그것으로부터 벗어나려고 하는 자아의 방어 본능이 작동하면서 노이로제는 발생하는 것이다.

하지만 바이러스로부터 벗어나려는 자아의 방어 본능은 그 문제를 해결하기 위한 좋은 방법이 아니다. 회피하려고 하면 할수록 바이러스에 대한 공포가 사라지는 것이 아니라 그림자처럼 은밀하게 의식의 심층에 자리하면서 끊임없이 그 공포를 확대·재생산할 것이다. 바이러스를 온전히 제거하는 일은 불가능하다. 바이러스를 온전히 제거한다는 것은 곧 그것의 숙주인 인간의 몸이나 생명체를 제거한다는 것을 의미한다. 숙주가 사라지면 스스로 생명의 에너지를 만들어낼 수 없는 바이러스도 사라지는 것이다. 이러한 사실은 바이러스와 숙주, 곧 인간이 공생할 수밖에 없다는 것을 의미한다. 바이러스가 인간의 몸을 숙주로 삼는다는 것은 그 몸에 어떤 이상이 있기 때문이다. 몸의 이상은 곧 기의 흐름의 이상을 말한다. 기의 흐름에 문제가 생겨 몸 안으로 바이러스가 침투해 들어온 것이다. 바이러스의 침투가 몸의 이상을 드러낸다면 이 둘은 서로의 존재를 비추는 거울과 같은 것이라고 할 수 있다. 바이러스를 통해 몸을 보고, 몸을 통해 바이러스를 본다는 논리가 성립되는 것이다. 바이러스를 하나의 생명체로 인정한다면 인간의 몸의 죽음은 곧 바이러스의 삶이고 바이러스의 죽음은 곧 인간의 몸의 삶을 의미한다.

바이러스도 하나의 생명체라는 사실을 인정할 때, 그것에 대해 가지는 온갖 편견과 부정적인 것들이 사라질 수 있다. 생명체는 생명체로서의 존재 이유가 있는 것이다. 어쩌면 바이러스가 인산의 봄을 공격하는 데에는 인간의 차원을 넘어서는 어떤 타당한 이유가 있다고 할 수 있다. 바이러스 퇴치를 우리는 아무런 의심 없이 받아들이지만 여기에는 어떤 당위성이 존재하는 것은 아니다. 극단적으로 바이러스의 공격으로 인간 생명이 사라져도 우주 생명 전체의 차원에서는 그다지 큰 문제가 될 것이 없다. 우주 생명의 차원에서 보면 인간이야말로 바이러스 같은 존재라고 할 수 있다. 우주 생명의 고리가 인간에 의해 끊어지고, 그것이 엄청난 기의 흐름의 혼란으로 이어지고 있다는 사실을 상기한다면 인간이야말로 바이러스 같은 존재라고 해도 크게 틀린 말이 아니다. 자신의 생명을 보존하려는 이기적인 유전자를 모든 생명체들이 가지고 있다. 하지만 그것은 어디까지나 최소한의 생존을 위한 차원에서이다. 인간은 이미 이 차원을 훨씬 넘어서 있다. 인간 생명이 소중하면 다른 생명체의 생명도 소중한 것이다. 바이러스와 인간 사이의 공생도 이런 차원에서 이루어져야 할 것이다.

5. 아랫도리와 이미지의 매혹

1. 아랫도리의 뜨거움과 배설의 시원함

영화 〈쌍화점〉은 쌍화점일 뿐이다. 〈쌍화점〉의 뿌리는 통속에 있다. 영화에 모티프를 제공한 고려속요 〈쌍화점〉의 남녀상열지사男女相悅之詞가 그 통속의 표상이다. 이러한 명명이 도덕군자를 자처한 조선의 사대부들의 정치 논리에 의해 이루어진 것이라는 점에서 당연히 〈쌍화점〉은 금기의 대상이 되어 이 이상 국가로부터 추방되기에 이른다. 이것은 조선이 사유와 행위의 장에서 아랫도리의 담론을 추방했다는 것을 의미한다. 아랫도리보다는 윗도리 특히 고상하고 이상적인 관념을 숭배하면서 수정궁 같은 이상 국가를 건설하려고 했던 것이다. 하지만 이것은 억압하고 추방한다고 해서 사라질 성질의 것이 아니다. 아랫도리 없이 어떻게 온전한 하나의 몸이 존재할 수 있겠는가? 만일 이 일이 가능하다고 믿는다면 그것은 지독한 관념이다. 아랫도리는 관념 속에서나 추방될 뿐이지 실재의 차원에서는 언제나 거기에 존재하면서 윗도리에 대한 은밀한 저항과 전복을 노린다.

이러한 저항과 전복의 표출이 바로 몸을 통한 배설이다. 몸의 구멍을 통해 배설하는 똥, 오줌, 침, 피, 정액 등은 늘 더러운 것으로 간주되어 은폐되어 온 것이기 때문에 이것들의 등장은 그 자체가 하나의 징후가 된다. 어떤 현상 속에 이것들이 대거 등장한다는 것은 그것을 관리하고 통어하는 체계나 제도가 붕괴되고 해체된다는 것을 의미한다. 이것은 개인이나 국가나 다를 바 없다. 만일 이 문제가 국가 차원으로 이어진다면, 그리고 그 국가가 폐쇄된 국가라면 그것들의 출현은 강한 정치성을 드러낼 수밖에 없다. 영화의 처음부터 끝까지 남녀의 섹스 과정을 보여주었음에도 불구하고 그것이 파시즘에 대한 강한 정치성을 드러내고 있다는 평가를 받고 있는 〈감각의 제국〉이 그 대표적인 예이다. 개인이나 국가나 관리와 통어의 권력이 강하게 작동하고 있는 경우 그것들의 등장은 그만큼 더 징후적이라고 할 수 있다. 이런 점에서 개인이든 국가든 그 징후가 강하면 결국 파국(죽음)을 맞을 수밖에 없다.

몸의 배설의 징후가 이러한 의미를 지닌다는 것은 중요하다. 하지만 이것보다 더 중요한 것은 몸의 배설이 가지는 대중화된 통속성이다. 누구나 몸을 통해 배설한다는 사실보다 더 보편타당한 진실이 또 있을까? 우리 인간의 삶을 지배하는 비중의 정도가 이성보다 감성, 특히 몸을 통한 배설에 있다는 사실을 새롭게 인식하는 것은 존재론적인 차원에서 의미 있는 일이라고 할 수 있다. 다소 장황하게 몸의 배설 이야기를 한 것은 우리가 '쌍화점'이라는 말에서 느끼고 생각하는 역사적으로 관습화된 상징에 대해 말하기 위해서이다. 역사적으로 관습화된 상징은 이미 그 자체가 통속적이며 그 안에 엄청난 대중성을 지니고 있다고 볼 수 있다. 〈쌍화점〉이라는 텍스트가 가지는 이러한 통속성과 대중성을 의식 혹은 무의식적으로 학습 받아 온 유하의 경우 그것을 활용할 가능성은 크다고 할 수 있다. 더욱이 영화에 입문하기 전에 그가 문학판에서 보여준 것이 대중문화 속의 키치적인 세계라는 점을 상기한다면 그 가능성은 더 크다고 할 수 있다.

　영화 〈쌍화점〉은 그동안 유하가 견지해온 이와 같은 코드에서 벗어나지 않는다. 흔히 이 영화에 대해 이야기할 때 동성애를 거론한다. 왕(주진모)과 그의 호위무사인 홍림(조인성) 사이의 관계를 그렇게 규정한다. 왕의 홍림에 대한 관심을 넘어 과도한 집착에까지 이른 상황을 고려한다면 이것은 틀린 말이 아닌 것처럼 들린다. 영화의 말미에 서로에게 칼을 겨누면서 왕이 홍림에게 "너는 나를 한번이라도 정인이라고 생각했던 적이 있었느냐"라고 묻는 장면은 연인들이 품을 수 있는 어떤 절절한 감정을 느낄 수 있게 하는 것이 사실이다. 그러나 왕의 절절한 물음에 홍림은 "없습니다"라고 답한다. 홍림의 이 말은 둘 사이에 진정한 동성애 관계가 성립되지 않는다는 것을 의미한다. 홍림의 왕에 대한 감정은 연정이라기보다는 임금과 신하 사이의 주종 관계에 의해 성립되는 일종의 공경의 감정일 뿐이다. 진정한 동성애란 어느 일방의 감정이나 육체적인 욕망만으로 성립되는 것이 아니라 쌍방의 소통을 통해 이루어지는 것이다. 왕은 동성애자인지 모르지만 홍림은 오히려 이성애자라고 할 수 있다. 어릴 때부터 궁에서 왕의 친위 부대인 건룡위 무사로 자라면서 이성에 대한 자신의 감정을 느낄 기회가 주어지지 않았을 뿐이다. 홍림은 왕의 남색의 대상이 되면서 '왕'과 '나' 둘밖에 없는 상상계 속에서 길들여진 것이다.

　그러나 이 상상계는 왕에 의한 왕후(송지효)와의 대리 합궁을 통해 깨진다. 한 번의 거부 이후에 왕후와의 합궁 과정을 거치면서 홍림은 자신의 진정한 연정의 대상이 왕이 아니라 왕후임을 깨닫는다. 임금과 신하 사이에서 비롯되는 관념의 감정이 아니라 남자와 여자 사이의 몸

섞음을 통해 자신의 성적 정체성을 발견한 것이다. 왕후에 의해 불어넣어진 홍림의 욕망, 다시 말하면 성 정체성의 충격파는 궁에서의 길들여짐의 정도에 비례한다. 어쩌면 두 세계는 차원이 다른, 도저히 화해하기 어려운 세계라고 할 수 있다. 한번 왕후에 의해 불어넣어진 욕망은 왕과 신하와의 관계라는 견고한 상징계에 구멍을 낸다. 이 구멍으로 인해 홍림은 왕에게 다시 돌아가지 못한다. 홍림의 결핍은 끊임없이 욕망을 부르고 왕후와의 섹스를 통해 그것을 채우려고 한다. 홍림의 욕망은 결국 그를 죽음에까지 이르게 한다.

이러한 사실은 홍림이 동성애자가 아니라 이성애자라는 것을 명백하게 보여주고 있는 증거이다. 이런 점에서 이 영화에 대해 동성애 운운하는 것은 왕과 홍림 사이의 관계를 제대로 간파하지 못한 데서 비롯된 오해라고 할 수 있다. 퀴어 영화로서 〈쌍화점〉은 함량 미달이다. 그것은 홍림의 몸이 말해준다. 그는 선천적으로 이성애자의 몸이다. 이 몸을 동성애자의 몸이라고 광고한 것은 일종의 대중화 전략이다. 이 전략은 이미 〈쌍화점〉의 홍보 포스터에서 강하게 드러난다. 왕과 홍림의 그 야릇한 눈빛은 그 전략을 은폐하기에 충분하다. 관객은 그 두 사람의 눈빛에 매료되어 동성애를 상상하지만 기실 그것은 감독의 의도된 전략이며, 이 사실을 액면 그대로 받아들이는 것은 '의도적 오류'를 범하게 된다는 것을 의미한다. 또한 이 영화가 퀴어 영화로서의 함량 미달이라고 비판하는 것도 의도적 오류의 일종이라고 할 수 있다. 영화에서의 왕과 홍림 사이의 어설픈 혹은 설왕설래하는 섹스 장면은 동성애라는 상징적인 기표 내에 존재하는 얼룩 같은 것이라고 할 수 있다.

동성애를 동성애가 아니라 대중적인 전략으로 이용한 감독의 저의에 대해 묻고 싶지도 또 따지고 싶지도 않다. 애초에 감독이 겨냥한 것이 성적 소수자로서의 그들의 정체성이 아니기 때문이다. 그가 겨냥한 것은 다수 대중의 통속성에 기반 한 멜로극이라고 할 수 있다. 사실 〈쌍화점〉을 지배하고 있는 코드는 '트라이앵글 러브 스토리'라는 진부하지만 오랜 시간을 거치면서 철저하게 검증된 대중적인 중독성을 지닌 구도이다. 이 구도에서는 모두가 행복할 수 없다. 한 사람은 이 구도에서 아웃되어야 한다. 그것은 자의식의 상처뿐만 아니라 그의 영혼까지도 불안하게 하는 치명적인 것이다. 특히 홍림이 동성애자가 아니라 이성애자라는 점에서 보면 이미 이 삼각 구도에서 아웃되어야 하는 존재로 운명 지어진 왕이 보여주는 불안은 이 영화의 압권이라고 할 수 있다. 홍림을 왕후와 대리 합궁을 시키고, 그것을 문틈으로 지켜보는 왕의 눈빛은 한 나라의 지존의 모습이 아니라 연인의 마음이 자신으로부터 떠날 것을 두려워하고 불안 해하는 연약한 한 인간의 모습이다.

왕의 불안은 홍림과 왕후와의 합궁과 시가에서의 정사가 계속될수록 깊어지고, 급기야 그것은 애증의 형태로 폭발한다. 영화는 본격적으로 왕의 눈을 통해 홍림과 왕후의 정사를 보게 한다. 왕의 눈으로 보기 때문에 관객은 편하게 홍림과 왕후의 정사를 보지 못한다. 편하지 않다는 것은 오히려 즐김의 강도를 높이는 효과를 유발한다. 감독이 노린 것도 바로 그것이다. 영화는 점점 노출 수위를 높이고, 급기야는 홍림과 왕후의 알몸을 스크린에 투사하면서 엿보기의 쾌감을 극대화한다. 섹스의 쾌감 은 도덕적으로 혹은 윤리적으로 안정되고 안전한 침실보다는 그것이 위태롭거나 불안한 장에서 행해질 때, 여기에서 비롯되는 긴장감으로 인해 더 강도 높게 그것을 즐길 수 있다. 이 긴장은 우리가 포르노를 보면서 느낄 수 없는 것이다. 왕의 눈으로 보는 데서 비롯되는 이 긴장이 베일 역할을 하면서 정사 자체를 싫증나지 않게 하는 것이다.

이제 관객들은 팔관회 당일 왕이 왕후의 부재를 확인하는 순간, 긴장이 고조되면서 그것이 무엇을 의미하는지를 자연스럽게 알게 된다. 그로 인해 빠르게 카메라는 팔관회에서의 왕의 얼굴과 어두컴컴한 서가에서의 왕후와 홍림의 정사 장면을 번갈아가면서 잡는다. 긴장은 적절한 순간에 절정에 이르러야 관객의 배설을 유도할 수 있다. 하지만 영화는 그 지점을 놓친 감이 없지 않다. 그것은 홍림의 머뭇거림을 끼워 넣은 다음 그것을 보여주었기 때문이다. 홍림의 머뭇거림은 충분히 고려해야 할 사항이지만 그러기에는 영화에서 그의 고뇌, 다시 말하면 그의 내면의 갈등이 하나의 흐름을 유지하면서 깊이 있게 처리되지 않고 있다. 내면의 갈등보다 그의 이성에 대한 성적 욕망에 포커스를 맞춘 결과라고 할 수 있다. 만일 홍림의 내면의 갈등을 깊이 있게 다루었다면 영화는 통속적인 코드가 아닌 보다 장중하고 비극적인 극의 형태로 흘렀을 것이다.

그러나 유하가 선택한 것은 멜로이다. 멜로에 충실하기 위해 영화는 홍림을 거세시키고 왕과 홍림에게 칼을 쥐어준다. 홍림의 거세는 정사의 긴장을 이어가려는 감독의 선택으로 볼 수 있다. 거세당한 홍림은 더 이상 남성성을 행사할 수 없게 됨으로써 몸을 통한 이성애의 파국을 맞는다. 이것은 그에게 죽음보다 더한 고통이다. 왕후와의 몸 섞음을 통해 자신의 이성애적 정체성을 발견한 홍림은 더 이상 자신의 욕망을 옮겨갈 수 없게 된 것이다. 욕망의 정지는 곧 죽음이다. 이것은 왕과 왕후 그리고 홍림의 삼각관계에서 어느 누구도 사랑을 온전히 성취하지 못했다는 것을 의미한다. 이렇게 되면 영화는 모든 소멸을 통한 허무의지의 실현 쪽으로 흘러갈 수밖에 없다. 몸으로 이야기하면 이제 시체가 출현할 때이다. 죽음이 정액에서 색깔을 바꿔 피로 변주되면서 '압젝션'의 최고 형태인 시체가 출현하게 되는 것이다.

하지만 시체의 출현으로 표상되는 영화의 카니발은 왕과 홍림이 서로의 몸을 칼로 난도질하는 일장활극의 형태로 드러난다. 왕이 호위무사로, 호위무사가 왕으로 서로의 위치가 전도되면서 묘한 쾌감 같은 것이 일어나야 되지만 영화에서는 계급의 상하 관계가 의미를 상실했기 때문에 그러한 쾌감은 일어나지 않는다. 이들은 계급의 상하 관계를 떠나 모두 실연당한 존재들이기 때문이다. 이렇게 되면 서로의 몸에 칼을 꽂고 난도질 하는 행위 자체가 의미를 상실해 버린다. 여기에는 유쾌한 반란도 없고, 숭고하고 장엄한 비극도 없으며, 과도한 감정의 과잉과 통속화된 싸움만이 존재할 뿐이다. 이것이 멜로의 특장이다. 누가 뭐라고 해도 지금은 멜로의 시대이다. 멜로의 진부함과 통속함을 비웃으면서도 우리는 한시도 그 곁을 떠나지 않는다. 아니 못한다. 이성과 감성, 정신과 육체, 숭고와 통속, 일상과 초월, 현실과 환상, 의미와 무의미, 가상과 실재 사이에서 우리는 심한 이중성의 딜레마를 앓고 있다.

〈쌍화점〉은 통속성에 대한 진부하지만 보편타당한 감각을 다시 한 번 보여준 영화이다. 고려속요인 〈쌍화점〉의 남녀상열지사의 통속성이 지금도 유효하다는 것을, 특히 그것이 영화와 만나면서 보다 집중화되고 극대화되는 경향을 보인다는 것은 그것이 미래에도 사회적으로 효용성 있는 존재로 기능하게 될 것이라는 사실을 잘 말해준다. 통속성의 사회적 효용성이 이러하다면 분명 그것에 대한 탐구는 그 의미가 크다고 할 수 있다. 하지만 통속성에 대한 탐구는 그 관심의 정도에 비해 그것에 대한 해석은 다양하지도 또 깊이 있지도 않은 것이 사실이다. 아직 통속성에 대해 이렇다 할 만한 미학이 정립되어 있지 않다. 영화 〈쌍화점〉의 통속성이 단순히 본능적인 끌림에만 있지 않을 것이다. 그렇다면 그것은 어디에 있는 것일까? 이 물음은 문학판에서 '키치 향유자'이면서 동시에 '키치 비판자'였던 유하가 영화판으로 가면서 키치 비판자로서의 면모를 상실한 것과 다르지 않다. 유하 개인의 문제인가? 아니면 영화라는 매체적인 속성의 문제인가? 그것도 아니면 영화판 혹은 현대 사회 전체의 구조나 메커니즘의 문제인가? 다시 통속성으로 돌아가자. 영화는 통속적이면 안 되는가? 된다면 그 이유는 무엇인가? 여기에 대해 유하는 이제 답을 해야 한다. 통속성을 향유하면서 동시에 통속성에 대해 반성적인 거리를 가져야 할 때이다. 이것은 단순히 통속성에 대한 비판을 의미하는 것이 아니다. 유하다운 유하만의 색깔을 가진 영화를 위해서는 통속성에 대한 깊이 있는 성찰이 있어야 한다는 이야기이다.

2. '자연스럽다', '자유롭다'

강도하의 『발광하는 현대사』를 '발기하는 현대사'로 읽는다. 이 만화에서의 '발광'은 발기에 이르는 광적인 행위이며, 이것이 곧 현대사의 동력이라는 것이 제목이 은폐하고 있는 의미이다. 이때의 '현대사'는 이 만화의 주인공 '현대'의 역사이면서 동시에 현대 인류의 역사라는 이중적인 의미를 드러낸다. 이런 점에서 이 만화의 주인공 '현대'의 의식과 행위는 메타포적이다. '현대'의 의식과 행위가 그 개인 차원을 넘어 인류 전체에 대한 메타포적인 의미를 띤다면 그를 읽어내는 일은 단순한 '바라보기'가 아니라 '보여지기'의 일환으로 간주할 수 있다. 내 자신이 누군가에 의해 보여질 때 욕망은 끊임없이 변주되면서 일정한 생산성을 담보하게 되는 것이다.

이 만화의 초점이 '현대'에게 있다면 우리는 필연적으로 '섹스'의 문제와 맞닥뜨릴 수밖에 없다. 인간에게 섹스는 식욕과 함께 가장 본질적인 욕망 중의 하나이다. 하지만 식욕에 비해 섹스는 훨씬 복잡한 문맥을 거느리고 있다. 그것은 섹스와 같은 성욕이 인류의 문화나 문명과 긴밀하게 관계하고 있기 때문이다. 섹스는 단순한 실존의 문제를 넘어 인간의 이성에 의해 통제되고 조절되는 문화사와 문명사의 한 장으로 존재해온 것이 사실이다. 프로이트, 마르쿠제, 푸코 등이 제기한 성은 모두 문명에 의한 억압의 산물이지만 그것이 늘 문명에서 배제되고 소외되어온 것만은 아니다. 마르쿠제처럼 그것을 해방하여 문명의 새로운 동력으로 이해한 이도 있다. 하지만 성의 해방과 문명과의 억압 없는 화해는 현실적으로 쉽지 않다. 어쩌면 프로이트와 푸코가 이야기한 것처럼 여전히 '지금, 여기'에서의 성은 터부시되거나 권력과 지식의 관계로부터 자유롭지 않다.

성의 해방 문제가 오랜 시간 온전히 해결되지 않은 채 논쟁의 중심에 자리하고 있는 것은 성에 대한 복잡성과 보수성을 말해준다. 성에 대해 비교적 자유로운 태도를 견지해온 예술의 경우에도 그 문제는 늘 논란의 대상이었던 점을 상기한다면 『발광하는 현대사』역시 여기에서 비껴갈 수 없을 것이다. 시작부터 작가는 이 만화의 의도가 '섹스'에 있음을 밝힌다. 만화가 '현대'와 '민주'의 익숙한 섹스에서 시작한다는 것은 이들 혹은 우리의 삶에서 그것이 새롭거나 특별한 것이 아니라는 사실을 말해준다. 비록 섹스를 부부의 침실로 국한시키기는 했지만 그것은 일상만큼 익숙한 인간의 삶의 한 과정으로 볼 수 있다. 이것은 섹스에 무슨 고상하고 숭고한 의미 부여를 하는 것이 오히려 그것을 억압할 수 있다는 것을 의미한다. 만화 속 '현대'는 이러한 억압에 저항하는 인물로 그려져 있다. 그의 저항성은 성의 상품화라는 오해를 불러일으킬 정도로 섹스 탐닉적인 데가 있다.

'현대'의 섹스 파트너는 무차별적이다. 그는 결혼을 통해 사회적으로 제도화된 섹스 파트너인 아내('순이')가 있음에도 불구하고, 2년 동안 섹스 파트너로 지내온 '민주'와의 관계를 끊지 못한 채 끊임없이 그녀에게 섹스를 요구하고, 자신의 강의를 들으러 온 '주부 학생'과 스스럼없이 섹스를 할 뿐만 아니라 대학 후배인 '미정', 화랑 관장인 '영희'는 물론 카페 아르바이트생인 '민중'과도 섹스를 한다. 프로이트 식으로 이야기하면 그는 섹스 고착증 환자라고 할 수 있다. 하지만 다른 시각에서 보면 그는 섹스 해방론자라고 할 수 있다. 그의 섹스 탐닉은 탐닉 그 자체로 보이기도 하지만 보다 찬찬히 들여다보면 그것이 궁극적으로 겨냥하고 있는 것이 탐닉을 넘어서고 있음을 알 수 있다. 그가 '주부 학생'과의 섹스를 사랑이 아니라 섹스 그 자체일 뿐이라고 단호하게 일갈하는 장면이라든가 '민주'와 결별하고 나서도 계속 섹스하자고 하는 장면, 또 '영희', '미정', '민중'과 그때그때의 느낌에 따라 행동(섹스)하는 장면은 우리로 하여금 그를 섹스 탐닉자로 인식하게 한다.

이러한 인식은 잘못된 것은 아니다. 그는 분명 섹스 탐닉자임에 틀림없다. 하지만 그의 섹스 탐닉이 집착을 넘어 고착의 상태로 넘어간 경우는 '민주'를 제외하고는 없다. 그가 '민주'와 이별을 하고서도 끊임없이 그녀와의 섹스에 집착하는 데에는 섹스 그 자체의 순수하고 자연스러운 행위에 대한 탐닉만이 작용하고 있는 것일까? 이 물음은 가령 〈감각의 제국〉에서 두 남녀의 섹스에의 탐닉이 섹스 그 자체의 순수하고 자연스러운 행위에 대한 탐닉으로만 해석될 수 있을까? 하는 사실과 다르지 않다고 할 수 있다. 이 영화에서의 두 남녀의 죽음에 이르는 섹스에의 탐닉은 일본 군국주의에 대한 비판의 의미를 지니고 있는 것으로 이해하는 것이 일반적이다. 이런 맥락에서 『발광하는 현대사』에 은폐된 그의 섹스에의 탐닉을 읽는 것은 어떨까? 그의 섹스에 대한 탐닉은 '민주'와의 관계에서 가장 잘 드러난다. 다른 이들보다 '민주'와의 관계에서 그의 섹스에 대한 탐닉은 집착이나 고착의 상태로 나아간다.

'현대'의 '민주'와의 섹스에 대한 집착은 만화 전편에 걸쳐 나타나지만 특히 말미에 와서 절정에 달한다. 그와 '악어와 악어새'의 관계에 있는 '춘배'의 호출을 받고 무지막지하게 몽둥이세례를 받아 죽어가면서도

'민주'와의 섹스를 상상하는 장면은 그것이 단순한 탐닉을 넘어 강한 의도와 목적을 지니고 있다는 것을 의미한다. 그렇다면 왜 하필 '민주'일까? '민주'에 대한 집착이 '현대' 개인의 섹스 취향일 수도 있지만 여기에는 그것을 넘어서는 작가의 의도성이 강하게 개입되어 있다고 볼 수 있다. 먼저 '민주'라는 이름에서 우리는 그것을 확인할 수 있다. 그가 섹스 파트너로 선택한 대상이 '민주'라는 사실은 그녀와의 섹스를 통해 그것을 억압하고 통제하는 권력으로부터 해방되고자 하는 의지가 강하게 투영된 것으로 읽어낼 수 있는 어떤 개연성을 말해준다. 만화에서 그와 '민주'와의 섹스를 통제하고 억압하는 존재는 '춘배'이다. '춘배'는 자신의 지위를 이용해 '현대'와 '미정'을 길들이고 이들의 미래까지도 통제하고 조절하는 절대 권력자이다. 이 사실은 '현대'가 그 권력으로부터 해방되기 위해서는 필연적으로 그와 맞서 싸워야 한다는 것을 의미한다.

'현대'의 '춘배'에 대한 저항은 그의 조교이자 그의 아이를 낳은 '미정'과의 섹스를 통해 구체화되기 시작하고, 그의 마초성의 집적체인 '민중'('춘배'와 '미정' 사이에서 태어난 딸)에 와서 극에 달한다. '춘배'에게 '미정'은 '현대'가 닿을 수 없는 권력의 정수에 놓인 존재이기 때문에 그것을 범했다는 것은 그 권력에 대한 정면 도전으로 볼 수 있다. '춘배'가 '현대'를 죽음으로 몰고 간 이유가 바로 여기에 있다. 하지만 '현대'의 권력에 대한 저항은 여기에서 그치지 않는다. 그의 진정한 복수는 '미정'과의 섹스를 밀실이 아닌 '방송실'에서 전국민을 대상으로 생중계하는 것에서 잘 드러난다. '민주'와 '현대'는 섹스를 중계하면서 그것을 중단하지 않고 끝까지 갈 것을 약속한다. 이들은 육체와 정신 혹은 몸과 마음이 분리된 상태에서의 불완전한 섹스가 아니라 이것들이 하나가 되는 온전한 섹스를 한다. 이런 점에서 이들의 섹스는 몸 따로 마음 따로인 상태에서 행하는 이전의 섹스와도 다르고 또 부부지만 늘 불안정한 상태에서 이루어지는 '영희'와 '철수', '현대'와 '순이'와의 섹스나 동거하면서도 섹스 없는 섹스를 하는 '훈이'와 '민주' 그리고 종속 관계에서 학대와 피학대 상태에서 행하는 '춘배'와 '미정', '현대'와 '주부 학생'과의 섹스와도 다르다.

'현대'와 '민주'가 한 몸이 되지 못한 상태에서 행한 2년간의 섹스는 서로의 몸만 탐닉한 그런 섹스였다고 볼 수 있다. '현대'가 결혼을 하게 됐다며 '민주'에게 이별을 통보했을 때 그녀는 '넌 아내와 섹스하면 되고 난 다른 수컷 찾으면 되'니까 '몸만 바뀌는 것'일 뿐 '서로 섹스는 하는 것'이라고 말하는 장면은 섹스의 공허함을 드러내는 것에 다름 아니다. 이들이 보여준 이러한 섹스의 공허함은 결혼과 불륜이라는 제도적인 구속에 의해 생겨난 것이지만 이들은 그 제도가 행사하는 권력에 맞서 싸우기보다는 적당히 타협하고 순응하면서 살았기 때문에 진정한 자유와 해방을 성취할 수 없었던 것이다. 섹스의 자유와 해방은 몸의 자연스러운 발기 혹은 발광에서 비롯되며, 제도와 제도화된 권력은 그것을 왜곡하고 터부시하여 인간의 자유로운 의지를 꺾어버린다.

이러한 상황에서는 섹스의 자연스러움이 자유로움으로 이어질 수 없다. 섹스에 대한 자유는 그것을 억압하고 구속하는 권력에 저항하지 않고서는 결코 획득할 수 없다. '현대'는 그것을 죽음의 순간에 깨달은 것이다. '춘배'의 권력에 죽음으로 저항하는 순간에 그의 발광은 끝나지만 섹스는 완성된다. 섹스가 그 안에 삶과 죽음을 함께 내장하고 있다는 점에서 작가의 죽음을 통한 삶의 역설 혹은 자연스러움에서 자유로움으로의 이행은 그 자체로 하나의 역사가 된다. 섹스에 대한 발광 혹은 발기가 생성과 소멸을 거듭할 때 그것이 하나의 역사가 된다는 인식은 이 만화가 은폐하고 있는 의미이다. 내러티브와 이미지의 결합이라는 만화의 특성상 섹스에 대한 '현대'의 발광 혹은 발기가 몸에 돋는 붉은 잎의 촉수로 강렬하게 표현됨으로써 섹스의 자연스러움에 대한 욕망이 잘 드러나 있다. 또한 섹스의 자유로움에 대한 욕망은 '현대'와 '민주'의 의지가 투영된 대사나 표정을 통해 드러나는데 특히 '현대'가 죽어가면서 '민주'를 애타게 부르는(원하는) 장면이 글자의 점층적인 크기의 조절과 기호의 추가적인 삽입의 방식으로 표현됨으로써 효과를 극대화하고 있다.

그러나 섹스에 대한 이러한 자연스러움의 표현과 자유로움의 표현이 얼마만큼 상호 침투적인지에 대해서는 쉽게 판단하기가 어렵다. 이것은 자연스러움에서 자유로움으로의 이행을 매개하는 과정이 치밀하지 못하다는 것을 의미한다. 만화에서 '현대'가 카페에서 '춘배'의 딸인 '민중'을 만나 섹스를 하는 장면이라든기 어떻게 '민중'이 '춘배'와 '미정' 사이에서 태어났고 자신의 딸과 '현대'가 섹스한 것을 어떻게 알았는지에 대한 과정이 구체적으로 제시되어 있지 않다. 이런 경우 그 과정을 유추할 수 있는 사건이나 배경에 대한 암시가 주어지지만 여기에서는 그것이 빠져 있다. '현대'와 '민중'과의 섹스와 여기에서 비롯된 '춘배'에 의한 '현대'의 죽음이 구체적으로 형상화되어 있지 않기 때문에 '민중'이라는 이름이 은폐하고 있는 메타포를 드러내기가 쉽지 않다. '민중'이 '춘배'의 딸이고 그 딸이 '현대'의 섹스 대상이 되었다는 것은 '춘배'로부터 '민중'을 해방시켰다는 것인지, 아니면 '민중'을 해방시키기 위해 자신이 희생의 제물이 되었다는 것인지 여기에 대한 구체적이고 치밀한 근거와 형상화가 이루어지지 않고 있다.

섹스는 그 안에 자연스러움과 자유로움을 동시에 지니고 있어야 한다. 이 둘은 상호 침투적이어야 하며, 이런 관계에서는 섹스의 자연스러움을 강조하면 할수록 그것은 곧 자유로움에 대한 강조가 된다. 작가가 『발광

하는 현대사』에서 보여주고 있는 섹스에 대한 다양한 시각과 방식은
권력에 의한 억압과 구속으로부터 벗어나려는 그의 자유로움에 대한
의지로 볼 수 있다. 이런 점에서 그가 보여주는 온전한 몸을 통한 섹스의
과정에서 드러나는 자유에 대한 의지를 간과한 채 자연스러움만을 본다
거나 반대로 자연스러움을 간과한 채 자유에 대한 의지만을 본다면 그것
은 이 텍스트를 제대로 해석한 것이라고 할 수 없다.『발광하는 현대사』에
서 섹스에 대한 자연스러움과 자유로움에 대한 작가의 의도를 발견하고,
그것이 다양한 시각과 방식으로 형상화되고 있다는 점을 발견하는 일은
우리 만화의 잠재태를 가늠해 볼 수 있다는 점에서 의의가 적지 않다.
섹스에 대한 금기는 자연스럽게 그것을 향유하면서 그 속에 은폐된 자유
의지를 발견하는 자에 의해 깨질 수밖에 없으며, 만화의 대중성과 통속성
은 그것을 실현하기 위한 어떤 가능성을 내재한 대표적인 양식이라고
할 수 있다. 만화 속 '민중'이 드러내는 의미와 '현대'와 '민주' 등의 인물들
이 드러내는 섹스는 각각 만화의 대중성과 통속성에 대한 메타포로 볼
수 있다. 이런 점에서『발광하는 현대사』가 지닌 의미는 단순함을 넘어
중층적이며, 이것은 곧 이 만화의 미덕이라고 할 수 있다.

3. 영혼을 삼켜버린 감각의 제국

21세기 영화 아이콘이 〈아바타〉(제임스 캐머런)가 될 것이라는 사실에
대해 의심을 하는 사람은 없을 것이다. 이 사실은 단순히 〈아바타〉의
전 세계적인 흥행 성공을 염두에 두고 하는 이야기가 아니다. 아바타에는
인류 문명사의 거대한 흐름 같은 것이 고스란히 내재해 있다. 인류 문명의
역사란 인간의 자연 혹은 신화로부터의 분리를 의미한다. 이러한 분리를

가속화시키고 있는 것은 테크놀로지이다. 근대 이후 테크놀로지의 급속한 발달로 자연이 아닌 문명이 인간의 새로운 존재 기반을 형성해 왔다. 이런 맥락에서 볼 때 인류 문명사의 토대는 인간의 몸에서 기계로, 기계에서 전자로 이동해 왔다고 할 수 있다. 미래의 인류의 문명은 전자, 특히 비트에 의한 디지털이 토대가 될 것이다. 디지털의 위력은 비트^{bit}가 자연의 토대가 되는 기^{氣}를 대신해 우리 존재의 모든 영역을 영토화하고 또 탈영토화하고 있는 지금, 여기의 상황을 통해서도 잘 드러난다.

디지털 테크놀로지의 지배력 행사는 에코(자연)의 상실로 이어진다는 점에서 문제적이다. 에코가 상실된 영역을 디지털이 점령하면서 새로운 자연 곧 인공 자연이 만들어지기에 이른다. 흔히 디지털 생태학이라고 불리어지는 이 인공 자연은 우리 인간으로 하여금 실재 자연을 망각하게 하는 결과를 초래한다. 디지털 생태학의 궁극은 인간의 몸의 감각의 회복에 있다. 디지털 테크놀로지로 인간의 몸의 감각이나 감성을 그대로 재현하도록 하는 데 목적을 두기 때문에 디지털 생태학은 갈수록 그 위력을 더하고 있다. 기계 문명의 시대에 하나의 고철 덩어리에 불과한 문명의 기기들에 디지털 생태적인 숨결을 불어넣어 새로운 생명의 인공 기기로 탈바꿈시키고 있는 지금, 여기 전자 시대의 상황이 그것을 잘 말해준다. 가령 기계 문명 시대에는 튼튼하고 힘센 자동차가 대세였다면 전자 문명 시대에는 부드럽고 섬세한 자동차가 대세라고 할 수 있다. 감성 공학을 표방하면서 디지털 장치나 디자인의 개발과 연구에 심혈을 기울이고 있는 자동차 회사의 상황이 얼마나 몸의 감각과 감성의 회복을 미래의 가장 중요한 전략으로 삼고 있는지를 알 수 있다. 심지어 EF^{Elegant} $_{Feeling}$ 소나타처럼 감각이나 감성을 직접적으로 표방한 자동차까지 등장하기에 이른 것이다.

이러한 디지털 테크놀로지의 궁극은 몸의 총체적인 감각의 부활을 지향할 수밖에 없다. 몸의 총체적인 감각은 평면(2D)보다는 입체(3D)의 상태에서 온전히 구현될 수 있다. 그것은 2D보다 3D가 시간과 공간의 속성을 구체적으로 드러내기 때문이다. 확실히 인간은 2D보다 3D에서 더 실감나는 생태 체험을 하게 된다. 전자시대의 생태 환경이 2D보다 3D를 지향하는 것은 이런 점에서 지극히 당연한 것이라고 할 수 있다. 어쩌면 멀지 않은 미래에 우리 인간은 3D, 더 나아가 4D의 디지털 생태계 속에서 자신의 삶을 향유하게 될지도 모른다. 이것이 유토피아인지 디스토피아인지의 판단은 섣불리 단정할 수 없지만 여기에서 중요한 것은 우리가 과연 디지털 생태계 밖에서 그것을 사유할 수 있느냐 하는 점이다. 나는 그것이 쉽지 않다는 것을 이번 〈아바타〉의 광풍을 지켜보면서 알 수 있었다.

〈아바타〉, 특히 3D로 체험한 세계는 황홀함 그 자체라고 할 수 있다. 3시간 내내 펼쳐지는 아바타 행성의 나비족의 세계는 사유가 아닌 감성이나 감각으로 나를 사로잡기에 충분했으며, 그 세계가 마치 내 몸의 일부라는 느낌마저 든 것이 사실이다. 나비족의 세계는 영화 속 세계일 뿐이라는 생각보다 그 세계 속으로 강하게 감정이 함몰되어 버림으로써 몸 자체가 현실 밖으로 헤어나기 어려운, 나비족의 몸과 내 몸이 다르지 않다는 착각을 하게 할 정도였다고 할 수 있다. 그만큼 이 영화에서의 3D의 위력은 실로 대단한 것이었다고 할 수 있다. 이 영화에서 보여준 상상력 자체가 우리를 압도했다기보다는 3D로 체험한 나비족의 세계가 우리를 압도했다고 볼 수 있다. 이미 몸을 통한 공간 이동이나 우주의 새로운 종족에 관한 이야기는 영화나 소설의 단골 메뉴가 되어 온 지 오래이며, 인간의 욕망이나 구원의 문제 역시 지겹도록 반복된 테마라고 할 수 있다. 이런 점에서 볼 때 〈아바타〉에 우리가 매료당한 것은 나비족의 원시적이면서도 신화적인 세계를 3D로 우리 앞에 던져놓았기 때문이다.

나비족 마을에 우뚝 서 있는 천상의 신과 지상의 나비족을 소통시켜주는 우주목hometree이라든가. 나비족과 공룡의 교감, 그리고 기묘한 지형과 동식물 등이 CG로 아주 섬세하게 처리되면서 디지털 생태계는 매혹적인 시공간으로 바뀐다.

〈아바타〉의 미학은 바로 여기에 있다. 이 현란한 영상의 위력 앞에 매혹당하지 않을 사람이 어디 있겠는가? 이것은 곧 '보는 것이 믿는 것Seeing Is Believing'이라는 영상 미학의 본질을 아주 구체적으로 구현한 것이라고 할 수 있다. 디지털 테크놀로지의 발달은 보는 것을 온전하게 믿게 만드는 방향으로 나아가고 있다고 해도 과언이 아니다. 보는 것의 강화는 디지털 시대가 근대적인 시선과 권력으로부터 자유롭지 못하다는 것을 의미한다. 시선이라는 보다 세련된 방식으로 인간을 통제하고 관리해온 것이 근대라면 지금 이 시대 역시 그것의 연장선상에 있다고 할 수 있다. 오히려 시선은 더욱 세련되고 정교해져서 그것에 의한 통제와 관리는 단순한 물질로서의 몸을 넘어 감성이나 영성의 차원으로서의 몸까지 나아간 것이 사실이다.

디지털 테크놀로지가 인간의 감성이나 영성까지 지배해버리면 인간의 자율성은 상실되고 말 것이다. 인간의 자율성은 대상과의 거리 확보를 통해 이루어진다. 어떤 대상에 함몰되어 버리면 그 대상의 실체를 제대로 이해하고 판단할 수 없다. 이 사실은 대상과 동일성의 사유를 하느냐 아니면 비동일성의 사유를 하느냐 하는 문제와는 다른 것이다. 여기에서는 이러한 사유 자체가 불가능하다. 〈아바타〉에 정신없이 빠져들면서 우리는 그 세계의 현란한 영상을 어떤 거리감도 없이 그대로 받아들이게 된다. 우리가 어떤 현상에 대해 비동일성이나 반동일성의 사유를 하는 것은 지극히 자연스러운 것이다. 어떤 현상에 대해 일정한 저항과 긴장이 전제되어야 그 현상을 제대로 이해하고 판단할 수 있다. 하지만 〈아바타〉

는 그러한 여지를 주지 않는다. 이것은 이 영화가 인간의 몸의 감각만을 극대화해서 사유 자체를 불가능하게 하고 있다는 것을 의미한다.

몸의 감각 중에서도 이 영화는 시각을 극대화하고 있다. 시각은 감각 중에서 가장 폭력적이고 억압적인 것이다. 흔히 시각을 남성 혹은 남성성에 비유하는 것도 이러한 이유 때문이다. 어떤 대상을 폭력적으로 지배해 버리면 그 대상은 더 이상 저항할 수 없게 된다. 이 사실을 인간으로 치환해보면 그것은 영화 〈아바타〉에 대한 인간의 저항 상실 혹은 무기력을 반영한다고 할 수 있다. 너무나 갑자기 느닷없이 들이닥쳐 인간의 몸의 감각과 사유를 조절하고 통제하는 힘의 권력화는 제국의 그것과 다른 것이 아니다. 감각의 제국 혹은 시각의 제국의 표상인 〈아바타〉의 느닷없는 침공에 속수무책인 우리의 모습을 일정한 거리를 가지고 들여다 볼 수 있는 여유조차 허락하지 않는 저 무시무시한 힘의 실체를 망각하는 것은 또 다른 불안의 뿌리를 우리 안에 심는 것이나 다름없다.

이와 관련해서 한 가지 아이러니한 것은 이 영화의 테마가 에코에 있다는 점이다. 문명화된 인간에 의한 나비족의 신화의 파괴와 그것에 대한 불안과 구원이 이 영화의 테마라는 것은 누구나 다 알고 있는 사실이다. 그런데 이러한 영화의 테마를 최첨단의 디지털 테크놀로지를 통해 구현한다는 것은 참으로 아이러니한 일이 아닌가. 우리는 이 영화를 보고 에코에 대한 이상을 가지게 되지만 그것이 디지털 테크놀로지에 의해 구현된 환상이라는 것을 망각한다. 나비족의 신화를 지키고 그것을 미래의 가치로 보존하는 것은 디지털 테크놀로지에 의해서가 아니라 자연 혹은 에코에 대한 가치의 인식과 실천을 통해서이다. 이러한 혼란은 인간이 디지털적인 생태와 에코적인 생태를 동시에 향유하고 있기 때문이다. 〈아바타〉의 저 현란한 디지털의 세계 속으로 끊임없이 미끄러져 내리다가도 우리 인간은 에코적인 기로 충만한 세계로 되돌아 와야 하는 존재인 것이다.

이렇게 에코적인 기의 세계로 되돌아온다는 것은 단순히 숨을 쉰다거나 생식 기능을 한다는 의미를 넘어서는 것이라고 할 수 있다. 인간에게는 기본적으로 영혼이라는 것이 있다. 영혼이란 테크놀로지에 의해 만들어지거나 조작될 수 없는 인간의 순수한 영역이라고 할 수 있다. 하지만 디지털 테크놀로지는 영혼조차도 감쪽같이 복제하여 그것을 마치 진짜처럼 이미지화하여 보여준다. 그 복제된 영혼에 현혹되어 자신의 영혼을 망각하는 일이 디지털 생태계에서 너무나 자연스럽게 이루어지고 있다. 인간의 영혼이란 눈에 보이지 않는 저 심원한 세계의 심층에 자리하고 있는 것이지만 디지털 테크놀로지는 그것을 이미지화하여 눈에 보이는 존재로 만들어버린다. 이 존재는 곧 믿음의 대상이 된다. 〈아바타〉의 판도라 행성에 사는 나비족의 형상이 드러내는 순수한 영혼의 이미지를 우리가 아주 자연스럽게 믿어버리는 것처럼.

디지털 테크놀로지의 세계에서는 무엇이든지 비주얼한 이미지로 드러내려 할 것이다. 여기에는 보는 것이 곧 믿는 것이라는 시각 중심주의의 논리가 작동하고 있기 때문이다. 〈아바타〉의 전 세계적인 흥행이 엄청난 매혹이면서 동시에 불길함의 징조로 읽히는 이유가 바로 여기에 있다. 이런 점에서 디지털 테크놀로지 시대의 존재성을 다채롭게 함축하고 있는 〈아바타〉는 문제적인 영화라고 할 수 있다. 이 영화는 인간이 아닌 아바타가 중심 표상이다. 아바타는 판도라 행성의 원주민인 '나비족'의 외형에 인간의 의식을 주입한 존재로 인간에 의해 원격 조종이 가능하다. 이것은 아바타가 온전한 인간이 아닌 인간의 그림자일 뿐이라는 사실을 말해준다.

이처럼 아바타는 스스로의 주체성을 상실한 존재이다. 이런 점에서 아바타는 디지털 시대의 인간의 의미를 강하게 환기한다고 할 수 있다.

어쩌면 지금 이 시대의 인간 역시 아바타처럼 디지털 테크놀로지에 의해 만들어지고 조작된 이미지에 자신의 영혼을 빼앗긴 그림자에 지나지 않는지도 모른다. 제임스 캐머런이 의도했든 의도하지 않았든 그가 창조한 아바타는 디지털 시대의 인간의 존재성에 대한 알레고리로 읽힐 수 있다. 하지만 그러기에는 아바타에 투영된 감독의 시선이 제국주의적이다. 그는 감각의 제국의 제왕이 되고 싶어 한다. 그의 시선에는 '바라봄'만 있을 뿐 '보여짐'이 없다. 그는 사신의 욕망이 곧 관객의 욕망이라고 간주한다. 그의 이러한 욕망은 관객에 의해 깨져야 함에도 불구하고 문제는 관객이 그것을 깨뜨릴 어떤 주체적인 시선도 가지고 있지 않다는 것이다. 이것이 계속되는 한 감각의 제국은 그 영토를 계속 확장해 나갈 것이다. 이렇게 되면 인간의 영혼을 삼켜버린 감각의 제국의 팽창은 곧 디지털 테크놀로지의 숙명인 동시에 인류 문명사의 숙명이 되는 것이다. 바로 이 점이 우리가 〈아바타〉에 매료만 당할 수 없는 이유라고 할 수 있다.

6. 우리 시대의 문화 지형도

― 몸의 문화를 중심으로

1. 몸과 문화의 알리바이

20세기에 들어와 문화에 대한 중요성이 새롭게 부상한다. 이 사실은 20세기에 들어와 커다란 문화 변동이 있었다는 것을 의미한다. 역사적으로 보면 문화 변동은 언제나 정신적·물적 토대의 변화를 동반한다. 가령 인간의 이성이나 경제적 합리주의라는 정신적·물적 토대가 형성되지 않았다면 인류사를 바꾼 르네상스 운동은 발생하지 않았을 것이다. 이런 맥락에서 볼 때 20세기에 들어와 일기 시작한 문화 변동은 아직 여기에 대한 본격적인 평가가 이루어지지 않아 이것의 역사적 의미를 규정할 수는 없다. 하지만 분명한 것은 르네상스 혁명에 견줄 만한 문화 변동이 시작되었다는 점이다. 이러한 문화 변동을 단적으로 표상하고 있는 말이 바로 'being digital'이다. 이 말의 의미의 요체는 'being'에 있다. 'being'은 존재의 진행을 의미하는 용어이다. 따라서 'being digital' 은 디지털이라는 존재의 진행 형태를 드러내는 용어라고 할 수 있다.

이 말을 단순히 디지털 혁명으로 번역할 수 없는 이유가 바로 여기에 있다.

이처럼 디지털은 존재 자체를 끊임없이 바꾼다는 의미를 내장하고 있다. 기존의 아날로그와는 다른 디지털이라는 새로운 존재의 차원을 끊임없이 열어 보인다는 의미는 곧 기존의 사회 문화와는 다른 세계를 끊임없이 생산한다는 것을 말한다. 디지털의 물적 토대를 이루고 있는 것은 'bit'이며, 이것이 지니고 있는 속성과 조합에 따라 세계는 우리가 상상할 수 없을 정도로 변화할 수밖에 없다. 이 비트를 토대로 한 컴퓨터와 같은 디지털 매체들의 변화 속도에 대해 우리가 그것을 쉽게 예측할 수 없는 상황에 놓여 있다는 것을 부정할 사람은 없을 것이다. 비트를 토대로 한 다양한 디지털 매체의 등장은 기존의 우리의 문화 지형도를 혁명적으로 바꿔놓고 있다. 우리는 지금 인터넷, 영화, 텔레비전, 스마트폰 등과 같은 디지털 매체에 의해 구성된 새로운 생태계 속에서 살고 있다. 아날로그적인 자연 생태계와 디지털적인 생태계는 본질적으로 회복하기 힘든 차이를 지니고 있는 것이 사실이다. 나는 그것을 자연 생태계의 물적 토대인 '氣'와 디지털 생태계의 물적 토대인 'bit'와의 비교를 통해 밝힌 바 있다.

먼저 디지털토피아와 에코토피아는 토대 자체가 다르다. 디지털토피아와 에코토피아의 토대가 되는 디지털과 에코는 각각 인공(문명)과 자연이라는 서로 대립적인 속성을 가진다. 인공과 자연이라는 이러한 차이는 디지털토피아와 에코토피아가 화합과 공존보다는 그 안에 불화의 요소를 더 많이 가지고 있다는 것을 의미한다. 지금까지 인류가 이룩한 문명이 자연의 희생을 통해 성립된 것을 상기한다면 이 불화는 어떤 뿌리 깊은 딜레마를 제공한다고 할 수 있을 것이다.

다음으로 디지털토피아와 에코토피아는 세계 인식 자체가 다르다. 디지털적인 인식이란 세계를 불연속적이고 불확정적인 방식을 통해 드러내는 것을 의미한다. 디지털은 존재 혹은 존재자 자체를 0과 1로 조각낸 다음 그것을 무한수열적인 조합을 통해 새로운 어떤 것을 생산해내는 것이다. 따라서 디지털적인 인식하에서는 우리가 도저히 상상할 수 없는 것까지 생산해냄으로써 잉여적인 양태를 보인다. 이 잉여성이 세계를 점점 더 불연속적이고 불확정적인 쪽으로 몰고 가는 것이다. 디지털적인 인식에 비해 에코적인 인식은 세계를 연속적이고 확정적인 방식을 통해 드러낸다. 에코적인 인식하에서 세계는 디지털에서처럼 갑자기 커지거나 (0) 꺼지는(1) 일이 없으며, 갑자기 검정색(0)에서 흰색(1)으로 변하는 일도 없다. 여기에서는 어떤 변화 과정을 거치지 않고 하나의 상태에서 다른 상태로 급변하는 그런 일은 일어나지 않는다. 따라서 잉여적인 양태라는 것이 드러날 수 없다. 이런 점에서 에코적인 인식은 아날로그적이라고 할 수 있다.

마지막으로 디지털토피아와 에코토피아는 존재에 대한 해석 자체가 다르다. 존재론적인 측면에서 보면 디지털은 존재하지 않는 것을 존재하게 하는 것이다. 'being digital'이라고 할 때 그 being은 기존의 어떤 실체로부터 존재성을 부여받은 그 being은 아니다. 이때의 being은 색깔도 없고 크기도 없고 무게도 없는 단지 광속으로만 흐를 수 있는 bit라는 기반 위에서 성립된 것이다. 이것은 우리가 존재론을 이야기할 때 종종 말해지는 '無名天地之始'의 無와는 다른 것이다. 無의 없음은 '있음을 전제로 한 없음'이다. 이에 비해 'being digital'의 없음은 '없음을 전제로 한 없음(nothing)'이다.

— 이재복, 『비만한 이성』, 청동거울, 2004, pp. 89~90

아날로그적인 자연 생태계와 디지털 생태계는 토대뿐만 아니라 인식 그리고 존재에 대한 해석 자체가 다르다는 점을 이 글은 강조하고 있다. 하지만 이 글의 목적은 둘 사이의 차이를 비교하는 데에 있지 않다. 이 글의 궁극적인 목적은 이렇게 회복하기 힘든 이질적인 두 차원 속에 놓여 있는 인간 존재에 대해 말하는 데에 있다. 인간은 이 이질적인 두 차원이 빚어내는 사회와 문화 속에서 존재의 딜레마를 앓고 있다고 할 수 있다. 그런데 우리가 여기에서 주목해야 할 것은 인간이 처해 있는 이러한 존재의 딜레마는 인간의 몸을 통해 드러난다는 점이다. 이것은 인간의 몸이 세계 바깥에 존재하는 것이 아니라 세계 내에 존재하기 때문이다. 몸과 세계는 구분이 안 될 정도로 복잡하게 얽혀 있다. 마치 뫼비우스의 띠처럼 안과 밖의 구분이 불가능하다. 몸과 세계는 하나도 아니고 둘도 아닌 관계로 얽혀 있으며, 몸이 드러내는 감각 하나하나가 곧바로 세계의 모습인 것이다.

몸과 세계와의 관계가 이러하다면 지금, 여기에서의 인간의 몸은 두 차원이 복합적으로 교차하고 재교차하는 치열한 실존의 장이라고 할 수 있다. 인간의 몸은 기본적으로 생식기능을 하는 생명체이기 때문에 자연 생태계를 벗어날 수 없다. 이것은 인간이 디지털 생태계 속으로 끊임없이 미끄러져 내리면서 온갖 놀이와 유희를 즐기다가도 반드시 숨을 쉬고 피가 통하는 자연 생태계로 되돌아 올 수밖에 없는 존재라는 것을 말해준다. 하지만 이 두 차원 중에 어느 것이 더 인간의 삶에 필요한 것이냐고 쉽게 답할 수 없는 것이 지금, 여기 우리 인간의 몸이 처해 있는 상황이라고 할 수 있다. 자연 생태계를 벗어나면 우리는 생명을 잃게 된다. 또한 우리의 몸은 디지털 생태계를 벗어나 살아갈 수도 없다. 두 차원이 인간의 몸을 통해 일정한 긴장을 유지하면서 살아갈 수밖에 없는 것이다. 이것이 지금, 여기 인간 혹은 인간의 몸이 처해 있는 딜레마라고 할 수 있다.

앞으로 인간의 문화나 문명은 이러한 딜레마 속에서 미래를 모색할 수밖에 없을 것이다. 자연 생태계 쪽으로 향하고자 하는 몸과 디지털 생태계 쪽으로 향하고자 하는 몸과의 길항을 통해 미래의 문화나 문명의 지형도가 그려질 것이다. 우리는 20세기 들어 디지털 매체의 급속한 확산을 목도하고 있다. 이로 인해 많은 사람들이 지금 이 시대의 대세는 비주얼 컬처visual culture라고 말한다. 하지만 디지털 매체의 확산은 그와 길항 관계에 있는 몸의 또 다른 차원인 자연 혹은 생명에의 불안을 초래해 여기에 대한 저항의 감각을 불러일으키게 한다. 비주얼 컬처에 대항하는 라이프 컬처life culture가 형성되는 것이다. 이 두 문화의 대립과 공존은 몸을 통해 구현되지만 서로가 너무나 이질적인 것들이기 때문에 이 둘의 이러한 속성을 어느 정도 상쇄할 수 있는 완충적인 차원이 필요하다고 할 수 있다. 이것은 이질적인 두 문화 사이의 공통의 영역을 발견하는 것에 다름 아니다. 비주얼 컬처를 이루는 디지털과 라이프 컬처를 이루는 자연은 모두 노마드적인 속성을 지니고 있다. 디지털이란 0과 1의 무한수열적인 조합을 통해 이루어지는 어떤 결절점도 없이 끊임없이 미끄러져 내리는 세계를 기본 속성으로 하며, 아날로그적인 자연 역시 광대무변한 우주를 끊임없이 흐르는 기의 세계를 기본 속성으로 한다.

어떤 중심이나 본질을 거부한 채 세계를 탈영토화하는 노마드적인 속성은 비주얼 컬처의 시각 중심주의적인 도그마와 라이프 컬처의 신비주의적인 도그마를 해체할 수 있다. 나는 이 두 문화가 그 안에 은폐하고 있는 이러한 속성을 토대로 형성된 문화를 노마드 컬처nomad culture라고 명명하려 한다. 노마드 컬처는 비주얼 컬처와 라이프 컬처 바깥에서 가져온 개념이 아니라 그 안에서 발견한 개념이기 때문에 두 문화가 지니는 딜레마를 해결할 수 있는 어떤 단초를 제공하리라고 본다. 지금 우리 시대의 문화는 이 세 차원의 문화 사이의 긴장을 통해 형성되고 있다고 할 수 있다. 이런 점에서 볼 때 지금 우리 몸은 이 세 차원을 모두 포괄하고 있는 치열한 실존의 장이자 그러한 존재의 진행형이다. 몸은 언제나 그 시대의 문화의 알리바이를 지니고 있다. 몸에 새겨진 이러한 표상을 찾아 해석하면 그 문화의 알리바이는 자연스럽게 드러나게 될 것이다. 이렇게 되면 지금, 여기의 우리 문화의 지형도를 왜 내가 몸을 통해 밝히려고 하는지 그것에 대한 의문이 어느 정도 풀리게 될 것이다.

2. 비주얼 컬처^{visual culture}

지금 이 시대의 문화를 이야기하면서 비주얼 컬처라는 말이 어색하지 않고 자연스럽게 들리는 것은 왜일까? 이것은 비주얼이 이 시대의 문화를 규정하는 데에 어떤 보편타당한 조건과 근거를 지니고 있기 때문일 것이다. 사실 시각은 과거로부터 "가장 고귀한 감각"[12]으로 인식되어 왔다. 여기에는 시각이 다른 어떤 감각보다 외적 실재에 대한 순수 정보와 사실을 전달하는 중요한 역할을 수행하고 있기 때문이라고 할 수 있다.[13] 서양의 "보는 것이 믿는 것이다^{Seeing is believing. Ver é acreditar}"라는 속담이나 동양의 백문이불여일견^{百聞而不如一見}이라는 속담은 모두 시각의 중요성을 강조한 것으로 그것은 시각이 단순한 감각을 넘어 믿음이나 신념

---

12 | 존 A. 워커 · 사라 채플린, 임산 옮김, 『비주얼 컬처』, 루비박스, 2004, p. 49.
13 | 시각이 뇌에 전하는 정보는 다른 감각들을 합한 정보보다 많은데, 전체 정보량의 70%를 차지한다. 위의 책, p. 51.

같은 의식의 영역에 닿아 있다는 것을 말해준다.

이러한 시각의 속성은 과거로부터 지금까지 변하지 않고 이어져오는 하나의 진리이다. 시각이 감각을 넘어 의식의 영역까지 닿아 있다면 비주얼 컬처의 시대는 그 안에 복잡하고 미묘한 세계를 은폐하고 있다는 것을 의미한다. 비주얼 컬처라는 말이 자연스럽게 불리어지게 된 데에는 텔레비전이나 영화, 사진 그리고 컴퓨터 같은 미디어의 출현이 결정적인 계기가 되었다고 할 수 있다. 흔히 매스미디어 혹은 멀티미디어라는 이름으로 불리어지는 이러한 다양한 미디어의 출현은 인간의 시각을 비만하게 하여 이미저리의 과잉과 같은 부정적인 현상을 낳았을 뿐만 아니라 인간의 욕망을 극대화하는 결과를 초래했다고 할 수 있다. 하지만 미디어에 의한 시각의 비만함은 여기에 그치는 것이 아니다. 디지털이라는 새로운 테크놀로지의 결합으로 그것이 점점 더 팽창일로에 있다는 데에 문제의 심각성이 있다.

시각의 비만함에 많은 사람들은 미디어에 의해 생산되는 감각적인 언표들이 깊은 반성을 요구하지 않고 순간적인 느낌이나 말초적인 자극 정도에 그치는 것에 대해 우려를 표한다. 이러한 감각적인 언표들은 개념적 언표들과는 달리 그 질료 자체가 의미를 담지한다.[14] 개념적 언표들은 지시대상에 대한 일정한 지식이나 이해를 통해 형성되지만 감각적인 언표들은 우리의 느낌이나 몸을 통해 형성된다. 다양한 미디어를 통해 만들어지는 이미지나 소리와 같은 언표들은 감각의 단계에서 보다 많은 존재성을 드러내기 때문에 몸의 차원에의 이해가 요구된다고 할 수 있다. 감각적 언표들은 개념화 이전에 몸의 감각을 통해 그 모습을 드러내며, 테크놀로지의 발달로 인한 미디어의 급속한 팽창은 감각적

---

14 | 이정우, 『가로지르기』, 민음사, 1997, p. 102.

언표들과 몸의 관계를 포괄하는 새로운 '감성학'[15]을 요구하는 단계에까지 이르렀다고 할 수 있다. 이것은 다양한 미디어를 통해 생산되는 감각적인 언표들을 생각이나 사유와 같은 인식론적인 반성의 차원을 넘어 이러한 새로운 감성학의 차원에서 바라볼 수도 있다는 것을 말해준다.

새로운 감성학의 요구는 비주얼 컬처 시대의 당연한 요구라고 할 수 있다. 비주얼 컬처 시대의 인간은 수많은 감각적인 언표들 속에서 살아가고 있다. 이 감각적인 언표들이 주요한 삶의 기반을 이루고 있다는 것은 곧 그것들이 우리의 중요한 학문적인 관심의 대상이 될 수밖에 없다는 것을 의미한다. 하지만 여기에서 우리가 깊이 고려해야 할 것이 하나 있다. 새로운 감성학이라고 할 때 그것이 단순한 감각이나 감성에 대한 표층적인 관심에 머물러서는 안 된다는 점이다. 다양한 미디어를 통해 생산되는 이미지와 소리들은 단순히 느낌이나 몸의 감각 차원을 넘어 인간의 의식이나 무의식의 차원까지 커다란 영향을 미치고 있다. 가령 어떤 뚜렷한 지시 대상도 없고 지표 그 자체가 자기지시적인 의미를 띠고 있는 이미지라고 하더라도 인간의 의식이나 무의식의 심층에 반드시 흔적을 남긴다. 어떤 이미지가 눈에서 사라진다고 해서 그것에 대한 의식이나 무의식조차 사라지는 것은 아니다. 시각은 기본적으로 그 안에 대상을 지배하고 소유하려는 강한 욕망이 내재해 있다. 욕망이 보는 것과 등가관계에 있다는 것은 이미 잘 알려진 사실이다.[16]

그런데 미디어를 통해 생산되는 감각적인 언표들 중에서 욕망과 보는 것의 등가관계를 가장 잘 보여주는 것 중의 하나가 바로 인간의 '몸'이다.

---

15 │ 이정우, 위의 책, p. 104.
16 │ 자크 라캉, 민승기·이미선·권택영 옮김, 『욕망이론』, 문예출판사, 1994, pp. 30~36.

가히 몸 신드롬이라고 할 정도로 최근 우리 사회는 몸에 대한 병리적인 현상을 드러내고 있다. 이 현상은 미디어의 발달과 깊은 관련을 가진다. 미디어를 통해 보여지는 몸의 이면에는 철저하게 선택과 배제 혹은 우열의 논리가 작동하고 있다. 몸이 단순한 수단이 아니라 그 자체가 목적이 되면서 이러한 논리는 더욱 강화되고 있는 추세이다. 몸이라고 해서 모두 똑같은 몸이 아니라 그 몸의 상품성에 따라 계급이 정해지기에 이른다. 계급의 가장 위에 위치하는 몸은 대개 시각적으로 이상화되어 있다. 눈에 보이는 몸의 외형의 아름다움 혹은 섹시함이 하나의 준거가 되면서 그에 따라 몸이 배제나 선택 혹은 우열이 결정된다. 이 준거란 자연적인 것이 아니라 인위적인 것으로 그것은 철저하게 구성되어진다. 이것은 인간의 몸이 그것의 권력을 장악하고 있는 세력에 의해 조절되고 통제될 수 있다는 것을 의미한다.

이와 같은 상황에서는 아무리 아름답고 섹시한 몸이라도 그것은 온전한 만족의 대상이 될 수 없다. 늘 결핍의 상태로 존재하기 때문에 몸은 그것을 충족하기 위한 조작이 이루어진다. 시각적으로 이상화된 몸을 준거로 하여 그것을 모방하고 또 소유하려고 한다. 우리 사회에 일고 있는 성형 열풍도 시각적으로 이상화된 몸에 대한 열망에서 비롯된 것이라고 할 수 있다. 성형에 대한 열망은 우리가 상상하는 것 이상이며, 그것을 잘 보여주는 예가 바로 '보정' 혹은 '무보정'이라는 말 속에 은폐되어 있다. 여기에서 말하는 보정이란 실재하는 인간의 몸을 이상화된 몸에 맞게 이미지를 조작하는 것을 가리킨다. 이런 점에서 보정은 자신의 몸의 실재를 속이는 것으로 분명 그것은 윤리적인 문제를 내포한다고 할 수 있다. 하지만 여기에 대해 우리 사회는 어떤 윤리적인 의식을 지니고 있지 않다. 보정이 당연시되고 있으며, 특히 자신의 비주얼한 이미지를 상품화하는 가수, 배우, 모델 등의 경우에는 그것을 보다 적극적

제시카 고메즈의 음료 광고 촬영 보정 전후 사진

으로 활용한다.

　제시카 고메즈라는 세계적인 모델의 보정 전후 사진은 느낌이 다르다. 모델의 뚱뚱한 뱃살을 은폐하기 위해 보정을 했다는 것을 알 수 있지만 보정 전의 몸 역시 충분히 아름답고 매력이 있다. 하지만 보정 전의 몸은 사회에서 통용되는 이상화된 몸이 될 수 없다. 마른 몸에 대한 신화는 많은 모델들을 죽음으로 몰 만큼 이미 충분히 강박적이다. 작은 얼굴과 마른 몸이 선택되고 그것이 우월하다는 인식은 큰 얼굴과 뚱뚱한 몸을 희화화하고 그것을 배제하거나 열등한 것으로 만들어버렸다. 작은 얼굴과 마른 몸에 대한 강박은 모델을 넘어 다양한 미디어를 통해 그런 시각에 길들여진 보통 사람들에게까지 확산되어 성형이나 다이어트 열풍을 가져오기에 이르렀다. 작은 얼굴과 마른 몸이 이상적인 것이라는 미적 기준은 어떤 보편타당한 합리성을 가지지 못함에도 불구하고 그것이 진실인 것처럼 믿어버리는 현상은 자신의 몸에 대한 과도한 의식으로 이어져 몸을 신화화한다거나 숭고성의 대상으로 간주하여 비주얼 컬처 자체를 파시즘적인 방향으로 흐르게 할 위험성을 다른 그 무엇보다도 많이 내장하고 있다고 할 수 있다.

우리가 이상적이라고 믿어버리는 몸은 우리 인간의 몸의 다양성을 반영하고 있지 않다. 인간의 몸은 인종에 따라 성별에 따라 연령에 따라 각기 다른 형태를 지닐 수밖에 없는 것이 마땅하다. 왜 흑인이나 황인종 등 유색인종에 비해 백인의 몸이 더 아름답다고 생각하는 것일까? 혹은 왜 월경을 하는 여성의 몸을 비천하다고 여기고 문명사회로부터 추방하려고 한 것일까? 왜 노년의 몸보다 청년의 몸이 아름답다고 간주해버리는 것일까? 백인, 남성, 청년의 몸이 유색인, 여성, 노년의 몸보다 아름답다고 하는 어떤 보편타당한 준거가 있는 것이 아니다. 이것은 백인 중심의 문화, 남성 중심의 문화, 청년 중심의 문화가 만들어낸 허상에 불과하다. 몸에 대한 파시즘적인 시각의 폭력은 실로 뿌리 깊은 것으로, 우리는 그것이 얼마나 인간을 황폐하게 하고 또 병들게 하는지를 알렉스 헤일리의 『말콤 엑스』나 프란츠 파농의 『검은 피부 하얀 가면』 그리고 약물에 의한 살인으로 밝혀졌음에도 불구하고 성형 중독의 오해로부터 자유롭지 못했던 마이클 잭슨의 예에서 발견할 수 있다.

인간의 몸에 대한 이러한 뿌리 깊은 인식은 가히 시각의 파시즘 혹은 파시즘적인 시각이라고 할만하다. 다른 사람의 몸뿐만 아니라 심지어는 자신의 몸에까지 이러한 시각을 드러낸다는 점에서 그것에 대한 자각과 반성이 쉽지 않음을 알 수 있다. 이렇게 우리 사회의 이념이나 이데올로기에 의해 구성되고 길들여진 몸에 대한 시각은 자신의 몸에 대한 정체성을 찾기 위한 긴 싸움의 과정을 거쳐야 회복될 수 있는 문제라고 할 수 있다. 가령 말콤 엑스가 어린 시절 곱슬곱슬한 머리와 검은 피부가 싫어 자신의 머리에 불을 지르고 나서 깨달은 흑인에 대한 정체성이라든가[17] 프란츠 파농이 백인 세계 내의 유색인들은 자신의 신체 발달 과정에서 장애를 겪는다는 것을 깨닫고 흑인성을 찾기 위해 투쟁하는 모습들[18]은 다문화와 다인종을 표방하고 있는 지금 이 시대에도 여전히 유효한 문제 의식이라고 할 수 있다.

그러나 이 시대의 비주얼 컬처의 메커니즘 역시 다양한 방식으로 몸을 조절하고 통제하려고 한다. 이 메커니즘은 우리 안에 잠재해 있고 누군가 에 의해 불어넣어진 이상적인 몸에 대한 욕망을 자극하기 위해 점점 더 그 방법이 교묘해지고 은밀해지고 있다. 이것을 가능하게 하는 데에는 테크놀로지의 발달이 커다란 역할을 하고 있다고 할 수 있다. 테크놀로지 의 발달은 몸의 전송을 이전과는 다른 차원으로 가능하게 하고 있을 뿐만 아니라 은밀하게 몸을 즐길 수 있게 하고 있다. 이와 관련하여 이야기할 수 있는 대표적인 예가 바로 누드 화보집이다.

테크놀로지에 의한 미디어의 발달은 기존의 섹스어필하는 몸을 개인 의 몸 안으로 끌어들여 그것을 보다 용이하고도 은밀하게 향유할 수 있게 하였다. 이것은 상대의 몸 훔쳐보기라는 인류의 오랜 관음증적 욕망을 남에게 들키지 않고 마음 놓고 그것을 향유할 수 있도록 해준 하나의 사건이라고 할 수 있다. 이것이야말로 '모바일 혁명'이라고 해도 무방할 것이다. 모바일을 통해 전송되는 누드를 타인의 시선에 대한 불안으로부터 벗어나 은밀하게 그것을 향유할 수 있게 된 것이다. 모바일 의 광범위한 확산과 함께 불기 시작한 연예인의 누드 열풍이 바로 그것의 단적인 예이다. 2001년 정양을 시작으로 성현아, 이혜영, 하리수, 함소원,

---

17 | 알렉스 헤일리, 『말콤 엑스』, 창비, 1978, p. 20 참조.

18 | 프란츠 파농, 이석호 옮김, 『검은 피부 하얀 가면』, pp. 139~151 참조.

유연실 누드집(1992)   성현아 누드집(2002)   이혜영 누드집(2003)

권민중 등 여자 연예인들의 누드는 400만에서 800만에 이르는 접속 횟수를 기록할 만큼 가히 폭발적인 관심을 불러일으키면서 섹스어필의 극단을 보여주었다고 해도 과언이 아니다. 자신의 모바일 폰으로 은밀하게 여자 연예인의 알몸을 정지된 사진이 아닌 움직이는 동영상의 형태로 훔쳐보는 일은 관음증적 욕망의 충족이라는 차원에서 심리적인 쾌락을 주기에 부족함이 없다.

모바일로 전송되는 연예인의 누드집은 1992년 가수이자 배우인 유연실의 81컷의 사진을 수록한 누드집 『이브의 초상』과 비교하면 미디어와 테크놀로지의 발달이 섹스어필에 어떤 영향을 주었는지를 적나라하게 알 수 있다. 이 누드집은 당시 일본의 모델 미야자와 리에의 누드집 『산타페』의 성공에 자극을 받아 국내 한 회사가 기획한 것이지만 상업적으로 참담한 실패와 함께 한국간행물윤리위원회의 발간등록 취소라는 판결까지 받게 되었다.

『이브의 초상』의 실패는 성에 대한 한국 사회의 보수성을 반영한 사건이기도 하지만 그것은 또한 사진이라는 미디어와 모바일이라는 미디어 사이의 차이를 극명하게 보여준 사건이기도 하다. 성에 대해 보수화된 사회에서 사진집의 형태로 출간된 누드집을 지니고 있다는 것은 타인의 시선에서 오는 불안을 감수해야 하는 일이기 때문에 그것을 구매하기란 쉬운 일이 아니었다고 할 수 있다. 하지만 모바일로 제공되는 누드집은 비용뿐만 아니라 그 은밀함에서 이브의 초상과 비교할 수 없을 정도로 우월한 엿보기의 조건을 갖추고 있다. 이때 여기에서 말하는 우월함이란 그 누드가 가지는 질적인 차원을 의미하는 것은 아니다. 사실 동영상보다 사진을 통해 드러난 누드가 음영의 깊이 면에서 존재론적인 미를 좀 더 온전히 구현하고 있다고 할 수 있다.

모바일 누드집의 우월함은 미보다는 관음증적인 엿보기의 용이함을 의미한다. 모바일 누드집 제작의 목적이 아름다운 몸의 미학에 있다고 주장하지만 그것을 본 사람은 그 누구도 그 말을 믿지 않을 것이다. 이것은 누드집 제작의 목적이 포르노적이라는 것을 의미한다. 제작자나 누드 모델의 욕망이 그것을 보는 감상자의 욕망과 동일시될 때 포르노적인 것이 성립된다. 이 두 주체의 욕망과 욕망 사이에는 베일이 있어야 미적인 것이 드러나며, 그 베일은 단순히 몸에 무엇을 걸쳤느냐 아니냐의 문제를 말하는 것은 아니다. 알몸이라고 하더라도 그 몸이 무엇인가를 은폐하고 있다면 그것이 일종의 아우라 혹은 환상을 불러일으키면서 아름다움을 생산하게 되는 것이다. 섹스어필이 몸의 포르노적인 욕망에 머문다면 그 몸은 곧 환상이 아닌 환멸의 대상으로 전락하고 말 것이다. 우리가 포르노적인 것을 볼 때 그 역겨움과 매스꺼움에 질려 오래 그것을 향유하지 못하는 것처럼 베일이 없는 몸은 온전한 섹스어필의 대상이 되지 못한다. 섹스어필이 곧 실존이라는 말이 지니고 있는 진정한 의미란 그 몸이 은폐와 베일을 전제로 존재할 때라고 할 수 있다.[19]

이러한 미디어와 테크놀로지의 발달은 몸의 은밀한 전송뿐만 아니라

---

19 | 이재복, 「몸과 몸짓문화의 패러독스」, 『쿨투라』 2010년 여름호, pp. 21~23.

그것을 평면으로부터 입체적으로 향유할 수 있도록 하였다. 3D입체 영상을 통해 향유하는 몸은 시각의 극대화를 통한 촉각화를 가능하게 하여 몸에 대한 욕망을 새로운 차원으로 변화시키고 있다. 영화 〈아바타〉 나 3D 입체 에로 영화 〈옥보단〉 등은 진정한 차원의 몸을 통한 접촉이라 기보다는 시각을 통한 사이비적인 접촉이라고 할 수 있다. 이 사실은 이러한 체험이 몸에 대한 욕망을 잠재우는 것이 아니라 그 가상적인 이미지의 공허함으로 인해 텅 빈 실존만을 강하게 환기한다는 것을 의미 한다. 실재하는 몸이 아닌 가상의 몸의 이미지는 〈아바타〉의 경우처럼 신화적인 숭고함을 불러일으켜 감각의 파시즘에 빠질 위험성이 있다. 이 세상에 실재하지도 않는 대상을 있다고 굳게 믿게 하는 것은 시각의 힘이다. 테크놀로지와 미디어에 의해 조절되고 통제되는 인간의 시각을 통해 몸 혹은 몸의 이미지가 구현되는 것이다. 시각은 실재하지도 않는 몸을 마치 실재하는 것처럼 믿게 만드는 아이러니한 상황을 연출하고 있다. 눈앞에 보이는 것을 전부라고 믿게 만드는 몰입의 테크놀로지 혹은 감각의 파시즘적 메커니즘은 지금 이 시대의 비주얼 컬처의 한 특장이자 우리 인간의 몸의 한 실존 방식이라고 할 수 있다.

3. 라이프 컬처^{life culture}

테크놀로지와 미디어의 발달로 인해 야기된 시각의 비만함은 인간의 몸의 보이지 않는 차원을 배제하거나 소외시키는 결과를 초래했다고 할 수 있다. 인간의 몸은 보이는 차원보다 보이지 않는 차원으로 인해 그 존재성을 드러낸다고 할 수 있다. 몸에 대한 보이는 차원과 보이지 않는 차원은 메를로 퐁티의 『보이는 것과 보이지 않는 것』에서 심도 있게 논의가 되었지만 기본적으로 이 문제는 몸에 대한 인식의 차이를 내포한다. 눈에 보이는 차원을 전경화하다 보면 비주얼 컬처에서 보았듯이 그것은 몸을 세계와 분리시켜 대상화하는 위험성에 빠질 수 있다. 몸과 세계는 결코 분리될 수 없음에도 불구하고 이것을 분리시켜 대상화한다는 것은 데카르트식의 기계주의적인 인식론의 산물이다. 우리가 데카르트의 고기토를 "나는 본다. 그러므로 나는 존재한다"[20]로 보는 데에는 이러한 논리적인 근거가 작용했기 때문이라고 할 수 있다.

보는 것을 절대시하는 데카르트식의 사유는 몸을 해부학적 차원에서 바라보는 것과 다르지 않다. 해부학만큼 몸을 물질적인 차원에서 적나라하게 바라보는 학문은 없을 것이다. 몸의 해부학적인 차원에서 보면 몸을 대상화하고 세계와 분리시킬 때 그것을 보다 정확하게 볼 수 있는 것이다. 하지만 몸을 해부해버리면 몸이 세계와 맺고 있는 관계성 혹은 연장성은 상실되고 만다. 이것이 바로 눈에 보이지 않는 몸의 숨겨진 차원이며, 이 차원이 있음으로 해서 몸은 우주의 비밀을 지닌 생명체가 되는 것이다. 흔히 인간의 몸을 소우주라고 하지만 이것은 몸과 우주와의 관계를 분리와 단절의 차원으로 몰아갈 위험이 있는 명명이다. 몸은 소우주가 아니라 우주 그 자체이다. 장횡거와 왕부지 같은 기철학자들은 인간의 몸을 우주의 기氣가 모였다가 흩어지는 것으로 이해하고 있다. 한의학에서는 이 기가 경락을 통해 몸속으로 흐른다고 보고 있다.

서양의학, 다시 말하면 서양의 해부학의 관점에서 보면 '기'의 존재는 눈에 보이지 않아 그 실체를 규명할 수 없는 비과학적인 것이다. 이로 인해 서양 의학에서는 기와 경혈經穴, 경락經絡의 존재가 부정되어 왔다. 하지만 눈에 보이지 않고 과학적으로 규명할 수 없다고 해서 그것의

20 | 정화열, 박현모 옮김, 『몸의 정치』, 민음사, 1999, pp. 242~243.

존재를 부정한다는 것은 문제가 있다. 그것은 없는 것이 아니며 단지 서양의 과학이 밝혀내지 못했을 뿐이다. 이 경혈과 경락의 존재를 최초로 밝힌 이는 김봉한[21]이다. 김봉한에 의하면 인체 내의 365종의 표층경락이 세포나 내분비 등 일체 생명생성 활동을 지휘하고 치유한다는 것이다. 이 과정에서 그 음양생극陰陽生剋의 이진법적 생명생성 관계가 무디어지거나 서로 충돌하거나 하여 근본 치유력이 소실될 때 그 밑에 있는 360류의 심층경락, 즉 기혈氣穴에서 문득 예기치 못한 치유력이 불쑥 솟아오른다는 것이다. 이 솟아오름을 그는 '복승複勝'이라 부르고 그 복승의 실체를 '산알'이라 하였다.

그의 산알 이론의 한계는, 결과는 있는데 그 구체적인 논증과정이 없다는 점이다. 그래서 서양의학계는 물론 한의학계에서도 관심권 밖으로 밀려나 있었지만 최근(2001년) 소광섭 교수 등 물리학 전공 연구자들에 의해 새롭게 산알 이론의 실체가 규명되고 있다. 산알에 대한 최근 동서양의 관심은 단순히 새로운 몸의 영역에 대한 과학적인 관심에서만

---

[21] | 김봉한이란 누구인가? 분명한 것은 그가 너무나 낯선 존재라는 것이다. 이것은 그가 월북한 북한의 경락학자이고, 그의 이론이 이곳에서 인정받고 있지 못하기 때문이다. 그는 6·25 전쟁 당시 야전병원 의사로서 부상병들을 치료하는 과정에서 산알의 존재에 대한 단서를 찾았고, 이후 월북하여 평양의과대학에서 동물실험 등을 통해 인체에 존재하는 경락의 실체에 대해 연구한 결과 몸 안에 많은 수의 '산알'과 이것을 잇는 그물망 같은 물리적 시스템이 존재한다는 것을 밝혀내고 이를 '산알 이론'으로 확립하였다. 하지만 이 이론에 대해 '비인도적인 인체실험을 통해 연구된 것'이라는 소문과 국제적 의혹이 제기되자 입장이 난처해진 북한은 정치적 판단에 의해 김봉한과 그의 '산알 이론'을 매장시키기에 이른다. 한때 60년대 북한 과학의 3대 업적으로 꼽힐 만큼 칭송을 받았지만 정치적인 이유로 숙청된 이 비운의 경락학자에 대한 연구가 최근 소광섭 교수 등 일부 물리학자들을 중심으로 활발하게 진행되고 있다(이재복, 「산알 소식에 접하여 몸을 말하다」, 『시작』 2010년 겨울호, pp. 227~228).

촉발된 것은 아니라고 할 수 있다. 여기에는 인간의 이성의 범주 내에서 세계를 이해함으로써 인간 이외의 존재, 이를 테면 자연이나 지구, 우주와의 관계성을 도외시한 서구 문명 및 문화 전반에 대한 깊은 반성과 성찰의 결과물이라고 할 수 있다. 자연이나 우주와의 관계성을 도외시한다는 것은 곧 생명에 대한 이해를 제대로 할 수 없다는 것을 의미한다. 제임스 러브록의 '가이아학설'이나 일리야 프리고진의 '혼돈이론' 그리고 김봉한의 '산알론'의 부활 모두 자연이나 우주와의 관계성 회복을 통한 생명에 대한 새로운 접근을 보여준 대표적인 이론이라고 할 수 있다.

이런 점에서 이들의 이론은 몸의 숨겨진 차원을 통해 자연이나 우주와의 관계성을 도외시한 채 눈에 보이는 차원만을 절대시하고 있는 디지털 테크놀로지로 대표되는 현 문명이나 문화에 대한 대안 담론의 성격을 띤다고 할 수 있다. 시각의 절대성이 야기한 비주얼 컬처의 한계는 이렇게 자연이나 우주 생명과의 관계성 회복을 통한 라이프 컬처와의 비교를 통해 보다 분명하게 드러난다. 자연이나 우주 생명과의 관계성 회복이 우리 인간의 삶의 조건이나 미래에 대한 전망에 반드시 요구되는 것이라면 우리는 그것을 실감의 차원에서 이해할 필요가 있다. 동양의 한의학은 몸과 마음과 삶을 분리하지 않고 통합적으로 인식하였다. 이 통합적 사유의 표상이 바로 기이다. 일상적인 삶의 과정 속에서 기는 늘 중심에 있었다. 몸의 전체적인 유출의 과정을 중시하는 한의학은 기를 통해 그 사람의 생명의 정도를 헤아렸던 것이다. 기가 허하면 그것이 잘 통할 수 있도록 경혈에 침이나 뜸을 놓았고, 자연스럽게 일상 속에서 사람들은 그 기의 흐름을 살피고 그것에 승순承順하는 삶을 살았던 것이다. 일상적인 삶의 과정 속에서 우리는 자주 '기체후일향만강氣體候一向萬康'이라는 말을 즐겨 사용하였다. 그냥 '안녕하십니까?'라고 하지 않고 이렇게 한 것을 보면 기체후일향만강이라는 말이 얼마나 삶의 육화된 표현인지를 잘 알 수 있다. 기가 눈에 보이지 않는 신비한 것으로 인식한 서구인들의 태도가 얼마나 피상적이었는지 이와 같은 예가 잘 말해준다고 할 수 있다.

그러나 지금, 여기에서는 우리의 삶과 밀착된 이러한 기의 쓰임을 찾아볼 수 없다. 기가 우리의 삶의 차원에서 사라지면서 생명 문화, 다시 말하면 라이프 컬처라는 말도 자연히 사라지게 된 것이 사실이다. 하지만 인간이 생식 기능을 하는 한 기를 통한 생명 활동은 끊기지 않고 계속될 수밖에 없다. 인간의 몸은 밥을 먹고, 숨을 쉬고, 똥을 싸는 생식의 과정이 끊기지 않고 계속되어야만 생명을 유지할 수 있다. 인간의 몸이 생식 기능을 포기하고도 살아남을 수 있는 길은 사이보그가 되는 것이다. 인간의 몸이 탄소 생명체가 아닌 실리콘 생명체가 되면 기와 같은 생명 활동은 필요치 않을 것이다. 인간은 점점 사이보그가 되어 가고 있다. 1960년대 이후 의수나 의족은 물론 인공장기, 인공관절, 인공피부를 이식한 사람들이 점차 늘어나기 시작했다. 인간과 기계의 접합은 SF소설 에서만이 아니라 병원에서도 끊임없이 계속되었던 것이다. 그렇지만 무엇보다도 사이보그는 우리의 환상에, 미디어에, 만화에 SF소설에, 메타 포에 가득 존재한다. 몸의 생명을 유지하기 위해서는 끊임없이 생식 기능을 수행해야 하지만 이미 인간의 몸은 각종 미디어와 테크놀로지에 의해 조절되고 통제되기에 이르렀다. 내 몸의 주체가 마치 내 자신이 아니라 모바일이나 컴퓨터이며 그것들에 의해 내 몸이 프로그램 되어 있다는 인식은 이제 더 이상 새로운 것이 아니다. 이원 시인은 '사이보그 시리즈'(『야후!의 강물에 천 개의 달이 뜬다』)에서 인간과 인간의 삶 자체를 사이보그 혹은 사이보그화된 삶으로 규정하고 있다. 이 시리즈에 서 시인이 강조하고 있는 것은 '기계들에 기숙하는 인간 존재'(「사이보그 1 - 외출프로그램」)이다.

인간의 몸이 사이보그화되면서 생명의 토대인 기는 그만큼 축소되거나 소멸될 수밖에 없다. 이원 시인이 사이보그화된 인간의 삶을 '사막'으로 표상하고 있는 것도 이런 이유 때문이라고 할 수 있다. 인간의 몸의 불모성은 김봉한 식으로 이야기하면 음양생극陰陽生剋의 이진법적 생명생성 관계가 무디어지거나 서로 충돌하거나 하여 근본 치유력의 소실을 의미한다. 하지만 인간의 몸은 이로 인해 생명을 다하지는 않는다. 앞서 살펴본 것처럼 인간의 몸에는 눈에 보이지 않는 360류의 심층경락이 있다. 이 심층경락 다시 말하면 기혈氣穴에서 문득 예기치 못한 치유력이 불쑥 솟아오른다. 이 솟아오름을 그는 '복승複勝'이라 부르고 그 복승의 실체를 '산알'이라 하였다. 우리는 이 산알의 존재를 비유가 아닌 실재의 차원에서 받아들일 필요가 있다. 산알의 출현이 예견되리만큼 지금, 여기의 상황은 좋지 않다. 인간 생명이든, 지구 생명이든 아니면 우주 생명이든 여기에 대한 이상 기류가 감지되고 있으며, 근대 이후 자연(생명)으로부터 멀어지면서 시작된 불안이 극에 달해 있다고 할 수 있다.

이런 점에서 볼 때 지금이 바로 라이프 컬처 혹은 산알 문화 운동을 전개할 때이다. 이 운동은 생태주의 문화 운동보다 더 근원적인 운동이라고 할 수 있다. 생태주의 문화 운동이 주로 서구의 인본주의적인 담론에서 벗어나지 못했다면 산알 문화 운동은 이것을 벗어나 동양의 인본주의적인 담론을 축으로 서구의 인본주의적인 담론까지 아우르는 그런 신사고 운동이라고 할 수 있다. 서양의 인본주의적인 담론의 한계란 인간의 생명을 중심으로 다른 모든 생명을 이해한다는 것이다. 이것은 필연적으로 이원론으로 기울 수밖에 없다. 이에 비해 동양의 인본주의적인 담론은 인간 생명이 아닌 우주 생명의 차원에서 모든 생명의 아우름을 목적으로 하기 때문에 이러한 이원론에서 벗어난다. 산알의 존재가 눈에 보이지 않는 몸의 심층에 자리하고 있는 살아 있는 생명의 덩어리라면 그것은 이성이나 감성의 차원을 넘어 영성의 의미를 지닌다고 할 수 있다. 인간의 영성은 몸의 육체와 정신이 분리되지 않고 하나로 통합되어 있다는 논리에서나 가능한 것이다.

생명 혹은 산알은 인간에게만 국한된 것이 아니라 자연이나 우주의 차원을 전제로 한다는 점에서 기본적으로 윤리적이다. 나의 생명 못지않게 타자의 생명 또한 소중하다는 타자의 윤리가 전제되지 않는다면 어떻게 우주 생명이라는 논리가 가능하겠는가? 우주 생명의 논리는 '온생명의 논리'Theory of global life[22]이다. 어느 생명 하나 배제되거나 소외되지 않은 상태에서 그들이 서로 관계 맺는 온생명의 논리는 우주적인 차원에서 타자의 존재를 아우르려는 윤리를 담지하고 있다고 할 수 있다. 나는 언제나 타자의 존재를 필요로 할 수밖에 없다. 나의 입장에서 보면 나는 주체이지만 타자의 입장에서 보면 나 또한 타자에 불과하다. 타자는 나에게 고통을 안겨주는 불안과 공포의 대상을 넘어 나와 더불어 살아가야 할 융화와 아우름의 대상인 것이다.

그러나 이 모든 체험보다 내게는 소중한 것이 있다. 결혼을 해서 처자를 거느리고 살면서 나는 종종 그녀들에게 등을 긁어 달라, 등 좀 밀어달라고 주문할 때가 많다. 그녀들은 내 등을 보고 등짝이 넓고 두껍다느니 어디에 점이 있고 또 어디에 상처 자국이 있다느니 하는 말을 한다. 이것은 내가 알지 못한 사실들이다. 정말이지 나는 한 번도 나의 등을 제대로 본 적이 없다. 아무리 고개를 뒤로 돌려도 등은 보이지 않을 뿐만 아니라 그것을 또한 만져볼 수 없다. 하지만 그녀들은 내 몸을 다 볼 수 있다. 빙글빙글 돌아보면서 볼 수도 있고 여기저기를 만질 수도 있다. 이 사실은 나의

---

22 | 장회익, 『온생명』, 솔, 1999, p. 179.

몸이 타인에 의해 규정되어질 수 있다는 것을 깨닫게 해주었다. 내 몸이 온전하게 드러나기 위해서는 타인이 필요한 것이고, 반대로 타인의 몸은 나를 필요로 한다는 사실이다. 나의 몸과 타인의 몸이 상호 소통할 때 진정한 의미의 반성적인 교감 및 정서적인 유대가 이루어질 수 있다는 것이다. 요즘 내 몸 공부의 화두가 바로 이 상호 신체성을 통한 정서적인 공동체(감성적인 공동체)의 성립에 있다.

— 이재복, 『몸』 서문, 하늘연못, 2002, pp. 7~8

나에게 타자가 얼마나 소중한 존재이며, 타자와의 상호 신체성이 얼마나 공동체의 성립에 필요한 것인지를 말하고 있는 글이다. 나와 타자와의 몸을 통한 상호 신체성은 '보살핌의 윤리'를 전제로 한다. 고통 받는 타자의 얼굴을 외면하지 않고 그들을 따뜻하게 보살피려는 윤리적 감성은 타자 역시 나처럼 생명을 지닌 소중한 존재라는 자각으로부터 시작된다고 할 수 있다. 시각이 비대해지면서 상호 신체성을 통한 보살핌의 윤리는 그만큼 약화된 것이 사실이다. 시각의 차가움은 타자를 지배하고 소유하려는 욕망을 강하게 드러냄으로써 타자가 내 안으로 자연스럽게 들어오는 것을 막았다고 할 수 있다. 시각의 차원에서는 타자의 몸을 만지는 것이 곧 만짐을 당하는 것이라는 보살핌의 진정한 의미를 체득하기 어렵다. 디지털 테크놀로지의 발달로 인해 시공간의 제약이나 한계가 극복되면서 시각적인 친밀감은 강화되었지만 몸과 몸의 접촉을 통한 친밀감은 오히려 약화되었다고 할 수 있다.

몸과 몸의 접촉을 통한 친밀감이 약화되면 그 문화는 정서적인 유대에 기반을 둔 공동체를 성립시킬 수 없다. 이 시대의 대표적인 페미니스트인 이리가레이L. Irigaray가 시각 중심의 남성 문화를 비판하면서 접촉이나 애무 같은 촉각에 기반 한 새로운 문화의 가능성을 주장한 것도 이와 같은 공동체를 염두에 둔 것이라고 할 수 있다. 시각은 본질적으로 직접적인 참여보다는 간접적인 구경의 감각이다.[23] 시각이 팽창하면 문화는 대상과의 거리 두기를 통해 그것을 구경하려 할 뿐 참여를 하려고 하지 않기 때문에 그것에 대한 깊이 있는 탐구가 이루어지지 않은 경우가 많다. 가령 지금, 여기에서의 사람들이 보여주는 자연에 대한 관심은 그것에 대한 직접적인 참여보다는 구경에 가깝다고 할 수 있다. 자연과의 친밀한 접촉을 통해 그것에 대한 탐색과 성찰 혹은 깊은 반성을 행하는 것이 아니라 인간 중심적인 차원에서 접근하기 때문에 지금, 여기에서의 자연은 인간의 문명 속에서 받은 스트레스와 피로를 풀어주는 대상으로 인식될 뿐이다.

자연에 대한 이러한 인식 태도는 자연과의 분리에서 오는 불안만 가중시킬 뿐이다. 비주얼 컬처의 팽창이 사회적으로 불안감의 증가로 이어지는 데에는 자연과 같은 어떤 대상에 대한 깊이 있는 접촉이 이루어지지 않고 있는 것이 한 원인이라고 할 수 있다. 비주얼 컬처의 팽창으로 인한 불안감을 해소하기 위해서는 자연과의 내밀한 접촉, 다시 말하면 자연과의 상호 신체성이 요구되지만 그것이 일정한 성과를 거두려면 비주얼 컬처에 대항하는 혹은 그것과 길항하는 라이프 컬처를 널리 확산시키는 것이 무엇보다도 중요하다고 할 수 있다. 라이프 컬처는 그것의 토대가 되는 기의 속성이 말해주듯이 몸과 마음 그리고 삶이 분리되지 않고 통합된 흐름 속에서 이루어져야 한다. 이와 같은 라이프 컬처의 흐름과 관련하여 우리가 주목해 보아야 할 것은 1989년 무위당 장일순과 김지하 등 그의 제자들이 결성한 '한살림모임'과 이들이 전개한 '한살림운동'[24]이다. 한살림이라는 말 속에서 알 수 있듯이 이들이 전개한 운동은

---

23 | 정화열, 위의 책, p. 196.

생명에 대한 우주, 자연, 사회에 대한 각성인 동시에 생활문화와 사회실천 차원에서 생명의 질서를 실현하는 그런 운동인 것이다. 생명의 문제를 인간을 넘어 자연과 우주의 차원에서 이해하고 그것을 생활이나 사회 속에서 실천하고 있다는 것은 이들의 운동이 라이프 컬처가 궁극적으로 지향해야 할 방향과 다르지 않다는 것을 말해준다. 한살림운동과 같은 이러한 운동이 이미 병들 대로 병들어 있는 인간과 자연 그리고 이 우주와 사회를 치유하는 '복승複勝'의 실체, 다시 말하면 '산알'의 존재를 불러내는 계기가 될지 희망을 가지고 지켜볼 일이다.

4. 노마드 컬처nomad culture

이 시대의 두 거대한 문화적 흐름이 비주얼 컬처와 라이프 컬처에 있다는 것을 부정할 사람은 없을 것이다. 이 두 거대한 문화적 흐름은 아주 기묘한 형태로 얽혀 있다고 할 수 있다. 비주얼 컬처는 디지털 테크놀로지를 기반으로 하여 형성된 것이고, 라이프 컬처는 자연이나 생명을 기반으로 하여 형성된 것이다. 아울러 디지털 테크놀로지는 비트bit의 조합이고, 자연이나 생명은 기氣의 총합이다. 우연인지 혹은 필연인

---

24 | 이 모임에서 발표한 '한살림 선언문'의 주요 내용은 다음과 같다. 첫째, '한살림'은 생명에 대한 우주적 각성이다. 둘째, '한살림'은 자연에 대한 생태적 각성이다. 셋째, '한살림'은 사회에 대한 공동체적 각성이다. 넷째, '한살림'은 새로운 인식, 가치, 양식을 지향하는 '생활문화운동'이다. 다섯째, '한살림'은 생명의 질서를 실현하는 '사회실천활동'이다. 여섯째, '한살림'은 자아실현을 위한 '생활수양운동'이다. 일곱째, '한살림'은 새로운 세상을 창조하는 '생명의 통일 활동'이다.

지는 모르지만 비트와 기 모두 눈에 보이지 않는 에너지의 흐름을 지니고 있다. 하지만 비트는 세계와의 불연속성, 기는 연속성을 드러내면서 각각 디지털 생태계와 에코 생태계를 이룬다. 우리의 몸은 이 두 생태계 속에서 삶을 영위하고 있다. 우리는 지금 이 둘 중 어느 한 쪽으로부터 벗어나서는 살 수 없는 상황에 처해 있다.

어느 한쪽 세계의 선택이 아니라 두 세계 모두를 자신의 삶의 기반으로 삼고 있는 것이다. 이러한 방향으로 전개되면서 디지털과 에코는 서로 넘나드는 양상을 띠게 된다. 가령 에코적인 세계를 디지털적인 테크놀로지를 이용하여 관리한다거나 디지털 세계가 에코적인 세계를 모방하고 재현하려는 시도가 바로 그것이다. 그런데 전자든 아니면 후자든 이러한 흐름의 중심에 몸이 있다는 것이다. 인간의 몸은 그것이 기본적으로 생식 기능을 한다는 점에서 에코적이다. 하지만 에코로서의 몸은 디지털 생태계라는 엄연한 현실에서는 일정한 한계를 드러낼 수밖에 없다. 에코로서의 인간의 몸은 디지털의 속도를 따라갈 수 없기 때문에 그것을 적극적으로 욕망하게 된다. 미디어의 출현이 인간의 몸의 확장[25]이라고 한 맥루한의 고전적인 규정이 디지털 테크놀로지의 시대에 더욱 설득력 있게 다가오는 것은 이 때문이라고 할 수 있다.

인간의 몸이 디지털에 의해 급격하게 확장되면서 인간은 '사이보그'를 향해 나아가고 있다는 전망을 여기저기에서 내놓고 있다. 우리가 긍정을 하든 아니면 부정을 하든 어쩌면 인간의 몸은 이미 사이보그화되었는지도 모른다. 한순간도 컴퓨터나 모바일 같은 디지털 미디어 없이는 살아갈 수 없는 상황에서 사이보그에 대해 자유롭게 이야기하는 것은 지극히

---

25 | 마샬 맥루한, 박정규 옮김, 『미디어의 이해』, 커뮤니케이션북스, 2002, p. 18.

〈공각기동대〉의 쿠사나기 소령

자연스러운 현상으로 볼 수 있을 것이다. 프랑켄슈타인 박사의 후예인
인간의 상상력은 이미 '철완 아톰'(1963년, 데스카 오사무)과 '터미네이
터'(1984년, 제임스 캐머런) 그리고 '쿠사나기 소령'(1995년, 오시이 마모
루)이라는 인상적인 사이보그를 창조하기에 이른다. 이 사이보그 중
가장 난해하면서도 깊이 있게 미래에 대한 전망을 제시하고 있는 존재는

〈공각기동대〉의 쿠사나기 소령이다. 쿠사나기 소령은 극히 일부분인 고스트^{Ghost}를 제외하고는 기계로 되어 있는 사이보그다. 그녀의 등에는 탯줄과 같은 굵은 관이 박혀 있고, 몸의 곳곳이 쇠와 전선으로 이루어져 있다.

　쿠사나기 소령의 몸의 이러한 모습은 그것이 어떤 세계와 연결되어 있다는 것을 강하게 상징한다. 〈공각기동대〉에서의 그 어떤 세계란 국가의 개념이 사라진 정보의 네트워크로만 연결된 사회를 말한다. 이 사회에서 살아가기 위해서는 거대한 네트^{Net}의 세계에 자신의 몸을 접속하거나 아니면 몸 없이 네트 속에서 기능하는 법을 익혀야 한다. 쿠사나기 소령은 전자에 속하고, 인형사는 후자에 속한다. 인형사는 몸이 없는 일종의 프로그램된 존재이다. 하지만 생명에 대한 자의식을 가지게 되면서 쿠사나기 소령의 몸과 융합하여 새로운 생명을 창조하려는 욕망을 보인다. 특히 "나는 하나의 생명체로서 망명을 요청한다"는 인형사의 말은 인간으로서 혹은 하나의 생명체로서 존재감을 느끼려는 한 개체의 절절함을 표현하고 있다. 쿠사나기 소령 역시 인형사와의 접속을 통해 사이보그인 자신의 존재를 발견하려고 한다.

　〈공각기동대〉가 드러내고 있는 이러한 세계는 만화 속 혹은 영화 속의 이야기로만 보아 넘길 수 없는 심오한 메타포를 내포하고 있다. 비록 지금, 여기의 상황은 이 애니메이션 속의 세계에까지 이른 것은 아니지만 디지털 테크놀로지의 급속한 발달에 의해 우리 인류가 일찍이 경험하지 못한 거대한 네트의 세계를 이루고 있는 것은 사실이다. 무엇보다도 이 네트의 세계는 인간의 몸을 통해 입사가 가능하지만 일단 그 속으로 들어가면 몸은 사라지고 정신 혹은 혼^{Ghost}만이 전면으로 부상한다. 이 고스트는 어떤 결절점도 없이 네트의 세계 속을 떠돌아다닌다. 이때의 고스트는 충동일 수도 있고 또 욕망일 수도 있다. 충동과 욕망은 모두 대상을 거머쥘 수 없다는 점에서 공통점을 지닌다. 하지만 충동은 만족을 얻을 수 있는 반면 욕망은 영원히 만족을 얻을 수 없다.[26]

마치 유령처럼 네트의 세계 속을 떠돌아다니는 '몸 없는 혼'은 들뢰즈가 말하는 "기관 없는 신체"[27]의 개념과 다르지 않다. 몸 없는 혼은 전자 유목 시대의 인간의 모습을 반영하고 있는 말이다. 몸이 없는 혼은 시간과 공간에 대한 제약을 받지 않기 때문에 자유로운 유목이 가능하다. 이것은 몸이 없는 혼의 자유로운 유목이 현실과는 전혀 이질적인 시공간을 끊임없이 생산한다는 것을 의미한다. 어느 한 곳에 정주하지 않고 그곳을 탈영토화하고 또 재영토화함으로써 세계의 이질성은 강화되기에 이른다. 네트의 시공 속으로 무수한 이질성이 생성되면서 이 차원으로의 자유로운 유목은 일정한 불안과 함께 새로운 유희^{jouissance}를 제공한다. 우리가 흔히 후기자본주의 사회나 문화의 특징으로 어떤 결절점도 없이 이질적인 세계 속으로 끊임없이 미끄러져 내리는 '욕망하는 기계'의 존재를 이야기하지만 전자 유목에서만큼 그것을 잘 보여주는 예도 없을 것이다. 이런 점에서 몸 없는 혼의 네트 속으로의 유목은 인간과 세계에 대한 새로운 지평을 제시하고 있다고 할 수 있다.

그러나 이러한 네트 속으로의 유목에 대한 욕망은 그것이 개인의 선택에 의해 이루어지는 차원을 넘어 거대한 네트에 의해 불어넣어진다는 점에서 문제적이다. 이미 우리는 거대한 네트의 관계망 속에 있기 때문에 그 네트의 전체 체계 혹은 구조가 우리 몸에 프로그램 되어 있다고 볼 수 있다. 우리의 몸이 네트에 접속을 하는 순간 우리는 무한수열적인 조합을 통해 이루어진 네트의 세계 속에 존재하게 되는 것이다. 전자

---

26 | 서동욱, 『들뢰즈의 철학』, 민음사, 2002, p. 44.

27 | 들뢰즈 가타리, 최명관 옮김, 『앙띠 오이디푸스』, 민음사, 1994, p. 25~34.

유목이라고 할 정도로 기존의 세계와 다른 이질성과 함께 리좀^{Rhizome}적인 특성을 지닌 네트이긴 하지만 그것은 어디까지나 인공의 세계인 것이다. 이것은 네트의 세계가 빅브라더에 의해 철저하게 조절되고 통제될 수 있다는 것을 의미한다. 이때 중요한 것은 그 빅브라더가 인간이 아닌 기계가 될 수 있다는 점이다. 기계가 빅브라더가 되면 네트의 세계는 보다 견고해지고 또 차가워질 것이다.

어쩌면 우리는 이미 기계가 빅브라더가 된 세계에 살고 있는지도 모른다. 한시라도 인터넷이나 모바일을 떠나면 겪게 되는 불안이 그 증거다. 만일 테크놀로지가 급속하게 발달하여 기계가 온전한 빅브라더가 된다면 어떤 일이 발생할까? 지금, 여기의 현실 문명으로부터 그것을 유추하기에는 어려움이 있다. 하지만 분명한 것은 인간과 기계 혹은 인간의 몸과 기계의 몸 사이에는 회복하기 힘든 차이가 있다는 것이다. 인간의 몸이 이 거대한 네트 속으로 유목을 단행할 때 필요한 것은 그 네트의 세계에 존재할 수 있도록 몸을 바꿔야 한다는 사실이다. 〈공각기동대〉의 쿠사나기 소령의 몸이나 인형사의 몸 없는 몸, 그리고 〈매트릭스〉의 네오의 몸처럼 이 세계에 접속이 가능한 몸으로 바꿔야 한다. 〈공각기동대〉 못지않게 〈매트릭스〉의 네오의 몸 역시 이와 관련하여 많은 것을 말해주고 있다. 이 영화에서 인상적인 장면 중의 하나는 네오가 '시온'에서 '매트릭스'로 공간 이동하는 것이다. 영화 속에서 시온은 매트릭스에서의 삶을 거부한 사람들이 모여 사는 자연적인 공간이고, 매트릭스는 모든 것들이 프로그램에 따라 작동되는 인공적인 가상공간이다. 따라서 시온에서 매트릭스로 공간 이동할 때에는 프로그램에 접속할 수 있도록 몸을 바꿔야 한다. 시온과 매트릭스를 매개하는 것은 광케이블이며, 이것을 통해 공간 이동하기 위해서는 몸, 다시 말하면 육체를 버리고 정신을 선택해야 한다. 이것은 매트릭스라는 공간이 인간의 정신을 잡아 두고

영화 〈매트릭스〉 속의 매트릭스

영화 〈매트릭스〉 속의 시온

그것을 조절하고 통제하기 위해 프로그램화한 세계라는 사실과 무관하지 않다.

이런 점에서 매트릭스라는 공간은 인터넷 가상공간과 다르지 않다고 할 수 있다. 지금, 여기에서 인터넷 가상공간으로 진입하기 위해서는 네오처럼 육체가 아니라 정신을 그 세계에 투사해야 하기 때문이다. 몸이라는 실재가 없는 혼이 끊임없이 미끄러진다는 점에서 매트릭스와 같은 가상공간은 이성이나 감성을 넘어선 영성이 강하게 작용할 수 있는 공간이라고 할 수 있다. 하지만 이 공간의 주재자가 기계라면 이야기는 달라진다. 기계가 영성이 있으려면 그것은 적어도 휴머노이드와 같은 존재가 되어야 한다. 모피어스나 네오가 매트릭스를 상대로 싸우는 목적도 그것이 기계의 물성이나 반생명성을 벗어나 영성을 회복하려는 데 있다고 할 수 있다. 〈공각기동대〉의 경우에도 기계화되고 프로그램화된 네트에 대항해서 영성이나 생명성을 강조하기 위해 물의 이미지를 많이 사용하고 있다. 물의 생명성은 건조하고 차가운 네트의 세계를 부드럽고 따뜻한 세계로 바꿔놓으려는 의지를 표상한다고 할 수 있다.

그러나 영성이나 생명성의 회복은 그렇게 쉽게 이루어질 성질의 것은 아니다. 그것은 〈매트릭스〉의 '매트릭스'와 '시온'의 존재만큼이나 복잡한 문제를 내포하고 있다. 영화 속의 시온은 매트릭스와 긴밀하게 매개되어 있다. 시온에 살고 있는 사람들은 가상공간인 매트릭스에서의 삶을 거부한 사람들이며, 여기에는 모피어스, 네오, 트리니티 등이 있다. 하지만 이들은 두 세계를 넘나들면서 매트릭스의 견고한 구조를 전복하려 한다. 이들이 목숨을 걸고 매트릭스에 저항하는 데에는 이 공간에 대한 깨달음이 있었기 때문이다. 이들은 매트릭스가 가상공간이라는 사실을 깨닫고 그곳으로부터 벗어나 실재에 대해 탐구하고 또 그것의 부활을 꿈꾼다. 이들에게 매트릭스는 인간을 자유롭게 하는 곳이 아니라 억압하고 통제하는 곳이며, 실재 현실(자연)에서의 온전한 몸의 존재성을 상실한 곳으로 인식된다.

이들의 이러한 인식은 매트릭스와 시온, 가상현실과 실재현실, 문명과 자연, 정주와 유목, 디지털과 에코(아날로그), 비주얼 컬처와 라이프 컬처 사이의 딜레마에 대한 성찰과 반성의 의미를 내재하고 있다. 매트릭스로 대표되는 세계가 지니는 보다 근원적인 결핍과 불안이 단순히 기계와 가상현실에 있나기보다는 그것이 행사하는 억압과 통제 그리고 거짓에 있다는 것을 말해준다. 마찬가지로 인간 혹은 인간의 몸이 기계냐 아니냐 또는 가상이냐 실재냐 보다는 그것이 얼마나 기계화되고 또 프로그램화 되었느냐가 더 중요하다는 것을 말해준다. 〈공각기동대〉의 쿠사나기 소령이나 인형사, 그리고 〈매트릭스〉의 모피어스와 네오, 트리니티 등이 목숨을 걸고 싸우는 대상이 네트와 매트릭스라기보다는 네트와 매트릭스의 기계화되고 프로그램된 세계라고 할 수 있다. 이런 점에서 〈매트릭스〉의 스미스라는 인물은 문제적이다. 그는 네오처럼 매트릭스가 가상 공간이라는 사실을 알고 있다. 하지만 그는 네오처럼 매트릭스의 기계화되고 프로그램화된 세계에 저항하지 않는다. 오히려 그는 이 세계에 저항하는 네오를 제거하려 한다. 그에게 매트릭스 이외의 공간은 자신의 삶을 영위하는 데 불필요한 공간인 것이다. 이런 이유로 스미스는 "모든 요원을 매트릭스 안에서의 인간 방식으로 이해하"려고 한다. 그래서 그는 네오를 네오라고 부르지 않고 "매트릭스 세계 내에서 합법적인 일을 하면서 존재했던 미스터 앤더슨으로 부른"[28]다. 네오와 스미스가 끝까지 적대적인 관계를 유지할 수밖에 없었던 것은 매트릭스에 대한 화해하기 힘든 이러한 차이 때문이라고 할 수 있다.

---

28 | 심혜련, 『철학으로 매트릭스 읽기』, 이룸, 2003, pp. 51~52.

우리가 〈매트릭스〉를 통해 깨닫게 되는 중요한 사실 중의 하나는 네오와 모피어스를 포함해 이 영화 속의 주요 인물들이 '매트릭스'의 일부이면서 그것의 존재 자체에 대해 의문을 제기하고 있다는 점이다. 영화 속 시온이라는 실재공간은 매트릭스라는 가상공간으로 들어가기 위한 사람들에게 에너지 공급원으로서만 존재[29]하지만 이 공간이 지니는 상징적 의미는 대단히 크다고 할 수 있다. 시온이라는 실재공간의 존재 자체만으로도 매트릭스의 가상공간으로서의 존재성이 대비적으로 부각된다. 시온은 매트릭스와 매개되어 있으면서도 매트릭스라는 시스템 밖에 존재하는 공간이라고 할 수 있다. 이런 맥락에서 볼 때 시온은 매트릭스라는 가상적인 시스템 밖에서 그것의 존재에 대해 의문을 제기하고, 그것에 맞서 싸우는 명분을 제공하는 상징적인 공간으로서 존재한다고 할 수 있다.

매트릭스와 같은 어떤 견고한 시스템 밖에서 그것을 본다는 것은 실로 어려운 일이다. 매트릭스로 상징되는 가상공간이 견고해지면 영화에서처럼 대부분의 사람들은 그것이 가상공간이라는 사실을 모른 채 살아갈 것이다. 가상현실이 현실보다 더 실재 같다고 느끼고 여기에 함몰되어 버리는 한 매트릭스와 같이 견고하게 구축된 시스템 자체에 대한 성찰과 자각은 이루어지지 않을 것이다. 우리의 몸은 이미 디지털 테크놀로지에 의해 구축된 거대한 전자 매트릭스의 일부이며, 여기에 접속하여 실존적인 삶을 영위해 가고 있다고 해도 과언이 아니다. 매트릭스의 견고함은 인간의 몸을 점점 사이보그화하고 있다. 디지털 생태계 혹은 디지털 매트릭스라고 명명할 수 있는 지금, 여기의 상황에서 보면 그것의 진화는 인간의 이성은 물론 감성까지 조절하고 통제하려는 방향으로 나아가고

---

29 | 심혜련, 위의 책, p. 50.

있다. 지금, 여기의 디지털 테크놀로지는 인간의 몸과 잘 교감할 수 있는 감성의 생산을 목표로 하고 있다. 하지만 이것의 궁극적인 목적은 인간의 몸의 감성을 조절하고 통제하려는 데 있다고 할 수 있다. 우리는 지금, 여기 이러한 환경 속에서 살고 있는 인류를 가리켜 '전자 유목민'이라고 명명한다. 하지만 이들의 유목이 거대한 매트릭스 안에서 이루어지고 있다면 그것을 진정한 유목이라고 할 수 있을까?

진정한 전자 유목이란 거대한 매트릭스의 통제에서 벗어나 자율적으로 사고하고 행동하는 것을 전제로 하여 이루어지는 네트워킹을 말한다. 인간의 이성이나 감성이 거대한 매트릭스의 통제에서 벗어나 자유롭게 세계 속으로 미끄러져 내릴 때 진정한 차원의 유목이 이루어지는 것이다. 가령 2002년 한일 월드컵에서 보여준 우리의 거리응원이라든가 2002년 이후 계속되고 있는 촛불집회 같은 경우 그것은 개체 각자 각자의 자율성의 발로이면서 동시에 "집단 지성"[30]의 구현이라고 할 수 있다. 파시즘적인 속성을 은폐하고 있는 집단 히스테리와는 분명 다른 새로운 집단 네트워킹이 가능한 데에는 어떤 중심이나 권력으로부터 벗어나 변화와 새로움을 추구하고자 하는 유목민적인 정신이 작용했기 때문이라고 할 수 있다. 이렇게 전자 유목민으로서의 이상적인 삶의 태도를 견지하기 위해서는 끊임없이 자신이 처해 있는 상황과 그것의 존재 자체에 대해 의문을 제기해야 할 것이다. 우리는 매트릭스의 향유자이면서 비판자이다. 어떤 실존이나 존재에 대한 성찰에서 이미 고전이 되어버린 이러한 역설의 논리가 전자 유목의 시대에도 요구되는 것은 매트릭스로 표상되는 가상현실 역시 실재현실과 다를 바 없는 실존 혹은 존재 양태를 드러내고 있기 때문이다.

---

30 | 피에르 레비, 권수경 옮김, 『집단지성』, 문학과지성사, 2002, pp. 38~44.

5. 전체로서의 통찰과 새로운 문화학으로서의 몸

우리 시대의 문화 지형도를 몸을 통해 살펴본 것은 그것이 지니고 있는 전체로서의 통찰이 가능한 속성 때문이라고 할 수 있다. 지금, 여기의 문화가 크게 비주얼(시각), 라이프(생명, 생태), 노마드(유목)의 지형을 드러내며 이러한 문화현상이 교차하고 재교차하는 치열한 실존의 장이 바로 몸이라는 사실을 우리는 익히 알고 있는 듯하지만 그것에 대해 통합적인 시각에서 언급한 논의는 거의 없다고 해도 과언이 아니다. 통합이 아닌 분화의 차원에서 이 각각의 영역이 인식되고 또 존재함으로서 우리 시대의 문화나 문명에 대한 전체적인 흐름을 제대로 판단하거나 전망할 수 없었다고 할 수 있다. 이것은 마치 몸을 해부하여 그것을 조각낸 다음 그 각각을 몸이라고 하는 것과 다를 바가 없다. 이 몸은 살아 있는 유기체로서의 몸이 아니라 그것이 상실된 단순히 물질이나 기관들을 조합하고 접합시킨 죽어 있는 비유기체로서의 몸이라고 할 수 있다.

우리의 몸을 하나의 살아 있는 생성체로 이해할 때만이 몸을 통해 이루어지는 다양한 문화현상을 포괄하고 그것이 드러내는 의미를 파악할 수 있을 것이다. 우리의 몸을 통해 드러나는 비주얼, 라이프, 노마드의 문화는 서로 길항하는 관계를 유지하고 있다고 말할 수 있다. 가령 비주얼의 문화가 지배와 종속이라는 과도한 권력 욕망을 행사하려 할 때 노마드의 문화가 그것으로부터 벗어나기 위한 자유와 해방의 메커니즘을 작동시키는 경우라든가, 디지털 테크놀로지를 기반으로 하는 비주얼과 노마드의 문화가 가상성을 과도하게 드러내어 실재의 세계를 위협하면 라이프의 문화가 생명의 실체를 통해 그것의 위험성을 알리는 경우, 그리고 라이프의 문화가 지나치게 신비주의적이고 에코 파시즘적인 경향을 띠게 되면 비주얼의 문화가 현실주의적이고 세속주의적인 차원을 환기함으로써 그것과 맞서는 경우 등이 바로 그것이다.

이렇게 이 모든 문화 현상들이 서로 길항하고 그것이 몸을 통해 드러난다면 그 몸은 더할 나위 없는 문화의 발생학적이고 진화학적인 텍스트라고 할 수 있다. 몸이 그러하듯 문화 역시 발생과 진화가 전체 유출의 과정 하에서 이루어지며, 이것은 문화 현상을 하나의 생성 과정으로 본다는 것을 의미한다. 비주얼, 라이프, 노마드와 같은 문화 현상의 길항이 하나의 생성 과정으로 이해된다면 기존의 '문화학'이나 '문화과학'이 보여주고 있는 분과 학문의 총화를 통한 문화의 조합 방법과는 다른 새로운 문화학이 모습을 드러낼 수 있을 것이다. 몸에 대한 논의의 중심에는 그것이 문화학이든 아니면 사회학이든 언제나 이러한 논리가 내재해 있어야 한다. 하지만 몸에 대한 이러한 이해는 논리적인 투명함과 실증적인 논증 체계를 담보할 수 없다는 점에서 과학적인 방법이 아니라는 이유로 배제되어 왔다고 할 수 있다.

앞으로 여기에서 제기한 비주얼, 라이프, 노마드와 같은 문화 현상은 더욱 복잡하고 불투명한 양상을 띠게 되리라고 본다. 이 사실은 몸을 통한 이러한 문화 현상이 더욱 치열한 실존과 생성의 과정을 드러내게 되리라는 것을 의미한다. 이 문화 현상들 중 어느 것 하나 견고한 긴장의 고리에서 이탈하여 느슨한 정체성을 유지하리라고 판단되는 것은 없어 보인다. 우리 몸이 욕망이나 욕구를 상실하지 않는 한 결코 이와 같은 문화 현상들의 긴장 관계는 사라지지 않을 것이다. 우리 몸의 욕망이나 욕구는 디지털 테크놀로지의 발달에 비례해 증가해온 것이 사실이다. 하지만 디지털 테크놀로지의 발달에 비례해서 증가한 것이 욕망이나 욕구만은 아니다. 디지털 테크놀로지의 발달은 그 반생명성으로 인해 생식 기능을 하는 존재로서의 인간 자신의 생명에 대한 불안을 증가시켰으며, 미시적인 차원까지 인간의 몸을 조절하고 통제함으로써 자유와 해방에 대한 의지도 함께 키워왔다고 할 수 있다.

이와 같은 관계를 고려할 때 여기에서 제기한 비주얼, 라이프, 노마드와 같은 문화 현상에 대한 탐구는 더 치열하게 전개되지 않으면 안 될 것이다. 문화가 삶의 육화 과정의 산물이라면 몸과 삶과 문화는 분리될 수 없는 하나의 생성체라고 할 수 있다. 이것이 바로 '몸의 문화' 혹은 '몸의 문화사'가 가능한 이유이다. 몸의 문화가 하나의 생성체가 아닌 객관적인 관조의 대상으로 존재한다면 그것은 문화로서의 의미를 상실하게 되는 것이다. 우리가 몸에서 문화를 보고 문화에서 몸을 보아야 하는 이유가 바로 여기에 있다. 비주얼과 라이프와 노마드라는 문화가 지금 교차하고 재교차하면서 우리의 몸을 생성하고 있으며, 이렇게 생성된 몸은 그 안에 비주얼하고 라이프하며 그리고 노마드한 문화의 욕망과 욕구를 은폐하고 있다고 할 수 있다. 몸과 문화의 관계가 이러하다면 몸의 문화는 고립되고 닫힌 체계가 아닌 다양한 관계성을 기반으로 한 열린 체계로 이해해야 할 것이다. 이러한 이해는 몸의 문화를 물질 중심의 패러다임이 아닌 생명 중심의 패러다임 혹은 존재 중심의 패러다임이 아닌 생성 중심의 패러다임으로 이해해야 한다는 것을 의미한다. 물질이 생명으로, 존재가 생성으로, 절대성이 관계성으로 바뀌는 우리 시대의 이 거대한 패러다임의 변화의 중심에 몸 혹은 몸의 문화가 자리하고 있다고 할 수 있다. 이런 점에서 몸 혹은 몸의 문화는 생명의 문화, 생성의 문화, 관계의 문화가 되어야 할 것이다.

Ⅱ

...

산알과 우주 생명

1. 자연^{自然}이란 무엇인가?

1. 에코와 디지털 혹은 자연의 두 모습

내 비평의 화두는 몸이다. 좀 더 구체적으로 말하면 몸을 통한 에코와 디지털의 통합이다. 여기에는 엄청난 역설이 내재해 있다. 에코란 기본적으로 기^氣를 토대로 하고, 디지털은 비트^{bit}를 토대로 하기 때문이다. 이 둘은 모두 눈에 보이지도 않고 색깔도 무게도 없을 뿐만 아니라 그 크기의 실체를 구체적으로 헤아릴 수도 없다. 이러한 사실은 기와 비트가 에코와 디지털의 존재론적인 토대를 이루고 있다는 것을 의미한다. 원래 존재의 토대 중의 토대를 이루는 것은 이렇게 무한 형상을 지닌다고 할 수 있다. 기의 무한 형상과 광대무변함은 그것이 우주의 토대를 이루고 있다는 점에서 확인되며, 비트는 새롭게 그 무한 형상과 광대무변함이라는 또 다른 우주를 창조하고 있다. 우주의 빅뱅이 기의 차원에서만 일어나는 것이 아니라 비트의 차원에서도 일어나고 있는 것이다. 테크놀로지의 발달은 비트의 차원을 우리가 도저히 헤아릴 수 없을 정도로까지 변화시키고 있다.

그렇다면 이렇게 비트 차원의 빅뱅이 가지는 의미는 무엇일까? 만일 이것이 비트 차원의 빅뱅으로만 그친다면 이 물음은 존재의 기반을 뒤흔들 정도의 폭발력을 지니지 않을 것이다. 하지만 비트는 홀로 존재하는 것이 아니라 지금, 여기에서 혹은 먼 미래에도 늘 기와 동시에 존재할 것이다. 존재의 차원에서 기와 비트는 늘 팽팽한 긴장 관계를 유지하게 될 것이다. 지금, 여기에서의 상황으로 보아서는 기와 비트 어느 것 하나 존재의 기반으로부터 배제되거나 소외되는 것은 없을 것이다. 기의 배제와 소외는 곧 인간과 같은 생식 기능을 하는 생명체의 종말을 의미하며, 비트의 배제와 소외는 컴퓨터 바이러스와 같은 실리콘 생명체의 종말을 의미한다. 인간 생명체에 국한해서 기의 배제와 소외를 이야기한다면 그것은 태양계의 수명이 다하는 50억 년 뒤의 일이다. 스티븐 호킹 박사의 예언처럼 50억 년 뒤에는 인간과 같은 생식 기능을 하는 생명체는 더 이상 태양계에서 살아남을 수 없다. 이때 살아남는 생명체는 오랜 이동 시간과 먼 행성 간의 거리를 견딜 수 있는 컴퓨터 바이러스와 같은 실리콘 생명체이다.

그러나 이것은 어디까지나 예언이며, 지금, 여기에서 중요한 것은 기와 비트의 상생이다. 만일 기가 배제되고 비트만 살아남는다면 인간 생명체의 존재성을 어떻게 규정할 수 있을까? 비트화된 사이보그가 출현한다면 과연 인간의 정체성은 어떻게 설명 가능할까? 인간 생명체에 대한 전망 자체도 중요하지만 그것보다도 더 중요한 것은 지금, 여기에서의 인간의 정체성에 대한 규정이라고 할 수 있다. 인간의 정체성에 대한 규정은 다양하게 이루어질 수 있지만 기와 비트의 맥락에서 그것을 규정한다면 인간은 기와 비트의 차원을 동시에 포괄하면서 그것을 수렴하고 확산하는 존재라고 할 수 있다. 기와 비트의 포괄과 수렴 그리고 확산을 가장 잘 보여주는 실체가 바로 인간의 몸이다. 우리 인간의 몸은 기와 비트가 첨예하게 대립하고 충돌하는 실존의 장이다. 지금, 여기에서의 인간은 숨 쉬고 먹고 배설하는 동시에 0과 1의 무한수열적인 조합을 통해 끊임없이 무한정 어디론가 전송되고 구성되는 그런 몸을 가진 존재인 것이다. 기의 생태학이 인간 실존의 원천적인 장이듯이 비트의 생태학 역시 여기에 준하는 의미를 가진다고 할 수 있다. 하지만 인간의 몸에서 기와 비트가 동시에 존재한다고 해서 이 둘이 행복하게 상생하고 있다고 말하는 것은 올바른 판단이라고 할 수 없다. 이 둘은 분명 상생하기 어려운 존재들이다. 이것은 곧 기를 토대로 하는 에코와 비트를 토대로 하는 디지털이 상생하기 어렵다는 것을 의미한다. 내 몸론의 토대이자 내 비평의 화두인 에코와 디지털의 관계성을 통한 인류 문명과 문화의 지평에 대한 모색은 이미 수없이 언급한 바 있다. 하지만 그것은 되풀이하면 할수록 그때마다 어떤 긴장된 문제의식을 불러일으킨다.

먼저 디지털토피아와 에코토피아는 토대 자체가 다르다. 디지털토피아와 에코토피아의 토대가 되는 디지털과 에코는 각각 인공(문명)과 자연이라는 서로 대립적인 속성을 가진다. 인공과 자연이라는 이러한 차이는 디지털토피아와 에코토피아가 화합과 공존보다는 그 안에 불화의 요소를 더 많이 가지고 있다는 것을 의미한다. 지금까지 인류가 이룩한 문명이 자연의 희생을 통해 성립된 것을 상기한다면 이 불화는 어떤 뿌리 깊은 딜레마를 제공한다고 할 수 있을 것이다.

다음으로 디지털토피아와 에코토피아는 세계 인식 자체가 다르다. 디지털적인 인식이란 세계를 불연속적이고 불확정적인 방식을 통해 드러내는 것을 의미한다. 디지털은 존재 혹은 존재자 자체를 0과 1로 조각낸 다음 그것을 무한수열적인 조합을 통해 새로운 어떤 것을 생산해내는 것이다. 따라서 디지털적인 인식하에서는 우리가 도저히 상상할 수 없는 것까지 생산해냄으로써 잉여적인 양태를 보인다. 이 잉여성이 세계를 점점 더 불연속적이고 불확정적인 쪽으로 몰고 가는 것이다. 디지털적인 인식에 비해 에코적인 인식은 세계를 연속적이고 확정적인 방식을 통해 드러낸다. 에코적인 인식하에서 세계는 디지털에서처럼 갑자기 켜지거나 (0) 꺼지는(1) 일이 없으며, 갑자기 검정색(0)에서 흰색(1)으로 변하는 일도 없다. 여기에서는 어떤 변화 과정을 거치지 않고 하나의 상태에서 다른 상태로 급변하는 그런 일은 일어나지 않는다. 따라서 잉여적인 양태라는 것이 드러날 수 없다. 이런 점에서 에코적인 인식은 아날로그적이라고 할 수 있다.

마지막으로 디지털토피아와 에코토피아는 존재에 대한 해석 자체가 다르다. 존재론적인 측면에서 보면 디지털은 존재하지 않는 것을 존재하게 하는 것이다. 'being digital'이라고 할 때 그 being은 기존의 어떤 실체로부터 존재성을 부여받은 그 being은 아니다. 이때의 being은 색깔도 없고 크기도 없고 무게도 없는 단지 광속으로만 흐를 수 있는 bit라는 기반 위에서 성립된 것이다. 이것은 우리가 존재론을 이야기할 때 종종 말해지는 '無名天地之始'의 無와는 다른 것이다. 無의 없음은 '있음을 전제로 한 없음'이다. 이에 비해 'being digital'의 없음은 '없음을 전제로 한 없음(nothing)'이다.

— 이재복, 『비만한 이성』, pp. 89~90

에코와 디지털 혹은 기와 비트와의 상생이 중요하지만 그 안에는 불화적인 요인이 더 많이 내재하고 있다는 것이 이 글의 요지이다. 어쩌면 아주 상이한 존재론적인 조건들이 둘 사이에 불화적인 관계를 드러내고 있기 때문에 상생이 불가능한 것인지도 모른다. 상생하기 어려운 것이

기묘하게 공존하고 있는 현상이야말로 실존의 역설이라고 할 수 있다. 인간이 생존하는 데 반드시 필요한 것처럼 보이지 않는 비트를 토대로 하는 디지털의 세계가 기를 토대로 하는 에코의 세계만큼이나 중요하게 부상하게 된 데에는 테크놀로지의 급속한 발달이 커다란 영향을 주었다고 할 수 있다. 테크놀로지의 발달은 그 속성상 어쩔 수 없이 에코의 세계를 배제하거나 잠식할 수밖에 없다. 가령 테크놀로지의 발달로 인해 인간의 감각 중 시각을 제외한 다른 감각은 철저하게 배제되거나 소외된 것이 사실이다. 온몸으로 감각하는 에코의 세계에서와는 달리 시각 중심의 디지털의 세계는 인간의 생존 조건을 인공적인 가상의 생태 환경으로 만들어버린다.

2. 디지털 생태학의 출현과 새로운 자연의 매혹

디지털 생태학의 출현이 본격화되면서 여기에 자연스럽게 적응하거나 순응하는 인간의 삶의 환경이 조성되기에 이른다. 디지털이 도구가 아니라 그 자체가 목적이 된 시대에 살고 있다고 해도 과언이 아니다. 디지털에 의한 인공적인 가상의 세계가 실재하는 세계를 압도해버리는 형국이 지금, 여기에서 아주 자연스럽게 벌어지고 있는 것이다. 디지털 환경이 가동되지 않으면 그에 따른 혼란은 에코의 세계에서 발생하는 혼란에 못지않을 만큼 가히 위협적이라고 할 수 있을 것이다. 디지털 환경이 가동되지 않는 사태가 벌어진다면 그것은 단순한 문명의 퇴보만을 의미하지는 않을 것이다. 디지털 환경이 가동되지 않을 때 야기될 사태에 대해 그 누구도 안심할 수 없을 것이다. 단순한 물질의 차원을 넘어 정신적인 차원의 아노미 상태가 도래할 것이라는 것은 불을 보듯 뻔하지 않겠는가? 지금, 여기에서의 디지털 환경은 점점 더 인간의 몸의 감각에 가까워지기 위해 사활을 건 속도 경쟁을 하고 있다. 인간의 몸에 아주 자연스럽게 침투하기 위한 비트화된 가상의 느낌이나 감각의 개발은 그것이 극단적으로 행해지면 자칫 에코적인 느낌이나 감각을 망각할 위험성이 존재한다고 할 수 있다. 인간의 몸이 비트화된 가상의 느낌이나 감각에 적응해버리면 아날로그적인 에코의 느낌이나 감각은 대상화되거나 주변으로 밀려날 수밖에 없다.

이처럼 디지털 생태 환경이 절대적인 지배력을 행사하고 있는 것은 에코의 세계가 보여주지 못하는 탈일상의 화려하고도 낯선 매혹 때문이라고 할 수 있다. 인간은 숨 쉬고 밥 먹고 잠자는 것만으로 만족할 수 없는 유희의 동물이다. 에코와는 달리 디지털의 세계는 유희로서의 인간의 본능을 충족시켜줄 화려하고도 낯선 시스템을 아주 정교하게 구축하고 있다. 이 시스템 속에 놓일 때 인간은 그것이 하나의 구조화된 체계라는 사실을 망각하게 된다. 과학의 발달이 이 시스템 속에서 어느 정도까지 인간의 욕구나 본능을 충족시켜 줄지 아무도 그것에 대해 단정할 수 없다. 어쩌면 공상과학 소설이나 영화에서처럼 인간은 자유롭게 이 세계를 유영하면서 살아갈 수 있을지도 모른다. 인간의 몸이 사이보그화되면 이것은 꿈이 아니라 현실이 될 수도 있을 것이다. 이렇게 인간의 몸이 사이보그화되면 그것은 끔찍한 악몽일까? 아니면 달콤한 현실일까?

14220469103026100151022
31029402150321100141035
30223오늘의교통사고사망10
부상107유괴알몸토막310349
31029403120469103012022

3139560보험금노린3044935

59203발목절단자작극103921

31029403120469103012022

개미투자자음독자살0014103

33엘리베이터안고교생살인극

14220469103026100151022

3102탈북9402150꽃제비204

15292049586910295849320

50203046839204962049560

5302아프리카에서종말론신자

924명집단자살20194056293

31029403120469103012022

01죽음은기계처럼정확하다01

10207310349201940392054

눈물이 나오질 않는다

전자상가에 가서

업그레이드해야겠다

감정 칩을

−이원, 「사이보그 3−정비용 데이터 B」 전문

모든 것들이 숫자로 데이터화되는 현실이야말로 사이보그의 세계라고 할 수 있다. 현실이 숫자로 표상된다는 것은 그것이 철저하게 조절되고 통제된다는 것을 의미한다. 이 조절과 통제의 시스템 속에서 자신의 존재성을 드러냄으로써 인간의 자율성은 심하게 훼손되기에 이른다.

이 시스템 속에서는 인간의 죽음도 철저하게 조절되고 통제되기 때문에 기계처럼 정확할 수밖에 없으며, 감정 또한 여기에서 자유롭지 못하다. 특히 감정이 전자 칩에 의해 조절되고 통제된다는 것은 인간 존재성의 마지막 보루라고 할 수 있는 섬세하고 자연스러운 내면의 저 어두운 심층까지도 투명하게 가공되고 재구성된다는 것을 말해준다.

디지털로 데이터화된 시스템 속에서 이러한 감정의 조절과 통제가 계속되면 인간은 자연스러운 느낌이나 정서를 상실하게 될 것이다. 자신이 처한 상황에 따라 자연스럽게 느낌이나 정서가 드리니고 표출될 때 인간은 비로소 한 개체로서의 자율성을 획득하게 되는 것이다. 우리가 흔히 감정이 없는 인간을 로봇이나 기계에다 비유하는 것도 이런 맥락에서 기인한 것이라고 할 수 있다. 로봇 혹은 기계와 인간을 가르는 준거가 바로 감정의 차이에 있다는 사실은 인간의 몸이 로봇이나 기계와 다른 감정이나 영적인 창조물이라는 것을 의미한다. 로봇이나 기계도 진정 감정이 있고 또 영성이 있는가? 이 물음은 인간의 사이보그화 혹은 사이보그화된 인간의 존재성을 규정하는 가장 중요한 요소 중의 하나이면서 동시에 앞으로 영원히 해결하기 힘든, 어쩌면 영원히 해결할 수 없는 딜레마라고 할 수 있다.

그렇다면 디지털적인 감정도 자연스러운 것이 될 수 있을까? 자연스러운 것이란 과연 무엇인가? 自然이라고 할 때 그 自는 원래 鼻(코)를 그려 놓은 것이다. 코는 숨을 쉬는 곳이고 그 숨 쉼을 통해 사람은 사는 것이다. 인간은 이 세상에 태어나는 순간 코로 숨을 쉬는 것으로부터 삶을 시작한다고 해도 과언이 아니다. 그만큼 인간과 자연은 불가분의 관계에 있는 것이다. 然은 탄다는 것으로 이것은 불사름 혹은 생명사름을 뜻한다. 코로 숨을 쉬는 것처럼 인간은 생명사름을 통해 존재한다는 것이 자연의 일부로서의 인간의 본디 모습이다. 인간과 자연의 불가분리성은 인간이 자연 혹은 우주의 범주 하에서 그 존재성을 규정해야 한다는 것을 말해준다. 이런 맥락에서 보면 자연스럽다는 것은 인간의 임의대로 어떻게 할 수 있는 것이 아니라 우주의 섭리에 따르는 것이라고 할 수 있다. 우주의 섭리란 무궁무진하지만 그중의 하나로 거론할 수 있는 것이 관계성이다. 하나의 개체는 다른 개체와의 관계 속에서 존재하며, 그러한 무한한 관계망의 형성을 통해 우주가 성립되는 것이다. 우주의 그 어떤 개체도 단독으로 존재할 수 없다.

> 환합니다.
> 감나무에 감이,
> 바알간 불꽃이,
> 수도 없이 불을 켜
> 천지가 환합니다.
> 이 햇빛 저 햇빛
> 다 합해도
> 저렇게 환하겠습니까.
> 서리가 내리고 겨울이 와도
> 따지 않고 놔둡니다.
> 풍부합니다.
> 천지가 배부릅니다.
> 까치도 까마귀도 배부릅니다.
> 내 마음도 저기
> 감나무로 달려가
> 환하게 환하게 열립니다.

―정현종, 「환합니다」 전문

우주의 관계성의 맥락에서 보지 않으면 감나무의 감은 한낱 미미한 존재에 불과하다. 너무나 미미하기 때문에 우리는 그것에 특별한 의미를 부여하려 하지 않는다. 그저 한철 감나무에 열렸다가 때가 되면 썩어 없어질 그 무엇으로만 기억할 뿐이다. 하지만 우주의 관계성의 맥락에서 보면 감나무의 감은 아주 특별한 존재에 다름 아닌 것이다. 감나무가 싹을 틔우고 꽃이 피고 그 꽃이 열매를 맺어 감이 되는 일련의 과정은 그 자체로 우주의 섭리를 보여준다고 할 수 있다. 이런 점에서 감은 단순한 감이 아니라 우주 생명의 결정체인 것이다. 감나무의 감이 햇빛보다 더 환한 이유가 바로 여기에 있다. 감 하나에 우주가 깃들어 있는 것이다.

감나무에 감 하나 열리는 과정에 깃든 우주의 섭리를 이해한다면 그것을 섣불리 대상화하거나 사물화하는 것이 얼마나 위험한 일인지를 깨닫게 될 것이다. 사실 우리가 신봉하는 과학은 아직 감 하나 열리는 신비를 제대로 밝혀내지 못하고 있다. 또한 설령 과학이 그 신비를 밝혀낸다고 해도 그것은 어디까지나 추상적이고 물질적인 차원에서일 것이다. 감이 열리는 것은 추상적이고 물질적인 차원 이전의 감각적인 생명의 차원의 문제이다. 인간의 과학이 우주의 존재를 추상적이고 물질적인 차원으로 체계화하고 구조화함으로써 무수한 감각적인 생명이 소멸의 길을 걷게 되었다고 해도 과언이 아니다. 인간의 과학은 존재에 대한 비밀의 탐색이라는 미명 하에 오히려 그것을 훼손하거나 소멸시켜 왔다고 할 수 있다. 우주의 존재가 불가분리성의 관계망을 이루고 있다는 점을 고려한다면 인간의 행위는 그러한 우주적인 질서와 섭리를 파괴하는 것이라고 할 수 있다. 지금까지 밝혀진 우주 생명체 중에 인간만이 스스로 생명을 복제하거나 조작할 수 있을 뿐만 아니라 다른 생명체를 자신의 욕구나 욕망에 입각해 무차별적으로 훼손하거나 파괴하고 있다고 할 수 있다.

3. 디지털과 에코의 임계점과 자연의 재발견

디지털이 과학의 산물이라면 그것 또한 이러한 생명의 훼손이나 파괴와 결코 무관할 수 없다. 디지털 생태 환경의 출현이 에코의 세계에 대한 훼손이나 파괴와 맞물려 있다면 디지털의 지배력 강화가 달콤한 현실이 아닌 끔찍한 악몽이 될 수도 있다는 것을 말해준다. 디지털의 세계란 복잡한 것 같지만 한순간에 사라질 수도 있는 그런 허약한 체계를 가지고 있다고 할 수 있다. 그래서 나는 디지털의 세계를 '없음을 전제로 한 없음' 곧 'nothing'(『비만한 이성』, p. 90)으로 명명한 것이다. 디지털의 세계가 가지는 불안은 이것만이 아니다. 에코와는 달리 디지털은 우주의 불순물이 될 수 있다. 우주의 관계망을 이루기 위해서는 자연스럽게 그 관계 속에서 생성과 소멸을 거듭해야 한다. 하나의 존재가 소멸해서 다른 존재로 그것이 거듭나는 것이 우주의 섭리이다. 김지하가

> 내가 타죽은
> 나무가 내 속에 자란다
> 나는 죽어서
> 나무 위에
> 조각달로 뜬다
>
> ─김지하, 「啐啄」 부분

라고 노래했을 때 시인의 상상력이 바로 여기에 닿아 있다. '나와 나무와

조각달'이 생성과 소멸의 관계로 이루어진 세계에서 불순물이란 존재할 수 없다. 나와 나무 사이에는 경계가 없으며, 나의 소멸은 소멸이 아니라 조각달로 거듭난다. 나는 나무도 되고 조각달도 되는 것이다. 한 생명의 소멸이 다른 한 생명의 생성으로 이어지는 세계에서는 어느 것 하나 거름이 되지 않는 것이 없다. 에코의 세계에 있는 존재는 언제나 거름이 되지 썩지 않은 채 불순물로 남아 있지는 않다. 디지털의 세계를 이루는 존재들은 생성의 흔적 없이 사라지거나 썩지 않고 남아 생성을 방해할 수도 있다.

에코의 세계에서는 인간의 배설물인 '똥'도 거름이 된다. 이 섭리는 '나와 나무와 조각달'의 생성과 소멸의 양상과 다르지 않다. 인간의 똥은 거름이 되어 다른 생명의 싹을 틔우고, 싹이 커서 무성한 잎과 열매를 맺게 하고, 그 열매를 인간이 먹어 배설한다. 이 단순 명료한 순환의 섭리가 문명 세계에서는 도통 이루어지지 않는다. 문명 세계에서의 똥은 거름이 되지 않는다. 여기에서의 똥은 단지 불순물일 뿐이다. 똥이 잉여에 지나지 않는다면 그것은 어떤 생산성도 담보할 수 없다. 똥은 분명 에코적인 것이다. 그러나 그것이 디지털로 작동되는 양변기에서는 거름이 되지 못하고 버려진다. 그래서 김선우 시인은 "양변기 위에 걸터앉아 모락모락 김나던 그 똥 한무더기 생각하는 저녁, 오늘 내가 먹은 건 도대체 거름이 되질 않"(「양변기 위에서」)는다고 한탄한다. 시인의 한탄에는 에코와 디지털의 관계에 대한 의미심장함이 내재해 있다.

양변기는 기器로서만 존재하는 것은 아니다. 그 기에 의식이나 정신이 내재해 있다. 서구인들이 변기를 만들었을 때 이미 거기에는 똥에서 거름의 의미를 제거한 것이라고 할 수 있다. 똥을 문명의 세계에서 추방했을 때 이미 여기에는 에코적인 것에 대한 깊이 있는 이해가 배제된 것이라고 할 수 있다. 똥이 아니라도 문명의 세계에서 에코적인 것은 주변적인 것이 아니면 하나의 대상으로 존재하기에 이른다. 문명 세계가 드러내는 반에코적인 속성은 위생 담론이라는 이름으로 지배력을 행사하면서 야만과 문명, 미개와 개화, 서양과 동양, 선과 악 같은 이분법적인 이데올로기를 확대 재생산해 왔다. 에코적인 우주의 섭리가 지배적인 삶의 한 양식으로 작동하던 우리의 경우에도 서구 문명이 들어오면서 똥은 더 이상 거름이 되지 않고 양변기 속에서 적절하게 분해되고 해체되어 문명의 하수도로 버려지게 된 것이다.

문명의 하수도에 버려진 똥은 깨끗하게 사라지는 것이 아니다. 하수도의 밑바닥에 켜켜이 쌓여 있다가 문명의 틈 사이로 강한 악취를 내뿜는다. 완전히 척결한 것으로 안심하고 있다가 악취에 놀라 그 실체를 인정하지 않을 수 없는 지경에 이르면 그때서야 마지못해 똥의 존재를 드러낸다. 하지만 그렇다고 똥을 거름이 되게 하는 것은 아니다. 똥이 거름이 되는 것이 아니라 문명의 불안을 잠재우는 정치적 표상으로 전락한다. 그동안 에코로부터 분리된 채 살아오면서 온갖 불안과 공포에 시달려온 문명인들에게 똥의 에코 표상은 하나의 위안거리가 되기에 충분하다. 가령 요즘 넘쳐나는 이름 중에 하나가 '생태공원', '생태하천'이다. 만신창이가 된 도심 속으로 생태적인 기를 불어넣겠다는 것이 이 대유행의 캐치프레이즈다. 그러나 생태에 대한 정치적인 포즈로는 진정한 에코의 회복을 이룰 수 없다. 진정한 생태공원이나 생태하천은 자연스러운 순환이 전제되지 않으면 불가능하다. 인공으로 조성한 하천에 물을 흐르게 한다고 그것이 생태천이 될 수 없다. 또한 인공이 아닌 자연적으로 조성된 하천의 경우에도 다른 하천과의 관계가 단절되어 있다면 그것 역시 진정한 생태천이라고 할 수 없다. 서울이라는 거대 도시의 대표적인 문명의 하수도 역할을 한 청계천이 그 악취를 한강의 물을 인공적으로 흐르게 하여 희석시킴으로써 각광을 받고 있지만 그것이 진정한 생태천이 되기 위해서는 그것의 지류를 회복시켜 그 물을 청계천으로 흐르게 해야 한다. 이것은 마치 몸 안의 피의 흐름과 같다고 할 수 있다. 어느 한 곳이라도 막히면 그 몸은 건강하다고 할 수 없다. 서울은 만신창이가 된 지 오래이며 그것의 회복은 이런 근시안적이고 단기적인 방법으로는 불가능하다. 이와 관련하여 나는 다음과 같은 다소 감상적인 글 한 편을 쓴 적이 있다.

봄은 이미지로도 오고 또 소리로도 온다. 하지만 서울의 봄은 이미지보다 먼저 소리로 온다. 그것은 서울에서 한번이라도 봄을 난 사람이면 안다. 봄이 오기에는 이른 3월 초쯤에 그 소리는 이미 도심 한복판에 진주해 있다. 눈에 보이지도 손으로 잡을 수도 없는, 어떤 형태나 빛깔도 없는 그 소리의 환청에 시달리다 지치면 그때서야 비로소 개나리가 피고 또 벚꽃이 핀다.

온통 잿빛 건물에 둘러싸인 이 서울에서 이십 년 남짓 살면서 그 나름의 감수성을 가질 수 있었던 것은 바로 그 소리 덕분이라고 생각한다. 하지만 몇 해 전부터 그 소리가 단순한 미학적인 질료가 아닌 실존의 소리라는 것을 깨닫게 되었다. '바람에도 길이 있다'는 생각을 하게 되면서 그 소리에서 차츰 미학적인 관념이 제거되기 시작했다. 바람에서 미학적인 상징이나 메타포가 제거되면서 남은 것은 피투성이 채로 서울의 한복판에 내던져진 바람의 처절한 실존의 모습이었다. 서울의 봄이 왜 이미지보다 먼저 바람 소리로 올 수밖에 없는지를 절실하게 알 수 있었다. 그것은 서울에서 길을 잃은 바람의 곡성이었던 것이다.

바람은 왜 서울에서 길을 잃은 것일까? 이 물음에 대한 답을 위해서는 서울에서 가장 바람이 많은 곳을 가보면 된다. 서울의 바람은 북한산과 도봉산 그리고 한강에 가장 많다. 여기에서 생겨난 바람이 서로 만나고 또 헤어지면서 서울의 '바람길'을 만드는 것이다. 북한산과 도봉산 바람은 수유리를 지나 종로로 오고 한강의 바람은 영등포를 거쳐 뚝섬 쪽으로 거슬러 올라오면서 이들은 서로 만나고 또 헤어진다. 눈에 보이지 않는 이 '바람길'로 인해 서울의 하늘에 깃든 나쁜 기운이 물러가고 맑고 건강한 기운이 스며드는 것이다. 수천 년 동안 '바람길'은 서울을 지켜온 것이다.

하지만 근대 이후 산업화와 도시화 과정을 거치면서 서울의 '바람길'은 그 길로서의 기능을 상실하게 되었다. 북한산과 도봉산의 바람은 상계동 일대의 대단지 아파트에 막혀 길을 잃었고, 한강의 바람 역시 강변을 따라 경쟁적으로 지어진 아파트에 의해 길을 잃게 되었던 것이다. 이렇게 아파트와 고층 건물과 각종 인공적인 시설물들로 인해 서울의 바람은 길을 잃고 헤매면서 때로 광폭해지기도 하고 또 기력을 상실하여 스스로 사라져버리기도 한다. '바람길'의 혼란과 불경스러움은 고스란히 지상의 사람들에게 영향을 미친다. 바람에 의해 자정이 되지 않은 각종 공해 물질들이 고스란히 지상의 사람들의 몸으로 스며들어 그들을 병들게 한다.

이러한 두려움 때문에 사람들은 더욱 자연에 의지하려 한다. 이것은 인간의 욕망이 만들어낸 엄청난 역설이다. 서울의 '바람길'을 훼손한 것은 인간의 욕망이다. 하지만 인간은 이것에 대해 자각하지 못한 채 자신들 개인의 안위를 위해 좀 더 자연 가까이 살고 싶어 한다. 요즘 하나의 트렌드가 되어버린 '웰빙'이야말로 인간 욕망의 사회 문화적인 표현이라고 할 수 있다. 자연 가까이 살고 싶어 하는 것은 인간의 본능이지만 그것을 위해 자연을 죽이는 어리석음을 범해서는 안 될 것이다. 자연과 인간의 욕망 사이에는 제도적인 장치에 앞서 도덕적이고 윤리적인 의식이 필요하다. 우리는 모두 자신의 욕망을 줄이고 '자발적인 가난'을 실천하려는 의지를 가져야 한다. '자발적인 가난'이 없으면 훼손된 서울의 '바람길'

은 영원히 회복되지 않을 것이다.

곧 봄의 불청객인 황사가 예고 없이 찾아올 것이다. 혼란 속에 있는 서울의 '바람길'에 더 힘세고 사악한 중국의 '바람길'이 겹쳐진다면 우리가 기다리는 그 아름다운 봄은 오지 않을 것이다. 서울의 '바람길'은 세계로 통하고 또 그것을 넘어 우주로 통한다는 사실에 대한 뼈아픈 자각이 있어야 한다. 인류가 공생하는 길이 '바람길'에 있다는 생각을 이 봄날에 하는 이유가 바로 여기에 있다. 그래서 나는 이렇게 말하고 싶다. 인류에게 바람은 더 이상 낭만의 대상이 아니며, 그것은 다른 그 무엇보다도 중요한 실존의 대상이라고.

－이재복, 「바람, 서울에서 길을 잃다」, 『한대신문』(2007. 3. 18)

KBS 환경 스페셜 "바람, 도시에서 길을 잃다"를 본 것이 계기가 되어 쓴 이 글에서 내가 말하고 싶었던 것은 생태에 대한 보다 근본적인(근원적인) 성찰이다. 생태에 근본적인 성찰 없이 무자비하게 자행된 도시 개발이 서울을 얼마나 참혹하게 만들어버렸는지를 말하고 싶었던 것이다. 근본적인 성찰 없이 행해진 도시의 생태를 회복하기 위해서는 반드시 근본적인 성찰이 전제되어야 한다는 것이 이 글의 요체인 것이다. 바람길과 같은 생태의 근본적인 조건에 대한 고려와 자발적으로 가난해져야 한다는 인간 욕망에 대한 고려가 동시에 이루어질 때 만신창이가 된 서울 혹은 지금, 여기의 문명이 회복될 수 있다는 것이다. 이런 맥락에서 볼 때 다분히 표피적이고 선동적인 정치논리를 드러내는 생태주의의 대유행은 진정성과 전망 모두를 상실하고 있다고 할 수 있다.

자연은 자연의 속도로 성찰해야 한다. 문명의 속도로 자연을 보려 한다면 자연은 영원히 회복될 수 없을 것이다. 디지털 문명의 속도는 우리의 상상을 초월한다. 문명의 속도는 생존의 속도로 인식되어 왔다.

디지털은 속도의 산물이지만 그 속도는 다시 디지털에 의해 결정된다. 디지털의 속도에 길들여지면 에코의 존재는 망각되고, 실존의 장에서 경쟁력을 잃게 된다. 꽃이 피기 위해서는 혹은 감이 열리기 위해서는 어느 정도의 시간이 반드시 필요하다. 하지만 디지털의 속도에 길들여진 세대에게 그 시간은 견디기 힘든 고통일 수 있다. 이들은 그 고통을 감내하려 하지 않는다. 단 몇 초 만에 꽃을 피우고 감이 열리는 것을 이들은 욕망한다. 디지털의 세계는 이들의 욕망을 순식간에 충족시켜 준다. 자신의 욕망의 속도만큼 그 욕망을 충족시켜주는 곳이 바로 디지털 세계인 것이다. 디지털 세계 속에 존재하는 꽃이나 감을 느끼고 인식하면서 이들은 즐거움과 행복을 경험한다.

디지털 생태계 안에서 자신의 삶을 향유하고자 하는 자에게 바람길이 다 무슨 소용이 있겠는가? 디지털의 세계에는 그런 바람이 굳이 필요하지 않다. 북한산이나 한강의 바람이 아니라 가상의 이미지와 소리로서의 바람이 필요할 뿐이다. 하지만 그 이미지와 소리는 생식기능을 하는 인간에게 실질적인 생존의 양식이 되기에는 한계가 있다. 디지털의 현란하고 매혹적인 세계에 빠져 있다가도 기로 충만한 세계로 돌아와야만 인간은 자신의 생존을 유지할 수 있는 것이다. 디지털의 세계가 인간의 손끝에서 열린다는 말이 의미심장한 이유가 여기에 있다. 인간의 손끝, 더 나아가 몸이 디지털의 세계를 여는 토대로 작용한다는 사실은 에코와 디지털 사이의 관계에 대해 많은 생각을 하게 한다. 에코의 토대 없이 디지털의 세계가 과연 가능한가? 디지털 세계의 확장이 곧 인간의 몸의 확장이라면 이때의 몸을 어떻게 규정할 수 있을까? 에코의 토대 없는 디지털 세계에서의 인간은 완벽한 사이보그 그 자체라고 할 수 있다. 디지털의 시스템으로 작동하는 사이보그의 출현은 새로운 인류의 출현이라고 할 수 있다.

이런 경우 이 신인류를 지금의 인간의 연장선상에서 바라볼 수 있을까? 휴머노이드라고 하여 인간의 정체성을 유지하려고 하지만 이때의 사이보그는 인간과는 몸 자체가 다른 존재이다. 휴머노이드가 인간의 몸이 지니는 우주의 관계 속에서 창조된 자연스러운 정체성을 어느 정도 가질 수 있을지 의문이다. 휴머노이드의 인간적인 정체성에 대한 회의가 강하면 강할수록 에코와 디지털 사이의 갈등은 증폭되며, 결국에는 에코토피아와 디지털토피아에 대한 욕망이 헛된 동상이몽에 불과하다는 사실을 알게 될 것이다. 무서운 속도로 지배력을 확장하고 있는 디지털의 세계를 외면한 채 에코토피아를 꿈꾸는 것은 맹목이며, 반대로 에코적인 토대를 무시한 채 디지털토피아를 꿈꾸는 것은 공허하다. 에코 차원의 자연으로 돌아가기에는 우리는 지금 너무 멀리 왔다. 에코 차원의 자연성을 유지해 온 인간의 몸에 지배력을 행사하고 있는 디지털의 자연성을 우리는 외면할 수 없다.

　사정이 이러하다면 우리는 다음과 같은 상상을 할 수 있을 것이다. 에코의 자연성이 소멸하고 디지털의 자연성 혹은 디지털 생태 환경이 그것을 대체하는 시점이 도래할 때 과연 인간은 어떤 선택을 할 것이며, 과연 그 선택이 가능할 것인가 하는 점이다. 디지털 자연성으로의 전환이 임계점에 다다랐을 때 에코 차원의 자연성, 특히 감성이나 영성에 기반한 정체성의 혼란이 발생하지 않으리라고 단정할 수 있을까? 디지털의 속도는 이러한 임계 지점을 분명 앞당길 것이다. 디지털의 속도에 피로를 느끼거나 여기에서 소외된 인간들이 생겨나고, 에코의 세계로부터 멀어짐으로써 발생하는 불안과 공포가 극에 달한다면 에코에 대한 자각 내지 패러다임의 대전환이 일어날 수도 있을 것이다. 만일 인간이 스스로 자각 하지 못한다면 에코 차원의 대반격에 의해 그것이 일어날 수도 있을 것이다. 지구의 기후변화의 심상치 않은 징조나 대지진, 쓰나미 같은 자연재해의 징조가 이러한 도래를 증폭시키고 있는 것이 사실이다. 지구촌을 강타한 여러 자연재해는 우리로 하여금 지금, 여기에 구축된 문명이 얼마나 허술한 것인지를 새삼 깨닫게 된 계기를 제공한 것 또한 사실이다.

4. 다시 자연이란 무엇인가?

다시 자연이란 무엇인가의 문제로 돌아가자. 에코와 디지털 모두 자연이 존재의 핵이다. 지금, 여기에서 인간은 에코와 디지털 어느 하나만을 선택할 수 없는 딜레마 아닌 딜레마에 빠져 있다. 디지털토피아도 포기할 수 없는 꿈이고, 에코토피아도 또한 그러하다면 이 둘을 동시에 꿈꾸는 수밖에 없지만 그것이 생각처럼 쉬운 일이 아니다. 이 모순을 적나라하게 보여준 것이 바로 최근 전 세계를 강타하고 있는 제임스 캐머런 감독의 〈아바타〉이다. 이 영화는 디지털 테크놀로지의 결정판이다. '보는 것이 믿는 것이다'라는 시각주의의 이념을 거의 완벽하게 구현해낸 텍스트이다. 하지만 아이러니한 것은 이 영화의 주제가 에코토피아라는 것이다. 판도라 행성의 나비족의 삶이란 자연과 하나 된 에코토피아의 신화 그 자체라고 할 수 있다. 인간의 욕망에 의해 파괴될 위기에 놓인 나비족 마을에는 에코의 상징인 세계수가 있다. 어쩌면 이 영화의 주제는 이 세계수로 표상된다고 해도 과언이 아니다. 에코토피아의 세계가 디지털로 생생하게 구현되는 이 아이러니한 상황을 어떻게 이해해야 할까? 디지털로 구현된 판도라 행성의 나비족 마을에는 에코의 기가 존재하지 않는다. 이런 점에서 에코의 세계수가 있는 나비족 마을은 판타지에 불과하다.

그러나 우리가 이 영화를 보면서 그것을 단순히 판타지로만 이해했을까? 에코에 대한 본능적인 욕구가 이 판타지와 맞아떨어진 것은 아닐까? 인간의 심층에 에코토피아에 대한 열망이 깊이 자리하고 있다고 본다면 그것은 과잉 해석일까? 에코에 대한 욕구보다 판타지에 대한 욕구가 더 강하게 영상을 지배하고 있는 것이 사실이다. 이 영화를 판타지 쪽으로만 몰아간다면 〈아바타〉는 단순한 오락물에 지나지 않을 것이다. 이런 맥락에서 본다면 제임스 캐머런 감독은 에코에 대한 환상을 아주 기가 막히게 디지털로 포장하여 팔아먹은 장사꾼에 지나지 않는다고 할 수 있다. 나는 여기에서 이 문제에 대해 논하고 싶지는 않다. 여기에서 중요한 것은 에코가 영화의 한 축으로 작용하고 있다는 점이다. 에코가 상품성이 있기 때문에 그것을 잘 포장하여 팔아먹으려고 한 것이 아니겠는가? 제임스 캐머런처럼 그것을 영화에서 상품화하든 아니면 정치가들이 그것을 자신들의 권력 유지를 위해 이용하든 에코는 이미 우리 시대의 담론의 중심으로 깊숙이 침투해 있는 것이 사실이다.

하지만 우리는 그것을 자본의 논리라든가 정치권력의 논리로만 보아서는 안 된다. 여기에는 그것보다 더 소중한 것이 있다. 바로 생명의 윤리이다. 생명의 윤리는 관계의 윤리이다. 자신의 욕망을 충족시키기 위해 다른 생명을 죽음으로 몰아가는 일은 중단해야 한다. 관계의 윤리에 대한 사유가 전제되지 않으면 에코토피아나 디지털토피아는 성립될 수 없다. 에코든 디지털이든 관계 혹은 네트가 사유의 중심이 되어야 한다. 다만 에코의 관계는 우주 생명의 섭리에 따르기 때문에 항구성과 항존성을 유지하지만 디지털의 네트는 비트의 무한수열적인 조합이라는 전자 생명의 원리에 따르기 때문에 비항구성과 비항존성이 나타날 개연성이 높다. 이러한 사실은 디지털의 존재 기반이 허술하다는 것을 의미한다. 일순간에 소멸할 수도 있는 디지털의 존재 기반의 허술함을 보완해 줄 수 있는 것은 에코의 세계이다. 물질적인 차원에서는 에코와 디지털의 기반이 다르지만 정신적인 차원, 즉 감성과 영성의 차원에서는 상호 소통할 영역이 존재한다고 할 수 있다. 에코와 디지털은 모두 눈에 보이는 차원뿐만 아니라 눈에 보이지 않는 차원을 지니고 있기 때문에 그것이 상호 소통할 어떤 가능성 내지 개연성의 단초를 제공할 수 있을 것이다. 에코와 디지털 어느 한 세계의 관계망 속에서 살기는 어려운 시대라고 해도 과언이 아니다. 에코의 자연과 디지털의 자연이 교차하고 재교차하면서 또 다른 관계망을 이루고 있는 시대에 우리는 살고 있다. 에코의 자연과 디지털의 자연이 동시에 인간의 몸에 작용하면서 그동안 비교적 평정을 유지해온 인간의 정체성은 지금 심한 혼돈 상태에 놓여 있다고 할 수 있다. 자연이란 무엇인가? 인간이란 무엇인가? 지금이 바로 그것에 대해 다시 곰곰이 생각을 시작할 때이다.

2. 생명 문화 정립을 위한 시론적 모색

1. 패러다임^{paradigm}의 전환과 생명 문화

인류 문명이 이룩해 놓은 지식의 총량과 기술의 능력으로 인해 이제
한 단계의 커다란 정신적 도약을 성취시키지 않으면 안 될 상황에 놓여
있다[1]는 사실에 대부분 공감하고 있다. 이 공감은 지식의 축적과 기술의
발달이 다른 어느 시기보다 빠른 속도로 이루어지고 있는 근래에 들어
그 강도를 더하고 있다. 지식의 축적과 기술의 발달이 빠른 속도로 이루어
지고 그것이 하나의 정치권력이 되면서 과도한 경쟁이 발생하게 된다.
이미 그 과도한 경쟁은 전 세계적 차원의 문제가 된 것이 사실이다.
이렇게 경쟁이 전 세계적 차원의 문제가 되고, 또 지식의 축적과 기술의
발달이 절대적인 속도의 상태에 이르면 그것에 대한 복잡성^{complexity}의
문제는 자연스럽게 전경화될 수밖에 없다. 이런 점에서 그것은 문명사

---

[1] | 장회익, 『과학과 메타과학』, 지식산업사, 2002, p. 7.

전반에 대한 불안과 위기뿐만 아니라 반성과 성찰의 문제를 강하게 내장하고 있다고 할 수 있다.

지금까지 축적된 지식과 기술은 서구적인 차원에서 볼 때 다분히 변증법적인 진보의 논리를 주된 방향으로 설정하고 있다. 변증법이란 어떤 문제의 실상을 관련 맥락과 연관시켜 모순과 대립의 관점에서 파악하고 그것을 통해 진리를 추구하는 논리이다. 인류의 역사 전체를 상호 모순을 통한 이상적인 종합으로 보기 때문에 반드시 여기에는 부정적인 현실과 유토피아적인 미래가 대립한다. 현실 맥락에 대한 강조와 실천성을 담보하고 있다는 점에서 변증법은 역사의 진보라는 논리를 구현하는 데 그 나름의 정당성을 인정받아 왔다고 할 수 있다. 이것은 변증법이 새로운 시대의 진리 패러다임이 등장할 때마다 그것을 정당화하는 방식으로 새로운 세계관을 도입하는 데 절대적인 기여를 해 왔다는 것을 의미한다.[2] 서구의 역사가 변증법에 토대를 두고 발전해 왔다는 논리가 바로 여기에서 비롯된 것이라고 할 수 있다.

변증법의 논리는 상호 모순과 종합을 지향하지만 이때의 종합이란 우열 혹은 선택과 배제의 논리를 토대로 하기 때문에 필연적으로 억압과 소외를 동반할 수밖에 없다. 이러한 논리는 이분법적이며, 힘의 논리에 의해 종합을 시도하려는 속성을 드러낸다. 이분법적인 우열의 논리에서 그것을 판단하는 기준은 이성이다. 이성주의자의 관점에서 보면 상호 모순의 변증법적인 종합은 세계에 대한 합법칙성을 지닌 논리로 인식된다. 이러한 논리는 이성에 대한 절대성을 드러낸 것으로 이성이 곧 초월적인 지위를 부여받게 된 것을 말해주는 것이라고 할 수 있다. 초월적 지위를 부여받음으로써 이성은 니체, 아도르노, 푸코, 데리다 등 의식

---

2 | 홍윤기, 「변증법」, 『철학과 현실』 제27호, 1996년 겨울호, pp. 315~325 참조.

철학자들로부터 타자를 절대화한다는 비판을 받기에 이른다. 이에 하버마스는 의사소통합리성을 내세워 이성에 초월적인 지위를 부여하지 않으면서도 생활세계 속에서 분열된 인륜적 총체성을 회복하려고 한다.[3]

하버마스의 의사소통 합리성은 주체의 회복을 목적으로 하고 있지만 "행위의 가능성을 박탈하는 현대사회의 익명적 권력의 그물망 안에서 유한한 주체가 어떻게 자율을 획득할 수 있는가 하는 문제는 그의 철학에서 간과되고 있다"[4]고 할 수 있다. 하지만 그가 겨냥하고 있는 주체의 회복은 단순히 현대사회의 구조나 제도에 국한시켜 논의할 성질의 것은 아니다. 현대사회의 구조나 제도가 행사하는 권력으로부터 주체가 자율성을 획득하지 못하고 있는 것은 사실이지만 그것보다 더 중요한 것은 이성의 타자에 대한 절대화이다. 이성의 타자를 절대화함으로써 인간은 상생과 융화적인 관계를 통해 성립되는 공동체를 상실하기에 이른다. 인간의 이성이 절대화한 타자의 경우 이성의 범주에서 멀거나 차이가 클수록 그 정도가 클 수밖에 없다. 이성이 가지는 이러한 한계를 극복하기 위해서는 인간의 이성이 절대화한 타자를 해체해야 한다. 타자의 해체란 타자의 자율성 혹은 개체성을 회복하는 것이라고 할 수 있다. 타자의 개체성은 곧 타자의 주체성에 다름 아니다.

타자가 이성에 의해 절대화되지 않기 위해서는 무엇보다도 먼저 그 이성을 다른 것으로 대체해야 한다. 이성이 주체와 타자를 구분하는 척도가 될 수 없다는 인식이 필요한 것이다. 이성이 이러한 구분에 척도가 될 어떤 내적 필연성도 여기에는 없는 것이다. 이성이 척도가 된 것은

---

3 | 위르겐 하버마스, 이진우 옮김, 『현대성의 철학적 담론』, 문예출판사, 1996,
   p. 52.
4 | 위르겐 하버마스, 위의 책, p. 464.

순전히 인간의 필요에 의한 작위적인 결정일 뿐이고, 신과 같은 초월적 지위를 부여받으려는 욕망이 작동한 것으로 볼 수 있다. 이성의 초월적 지위를 해체함으로써 타자의 절대화로부터 벗어나려 한 하버마스의 의사소통 합리성 역시 이러한 욕망이 약화된 것일 뿐 그것이 온전히 사라진 것은 아니다. 하버마스의 의사소통 합리성은 기존의 이성의 초월적 지위를 바꾸려는 새로운 시도로 볼 수 있지만 그것은 패러다임의 전환이라고 하기에는 지나치게 기존의 패러다임을 고수하고 있다고 할 수 있다.

그러나 패러다임의 전환은 말처럼 그렇게 쉬운 일은 아니다. 이 말은 기존의 패러다임을 혁명적으로 바꾼다는 의미이지만 이것은 기존과 새로운 패러다임을 서로 비교함으로써 가능하다. 이런 점에서 두 패러다임을 "동일한 평면상에 올려 놓고 비교할 수 있는 객관적인 기준이 존재하지 않기" 때문에 패러다임의 전환을 이야기하는 것은 불가능한 것처럼 보인다. 따라서 패러다임과는 "무관한 본질적인 요소를 찾아내어 인간 사고의 기본적 구조를 밝혀내는 작업이 이루어져야"[5] 하는지도 모른다. 하지만 패러다임과는 무관한 요소를 찾아내어 기본적 구조를 밝히는 것 역시 또 다른 패러다임을 정립한다는 점에서 패러다임으로부터 무관할 수는 없다고 볼 수 있다. 패러다임이 가치나 이념과 같은 정신적인 것과 제도나 체계, 도구와 같은 물질적인 것 모두를 포괄하는 개념이기 때문에 이 둘 사이의 차이를 밝히는 일이 패러다임의 전환 문제와 관련하여 중요한 의미를 지닌다고 할 수 있다.

그렇다면 이성이라는 패러다임에서 획기적인 전환을 가능하게 하는 또 다른 패러다임이란 어떤 것일까? 이 물음에 대한 답은 이성이 아닌 그것과 대비되는 또 다른 척도 아닌 척도를 찾으면 된다. 이성과는 달리

---

5 | 장회익, 앞의 책, pp. 40~41.

타자를 절대화하지 않는 그 척도 아닌 척도란 존재는 과연 어떤 것일까? 아이러니하게도 그것은 이성이 절대화한 '생명'이다. 이성은 생명마저도 합리적이고 과학적인 논리를 앞세워 그것의 존재성을 규정하고 개념화하기에 이른다. 생명은 이성의 논리로 온전히 해명할 수 없는 영역을 지니고 있다. 또한 생명은 인간에게만 국한된 것이 아니다. 이성은 인간에 국한된 것이지만 생명은 인간을 포함하여 모든 생물, 무생물에게 깃들어 있는 것이다. 이 생명의 척도로 보면 인간과 이성이 타자로 절대화한 짐승, 나무, 꽃 심지어 곤충 사이에는 우열의 논리가 성립될 수 없는 것이다. 인간의 생명이 저 길거리에 아무렇게나 피어 있는 잡초의 생명보다 더 신비하다거나 소중하다고 말할 수 없기 때문이다. 그리고 인간이 절대적인 척도로 내세우고 신뢰하는 이성 혹은 과학은 아직 그 잡초의 신비를 해명하지 못하고 있는 것이 사실이다.

이렇게 생명이 이성을 대체하면 세계 이해 전반에 혁명적인 변화가 도래할 것이다. 그것은 이성 혹은 그것에 토대를 두고 형성된 인류 문명사 전반에 대한 비판과 반성은 물론 이성이 미치지 못한 미지의 영역에 대한 성찰을 포함할 것이다. 하지만 생명에 대한 성찰에 앞서 고려해야 할 점은 그것이 이성과는 달리 관념적이고 개념화된 존재가 아니라 구체적인 감각을 통해 존재하는 살아 있는 실체라는 사실이다. 이것은 생명에 대한 성찰에 있어서 그것을 잘 드러내는 구체적인 대상을 정하는 일이 무엇보다도 중요하다는 것을 의미한다. 생명이 감각이나 느낌으로 존재한다면 그것을 관념이나 개념이 아닌 살아 있는 존재로 체험할 수 있는 대상이 필요한 것이다. 그 대상이 바로 '몸'이다. 몸은 이성이나 과학으로 그 존재를 온전히 드러낼 수 없다. 그것은 몸이 이성, 감성, 영성이라는 눈에 보이는 차원과 눈에 보이지 않는 차원의 복잡성으로 이루어진 존재이기 때문이다.

몸이 하나의 생명으로서 존재한다면 그것은 존재라기보다는 생성으로 명명하는 것이 타당할 것이다. 이런 점에서 몸은 현상이나 개념의 논리로 해명할 수 없는 현상과 경험의 세계를 지닌다고 할 수 있다. 몸으로 세계를 이해하면 '존재', '실체', '주체' 같은 전통적인 이성 중심의 패러다임에서 벗어나 '생성', '역동성', '운동' 등이 세계의 근본적인 의미가 되는 새로운 패러다임[6]이 탄생한다. 이렇게 몸이 하나의 패러다임을 창출한다는 것은 그것이 인간 이성에 의한 변증법적인 논리를 넘어서는 새로운 변화의 논리를 지니고 있다는 것을 말해준다. 이 변화의 논리란 '생성', '역동성', '운동' 등이 표상하고 있는 것처럼 인간을 넘어선 자연과 우주 차원에서의 거대하고 신비한 유기적인 흐름을 의미한다고 볼 수 있다. 인간의 이성이 타자를 절대화함으로써 몸, 자연, 우주 같은 생명의 유기적인 흐름에 대한 인식이 망각되어 오히려 인간은 이 관계로부터 소외되기에 이른다.

이러한 소외는 인간의 문화를 '영성, 순환성, 다양성, 관계성 등 생명의 네 가지 본성'[7]으로부터 멀어지게 한 것이 사실이다. 만일 이 네 가지 생명의 본성을 회복하지 못한다면 인류의 문화는 지금까지 축적한 지식과 기술이 방향성을 잃거나 자기반성을 행하지 못해 스스로 파멸하고 말 것이다. 지금 우리 시대의 문화는 생명의 네 가지 본성을 토대로 이루어지는 것이 아니라 그것을 망각한 채 단순히 이성의 억압으로부터 벗어나려는 표피적인 욕구나 욕망의 차원에 머물러 있기 때문에 진정한 차원의 반성은 물론 어떤 전망perspective도 획득하지 못하고 있다. 기술의 발달로 인해 매체적인 감각이나 감성이 이성을 대신하지만 그것이 드러

6 | 박재주, 『주역의 생성논리와 과정철학』, 청계, 2001, p. 13.
7 | 김지하, 『생명과 자치』, 솔, 1996, p. 342.

내는 후기산업사회 혹은 포스트모던한 사회의 특성은 '즉물성即物性, 소아성小兒性, 몰아성沒我性' 등과 같은 "천박하고 메마른 세계"[8]이다.

그런데 여기에서 주목해 보아야 할 것은 천박하고 메마른 세계의 특성이 몸을 통해 드러난다는 점이다. 이 사실은 몸이 지니고 있는 영성, 순환성, 다양성, 관계성 등 생명의 네 가지 본성과 이것들이 복잡한 관계를 유지할 수밖에 없다는 것을 의미한다. 이런 점에서 보면 몸은 그 안에 지금 이 시대 문화의 천박함과 숭고함, 생명성과 반생명성, 부정성과 긍정성을 모두 지니고 있다고 할 수 있다. 몸의 이러한 속성은 지금 이 시대의 문화에 대한 이해를 왜 몸으로부터 시작해야 하는지를 잘 말해준다고 할 수 있다. 몸이 지니는 생명의 본성이 어떻게 천박하고 메마른 세계의 중심에서 솟구쳐 오르느냐 하는 것이야말로 일종의 패러다임의 전환 혹은 인식론적인 혁명과 관련하여 중요한 문제라고 할 수 있다.

2. 몸, 생명, 우주의 카오스모스chaosmos

몸의 본래적인 생명성을 되살리기 위해서는 그동안 이성에 의해 절대화된 타자로 간주된 자연 혹은 우주와의 관계를 회복해야 한다. 몸이 곧 자연이고 우주 생명에 다름 아니라는 사실에 대한 망각은 반생명성의 문화 속에서 몸이 은폐하고 있는 진정한 의미를 발견할 수 없게 했다고 할 수 있다. 이성이 자연과 우주 이해의 중심이 된 서양에서도 몸을 소우주라고 하여 몸의 구조와 우주의 구조 사이의 유비적인 관계를 발견

---

8 | 이정우, 『가로지르기』, 민음사, 1997, pp. 128~135.

하려는 움직임이 없었던 것은 아니지만 몸의 헤게모니를 유물 철학이나 의학이 쥐게 되면서 이러한 인식은 더 이상 진전되지 못한 채 소수의 비주류 담론으로 존재하기에 이른다. 서양의 의학은 18세기 말 이후 임상 의학과 해부 병리학을 거치면서 인간의 몸을 "수학적 실험적 객체화로 간주하여 공간화된 신체의 부분들을 기준으로 분절"[9]해 왔다.

몸의 이러한 분절은 몸에서 기氣, 혈血 같은 경락經絡의 생성과 운동을 배제한 채 외부 증상이나 징후에 대응되는 어떤 환부(자리, 공간)만을 탐색함으로써 전체적인 몸의 흐름을 제대로 이해할 수 없게 한 것이 사실이다. 몸의 분절은 부분의 이해에 집중하여 전체에 대한 이해를 간과하게 되면서 눈에 보이지 않는 심층화된 몸의 세계를 드러낼 수 없는 한계를 조정하게 된다. 부분이 아니라 전체, 분절이 아니라 흐름으로 몸을 이해하면 기와 혈맥 같은 것이 중요한 논의의 대상이 된다. 기와 혈맥의 흐름을 전체적으로 파악하여 몸의 상태를 알아보는 태도는 기본적으로 자연이나 우주와의 관계 속에서 인간(인간의 몸)을 규정한다는 것을 의미한다. '기가 허하다'라든가 '맥이 약하다'라는 말의 의미는 그것이 자연이나 우주와의 교감이 활발하게 이루어지지 않고 있다는 것을 뜻한다. 이처럼 인간의 몸에는 눈에 보이지 않는 기나 혈맥 같은 생명의 에너지가 존재한다[10]고 할 수 있다.

몸의 기나 혈의 흐름이 우주와의 관계 속에서 이루어지기 때문에 몸은 소우주라기보다는 우주 그 자체라고 할 수 있다. 몸은 우주의 한 부분이면서 동시에 전체인 것이다. 이와 관련하여 기철학자인 장횡거와 왕부지는 인간을 "우주적인 기가 몸속에 모였다가 흩어지는 존재"로 간주한다.

---

9 | 이정우, 앞의 책, p. 75.
10 | 이재복, 「산알 소식에 접하여 몸을 말하다」, 『시작』 2010년 겨울호.

몸과 우주 혹은 인간과 우주와의 관계를 이러한 기와 혈의 흐름 속에서 파악하면 우주란 인간과 분리되어 어디 멀리 있는 접근할 수 없는 대상이 아니라 바로 인간 그 자체인 것이다. 인간의 몸이 곧 우주이고 우주가 곧 인간의 몸이라는 사실은 마치 우리가 공기를 늘 들이마시고 내쉬고 하는 일을 한순간도 쉬지 않고 하지만 그것을 망각한 채 살아가는 것과 다르지 않다. 만일 공기(기)의 이러한 작용이 없다면 우리는 생명을 유지할 수 없다. 아주 간단한 예로 밥을 먹을 때 우리는 밥뿐만 아니라 공기도 함께 먹는 것이다. 공기를 함께 먹지 않으면 밥은 인간의 몸속에서 제대로 소화될 수가 없다.

몸과 우주와의 관계가 점점 더 멀어지게 된 것은 수학적이고 과학적인 사고가 급격하게 인간의 인식을 지배한 근대 이후의 일이며, 고대인들의 사유 속에는 이 거리가 느껴지지 않을 만큼 몸과 우주가 둘이 아닌 일상의 자연스러운 현상으로 드러나기도 한다. 일상의 삶 속에 그것이 자연스럽게 드러난다는 것은 몸과 우주와의 관계 속에서 문화가 형성되었다는 것을 의미한다. 몸과 우주는 하나의 기의 흐름 속에 있지만 그 흐름이라는 것은 일종의 변화이며 그 변화는 동적인 양陽과 정적인 음陰 그리고 동정 이전의 상태인 천지인 삼태극三太極을 모두 포함하는 상태를 말하는 것이다. 동양에서는 그것을 '율려律呂'라고 명명하고 있다.[11] 이런 점에서 보면 율려는 "천지인 3기를 함유하고 있는 삼태극이 동과 정, 음과 양을 반복하면서 대대유행待代流行해 가는 것"[12]을 말한다고 할 수 있다. 율려가 우주의 율, 다시 말하면 '우주 생명의 율'이라면 인간의 몸 역시 우주 생명의

---

11 | 반고, 『漢書』 卷21上, 律曆志 第1上, 北京, 中華書房, 1992, p. 964.
12 | 우실하, 「율려(律呂)와 삼태극(三太極) 사상」, 『한국의 생명담론과 실천운동』, 세계생명문화포럼, 2004, p. 248.

원리가 작동하는 살아 있는 생명체인 것이다.

우주 생명의 율에 따라 천지인의 삶 특히 고대 혹은 한국, 중국 등 동북아인의 삶이 이어진 것이라면 그 흔적이 다양한 형태로 존재할 수밖에 없을 것이다. 우리의 경우 그것은 의, 식, 주 같은 일상의 형태로부터 노래, 춤, 굿, 시와 같은 의식이나 예술의 형태로 전승되어 왔다. 하지만 근대 이후 급격한 서구화로 인해 그 형태는 점차 사라지거나 아니면 은폐되어 제대로 우리의 일상과 의식 그리고 예술의 양식에 적용되어 그것이 중심적인 가치로 부상하거나 의미화된 적은 거의 없다고 해도 과언이 아니다. 이것은 이 말 앞에 늘 전통이라는 수식어가 따라다닌다는 사실과 다르지 않다. 전통 의상, 전통 음식, 전통 가옥, 전통 가요, 전통 춤, 전통 굿, 전통 시가 등의 경우에서처럼 언제나 우주 생명의 율에 입각한 우리의 삶의 양식이나 의식, 예술의 형태들은 서구의 것에 비해 열등하거나 부차적인 것으로 인식되어져 왔다고 할 수 있다. 전통이라는 수식어를 붙인다는 것 자체가 보편성으로서의 지위나 위치를 가지지 못한다는 것을 의미한다.

그러나 전통이라고 명명되는 것이 비록 근대 이후 단절의 양상을 강하게 드러내고 있기는 하지만 우리의 의식주나 의식 그리고 예술의 차원에 은폐되어 있지 않은 것은 아니다. 급격한 서구화와 근대화를 거치면서 전통이라고 명명되는 우리의 것에 대한 성찰과 반성의 시간이 절대적으로 부족했음에도 불구하고 서구화와 근대화로 인한 인간 실존의 위기가 도래하면서 그것의 가치에 대한 인식이 확산되기에 이른다. 이처럼 우리 것에 대한 인식의 확산은 서구화와 근대화에 대한 안티테제로서 부상한 것이 사실이다. 하지만 그것과는 상관없이 본래적으로 이어져온 우리 민족의 원형이나 원형질 같은 것이 지니고 있는 우주 생명의 율에 입각한 복승複勝의 시기가 작용한 것 또한 사실이다. 우주 생명의 차원에서 보면 기후변화, 해수면의 상승, 생태계의 오염, 인간성의 변질과 파괴 등은 지구의 자정 능력의 시기를 더 앞당기는 징조들에 해당한다. 기울어진 지구의 축이 수직 방향으로 이동하면서 개벽 세상이 온다는 동학 정역계의 예언은 단순한 신비주의자들의 미신이 아니라 우주 대혼돈$^{Big Chaos}$의 시기를 변화의 역^{易}으로 풀어낸 우주 생명학의 논리[13]로 이해할 수 있을 것이다.

우주 생명학은 동학, 불교, 유교 등 우리의 종교나 사상에 토대를 두고 정립될 수 있는 새로운 패러다임이라고 할 수 있다. 우주 생명 혹은 우주 생명의 율이란 과거 우리 민족의 원형이나 원형질 속에 내재해 있으면서 자연스럽게 일상의 한 장으로 수용되어 역동적인 삶의 원리로 작용해 왔다고 할 수 있다. 일반 민중들은 따로 우주 생명학에 대한 지식을 깊이 있게 공부하지 않아도 그것을 몸으로 느끼고 인지하면서 우주 생명을 실천하고 또 생활화했다고 할 수 있다. 근대 이후에 들어서도 우주 생명에 대한 이러한 실천과 생활화는 단절된 것이 아니라 비교적 서구화와 도시화가 이루어지지 않는 시공간을 중심으로 그 원형을 찾아볼 수 있다. 우주 생명의 흐름이 단절되지 않고 하나의 원형으로 남아 있는, 무엇보다도 그것이 관념적인 지식의 형태가 아닌 일상 혹은 실제 생활 속에서 이루어지는 세계를 서정주의 '질마재신화'에서 발견할 수 있다. 시인 스스로 신화라고 명명한 것처럼 질마재라는 시공간에서 벌어지는 일은 현대의 이성적인 투명함이나 합리적인 체계성의 논리로는 해명할 수 없는 불투명함과 혼돈을 지니고 있다고 할 수 있다. 가령

---

13 | 김지하, 「음개벽(陰開闢)에 관하여」, 『생명과 평화의 길』, 문학과지성사, 2005, pp. 66~81 참조.

질마재 上歌手의 노랫소리는 답답하면 열두 발 상무를 젓고, 따분하면 어깨에 고깔 쓴 중을 세우고, 또 喪輿면 喪輿머리에 뙤약볕 같은 놋쇠 요령 흔들며, 이승과 저승에 뻗쳤습니다.

그렇지만, 그 소리를 안 하는 어느 아침에 보니까 上歌手는 뒤간 똥오줌 항아리에 똥오줌 거름을 옮겨 내고 있었는데요. 왜, 거, 있지 않아, 하늘의 별과 달도 언제나 잘 비치는 우리네 똥오줌 항아리, 비가 오나 눈이 오나 지붕도 앗세 작파해 버린 우리네 그 참 재미있는 똥오줌 항아리, 거길 明鏡으로 해 망건 밑에 염발질을 열심히 하고 서 있었습니다. 망건 밑으로 흘러내린 머리털들을 망건 속으로 보기 좋게 밀어넣어 올리는 쇠뿔 염발질을 점잔하게 하고 있어요.

明鏡도 이만큼은 특별나고 기름져서 이승 저승에 두루 무성하던 그 노랫소리는 나온 것 아닐까요?

－「上歌手의 소리」 전문[14]

왼 마을에서도 品行方正키로 으뜸가는 총각놈이었는데, 머리숱도 제일 짙고, 두개 앞이빨도 사람 좋게 큼직하고, 씨름도 할라면이사 언제나 상씨름밖에는 못하던 아주 썩 좋은 놈이었는데, 거짓말도 에누리도 영할 줄 모르는 숫하디 숫한 놈이었는데, 〈소 X 한 놈〉이라는 소문이 나더니만 밤 사이 어디론가 사라져 버렸다. 저의 집 그 암소의 두 뿔 사이에 봄 진달래 꽃다발을 매어 달고 다니더니, 어느 밤 무슨 어둠발엔지 그 암소하고 둘이서 그만 영영 사라져 버렸다. 「四更이면 우리 소누깔엔 참 이쁜 눈물이 고인다」 누구보고 언젠가 그러더라나. 아마 틀림없는 聖人 녀석이었을거야. 그 발자취에서도 소똥 향내쯤 살풋이 나는 틀림없

14 | 서정주, 『미당 시전집 1』, 민음사, 1994, p. 344.

는 틀림없는 聖人 녀석이었을거야.

―「소 X 한 놈」 전문[15]

를 보자.[16] 먼저 「上歌手의 소리」에서 우리가 주목해야 할 대상은 '上歌手'
이다. 상가수란 말 그대로 최고의 가수란 뜻이다. 그렇다면 시인은 왜
한낱 농부에 지나지 않는 그에게 상가수란 명칭을 부여한 것일까? 그가
단순히 노래만 잘하는 사람이라면 상가수라고 하지 않았을 것이다. 이와
관련하여 시인이 그에게서 특별히 주목한 것은 두 가지이다. 하나는
'그의 노랫소리가 이승과 저승에 뻗쳤다'는 것이고, 또 다른 하나는 '지상
의 똥오줌과 천상의 별과 달을 그가 수렴하고 있다'는 점이다. 그의 소리
가 이승과 저승, 천상과 지상의 경계를 단숨에 훌쩍 뛰어넘는다는 시인의
말은 보기에 따라서는 과장된 것으로 들릴 수 있다. 실제로 우리는 이
말을 과장해서 노래 잘하는 사람에게 칭찬을 할 때 사용한다.

그러나 시인의 농부에 대한 칭찬은 이와는 차원이 다르다. 시인의
칭찬은 노래에 국한된 것은 아니다. 시인이 상가수라는 명명 속에는
단순히 노래만이 아니라 '노래와 인간(인간의 삶)과 우주'라는 맥락이
포함되어 있다. 무엇보다도 농부의 노래는 일상이나 실재 삶 속에서

---

15 | 서정주, 『미당 시전집 1』, 민음사, 1994, p. 388.
16 | 나는 이미 미당의 『질마재신화』의 시편들을 그로테스크 리얼리즘이라는
차원에서 다룬 바 있다. 여기에서의 내 글의 요지는 미당의 이 시편들이
우주 생성의 원리를 토대로 그로테스크 리얼리즘의 미학을 성취하고 있다는
점이다. 이것은 인간이 우주와 단절된 것이 아니라 우주 생명의 흐름 속에
있다는 것을 언급한 것이라고 할 수 있다. 인간과 우주와의 단절이 아닌
연속은 패러다임의 전환으로 볼 수 있는 여지가 있다는 점에서 이러한 언급은
생명 문화 정립을 위한 일정한 단초를 제공한다고 할 수 있다(이재복, 「한국
현대시와 그로테스크」, 『우리말글』 47집, 우리말글학회, pp. 457~463).

이루어진다. 일상이나 삶과 유리되고 폐쇄된 특별한 공간(무대) 속에서 이루어지는 노래와는 차원이 다른 것이다. 농부에게는 자신이 살아가는 일상의 시공간이 곧 무대인 것이다. 농부에게는 분리의 의식이 없다. 그는 똥오줌 항아리에서 하늘의 달과 별을 본다. 그에게는 지상의 가장 추한 똥과 천상의 가장 아름다운 달과 별 사이를 구분 짓는 분리와 분화의 의식이 없다. 미추의 경계가 없는 세계 인식이란 그가 노래를 한낱 목소리의 아름다움으로 인식하고 있는 것이 아니라 인간의 삶의 신산고초辛酸苦楚를 다 겪고 난 이후에 얻을 수 있는 것으로 인식하고 있다는 것을 의미한다. 그의 소리는 맑고 아름다운 소리인 천구성은 물론 신산고초를 다 겪고 난 이후의 어둡고 탁한 소리인 수리성에까지 닿아 있다. 진정한 소리는 바로 이렇게 천구성과 수리성의 결합에 있다고 할 수 있다.

하지만 이런 소리를 낸다는 것은 말처럼 그렇게 쉬운 것이 아니다. 미와 추는 물론 이승과 저승, 지상과 천상, 기쁨과 성냄, 슬픔과 즐거움, 성스러움과 통속함, 남성과 여성, 젊음과 늙음, 이별과 만남 등 '서로 상대적인 것들을 하나로 혹은 둘로 능히 표현할 수 있는 소리가 바로 판소리인 것'이다. 이것이 가능하기 위해서는 이 상대적인 것들을 "삭이고 견디는 인욕정진忍辱精進하는 삶의 자세가 있어야 하는데 이것을 시김새 혹은 그늘"[17]이라고 한다. 판소리에는 늘 그늘이 깃들어 있으며, 그늘이 없는 소리는 소리꾼으로서의 자격도 소리로서의 가치도 없는 것이다. 이 그늘이 깊어지면 하늘도 움직일 수 있고 또 우주도 바꿀 수 있는 것이다. 질마재의 상가수의 소리는 삶의 과정에서 경험하는 온갖 신산고초를 삭이고 견디면서 끊임없이 정진하여 얻어낸 것으로 여기에는 그늘이 깊게 드리워져 있다고 할 수 있다. 그의 노랫소리가 '이승과 저승에

---

17 | 김지하, 『흰 그늘의 미학을 찾아서』, 실천문학사, 2005, pp. 48~50 참조.

뻗쳐 있는 것'도 또 '천상과 지상의 경계를 단숨에 훌쩍 뛰어넘을 수 있는 것'도 모두 다 그늘이 깃들어 있기 때문이다.

그의 노랫소리가 우주를 바꾼다는 말이 여기에서 비롯된 것이다. 이것은 그의 지극한 기운至氣이 우주와 통하면서 나타난 현상이라고 할 수 있다. 이런 점에서 우주 생명의 율은 신과 같은 절대적인 존재에 의해 결정되는 것이 아니라 인간의 지극한 기운에 의해 얼마든지 새롭게 생성되고 또 변화될 수 있는 것이다. 우주와 인간 어느 일방에 의해 결정되는 것이 아니라 이들 간의 상호작용을 통해 우주 생명의 율의 흐름이 이루어지는 것이다. 이것은 우주 생명이 인간과 같은 개체성과 우주라는 총체성의 차원에서 이해해야 한다는 것을 의미한다. 이때 개체성은 총체성 안으로 온전히 수렴되지 않는 독자성을 가지고 있으며, 총체성은 다시 개체성으로 환원되지 않는 그 자체의 독자성을 가지고 있는 것이다. 그러나 실질적으로 우주 생명의 총체성이라고 할 만한 것은 없다. 우주 생명의 총체성은 아니지만 지금까지 밝혀진 기존의 개체 생명과는 다른 전일적인 실체로 인정할 수 있는 생명은 태양과 지구 사이에 나타난 생명이 유일하다고 할 수 있다. 장회익은 이러한 생명을 기존의 생명 개념과 구분하여 "온생명global life"[18]이라고 명명한다.

온생명의 개념이 지구 차원에 머물러 있기는 하지만 그것을 우주로 확장하는 것도 그 나름의 의미가 있다고 할 수 있다. 지구에서 우주로의 확장은 다소 허황되게 받아들일 수도 있지만 '온생명global life'이라는 말 역시 현대과학의 범주 안에서 정의된 개념이기 때문에 그것을 우주로 확장하는 것에 대해 옳다 그르다 단정할 수 없다. 현대과학의 눈이 아닌 그동안 축적된 경험을 바탕으로 동양의 직관과 지혜에 입각해 '우주

---

18 | 장회익, 『온생명』, 솔, 1999, p. 179.

생명'이라는 개념을 규정하는 일도 온생명이라는 규정 못지않게 절실하고 또 의미가 있다고 할 수 있다. 「소 X 한 놈」에서처럼 우리의 오랜 삶의 척도는 우주였다고 할 수 있다. 오늘날의 이성과 과학의 논리로 어떻게 소와 수간獸姦한 총각 놈의 이야기를 온전히 이해할 수 있겠는가? 인간의 이성과 과학의 논리로 볼 때 인간과 소와의 수간은 절대 아름답고 성스러운 사건이 될 수 없다. 하지만 소와의 수간이 "우주적인 주기를 맞아 행하는 지극히 자연스러운 행위"[19]라면 이야기는 달라진다. 이와 관련하여 필자는

> …… 총각의 수간은 우주적인 순리에 따르는 것이라고 할 수 있다. 총각, 다시 말하면 인간됨됨이의 척도를 우주적인 질서에 순응하느냐 아니냐는 것으로 평가하는 것이다. 우주적인 질서에 순응하는 총각이야말로 인간 중의 최고의 인간, 질마재의 화법으로 이야기하면 '상인간'이 되는 것이다. 시 속의 총각은 품행이 방정하고 몸도 준수하고 아주 진실한 '숫하디 숫한 놈'이다. 하지만 이 모든 것들보다 총각의 됨됨이를 알 수 있는 것은 "四更이면 우리 소누깔엔 참 이쁜 눈물이 고인다"고 한 총각의 말이다. 소의 눈에 고인 눈물을 볼 줄 아는 사람이란 우주의 불일이불이의 원리를 깨달은 사람이라고 할 수 있다. 시인은 그런 총각에 대해 '聖人'이라고 명명한다.[20]

라고 해석한 바 있다. 시인이 질마재 사람들에게서 본 것은 우주의 질서에

---

19 | 고은숙, 「서정주의 『질마재 神話』에 나타나는 그로테스크 연구」, 부산대 석사학위 논문, 2004, pp. 19~20.
20 | 이재복, 앞의 글, p. 462.

승순承順하는 삶이다. 똥이나 푸는 평범한 농부가 상가수가 되고 순박하기 그지없는 숫총각이 상인간이 될 수 있었던 것은 이들이 모두 우주의 질서에 승순하였기 때문이다. 우주의 질서에의 승순은 지극한 기운으로 우주의 역易을 감지하고 그것의 흐름에 자신의 몸을 던질 때 가능한 일이다. 상가수의 지극한 기운이 '똥오줌 항아리에 하늘의 별과 달을 비추게 한 것'이고, 상인간의 지극한 기운이 '사경의 소 눈에 고이는 눈물을 보게 한 것'이다. 지극한 기운이 이들의 몸을 움직이고 우주를 움직인 것이라고 할 수 있다.

우주 생명의 율은 지극한 기운에 의해서 생성되는 것이다. 인간의 지극한 기운이나 우주(자연)의 지극한 기운은 다르지 않다. 가령 우주 혹은 자연의 지극한 기운이 "봄, 여름, 가을, 겨울에 걸쳐서 이슬, 비, 서리, 눈을 내려 뭇 생명들을 기르듯이 인간도 똑같이 외부적인 강제나 억지 없이 자연스럽게 뭇 생명들에게 인, 의, 예, 지의 마음을 베푼다는 것"[21]이다. 인간의 지극한 기운은 우주의 지극한 기운과 둘이 아니기 때문에 언제나 인간은 "움직일 때나 고요할 때나 성할 때나 쇠락할 때를 막론하고 모두 천명을 공경하고 천리를 따라야"[22] 한다. 우주 생명이란 바로 이런 것을 말한다. 인간 생명도 인간만의 것이 아니라 우주(하늘) 생명과의 관계 속에서 이루어진다는 것은 생명이 가지는 무한한 이타성의 세계를 잘 말해주는 것이라고 할 수 있다. 그동안 생명에 대해 인간이 가져온 배타적인 태도를 고려한다면 이것은 새로운 패러다임의 전환을 담지하고 있는 일대 사건이라고 할 수 있다. 우주 생명 혹은 우주 생명

21 | 오문환, 「동학의 생명평화 사상」, 『한국의 생명담론과 실천운동』, 세계생명문화포럼, 2004, p. 62.
22 | 수운 최제우, 尹錫山 註解, 「布德文」, 『東經大全』, 동학사, 1996, p. 8.

문화는 바로 이러한 패러다임의 전환으로부터 시작되어야 할 것이다. 기존 패러다임의 전환이라는 점에서 우주 생명 혹은 우주 생명 문화는 혼돈을 잉태한 새로운 질서를 말하는 것이라고 할 수 있다.

3. 산알의 문화와 문화의 산알

우주 생명 문화로의 패러다임의 전환이 절실한 것은 과학기술과 자본을 통해 형성되는 지금 이 시대의 문화가 반생명성을 드러내면서 폭넓게 확산되고 있다는 데에 있다. 후기자본주의 문화논리의 지배력은 전 세계를 몇몇 다국적 기업이 독점화하면서 문화의 다양성을 파괴하고 인간을 자본의 노예로 만들어 주종 관계의 영속화를 초래하였고, 과학기술은 인간 중심주의적인 도그마를 벗어나지 못한 채 생명에 대한 도덕적이고 윤리적인 차원을 망각하여 인간의 정체성을 근본에서부터 흔들어 놓고 있다. 자본과 과학기술의 이러한 부정성의 급격한 확산은 물질이나 육체, 감각과 같은 눈에 보이는 차원의 비대함으로 이어져 정신이나 마음, 영혼 같은 눈에 보이지 않는 차원을 축소시키고 소멸시켜 인간의 정체성을 심하게 왜곡시키는 결과를 불러온 것이 사실이다. 이것은 인간, 자연, 우주의 생명이 눈에 보이는 차원보다는 눈에 보이지 않는 정신이나 마음, 영혼과 같은 차원에서 더욱 활발하게 이루어진다는 사실을 망각하게 하여 결과적으로 생명의 깊이 있는 이해를 가로막아 왔다는 것을 의미한다.

이처럼 반생명적인 패러다임으로 인해 우주 생명 문화는 위기를 맞았다고 해도 과언이 아니다. 우주 생명 문화의 위기는 그것이 고대로부터 오랜 역사적인 흐름을 가지고 있다는 점에서 전통적인 생명 문화에 대한 위기를 반영한다고 볼 수 있다. 우주 생명 문화에 대한 우리의 오랜 전통은 몸을 통해 구현되고 또 실천되어 왔다고 할 수 있다. 몸과 우주와의 관계를 망각하면서 그것이 지니는 무한한 생명성을 상실하게 되었으며, 그로 인해 인간의 문화는 점점 표피적이고 복제화된 인공의 생명성을 지니게 된 것이다. 우주를 법法 받거나 승순하지 않고 인간 자신의 이성에 입각해 표피적이고 복제화된 인공 생명을 생산함으로써 인간은 자연이나 우주와의 관계 속에서 이루어지는 자정 능력과 정화 능력을 상실하게 되었다고 할 수 있다.

생명의 자연 순환이 이루어지지 않으면 엔트로피의 증가로 인해 무질서가 초래되어 큰 혼란이 도래할 것이다. 엔트로피의 증가는 지구상의 뭇 생명들을 사라지게 하여 생명의 고리를 파괴할 뿐만 아니라 우주와 맺고 있는 무한한 생명의 지평을 인식하지 못하게 할 위험성이 크다. 우주 생명은 물질로부터 시작되지만 그 물질 속에 '얼'이 있고, 그 얼은 개인 반성과 집단 반성의 과정을 거쳐 '얼누리'로 진화하며, 그 얼누리는 결국에는 여러 중심들 가운데 빛나는 중심, 다시 말하면 매우 자율적인 하나 아래에서 전체의 하나됨과 각 개체의 개체화가 서로 섞이지 않고 동시에 최고가 되는 오메가 포인트의 영향 아래 놓이게 되는 것이다.[23] 우주의 무한한 생명성의 표상인 오메가 포인트는 생명의 수렴인 동시에 확산으로 이것은 살아 있는 생명의 알맹이인 '산알'에 비견할 수 있다.

산알은 '생명령生命靈이나 영적인 생명치유력의 실체'를 일컫는 말이다. 북한의 경락학자인 김봉한에 의하면 몸 안에는 365종의 표층 경락과 360류의 심층 경락이 있어 신비한 생명 현상을 이룬다는 것이다. 그의 경락 이론 중에서 가장 흥미로운 것은 '복승複勝'이라는 용어이다. 복승이

---

23 | 테야르 드 샤르댕, 양명수 옮김, 『인간현상』, 한길사, 2007, p. 244.

란 '인체 내의 365종의 표층경락이 세포나 내분비 등 일체 생명생성 활동을 지휘하고 치유하는 과정에서 그 음양생극陰陽生剋의 이진법적 생명생성 관계가 무디어지거나 서로 충돌하거나 하여 근본 치유력이 소실될 때 그 밑에서 360류의 심층경락, 즉 기혈氣穴에서 문득 예기치 못한 치유력이 불쑥 솟아오르는 그 생명의 알맹이'[24]를 말한다. 김봉한의 산알론은 몸의 경락 혹은 기혈 현상을 대상으로 한 것이지만 몸과 우주가 동기同氣의 상태를 이룬다는 점에서 그것은 우주의 생명 현상에 대한 메타포로도 볼 수 있다.

인간의 몸처럼 우주 혹은 자연 역시 경락이 있는 것이다. 가령 바람을 예로 들어 보자. 바람이 그냥 부는 것 같지만 사실은 그렇지 않다. 바람에도 '길(기혈)'이 있다. 우리는 그것을 '바람길'이라고 할 수 있을 것이다. 바람길은 우주 생명의 흐름에 수렴되기도 하고 또 그것을 확충하기도 하면서 무한한 운동성을 이어간다고 할 수 있다. 이런 점에서 바람길은 우주 생명의 흐름을 담지하고 있는 것이다. 하지만 바람길이 언제나 무한한 생명 생성의 활동을 보여주는 것은 아니다. 바람길 역시 인간의 몸의 기혈처럼 생명 생성의 관계가 무디어 지거나 그것이 소실될 수 있다. 바람길의 이러한 현상 역시 인간과 무관할 수 없다. 바람길의 무한한 생명성과 운동성을 가로막는 것은 인간의 지식과 기술을 토대로 형성된 문명과 같은 것이라고 할 수 있다. 인간의 지식과 기술이 집적된 거대 도시인 서울의 경우 바람길은 철저하게 그 생명성과 운동성을 방해받고 있다. 서울에서 바람이 가장 많은 곳은 한강과 북한산, 도봉산 근처이다. 여기에서 생성된 바람은 서울의 곳곳으로 흘러들면서 길을 이루는 것이다. 이러한 바람길로 인해 서울은 자정과 정화의 기능을 하게 되는

---

24 | 김지하, 「스톡홀름에서의 41개의 산알」, 『산알 모란꽃』, 시학, 2010, p. 35.

것이다.[25]

그러나 인간은 자신들의 길만 의식했지 바람길에 대해서는 이렇다 할 만한 의식을 보여주지 않았다. 바람길 곳곳에 아파트와 빌딩을 세우고 도로를 내고 다리를 건설하여 그 흐름을 가로막아 서울의 생명성을 약화시키고 또 파괴시켜 왔다고 할 수 있다. 바람길이 제대로 흐르지 못하면 그 영향은 바람에서만 그치는 것이 아니라 인간에게까지 영향을 미친다. 인간에 의한 바람길의 차단은 곧 몸의 기혈에도 영향을 미쳐 생명의 흐름 자체를 위태롭게 하게 된다. 바람길에서처럼 인간에 의한 우주 생명의 흐름이 약화되거나 차단되는 경우가 도처에서 발생하고 있다. 하지만 이러한 흐름을 감지하고서도 여기에 대한 적절한 대안을 제시하지 못하고 있는 것이 사실이다. 이것은 기존의 패러다임에 대한 자각을 통해 새로운 패러다임을 제시하려는 의지와 미래에 대한 전망perspective 이 부재하기 때문이라고 할 수 있다.

기존의 패러다임에 대한 자각과 의지와 전망의 부재가 깊어질수록 우주 생명의 기혈이 약화되고 무디어지리라는 것은 충분히 예상할 수 있는 일이다. 그렇다면 이렇게 우주 생명의 기혈을 약하게 하고 무디어지게 하는 반생명적인 문화와 문명이 지속되면 어떤 일이 벌어질까? 이 물음에 대한 답은 개체 생명과 전체 생명 혹은 온생명을 포괄하는 차원에서 이야기해야 할 것이다. 인간과 같은 개체 생명은 개체 생명으로서의 기혈이 있고, 지구나 우주와 같은 전체 생명 혹은 온생명은 그것으로서의 기혈이 있다. 그러나 개체 생명이든 아니면 전체 혹은 온생명이든 모두가 살아 있는 생명의 알맹이인 '산알'을 가지고 있다. 개체 생명으로서의 인간의 몸 안에 복승을 가능하게 하는 산알이 있고, 전체 혹은 온생명으로

---

25 | 이재복, 「자연이란 무엇인가?」, 『시와 시』 2010년 봄호, 푸른사상, p. 27.

서의 지구나 우주에도 복승을 가능하게 하는 산알이 있는 것이다. 따라서 우리에게 중요한 것은 개체 생명으로서의 인간의 몸이나 전체 혹은 온생명으로서의 지구나 우주 내에 은폐되어 있는 눈에 보이지 않는 산알을 발견하고 그것을 솟구치게 하는 일이다.

이러한 산알의 발견과 복승은 마음을 통해 이루어진다. 마음 안에 산알이 있고 그것이 지극한 기운을 만나면 솟구쳐 오르는 것이다. 인간의 마음과 우주의 마음은 둘이 아니기 때문에 지극한 기운에 이르면 서로 통하는 것이다. 우주 생명 혹은 우주 생명 문화란 바로 이런 것을 말하는 것이다. 그래서 시인은

> 우리는 생명을 우주로부터 분리시켰다.
> 그래서 고통 받고 있다. 그 분리부터 넘어서자.
> 어째서 하늘과 땅과 목숨이 따로따로인가?
> 어째서 天地人이 따로 노는가?
> 또
> 어째서 天地人은 물, 달, 여성, 그들과 따로 노는가?
> 물은 우주와 생명의 근원이다.
> 산알은 물로부터 발원한다.
> － 「누구나 아는 생명 이야기를 이제는 참으로 우주화하자」 전문[26]

라고 말하는 것이다. 이 시에서 제일 중요한 시적 질료는 '물'이다. 그것은 물이 결코 분리될 수 없는 속성을 지니고 있기 때문이다. 이런 점에서

---

26 | 김지하, 「누구나 아는 생명 이야기를 이제는 참으로 우주화하자」, 『흰그늘의 산알 소식과 산알의 흰그늘 노래』, 천년의 시작, 2010, p. 110.

'산알' 역시 물과 다르지 않다. 물이 모든 생명을 분리하지 않듯 산알 또한 그렇다는 것이다. 산알 속에는 우주, 다시 말하면 '천지인, 물, 달, 여성' 등 생명이 깃들어 있는 것이다. 우주에도 산알이 있고 천지인, 물, 달, 여성에게도 산알이 있다는 것이다.

　시인은 우주를 생명 논의에 적극적으로 끌어들여야 한다고 역설한다. 인간의 고통의 뿌리가 생명을 우주와 분리시킨 데에서 비롯되었다는 시인의 논리는 우주 생명 혹은 우주 생명 문화 정립의 필연성을 강하게 내재하고 있다고 볼 수 있다. 생명을 우주와 분리시킬 수 없듯이 생명 문화 역시 우주와 분리시킬 수 없는 것이다. 인류의 문화란 인간의 정신의 산물로 여기에는 우주와 분리되지 않은 생명 문화도 포함되어 있는 것이 사실이지만 최근에 와서 그것은 망각된 채 하나의 아득한 흔적으로만 남아 있다. 우주가 인간의 마음에서 멀어짐으로써 자연히 생명도 인간의 마음에서 멀어졌다고 할 수 있다. 따라서 우주를 마음에 깃들게 하면 자연히 생명도 마음에 깃들게 되는 것이다. 이것은 우주를 내 안에서 생명화하는 것이라고 할 수 있다.

　　나는 뒷산 흰 자작나무 숲길에서 내가 앙금이라고 이름 지은 아주 쬐끄만 딱정벌레를 바라보며 그 앙금이 안에서 앙금앙금이가, 앙금앙금앙금이가 앙금앙금앙금앙금이가 물속에서 흔들리는 애기달처럼 태어남을 보았다.
　　내 안에서도 달이, 그리하여 그 달의 물빛으로, 태양이 뜨거운 불이 아닌 투명한 찬란한 예감의 빛으로 나날이 드높아짐을 보았다. 왜 그런가? 당신은 안 그런가?
　　　―「누구나 우러러 보는 우주생각을 이제는 내 안에서 생명화하자」 전문[27]

27 | 김지하, 「누구나 우러러 보는 우주생각을 이제는 내 안에서 생명화하자」,

시인이 자신의 안에서 어떻게 우주를 생명화하는지를 잘 보여주고 있는 시이다. 뒷산 흰 자작나무 숲길에서 만난 딱정벌레가 시인에 의해 앙금이로 새로운 생명을 얻게 되는데 그 과정을 살아 있는 생명의 알맹이 곧 산알의 언어로 표현하고 있다. '앙금앙금이가, 앙금앙금앙금이가 앙금 앙금앙금앙금이가'는 그 자체가 산알이다. 시인이 산알의 언어를 얻을 수 있게 된 것은 그가 우주를 마음에 담았기 때문이다. 시인이 탄생시킨 산알의 언어는 '애기달처럼 투명한 찬란한 예감의 빛'으로 환기되는 생명체이다. 시인이 꿈꾸는 생명 혹은 생명의 문화란 '앙금이'나 '애기달'처럼 예감의 빛으로 충만한 첫 모습을 하고 있는 것이라고 할 수 있다. 이런 점에서 시인이 꿈꾸는 생명의 문화는 '첫 문화'이다. 시인은 그 첫 문화를 자주 '花開'에 비유하기도 한다. 화개란 말 그대로 꽃이 피는 것이지만 여기에는 줄탁동시(啐啄同時)에서처럼 우주의 지극한 기운이 뻗쳐야 한다는 의미가 은폐되어 있다. 꽃잎이 열리기 위해서는 "흙 밑으로부터 밀고 올라오는 치열한 중심의 힘"과 "괴로움과 비움"[28] 같은 우주의 지극한 기운과 시인의 지극한 마음이 하나가 되어야 하는 것이다. 시인은 이 화개 곧 첫 문화를 "말하고 싶어 견딜 수가 없다"[29]고 고백한다. 시인의 고백은 우주 생명 혹은 우주 생명의 문화가 화개처럼 깊이를 헤아릴 수 없는 신비하고 찬란한 살아 있는 생명의 알맹이의 모습을 해야 한다는 것을 의미한다. 또한 그것은 "한 송이 꽃이 피니 세계가 모두 일어선다"[30]

『흰그늘의 산알 소식과 산알의 흰그늘 노래』, 천년의 시작, 2010, p. 111.

28 │ 김지하, 「중심의 괴로움」, 『중심의 괴로움』, 솔, 1994, pp. 50~51.

29 │ 김지하, 「첫 문화」, 『산알 모란꽃』, 시학, 2010, p. 105.

30 │ 원오극근(圓悟克勤), 『碧巖錄』 19칙, '垂示云, 一塵擧, 大地收, 一花開, 世界起. 只如塵未擧, 花未開時, 如何著眼. 所以道, 如斬一絲, 一斬一切斬. 如染一絲, 一染

는 말이 의미하듯이 우주 생명 혹은 우주 생명의 문화가 관계를 통한 깨달음을 통해 성립되어야 한다는 것을 말해준다.

4. 반성과 전망

우주 생명 문화 정립에 있어서 무엇보다도 먼저 이루어져야 할 것은 기존의 인간 중심주의 문화에 대한 반성이라고 할 수 있다. 인간 이외의 대상들을 이성의 논리로 절대화하면서 우주 생명 문화는 그 기반이 약화되거나 상실되기에 이른다. 인간과 우주와의 분리는 곧 생명을 우주로부터 분리시킨 것과 다르지 않다. 인간이든 지구든 그 생명의 원천이 우주로부터 비롯된다는 점에서 이러한 분리는 전체 생명 혹은 온생명을 배제한 채 개체 생명의 차원만 중시한 것으로 볼 수 있다. 개체 생명은 개체 생명으로서의 독립성을 지니지만 그것은 또한 전체 생명 혹은 온생명과의 관계 속에서 그 의미가 결정된다고 할 수 있다. 이것은 마치 인간의 몸과 우주가 기혈氣穴의 작용을 통해 둘이 아닌 상태를 유지하는 것과 다르지 않다.

인간의 몸과 우주의 기혈이 활발한 흐름을 보여주지 못하면 그것은 곧 생명에 문제가 있다는 것을 의미한다. 인간 중심주의적인 문화나 문명은 우주의 존재를 망각한 채 생명 자체를 절대화했기 때문에 그 위험성은 수위를 넘어섰다고 할 수 있다. 지금 현 상황에서 요구되는 것은 기존의 인간 중심주의적인 문화 패러다임의 전환이라고 할 수 있다.

一切染. 只如今, 便將葛藤截斷, 運出自己家珍, 高低普應, 前後無差, 各各現成. 或未然, 看取下文.

이 말은 인간 중심주의 생명 문화에 대한 깊이 있는 반성을 통해 우주 생명 문화로의 패러다임의 전환을 단행해야 한다는 것을 의미한다. 이때 가장 필요한 것은 우주 생명의 순리에 따르는 인간의 신실한 마음이다. 이것은 마치 판소리에서의 그늘처럼 세상의 신산고초辛酸苦楚를 다 겪으면서 그것을 삭이고 삭여서 내는 소리꾼의 신실함 같은 것이라고 할 수 있다. 그러한 소리꾼의 그늘이 우주를 바꾸는 것이다. 인간의 마음의 지극한 기운과 우주의 지극한 기운이 서로 통할 때 우주 생명 혹은 우주 생명 문화는 이루어질 수 있는 것이다.

이런 점에서 볼 때 우주를 내 안에서 생명화하고, 내 안과 밖의 모든 생명을 우주화하는 것이 절실히 요구된다고 할 수 있다. 우주는 어디 멀리 있는 것이 아니라 바로 내 안, 다시 말하면 내 몸 안에 있는 것이다. 우주 생명 문화란 눈에 보이는 생명의 차원을 넘어 눈에 보이지 않는 생명의 차원까지를 수렴하고 그것을 다시 확산하는 일련의 과정을 말한다. 우주가 인간의 마음에서 멀어짐으로써 자연히 생명도 인간의 마음에서 멀어졌다고 할 수 있다. 따라서 우주를 마음에 깃들게 하면 자연히 생명도 마음에 깃들게 되는 것이다. 이렇게 우주를 내 안에서 생명화하고, 내 안과 밖의 모든 생명을 우주화하는 일은 점점 생명성을 잃어가는 몸이나 우주 속에 은폐되어 있는 살아 있는 생명의 알맹이인 '산알'을 찾아내어 그것이 솟구쳐 오르는 복승複勝의 문화를 꽃피우는 일이라는 점에서 그것은 인류사의 중대한 기획이라고 하지 않을 수 없다. 생명에서 가장 중요한 것이 흐름이듯이 지금 우리 인류는 거대한 우주의 카오스모스chaosmos적인 생명의 흐름 상태에 놓여 있다고 할 수 있다. 이 우주의 카오스모스적인 대혼돈Big Chaos의 시기를 변화의 역易으로 풀어내면서 우주 생명 문화를 어떻게 새롭게 정립해 나가야 하는지에 대한 고민이 바로 우리 인류가 당면한 가장 커다란 과제인 것이다.

3. 산알 소식에 접하여 몸을 말하다

요즘 내 몸 공부가 딜레마에 빠져 있다. 그 원인은 간단하다. 내 몸이
안 좋기 때문이다. 가진 건 몸밖에 없다고 큰소리칠 때의 호기는 간데없고
하루하루 몸 챙기기에 전전긍긍이다. "아파보고 고파봐야지 몸을 안다"
고 어느 시인이 이야기했지만 나 같은 겁쟁이에게 그 말은 너무 댄디하게
들린다. 너무 아파서 거금을 들여 정밀검진을 받았다. 결과는 참으로
간단했다. 당신 몸의 이상은 모두 비만에서 비롯되었다는 것이다. '몸무
게를 줄이고, 생활습관을 고쳐야 몸이 좋아지고 건강하게 살 수 있어요'라
고 의사는 말했다.

의사의 그 말이 정말로 지당하다고 생각했다. 의사의 그 말을 소처럼
되새김질하면서 내가 생각한 것은 비만함의 원인이다. 무엇이 나를 점점
비만하게 하는가? 이 물음에 대한 답을 찾아야 내 비만한 몸에 대해
경멸과 저주의 눈빛을 보내던 그 의사에게 무슨 변명이라고 할 수 있지
않겠는가? 나의 이 의문을 한방에 해결해준 이는 다름 아닌 노모였다.
학교 연구실이 아닌 주말에도 방 안에 틀어박혀 늘 컴퓨터를 끼고 도는

나를 향해 노모는 "컴퓨터하고만 살지 말고 밖에 나가 햇볕도 좀 쏘이고 바람도 맞아야 몸이 버티지"라는 말을 걱정스럽게 하곤 했다. 생각해보니 잠자는 시간과 밥 먹는 시간을 제외하고는 늘 컴퓨터 앞에 붙어 앉아서 무엇인가를 하고 있었던 것이다. 정말이지 컴퓨터 앞에 앉으면 나는 내 몸이 햇볕을 쏘이고 바람을 맞아야 하는 존재라는 것을 망각한다. 밖의 햇볕과 바람보다 더 끌리는 온갖 매혹적인 질료들이 내 눈의 감각을 즐겁게 하고 또 전신을 마사지해 주기 때문이다.

확실히 내 몸은 많은 시간 컴퓨터와 휴대폰에 접속해 있다. 이런 점에서 내 몸속에는 비트화된 전류가 흐르고 있다고 할 수 있다. 이 비트화된 전류가 에코적인 피와 기의 흐름에 영향을 미치면서 내 몸 안에서는 치열한 실존적인 싸움이 벌어지고 있다고 할 수 있다. 공기든 물이든 아니면 음식이든 먹지 않으면 살 수 없는 생식기능을 하는 몸속으로 비트화된 전류가 흐르면서 그 생식적인 기능이 약화되거나 소멸해버린 것이 사실이다. 피와 기의 왕성한 흐름이 60조라는 헤아릴 수 없을 정도의 생식 세포를 만들어내고, 그것이 복잡한 구조와 체계를 생성하면서 인간의 몸은 존재하는 것이다. 생식기능을 하는 인간의 몸은 스스로 피와 기의 흐름을 조절하고 통제하여 늘 우주와의 평형 관계를 유지하려고 한다. 하지만 비트화된 전류는 이 우주와의 평형 관계를 교란하고 심지어는 그것을 새로운 관계로 대체하려고까지 한다.

비트화된 전류의 흐름의 정도에 따라 우리의 몸은 일정한 차이를 드러낸다. 인간의 몸이 생식기능을 한다고 해서 그것을 이 범주로만 국한해서 규정하는 것은 위험한 생각이다. 사실 외형으로 보면 인간의 몸은 과거와 크게 달라진 것이 없지만 그 보이지 않는 이면을 보면 사정은 달라진다. 인간의 몸이란 눈에 보이는 차원과 눈에 보이지 않는 차원을 모두 포괄하는 존재이기 때문에 육체성은 물론 감성, 이성, 영성 등 정신적인 영역을 모두 보아야만 그 존재성을 제대로 파악할 수 있다. 비트는 인간의 감성, 이성, 영성에 침투하여 그것들의 지형도를 순식간에 바꿔 놓는다. 비트화된 감성, 비트화된 이성, 비트화된 영성이 인간의 정신 세계를 지배하면서 자연히 육체성 자체도 변모하게 된다. 이것은 육체와 정신이 분리된 것이 아니라 통합되어 있기 때문에 일어나는 현상이다.

이런 맥락에서 볼 때 나의 비만함은 단순한 육체적인 외형의 문제라기보다는 비트에 의한 정신적인 차원의 여러 현상이 일으킨 복합적인 사건이라고 할 수 있다. 내 몸 어딘가에 비트화된 영역이 생겨남으로써 피와 기의 순환에 자연스럽게 스며들지 못하는 잉여적인 어떤 것이 만들어진 것이다. 잉여적인 것이 늘어나면 그만큼 몸은 제 기능을 발휘할 수 없게 된다. 생식기능을 하는 인간의 몸이 소화해낼 수 있는 인풋이란 한계가 있지만 비트화된 몸의 경우에는 그것이 모호하다. 비트화된 몸속에 들어오는 감성, 이성, 영성은 그것이 소화 혹은 소비되는 양태가 예측 불가능하기 때문이다.

몸의 비만함을 이렇게 잉여적인 것으로 규정한다는 것은 그것이 외형적인 비만함만을 의미하는 것이 아니라는 것을 말해준다. 어쩌면 나의 몸의 비만함은 외형적인 것보다 그 안에 잠재해 있는 채 소화되지 않고 켜켜이 쌓여 두꺼운 어둠의 심층을 형성하고 있는 정신의 덩어리를 말하는 것이라고 할 수 있다. 몸이 아프고 점점 비만해지는 이유가 이 소화되지 않고 있는 정신의 덩어리 때문이라고 할 수 있다. 몸 공부를 시작할 때 생식기능을 하는 몸 자체만으로도 감당하기 힘들었는데 여기에 비트화된 몸이 새롭게 출현하면서 괴물과 같은 검은 그림자가 턱하고 버티고 서 있는 형국이 숨이 막힐 지경이다. 어디서부터 그 검은 그림자를 부수고 들어갈지 막막하다. 늘 불안과 공포는 늪처럼 나를 따라다니고 여기에 빠져 허우적대다가 아까운 시간만 죽이는 형국이 반복될 뿐이다.

어쩌면 이러한 불안의 거대한 뿌리는 몸 공부를 시작할 때부터 예견된 것인지도 모른다. 몸 공부의 성패는 '눈에 보이는 차원보다 눈에 보이지 않는 차원을 어떻게 들추어내느냐의 싸움에서 결정 난다'는 사실을 이미 처음부터 알고 있었던 것이다. 몸의 외형에 탐닉해 있는 이 시대의 사회 문화 현상을 그 근원부터 반성하고 성찰하기 위해서는 눈에 보이지 않는 차원에 대한 인식이 전제되어야 한다는 생각을 하였던 것이다. 의학적으로 해부한 몸을 전시하면서 그것을 '인체의 신비'(2002년 서울과학관에서 열렸던 인체의 신비전을 상기해보라)라고 대대적으로 광고하는 이 시대의 무지하고 천박하기 그지없는 몸에 대한 인식을 접하면서 눈에 보이지 않는 차원에 대해 이야기하는 것이 하나의 소명처럼 다가왔던 것이다. 우리가 그토록 맹신하는 과학이란 길거리에 아무렇게나 피어 있는 들꽃의 신비도 제대로 해명하지 못하고 있는 것이 사실이다.

세상에 존재하는 그 어떤 것들에 대해서도 변변하게 해명하지 못하고 있는 것이 과학인데도 불구하고 그것으로 눈에 보이지 않는 차원을 온전히 해명할 수 있다고 맹신하는 데에는 인간의 이성을 절대시하는 오만함이 자리하고 있다고 할 수 있다. 인간의 게놈 지도가 완성되었을 때 마치 인간의 몸의 신비를 과학적으로 명쾌하게 밝혀낸 것처럼 요란을 떤 이유도 따지고 보면 그 오만함이 낳은 과잉 반응이라고 할 수 있다. 들꽃의 신비조차도 제대로 밝혀내지 못하고 있는 과학이 어떻게 우주의 또 다른 모습을 하고 있는 몸의 신비를 밝혔다고 이야기할 수 있겠는가? 우주만큼 우리가 알고 있는 몸은 혹은 과학이 밝힌 몸은 지극히 부분적인 것에 불과하다. 전체를 보지 못하고 부분만 보는 과학으로는 몸의 신비를 온전히 해명할 수 없다.

몸에 대한 인간의 인식이나 태도와 자연이나 우주에 대한 인식이나 태도와 별반 다를 바가 없다. 인간의 몸처럼 자연이나 우주도 해부의 대상이며, 그 결과 자연(우주)은 회복 불가능할 정도로 처참하게 난도질 당해 버려진 것이다. 몸 혹은 자연의 눈에 보이는 차원 이면에 비교할 수 없을 정도로 신비롭고 신령스러운 눈에 보이지 않는 차원이 놓여 있다는 것을 인식하지 못한 채 그것의 존재성을 규정해버림으로써 결과 적으로 몸(자연)을 죽음으로 내모는 어리석음을 저지르게 된 것이다. 눈에 보이지 않는 차원이 존재하지 않으면 눈에 보이는 차원도 존재할 수 없다는 것을 인식하지 못하는 인간의 이성이나 과학이란 아이러니하 게도 눈 뜬 장님의 그것을 닮아 있다. 눈에 보이는 것만을 절대시하는 세계에서 눈에 보이지 않는 것을 옹호하고 주장하는 일은 언제나 소외받 을 수밖에 없다.

이렇게 우리의 몸을 둘러싸고 전개되는 눈에 보이는 차원과 보이지 않는 차원 사이의 갈등과 긴장은 몸이 컴퓨터와 휴대폰 같은 비트를 토대로 한 디지털 매체에 접속되면서 보다 복잡한 양상을 띠게 된다. 비트가 만들어내는 디지털 세계는 상상을 초월할 정도로 화려한 이미지 로 우리의 시각을 자극하지만 그 너머에는 무한정의 텅 빈 눈에 보이지 않는 세계가 놓여 있다고 할 수 있다. 사실 우리 눈에 보이는 차원은 그 너머 보이지 않는 차원에 존재하는 어떤 힘의 원천(생명의 정수리) 같은 것이 있어서 성립되는 것이다. 이것은 마치 너무 크고 텅 비어 있어서 우리 눈에 보이지 않지만 모든 우주 만물을 생성하는 생명의 근원인 무無와 같은 세계라고 할 수 있다. 무는 어두컴컴하며 언제나 모든 존재자들을 수렴하고 있다는 점에서 그늘로 표상할 수 있는 그런 세계를 말한다. 이 무에서 유有가 발생한다는 것이 바로 동양의 존재론 아닌가?

눈에 보이지 않는, 하지만 없는 것이 아니라 반드시 존재하는 무와 같은 세계는 그 자체가 생명을 표상한다고 할 수 있다. 그것이 에코적이든 아니면 디지털적이든 이러한 존재를 가능하게 하고 그것을 끝없이 생성하는 생명의 정수는 있게 마련이다. 눈에 보이지 않는다고 이와 같은 존재를 부정하는 것은 생명의 존재를 부정하는 것과 다를 바 없다. 가령 기^{氣}나 비트^{bit}가 눈에 보이지 않는다고 해서 그것의 존재를 부정하는 것은 곧 그것을 토대로 하여 성립되는 에코와 디지털의 세계를 부정하는 것과 다를 바 없는 것이다. 눈에 보이지 않지만 없는 것이 아니라 반드시 존재하는 이런 세계는 해부를 하면 그것의 실체가 사라지기 때문에 그 존재를 감지할 수 없다. 사람의 몸을 해부해서 찾으려고 하는 것은 외부 증상이나 징후에 대응되는 어떤 환부(자리)이다. 환부라는 부분은 분절되어 드러나고 이렇게 되면 전체적인 몸의 흐름을 제대로 이해할 수 없게 된다.

부분이 아니라 전체, 분절이 아니라 흐름으로 몸을 이해하면 기와 혈맥 같은 것이 중요한 논의의 대상이 된다. 기와 혈맥의 흐름을 전체적으로 파악하여 몸의 상태를 알아보는 태도는 기본적으로 자연이나 우주와의 관계 속에서 인간(인간의 몸)을 규정한다는 것을 의미한다. '기가 허하다'라든가 '맥이 약하다'라는 말의 의미는 그것이 자연이나 우주와의 교감이 활발하게 이루어지지 않고 있다는 것을 뜻한다. 이처럼 인간의 몸에는 눈에 보이지 않는 기나 혈맥 같은 생명의 에너지가 존재한다고 할 수 있다. 그 생명의 에너지 중에서도 가장 정수리에 있는 것이 바로 '산알'인 것이다. 따라서 산알은 '살아 있는 생명의 알맹이'라고 할 수 있다.

김지하 시인이 『흰그늘의 산알 소식과 산알의 흰그늘 소식』에서 그것을 들고 나왔다는 것은 생명 담론을 줄기차게 전개해온 그의 전력으로 보아 어쩌면 그것은 당연한 귀결이라고 할 수 있다. 사실 산알에 대한 언급은 이미 『산알 모란꽃』(2010년 4월)에서 이야기된 바 있다. 인간의 몸 안에 산알이 있다는 말을 이것이 발생한 배경과 전후 맥락을 생략하고 들으면 정말로 '귀신 씨나락 까먹는 소리'로 오해할 수 있다. 산알은 분명 존재하지만 눈에 보이지 않기 때문에 과학적인 증명이나 눈에 보이는 실체를 요구하는 쪽에서 보면 거짓되고 허황된 것으로 사람들을 현혹시키는 사이비적인 것이 될 수밖에 없다. 시인 역시 이것을 잘 알고 있기에 김봉한이라는 인물을 내세운다. 김봉한이란 누구인가? 분명한 것은 그가 너무나 낯선 존재라는 것이다. 이것은 그가 월북한 북한의 경락학자이고, 그의 이론이 이곳에서 인정받고 있지 못하기 때문이다. 그는 6·25 전쟁 당시 야전병원 의사로서 부상병들을 치료하는 과정에서 산알의 존재에 대한 단서를 찾았고, 이후 월북하여 평양의과대학에서 동물실험 등을 통해 인체에 존재하는 경락의 실체에 대해 연구한 결과 몸 안에 많은 수의 '산알'과 이것을 잇는 그물망 같은 물리적 시스템이 존재한다는 것을 밝혀내고 이를 '산알 이론'으로 확립하였다. 하지만 이 이론에 대해 '비인도적인 인체실험을 통해 연구된 것'이라는 소문과 국제적 의혹이 제기되자 입장이 난처해진 북한은 정치적 판단에 의해 김봉한과 그의 '산알 이론'을 매장시키기에 이른다. 한때 60년대 북한 과학의 3대 업적으로 꼽힐 만큼 칭송을 받았지만 정치적인 이유로 숙청된 이 비운의 경락학자를 김지하가 들고 나왔다는 사실은 많은 것들을 생각하게 한다. 그는

> 김봉한에 의하면 인체 내의 365종의 표층경락이 세포나 내분비 등 일체 생명생성 활동을 지휘하고 치유하는 과정에서 그 음양생극陰陽生剋의 이진법적 생명생성 관계가 무디어지거나 서로 충돌하거나 하여 근본 치유력이 소실될 때 그 밑에 있는 360류의 심층경락, 즉 기혈氣穴에서 문득 예기치 못한 치유력이 불쑥 솟아오르는 법인데, 이 솟아오름을 '복승

複勝이라 부르고 그 복승의 실체를 '산알'이라 부른다는 것이다. 이 '산알'은 세포를 확장 생산하기도 하고 세포가 도리어 산알로 수렴되기도 하는 확충擴充 작용을 한다고 하는데, 일본 경락학계에 따르면 '산알'은 절집에서 고승高僧이 죽을 때 다비茶毘에서 얻는 '사리舍利'와 같은 '핵산 미립자'라고 한다.

— 「스톡홀름에서의 41개의 산알」, 『산알 모란꽃』, p. 35

에서 알 수 있듯이 산알의 출현이 가지는 의의를 '복승複勝'에서 찾고 있다. 복승이란 표층경락의 치유력이 소실될 때 심층경락인 기혈氣穴에서 예기치 못하게 불쑥 솟아오름을 말한다. 그가 복승에 주목하는 것은 인체 혹은 몸의 치유력이 소실되어 간다는 자각을 했기 때문이라고 할 수 있다. 몸의 치유력의 소실은 그것이 우주의 기의 흐름을 표상하는 대표적인 존재라는 점에서 생명의 소실에 대한 하나의 메타포로 볼 수 있다. 시인에게 생명의 소실만큼 불안하고 공포스러운 것이 없다고 한다면 점점 치유력을 소실해가고 있는 몸을 보면서 그가 복승을 떠올리고 그것에 주목하는 것은 지극히 당연하다고 할 수 있다.

이런 점에서 시인이 바라보는 몸은 강한 전망을 내포하고 있다. 비록 그것은 점점 치유력을 소실해가고 있지만 그 안에서 스스로 그것을 회복하는 작용이 일어난다는 것은 몸의 생명성을 강하게 믿고 있다는 것을 말해준다. 시인이 이렇게 믿는 데에는 몸의 눈에 보이지 않는 차원, 김봉한이 말하는 심층경락의 복잡하고 신비한 차원의 치유력을 누구보다도 잘 알고 있기 때문이다. 그는 김봉한의 산알을 41개의 형식으로 정리하면서 그것이 5복승五複勝, 15복승十五複勝과 같은 오운육기론五運六氣論적 우주 생명의 확충을 통해 우주 생명학 혹은 생명학의 단초가 될 것이라고 말한다.(「스톡홀름에서의 41개의 산알」, p. 38) 심층경락의 치유력은 김봉한에 의해 관념적으로 증명된 것이 아니라 사람의 몸을 통한 임상 실험을 통해 증명된 것이다.

이러한 사실을 토대로 보면 인간의 몸은 우리가 해명하기 어려운 복잡한 영적, 우주적 기능이 충만한 존재라는 것을 알 수 있다. 몸 안에 있는 표층경락이나 심층경락은 단순한 물질적인 세포 덩어리가 아니라 그 안에 '넋'이나 '얼' 등 정신 에너지를 지니고 있는 존재이다. 이 정신 에너지는 몸 안에서 진화하며, 그 진화의 방식은 변증법적인 것이 아니라 '아니다', '그렇다'의 교차배어법으로 이루어진 불연기연不然其然의 논리이다. 이 논리대로라면 마음속의 몸이 우주 생명학에서 중요한 문제가 된다. 마음은 정신의 한 측면으로만 그치는 것이 아니라 마음 자체가 하나의 실체로 존재하는, 김지하 식으로 이야기하면 그것은 "정신적 실체로서의 새로운 생명"(「마음속의 몸」, 『흰그늘의 산알 소식과 산알의 흰그늘 소식』, p. 130)이 된다. 마음이나 정신이 실체가 없는 것이 아니라 분명한 실체를 가지고 있다면 그 마음이나 정신은 몸이 되는 것이라고 할 수 있다.

마음이 몸 안에 있지 않고, 몸이 마음 안에 있다면 물질이 정신을 결정한다는 유물론은 용도폐기 되어야 한다. 그렇다면 몸 안의 복승의 실체인 산알은 유물인가? 아니면 마음인가? 산알은 마음이 만들어낸 실체 곧 몸인 것이다. 산알이 왜 우주 생명학이 될 수 있는가? 만일 우주 생명학이 물질이 토대가 되어 이루어지는 것이라면 영적이고 신령스러운 넋이나 얼은 여기에서 배제되어야 한다. 우주 생명학에 넋이나 얼이 없으면 그 생명은 영성이 아닌 물성을 띠게 될 것이다. 영성이 부재하면 인간과 자연 혹은 인간과 우주는 격리될 수밖에 없다.(토머스 베리) 영성의 부재는 인간과 자연(우주)의 관계를 토대로 하는 생태학에서도 나타난다. 김지하가 "유물론이 생태학의 한 철학"(「唯物論 극복」,

p. 86)이라고 하여 그것을 비판한 이유가 바로 여기에 있다. 이 말은 생태학의 방향이 생물학적인 차원에 머물러서는 안 되고 영성이나 마음과 같은 차원을 함께 고려해야 한다는 것을 의미한다.

　그러나 그가 생각하는 영성이나 신령스러운 마음을 어떻게 회복할 수 있을까? 영성이나 신령스러운 마음보다는 감각과 물질에 더 탐닉하고 있는 지금, 여기의 상황을 고려한다면 암담한 생각마저 드는 것이 사실이다. 아무리 영성이나 마음에 대한 이론을 설파하고 그것을 통해 누군가를 설득하려고 해도 그것을 행하려는 사람의 의지가 없으면 무용지물이다. 영성이나 신령스러운 마음의 회복은 무엇보다도 먼저 의식의 대전환(게슈탈트 스위치)이 있어야 한다. 오랜 인습과 안주로 점철된 의식을 일거에 깨뜨리기 위해서는 마치 선불교에서 아직 깨달음에 이르지 못한 수행승들에게 행하는 방망이질이나 죽비의 세례가 있어야 할 것이다. 이런 깨달음은 내발성이 가장 중요하지만 그것을 충격하는 것은 외부로부터 주어질 수 있다. 김지하는 이것을 '啐啄(줄탁)'에 비유하고 있다.

> 　啐은 달걀 안에서 햇병아리가 밖으로 나오려고 부리로 껍질을 쪼는 것이고 啄은 달걀 밖에서 그 啐의 부위와 시기와 그 지혜의 수위와 기운을 짐작한 어미닭이 그 부위를 정확하게 밖에서 쪼아 안팎의 일치로 달걀이 깨어져 병아리가 비로소 이 세상에 탄생하는 과정 자체를 啐啄이라 한다. 이것은 흔히 개벽의 비유로 사람과 한울님 사이에, 또는 내밀한 계기와 외면적 조건 사이의 필연의 문제로, 특히나 불교에서는 侍者의 禪機와 이를 눈치챈 祖室 사이의 안팎의 喝과 棒 또는 禪門의 해탈문의 계기로 비유된다. 치유는 바로 큰 깨달음인 것이다.
>
> 　　　　　　　　　　　　　　　　　　　　　　　　─「啐啄」, p. 66

그는 줄탁, 다시 말하면 달걀이 깨어져 병아리가 되기 위해서는 안팎의 일치가 중요하다는 이야기를 하고 있다. 그가 말하는 안팎이란 '사람과 한울님 사이', '내밀한 계기와 외면적 조건 사이'를 뜻한다. 이 사이에는 필연의 문제가 개입되며, 안팎이 일치하는 순간이 바로 '개벽' 혹은 '해탈'인 것이다. 이것이 곧 그가 말하는 '치유이자 큰 깨달음'이다. 그는 이러한 큰 깨달음의 시기(개벽 세상)가 곧 도래할 것이라는 믿음을 가지고 있다. 그의 믿음의 이면에는 '정역'이 있고, 정역의 논리에 의하면 기울어진 지구의 자전축이 점차 수직 방향으로 대이동하고 있으며, 이 대이동에 따라 지구에 엄청난 변동이 일어난다는 것이다. 정역의 예언의 예로 그는 '지구 자전축이 북극태음북귀 때에 북극 동토대가 녹고 대빙산이 해빙되면서 동시에 적도와 케냐에는 눈이 내리고 "비비컴, 나르발라돔, 하이예(이랬다 저랬다 번덕스런 날씨)의 현상"(「經度」, p. 105)을 들고 있다. 그의 논리대로라면 정역의 대예언과 지금, 여기에서 일어나고 있는 지구의 대변동 사이에는 우연이 아닌 필연이 개입되어 있는 것이다. 그 필연이란 자연생태계 파괴와 지구 환경오염, 공해의 남발 등과 같은 생명 파괴를 발생 근거로 하는 것이다.

그가 말하는 지구축의 이동이야말로 '복승複勝'인 것이다. 사람의 병든 몸처럼 지구 역시 병들어 있는 것이 사실이며, 이렇게 가면 정말이지 죽을 수도 있다는 위기와 불안이 증폭되면서 지구의 숨은 차원, 다시 말하면 심층경락이 솟구쳐 오른 것이다. 지구의 복승에 대한 인식은 그것이 물질로만 이루어진 것으로만 간주해서는 일어날 수 없는 일이다. 이러한 인식은 지구를 넋이나 얼을 지닌 마음의 생명체로 인식한 결과라고 할 수 있다. 지구가 하나의 자기 조절 능력과 시스템을 지닌 살아 있는 생명체라는 사실은 이미 제임스 러브록에 의해 이야기된 바 있다. 지구가 하나의 생명체라는 사실은 기존의 지구 역사와 진화에 대한 인식과는 다른 지극히 새로운 학설이며, 지구가 최고선을 향해 어떤 총체적인 계획을 수립한다는 점에서 우주 생명 진화의 영역과 연결된다고 할 수 있다.

지구의 복승의 징조가 여러 곳에서 벌어지고 있다면 미네르바의 부엉이가 날갯짓을 할 수 있는 황혼이 짙게 드리워진 것은 아닐까? 우리가 지금 무엇을 해야 하는지 그는 잘 알고 있다. 그가 구상하고 있는 것은 '우주 생명학'이다. 이것은 분명 '학'이라는 점에서 하나의 제도이다. 우주 생명학이라는 제도를 그는 크게 "五複勝", "十五複勝", "五運六氣論"(「制度」, p. 55) 등 세 가지로 체계화한 뒤, 이것을 실현하기 위해서는 "일체의 생명이 있는 것에 대한 열기 있는 모심"(「熱氣」, p. 56)을 강조한다. 그리고 그것을 실현시킬 주체로 "여성, 어린이, 쓸쓸한 중생(스스로 몸이 약하거나 사회적으로 소외되어 있거나 스스로 항상 외롭다고 느끼는 다수의 비정규직, 변두리 남녀대중, 또는 수익은 있어도 불행을 느끼는 중산층 남녀들)"(「主體」, p. 57)을 들고 있다.

그의 구상의 의의는 우주 생명학의 주체와 열정과 제도를 제시함으로써 우주 생명의 시대에 우리가 지녀야 할 태도와 방향을 이야기하고 있다는 점에 있다. 그의 구상이나 담론은 늘 담대하여 여기에서 어떤 경외감을 느끼기도 하지만 이에 못지않게 어떤 거리감도 느끼는 것이 사실이다. 그것은 이 우주라는 말 때문이다. 우리가 우주 안에 있고, 우주의 기가 내 몸 안에서 끊임없이 모였다가 흩어지고, 좁쌀 한 알에서도 우주가 깃들어 있다고 하는데 여전히 우주는 이쪽이 아니라 저쪽에 있다. 언제부터 우주가 이렇게 우리의 의식 속에서 멀어진 것일까? 아마 그것은 우리가 우주를 대상화하고, 과학적으로 분석하고 관찰하면서부터일 것이다. 하늘의 별들을 망원경으로 관찰하고, 우주선을 발사하여 달이나 화성, 목성 등을 탐사하게 되면서 사람들은 일월성신을 향해 빌기를 멈추고, 동아줄을 타고 남매가 하늘에 올라 달과 별이 되는 이야기와 계수나무 아래서 옥토끼가 방아를 찧던 이야기가 아주 나이브한 판타지로 인식하게 된 것이다. 이렇게 신화가 사라진 자리에 과학이 들어서면서 우주는 더 이상 우리와 친밀한 교감을 하는 대상에서 사라져버린 것이다.

신화의 복원이 우주와의 교감의 한 방법이라면 신화의 시대의 지혜를 오늘날에 되살려야 한다. 그것이 바로 "입고출신入古出新"(「傳統」, p. 61)인 것이다. 근대 이후 우리는 너무나 쉽게 우리의 것을 버렸다. 그 대표적인 것 중의 하나가 동아시아의 우주 생명의 전통이다. 생명과 우주의 진리가 다양하게 감추어져 있는 동아시아의 전통은 아이러니하게도 우리보다 서양인들의 관심의 대상이 되어 복원의 손길을 기다리고 있다. 동아시아 신화의 시대에는 우주 생명 이야기를 누구나 알고 있었으며(「누구나 아는 생명 이야기를 이제는 참으로 우주화하자」, p. 110), 그것을 자신의 안에서 생명화했던 것(「누구나 우러러 보는 우주생각을 이제는 내 안에서 생명화하자」, p. 111)이 사실이다. 몸과 우주가 둘이 아니었기 때문에 인간이 죽어 우주로 수렴된다거나 우주가 다시 인간의 몸속에서 현현되는 일은 전혀 낯선 생각이 아니었던 것이다. 우주 생명이 몸 안에서 일어나는 것을 감지하고 그것을 자연스럽게 받아들이는 일이야말로 우리가 망각하고 있던 인간과 우주와의 친밀한 관계를 회복하는 것이라고 할 수 있다.

이런 점에서 우주로 투사된 생각이나 의식을 다시 몸으로 수렴하는 것이 중요하다. 몸을 자세히 들여다보고 느끼는 것이 곧 우주를 들여다보고 느끼는 일이기 때문이다. 김지하가 김봉한의 산알론을 들고 나온 의미도 여기에 있다고 할 수 있다. 몸 안의 심층경락의 복승을 통해 우주 생명학을 구상한 그의 의도가 여기에 있다면 이것은 나의 구상과도 크게 다르지 않다고 할 수 있다. 다만 몸 안의 복승을 가능하게 하는 조건의 차원에서 조금 차이가 있다. 그가 말하는 복승을 가능하게 하는 조건 중에서 '내밀한 계기와 외면적 조건 사이'에 비트를 토대로 하는 디지털 생태학 혹은 디지털 생명학을 포함시키자는 것이다. 우리 몸과 디지털의 세계의 접속을 가능하게 하는 비트화된 전류의 실체가 분명한 하나의 현상으로 대두하고 있는 상황에서 그것을 배제한 채 몸의 복승을 통한 우주 생명학을 이야기한다는 것은 무언가 중요한 것을 간과하고 있다는 생각이 든다. 몸 안의 심층경락의 복승에 비트화된 전류가 흐르고 있다는 사실을 인간의 사이보그화된 욕망은 잘 보여주고 있다.

비트화된 전류가 심층경락의 복승을 빠른 속도로 자극하고 있는 징조가 디지털 생태계의 출현이다. 기氣처럼 형체도 없고 색, 크기, 무게도 없는 비트에 의해 이루어지는 디지털 생태계는 몸의 또 다른 실존의 장이다. 디지털 생태계라는 말이 의미하는 것은 그것이 몸의 안과 밖의 존재에 결정적인 조건으로 작용한다는 것을 말한다. 디지털 생태계는 몸에 내밀한 계기와 외면적 조건 사이에 어떤 필연성으로 존재한다고 할 수 있다. 디지털 생태계의 출현은 다음과 같은 딜레마를 제공한다.

첫째, 비트가 반에코적인 것이기 때문에 디지털 생태계는 생식기능을 하는 몸과 체질적으로 맞지 않을 수 있다. 생식기능을 하는 몸은 전류를 에너지로 쓸 수 없다. 즉 비트의 흐름과 기의 흐름이 상생의 방향으로 흐르지 않을 수 있다는 것이다. 둘째, 비트가 만들어내는 디지털 세계는 마음의 상태를 손쉽게 조작하고 통제할 수 있다. 디지털의 세계는 마음의 안정이나 불안정, 평온과 불안, 질서와 무질서 등의 다양한 상태를 창출할 수 있는 동시에 그것은 또한 0과 1이라는 불연속적인 기술을 통해 손쉽게 다른 차원으로의 이동을 조절하고 통제함으로써 인간의 마음이 가지는 우주율에 입각한 자연스러운 흐름을 깨뜨릴 수 있다. 셋째, 디지털 생태계는 영토가 무한정이기 때문에 그만큼 틈이 많아 인간의 정신을 자유롭게 하여 내면의 영성을 자극할 수도 있지만 그것이 과도하면 손쉽게 우상을 만들어 사이비적인 영성을 만들어낼 수도 있다. 넷째, 디지털 세계에서는 가상의 영토와 빠른 속도로 인해 감각이나 욕망이 어떤 출구도 없이 계속될 위험성이 있다.

디지털 생태계는 이처럼 몸의 생명을 자극할 수도 있고, 또 그것을 파국으로 몰아갈 수도 있다는 점에서 신중하게 탐색해야 할 대상이다. 하지만 몸의 복승이 디지털 생태계에 놓여 있든 아니면 에코적인 생태계에 놓여 있든 중요한 것은 산알에 대한 "개체의 강렬한 내적 갈망"(「個修」, p. 69)이다. 개체의 내적 갈망이 없으면 외적 조건이 아무리 무르익는다 하더라도 산알은 탄생할 수 없다. 줄탁동시啐啄同時라는 말이 의미하듯이 병아리의 탄생(산알)은 밖에서 어미가 쪼아주기에 앞서 안에서 새끼가 자발적으로 알을 깨고 나가려는 열망이 있어야 가능한 것이다. 어쩌면 개체의 내적 갈망 자체가 산알이라고 할 수 있을 것이다. 이와 관련하여 한 가지 염려스러운 것은 디지털 생태계가 인간의 몸을 스테레오타입화된 자동화의 상태로 바꿔 놓고 있는 것은 아닌가 하는 점이다. 이 세계에 들어서면 자신도 모르게 개체의 내적 갈망보다는 무한정 네트워크화된 전자의 바다에 몸을 마사지 받고 싶은 감각이나 욕망이 앞서는 것이 사실이다. 이것 역시 지금 내 몸이 앓고 있는 산알의 탄생을 위한 진통이라고 생각한다. 이런 점에서 김지하가 전해온 '흰그늘의 산알 소식과 산알의 흰그늘 소식'은 분명 희소식이지만 그만큼 또한 나를 반성하게 하고 분발하게 하는 소식이라고 할 수 있다. 아! 삶의 늪에 빠져 망각을 밥 먹듯이 하는 이 비만한 몸을 어떻게 하면 산알처럼 천의무봉한 몸으로 거듭나게 할 수 있을까?

4. 여성시와 생명

1. 90년대 이후 우리 시의 흐름과 그늘의 상상력

90년대 이후 우리 시는 다양한 상상력을 보여준다. 이러한 경향은 80년대의 정치, 사회적인 운동성이 약화 내지 해체되면서 보다 다양한 무의식적인 욕구와 욕망들의 부상에서 비롯된 것이라고 할 수 있다. 하지만 이러한 견해는 자칫 90년대 이후의 시를 80년대와의 단절을 통해 성립된 것으로 이해할 위험성이 있다. 90년대 이후 우리 시의 다양성은 80년대의 정치, 사회적인 운동성이 하나의 추동력으로 작용한 점을 고려한다면 그것은 단절이 아니라 연속으로 볼 수 있을 것이다. 특히 90년대 이후 우리 시의 중요한 성과 중의 하나로 평가받고 있는 여성시와 생태시의 경우는 80년대의 정치, 사회적인 운동성의 한 변모된 형태라고 할 수 있다. 여성시와 생태시 역시 운동성을 지니고 있다는 사실이 그것을 잘 말해준다.

90년대 여성시와 생태시의 출현은 단순한 개인적인 취향을 넘어 여성이나 생태적 인간으로서의 자신의 정체성과 실존성에 대한 위기의식으로부터 비롯된 것이라고 할 수 있다. 이러한 위기의식은 인류 문명사 전반과 긴밀하게 관계된 것으로 여기에는 반드시 성찰과 반성이 뒤따를 수밖에 없다. 인류 문명사 전반으로 보면 여성은 문명의 중심에서 배제되고 소외된 존재이며, 문명의 건강성을 위협하는 불온한 정신의 소유자인 것이다. 이런 이유로 여성은 자신의 정체성을 확립할 기회를 갖지 못한 채 늘 왜곡되고 비천한 상태로 존재해온 것이다. 여성에 대한 왜곡과 폄하는 여성의 정체성을 잘 드러내고 있는 월경, 임신, 출산, 수유 같은 생명 행위에 대한 차원으로 이어져 그것의 가치와 의미가 제대로 평가받지 못하는 결과를 초래하기에 이른다.

가장 신성하고 숭고한 여성의 생명 행위가 이렇게 비천한 것으로 간주된 데에는 인류 문명사 전반이 지니는 야만성 때문이라고 할 수 있다. 인류 문명은 그 야만성을 은폐하기 위해 여성의 존재를 야만적인 것으로 만들어버린 것이다. 여성에 대한 문명의 야만적인 태도는 보다 큰 생명성을 지닌 자연이라는 존재로 이어져 생태계의 위기를 초래하기에 이른다. 여성과 자연은 문명에 의해 배제되고 소외된 존재라는 점에서 공통점을 드러낼 뿐만 아니라 생명성과 모성성을 지닌 존재라는 점에서도 또한 공통점을 드러낸다고 할 수 있다. 이 사실은 여성과 자연이 연대할 수 있는 어떤 조건이나 그 개연성이 존재한다는 것을 의미한다. 이 연대의 구체적인 예가 바로 "에코페미니즘"[31]이다. 에코페미니즘은 여성과 자연

31 | 에코페미니즘과 관련된 논의는 자연과 여성이 모두 억압받는 존재라는 점에서 출발하지만 그것이 담지하고 있는 의미는 신화적이고 우주적인 차원까지 닿아 있다. 특히 여성은 현 문명의 위기를 극복할 수 있는 새로운 주체로 부상하고 있다는 점에서 주목에 값한다(이재복, 「그늘이 동쪽으로 온 까닭은」, 『오늘의 문예비평』, 2006년 가을호, 세종출판사, p. 73).

이 지니고 있는 생명성과 모성성을 회복하여 궁극적으로 그것의 정체성 정립을 겨냥하는 새로운 운동이라고 할 수 있다.

90년대 이후 우리 시에서 여성의 정체성 정립을 겨냥하고 있는 여성 시인들의 시 세계가 자연스럽게 생태 혹은 생명의 문제를 포괄하고 있는 것도 그 이유가 바로 여기에 있다고 할 수 있다. 여성의 정체성을 모색하다 보면 자연스럽게 여성이 지니는 생명성과 모성성의 문제를 아우르게 되고, 그것은 다시 자연이나 생태의 문제로 확대되어 드러날 수밖에 없다. 그것이 단순히 여성의 문제를 넘어 자연이나 생태의 문제로 확대되면 인식의 정도도 그만큼 넓어지고 깊어지게 된다. 이 말은 여성과 자연 혹은 여성과 생태의 문제가 다르다는 것이 아니라 여성을 통해 자연이나 생태의 문제를 볼 수 있고 또 그렇게 할 때 인식의 지평이 확대될 수 있다는 것을 의미한다고 할 수 있다. 여기에서의 인식의 지평 확대는 필연적으로 문명에 대한 반성과 성찰을 동반한 사유이기 때문에 과거는 물론 지금, 여기의 현실을 반영하지 않을 수 없다.

이 과정에서 자연이나 생태와 관련하여 90년대 이후 우리 시가 보여준 것은 다음과 같은 것이다. 하나는 자연이나 생태를 훼손하고 파괴한 문명을 직접적으로 비판하는 것이고, 또 다른 하나는 자연이나 생태가 지니고 있는 속성을 발견하고 그것을 강조하여 문명을 간접적으로 비판하는 것이다. 전자의 경우 '문명 비판시', '환경 고발시'라는 이름으로 쓰인 시가 여기에 해당하며, 후자의 경우는 자연이나 우주가 담지하고 있는 신화, 원형 같은 세계를 통해 생명성 혹은 모성성을 강조하고 있는 시가 여기에 해당한다고 할 수 있다. 김선우의 시는 전자보다는 후자에 가깝다. 지금, 여기의 문명이 지니는 문제는 단순한 비판이나 고발로 해결될 성질의 것이 아니라는 점에서 전자의 태도는 일정한 한계를 드러낼 수밖에 없다. 여기에 대한 인식이 시인들 사이에서도 널리 확산되면서 자연이나 생태를 다룬 시는 대부분 후자의 경향을 지향하고 있다.

후자의 경향을 보이는 90년대 이후 여성시와 생태시는 우리 시에 반서구적이고 반근대적인 논리를 끌어들여 다양하고 새로운 시적 담론을 가능하게 했을 뿐만 아니라 시가 가지는 사회적인 효용성의 문제도 새롭게 제기하는 계기를 마련했다고 할 수 있다. 90년대 이후 우리 여성시와 생태시가 끌어들인 반서구적이고 반근대적인 논리 중에서 주목해 볼 만한 것으로 '순환, 윤회, 불연기연不然其然, 상생, 생성, 그늘' 등을 들 수 있다. 이것들은 대부분 서구의 논리에 의해 은폐되어 왔거나 억압받아온 우리의 전통적인 논리들이다. 이 논리들이 새롭게 등장하면서 작게는 서구 혹은 서구화된 근대의 논리에 의해 성립되고 유지되어온 문명의 패러다임 자체에 대한 비판과 반성이 이어졌으며, 크게는 서구의 논리에 의해 배제되어온 자연이나 우주를 아우르는 인류 문명사 전반에 대한 모색이 행해졌다.

이러한 반성과 모색은 가공할 속도로 질주하고 있는 문명 세계 속에서 어떤 의미를 지니는 것일까? 90년대 이후 우리 여성시와 생태시의 사회적인 효용성과도 관계가 있는 이 질문에 대한 답은 무엇보다도 먼저 '윤회, 그늘' 등의 반서구적이고 반근대적인 논리들이 어떻게 지금, 여기의 문명 세계 속에서 실천성을 담보할 수 있느냐? 하는 질문에 대한 답과 다른 것이 아니다. 문명에 대한 반성과 모색을 통한 실천이 가능하려면 기존의 서구의 패러다임을 전환할 수 있는 방안이 필요하다. 90년대 이후 우리 여성시인들과 생태시인들이 겨냥하고 있는 것도 이와 다르지 않다고 할 수 있다. 여기에서 말하는 패러다임의 전환이 가능하려면 주체의 의식 전환이 선행되어야 한다. 90년대 이후 우리 여성시와 생태시가 끌어들인 '순환, 윤회, 불연기연不然其然, 상생, 생성, 그늘' 등의 반서구적이고 반근대적인 논리들은 주체의 인식이나 의식의 전환이 없으면 한낱 관념에 지나지 않는 논리일 뿐이다.

거대한 문명의 구조에 저항하는 방법은 인식 주체의 정체성을 회복하는 것이다. 90년대 이후 우리 여성시와 생태시가 지향하는 것이 바로 이러한 인식 주체의 정체성 회복이라고 할 수 있다. 김선우의 시는 다른 어떤 여성 시인들의 시보다 이러한 경향이 강하게 드러난다.[32] 여성을 통한 자연이나 생태에 대한 탐색 혹은 그 역은 어느 한 차원만 놓고 볼 때 발생할 수도 있는 단선적인 논리의 위험성을 벗어나 좀 더 다양하고 새로운 세계를 발견할 수도 있다는 점에서 의의를 지닌다고 할 수 있다. 실제로 그녀의 시에서는 이러한 여성과 자연(생태) 혹은 자연(생태)과 여성 사이를 넘나드는 시적 탐색을 통해 여성, 자연, 생태와 관련한 새롭고 다양한 이미지와 상징 그리고 의미들이 내재해 있다. 그녀의 시의 새롭고 다양함은 마치 '그늘'을 연상시킨다. 그늘과 관련하여 김지하는

> 그늘은 '그림자'와는 틀립니다. 그늘은 어둠이 아닙니다. 그늘은
> 빛이면서 어둠이고 어둠이면서 빛이고, 웃음이면서 눈물이고, 한
> 숨과 탄식이면서 환호요 웃음입니다. 천상의 체험이면서 지상의
> 세속적 삶이고 이승이면서 저승입니다. 그러니까 환상이면서 현
> 실이고 초자연적 의식이면서 현실적 감각입니다. 주관과 객관,
> 주체와 타자를 넘나들지요. 이런 것들을 아우른 것이 그늘.[33]

---

32 | 김춘식은 그의 시의 한 특장으로 윤회론적인 사고를 언급한다. 그에 의하면 그녀의 시에서는 '윤회적인 사유가 영적인 측면보다는 어머니의 자궁 속과 세계라는 이원적 세계의 반복으로 종종 묘사된다'는 것이다(김선우, 「날개 상한 별이 백일홍 꽃잎 속으로 들어가듯이」, 『내 혀가 입 속에 갇혀 있길 거부한다면』, 창작과비평사, 2000, p. 116).

33 | 김지하, 「그늘이 우주를 바꾼다」, 『김지하 전집』 3권, 실천문학사, 2002,

이라고 말하고 있다. 그늘에 대한 그의 규정에서 중요한 것은 '아우름'이다. 그늘이 '빛과 어둠', '웃음과 눈물', '한숨과 환호', '천상과 지상', '이승과 저승', '환상과 현실', '주관과 객관', '주체와 타자'를 아우른다는 것은 세계를 이분법적이고 변증법적인 논리를 통해 이해한다는 것이 아니라 그것을 넘어 불연기연의 논리 같은 상생과 상극의 차원에서 이해한다는 것을 의미한다.

서로 배제와 소외가 아닌 포괄과 융화의 논리로 세계를 이해할 때 각자 각자의 생명성이 드러난다. 이런 점에서 생명은 그늘을 포괄하고, 다시 그늘은 생명을 포괄한다고 할 수 있다. 김선우 시인이 세계를 인식하고 이해하는 준거가 바로 여기에 있다. 시인이 구사하는 언어가 상투적이거나 개념화되어 있지 않고 참신하면서도 심오한 아름다움을 강하게 환기하는 데에는 이러한 생명성을 토대로 이루어졌기 때문이다. 여성시나 생태시의 경우에도 그 언어가 생명성을 상실한 채 생경한 이념을 드러내는 예를 어렵지 않게 발견할 수 있다. 어쩌면 진정한 여성시나 생태시는 그것이 담고 있는 의미에 앞서 이러한 언어의 생명성에서 찾아야 할 것이다.

2. 여성의 몸과 여성성의 발견

김선우의 시를 지배하는 강한 생명성은 '어머니'라는 보다 구체적인

---

p. 310. 임우기 역시 『그늘에 대하여』(강, 1996)에서 그늘의 개념을 우리의 판소리에서 찾고 있다. 그리고 이 그늘의 개념을 서양의 로고스 비평과 대비시켜 한국 현대시와 소설을 해석하고 있다.

대상으로부터 기인한다. 시인에게 어머니는 가장 친밀한 감각과 감정으로 존재한다. 시인이 어머니의 감각과 감정을 친밀하고 구체적으로 느낄 때마다 대비되어 드러나는 것은 지금, 여기의 현실이다. 시인이 처해 있는 지금, 여기의 현실이란 어머니에게서 느껴지는 생명성이 약화되거나 소멸된 세계를 말한다. 시인에게 어머니란 지금, 여기에는 존재하지 않지만 오히려 그 거리 때문에 더 친밀하게 느껴지는 그런 존재이다. 하지만 이것이 어머니에 대한 인간적인 정 때문만이 아니라 지금, 여기의 현실이 처해 있는 상황 때문이라고 할 수 있다. 시인에게 지금, 여기의 현실은 어머니에게서 느낄 수 있는 그런 생명성이 약화되거나 소멸된 세계이기 때문에 불안하며, 그 불안을 극복하기 위해 어머니라는 존재를 불러낸 것이라고 할 수 있다. 따라서 어머니는 시인의 결핍을 채워 줄 대상으로 존재한다고 힐 수 있다.

자신의 결핍을 어머니를 통해 채우려는 시인의 태도는 시인과 어머니와의 연대를 모색하려는 것에 다름 아니다. 이 과정에서 시인은 어머니와의 연대의 매개물로 '몸'을 들고 나온다. 인간과 인간 혹은 인간과 자연과의 연대에서 중요한 것은 단순한 개념이나 이념을 넘어서는 감성이나 정서를 통해 이루어지는 친밀감이다. 몸을 통해 이루어지는 친밀한 연대는 어떤 관념이나 거짓된 논리가 스며들 틈이 없기 때문에 일정한 진정성을 담보한다고 할 수 있다. 다른 어떤 것보다도 어머니의 몸을 통한 연대는 시인이 그 몸에서 생명을 얻었다는 점, 자신도 어머니와 같은 자궁의 소유자라는 점에서 친밀함과 견고함을 더한다고 할 수 있다. 시인의 몸과 어머니의 몸과의 연대란 여성의 몸이 가지는 모성성, 여성성, 생명성 등을 공유하고 그 가치를 함께 지향하는 일련의 과정을 의미한다고 볼 수 있다.

시 속에서 시인이 그리고 있는 어머니의 몸은 자연 그 자체와 다른

것이 아니다. 가령

강원도 정선
어라연 계곡 깊은 곳에
어머니 몸 씻는 소리 들리네

– 자꾸 몸에 물이 들이야
숭스럽게스리 스무살모냥……
젖무덤에서 단풍잎을 훑어내시네

– 「어라연」 부분

에서처럼 '어머니의 몸'과 '어라연 계곡'은 둘이 아니다. 이 둘 사이의
연대를 "자꾸 몸에 물이 들어야"라는 어머니의 말이 잘 드러내고 있다.
이때 '물이 든다는 것'은 어라연 계곡의 물이 어머니의 몸속으로 스며든다
는 의미도 되고, 또 어머니의 몸에 어라연 계곡의 단풍이 든다는 의미도
된다. 어머니의 몸, 어라연 계곡의 물과 단풍이 하나의 흐름 속에 놓이면
서 그것이 연대를 이룬다는 시인의 상상은 자연의 의미를 인간 차원으로
만 국한시켜 본 것이 아니라는 것을 말해준다.
　이러한 어머니의 몸에 대한 시인의 태도에는 그것에 이르지 못한 자신
의 몸에 대한 아쉬움과 함께 선망의 감정이 깊이 투영되어 있다고 할
수 있다. 어머니가 젖무덤에서 단풍잎을 훑어내려고 할 때 시인은 "그냥
두세요 어머니, 아름다워요"라고 말한다. 시인이 어머니에게 이렇게 말
을 한 데에는 '젖무덤'과 '단풍잎'이 다른 것이 아니라 그 자체로 하나라는
의식이 있기에 가능한 것이다. 이 대목에서도 각자 각자가 자연이라는
이름 아래 어울리는 것이 아름답다는 시인의 생각이 잘 드러난다. 시인이

보기에 어머니의 몸은 어라연 계곡의 물과 단풍잎 등 자연과 둘이 아닌 존재이며, 그렇기 때문에 시인의 선망의 대상이 되는 것이다. 어머니의 몸과 시인의 몸 사이에는 거리가 있으며, 시인은 그 거리에 대한 자신의 생각을 가감 없이 드러냄으로써 두 몸 사이의 거리에서 생긴 틈을 채우려고 한다.

「어라연」에서도 그것이 드러나지만 시인 자신이 처해 있는 상황이 구체화되어 있지는 않다. 다만 자연의 상태에 있는 어머니의 몸을 선망하는 태도만이 강하게 투영되어 있을 뿐이다. 왜, 시인이 어머니의 몸을 선망하는지 혹은 선망할 수밖에 없는지 그것에 대한 구체적인 상황이 제시되어 있지 않는 것이 사실이다. 이 시에서는 그것이 시각과 청각적인 이미지를 통해 제시되고 있기는 하지만 시인이 선망하는 어라연, 다시 말하면 어머니의 몸이 구체화되지 않은 채 신비하고 환상적인 이미지로 형상화되어 있을 뿐이다. 이것은 '어라연'과 대비되는 시인의 현실이 시 속에 투영되어 있지 않기 때문이다. 만일 이 현실이 시 속에 제시되어 있다면 시인이 어머니를 향해 한 "그냥 두세요 어머니, 아름다워요"의 말이 지니는 선망의 정도를 보다 구체적으로 느끼고 또 인식할 수 있을 것이다. 이 말은 단순한 부러움이 아니라 시인 자신의 몸에 대한 위기와 불안이 내재해 있는 그런 선망어린 부러움이라고 할 수 있다. 시인의 어머니의 몸에 대한 선망이 구체화되어 있는 시로 「양변기 위에서」를 들 수 있다. 이 시는 「어라연」과는 달리 시인이 처해 있는 상황이 구체적으로 드러나 있다.

어릴 적 어머니 따라 파밭에 갔다가 모락모락 똥 한무더기 밭둑에
누곤 하였는데 어머니 부드러운 애기호박잎으로 밑끔을 닦아주곤 하셨는
데 똥무더기 옆에 엉겅퀴꽃 곱다랗게 흔들릴 때면 나는 좀 부끄러웠을라

나 따끈하고 몰랑한 그것 한나절 햇살 아래 시납히 식어갈 때쯤 어머니
머릿수건에서도 노릿노릿한 냄새가 풍겼을라나 야아− 망 좀 보그라
호박넌출 아래 슬며시 보이던 어머니 엉덩이는 차암 기분을 은근하게도
하였는데 돌아오는 길 알맞게 마른 내 똥 한무더기 밭고랑에 던지며
늬들 것은 다아 거름이어야 하실 땐 어땠을 라나 나는 좀 으쓱하기도
했을라나

　　양변기 위에 걸터앉아 모락모락 김나던 그 똥 한무더기 생각하는 저녁,
　　오늘 내가 먹은 건 도대체 거름이 되질 않고

　　　　　　　　　　　　　　　　　　　　−「양변기 위에서」 전문

　　시인이 연을 지어놓은 이유가 분명하듯이 시의 앞 연과 뒤 연은 서로
대비된다. 앞 연이 어머니와 나와 함께 했던 시간과 공간에 대한 것이라면
뒤 연은 어머니가 부재한 시간과 공간 속에서 홀로 남겨진 나에 대한
내용이다. 시인이 선망하는 시공간은 앞 연에 제시된 세계이다. 시인이
이 세계를 선망하는 것은 거기에 어머니가 존재하기 때문이기도 하지만
그것 못지않게 중요한 이유는 나 역시 거기에 존재하기 때문이다. 「어라
연」에서는 '어라연'의 공간에 어머니만 존재한 것과 비교하면 어머니와
나 둘이서 함께 존재하는 것은 실로 주목에 값한다고 할 수 있다. 어라연에
서도 그랬지만 이 시의 시공간은 자연과의 연대가 가능한 세계이다.
시인은 그것을 '똥'이라는 질료를 통해 드러내고 있다. 어릴 적 파밭에
눈 나와 어머니의 똥은 그 파밭, 다시 말하면 자연과 둘이 아닌 상태로
존재한다. 파밭에 눈 어머니와 나의 똥은 파밭과 따로 존재하는 것이
아니라 그 땅에 거름이 되어 순환한다. 똥이 거름이 되어 파를 키우고
그 파를 어머니와 내가 먹고, 다시 그 파는 똥이 되고 하는 순환의 과정을

거치게 되는 것이다.

　자연의 순환의 과정에 속에 놓인 나 혹은 나의 몸에 대해 시인은 '으쓱'함을 드러낸다. 이 으쓱함은 자신의 선망인 자연과의 연대를 이루었다는 충족감에서 비롯된 것이라고 할 수 있다. 이런 맥락에서 보면 '차암 기분을 은근하게 하는 어머니의 엉덩이'는 곧 나의 엉덩이를 의미하는 것과 다른 것이 아니다. 하지만 시인의 으쓱함은 똥이 거름이 되는 시공간에서만 가능한 것이며, 그곳으로부터 분리된 세계에서는 그런 으쓱함은 더 이상 생겨날 수 없다. 시인의 지금 놓여 있는 세계는 자연과의 연대가 불가능한, 다시 말하면 똥이 거름이 되지 못하는 그런 문명화된 세계에 놓여 있는 것이다. 똥이 거름이 되는 자연으로부터 멀어짐으로써 시인은 불안감에 시달리게 되고, 그 불안은 근대 이후 문명화된 세계에 사는 인간이 겪게 되는 하나의 질병이라고 할 수 있다.[34] 시인은 지금 "양변기 위에 걸터앉아" 있다. 양변기는 문명화된 서구 사회가 생산한 인공적인 구조물이다. 이 인공 구조물의 가장 큰 문제는 자신이 먹은 것이 거름이 되지 않는다는 사실이다. 그래서 시인은 '양변기 위에 걸터앉아 모락모락 김나던 그 똥 한무더기를 생각'하는 것이다.

　시인이 지금 처해 있는 양변기 위의 세계와 똥이 거름이 되는 파밭의 세계 사이에는 회복하기 어려운 거리가 존재한다. 두 세계 사이의 거리가 회복하기 어렵기 때문에 시인의 파밭의 세계에 대한 선망은 더욱 절실할 수밖에 없다. 하지만 양변기의 구조 속에 있는 한 파밭의 세계로 돌아갈 수 없다. 이 세계로 돌아가기 위해서는 어라연이나 파밭과의 관계성을 회복하는 것이 중요하며, 이를 위해서는 무엇보다도 먼저 어머니에 대한

---

34 | 이재복, 「마돈나에서 사이보그까지」, 『비만한 이성』, 청동거울, 2004년, p. 32.

이해가 필요하다. 시인의 시 속에서 어머니는 이 두 세계와의 관계를 자연스럽게 포괄하고 있는 존재이기 때문이다. 시인이 두 편의 시에서 보여준 어머니의 모습은 '스무살모냥'이나 '차암 기분을 은근하게 하는 어머니의 엉덩이'에서 알 수 있듯이 젊고 풍만한 이미지이다. 시 속의 시적 화자가 어린아이의 모습을 하고 있는 것도 어머니의 그러한 이미지를 강하게 환기한다고 할 수 있다.

그러나 이것만으로 이미지의 진면목이 드러나는 것은 아니다. 어머니는 언제나 젊고 풍만한 이미지를 지닐 수는 없다. 젊음과 풍요가 있으면 늙음과 조락이 있듯이 어머니 역시 변한다. 이것은 어머니가 자연과 다른 존재가 아니기 때문이다. 자연의 가장 중요한 본성은 변화에 있다. 자연에서는 언제나 같은 것이 두 번 되풀이되지 않는다. 사계절이 반복되는 것처럼 보이지만 그 반복이란 차이와 변화를 전제로 한 것이다. 시인이 어머니의 젊음과 풍요를 기억하고 그것만을 아름답다고 한다면 어머니 혹은 자연을 온전히 이해한 것이라고 할 수 없다. 하지만 시인은 어머니의 젊음과 풍요만을 보고 있는 것은 아니다. 시인이 어머니에게서 보려한 것은 그녀의 '내력'이다.

몸져누운 어머니의 예순여섯 생신날
고향에 가 소변을 받아드리다 보았네
한때 무성한 숲이었을 음부
더운 이슬 고인 밤 풀여치들의
사랑이 농익어 달 부풀던 그곳에
황토 먼지 날리는 된비알이 있었네
…(중략)…
어머니의 몸을 닦아드리다 온통 내가 젖는데

경성드뭇한 산비알

열매가 꽃으로 씨앗으로 흙으로

되돌아가는 소슬한 평화를 보았네

부끄러워 무릎을 끙, 세우는

어머니의 비알밭은 어린 여자아이의

밋밋하고 앳된 잠지를 닮아 있었네

돌아갈 채비를 끝내고 있었네

— 「내력」 부분

시인이 본 내력은 '무성한 숲'에서 '된비알'이 된 어머니의 음부이다.
무성한 숲이었을 때의 어머니의 음부는 '사랑이 농익어 달 부풀던 곳'이었
지만 '된비알'이 되면서 '황토 먼지 날리는 곳'으로 변한다. 시인의 이러한
비유에는 무성한 숲에 대한 선망이 깊이 투영되어 있다고 할 수 있다.
하지만 시인은 어머니의 몸을 닦으면서 생각이 바뀐다. 시인은 어머니의
된비알(산비알)에서 '열매가 꽃으로 꽃이 씨앗으로 씨앗이 흙으로 되돌
아가는 소슬한 평화'를 본다. 시인이 본 것은 '순환의 자연성'을 지닌
어머니의 내력이다. 순환의 차원에서 보면 된비알이 된 어머니의 음부는
'밋밋하고 앳된 여자아이의 잠지'로 '돌아갈 채비'를 하는 것에 지나지
않는다. 시인이 어머니의 몸을 통해 본 것은 여성으로서의 어머니의
내력이다. 어머니가 지닌 여성 혹은 여성성의 본바탕이 이러한 순환에
있다는 사실을 시인이 발견한 것이라고 할 수 있다. 어머니의 죽음이
또 다른 삶의 한 과정이라는 것은 윤회의 차원을 강하게 환기한다는
점에서 인간과 자연(우주)의 섭리에 대한 일정한 인식론적이고 존재론적
인 깊이를 지닌다고 할 수 있다.

3. 우주 생명의 토대로서의 숭고

김선우의 시에서 보이는 순환과 윤회의 세계는 단순히 인간 차원의 섭리에 머무는 것이 아니라 자연, 더 나아가 우주 차원의 섭리에 닿아 있다. 순환과 윤회의 과정에서 드러나는 반대적인 것의 일치라든가 모순되고 대립적인 것의 초월 등 상생과 상극의 원리는 우주 생명의 특성을 반영한 것이라고 할 수 있다. 이 우주 생명의 원리는 어머니 혹은 어머니의 몸을 통해서 뿐만 아니라 인간이나 자연 세계의 다양한 질료 등을 통해 제시되고 있다. 상생과 상극이 다른 것이 아니라는 이러한 모순되고 역설적인 원리는 우리의 전통적인 사유 속에서 어렵지 않게 발견할 수 있다. 상생과 상극이 다른 것이 아니라는 사실은 모순되거나 대립하는 것들을 어느 한쪽에 의해 배제하거나 소외시키는 것이 아니라 그것을 모두 아우른다는 것을 의미한다.

우주 생명 원리의 궁극적인 목적인 아우름은 관계에서 비롯된다. 우주 생명 각자 각자의 관계를 어떻게 바라보느냐에 따라 아우름의 의미는 달라질 수 있다. 만일 아우름의 과정에서 우주 생명 각자 각자를 자성自性의 차원에서 본다면 그 관계는 온전히 성립될 수 없을 것이다. 우주 생명 각자 각자의 성질이나 특성을 내세우다 보면 다른 생명 자체를 온전히 아우를 수 없다. 따라서 다른 생명까지 아우르기 위해서는 우주 생명 각자 각자를 무자성無自性의 차원에서 바라보아야 한다. 시인이 「내력」에서 이야기한 '어머니의 음부가 밋밋하고 앳된 여자아이의 잠지로 돌아갈 채비'를 하는 그런 '소슬한 평화'는 우주 생명 각자 각자가 무자성일 때 가능한 것이다. 하지만 우주 생명 각자 각자를 무자성의 차원에서 바라보고 그것을 이해한다는 것은 인간의 이성을 강조하는 사유 체계 하에서는 좀처럼 납득하기 어려운 것일 수 있다. 가령 인간의 이성의 차원으로 우주 생명인 인간과 지렁이를 비교하면 우열이 성립하지만 생명의 관점으로 보면 이 둘 사이에는 우열이 성립되지 않는다.

시인의 사유는 이성이 아닌 생명에 있다. 자성이 아닌 무자성의 원리로 우주 생명을 바라보기 때문에 「어라연」이나 「내력」에서 체험할 수 있는 세계보다 더 낯선 세계를 체험하게 한다. 「어라연」이나 「내력」의 세계는 무자성의 원리를 기반으로 하지만 우주 생명 각자 각자의 관계가 자연스럽게 연결되어 그다지 낯설다거나 기이하다는 느낌을 받지 못하는 것이 사실이다. 하지만

> 밥 잡채 닭도리탕 고등어자반 미역국
> 이토록 많은 종족이 모여 이룬
> 생일상을 들다가 문득, 28년 전부터
> 어머니를 먹고 있다는 생각이
>
> 시금치 닭 고등어처럼 이 별에 씨뿌려져
> 물과 공기와 흙으로 길러졌으니
> 배냇동기 아닌가,
> 내내 아버지와 동침했다는 생각이
>
> 지금 먹고 있는 닭 한 마리
> 내 할아버지를 이루었던 원소가
> 누이뻘인 닭의 깊은 곳을 이루고
> 누이와 살을 섞은 내 핏속엔 지금……
>
> 누대에 걸친 근친상간의 밥상

비켜갈 수 없는,

무저갱의 밥상 위에

발가벗고 올라가 눕고 싶은 생각이

어머니가 나를 잡수실 수 있게 말이지요

ー「숭고한 밥상」 전문

에 오면 사정은 달라진다. 이 시에서 무엇보다도 주목되는 것은 '숭고'라
는 말이다. 시의 내용을 보면 숭고라는 말이 낯설고 기이하게 느껴진다.
만일 무자성의 원리에 입각한 관계를 이해하지 못한 사람이 보면 시인의
이 숭고라는 말은 그로테스크하게 들릴 수 있을 것이다. 어떻게 '시금치
닭 고등어가 나와 배냇동기인가' 또는 어떻게 '어머니와 아버지 그리고
누이와 내가 근친상간의 관계라고 말할 수 있는가'하는 점 등이 제대로
이해되지 않는 것이 사실이다. 이 물음에 대한 시인의 답은 분명하다.
우주 생명 모두가 '이 별에 씨 뿌려져 물과 공기와 흙으로 길러졌다'는
것이 바로 그것이다.

　이런 점에서 시금치, 닭, 고등어뿐만 아니라 할아버지, 아버지, 어머니,
나 모두 이 별에서 길러진 '배냇동기'인 것이다. 이들 사이의 먹이사슬은
먹고 먹히는 관계이다. 나는 닭을 먹지만 그 닭에는 할아버지와 아버지의
원소가 깊이 배어 있다. 따라서 그 닭은 그냥 닭이 아니라 할아버지와
아버지의 살과 피가 섞인 그런 닭이다. 그 닭을 내가 먹고 있기 때문에
나는 누대에 걸친 근친상간을 저지르고 있는 것이다. 이때 내가 저지른
근친상간이란 누이뻘인 닭을 먹었기 때문이기도 하지만 동시에 할아버
지와 아버지를 먹었기 때문이기도 하다. 내가 할아버지를 먹고, 아버지를
먹고 또 어머니를 먹고 28년을 살아왔다는 시인의 진술은 이런 맥락에서

이해할 수 있는 것이다.

시인이 저지른 근친상간은 할아버지, 아버지, 어머니로부터 살과 피를 물려받는 행위이기 때문에 더럽지 않고 숭고한 것이 되는 것이다. 우리가 일반적으로 숭고함을 느낄 때는 자신이 마주한 대상이 압도적인 크기를 지니고 있을 때이다.[35] 자신이 받은 밥상이 단순한 밥상이 아니라 누대에 걸친 생명의 살과 피를 물려받은 것이라는 자각을 하는 순간 시인은 그 헤아릴 수 없는 시간의 크기와 사랑에 압도당한 것이라고 할 수 있다. 나라는 존재가 이렇게 수많은 생명의 관계 속에 놓여 있다는 사실을 깨닫는 순간 그 헤아릴 수 없는 무한한 시공의 크기에 숭고함을 느끼는 것은 어쩌면 당연하다고 할 수 있다. 시인이 무한한 관계망 속에 놓인 자신의 존재를 자각하는 순간 처음에는 그 크기에 일정한 공포를 느끼지만 나중에는 오히려 자기보존의 쾌감과 감동을 느끼게 된다. 시인이 밥상을 통해 느낀 숭고 역시 이와 다르지 않다. 밥상 위의 음식을 먹는다는 것 자체가 자연과 생명의 무한한 관계 속으로 편입해 들어간다는 점에서 우주의 섭리를 느끼고 이해하는 계기가 될 뿐만 아니라 그 이면에 숨겨진 진정성과도 만날 수 있는 좋은 계기가 될 수 있다.

밥상이 아니라 밥 한 톨 속에서도 우주의 생명을 느낄 수 있다고 한 말이 결코 과장된 것이 아니라는 사실이 이 무한한 관계를 고려한다면 쉽게 이해될 수 있다고 할 수 있다. 밥 한 톨 속에 우주의 생명이 깃들어 있듯이 내 안에도 복잡한 관계망을 지닌 우주 생명이 깃들어 있는 것이다. 밥 한 톨 혹은 한 사람의 생명 자체가 소중하고 외경스러운 것은 바로 이런 이유 때문이라고 할 수 있다. 우주 생명이라는 관계 속에서 나라는 개인을 보고 또 이해함으로써 그 생명이 가지는 숭고함을 깨닫는 것이야

---

35 | 김상봉, 「칸트와 숭고의 개념」, 『칸트연구』 3, 민음사, 1997, p. 223.

말로 각자 각자의 생명에 대한 배제와 소외 없이 그것이 어우러져 온생명³⁶을 이룬다는 것을 의미한다. 온생명 혹은 우주 생명의 차원에서 보면 어느 생명 하나 소중하지 않은 것이 없고 또 어느 생명 하나 가치가 없는 것이 없다.

우주 생명은 눈에 보이는 차원보다 오히려 눈에 보이지 않은 차원에 놓일 때 숭고함을 더욱 강하게 환기한다. 눈에 보이는 것만이 생명의 전부라고 믿는 순간 그 이면에 숨겨진 무수한 생명은 위기에 처하게 된다. 생명이란 눈에 보이거나 이성의 투명한 논리 안에 있을 때 그 존재성을 인정받을 수 있다고 말하는 것은 인간의 오만에서 비롯된 것이라고 할 수 있다. 이러한 인간의 태도가 얼마나 많은 생명을 위기로 몰아넣거나 소멸시켜 왔는지는 저간의 인류 문명사를 보면 잘 알 수 있다. 인간은 물론 우주 생명의 토대가 되는 기^氣는 눈에 보이지 않지만 그것이 없으면 이 우주는 생명을 유지할 수 없다. 기에 흐름이 왕성하지 못하면 그것은 분명히 생명성이 약화된 것이고, 그 흐름이 왕성하면 생명성이 활발한 것임에도 불구하고 그것이 눈에 보이지 않는다는 이유로 오랜 기간 서구 과학에서는 그것의 존재를 인정하지 않았던 것이 사실이다.

---

36 | 이것은 우주 생명이 인간과 같은 개체성과 우주라는 총체성의 차원에서 이해해야 한다는 것을 의미한다. 이때 개체성은 총체성 안으로 온전히 수렴되지 않는 독자성을 가지고 있으며, 총체성은 다시 개체성으로 환원되지 않는 그 자체의 독자성을 가지고 있는 것이다. 그러나 실질적으로 우주 생명의 총체성이라고 할 만한 것은 없다. 우주 생명의 총체성은 아니지만 지금까지 밝혀진 기존의 개체 생명과는 다른 전일적인 실체로 인정할 수 있는 생명은 태양과 지구 사이에 나타난 생명이 유일하다고 할 수 있다. 장회익은 이러한 생명을 기존의 생명 개념과 구분하여 '온생명(global life)'이라고 명명한다(장회익, 『온생명』, 솔, 1999, p. 179).

그러나 그것은 분명히 존재하는 생명의 실체이다. 시인 역시 그것을 잘 알고 있다. 시인의 생명에 대한 섬세한 감수성은 눈에 보이지 않는 세계까지 닿아 있다. 시인은 「무꽃」에서

집 속에
집만 한 것이 들어있네

여러 날 비운 집에 돌아와 문을 여는데
이상하다, 누군가 놀다간 흔적
옷장을 열어보고 싱크대를 살펴봐도
흐트러진 건 없는데 마음이 떨려
주저앉아 숨 고르다 보았네

무꽃,
버리기 아까워 사발에 담아놓은
무 토막에 사슴뿔처럼 돋아난 꽃대궁

사랑을 나누었구나
스쳐지나지 못한 한소끔의 공기가
너와 머물렀구나
빈집 구석자리에 담겨
상처와 싸우는
무꽃

　　　　　　　　　　　　　　　　　　　　　　－「무꽃」 전문

이라고 노래한다. 이 시에는 생명의 숭고함이 강하게 배어 있다. 시인이 주목한 것은 '무꽃'이다. 하지만 시인은 겉으로 드러난 꽃이 아니라 그것을 가능하게 한 눈에 보이지 않는 것들에 더 주목한다. '무 토막'은 현실의 장에서 배제되고 소외된 존재라는 점에서 누구로부터 주목의 대상인 질료는 아니다. 이로 인해 시인 역시 '무 토막'의 존재를 쉽게 떠올리지 못한다. 하지만 시인은 그 보잘것없이 배제되고 소외된 무 토막에서 꽃이 핀 것을 보고 새삼 그 존재를 다시금 깨닫기에 이른다.

무꽃이 핀 것은 분명 그것이 누군가와 사랑을 나누었기 때문이고, 그 대상이 다름 아닌 '공기'라는 사실을 시인은 알아차린다. 공기는 눈에 보이지 않는다. 하지만 공기가 없었다면, 다시 말하면 공기와 무가 사랑을 나누지 않았다면 꽃은 피지 않았을 것이다. 시인은 무꽃을 통해 생명이란 눈에 보이지 않는 차원의 사건이라는 점을 우리에게 말하고 있는 것이다. 그리고 그것이 얼마나 무겁고 숭고한 행위인지를 "집 속에 집만 한 것이 들어있네"라는 말로 드러내고 있는 것이다. 무와 공기가 사랑을 나누어 꽃을 피운 것을 시인은 집을 지은 것에 견주고 있다. "버리기 아까워 사발에 담아놓은 무 토막에서 사슴뿔처럼 돋아난 꽃대궁"처럼 생명은 일종의 상처와 싸우는 행위이다. 상처 없는 생명이란 있을 수 없다. 한 생명이 탄생하기 위해서는 반드시 다른 생명의 희생이 있어야 하지만 이 시에서 시인이 강조하고 있는 것은 다른 생명의 희생 못지않게 자신의 희생도 중요하다는 사실이다.

"상처와 싸우는 무꽃"이 아름다운 것은 상처 때문이다. 여기에서의 상처는 곧 '그늘'이다. 그늘이 있어야 하나의 소리를 얻듯이 상처가 있어야 꽃을 피울 수 있는 것이다. 그늘이나 상처가 있는 생명은 숭고하고 또 진정성을 지닌다. 이로 인해 그늘이 우주를 바꾸는 것이다. 상처와 싸우는 무꽃처럼 각자 각자의 생명이 어떻게 그늘을 지니느냐에 따라 우주는 달라질 수 있다. 상처와 싸우는 무꽃에는 시인의 이러한 태도가 투영되어 있다고 할 수 있다. 시인의 시가 우주 생명의 차원에 이르기 위해서는 이렇게 소외되고 배제된 것들과 눈에 보이지 않는 것들에 대한 애정이 필요하다. 또한 이것 못지않게 중요한 것은 몸을 통한 생명의 실천과 깨달음이다. 여성 시인들이 몸으로의 글쓰기를 실천하여 기존의 남성적인 글쓰기와의 차이를 통해 자신의 정체성을 찾으려는 것도 이런 이유 때문이라고 할 수 있다. 월경, 임신, 출산, 수유, 낙태 등의 경험은 여성 고유의 언어를 생산하여 기존의 언어 질서에 저항하고 그것을 해체하려는 행위는 여성의 글쓰기에서 이제 더 이상 낯선 것이 아니다. 시인은 "아이를 갖고 싶어/새로이 숨 쉬는 법을 배워가는/바다풀 같은 어린 생명을 위해/숨을 나누어갖는/둥근 배를 갖고 싶"(「입춘」, p. 36)다고 말한다. 시인의 '둥근 베'는 생명을 머리가 아닌 몸으로 느낄 수 있는 체험 행위를 가능하게 하여 자연 혹은 우주 생명과의 연대를 이루는 견고한 매개체라고 할 수 있다. 시인의 둥근 배는 그 안에 어린 생명을 잉태하고 숨을 나누어 갖는다는 점에서 우주 생명으로서의 숭고함을 표상한다. 우주 생명에 대한 시인의 숭고한 체험은 반생명적인 문명사회에 대한 저항과 반성을 가능하게 하는 힘인 동시에 그 대안을 모색하는 데 중요한 토대를 제공한다고 할 수 있다.

4. 여성시와 우리 시의 퍼스펙티브

90년대 이후 우리 여성시의 흐름과 관련하여 이야기할 수 있는 것은 여성성에 대한 의미의 외연이 넓어지고 있다는 점이다. 모성성에 기반을 둔 부드러움이나 보살핌과 같은 차원은 물론 환유와 알레고리 같은 기법,

나르시시즘과 그로테스크 같은 심리적이고 문화적인 차원 그리고 일상을 넘어 보다 심원한 존재론적인 차원에까지 그 의미 영역이 이르고 있다는 사실이다.[37] 이것은 90년대 이후 우리의 여성시가 지금, 여기의 문화와 문명에 대해 적절한 긴장 관계를 유지하고 있다는 것을 의미한다. 지금, 여기 우리 문화와 문명과의 적절한 긴장은 우리 여성시의 이념적인 생경함과 일상적인 매너리즘을 넘어서는 데 더없이 중요한 시적 태도와 방법을 표상한다고 할 수 있다.

그러나 90년대 이후 우리 여성시가 보여주고 있는 시적 태도와 방법이 어느 정도 시적 효과를 성취하고 있는지에 대해서는 의문이다. 그것은 90년대 이후 우리 여성시의 사회적인 효용성의 문제와 밀접하게 연관되어 있다. 90년대 이후 우리 문화는 빠른 속도로 '즉물성卽物性, 소아성小兒性, 몰아성沒我性' 등과 같은 "천박하고 메마른 세계"[38]의 특성을 띠기에 이른다. 아울러 우리 문명은 반생명성을 강하게 확산시키면서 인간의 실존을 위협하고 있다. 이러한 상황에서 우리 시, 좀 더 구체적으로 말하면 우리 여성시가 감당해야 할 과제는 지금, 여기의 문화와 문명에 대한 적절한 반성과 전망 제시라고 할 수 있다. 90년대 여성시를 대표하는 시인 중의 하나인 김선우의 경우 불교의 윤회론과 우리의 전통적인 자연과 우주 섭리를 반영한 순환론 입각해 그녀의 시적 세계를 형상화해 왔다고 할 수 있다. 지금, 여기의 문화와 문명에 대한 그녀의 시적 모색과 실천은 우리가 망각하고 소멸시킨 자연성과 모성성, 생명성에 대한 회복을 지향한다는 점에서 의의를 지닌다고 할 수 있다.

---

37 | 이재복, 「한국 현대시와 여성성의 감각」, 『현대시학』 2007년 2월호, 현대시학사, p. 214.

38 | 이정우, 『가로지르기』, 민음사, 1997, pp. 128~135.

그러나 그녀의 시가 지금, 여기의 우리 문화와 문명과의 긴장을 예각화하기 위해서는 과거와 기억 혹은 자연과 정서 편향으로부터 벗어나야 한다. 이것은 달리 말하면 우리의 현 문명과 문화에 대한 좀 더 깊이 있는 통찰과 모색이 있어야 한다는 것을 의미한다. 지금, 여기의 우리 문화와 문명은 자연을 기반으로 한 생태계를 넘어 테크놀로지를 기반으로 한 디지털 생태계를 구축하고 있다. 디지털 생태계에서는 기존의 차원과는 다른 생명의 개념을 제시하고, 여기에서 더 나아가 새로운 문화와 문명에 대한 패러다임을 구축하려는 움직임을 강하게 드러내고 있다. 이런 맥락에서 볼 때 지금 이 시대의 화두는 에코와 디지털이라고 할 수 있다. 에코적인 생태계와 디지털적인 생태계 속에 우리 혹은 우리의 몸이 놓여 있는 것이다. 보다 깊이 있는 여성성에 기반한 생태시와 생명시를 쓰기 위해서는 에코와 디지털 사이에 형성되는 긴장을 간과하지 말아야 하며, 이렇게 될 때 우리 시의 퍼스펙티브perspective는 성립될 수 있을 것이다.

5. 새로운 문명의 도래와 감각의 생태학

1. 촉각의 상실과 회복

근대 이후 인류의 불안의 중심에는 늘 자연 생태계의 문제가 자리하고 있다. 근대 문명의 도래와 급격한 발달로 인해 자연 생태계는 그만큼 위기에 처하게 되었고 이것이 인류로 하여금 불안을 숙명처럼 짊어지고 살아가게 한 것이다. 자연이 하나의 생명체이며 그것의 소멸은 곧 동일한 생명체인 인간 역시 사라질 수 있다는 공포감을 불러일으킨 것이 사실이며, 그 공포로 인해 인간은 자연에 더욱 집착하게 되는 아이러니한 상황을 연출하기에 이른다. 이 상황이 아이러니한 것은 자연에 대한 집착이 반자연적인 문명의 급속한 발달 속에서 이루어지고 있기 때문이다. 근대 이후 인류가 이룩한 문명은 자연의 파괴를 통해 이루어졌으며 이에 불안을 느낀 사람들이 그 문명에 대한 패러다임의 전환 없이 자연을 애타게 희구하는 모습이 아이러니하다는 것이다.

한번 파괴된 자연 생태계는 온전히 회복될 수 없다. 지구에서 사라진

식물과 동물 등 수많은 생명체를 알고 있지만 그것을 다시 되살려낼 수는 없다. 그것에 대한 추도의 염念 정도지 그것을 내 몸의 일부처럼 느끼고 아파하지는 않는다. 파괴되고 사라진 자연 생태계를 안타깝게 여기는 경우에도 그것이 더 이상 자신의 생명의 그늘과 위안이 되어주지 못한다는 인식으로부터 생겨난 감정에 불과하다. 흔히 인간들은 현대 문명에 대해 피로를 느낄 때 자연 속에서 그늘과 안식을 취하려고 한다. 도심에 생태공원을 만든다거나 자연 가까운 곳에 리조트나 펜션을 짓고 휴양림을 조성하여 문명 속에서 받은 스트레스와 몸의 피로를 해소하기 위해 노력한다. 이러한 현상은 간혹 자연에 대한 반성적인 인식을 동반하는 경우도 있지만 대부분 인간 중심적인 사고의 범주를 벗어나지 않는다. 인간중심적인 사고 내에서는 자연보다 인간 자신의 안위가 우선일 수밖에 없다.

인간 중심적인 사고에서 벗어나 자연을 대상이 아닌 진정한 타자로 인정할 때 그것을 내 몸의 일부처럼 느낄 수 있는 것이다. 자연에 대한 이러한 인간 중심적인 사고는 인간과 자연을 분리된 것으로 간주한 데서 비롯된 것으로 그 뿌리가 아주 견고하다. 인간이 자연보다 우월하다는 인식, 다시 말하면 인간은 자연에 없는 이성을 가진 존재라는 인식은 우열의 이분법을 강화하여 자연을 대상화하고 파괴하는 데 어떤 논리적인 정당성을 부여하기에 이른다. 하지만 이성이 다른 어떤 것보다 우월하다는 보편타당한 근거란 없다. 이성이 아닌 생명의 관점으로 보면 인간과 자연 사이에는 우열이 존재하지 않는다. 인간과 자연은 거대한 우주 생명체의 하나일 뿐이다. 인간이란 우주적인 기가 모였다가 흩어지는 생명체일 뿐이다. 이런 점에서 인간 역시 자연이다. 인간 혹은 인간의 몸은 공기를 통해 숨을 쉬고, 음식을 먹고 배설하면서 피와 살과 뼈를 만드는 자연 활동을 통해서 생명을 유지하는 살아 있는 자연의 생명체이다.

인간을 규정하는 기본 토대가 여기에 있다면 인간은 자연 생태계 내에서 살아갈 수밖에 없다. 인간의 몸은 자연과 안과 밖의 구별이 없는 상태로 연결되어 있기 때문에 자연을 대상화한다거나 혹은 자연 생태계를 벗어나 어떤 실존이나 생존을 모색하는 것은 지극히 관념적일 뿐만 아니라 기계론적인 것이라고 할 수 있다. 인간이 자연 생태계 밖에서 자연을 인식하는 우를 범하게 됨으로써 발생한 하나의 사건은 인간의 몸의 감각 중에서 시각이 비대해졌다는 사실이다. 인간의 몸의 감각 중에서 가장 몸으로부터 멀리 떨어져 존재할 수 있기 때문에 그 친밀성이 문제가 될 수 있다. 이것은 시각이 세계 내에서 어떤 존재를 쉽게 대상화할 수 있을 뿐만 아니라 그것을 쉽게 지배하고 종속시키려는 속성을 지니고 있다는 것을 의미한다. 이런 점에서 시각은 세계와의 거리감을 드러낸다. 이로 인해 시각은 세계에 대한 친밀감과 구체성을 상실하게 될 위험성이 크다. 시각의 비대함은 디지털 테크놀로지를 기반으로 한 영상 매체의 등장으로 그 위력이 점점 커지고 있다. 이제는 '보는 것이 곧 믿는 것To see is to believe'이라는 말이 하나의 보편타당한 명제처럼 통용되고 있다.

이러한 믿음은 결과적으로 보이지 않는 것, 이를테면 청각이나 후각 특히 촉각에 대한 존재성의 상실을 야기한다. 이 세계는 보이는 것보다 보이지 않는 것에 의해 그 존재성을 더 구체적으로 드러낸다는 점을 고려한다면 시각의 비대함은 오히려 세계를 감추고 왜곡하게 된다고 할 수 있다. 디지털 기술의 발달 속도만큼 시각은 비대해지고, 세계로부터의 구체성과 친밀감을 회복하기 위해서 필링feeling에 집착한다. 가령 아날로그 텔레비전에 비해 상대가 되지 않을 정도로 선명도가 뛰어나고 삼차원의 입체성을 구현하는 디지털 텔레비전의 출현이라든가 자동차의 개념을 단순히 빠르게 움직이고 튼튼하다는 차원을 넘어 자연스럽게 사람의 몸과 느낌을 공유하는 차원(현대자동차가 생산한 차 중에 'EF SONATA'라는 차종이 있다. 여기서 'EF'란 'ELEGANT FEELING'의 약자이다)으로 그 인식의 정도가 달라진 예가 바로 그것이다. 필링에 대한 강조는 인간이 몸으로 세계와 접촉한다는 점에서 당연한 것이지만 문제는 테크놀로지에 의해 생산되는 필링이 자연으로부터 만들어지는 필링 사이에는 회복하기 힘든 차이가 있다.

이와 관련하여 무엇보다도 먼저 이야기할 수 있는 것은 테크놀로지에 의한 필링이 인간에 의해 생산된다는 점이다. 이 사실은 과연 테크놀로지를 기반으로 한 인간에 의해 생산되는 필링이 자연에 의해 만들어지는 필링을 대체할 수 있느냐 하는 것이다. 이 물음에 대해 우리는 쉽게 '대체할 수 없다'고 답할 수 있다. 그렇다면 둘 사이의 필링이 다르다는 것을 어떻게 증명할 수 있을까? 그것은 몸만이 가장 정확하게 알 수 있다. 몸 중에서도 시각이나 청각이 아닌 촉각을 통해 그것을 가장 정확하게 감지할 수 있다. 테크놀로지는 자연에 의해 생산되는 시각이나 청각을 어느 정도 재현해낼 수 있다. 우리가 정원에 피어 있는 꽃과 숲 속에서 지저귀는 새소리를 다양한 시청각 매체를 통해서 그것을 어느 정도 비슷하게 체험할 수 있다. 하지만 그 꽃과 새를 만졌을 때 느낄 수 있는 감촉을 그런 시청각 매체 속의 꽃과 새를 통해서는 결코 느낄 수 없다. 우리가 텔레비전 속에서 꽃과 새의 감촉을 느낀다면 그것은 순전히 시각을 통해서이다. 이러한 매체에서는 시각이 촉각을 대체하기 때문이다. 눈으로 보고 눈으로 만지는 것만이 여기에서는 가능하다고 할 수 있다.

이제 인간의 욕망은 자연 생태계를 대체할 만한 디지털 생태계를 창조하려고 한다. 우리 인간은 한 시도 이 디지털 생태계를 떠날 수도 또 떠나려 하지도 않는다. 이 디지털 생태계에 머물러 있는 한 인간은 자연 생태계의 그 따뜻하고 부드러운 감각 대신 차갑고 날카로운 감각 속에서 살게 될 것이다. 이러한 감각의 불안 혹은 불균형으로부터 벗어나기 위해서는 인간의 몸이 지니고 있는 촉각을 되살려야 한다. 앞으로 우리 인류는 점점 디지털 생태계 내에서 삶을 영위하게 될 것이다. 자연 생태계가 줄어들고 그 대신 디지털 생태계가 늘어나는 환경 속에서 인간의 몸 역시 변화하지 않을 수 없겠지만 그럼에도 불구하고 인간은 생식 기능을 하는 자연적인 존재라는 사실은 변하지 않을 것이다. 인간이 완전한 사이보그가 되지 않는 한 이 자연성은 사라지지 않을 것이다. 디지털 생태계의 확장으로 인해 시각이 비대해지고 그만큼 촉각은 상실되기에 이른 것이다. 어쩌면 이 촉각의 회복이 디지털 생태계 속에서 자연 생태계의 존재성을 유지할 수 있는 중요한 일이라고 할 수 있다. 세계 내에서 촉각의 친밀성과 구체성을 회복하기 위해서는 이러한 몸의 감각을 열어놓아야 할 것이다. 촉각의 회복은 대상에 대한 보살핌의 윤리와 상상력의 회복을 의미한다. 이런 점에서 촉각은 세계와 만나기 위한 아주 긴밀한 통로라고 할 수 있다. 일찍이 세계와의 접촉에 예민한 예술가들이 촉각에 각별한 관심을 둔 이유도 이 때문이라고 할 수 있다. 시인 역시 예외가 아니다. 시인 역시 세계와 만나는 통로는 몸이며, 몸의 민감함을 가장 잘 드러내는 것 중의 하나가 바로 이 촉각이기 때문이다. 시인이란 눈으로 볼 수 없는 세계의 심연을 들추어내는 민감한 감각의 소유자이며, 이때 몸 혹은 살을 통한 세계와의 직접적인 접촉은 시인의 시적 상상력을 불러일으키는 데 커다란 영향을 미칠 수밖에 없다.

2. 촉각의 대두와 감각의 통합

인간의 몸의 감각은 그 나름의 특성이 있다. 이 다양한 감각의 특성이 몸을 이룬다고 할 수 있다. 이 감각 중에서 촉각은 다른 어떤 감각보다도 세계에 대한 구체성과 친밀성을 드러낸다는 점에서 주목에 값한다. 모든 감각은 몸에 흔적을 남긴다. 오랜 시간이 흘렀음에도 불구하고 인상적인 장면이나 소리, 냄새, 맛 그리고 접촉 등이 사라지지 않고 우리 몸에 기억의 흔적으로 남아 있는 것을 떠올려 보면 잘 알 수 있을 것이다. 사진을 찍기 위해 웃는 표정을 짓다가 갑자기 우는 표정으로 변하는 그래서 '삶이란 다 그런 것이라고 말하고 있는 것 같아서 더 슬픈' 안소니 퀸의 모습이 인상적인 영화 〈25시〉의 마지막 장면이라든가, 어느 눈 내리는 밤에 차를 타고 오다가 들었던 눈처럼 차갑고 맑은 에바 케시디의 '필즈 오브 골드Fields Of Gold'나 '송 버드Songbird', 어린 시절 비가 오고 난 후에 고향집 마당에서 훅 하고 끼쳐오던 흙냄새, 한겨울 텃밭 흙구덩이에 묻어 놓은 독 안에서 포기째 꺼내 손으로 쭉쭉 찢어서 먹던 김치 맛. 그리고 어느 봄날 저녁 어스름이 내리던 골목에서 용기를 내 처음으로 잡아 보았던 첫사랑의 손과 그 떨림 등은 지금도 내 몸의 기억 속에서 생생하게 살아 있다.

이처럼 모든 감각은 우리 몸에 기억의 흔적을 남긴다. 하지만 이 모든 감각들이 오랫동안 사라지지 않고 몸에 흔적으로 남아 있는 것은 그 대상과의 접촉이 있기 때문에 가능한 것이라고 할 수 있다. 나의 눈과 안소니 퀸과의 접촉, 에바 케시디의 목소리와의 접촉, 흙냄새와 김치의 맛과의 접촉 그리고 첫사랑의 손과의 접촉이 없었다면 어떻게 몸에 흔적으로 남을 수 있겠는가? 이런 점에서 촉각은 감각을 가능하게 하는 감각 중의 감각이라고 할 수 있다. 가령 우리는 어떤 대상을 그리워할 때 단순히 '보고 싶다'고 하지 않고 '눈에 밟힌다'라는 말을 한다. '본다'는 시각이지만 '눈에 밟힌다'는 시각으로만 볼 수 없다. 이 말은 시각을 촉각화한 것이라고 할 수 있다. 이렇게 말하면 그리워하는 대상이 단순히

'보고 싶다'고 할 때보다 더 절실해지고 간절해지는 것이 사실이다. 일단
그 대상이 눈으로 감각되지만 그것이 금세 사라지지 않는 것은 '밟는'
과정이 있기 때문이다. 우리의 감각이 사라지지 않고 오래 기억되기
위해서는 바로 이러한 밟는 과정이 전제되어야 한다.

　소월의 「진달래꽃」이 왜 절창이 되었을까? 남녀 간의 사랑을 노래한
시는 많지만 유독 이 시가 우리의 기억 속에 오래 남아 있는 데에는
그만한 이유가 있는 것이다. 흔히 이 시를 '애이불비哀而不悲'의 한국적인
정한을 잘 노래한 것으로 말해지지만 사실 그것을 가능하게 해주는 것은
'즈려밟고 가라'는 말 때문이라고 할 수 있다. 사랑하는 사람을 즈려밟는
데서 오는 정한의 파토스가 그것을 읽은 이에게 강한 정서적인 매혹을
불러일으키는 것이다. 사랑하는 사람을 즈려밟으면 밟을수록 세계 내에
은폐되어 있는 비극성은 그만큼 더 강하게 드러날 수밖에 없다. 여기에서
우리는 한 가지 의문을 제기할 수 있다. 우리 시 혹은 우리의 한의 정서와
관련하여 왜 이렇게 '밟는다'는 표현을 즐겨 사용하고 있는 것일까?
혹여 이것이 세계에 대한 친밀성과 구체성을 드러내기 위한 감각인 촉각
의 사용과 관계된 것은 아닐까? 촉각이 환기하는 묘한 매력은 김광균의
「雪夜」에서도 그대로 드러난다.

　　어느 먼-곳의 그리운 소식이기에
　　이 한밤 소리없이 흩날리느뇨

　　처마끝에 호롱불 여위어가며
　　서글픈 옛 자췬 양 흰 눈이 나려

　　하이얀 입김 절로 가슴이 메여

마음 허공에 등불을 켜고
내 홀로 밤 깊어 뜰에 나리면

먼-곳에 女人의 옷 벗는 소리

희미한 눈발
이는 어느 잃어진 追憶의 조각이기에
싸늘한 追悔 이리 가쁘게 설레이느뇨

한 줄기 빛도 香氣도 없이
호올로 차디 찬 衣裳을 하고
흰 눈은 나려 나려서 쌓여
내 슬픔 그 우에 고이 서리다.

— 김광균, 「雪夜」 전문

주관적인 감정의 배제와 회화적인 아름다움을 추구한 한국의 대표적인 이미지스트 시인인 김광균의 시이다. 하지만 이 시는 이미지스트 시인으로서의 그의 특장을 배반하는 주관적인 감정이 시 속에 강하게 투사되어 있다. 시인은 지금 '가쁘게 설레이고 슬픔이 고이 서린' 상태에 놓여 있다. 드라이하고 하드한 것을 기본으로 하는 이미지스트가 축축하고 말랑말랑한 정서를 드러낸다는 것은 시적 대상에 대한 주체할 수 없는 감정의 파토스를 제대로 통제하고 조절하지 못했기 때문이다. 그렇다면 시인으로 하여금 감정을 조절하지 못할 정도로 강한 감정의 파토스를 불러일으키게 한 원인은 어디에 있는 것일까? 시인이 상상하고 있는 것은 밤에 내리는 흰 눈이다. 이 눈이 시인으로 하여금 감정의 파토스를 불러일으킨 것은 틀림없는 사실이다.

하지만 그 눈이 하늘에서 내리는 눈으로만 존재한다면 시인은 이렇게 강한 감정의 파토스를 표출하지는 않았을 것이다. 시인은 눈 혹은 눈이 내리는 소리를 "먼 곳 여인의 옷 벗는 소리"로 치환하고 있다. 시인이 눈을 "먼 곳 여인의 옷 벗는 소리"로 치환함으로써 시인과 눈 사이의 거리가 몹시 가까워졌음을 알 수 있다. 이것은 시인과 눈 사이에 아주 구체적이고 친밀한 접촉이 존재한다는 것을 의미한다. 이것을 가능하게 한 것은 '옷 벗는'이라는 말이 환기하듯이 몸을 통한 촉각이 작동했기 때문이라고 할 수 있다. 시인이 눈에서 여인의 옷 벗는 소리까지 감지할 수 있다는 것은 그만큼 대상과 친밀하다는 것을 말해준다. 아주 가까이 친밀하게 또는 구체적으로 존재하는 여인의 몸과의 접촉은 시인으로 하여금 강한 떨림을 유발하는 것은 당연하다고 할 수 있다. 여인의 옷 벗은 소리를 감지할 수 있는 거리에서 시인이 그 대상에 대해 드라이하고 하드한 상태를 유지하는 것은 불가능하다고 할 수 있다.

"먼 곳 여인의 옷 벗는 소리"는 하얀 눈의 시각과 눈 내리는 소리의 청각까지를 아우르면서 이 감각들이 한층 더 시인과 친밀해질 수 있도록 한다. '옷 벗는'에 투영된 촉각이 시각과 청각을 통합하는 기능을 하면서 시 전체를 견고한 공감각적인 세계로 바꾸어 놓고 있다. 촉각이 지배적인 흐름으로 작용하면서 시각과 청각이 어우러진 눈 오는 밤의 풍경은 몸의 떨림을 가능하게 하기에 부족함이 없다고 할 수 있다. 몸의 촉각으로부터 진정한 하나의 세계가 열린다는 데에 이의를 달 사람은 없을 것이다. 몸을 통한 접촉이 없으면 하나의 세계가 성립될 수 없다. 몸이 있기 때문에 세계와의 접촉이 가능한 것이고, 그 접촉이 토대가 되어 모든 몸의 감각이 이루어진다고 보면 될 것이다. 세계와의 만남이 이러한 몸을 통한 접촉을 통해 이루어진다는 것을 정지용 시인은 「춘설」에서

"문 열자 선뜻!/먼 산이 이마에 차라"라고 노래하였고, 김춘수 시인은 「꽃을 위한 서시」에서 "나의 손이 닿으면 너는/미지未知의 까마득한 어둠이 된다."라고 노래하였다. 전자에서는 춘설의 차가움이 이마를 통해 느껴지면서 시각적인 것이 촉각에 의해 다시 현현되기에 이르고, 후자에서는 손의 닿음이라는 촉각적인 것이 "까마득한 어둠"이라는 시각으로 다시 현현되기에 이른다. '이마'와 '손'이 세계로 들어서는 통로이자 감각의 통합의 원천이 되는 것이다.

몸이 세계와 만나는 지점의 실존적인 치열함, 다시 말하면 다양한 감각들의 통합이 이루어질 때 그 이면을 통어하는 것은 촉각이다. 어떤 감각이든 세계와 접촉하지 않고 혹은 충돌하지 않고 이루어지는 것은 없다. 다만 그 감각이 얼마만큼 세계와 친밀하게 혹은 구체성을 지닌 채 연결되어 있는가 하는 것은 감각에 따라 차이가 있을 수 있다. 세계와 거리가 가깝든 아니면 멀든 그것이 무든 대수냐고 이야기할 수 있다. 하지만 세계로부터 몸이 멀어지는 순간 그 세계는 단선적이고 평면적인 것을 면치 못할 수 있다. 세계 내에 몸이 위치하면서 그것을 통해 다양한 감각들이 교차하고 재교차할 때 우리는 세계의 구체적인 모습과 대면하게 된다. 가령

> 그가 내 얼굴을 만지네
> 홑치마 같은 풋잠에 기대었는데
> 치자향이 水路를 따라 왔네
> 그는 돌아올 수 있는 사람이 아니지만
> 무덤가 술패랭이 분홍색처럼
> 저녁의 입구를 휘파람으로 막아 주네
> 결코 눈뜨지 말라

지금 한쪽마저 봉인되어 밝음과 어둠이 뒤섞이는 이 숲은

나비 떼 가득 찬 옛날이 틀림없으니

나비 날개의 무늬 따라간다네

햇빛이 세운 기둥의 숫자만큼 미리 등불이 걸리네

눈뜨면 여느 나비와 다름없이

그는 소리 내지 않고도 운다네

그가 내 얼굴 만질 때

나는 새순과 닮아서 그에게 발돋움하네

때로 뾰루지처럼 때로 갯버들처럼.

　　　　　　　　　　　　─송재학, 「그가 내 얼굴을 만지네」 전문

이라는 시를 보자. 이 시의 아름다움은 전적으로 몸의 감각의 어우러짐에
서 비롯된다고 해도 과언이 아니다. 이 시는 '그가 내 얼굴을 만지는
순간' 하나의 세계가 탄생한다. 이것은 내가 세계 내의 몸을 가진 존재라
는 사실에 대한 깨달음에 다름 아니다. 세계 내에 있는 몸은 내가 상대를
만지면서 만짐을 당하는 관계 속에서 성립된다. 이런 맥락에서 볼 때
'그가 내 얼굴을 만지는 것은 곧 나에 의해 그가 만짐을 당하는 것'이
된다. 그와 나 혹은 나와 그 사이의 경계가 무화되면서 몸은 치열한
감각의 흐름 속에 놓이게 된다. 그는 "돌아올 수 있는 사람이 아니"다.
그는 부재하지만 그를 내 앞에 현존하게 할 수 있다. 그것은 몸이 있기
때문이다. 그는 내 몸의 기억 속에 하나의 흔적으로 현존한다. 나는 내
몸의 기억 속에 있는 그의 흔적을 되살려내면 된다.

　내 몸의 기억 속에 있는 그의 흔적 중에 가장 강렬한 것은 내 얼굴에
있다. 그가 내 얼굴을 만진 흔적을 되짚어 그 감각을 살려내면 그는
현존하게 되는 것이다. 그가 내 얼굴을 만지는 순간 내 몸에 새겨진

혹은 내 몸에 흐른 감각들을 천천히 따라가면서 그것을 어떻게 세세하게 들추어내느냐에 따라 그의 현존의 모습은 달라질 수 있다. 그런데 그가 내 얼굴을 만지는 순간 뒤따른 것은 '치자향', '분홍색 술패랭이', '휘파람' 등과 같은 몸에 은폐되어 있던 감각들이다. 촉각이 시발점이 되어 후각, 시각, 청각 등의 감각이 어우러지면서 그의 몸을 이루고, 그 몸은 다시 '소리 내지 않고 우는 나비'로 변주되어 나의 몸으로 날아든다. 내 몸으로 들어온 나비의 팔랑거림으로 인해 내 몸 역시 '새순처럼' 그의 몸을 향해 발돋움하게 된다. 내 몸속으로 그의 몸이 마치 물이 흐르듯이 스며들고, 다시 내 몸이 그의 몸속으로 스며들면 '상호 신체성'의 아름다운 원리가 탄생하는 것이다. 인간은 결코 홀로 존재할 수 없으며, 그렇게 믿는 것은 인간의 관념의 소산일 뿐이다. 인간은 언제나 세계 내에서 몸을 통해 다른 존재들과 끊임없이 상호작용하는 과정 속에 있다. 이런 점에서 '나는 생각한다 고로 나는 존재한다'가 아니라 '나는 감각한다 고로 나는 존재한다'가 인간을 규정하는 보다 합당한 말이 될 수 있을 것이다.

3. 촉각 혹은 보살핌의 윤리

촉각이 몸의 토대를 이루고 있음에도 불구하고 그것의 존재를 망각함으로써 인류는 모성성이라든가 생명성 같은 중요한 덕목을 상실하기에 이른다. 이것은 시각의 비대함과 무관하지 않으며, 기본적으로 시각은 대상과의 분리와 거리두기를 속성으로 한다는 점에서 모성성이나 생명성을 구현하기에는 무리가 있어 보인다. 시각의 비대함이 대상을 분리하고 그것을 지배하려고 하는 힘과 맞물려 있다면 그것에 대한 적절한 비판과 반성이 있어야 할 것이다. 시각의 비대함에 의해 인간의 몸이 자유롭지 못하게 된 것은 물론이고 타자에 대한 보살핌의 윤리가 제대로 작동되지 않는 것 또한 사실이다. 시각이 비대해지면서 그 시각은 곧 대상을 억압하고 지배하는 폭력성을 띠게 되었고, 그 폭력성으로 인해 새로운 빅브라더의 출현이 가능하게 되었다고 할 수 있다.

빅브라더에 의해 시각이 조작될 수 있는 세상에 우리는 살고 있는 것이다. 시각적으로 보다 잘 보이기 위해 자신의 몸을 개조하는 시대가 되어버린 지 오래다. 어떤 대상을 빅브라더가 만들어놓은 구조 속에 편입시키기 위해 자발적으로 자신의 몸을 여기에 맞추는 행위는 이제 보편화된 하나의 사회 현상이라고 할 수 있다. 빅브라더에 의해 구조화된 세계에서는 자신보다 열등하다고 생각한 대상에 대해서는 가차 없이 배제하거나 소외시켜버리는 풍토가 만연해 있다. 시각이 우열을 조장하는 사회에서 그 시각을 넘어서는 새로운 감각이 필요하며 이것이 바로 촉각이라고 할 수 있다. 촉각의 기본은 세계로부터의 배제와 소외가 아닌 융화와 아우름이다. 이런 점에서 촉각은 보살핌의 윤리를 토대로 한다고 할 수 있다. 보살핌의 윤리란 그 예를 어디 거창한 데서 찾지 않고도 충분히 우리 가까이에서 그것을 찾을 수 있다.

보살핌의 윤리를 구현하기 위해서는 무엇보다도 먼저 타자의 몸을 내 몸처럼 아끼고 사랑하는 일이 요구된다. 차가운 시각이 아니라 따뜻하게 대상을 품어 안는 촉각이 필요한 것이다. 이러한 보살핌의 윤리를 우리 가까이에서 가장 모범적으로 실천해온 자는 누가 뭐라고 해도 '어머니'라는 이름으로 불리는 존재라고 할 수 있다. 어머니는 태생적으로 자신의 몸 안에 또 다른 몸을 가진 존재이다. 자신의 몸이 느끼는 대로 그 몸 안에 있는 존재 역시 그렇게 느낀다. 이것이야말로 몸과 몸을 통한 상호 신체성의 가장 온전한 모습이라고 할 수 있다. 어머니는 그 아기가 자신의 몸 안에 있을 때뿐만 아니라 자신의 몸 밖으로 나온 후에도 보살핌의 윤리를 실천한다. 하지만 어머니의 이러한 보살핌의 윤리는 그동안 남성중심 사회로부터 열등한 것으로 간주되어 제대로 된 평가를 받지 못했다. 어머니의 몸을 비천한 것으로 간주하여 남성 중심의 문명 세계에서 추방당했으며, 그녀의 몸이 드러내는 월경, 임신, 출산, 수유 같은 생명 행위들이 그 신성성을 상실하기에 이른다.

어머니의 몸이 지니는 무한한 생명성은 세계를 품어 안고 보살피는 부드러운 접촉을 통해 이루어진다. 어머니의 몸은 아버지를 포함해 모든 남성들의 몸을 품어 안고 보살필 수 있는 몸이라는 점에서 자연과 다르지 않다. 어머니가 이들을 키워내는 방식은 일정한 거리 두기가 아니라 몸을 통한 친밀한 접촉을 통한 보살핌이다. 어머니의 여성성 혹은 생명성은 어느 시기에 갑자기 생겨난 것이 아니라 인류가 출현한 이래 계속되어 온 근원적이고 신화적인 원형의 의미를 지닌다고 할 수 있다. 신화적인 원형의 의미로서의 어머니의 몸은 너무나 깊고 컴컴하기 때문에 생명을 키우기에는 이보다 더 좋은 장소는 없다. 그래서 『도덕경』에서는 이와 같은 여신女神 혹은 여신女身의 존재를 '현빈玄牝'이라고 명명하고 있다. 이 깊고 컴컴한 골짜기는 로고스의 빛이 닿지 않는 그 크기를 도저히 헤아릴 수 없는 그런 세계라고 할 수 있다. 지금은 로고스의 빛에 가려 그 흔적조차 희미해졌지만 여전히 어머니의 몸에는 이러한 현빈으로서의 세계가 살아 꿈틀대고 있다고 할 수 있다.

옛날에 우리 할머니는 신기한 앞치마를 가지고 계셨다. 전설에 의하면 할머니는 태어날 때부터 레이스 앞치마를 두르고 있었다는데, 옷을 입히자 신기하게도 앞치마가 옷 위로 나와서 척 걸치더라는 것이다. 한 번도 벗은 적 없는 그 앞치마를 두르고 할머니는 군불도 지피고 아기들도 만드셨다.

게으른 달이 산그늘에 얼굴을 베어 먹히며 꾸물거리는 늦여름 새벽에, 덜렁거리는 젖가슴 밑으로 앞치마를 질끈 동여매고는 나머지는 홀딱 벗은 채로 시냇물에서 미역을 감는 할머니를 보기란 쉬운 일이었다고 한다. 할아버지가 할머니를 처음 본 것도 그런 새벽이었다. 할머니가 손바닥으로 물을 떠 끼얹을 때마다 앞치마는 스스로 척척 비비고 두드려서는 금세 하얀 무명으로 새로 태어나곤 했는데, 그런 할머니가 젖가슴을 덜렁거리며 지나가고 나면, 할아버지는 나무 밑에서 나와 시내로 달려갔다. 막 빨아진 레이스에서 떨어져 나온 실비늘들이 물바닥에 하얗게 모래로 깔리는 것을 밟고 싶었다. 할아버지가 밟는 자리마다 모래알 눈들이 팍팍 터졌고, 으스러진 모래들이 끈적이는 즙으로 변하는 동안 할아버지의 눈에선 피눈물이 났다. 여름이 다 갈 때까지 숨바꼭질은 계속되었지만, 모래 시내가 실의 강으로 바뀌었을 뿐, 할머니의 앞치마는 조금도 닳지가 않았다. 그리고 어느 날 산그림자가 달을 다 잡아먹은 새벽에 할아버지는 완전히 닳아서 할머니의 앞치마 속으로 들어가 버리고 말았다. 할머니의 배가 산만해졌다.

그 뒤로 우리 마을에선 신랑이 각시의 뱃속으로 들어가는 것이 전통이 되었다. 할머니의 앞치마는 단 하나뿐이었기에, 우리 엄마는 앞개울에서 건져낸 실로 커다란 레이스를 떠서 밥상 위에 펴고는 아빠를 그 보에 싸서 먹었다. 아빠는 엄마의 뱃속에서 행복했지만, 엄마는 늘 배가 무거워 언제나 입에서 실을 게워내고 계신다. 사실 진짜 전설은 우리 엄마 아빠의 얘기가 아닐까 한다. 왜냐하면 나는 할머니의 앞치마를 본 적은 없지만 우리 마을의 모든 이모들이 짜고 있는 밥상보는 매일같이 보기 때문이다.

— 노혜경, 「레이스마을 이야기—할머니의 앞치마」 전문

시인이 이 시에서 형상화하고 있는 '레이스마을'은 시공간의 개념이

무화된 그런 신화의 세계이다. 이 세계에서는 분별지가 통용되지 않는 자연 그대로의 생명만이 의미를 지닌다. 할머니가 홀딱 벗은 채로 젖가슴을 털렁거리며 아무 거리낌 없이 마을을 활보할 수 있는 것은 그것이 누군가에 의해 보여짐으로써 부끄러움과 수치의 대상이 되지 않기 때문이다. 우리의 몸이 누군가에 의해 보여지는 순간 부끄러움과 수치심을 느껴 그것을 숨기려고 하는 것이 로고스 세계에 존재하는 몸의 운명이다. 하지만 로고스의 원리가 통용되지 않는 레이스마을에서는 자신의 몸을 숨길 필요가 없다. 어머니의 몸은 인간의 로고스의 개념으로는 헤아릴 수 없는 무한한 크기를 표상한다. 이 어머니의 몸의 무한성을 상징하는 기표가 바로 '앞치마' 혹은 '레이스'이다. 어머니의 몸은 이렇게 끊이지 않고 무한히 생성되는 레이스와 같은 것으로 교직되어 있다.

이 레이스는 어머니의 몸과 세계가 분리된 것이 아니라 서로 연결되어 있다는 것을 말해주는 증표라고 할 수 있다. 이 레이스로 짠 앞치마는 절대 닳지 않는다. 심지어 어머니는 그 "커다란 레이스를 떠서 밥상 위에 펴고는 아빠를 그 보에 싸서 먹"는다. 이렇게 어머니에게 먹힌 '아빠는 엄마의 뱃속에서 행복해'한다. 어머니의 몸은 이처럼 '아버지로 표상되는 이성이나 문명'조차 감싸 안을 수 있을 만큼 크다. 어머니의 몸은 우리가 감히 헤아릴 수 없을 정도로 절대적인 크기를 지니고 있기 때문에 숭고하다고 할 수 있다. 비천하기 짝이 없는 것으로 간주되어 이 문명 세계로부터 추방당한 어머니의 몸이 기실 더없이 숭고한 존재라는 사실은 기존의 질서를 전복하고 해체하는 힘을 드러낸다. 시인이 레이스마을이라는 여성의 몸의 역사가 살아 숨 쉬는 신화의 세계를 들추어낸 데에는 이러한 의도가 숨어 있다고 할 수 있다. 할머니에서 어머니 혹은 이모 그리고 나로 이어지는 이 무한한 여성의 몸의 연대는 기존의 패러다임을 바꿀 수 있는 새로운 기획이라고 할 수 있다.

우리는 어머니의 몸 안에 있든 아니면 몸 밖에 있든 언제나 어머니와의 끊임없는 접촉 속에서 살아간다. 우리가 지금 불안에 시달리고 있는 것은 바로 어머니의 몸으로부터 멀어졌기 때문이다. 어머니의 몸으로부터 분리되려는 시도가 실패할 수밖에 없는 것은 이렇게 어머니의 몸과 내 몸이 레이스처럼 보이지 않는 끈으로 견고하게 연결되어 있기 때문이라고 할 수 있다. 어머니란 존재는 우리가 세계로 들어서기 위해 알을 깨고 나올 때 밖에서 그것을 함께 깨어주는 그런 존재라고 할 수 있다. 어머니의 몸과 내 몸은 늘 서로 접촉하고 있으며, 만일 이것이 이루어지지 않는다면 나는 더 이상 세계 내에서 살아갈 수 없을 것이다. 언제부턴가 우리는 어머니의 몸을 망각한 채 세계 내에서 고독하게 실존의 길을 모색해 왔다고 할 수 있다. 이러한 어머니의 몸의 망각은 단순히 망각으로 그치는 것이 아니라 타자의 고통스러운 얼굴을 외면한다거나 타자를 우열의 대상으로 인식하게 하는 결과를 초래하였다고 할 수 있다.

지금은 다른 무엇보다도 보살핌의 윤리가 필요할 때이다. 타자의 고통스러운 몸을 외면하지 않고 적극적으로 그 몸을 내 몸처럼 느낄 때 보살핌의 윤리는 탄생한다. 어머니가 자식의 몸을 대하듯 모든 대상들을 그런 식으로 보듬어 안으면 되는 것이다. 가령 우리가 살고 있는 지구가 인간의 자기중심적인 욕망의 표출로 인해 고통스러운 몸을 하고 있다면 우리는 그 고통을 외면하지 않고 마땅히 내 몸처럼 감싸 안아야 한다. 어머니의 몸과 내 몸은 원래 탯줄이라는 하나의 끈으로 연결되어 있을 뿐만 아니라 이 우주에 존재하는 모든 것들도 이렇게 레이스 같은 하나의 끈으로 연결되어 있는 것이다. 어머니의 몸 안에는 '게워도 게워도 줄어들지 않는 실'이 내장되어 있다. 이 실의 씨줄과 날줄이 교차하고 재교차하면서 이루어지는 세계 속에서 우리 인간은 살아가는 것이다. 이 실의 씨줄과 날줄이 눈에 보이지 않기 때문에 우리는 자주 그것의 존재를 망각한다.

이 세계는 눈에 보이는 것보다 더 많은 눈에 보이지 않는 씨줄과 날줄로 이루어져 있다. 이 줄을 끊으면 그것은 타자의 고통인 동시에 곧 나의 고통이 되는 것이다. 타자의 고통을 외면할 수 없는 것도 기실 그것이 나의 고통이기 때문이다.

우리 인간은 이 줄을 무수히 끊어 왔다. 김선우 시인은 그것을 "거름이 되지 않는다"(「양변기 위에서」)는 말로 표현하고 있다. 시인은 "어릴 적 파밭에 갔다가 눈 똥은 거름이 되었지만 양변기 위에 누는 똥은 거름이 되지 않는다"고 말한다. 똥이 거름이 되지 않는다는 것은 무수한 씨줄과 날줄로 이루어진 세계 내에서 자신의 똥이 잉여적인 것이 된다는 것을 의미한다. 거름이 되어야 줄을 생성할 수 있지만 그렇게 되지 않는다는 것은 곧 이 세계 어딘가에 연결되어 있지 않은(접촉이 불가능한) 줄 아닌 줄로 남는다는 것을 말한다. 이 무수한 씨줄과 날줄로 연결되어 있는 세계 내에 존재하지 못하면 불안할 수밖에 없다. 보살핌의 윤리란 바로 인간을 포함하여 우주 삼라만상의 모든 존재들이 이러한 씨줄과 날줄로 이루어진 세계 내에 놓일 수 있도록 하는 것이다. 인간의 몸 중에서 왜 촉각이 모든 감각의 바탕이 되어야 하는지를 어머니의 몸은 잘 말해주고 있다. 또한 이것은 우리 인간이 몸의 감각 중에서 촉각(보살 핌의 윤리)을 회복하지 못하면 어떤 결과가 초래되는지에 대해서도 잘 말해주고 있다고 할 수 있다.

4. 디지털 생태계와 또 다른 촉각의 탄생

지금, 여기 우리의 몸이 직면한 가장 중요한 사건 중의 하나는 자연 생태계와 필적할 만한 새로운 생태계의 출현이다. 자연 생태계가 '기氣'를 토대로 한다면 디지털 생태계는 '비트^{bit}'를 토대로 한다. 둘 다 눈에 보이지도 않을 뿐만 아니라 무정형이다. 하지만 기는 아날로그적인 연속성을 드러내는 데 비해 비트는 디지털적인 불연속성을 드러낸다. 급속한 테크놀로지의 발달에 힘입어 비트는 기존의 시공간의 개념을 송두리째 바꿔 놓으면서 새로운 혁명을 주도하고 있다. 이 혁명이란 다른 것이 아니라 몸의 개념을 바꿔 놓았다는 것을 의미한다. 몸이 바뀌면 세계도 바뀌고, 몸을 이루는 감각 또한 바뀐다. 흔히 사이버 공간이라고 명명되는 이 세계에서의 몸의 감각은 주로 시각에 의존한다. 후각이라든가 미각 그리고 촉각 등은 배제되거나 소외된다. 이것은 생식 기능을 하는 인간의 몸이 비트를 토대로 하는 사이버 세계에서는 그 감각이 제한되거나 불가능할 수밖에 없다는 것을 의미한다.

인간의 몸이 사이버 세계와 연결될 때 필요한 감각은 시각이 중심이 될 수밖에 없다. 눈으로 보고 눈으로 맛보고 눈으로 냄새 맡고 눈으로 만지는 것이다. 아무리 화소가 높은 디지털 화면으로 꽃이 만발한 아름다운 풍경을 보여준다고 하더라도 우리는 그 꽃이 지니고 있는 향기와 맛과 감촉을 실제로 느낄 수는 없다. 몸의 감각의 통합을 통해 하나의 세계가 구성되는 것이라면 같은 꽃을 디지털 화면으로 볼 때와 실제로 볼 때의 감각이 다르기 때문에 여기에서 비롯되는 세계 또한 다르다고 할 수 있다. 눈, 다시 말하면 시각을 통해서만 맛과 냄새 그리고 감촉을 느낄 수 있다면 그 세계는 다른 대상(타자)과의 접촉이 제대로 이루어지지 않는 마스터베이션의 속성을 지닐 수밖에 없다. 이 사실은 왜 사이버 공간이 문제가 되는지에 대한 답을 제시하고 있다고 할 수 있다. 시공간의 혁명을 가져온 디지털 세계라 하더라도 그 본질이 시각에 의한 마스터베이션에 있다면 그것은 불구적인 몸의 존재성을 면치 못할 것이다.

우리는 지금 디지털 생태계 내에서 살고 있다. 지금의 기세로 보아이 세계를 벗어나기는 불가능해 보인다. 오늘날 디지털 기술은 자연 생태계에 존재하는 감각과는 다른 감각을 인위적으로 만들어낼 수 있을 것이다. 그 감각을 감지하기 위해서는 우리의 몸도 디지털화가 되어야 한다. 외부의 자극에 대해서 그것을 감지하고 분석하여 데이터화하는 디지털 감각 기관으로 우리의 몸이 바뀌어야 한다. 디지털화된 감각의 씨줄과 날줄로 이루어진 세계에서 살아가기 위해서는 여기에 적합한 몸의 구조를 지녀야 한다. 자연 생태계에서와는 달리 이 세계에서는 우리의 몸이 세계와 만날 때 느끼는 미묘한 촉각이 디지털 촉수와 몸 안쪽 어딘가에 내장된 감정 칩에 의해 생성될 것이다. 이런 추세라면 머지않아 우리의 몸은 『공각기동대』의 쿠사나기 소령처럼 거대한 네트와 접속해야 실존을 보장받을 수 있는 데까지 이르게 될 것이다. 만일 여기에까지 이른다면 우리 자신이 인간(생식 기능을 하는 혹은 자연 생태계에서 삶을 영위하는)이라는 흔적을 어디에서 찾아야 할까? 몸은 사이보그라도 자아를 가지고 있기 때문에 인간의 정체성을 잃지 않았다고 말하는 것은 우리가 몸 혹은 몸의 감각을 통해 이루어진 존재라는 것을 망각한 잘못된 인식의 산물이라고 할 수 있다. 내 몸과 세계를 이어주는 감각, 특히 촉각이 바뀌면 나도 세계도 모두 바뀐다는 사실을 다시 기억하자. 당신의 부드러운 손길이 닿는 곳은 단순히 내 몸의 바깥이 아니라 심장의 저 깊은 안쪽이라는 사실을 우리는 기억하자.

6. 박경리의 『토지』에 나타난 숭고미

1. 숭고로서의 『토지』

박경리의 『토지』는 한국문학사를 대표하는 걸작이다. 우선 우리는
이 소설의 방대함에 놀란다. 1969년 8월 연재를 시작해서 1994년 8월까
지 25년에 걸쳐 완성된 대하소설(솔 출판사판 16권, 나남 출판사판 21권)
로 여기에는 1897년 8월 한가위에서 시작해서 1919년 3·1운동을 거쳐
1940년 8월 15일 해방까지의 한국근현대사의 숨 가빴던 격동의 역사가
고스란히 투영되어 있다. 하동 평사리 최참판댁을 중심으로 이와 직간접
적으로 관계된 사람들의 누대에 걸친 이야기가 전개되면서 하동, 서울,
간도, 동경, 진주, 지리산 등 일찍이 우리 문학이 보여주지 못했던 확장된
소설의 공간이 제시되고 있다. 『토지』의 시공간적인 방대함은 자연스럽
게 인물이라든가 사건의 방대함으로 이어지고, 이것은 다시 이 소설에
대한 다양한 연구 시각과 해석을 잉태하게 된다.

『토지』에 대한 본격적인 연구는 이 소설이 완간된 1994년 이후부터이

다. 완간 이전에도『토지』에 대한 논의가 없었던 것은 아니다. 하지만 이때의 논의란 비평적인 형식 아니면 단편적인 논의가 대부분이었다. 1994년 이후『토지』를 중심으로 한 박경리 문학 전반에 대한 총체적인 논의가 시작되었으며, 그 흐름은 지금까지 계속되고 있다.[39] 완간되기 전과 후『토지』에 대한 평가는 긍정적인 것 못지않게 부정적인 것도 존재했으며, 그것은 대체로 역사적인 상황을 단순히 역사적 드라마로 변형시켰다[40]든가 평사리라는 공간의 폐쇄성과 운명론적, 윤리적, 주관적 차원에 폐쇄되어 있는 서희의 여로의 문제,[41] 소설 공간의 지나친 확대로 인한 거대한 시간의 흐름과 수많은 역사의 장면의 파괴[42] 같은 문제점과 한계를 노정할 위험성이 존재한다는 것으로 요약할 수 있다. 『토지』에 대한 이러한 평가는 이 소설을 지나치게 서구의 역사소설적인 관점, 다시 말하면 변증법적인 진보주의 역사관에 입각해 이해하고 판단한 측면이 없지 않지만 그 나름의 의미 있는 지적이라고 할 수 있다.

『토지』에 대한 평가는 그 서사의 방대함만큼 다양한 시각과 해석을 필요로 할 것이다. 이 소설은 기본적으로 "미, 재현 혹은 재생, 형식 혹은 구조, 표현, 미적 경험"[43] 등과 같은 전통적인 미학의 관점에서

---

39 | 1994년『토지』완간 후 나온 대표적인 연구서로는『『토지』와 박경리 문학』(한국문학연구회 편, 솔, 1996),『박경리』(조남현 편, 서강대학교 출판부, 1996),『박경리』(최유찬 편, 새미, 1998),『박경리와『토지』』(김윤식, 강, 2009) 등이 있다.

40 | 송재영,「소설의 넓이와 깊이」,『박경리』, 조남현 편, 서강대학교 출판부, 1996, p. 35,

41 | 정호웅,「토지론」, 위의 책, p. 150.

42 | 이태동,「토지와 역사적 상상력」, 위의 책, p. 58.

43 | W. 타타르키비츠, 손효주 옮김,『미학의 기본 개념사』, 미술문화, 2011, pp. 44~49.

해석될 수도 있고, 또 "충격"[44]과 같은 아방가르드적인 모던한 관점에서 해석될 수도 있다. 어느 관점을 취하든 그것은 연구자의 자유이지만 『토지』의 세계를 총체적으로 해석하기 위해서는 전자와 후자의 방법 모두가 요구된다고 할 수 있다. 이런 점에서 『토지』를 기존의 연구자들이 제시한 해석의 방식과는 다른 관점으로 그것에 접근하는 것은 해석의 총체성 혹은 다양성을 위해 필요하다. 이 소설에 대해 우리는 이야기의 유장함과 복잡함에 매력을 느낄 수도 있고, 각각의 인물들의 인간적인 삶의 요구나 욕망에 매력을 느낄 수도 있으며, 작가의 역사의식이나 사상 등에 매력을 느낄 수도 있다.

그러나 『토지』를 접할 때 우리는 이러한 느낌과는 다른 어떤 느낌에 사로잡히게 되는데, 그것은 이 소설의 방대함 내지 거대함과 맞닥뜨렸을 때 느끼는 감정과 동일한 연장선상에 있다. 『토지』의 방대함은 우리를 압도하며, 여기에서 우리는 그 압도적인 크기에 두려움과 공포 같은 불쾌한 감정을 느낀다. 우리의 이성적이고 논리적인 크기로는 헤아릴 수 없는 어떤 절대적인 크기 앞에 우리는 그 한계에서 오는 불쾌한 감정을 자연스럽게 체험할 수밖에 없다. 하지만 그 불쾌의 감정은 오래가지 않는다. 우리는 곧 자신의 한계를 깨닫고 그 절대적인 크기를 받아들인다. 이것은 절대적인 크기의 대상에 대한 경외감에서 비롯된 것이라고 할 수 있다. 우리가 어떤 거대한 대상과 맞닥뜨리는 순간 처음에는 대상과의 분리에서 오는 두려움과 공포를 느끼지만 차츰 대상과의 합일 내지 동일시의 효과로 인해 지각의 주체는 초월적이고 무제한적인 의식을 체험하게 된다.

박경리의 『토지』 속으로 들어서게 되면 자연스럽게 그 거대한 서사의

---

44 | W. 타타르키비츠, 위의 책, pp. 49~51.

흐름 속에 놓이게 되고, 곧 이어 우리를 숭고하게 하는 여러 대상과 만나게 된다. 『토지』의 숭고함은 소설 전체에서 받는 인상이지만 이것을 가능하게 하는 것은 소설 속의 수많은 숭고의 인자들이다. 마치 거대한 물길 속에 흘러든 수많은 작은 물줄기들로 인해 그것이 숭고해지듯이 『토지』의 숭고함 역시 이와 다르지 않다. 그런데 이 숭고함은 모두 층위가 동일한 것이 아니라 서로 다른 층위를 드러낸다. 이 소설의 숭고함이 크게 '가문', '땅', '사랑'의 차원에서 드러난다고 할 때 가문의 그것은 이데올로기와 욕망의 문제에 닿아 있고, 땅은 윤리의 문제에, 사랑은 한과 삭임 같은 정서의 문제에 닿아 있다. 우리가 어떤 대상에 대해 숭고함을 느낄 때 그것이 공포와 강압에 의한 것일 수도 있고 또 자발적인 이끌림과 매혹에 의한 것일 수도 있다. 이 둘은 서로 다른 차원임에도 불구하고 그것이 숭고함을 불러일으킨다는 사실은 숭고 내에서의 이데올로기나 파시즘의 문제를 결코 간과할 수 없는 이유이다. 숭고 내에 존재하는 이데올로기적인 욕망과 파시즘의 문제는 숭고의 차원을 더욱 복잡하고 복합적으로 물고 간다는 점에서 의의가 있다. 『토지』에서의 이러한 숭고의 문제는 새로운 미지의 차원을 사유의 대상으로 열어놓음으로써 소설의 해석을 보다 풍요롭게 하는데 일정한 계기를 제공하리라고 본다. 숭고는 소설의 해석에서 아름다움만을 드러내는 차원에 머무는 것이 아니라 일체의 미를 초월하는 새로운 미에 대한 탐구까지 그 영역을 확장할 수 있다.

2. 숭고의 개념과 숭고미

숭고는 오랜 역사적인 전통을 유지해온 개념이다. 아리스토텔레스의

『시학』 7장의 아름다움과 크기[45]에 대한 언급을 시작으로 숭고의 이론적 원천을 제공하고 있는 롱기누스Longinus의 『숭고함에 대하여』, 버크E. Burke의 『숭고와 아름다움의 이념의 기원에 대한 철학적 탐구』와 칸트I. Kant의 『판단력 비판』을 거치면서 숭고는 하나의 미학으로서 정립되기에 이른다. 숭고의 오랜 역사성은 서구 미학사에서 그것이 주류 미학에 대한 대타항으로 존재해 왔다는 것을 말해준다. 이런 점에서 볼 때 숭고를 "서구문화사에서 하나의 전통문화가 역사적 한계에 도달했을 때 새로운 생성을 가능하게 하는 문화혁신의 미학"[46]으로 평가하는 것은 타당한 면이 있다. 특히 서구 이성 중심주의 문화에 대한 불신과 반성의 차원에서 숭고의 개념을 새롭게 해석하고 있는 리오타르의 견해는 주목에 값한다. 그는 숭고를 자본주의와 연관시켜서 이해하고 있다. 그에 의하면 숭고는 "의지가 계속해서 지배하고 착취하는 것으로 설정되어 있는 자본주의, 결정되어 있지 않은 무한을 추구하는 실제적인 낭만주의가 되어버린 자본주의는 인간의 욕망을 존재론적으로 무한에 탄원시키는 숭고의 미학을 동력으로 하고 있다"[47]는 것이다. 그의 이러한 견해는 최근에 숭고가 새롭게 부상한 이유가 어디에 있는지를 잘 말해준다고 할 수 있다.

소설에 대한 논의에서 숭고의 문제가 관심의 대상이 된 적은 거의 없었다고 해도 과언이 아니다. 이것은 숭고가 일체의 미를 초월한 미로 존재하면서 미학의 범주에서 중심적인 위치를 차지하지 못한 데 그 원인이 있다. 좁은 의미의 미 개념 하에서 숭고는 늘 부차적이고 주변적인 것으로 취급될 수밖에 없었던 것이다. 하지만 자본과 기술의 급속한

---

45 | 아리스토텔레스, 천병희 옮김, 『시학』, 문예출판사, 2002, pp. 56~58.
46 | 안성찬, 『숭고의 미학』, 유로서적, 2004, p. 24.
47 | 안성찬, 위의 책, p. 191.

발달로 인한 인간의 욕망의 팽창은 숭고의 문제를 재발견하게 하는데 일정한 계기를 제공하기에 이른다. 최근 인간의 욕망 차원에서 새롭게 조명 받고 있는 숭고는 그 출발이 인간이 아닌 신에 있었다. 숭고의 개념을 거의 최초로 체계화한 롱기누스는 인간의 감성과 신을 모두 언급하고 있지만 이때의 인간의 감성이란 신의 압도적인 크기를 드러내기 위한 도구에 불과하다. 이런 점에서 롱기누스에게 숭고함이란 "신적인 것이 실현하고 있는 존재론적 완전성의 감성적 외화外化"[48]라고 할 수 있다.

롱기누스의 숭고가 인간의 감성보다 신을 향하고 있다면 칸트의 숭고는 신보다 인간의 감성을 향하고 있다. 칸트에게 있어서 인간의 감성은 수단이 아니라 그 자체가 목적이며. "신적인 것의 외화라기보다는 인간의 자기반성으로 이해"[49]된다. 『판단력 비판』에서 칸트가 말하고 있는 숭고는 우리 내부의 주관성에 토대를 둔 심미적 판단으로부터 발생한다. 본질적으로 숭고는 감성에 매개된 체험, 특히 긍정적 쾌감에 대배되는 불쾌한 쾌감이라고 할 수 있다. 이것은 쾌감의 대상이 압도적이기 때문이다. 쾌감의 대상이 압도적이기 때문에 그것이 우리를 삼켜버릴 것 같은 두려움과 공포를 불러일으켜 불쾌한 쾌감을 동반하게 되는 것이다. 이 불쾌감은 숭고를 아름다움과 구분 짓는 중요한 요인이 된다. 이런 점에서 숭고의 체험은 "매혹이 아니라 감동"이고, "놀이가 아니라 진지함"이며, "사랑이라기보다는 외경 혹은 존경심"[50]인 것이다. 이러한 숭고의 체험은 모두 간접적인 동시에 부정적인 것이며, 또한 이러한 '여러 가지 느낌들은

---

48 | 김상봉, 앞의 글, p. 226.
49 | 김상봉, 위의 글, p. 228.
50 | 김상봉, 위의 글, pp. 229-230.

결코 그것을 불러일으키는 외부 사물의 성질에 기인하지 않고 그것은 오히려 "모든 사람들 각각의 고유한 감정"[51]에 기인한다는 것이 칸트의 생각이다.

칸트가 말하는 불쾌의 문제는 『숭고와 아름다움의 이념의 기원에 대한 철학적 탐구』에서 이미 버크에 의해 제기된 바 있다. 그에 의하면 우리 인간에게는 자기보존 본능과 종족보존 본능이 있으며, 그것이 각각 숭고, 아름다움과 연관된다는 것이다. 이 자기보존 본능은 우리가 압도적으로 큰 대상과 마주했을 때 본능적으로 느껴지는 공포와 두려움을 통해 확인할 수 있다. 공포와 두려움을 느낄 때 자기보존 본능은 더 강하게 작용한다[52]고 볼 수 있다. 숭고는 바로 이 과정에서 생겨난다. 그의 숭고에 대한 이러한 규정은 칸트의 불쾌 개념에 영향을 주지만 그는 숭고에 내재해 있는 어떤 보편타당한 인식 체계나 구조를 탐구하지는 않는다. 숭고와 관련하여 그는 "우리의 마음속에서 일어나는 심리적 현상과 그러한 심리 현상에 영향을 미치는 외적 대상, 그리고 이 둘 사이의 관계를 가능하게 하는 자연법칙에 대해 면밀하게 조사하고 탐구하여야 한다"[53]고 말하고 있다. 이것은 대상이 불러일으키는 감정, 다시 말하면 숭고에 대해 본질이 아닌 현상, 철학이 아닌 심리학적인 탐구 차원에 머물러 있다는 것을 의미한다.

버크로부터 불쾌에 대한 영감을 얻기는 했지만 칸트의 숭고는 그것에 대한 판단의 근거가 되는 어떤 보편적인 척도가 존재한다. 이때 여기에서 말하는 보편적인 척도는 버크에게서처럼 경험이 아니라 선험에 의해서

---

51 | 임마누엘 칸트, 이재준 옮김, 『아름다움과 숭고함의 감정에 관한 고찰』, 책세상, 2005, p. 127.

52 | 에드먼드 버크, 앞의 책, p. 34.

53 | 안성찬, 앞의 책, p. 93.

만들어지는 인식 체계나 구조를 의미한다. 칸트에 의하면 숭고의 개념을 규정하는 쾌와 불쾌는 판단력과 합목적성에 의해 구성되는 하나의 정신 능력[54]이다. 이것은 숭고가 외부적인 자극에 의해서라기보다는 인간 정신의 자율적이고 능동적인 반성적 판단에 의해 성립된다는 것을 말한다. 칸트의 사유는 "단순한 자연을 넘어서는 이성이라는 인간 능력의 근본적 우월성에 대해 성찰한 근대 합리주의자의 신념"[55]을 드러낸다고 할 수 있다. 단순한 자연을 넘어선 인간 이성의 문화나 윤리적인 이념을 전제하는 칸트의 숭고 개념은 쉴러에 의해 계승된다. 그는 숭고의 본질을 '극단적으로는 전율로서 나타나는 슬픔과 황홀에까지 상승하는 기쁨의 혼합'으로 이해하고 있다. 이러한 모순된 혹은 혼합된 감정을 그는 '육체적 인간'과 '도덕적 인간'이라는 말로 표현하고 있다. 숭고에 대한 그의 사상은 "자연과 도덕, 감성과 이성 사이의 일치로서 나타나는 미적 조화보다는 이들 사이의 모순과 불일치로부터 솟아나는 숭고한 자유를 훨씬 높은 가치로서 평가"[56]하고 있다는 것을 말해준다.

주체철학과 의식철학의 차원에서 숭고의 문제에 접근하고 있는 버크와 칸트, 그리고 쉴러의 논의는 리오타르와 데리다에 의해 비판된다. 이들의 비판의 요지는 버크, 칸트, 쉴러의 숭고 개념이 지나치게 숭고를 주체의 의식에 가둠으로써 현재성과 현장성의 생동감을 상실하고 있다는 것이다. 리오타르는 숭고를 "잃어버린 절대자에 대한 표상에로 향하기보다는 유연한 실험의 무한성에로 향해 있어야 한다"[57]고 주장한다. 데리

---

54 | 김광명, 「칸트 철학 체계와의 연관 속에서 본 『판단력비판』의 의미」, 『칸트연구』 3, 민음사, 1997, p. 38.

55 | 베르너 융, 장희창 옮김, 『미메시스에서 시뮬라시옹까지』, 경성대 출판부, 2006, p. 254.

56 | 안성찬, 앞의 책, pp. 146~147.

다 또한 숭고를 "우리가 마주하고 있는 대상이 너무나 거대하여 그것을 느끼려고 하면 이미 주관에 의해서 그 크기가 잘려나가 상처를 입게 되고, 그 상처를 주지 않고 내가 그 크기를 온전하게 느끼려고 하면 나의 부족함에 공포스러운 전율감을 느끼게 되는 것"이라고 말한다. 이것은 숭고의 개념을 근대 이후 현대 사회 문화적 상황에 맞게 해석하려는 의도로 볼 수 있다.

리오타르와 데리다처럼 근대 이후 현대 사회 문화적 상황 속에서 숭고의 개념을 날카롭게 해부하고 있는 또 한 명의 탈근대론자로 슬라보예 지젝을 들 수 있다. 『이데올로기라는 숭고한 대상』에서 그는 라캉의 정신분석학에 근거해 헤겔의 변증법을 새롭게 읽어내고 있다. 그는 숭고를 "절대 부정성으로서의 순수한 무, 공백으로서의 사물의 빈 자리를 차지하고 대체하고 채워버리는 대상"[58]으로 규정한다. 그에 의하면 어떤 대상이 숭고의 대상으로 기능한다는 것은 곧 무, 혹은 실재의 부재 상태를 인식하지 못한 채 그것을 사실로 받아들이는 일종의 이데올로기에 대한 환상이 작동하고 있다는 것을 말한다. 무 혹은 실재의 부재 상태를 인식하지 못한 채 어떤 행위를 한다는 것은 그 '행위 속에 이데올로기가 구현되어 있다는 것'을 의미한다. 이런 점에서 이데올로기는 "사회적 현실인 동시에 그것은 또한 인간의 내부가 아니라 외부에 존재한다"[59]고 볼 수 있다. 지젝의 숭고론은 칸트로 대표되는 주체철학 혹은 의식철학에서 말하는

---

57 | 김석수, 「칸트의 반성적 판단력과 현대 철학」, 『칸트연구』 3, 민음사, 1997, p. 379.

58 | 슬라보예 지젝, 이수련 옮김, 『이데올로기라는 숭고한 대상』, 인간사랑, 2002, p. 345.

59 | 홍준기, 「지제크의 라캉 읽기─『이데올로기의 숭고한 대상』」, 『문학과 사회』 2000년 겨울호.

숭고와는 충돌하며, 이 사실은 숭고에 대한 논의를 개인의 주관적인 감정뿐만 아니라 외적 현실(대상)의 차원에서도 다루어야 한다는 점을 말해준다. 이들의 이러한 숭고론은 『토지』에 드러난 숭고의 문제를 다루는 데 있어서 그 이론적인 준거를 제시해 줄 뿐만 아니라 인물의 내부와 외부의 상황을 적절하게 고려하면서 평면이 아닌 입체적으로 그것을 조명하는 데 도움이 되리라고 본다.

3. 『토지』의 사상과 숭고

3.1 위반으로서의 가문과 생명이라는 숭고의 대상

박경리의 『토지』는 가족사 소설이다. 이 소설은 윤씨 부인(1대)으로부터 최치수(2대)와 서희(3대)를 거쳐 환국·윤국(4대)에 이르는 최씨가 일족의 가계와 4대의 세대등급체계의 교체가 다루어짐으로써 가족 내지는 가계축선의 시간구조를 드러낸다.[60] 이러한 소설은 흔히 각 세대 간의 갈등이나 대립이나 화해를 목적으로 한다. 『토지』에서도 그러한 면이 없는 것은 아니지만 다른 가족사소설처럼 그것이 강하게 드러나지는 않는다. 오히려 『토지』를 관통하고 있는 것은 '가문' 혹은 '가문의식'이다. 이 사실은 『토지』의 숭고미를 성격지우는 것이 가문의식과 밀접하게 연관되어 있다는 것을 의미한다. 하지만 이때 여기에서 말하는 가문의식은 순수한 정신 상태 속에서 만들어지는 것이 아니라 하나의 이데올로기적인 제도 하에서 만들어진 것이라는 점을 위반하고 있으며, 이것이

---

60 | 이재선, 「농경적 상상력과 『토지』」, 『박경리』, 조남현 편, 서강대학교 출판부, 1996, p. 96.

색다른 숭고의 차원을 반영하고 있다고 할 수 있다.

　일반적으로 가문의식을 지배하고 있는 것은 혈연과 부계 중심의 이데올로기이다. 가문이 유지되기 위해서는 부계 혹은 남성 중심의 혈통이 전제되어야 하며, 이것이 전제되지 않은 가문은 문을 닫을 수밖에 없었던 것이다. 남성 혈통을 생산하지 못한 여자를 칠거지악이라고 하여 그 가문으로부터 내치는 것이라든지 가까운 일가친척 내에서 양자를 들이는 것 등은 가문이라는 제도를 유지하기 위한 그 나름의 관습적인 법 혹은 규율로 주로 여성에게 부가된 억압기제였다고 할 수 있다. 이러한 관습 속에 놓여 있는 여성에게 혈연과 부계 중심의 이데올로기는 늘 그들을 결핍된 존재로 만들어 놓았을 뿐만 아니라 그것을 채워줄 환상으로 존재하기에 이른다. 가문의 이데올로기 내에 갇힌 여성은 그 환상을 즐길 수밖에 없다. 우리가 어떤 상상계 내에 갇힌 존재에 대해 그들이 가진 견고함을 이해하지 못하는 경우가 종종 있는데 그것은 그들이 그 환상을 즐기기 때문이다. 자신의 결핍을 채워줄 대상으로 그러한 환상을 즐김으로써 가문이라는 이데올로기는 점점 강화되고 이에 따라 숭고함 역시 커지게 된다.

　『토지』에서의 가문의식은 윤씨 부인과 서희를 통해 드러난다. 하지만 이들에게 가문은 자신들의 의지와는 상관없이 외부에서 주어진 어떤 불가항력적인 것으로만 인식되지 않는다. 이것은 이들에게 가문이 전적으로 절대성을 띠지 않는다는 것을 말해준다. 자신들의 의지가 부재한 상태에서, 좀 더 정확히 말하면 자신들의 부재 상태를 인식하지 못한 상태에서 이들은 최씨 가문 내에서 어떤 행위를 하는 것만은 아니라는 것이다. 물론 이미 이들의 행위 속에는 최씨 가문에 대한 이데올로기가 구현되어 있는 경우가 있다. 먼저 윤씨 부인을 보자. 그녀에게 구현되어 있는 가문의 이데올로기란 '청상과부'라는 것과 '정절의 훼손'이다. 전자는 남편의 병약함으로 인해 초래된 것이고, 후자는 겁탈에 의해 초래된 것이다. 이 두 사건들은 가문의 이데올로기와 직접적으로 관계되어 있는 중요한 문제이기 때문에 그녀가 어떤 태도를 취하느냐에 따라 상황이 달라질 수 있다. 만일 윤씨 부인이 가문의 이데올로기적인 금기를 깬다면 환상의 허위로부터 벗어날 수 있으며, 그것을 깨지 못한다면 여전히 환상 속에서 삶을 영위할 수밖에 없을 것이다. 소설 속에서 윤씨 부인이 보여준 것은 후자보다는 전자에 가깝다. 이것은 윤씨 부인의 행위에 적극성을 부여하려는 경우에 잘 드러난다. 주로 윤씨 부인의 행위를 모성성과 생명성의 차원에서 해석하려는 경우[61]가 그렇다.

　윤씨 부인의 행위를 문제적인 것으로 만든 사건은 가문의식을 지배하고 있는 이데올로기와의 정면충돌의 성격을 지닌다. 그녀가 죽은 남편의 명복과 자식의 장수를 기원하기 위해 찾은 연곡사에서 동학당의 교주인 김개주에게 겁탈을 당해 그의 씨앗을 잉태하게 된 것이 바로 그것이다. 가문의식이 엄연히 살아 있는 당시 상황에서 그녀의 겁탈당한 몸은 가문을 유지하고 지배해온 이데올로기의 금기를 위반한 것으로 이것은 곧 이 세계로부터의 추방과 소외를 의미한다. 가문의 일원으로서 그 세계의 금기를 위반한다는 사실은 그녀로 하여금 엄청난 심적인 고통과 함께 선택을 강요하기에 이른다. 이 고통을 견디지 못하고 스스로 목숨을 끊는 경우를 우리는 '열녀'라는 한 이데올로기의 표상을 통해 확인할 수 있다. 열녀라는 이 표상은 가문의 이데올로기의 희생양에 대한 보상에 다름 아닌 것이다. 이 상황이라면 사대부가의 대부분의 여성들은 희생양의 길을 택했을 것이다.

---

61 ｜ 대표적인 글로 이태동의 「『土地』의 역사적 상상력」(『박경리』, 조남현 편, 서강대출판부, 1996, p. 63)을 들 수 있다.

그러나 윤씨 부인의 선택은 이와는 다른 것이었다. 그녀는 자신의 목숨은 물론 아이의 목숨도 끊지 않고 그것을 스스로의 운명에 맡긴다. 이 선택은 윤씨 부인의 결단이면서 동시에 작가의 결단이라고 할 수 있다. 여기에는 가문의 이데올로기보다 목숨, 다시 말하면 생명의 가치가 더 소중하다는 의미가 내포되어 있는 것이다. 가문이 지니고 있는 이데올로기의 숭고함은 그녀에 의해 깨지고 만다. 자신이 지키려고 한 가문의 이데올로기가 한낱 결핍을 채우기 위한 환상에 불과하다는 자각은 당시로서는 엄두내기가 힘든 결정이라고 할 수 있다. 그녀의 결정은 다른 어떤 가치보다도 생명이 절대 우위에 있다는 '생명사상'의 단초를 제공한다. 가문의 이데올로기의 환상에서 벗어나 생명이라는 새로운 이념의 기치를 내세운 작가의 태도는 세계 이해의 크기와 높이 그리고 깊이의 차원에서 새로운 지평을 제시하고 있다.

작가의 의도가 생명에 있다면 그것은 곧 반생명적인 것과의 대결을 의미한다. 그녀의 입장에서 볼 때 가문의 관습화된 제도와 같은 이데올로기는 개체의 생명을 억압하는 반생명적인 것으로 인식될 수 있다. 이런 점에서 윤씨 부인의 겁탈에 대한 작가의 해석은 주목에 값한다. 비록 겁탈에 의한 것이기는 하지만 윤씨 부인의 생명의 잉태는 중요한 상징적인 문맥을 거느린다. 생명에도 소멸과 생성이 있듯이 작가가 인간의 삶 혹은 역사를 대하는 태도에도 이러한 점이 엿보인다. 윤씨 부인은 최치수로 대표되는 구세대의 보수성과 환이(구천이)로 대표되는 새로운 세대의 급진성을 동시에 품어 안는다. 하지만 작가의 시선은 전자보다는 후자를 향하고 있다. 김개주에 의해 겁탈당한 윤씨 부인이 그가 동학도로 몰려 처형당했다는 소식을 들었을 때 흘린 눈물의 의미라든가 별당아씨와 구천이를 몰래 도망시킨 것의 의미를 상기한다면 작가의 이들에 대한 관심과 애정을 이해할 수 있을 것이다.

"나를 한번 쳐다보시오."

"……"

"김개주요."

순간 등잔불 밑에서도 윤씨 부인의 낯색이 변하는 것을 볼 수 있었다.

"나를 용서하시오. 살아주어서 고맙소."

윤씨 부인의 눈길이 사나이에게로 갔다. 사나이는 소년 같은 미소를 머금었다. 장대한 몸집이 부드럽게, 아니 가냘프게까지 흔들리고 있는 것 같았다.

…(중략)…

최 참판댁을 떠나갈 때 아마 김개주는 두령인 아비를 따라 종군하였던 환이에게 그의 생모를 알려주었던 것 같다. 그해 구월 동학군은 남접과 북접이 호응 합세, 항일구국의 대전선을 결성하여 또다시 일어섰으나 십이월에 이어 연이은 패전으로 동학군이 완전 붕괴되고, 농민전쟁이자 민족전쟁인 갑오동학란의 비극의 막이 내려졌을 때 살아남았던 환이는 추적의 눈을 피하여 방랑하다가 백부인 우관 선사를 찾지 아니하고 최 참판댁 문전에 서게 되었던 것이다.

윤씨는 김개주가 전주감영에서 효수되었다는 말을 문 의원으로부터 들었을 때, 무쇠 같은 이 여인의 눈에 한 줄기 눈물이 흘러내렸다.[62]

윤씨 부인이 김개주라는 존재를 표면적으로는 받아들이지 않지만 내면 심층에서는 그를 받아들임으로써 결과적으로 역사의 변화와 전이, 그리고 그것이 장차 가져올 새로운 세상을 예견하는 하나의 상징으로

---

62 | 박경리, 『토지』 1부 2권, 나남출판사, 2011, pp. 77~79.

이해될 수 있는 여지를 제공하고 있다. 또한 그녀가 겁탈에 의한 부정한 생명을 잉태한 것 자체가 유가적인 윤리를 위반한 것이며, 마땅히 죽음으로써 자신의 부정과 죄를 용서받아야 함에도 불구하고 오히려 구천이와 별당아씨를 도망시켜 주고 그것을 묵인하는 일까지 벌인다는 것은 가문의 이데올로기보다 생명적인 소통이 우선한다는 그녀의 의식을 반영한 것으로 볼 수 있다. 그녀가 보여주는 이러한 일련의 행위들은 이 시기가 역사의 과도기 혹은 전환기인 구한말이라는 데에서 그 원인을 찾을 수도 있겠지만 이것은 어디까지나 인식이나 행위 주체가 그것을 어떻게 받아들이느냐에 따라 결정될 성질의 것이다. 아무리 구한말이라고 하지만 유가의 근본을 부정하고 해체하는 것은 여성이 감당하기에는 결코 쉽지 않은 일이다.

이런 점에서 윤씨 부인이 보여주고 있는 행위들은 토지의 무한한 생산성과 생명성을 닮아 있다. 그녀가 동학당의 핏줄을 잉태하고 소작 농민들에게 관대하며 이들과 신분의 차이를 느끼지 않는 진보적인 태도를 보인 것들은 모두 무한한 생산성과 생명성을 담지하고 있는 토지의 사상이 있었기에 가능했던 것이다. 그녀가 김개주에 의해 겁탈당하고 돌아온 날 자신은 더 이상 '남편의 아내가 아니며, 남편의 아들인 치수의 어머니도 아니다'라고 한 유가적인 정조의 윤리에 고착되어 있지 않고 그것을 넘어설 수 있었던 것은 가문의 이데올로기 위에 생명이 있었기 때문이다. 최씨 가문이 온갖 고난 속에서도 문을 닫지 않고 명맥을 유지할 수 있었던 데에는 그녀의 가문에 대한 강한 자의식 때문이 아니라 바로 생명사상의 토대 위에서 세계를 이해하고 판단했기 때문이라고 할 수 있다. 만일 그녀의 의식이 가문의 이데올로기에 고착되어 있었다면 어떻게 이 엄청난 역사의 변화와 전이, 그리고 그것이 장차 가져올 새로운 세상에 대처할 수 있었을까? 최씨 가문의 선대 여인들이 보여주었던 것처럼 그녀에게 가문이 핏줄의 생산이라든지 아니면 가문의 체면과 체통과 같은 정신적인 품격을 자신의 목숨을 걸고서라도 억척스럽게 지키고 지탱해 나가야 하는 신성하고 숭고한 것이었다면 구세대의 고루한 보수주의자인 최치수의 최후처럼 최씨 가문은 그녀 혹은 그녀의 아들 대에서 문을 닫아야 했을 것이다.

윤씨 부인의 행위를 통해 드러나는 생명성은 가문의 이데올로기를 대체한 새로운 이념이며, 이 이념의 숭고함은 가문의 그것과는 일정한 차이를 드러낸다고 할 수 있다. 생명이 드러내는 이념의 숭고함은 가문의 가족주의적인 혈연관계의 협소함을 넘어 인간과 자연 전체의 관계성으로 확장된 의미를 지닌다. 개인이나 가족 중심의 이데올로기를 넘어 인간과 자연과 우주에 이르는 타자의 관계성을 포괄하는 이 생명 이데올로기는 그 크기와 깊이 그리고 높이 면에서 가문의 그것과는 차별화된다. 이것은 그녀에 의해 긍정적인 수렴의 대상이 된 동학의 '인내천'이나 '시천주', '불연기연'의 사상과 그 맥을 같이 한다. 이런 점에서 '토지'의 상징성이 협소한 가문의 세계 내에 갇혀 있는 것이 아니라 인간과 자연 그리고 우주의 관계성을 포괄하고 있는 것은 우연이 아니다. 우리가 『토지』에서 크고 넓고 깊은 정도의 숭고함을 느꼈다면 그것은 이러한 생명사상의 내적 혹은 외적 발화를 통해서라고 할 수 있다.

윤씨 부인의 생명에 기반을 둔 숭고한 의식을 손녀인 서희에게서도 느낄 수 있다. 하지만 처음부터 서희가 이런 의식을 지니게 된 것은 아니다. 서희가 윤씨 부인의 상청에 나아가 곡을 할 때마다 자신의 훼손된 자존심의 회복과 조준구에게 빼앗긴 재산을 되찾겠다는 다짐은 선대로부터 이어지는 최씨가 여인의 가문에 대한 이념의 숭고함이 만들어낸 결과물이라고 할 수 있다. 윤씨 부인보다 서희에게서 가문의 숭고함에 대한 의식이 더 강하게 나타나는 것은 가문 자체가 소멸할 위기에 처했기 때문이다. 어떤 대상이 소멸의 위기에 처하면 그것은 더욱 숭고하게 의식될 수밖에 없고, 더욱이 서희에게처럼 그 대상(가문)이 오랜 시간 동안 숭고의 이념을 생산해온 경우에는 그것이 한층 심할 수밖에 없다. 서희의 가문에 대한 숭고함은 강한 부정성을 동반하는 경우가 많다. 하인들에 대한 광폭함이라든가 곡물의 매점매석과 토지에 대한 투기 같은 것은 그것의 단적인 예이다.

서희의 이러한 숭고함은 가문의 이데올로기의 연장선상에 있는 것으로 그것은 협소한 차원의 행위로 볼 수 있다. 가문 이데올로기에 대한 숭고한 감정이 크면 클수록 그에 비례해 서희의 조준구에 대한 증오심 또한 점점 커지게 된다. 어쩌면 간도에서의 힘겨운 시간을 견디게 해준 힘의 원천은 이 숭고함과 여기에 내재해 있는 증오심이라고 해도 과언이 아닐 것이다. 하지만 서희의 가문 이데올로기라는 숭고함은 조준구로부터 가문의 재산을 되찾고 비교적 안정된 생활을 하게 되면서 약화되기에 이른다. 숭고의 약화는 서희로 하여금 가문에 대한 이념 편향으로부터 벗어나게 한다. 이를 두고 서희가 '근원적인 허무의 강 속'에 빠지게 되고, 이와 함께 "소설적인 모험으로서의 서희의 역할도 여기에서 끝나"[63] 게 된 것으로 평가하기도 하지만 이것은 지나치게 초점을 서희의 가문의식 혹은 가문 이데올로기에 맞춘 해석이라고 할 수 있다. 가문에 대한 이념 편향으로부터 벗어난 것을 허무라든가 소설적인 모험의 소멸로 보기보다는 이러한 숭고의 허위로부터 벗어나 생명에 기반을 둔 새로운 숭고를 드러낸 것으로 이해하는 것이 더 타당하리라고 본다.

서희가 이러한 숭고함을 잘 보여준 사건 중의 하나가 자신의 집 하인인 길상과의 결혼이다. 명문가에다가 오래전부터 집안에서 자신의 신랑감

---

63 | 김치수, 「『토지』의 세계」, 『박경리』, 최유찬 편, 새미, 1998, p. 213.

으로 점찍어 둔 이상현을 마다하고 하인인 길상과 결혼한 데에는 우유부단한 이상현보다 사리분별과 판단력이 남다르고 원만한 인간성과 폭넓은 인간관계를 유지하고 있는 길상이 가문을 위해서는 낫다고 생각했기 때문으로 볼 수도 있다. 하지만 이렇게 보는 것은 자칫 할머니인 윤씨 부인에서서 발견할 수 있는 가문의 이데올로기에 대한 부정과 저항 같은 그런 역사적인 문맥을 간과해버릴 위험성이 있다. 서희의 가문에 반하는 행위의 이면에는 가문의 협소함을 넘어서 생명사상에 기반을 둔 세계에 대한 크고 높고 깊은 새로운 이념의 숭고함이 작동하고 있음을 알 수 있다. 단순히 조준구로부터 빼앗긴 가문과 토지를 되찾겠다는 그런 협소한 차원의 의식이 아니라 길상을 독립운동을 하도록 간도에 놓아준 것이라든가 남원으로 내려가 독립자금을 보내고 노비와 상민들을 돕는 일 등에서 알 수 있듯이 서희의 행위의 이면에는 이미 나 개인이나 가문을 넘어 타인이나 국가, 민족 차원의 광의적인 차원의 의식이 자리하고 있었던 것이다.

서희의 이러한 변화를 단순히 가문을 되찾은 자의 여유나 개인적인 심경의 변화로 이해하는 것은 그녀의 이면에 작동하고 있는 할머니 윤씨 부인으로부터 물려받은 생명이라는 숭고한 대상을 간과해버리는 우를 범하는 것이다. 서희가 되찾은 토지란 곧 이 숭고한 생명 혹은 생명의 숭고함을 되찾은 것에 다름 아니다. 우리는 윤씨 부인으로부터 서희에 이르는, 토지의 빼앗김과 되찾음의 과정을 지켜보면서 어떤 강한 숭고함을 느끼는 것은 단순한 서희 개인의 욕망 충족 때문만이 아니라 토지로 상징되는 생명의 소멸과 생성에서 오는 그 불안과 공포 그리고 안정과 만족 같은 불쾌와 쾌감의 정서 때문이라고 할 수 있다. 윤씨 부인이나 서희가 토지를 되찾고 지키는 것이 생명을 되찾고 지키는 일에 다름 아니기 때문에 우리는 그것을 고도의 경외감을 가지고 지켜보는 것이다.

생명의 이러한 도저한 흐름을 방해하는 조준구로 대표되는 일제의 억압과 침탈은 생명의 숭고함을 더 고양시키는 역할을 한다. 위기에 처할수록 우리의 정서는 더 고양될 수밖에 없고 이와 함께 생명에 대한 숭고 또한 강하게 표상될 수밖에 없다.

3.2 땅의 윤리와 숭고

『토지』의 사상이 생명에 있다는 사실을 모르는 사람은 없을 것이다. 토지가 천지의 모태성을 지닌 존재이며, 모든 생명은 그 안에서 생성과 소멸을 반복한다. 생명의 생성과 소멸의 반복적이고 순환적인 장으로서의 토지는 그 자체로 시공성을 지닌 역사에 다름 아니다. 이 역사의 장에서 인간 역시 예외가 될 수 없다. 토지가 생명의 역사라면 그것은 단순히 땅이나 흙으로 환원될 수 없는 영속성과 항구성을 지닌 존재라고 할 수 있다. 우리가 생명을 신비롭다고 하는 데에는 그것이 오랜 역사의 영속성과 항구성을 지니고 있는 존재이기 때문이다. 토지의 장에서 온갖 생명들이 명멸하듯이 인간 역시 그러하다는 것을 『토지』는 잘 말해준다. 이 사실은 『토지』를 인간의 이성에 의한 해석으로는 온전히 해명할 수 없는, 다시 말하면 이러한 생명의 논리 속에서 해명할 때만이 그 전모에 다가갈 수 있다는 점을 환기한다. 흔히 『토지』를 서구의 역사소설의 개념이나 그 계보 하에서 해명하면서 그것에 미달된 소설이라고 단정하는 경우가 있다.[64] 하지만 이것은 생명이 아닌 이성의 논리로 규정해 『토지』의 가치나 의미를 부연한 것으로 볼 수 있다.

작가가 소설의 제목을 '토지'라고 한 데에는 그것이 지니는 이러한

---

64 | 정호웅, 「『토지』론」, 『박경리』, 조남현 편, 서강대학교 출판부, 1996, p. 148.

인간의 이성으로는 범접할 수 없는 신비한 세계를 염두에 둔 데서 비롯된 것이라고 할 수 있다. 작가는 이것을 '가둠'과 '개방'으로 구분해서 설명하고 있다. 이 둘 중에서 그녀가 지향하고 있는 세계는 후자이다. 그녀는 우리의 역사가 개방에서 가둠으로 흘러왔다고 규정한다. 생명의 영성을 믿고 교신을 소망한 샤머니즘 시대에서 시공의 체계화가 이루어진 불교시대를 거쳐 인간의 도리와 규범을 강조한 유교시대와 유물이라는 체계가 지배하는 현재에 이르면서 현저하게 시공간의 축소가 이루어졌다[65]고 보고 있다. 이것은 곧 우리가 땅으로부터 멀어지고 그것을 망각하기에 이르렀다는 것을 말해준다. 우리 인간이 대지 혹은 땅으로부터 멀어짐으로써 심성의 황폐화가 급격하게 이루어졌고, 급기야 인간과 자연에 대한 기본적인 윤리조차 실종되게 되었다고 할 수 있다.

『토지』 속 인물들은 평사리, 서울, 진주, 간도, 일본 등 다양한 공간에 놓여 있으며, 이들의 땅에 대한 이해와 체험의 정도는 각각 다른 양상을 드러낸다. 이 다양한 인물들 중에서 대지가 지니고 있는 생명성이나 영성에 가장 근접해 있는 이는 단연 '용이'라고 할 수 있다. 땅을 터전으로 삼아 생명을 유지하는 인물들이야 수없이 많지만 땅의 본래적인 생명성과 영성에 근접해 있는 이는 많지 않으며, 이것은 기본적으로 땅과 함께 숨 쉬고 그것을 지고지순하게 사랑하지 않으면 여기에 이를 수 없다. 우리는 이러한 존재를 흔히 '농민'이라고 부른다. 평생 땅과 함께 살 수밖에 없는 천상 농민이야말로 땅 혹은 대지의 진정한 후예라고 할 수 있다. 하지만 용이의 땅에 대한 진정성을 어떻게 헤아릴 수 있을까? 용이의 지고지순한 성품, 지극한 효성과 우애, 대쪽 같은 정의감, 이웃에 대한 도리와 인정, 엄결한 도덕성 등이 과연 그의 땅에 대한 진정성을

---

65 | 박경리, 『생명의 아픔』, 이룸, 2004, pp. 49~50.

말해주는 것일까? 이런 맥락에서 그의 농민으로서의 진정성을 누구보다도 제대로 간파한 이는 최치수이다. 우매한 백성을 이리로 보고 개인주의 윤리를 강조하는 지극한 냉소주의자이면서 염세주의자인 그조차도 용이에 대해서만큼은 칭찬을 아끼지 않는다.

"서방님 문안드립니다."

허리를 굽혀 인사를 한다.

"음, 별일 없었느냐?"

치수의 음성은 부드러웠다.

"몸살을 했나봅니다."

"그래?"

치수는 용이를 가만히 바라본다. 이상하게도 그의 날카로운 눈에는 따스한 빛이 돌았다.

…(중략)…

"누군가?"

용이 나간 뒤 준구가 물었다.

"마을의 농사꾼이요."

"함께 자랐지요."

…(중략)…

"사람이 존엄하다는 것을 용이놈은 잘 알고 있지요. 그놈이 글을 배웠더라면 시인이 되었을 게고 말을 타고 창을 들었으면 앞장섰을 게고 부모 묘소에 벌초할 때마다 머리카락에까지 울음이 맺히고 여인을 보석으로 생각하는, 그렇지요, 복 많은 이 땅의 농부요."[66]

---

66 | 박경리, 『토지』 1부 2권, 나남출판사, 2011, pp. 21~22.

최치수는 용이를 '이 땅의 복 많은 농부'라고 말한다. 그가 복이 많은 것은 '사람의 존엄'을 알기 때문이다. 그의 이 존엄함이란 사람의 도리에서 비롯된 것이며, 이 도리는 곧 농민으로서 갖추어야 할 기본적인 윤리를 말한다. 최치수는 그것을 농민의 이상적인 상이라고 보고 용이야말로 그 덕목을 모두 갖춘 존재로 인식하고 있는 것이다. 그의 말에서 결코 간과하지 말아야 할 것은 그가 생각하고 있는 '이상적인 농민상'이다. 이 농부상은 땅을 터전 삼아 그것을 일구며 사는 농부의 보편타당함을 말한 것으로 그것은 결코 최치수 개인만이 생각하는 이상적인 농부상은 아니라는 점이다. 조선시대의 많은 계급이나 계층 중에 농민에 대한 규정을 이렇게 내리고 있다는 것은 그것을 농민과 땅과의 관계성 속에서 도출해낸 보편타당성으로 보아도 무방하다는 것을 말해준다. 최치수의 이러한 이상적인 농부상이 한낱 관념일 수도 있지만 또한 그것이 농민과 땅과의 관계 속에서 오랜 시간을 거쳐 자연스럽게 배태된 것으로 볼 수 있다는 사실이다.

그러나 우리가 여기에서 간과하지 말아야 할 것은 최치수가 "농민 일반에 대한 존중이 아니라 이상적 농민으로서의 용이 개인에 대한 애정의 표현"[67] 차원에서 이 말을 하고 있는 점이다. 우매한 백성을 배고픈 이리라고 간주하는 이 지극한 냉소주의자이자 세상에 대해 원한과 환멸로 가득한 염세주의자인 그조차도 이상적인 농부로 극찬하는 용이란 존재는 다른 농부들과는 차별화된 지점에 놓여 있다. 그렇다면 용이는 다른 농부들과 어떻게 차별화되는 것일까? 많은 이들이 용이에 대해

67 | 임진영, 「개인의 한과 민족의 한」, 『박경리』, 최유찬 편, 새미, 1998, p. 249.

'도리를 아는 사람'이라고 말한다. 이와 관련하여 한 가지 흥미로운 해석이 있다. 용이가 최씨 가문을 따라 평사리를 떠나 간도로 이주한 데에는 "마을의 가장의 원수를 갚기 우해 조준구를 습격하고 그것이 실패했"[68]기 때문이라는 것이다. 용이가 간도로 이주한 것이 단순히 궁핍 때문이 아니라 자신의 주인인 최씨 가문에 대한 도리 때문이라는 해석은 '보수적인 농민의 습성이 뼛속까지 스며 있는 남도의 사내'로서의 그의 성격을 잘 말해주는 대목이다. 그의 이 보수성은 조준구에게 모든 것을 잃고 간도로 이주하여 살아가는 동안에도 서희의 도움을 극구 거절한 대목에서도 드러난다. 자신의 도리를 위해 어떤 희생도 감수하는 그의 태도는 땅을 터전삼아 살아가는 보수적인 농민의 한 전형을 보여준다. 이것은 자신이 흘린 땀만큼 그것이 하나의 결실로 돌아온다는 땅에 대한 정직한 믿음이 만들어낸, 바보같이 우직할 정도의 보수적인 삶의 윤리이다. 이런 점에서 용이가 보여주는 도리는 땅에 대한 믿음에 비례한다고 할 수 있다.

최치수까지 감복하게 한 용이의 도리를 목숨보다 더 중요하게 여기는 삶의 태도는 윤씨 부인과 서희의 가문에 대한 숭고한 의식만큼이나 절대적이다. 땅에 대한 그의 숭고함은 평생 그를 땅과 함께 살다가 그곳으로 돌아가게 한다. 용이의 땅에 대한 숭고함에 대한 작가의 무한 애정은 그 땅에 터를 대지 않은, 그래서 혼이 없고 부박하고 경박하기 짝이 없는 외세의 문물에 대한 수용과 그것을 내세우는 개화파에 대한 비판으로 이어진다. 작가는 이러한 태도는 민족주의와 연결되며 이것은 "정신문화의 위엄을 간직하고 있던 우리 민족이 결국은 생명을 무시하고 생명성이 거세된 물질문명의 위력에 의한 일본 민족에게 핍박을 당하는 상황

---

68 | 김치수, 「『토지』의 세계」, 『박경리』, 새미, 1998, p. 205.

에 대한 저항에서 출발한 것"[69]이라고 할 수 있다. 작가의 민족주의는 결국 땅에 대한 숭고한 의식으로부터 잉태된 것이며, 이런 점에서 실체 없는 관념이 만들어내는 민족주의와는 차이가 있다.

땅에 대한 숭고한 의식이 잉태하는 민족주의는 기본적으로 생명에 대한 공경과 사랑이 전제될 수밖에 없다. 생명에 대한 공경이 전제된 이념이 어떻게 모든 생명을 파괴하는 파시즘적인 논리를 가질 수 있겠는가? 작가가 '생화나 분재 같은 일본 가옥에서 볼 수 있는 도코노마'와 같은 풍습을 기능적이고 유물적이라고 비판하면서 그것이 '종내에는 사람도 물량으로, 인력으로 간주하여 목적이나 수단이 되'어 '군국주의' 같은 이념을 낳았다고 보고 있다.[70] 일본의 군국주의도 그 이념을 숭고하다고 믿는 데서 비롯된 것이다. 파시즘과 숭고가 아주 밀접하게 연결되어 있다는 것은 바로 이와 같은 이유에서이다.[71] 땅에 대한 숭고한 의식과

---

69 | 양문규, 「『토지』에 나타난 작가 의식」, 『『토지』와 박경리 문학』, 솔, 1996, p. 47.

70 | 박경리, 『생명의 아픔』, 이룸, 2004, pp. 16~17.

71 | 새로운 국가나 민족이데올로기는 제도화된 현실 속에서 실현되는 것이 아니라 관념이나 이상의 형태로 존재하는 것이기 때문에 늘 거리의 개념과 여기에서 비롯되는 고양된 의식을 동반할 수밖에 없다. 현실적인 실감의 대상으로 존재할 때 국가나 민족은 그저 평범하고 일상적인 대상이 되지만 그것이 돌연 닿을 수 없는 거리의 심연을 드러낼 때 그 대상은 숭고함(The Sublime)을 띠게 된다. '숭고한 대상이란 그 자체로 아무것도 아닌데 우연히 욕망의 위치에 놓여져 찬란한 빛을 발하는 실제계의 산물'인 것이다. 숭고한 대상은 상징계로 들어서면 그 빛을 읽게 된다. 그러나 그것은 여분을 남겨 욕망을 지속시킨다. 이 '남겨진 잔여물이 우리를 계속 살게 만드는 욕망의 미끼, 혹은 잉여 쾌락(권택영, 「대중문화를 통해 라깡을 이해하기」, 『현대시사상』 1999년 여름호, pp. 100~103)인 것이다. 일제강점기 국가와 민족은 숭고의 대상으로 존재하면서 식민지 시대를 계속 살게 만드는 삶의 동력인 것이다. 국가와 민족이 숭고의 대상이 될 때 이데올로기의 과잉으로 인해 자칫하면

기능이나 물질에 대한 숭고한 의식은 그것이 믿음이라는 차원에서는 다르지 않지만 그 결과는 평화와 전쟁, 생명과 파괴만큼이나 상이한 양상으로 나타날 수 있다.

이런 맥락에서 볼 때 용이의 이상적인 농민상은 그의 땅에 대한 진정성에서 비롯된 것이라고 할 수 있다. 그가 땅을 지고지순하게 사랑하고 숭고한 대상으로 여기기 때문에 이런 존엄한 인품의 소유자가 되었다고 말할 수 있을 것이다. 그의 땅에 대한 숭고한 의식은 그라는 대상을 숭고한 위치로 올려놓는다. 작가는 농민에게 "무한한 애정을 쏟고 있지만 결코 그들을 동정적으로 미화하지 않을 뿐만 아니라 오히려 농민들을 무능력하고, 전근대적인 인습에서 헤어날 줄 모르고, 그러면서도 탐욕스럽고 애욕에 불타는 인간들"[72]로 형상화하고 있다. 하지만 용이에 대해서만큼은 다르다. 작가는 용이라는 존재를 이러한 농민들이 가질 수 있는

그것이 쇼비니즘이나 파시즘으로 전락할 위험성이 있는 것이 사실이다. 이차 세계 대전 당시 독일의 나치즘이나 일본의 군국주의 역시 국가와 민족에 대한 숭고함의 과잉이 만들어낸 비극적인 예들이다. 숭고함의 과잉을 넘어서기 위해서는 그것에 대한 반성적인 판단이 전제되어야 한다. '존재의 의미에 대한 궁극적 물음이 회피되고 사랑의 깊이가 상실된 곳에서는 정치적 이데올로기와 결합된 형이상학적 숭고가 부정적 숭고의 자리를 채우게 된다. 나치즘은 숭고의 미학이 정치적 이데올로기와 결합했을 때 초래될 수 있는 파국적 상황을 여실히 보여주고'(박현수, 「일제강점기 시적 숭고 고찰」, 『한국시학연구』 1집, 1998) 있다. 숭고는 인간 실존이 지니는 부정성을 통해 인간과 삶에 대한 참된 본질을 드러내 보여주어야 한다. 이런 점에서 일제강점기 우리 문인들에게 국가와 민족은 단순한 삶의 대상이 아니라 그들이 처해 있는 부정적인 조건들과의 대면을 통해 정신의 크기를 고양시키고, 인간 존재의 유한성을 극복하는 길을 제시하는 실존적이고 존재론적인 대상인 것이다.

72 | 송재영, 「小說의 넓이와 깊이」, 『박경리』, 조남현 편, 서강대학교 출판부, 1996, p. 37.

이상적인 상과 그들이 행할 수 있는 윤리의 최대치를 그를 통해 제시하고 있다. 이것은 작가가 용이를 평사리의 평범한 현실 속에 두지 않고 자신의 이상화되고 고양된 관념이나 이상 속에 그를 두고 있다는 것을 의미한다. 이렇게 함으로써 용이라는 존재는 돌연 우리가 닿을 수 없는 거리의 심연 속에서 숭고함The Sublime을 띠게 된다.

　최치수나 작가를 통해 잘 드러나고 있는 그에 대한 경외감은 용이 개인의 이상화된 차원에 머물러 있는 것이 아니라 국가나 민족 차원으로까지 확대되어 드러난다. 『토지』 속 농민들이 처해 있는 상황은 일제의 수탈로 인해 궁핍화가 극에 달한 시대이며, 이로 인해 농민들은 자신의 도리를 지키며 살기가 쉽지 않아 여기에 타협하거나 함몰되어버리는 경우가 많았던 것이 사실이다. 하지만 또 다른 한편으로 일제강점기라는 이러한 상황은 농민들이나 작가들에게 부정적인 조건들과의 대면을 통해 정신의 크기를 고양시키고, 인간 존재의 유한성을 극복하는 길을 제시하는 계기를 제공하기도 한다. 만일 이 둘 중 후자의 길을 택한다면 그것은 곧 숭고의 대상으로 존재하게 된다는 것을 의미한다. 식민지적 상황이라는 부정적인 조건들과의 대면 속에서도 용이가 보여준 도리를 다하는 삶이 숭고의 감정을 불러일으키기에 부족함이 없었던 것도 바로 이런 이유 때문이라고 할 수 있다. 숭고한 대상으로서의 용이의 존재는 일제강점기라는 식민지적 상황 속에서의 토지를 기반으로 하여 살아가는 조선 농민의 이상화된 모습이며, 그와의 거리가 멀수록 숭고의 감정은 점점 더 커지게 된다. 용이라는 숭고한 대상은 땅의 윤리를 기반으로한다는 점에서 정치적인 이데올로기에 의해 생산된 숭고와는 궤를 달리한다. 땅의 윤리는 생명의 윤리처럼 어느 한쪽으로 과도하게 쏠리지도 않고 또 변화와 전이 그리고 그것이 가져올 장차 새로운 세계에 대한 전망을 과장하거나 숨기지도 않는다. 이 점이 숭고의 감정을 오래 고양시키고 또 지속시킨다. 땅의 윤리와 그 토대 위에서 농부로 살아온 용이의 삶의 윤리는 『토지』의 크기, 넓이, 깊이를 이루는 요인으로 작용하면서 이 소설의 숭고미를 더해준다고 할 수 있다.

3.3 한과 그늘 그리고 비극적 사랑의 숭고

생명이나 땅으로 표상되는 숭고 못지않게 『토지』에서 사랑으로 표상되는 숭고 역시 이 소설의 정서적인 체험의 폭과 깊이를 더해준다. 『토지』에 등장하는 대부분의 인물들은 숭고함과는 거리가 멀다. 어떤 대상에 대해 애착을 가지고 있거나 집착하는 인물이 있기는 하지만 그것이 정신의 고양을 가져오지 못한 채 평범한 자연 상태에 머물러 있다거나 아니면 과도한 욕망의 분출로 인한 자기 파멸이나 세계에 대한 의지를 상실한 무기력함만이 난무하는 허무주의적인 차원으로 전락하기에 이른다. 숭고는 단순한 외부적인 자극에 의해서가 아니라 인간 정신의 자율적이고 능동적인 반성적 판단에 의해 성립된다고 할 수 있다. 어떤 대상이 숭고의 차원에 이르기 위해서는 이처럼 반성적 판단에 의한 정신의 고양이 전제되어야 하는데, 이것은 일종의 자기보존 본능에서 비롯되는 것으로 공포와 두려움을 느낄 때 더 강하게 작용한다. 윤씨 부인과 서희의 생명에 대한 태도, 용이의 땅에 대한 태도 등은 모두 자기보존 본능과 무관하지 않다.

이런 맥락에서 볼 때 『토지』에서 숭고 혹은 숭고미를 드러내고 있는 또 다른 경우는 구천이(환이)와 별당아씨, 용이와 월선 사이에서 전개되는 사랑에서이다. 이들 사이의 사랑은 정신적 고양을 위한 매개가 분명하게 존재할 뿐만 아니라 그것을 위한 주체들의 태도 역시 진정성을 담보하고 있다. 무엇보다도 이들이 처한 상황이 사랑을 더욱 숭고하게 하고 있다. 여기에서의 상황이란 '불가능성'과 다르지 않으며, 이것을 가능하게 하는데서 숭고의 체험이 더욱 강하게 환기된다. 이 불가능성을 가능성으로 바꾸는 역설을 감행한다는 것은 곧 견고하게 유지되어온 제도적이고 관습적인 금기를 깬다는 것을 의미한다. 일반적으로 금기의 대상이 되는 것은 두려움의 대상이기도 하다. 어떤 것이 두려움의 대상이라면 그것은 나를 압도하며 여기에서 두려움과 공포의 감정이 발생한다. 이 감정은 불쾌한 것이라고 할 수 있다. 하지만 금기를 깨는 순간 불쾌한 감정은 쾌의 감정으로 바뀌게 된다. 어떤 것(사랑)에 대한 금기를 깨는 순간 더 크고 더 넓은 의미 지평이 열리게 된다. 이 의미 지평이 열려야 숭고가 발생할 수 있다.

구천이와 별당아씨의 사랑은 신분상의 금기와 함께 근친상간적인 금기도 함께 존재한다. 구한말이라고는 하지만 양반과 천민 사이의 신분상의 금기를 깨는 일은 결코 쉬운 것이 아니며, 게다가 같은 배에서 나온 형의 아내를 취한다는 것은 인륜을 저버리는 행위로 볼 수 있다. 표면상으로 보면 이들의 사랑은 숭고하기는커녕 추한 욕망의 산물로 간주되어 만인에게 지탄을 받을 수도 있는 것이다. 그렇다면 어떻게 이들의 사랑이 추한 욕망이 아닌 숭고의 대상이 될 수 있는 것일까? 이 물음에 대한 답은 이들의 금기를 깬 행위가 그것을 지키는 것보다 더 가치 있는 행동이라는 점을 증명하는 데서 찾을 수 있다. 구천이의 별당아씨에 대한 사랑은 윤씨 부인을 어머니라고 부르지 못하는 데서 오는 한 맺힘과 그것을 보상받으려는 심리가 작동하여 발생하지만 그 기저에는 자신의 몸을 기생집에서 혹사시켜 생식 기능마저 상실한 남편의 모진 학대에 시달리는 별당아씨에 대한 연민과 측은지심이 자리하고 있다. 그것을 알아차린 이가 바로 구천이와 윤씨 부인이며, 그녀는 대문을 열어 두 사람의 도망을 돕기까지 한다.

윤씨 부인의 이러한 행동의 이면에는 자신이 버렸던 아들에 대한 미안

함을 넘어 이들의 사랑이 단순한 욕정이라든가 일시적인 감정이 아닌 숭고라는 사실에 대한 인식이 자리하고 있다. 윤씨 부인이든 또 다른 그 누구든 이들의 사랑에서 숭고함을 느낀다면 그것은 이들의 금기를 깬 행위의 정당성을 인정함과 동시에 여기에 일체의 다른 것들을 개입시키지 않는다는 것을 말해준다. 만일 이들의 사랑이 나와 크게 다를 바 없다고 느낀다면 숭고의 감정은 일어나지 않을 것이다. 이들이 보여주고 있는 사랑이 내가 엄두를 내지 못 할 정도로 혹은 절대적으로 크고, 넓고, 깊다고 느끼기 때문에 숭고의 감정이 발생하는 것이다. 이들이 사람들의 눈을 피해 지리산으로 들어가고, 이들이 어긴 금기를 심판하기 위해 최치수가 총을 들고 뒤쫓아 올 때 숭고의 감정은 고조된다. 그리고 별당아씨가 병들어 죽고 구천이도 자살하게 되는 대목에서 숭고의 감정은 정점에 이르게 된다. 죽음으로써 이들은 더 이상 우리가 도달할 수 없는 거리에 놓이기 때문에 이들의 사랑에 대한 숭고의 감정은 극대화될 수밖에 없다.

용이와 월선의 사랑에도 농민과 무당의 딸이라는 신분의 차이가 존재한다. 이 차이로 인해 월선은 정실부인이 되지 못하고, 강청댁과 임이네의 구박 속에서 살아가게 된다. 자신의 제도적인 보호 장치가 전혀 없는 상황이라면 보통 여자 같으면 자의에 의해서든 타의에 의해서든 그 사랑을 스스로 포기할 것이다. 하지만 월선의 경우에는 용이에 대한 '사랑' 이외에는 그 무엇도 문제가 되지 않는 태도를 보인다. 순수한 사랑 혹은 사랑의 순수함이란 현실에서는 좀처럼 만나기 힘들 뿐만 아니라 그것을 온전히 구현하기란 더더욱 힘든 것이 사실이다. 이런 점에서 보면 자신의 이익을 위해서는 물불을 가리지 않는 이기적인 욕망의 소유자인 임이네가 훨씬 보통 인간의 모습을 하고 있다고 할 수 있다. 임이네와 대비해서 보면 월선은 인간을 초월해 있다. 이것이 가능한 것은 원래부터 타고난 인간적인 바탕 위에 자신의 한을 삭이는 법을 알고 있었기 때문이다.

월선이 지니고 있는 한은 결코 작은 것이 아니다. 무당의 딸이라는 천한 신분과 그로 인해 정실부인이 되지 못한 채 살아가는 그녀의 처지는 한 그 자체라고 해도 과언이 아니다. 그녀는 용이의 아내인 "강청댁과 임이네의 맹목적, 동물적인 질투와 탐욕에 눌리어 제대로 감정을 내비치지도 또 뻗치지도 못한 채 그것을 끊임없이 절제하고 내면화해 간다."[73]이 절제와 내면화의 과정이 바로 한의 삭임의 과정인 것이다. 한이 제대로 삭여지지 않으면 그것은 무서운 원한으로 남게 되어 파괴적인 속성을 지니게 된다. 원한이란 그 안에 증오와 복수라는 의미를 내장하고 있는 단어라고 할 수 있다. 하지만 그녀에게는 이러한 면모를 찾아볼 수 없다. 인간이면 누구나 두려워하고 공포에 떠는 죽음의 순간에도 그녀는 평정심을 잃지 않는다. 용이의 품 안에서 그를 올려다보면서 '자신이 살아온 삶에 대해 여한이 없다'고 하는 장면은 한의 온전한 삭임인 동시에 인간이 행할 수 있는 정신적인 고양의 극치를 보여준다.

"임자."

얼굴 가까이 얼굴을 묻는다. 그리고 뗀다. 머리칼에서부터 발끝까지 사시나무 떨 듯 떨어댄다. 얼마 후 그 경련은 멎었다.

"임자."

"야."

"가만히."

이불자락을 걷고 여자를 안아 무릎 위에 올린다. 쪽에서 가느다란 은비녀가 방바닥에 떨어진다.

---

73 | 천이두, 「한(恨)의 여러 궤적들」, 『박경리』, 새미, 1998, p. 241.

"내 몸이 찹제."

"아니요."

"우리 많이 살았다."

"야."

내려다보고 올려다본다. 눈만 살아 있다. 월선의 사지는 마치 새털같이 가볍게, 용이의 옷깃조차 잡을 힘이 없다.

"니 여한이 없제?"

"야, 없십니다."

"그라믄 됐다. 나도 여한이 없다."

머리를 쓸어주고 주먹만큼 작아진 얼굴에서 턱을 쓸어주고 그리고 조용히 자리에 눕힌다.

용이 돌아와서 이틀 밤을 지탱한 월선이는 정월 초이튿날 새벽에 숨을 거두었다.[74]

죽음이 임박한 월선이를 안아 자신의 무릎에 올려놓고 용이도 자신이 살아온 삶에 대해 여한이 없다고 말한다. 이들의 삶에 어떤 한도 남아 있지 않다고 말할 수 있는 데에는 그 중심에 숭고한 사랑이 있었기 때문이다. 이들이 나누는 대화의 경지, 여기에서 우리가 만나게 되는 사랑의 진면목은 그 도달하기 어려움 혹은 도달할 수 없음으로 인해 더욱 숭고한 아름다움을 드러낸다. 이 아름다움은 우리가 흔히 말하는 아름다움beauty 과는 차원을 달리한다. 단순한 미가 아니라 그 미를 초월한 미 바로 숭고미sublime인 것이다. 왜, 우리가 이들의 사랑처럼 지고지순하고 격조 높은 장면을 보면 미적 차원의 끌림과는 또 다른 끌림이 발생하고, 그것이

---

74 | 박경리, 『토지』 2부 4권, 나남출판사, 2011, p. 233.

우리를 치명적인 매혹의 세계 속으로 깊숙이 빠져들게 하는지 여기에 대한 답은 숭고 혹은 숭고미에 있다.

그런데 별당아씨와 구천이, 용이와 월선을 통해 드러나는 숭고한 사랑 혹은 사랑의 숭고함의 이면에는 작가의 '한'에 대한 해석이 내재해 있음을 간과해서는 안 될 것이다. 이들은 모두 한을 지니고 있는 인물들이다. 하지만 이들의 한은 '세상으로부터의 소외를 세상 탓으로 돌리는 그런 원한'이 아니라 "한을 생의 기본적인 형태로 파악하고 그것을 그만큼 안으로 성기게 하고 소방하게 한다"[75]는 차원의 한을 말한다. 원한이란 필연적으로 상대에 대한 복수와 파괴를 목적으로 하며, 안으로 성기疏內는 한은 융화와 포용을 목적으로 한다. 작가가 지향하는 한은 그녀 식으로 이야기하면 그것은 "생명과 더불어 온 것"[76]이다. 한의 토대가 생명에 있다는 작가의 논리는 한이 어느 한쪽, 이를테면 분노, 슬픔, 미움과 같은 정서의 차원뿐만 아니라 기쁨, 즐거움, 좋음과 같은 정서까지도 포함하는 복합적이고 종합적인 의미를 담지하고 있다는 것을 말한다. 이것은 한이 한 그 자체의 상태로 머물러 있는 것이 아니라 삭임의 과정을 통해 풀어지면서 '신명神明'의 차원으로의 승화까지를 포괄한다는 것을 의미한다.

이 삭임이나 신명의 차원까지 포괄하기 때문에 한은 생명과 더불어 온 것이다. 어느 한쪽이 아닌 다른 쪽까지 포괄하고 서로 어우러져 웅숭깊은 세계를 이룰 때 우리는 그것을 '그늘'이라고 한다. 가령 판소리에서 우리는 득음을 한 소리꾼의 소리에 대해 '아 그 소리에는 그늘이 있어'라

---

75 | 김진석, 「소내(疏內)하는 한의 문학: 『토지』」, 『박경리』, 최유찬 편, 새미, 1998, pp. 313~324.

76 | 박경리, 『토지』 4부 2권, 나남출판사, 2011, p. 285.

고 말한다.[77] 이때의 그늘이란 한을 삭여 그것이 신명의 차원까지 나아간 상태를 가리킨다. 소리에 그늘이 있다는 것은 곧 생명이 있다는 것이고, 이 생명으로 인해 그 소리는 숭고의 대상이 되는 것이다. 세상의 분노, 슬픔, 미움, 기쁨, 즐거움, 좋음을 삭이고 삭여 그것이 모두 어우러진 상태에서는 한이 있을 수 없다. 용이와 월선이가 서로 '여한이 없다'라고 한 세계가 바로 그것을 표현한 것이다. 이들이 보여주고 있는 이러한 한의 삭임 혹은 그늘의 세계는 『토지』가 잉태하고 생산해낸 우리 소설 미학의 독창적이고 숭고한 경지라고 할 수 있다.

4. 『토지』 해석의 새로운 지평을 위하여

박경리의 『토지』는 숭고미의 한 경지를 보여준다. 이 소설의 숭고미의 토대로 작용하고 있는 것은 작가의 '생명사상'이다. 이 생명사상은 윤씨 부인, 서희, 용이, 구천이, 별당아씨, 월선이 등 소설의 주인공들의 의식과 무의식의 심층에 자리하면서 이들의 태도와 행위를 결정한다. 작가의 인간과 세계 이해의 중심에 생명이 존재하면서 그것은 다른 가치, 이를테면 혈연과 체면을 중시하는 가문 이데올로기, 변화와 생성이 부재한 수구적 보수주의, 개인 중심의 이기주의, 인간에 대한 냉소와 환멸로 가득한 허무주의 등과 같은 반생명적인 것에 저항하고 그것을 해체한다. 소설 속 주인공들을 통해 표현되는 생명의 서사는 '토지' 혹은 '땅'이라는

---

77 | 임우기 역시 『그늘에 대하여』(강, 1996)에서 그늘의 개념을 우리의 판소리에서 찾고 있다. 그리고 이 그늘의 개념을 서양의 로고스 비평과 대비시켜 한국 현대시와 소설을 해석하고 있다.

질료가 잘 말해주고 있듯이 그것은 '빛과 어둠', '웃음과 눈물', '한숨과 환호', '천상과 지상', '이승과 저승', '환상과 현실', '주관과 객관', '주체와 타자'를 아우르는 '그늘'의 세계에 닿아 있다. 이것은 작가가 세계를 이분법적이고 변증법적인 논리를 통해 이해하고 있는 것이 아니라 그것을 넘어 동학의 불연기연의 논리라든가 불교의 상생과 상극 같은 우리의 사유 체계 안에서 이해하고 있다는 것을 의미한다.

『토지』전편을 압도하는 숭고함은 생명, 그늘, 한, 신명, 삭임과 같은 논리 하에서 이루어진 것으로 그것은 이 소설의 깊이, 넓이 그리고 높이를 더해주고 있을 뿐만 아니라 우리 소설 미학의 독창적이고 숭고한 경지를 보여주고 있다. 이러한 해석은 『토지』를 지나치게 서구의 이론, 특히 서구의 역사주의적이고 리얼리즘적인 서사론에 입각해 이해하고 판단하는 것에 대한 비판과 반성의 의미를 지닌다고 할 수 있다. 동서양을 막론하고 위대한 소설은 그 안에 웅숭깊은 사상을 담지하고 있으며, 이런 점에서 『토지』의 토대를 이루고 있는 생명사상은 근대 이후 전통에 대한 허약성과 전망에 대한 부재라는 우리 소설의 문제점과 한계를 넘어설 수 있는 어떤 희망적인 대안을 담지하고 있다고 볼 수 있다. 소설 『토지』가 표상하는 과거의 전통과 현재 그리고 미래의 전망으로서의 서사는 그것이 생명 혹은 생명사상을 토대로 한다는 점에서 그 가치와 의미를 더해준다. 이 사실은 『토지』를 이루는 각각의 생명의 주체들이 새로운 발견과 탐색의 대상으로 존재한다는 것을 말해준다. 『토지』에 대한 연구는 바로 이렇게 각각의 생명의 주체들과 그것이 어우러져 이루는 전체 생명 간의 관계와 그 의미에 대한 발견과 탐색으로부터 출발해야 할 것이다.

Ⅲ
···
상징과 문신

1. 상징본색象徵本色

1. 은폐된 상징과 몸의 언어

정진규의 시는 상징으로 가득하다. 이 상징은 오랜 인습으로 인해 만들어진 것이 아니라 시인에 의해 발견된 것이다. 시인은 사물이나 세계의 이면에 은폐된 상징을 어떤 도구적인 연관성에 입각해 그것을 개념화하는 것이 아니라 시인 특유의 직관과 사유의 방식을 통해 드러낸다. 은폐된 상징의 탈은폐는 우리가 미처 알지 못한 사물이나 세계의 의미를 발견하는 일이기 때문에 여기에서 어떤 깨달음 같은 것을 체험하게 된다. 어쩌면 그의 시는 이러한 깨달음의 과정을 보여주는 것이라고 해도 과언이 아니다.

그러나 깨달음은 쉽게 이루어지는 것이 아니다. 깨달음에 이르기 위해서는 먼저 인식과 실천의 깊이를 확보해야 한다. 깨달음은 인식만으로는 이루어지지 않는다. 인식과 실천이 함께 할 때 깨달음을 얻을 수 있다. 이런 점에서 깨달음은 관념론을 넘어 실재론과 유물론의 차원을 포괄하는 의미를 지닌다고 할 수 있다. 이 사실은 그의 사유가 필연적으로 정신의 차원을 넘어 육체를 포괄하는 '몸'의 차원으로 나아갈 수밖에 없다는 것을 말해준다. 진정한 깨달음을 얻기 위해서는 그것이 몸 차원의 실천을 동반하지 않으면 불가능할 수밖에 없다. 몸으로 무엇인가를 깨닫는 일이야말로 일찍이 유교나 불교에서 강조한 가장 중요한 실천궁행의 덕목이다.

유교의 예禮와 불교의 선禪은 모두 몸을 통한 진리의 구현을 목적으로 한다. 먼저 자신의 몸을 부단히 성찰하고 닦아야 한다.修身 그래서 시인은 '쉰 살에 계몽주의자'가 된다. 이때의 계몽은 이성을 통한 합리적이고 변증법적인 이해를 토대로 하는 것이 아니라 몸을 통한 통합적이고 총체적인 이해를 토대로 한다. 시인이 몸을 세계 이해와 진리 구현의 토대로 내세운다는 것은 '존재의 온전함'에 대한 탐구로 볼 수 있다. 몸은 존재의 온전함 내지 견고함을 드러낸다. 그 온전함과 견고함은 문신文身으로 표상된다. 김혜순이 '몸은 몸에게 다가가고 싶은 속성 때문에 스스로가 가진 존엄성 때문에 너무나 상처받기 쉽다. 상처는 우리에게 쉼 없이 고통을 제거하라고 명령한다. 우리의 몸은 우리로 하여금 상상할 수 없던 것까지 느끼고, 가지라고 명령한다. 열린 입, 생식기, 가슴, 코 등등이 몸을 계속 과정 속에 살도록 눈뜨자마자 몸을 독려하고, 밖으로 밀어낸다. 그러나 몸은 원하는 것을 모두 갖지 못한다. 몸의 수많은 구멍들이 그 불가능한 것 때문에 하루 종일 울부짖는다. 구멍의 비명은 몸의 안팎에 새겨진다'(『현대시학』 1998년 10월호, 「불교, 여성, 시의 몸」)라고 했을 때 그 몸은 이러한 온전함과 견고함에 대한 열망의 표현이라고 할 수 있다.

몸이 이처럼 존재의 견고한 문신을 지닐 수 있는 것은 그것이 존재에 '직방直放'으로 이르기 때문이다. 이때의 직방은 '온몸'과 다른 것이 아니다. 직방과 온몸 속에는 세계에 대한 궁극적인 절대선과 진리가 존재한다. 직방과 온몸의 사유를 상실한 결과 엄청난 불균형이 초래되고 그로 인해 불안이 극대화되기에 이른다. 이성적인 사유란 직방과 온몸의 사유가 아니다. 그것은 개념화되고 기계화된 죽은 사유이다. 직방으로 가면 존재는 존재로서 드러난다. 만일 그렇지 않으면 존재는 왜곡되어 드러날 수밖에 없다. 존재의 왜곡은 언어를 통한 개념화로 드러나며, 이때의 언어는 몸이 배제된 상태를 가리킨다. 언어에서 몸이 배제되면 그것이 드러내는 표상은 존재 자체의 이음새가 없는 혹은 서로 넘나들 수 없는 한낱 관념화된 세계로 머물 수밖에 없다.

이런 맥락에서 보면 언어가 중요한 것이 아니라 언어 이전의 몸의 과정이 중요한 것이다. 몸이 충분히 몸의 과정을 보면 주면 그만큼 존재는 견고해지고, 언어 또한 견고해지게 된다. 몸과 세계와의 치열한 실존적인 싸움의 정도에 따라 그 흔적(문신)이 달라지며, 그 흔적이 깊으면 깊을수록 더욱 의미가 있는 것이다. 세계의 관계성이란 존재자들의 몸이 있기에 가능한 것이다. 몸 없이 세계의 관계성을 이야기하는 것은 불가능하며, 몸과 몸의 상호 신체성이 더 큰 몸을 만들고 그 안에서 세계는 끊임없이 무한한 생성을 거듭하게 되는 것이다. 세계의 이음새로서의 몸에 대한 고려가 없으면 어떤 온전한 생명이나 해석 공동체도 성립될 수 없다. 몸이 단순한 형이상학적인 존재론의 토대가 아닌 진정한 생명론이나 생태론의 토대인 이유가 바로 여기에 있다. 진정한 언어는 몸을 통한 생명론이며 생태론이어야 한다. 이 사실은 우리가 흔히 말하는 몸의 언어가 언어의 생명성 혹은 언어의 생태성을 지녀야 한다는 것을 의미한다.

몸의 언어는 결과로서의 언어를 넘어 언어 직전의 몸의 과정을 포괄하는 '직전의 미학'을 낳는다. 언어가 아니라 언어 직전까지만 가자는 니체의 사유가 보여주는 이러한 직전의 미학이야말로 몸을 배제한 채 전개되어온 근대의 형이상학에 대한 통렬한 비판이자 반성이라고 할 수 있다. 몸을 통한 직방과 직전의 사유가 존재의 온전함에 이르는 길이라면 근대의 형이상학으로부터 자유롭지 못한 시인의 언어는 반성과 성찰의 의미를 동반할 수밖에 없다. 시인의 깨달음은 이러한 존재 일반에 대한, 그중에서도 근대적인 형이상학에 대한 비판과 반성을 겨냥하고 있다고 할 수 있다. 몸에 대한 혹은 몸을 통한 사유를 통해 사물이나 세계 이면에 은폐되어 있는 존재와 만나면서 시인의 깨달음은 싱싱하고 낯선 상징을 언어의 장으로 투사한다.

2. 상징의 투사와 본색의 탈은폐

시인이 언어의 장으로 투사하는 상징은 이미 그 의미가 죽은, 낡거나 가벼운 상징이 아니라 싱싱하게 살아 있는 제법 무게를 가진 상징이다. 시인이 몸을 통해 드러내려는 존재의 모습은 그것이 지니고 있는 '본색本色'이다. 사물이나 세계의 본색은 쉽게 드러나지 않는다. 사물이나 세계가 본색을 드러낼 때에는 이미 모든 조건이 하나의 존재론적인 사건을 불러 일으킬 정도로 극에 달해 있다는 것을 의미한다. 사물이나 세계가 본색을 드러낸다는 것은 외발적인 힘보다는 내발적인 힘의 시작을 전제한다. 사물이나 세계 역시 하나의 몸으로 이루어진 존재이다. 그 몸이 본색을 드러낼 때에는 시인의 사유가 그것과 만나고 접촉하는 존재론적인 사건이 있어야 가능하다. 이것은 몸과 몸이 서로 만지면서 만짐을 당하는 그런 상호 신체성 하에서 가능한 것이다.

이러한 상호 신체성 하에서 사물이나 세계는 존재를 견고하게 둘러치고 있는 외피를 탈각한다. 외피가 탈각됨으로써 사물이나 세계는 그 본연의 생명성과 생태성으로서의 맨얼굴을 드러낸다. 기존의 개념화된 언어는 이 본연의 생명성과 생태성을 박제화하고 그것을 보다 견고하게 구조화함으로써 사물과 세계에 대한 죽은 상징만 끊임없이 생산하기에 이른다. 사물이나 세계는 그 본연의 은폐된 상징성을 지니고 있다. 상징이란 존재를 환기하고 드러내는 가장 강렬한 방식 중의 하나이다. 상징은 언어의 개념성을 넘어서 존재의 본색에 육박하는 의미를 지닌다. 인습화되고 박제화된 상징이 아닌 사물이나 세계의 본색을 지니고 있는 상징은 그 자체가 생생한 물성을 드러낸다. 「本色」에서 시인은

> 그는 굴비 낚시라는 말을 쓸 줄 안다. 그는 죽은 물고기를 살려낸다 그것도 이미 소금으로 발효시킨 짜디짠 조기 한 마리가 퍼들퍼들 낚싯줄에 매달린다 팽팽하다 그는 질문을 아주 잘하려는 궁리에 골몰한다 생각의 바늘들을 번득인다 예정된 답변 말고 누구도 모르던 본색本色을 탄로시킨 줄 안다 이 봄날엔 나무들이 꽃으로 초록 눈썹嫩葉들로 본색本色을 탄로시키고 있다
>
> —「本色」부분

고 노래한다. 시인이 주목한 것은 "조기 한 마리"이다. 그것을 시인은 "죽은 물고기"라고 명명한다. 이 '죽은 물고기'를 시인은 살려낸다. 여기에서 "죽은 물고기"는 단순히 하나의 사물을 가리키는 것이 아니라 박제화되고 구조화된 언어를 가리킨다고 할 수 있다. 이 언어 하에서는 모든 사물이나 세계는 죽은 존재의 형식을 드러낼 수밖에 없다. 죽은 존재의 형식을 지닌 언어는 결코 그것이 은폐하고 있는 본색을 드러낼 수 없다. 본색을 드러내기 위해서는 이러한 죽은 언어를 살려야 한다. 그것은

"소금으로 발효시킨 짜디짠 조기 한 마리가 퍼들퍼들 낚싯줄에 매달리"
는 그런 팽팽함을 회복하는 일과 같은 것이다. 그렇다면 어떻게 죽은
언어를 되살릴 수 있을까?

"생각의 비늘들을 번득"이면 그것이 가능할까? 이 물음에 대해 시인은
아니라고 말한다. 이렇게 단정할 수 있는 것은 시인이 '예정된 답변 말고
누구도 모르던 본색本色을 탄로시킨 줄 안다'고 말하고 있기 때문이다.
이것은 생각만으로는 본색을 탄로시킬 수 없다는 것을 말하고 있는 것이
다. 생각이 아니라 생명 그 자체 속에서만이 그것이 가능하다고 말하고
있는 것이다. 그것은 '나무들이 꽃으로 초록 눈썹嫩葉들로 본색本色을
탄로시키'듯이 그렇게 이루어지는 것이다. 나무의 본색이 꽃과 초록 눈이
라는 사실은 시인이 발견한 진리이며 그것은 나무라는 존재의 생명성과
생태성을 드러내는 몸의 언어이다. 이렇게 되면 나무는 하나의 싱싱한
상징이 된다.

시인의 발견에 의해 싱싱하게 드러나는 상징은 나무만이 아니다. 시인
은 '별'에게서는 그 안에 은폐된 싱싱한 상징을 들추어낸다. 시인이 '별들
의 바탕은 어둠이 마땅하다'(「별」)라고 말할 때 탈은폐되는 것은 별들의
본색이다. 별들의 본색은 어둠이라는 것, 별과 어둠이 대립되는 것이
아니라 서로 넘나들면서 하나도 아니고 둘도 아닌 존재의 이면을 발견하
고 그것을 드러낸 것이다. 이것은 별과 어둠을 대립적인 차원에서 이분법
적으로 인식하고 그것을 개념화한 언어에 대한 비판과 반성의 논리로도
이해할 수 있을 것이다. 별과 어둠 사이의 차별 없는 차이를 발견하고
그것을 '마땅하다'는 강한 존재론적인 발언을 통해 이야기함으로써 우리
는 별이 은폐하고 있는 의미를 새롭게 발견하게 되는 것이다. 또한 그렇게
함으로써 별이 하나의 싱싱한 상징으로 부상하는 것이다.

별과 어둠 사이의 경계 해체는 해체주의라는 개념화된 언어로부터

비롯된 것이 아니라 몸에 대한 탐색으로부터 비롯된 것이다. 몸에 대한 탐색을 통해 시인은 '玄府'의 세계를 체험하게 된다. 현부란 온몸의 세계이면서 동시에 '이음새가 절묘하'게 '一色을 빚어내'는 그런 세계인 것이다. 시인이 '八色鳥'를 통해 발견한 것이 바로 그것이다. 八色이 '따로따로 놀지 않'고 '이음새가 절묘해' 서로 끌고 당겨서 一色을 빚어낸다는 사실이다. 八色이 一色이 되고 一色이 八色이 되는 세계란 서로 서로가 지극히 자연스럽게 넘나들지 않으면 불가능하다. 자연스럽지 못하면 이음새에 꿰맨 자국이 남는다. 그것은 '融化'가 아니라 '接合'이다. 그의 입장에서 보면 그것은 온전한 형태의 몸이 아닌 것이다. 별과 어둠 역시 각기 다른 색을 가지고 있으면서 동시에 이음새가 있어 그것이 절묘하게 하나의 색을 빚어내는 존재 양태를 보여준다.

진정한 몸은 팔색조처럼 하나이면서 여럿인 세계를 표상한다. 이것은 몸의 존재성의 바탕이 생태성과 생명성에 있다는 것을 말해준다. 시인의 상징이 죽은 상징이 아니라 언제나 성성한 살아 있는 상징으로 표상되는 이유가 여기에 있는 것이다. 「本色」에서 나무의 바탕이 꽃과 초록 눈에 있다고 한 것도 생명의 하나이면서 여럿인 세계를 노래한 것이라고 할 수 있다. 나무라고 말하면 그것은 하나이지만 그 나무는 다시 무수한 혹은 각양각색의 서로 다른 꽃과 눈으로 그 존재성이 드러난다는 점에서 그것은 여럿인 것이다. 나무 역시 하나의 몸인 것이다. 몸 중에서도 시인은 '몸을 하는 몸', 다시 말하면 생명성과 생태성을 지닌 몸을 진짜 몸으로 보고 있다. 이런 맥락에서 보면 시인이 왜 그토록 여자의 몸과 그러한 몸성을 지닌 모든 사물과 세계를 하나의 경이로 바라보고 있는지 이해가 될 것이다.

이러한 몸에 대한 시인의 사유를 잘 보여주는 시 중의 하나가 바로 「우리나라엔 풀밭이 많다」와 「交感」이다. 풀이 강한 생명력을 표상한다는 것은 많은 시인들에 의해 회자되어 온 것이 사실이지만 그것을 하나의 몸으로 보고 그것이 가지는 힘에 주목한 시인은 없었다. 시인은 "이른 봄 언 땅을 밀고 나오는 여린 새싹 한 잎의 힘을 수치로 계산하면 몇만 톤"(「우리나라엔 풀밭이 많다」)이라고 말한다. 그리고 그 힘을 '애기를 낳는 힘', '절대순간의 힘', '낳는 힘'과 똑같은 것으로 간주한다. 풀이 언 땅을 밀고 나오는 힘이나 여자가 아기를 낳는 힘 이 모두를 합치면 그것이 얼마나 어마어마하며, 우리나라엔 이런 풀밭, 다시 말하면 몸성을 지닌 사물이나 세계가 많다고 말한다.

나무와 풀밭을 통해 시인은 주로 수직적인 몸성을 부각시키고 있다. 하지만 이러한 수직적인 몸성 못지않게 중요한 것은 그 몸과 몸 사이의 넘나듦, 즉 교감이다. 몸은 그 자체로 존재 의의가 있는 것이 아니라 몸과 몸 사이의 교감에 그 의의가 있는 것이다. 어떻게 교감이 이루어지느냐에 따라 존재의 견고함이 달라질 수 있기 때문이다. 몸과 몸이 교감하면 그 흔적이 생긴다. 그것은 일종의 문신이다. 그러나 이 문신은 정적인 이미지를 강하게 환기한다. 몸과 몸의 교감은 정중동의 상태가 끊임없이 이어지는 것을 의미한다. 시인은 이 교감을 이렇게 노래하고 있다.

몇 해 전 요즈음 나는 잘 먹힌다고 쓴 적이 있는데, 그러면서도 행복한 것은 아니었는데, 그저 빼앗기고 있다는 기분이었는데 오늘은 아이에게 젖을 물리고 있는 한 엄마를 보면서 고함치도록 행복하였다 그는 정말 잘 먹히고 있었다 아이가 배가 고플 때쯤이면 젖이 찌르르 신호를 보낸다고 했다 이건 분명 먹이다가 아니라 먹히다이다 먹히다는 고함치도록 행복하다이다 그러니 모유가 제일이다! 그래 오늘 사랑이 고픈가 이 몸이 지금 찌르르르 신호를 보낸다

— 「交感」 전문

시인은 몸과 몸 사이의 교감의 상징을 엄마와 아기 사이에 이루어지는 젖을 먹이고 먹는 데서 발견한다. 엄마의 몸과 아기의 몸 사이에 이루어지는 교감은 단순히 먹이는 것이 아니라 먹히는 것이다. 먹이다와 먹히다의 차이는 무엇일까? 엄마 입장에서 보면 먹이다는 능동적인 주체에 먹히다는 피동적인 주체에 해당되지만 이것은 어디까지나 의미의 표층에 입각한 해석일 뿐이다. 의미의 심층에 입각해서 보면 엄마가 아이에게 젖을 먹이는 것이 곧 먹히는 것이 된다. 이것은 마치 누군가를 만지는 것이 곧 만짐을 당하는 이치와 같은 것이다. 이것은 몸을 통한 상호 신체성 하에서 가능한 일이다. 엄마가 아이에게 먹혀야 그 교감의 정도는 깊이를 더하게 되는 것이다. 엄마와 아이든 아니면 또 다른 몸과 몸의 교감에서 서로 먹일 때 우리는 하나도 아니고 둘도 아닌 상태를 체험하게 된다.

엄마가 아이에게 먹히는 것은 몸과 몸의 분리 체험에서 오는 상실을 회복하려는 자연스러운 의지의 한 표상이다. 이런 맥락에서라면 몸을 통한 진정한 교감은 엄마와 아기의 몸이 서로 분리되기 전에 이루어지는 자궁 속에서의 교감을 의미한다고 할 수 있다. 이 상태야말로 하나도 아니고 둘도 아닌 상태의 원형이라고 할 수 있다. 그래서 시인은 "애 밴 여자를 보면 예뻐서 환장 하겠다"(「몸詩·9」)고까지 말하고 있는 것이다. 애 밴 여자에 대한 지극한 사랑은 '여자를 제대로 사랑'하는 것인 동시에 '세상을 제대로 사랑하는 핵核이 어디에 있는지'를 짐작하는 것이다. 사랑의 핵이 자궁 속에서의 엄마와 아기의 교감에 있다는 시인의 고백은 곧 몸과 몸 사이의 존재 일반에 대한 교감을 의미하는 것이라고 할 수 있다.

이렇게 먹힌다의 상호 신체성은 「비누」에서도 잘 드러난다. 시인은 "비누가/나를 씻어준다고 믿었는데/그렇게 믿고서 살아왔는데/나도 비누를 씻어주고 있다는 걸!/알게 되었다"고 말한다. 내가 비누에게 먹힌 것이고, 비누 또한 나에게 먹힌 것이다. 서로 먹히는 것은 시인에게 하나의 상징이 된다. 엄마와 아기가 잘 보여주듯이 시 속에서 가장 강렬한 상징으로 존재하는 것 중의 하나가 바로 '어머니'이다. 시인에게 어머니는 먹힌다의 표상으로 강하게 남아 있다. 이 사실은 어머니라는 존재를 자신과의 교감의 대상으로만 인식하게 하는 차원을 넘어 어머니 자체를 교감의 한 이상적인 대상으로 간주하는 차원까지 이르게 한다. "엄니 몸속에 들어가면 어떤 것도 썩지 않는"데 "내 몸에 들어오면 모든 것이 썩는다"(「길」)는 말이 이것을 잘 말해준다. 내 몸과는 달리 어머니의 몸은 '몸을 하는 몸'인 것이다. 시인의 어머니의 몸에 대해 가지는 이러한 태도는 애 밴 여자나 자궁에 대해 가지는 경외와 다른 것이 아니다.

3. 몸과 알 그리고 둥근 상징

시인은 어머니의 몸이 보여주는 교감을 늘 희구한다. 이것의 실천적인 결과물이 '몸시'와 '알시'이다. 몸시와 알시 모두 몸과 알을 통한 일상 속에서의 깨달음을 보여주고 있지만 그것들이 궁극적으로 겨냥하고 있는 것은 몸을 하는 몸에서 알 수 있듯이 그것은 둥글고 온전한 세계이다.

애를 배고 싶다고?
그래, 이토록 싸아한 가을 새벽엔
그대와 내가 이미 滿月이다

그간 벌써 시간이 갔네

말을 하지 않는 게 더 좋을 걸 그랬다

말하고 나니

몸이 시들하지 않느냐

-「몸詩 · 44」 전문

시인이 희구하는 것은 '만월滿月'이다. 결핍이 없는 충만함을 표상하는 것이 만월이다. 만월의 상태에서는 '말'이 하나의 잡음이 된다. 말을 하는 순간 몸은 시들해진다. 몸으로 말을 해야지 말로 몸을 이야기해서는 안 된다는 것을 의미한다. 말은 몸을 온전히 드러낼 수 없다. 말을 하는 순간 몸은 현존하면서 동시에 부재하는 것이다. 말이 아니라 몸이라는 것은 손가락이 아니라 달을 보라는 말과 다르지 않다. 하지만 어떻게 말하지 않고 몸의 존재성을 온전히 드러낼 수 있는가? 말하지 않으면 어떻게 그것이 시가 되는가? 몸시라고 하지만 그것 역시 말을 통해 표현된 것 아닌가? 그렇다면 그것은 진정한 몸시가 아니지 않는가? 원칙적으로야 맞는 말이지만 현실적으로는 불가능한 것이다. 그렇다면 몸시에서의 말은 몸을 드러내기 위한 한낱 수단에 불과한 것인가?

이 물음에 대한 답은 '아니다'이다. 말도 몸을 드러낼 수 있다. 이 경우 말은 개념이 아닌 몸의 은폐된 존재성을 탈은폐시키는 소리이어야 한다. 말이 몸의 존재성을 드러내기 위해서는 어떤 도구적 연관성도 개입되어서는 안 된다. 이 문제는 몸으로 말하고 몸으로 글을 쓰는 행위가 가능한가라는 사실과 불가분의 관계에 놓인다. 몸과 말의 존재 양태 자체가 다른데 어떻게 그것이 가능한가? 하지만 이 불가능에 말은 혹은 언어는 언제나 도전한다. 몸을 온전히 드러내기 위해 말은 늘 존재의 형식을 유지하려 한다. '언어가 존재의 집'이라고 한 것도 이러한 맥락에서 이해할 수 있다. 몸과 말의 관계에 대한 이 어려운 문제를 시인은 「눈물」에서 비교적 선명하게 제시한다.

　　눈물이야말로 알 중의 알이라고 비로소 내가 말한다 눈물은 젖은 슬픔의 몸이 아니다 무너지는 몸이 아니다 가장 슬플 때 사람의 몸은 가장 둥글게 열린다 가장 처음의 자리로 돌아간다 알로 돌아간다 젖은 핵이다 가장 둥글다 눈물은

　　새들도 마찬가지다 새들은 모두 알에서 나왔기에 더욱 그러하다 그들의 노래를 울고 있다고 새들이 울고 있다고 말한 우리 말은 아주 뛰어난 나의 모국어母國語다 노래는 울음이다 눈물이다 최초의 말이다 둥근 알이다 사람들도 마찬가지다 처음 태어났을 때 우리는 누구나 울었다 최초로

　　　　　　　　　　　　　　　　　　　　　　　－「눈물·알16」 부분

　시인이 주목한 것은 '눈물'과 '노래'이다. 시인은 눈물을 '가장 둥글게 열린 몸'이라고 말한다. 그런데 눈물은 사람만 흘리는 것이 아니다. 새역시 눈물을 흘린다. 새의 이 눈물은 '노래이면서 최초의 말이면서 또한둥근 알'이다. 여기에서 특히 주목할 만한 것은 사람과 새들이 흘리는 눈물이 최초의 말이라는 사실이다. 눈물은 몸으로부터 나온다. 그것은 의심할 여지없이 몸의 결정체이다. 그런데 그것이 어떻게 최초의 말이 될까? 이 시의 문맥대로라면 그것은 인간이 처음 태어날 때 누구나 울기 때문인 것이다. 이 사실은 말이 몸의 존재성을 온전히 드러내기 위해서는 그것이 눈물이나 울음이 되어야 한다는 것을 의미한다. 만일 시가 노래라면 그것은 울음이어야 하고 또 눈물이어야 한다는 것이다. 이럴 때만이그것이 말이 되는 것이다. 울음이나 눈물의 존재성을 지닌 노래는 그

자체가 열린 몸을 표상하며, 그 노래는 곧 말이 되는 것이다. 몸과 말이 어긋나거나 분리된 것이 아니라 절묘한 이음새를 통해 서로 넘나드는 것이다.

그런데 여기에서 중요한 것은 사람이나 새의 울음이 둥근 알이라는 사실이다. 눈물을 흘릴 때 몸이 가장 둥글게 열린다는 점을 고려하면 '둥근 알'의 존재는 그다지 낯선 것은 아니다. 몸이 둥글게 열린다는 것은 또 다른 몸과 활발하게 교감한다는 것을 의미한다. 둥근 몸의 존재는 그것이 온몸이면서 한 몸이라는 사실과 다르지 않다. 존재 일반이 한 몸으로 교감하기 때문에 그것이 둥근 것이다. 우리가 우주를 하나의 몸으로 이해하는 것도 이러한 몸과 몸 사이의 동기감응이 있기 때문에 가능한 것이다. 우주의 각자 각자의 몸이 하나의 생명 현상으로 존재하면서 그것이 동기감응을 통해 한 몸으로 존재한다는 것이 '둥근 몸'이 의미하는 바이다.

이러한 우주의 둥긂을 가장 잘 표상하고 있는 실체가 '알'이다. 알은 어떤 흠이나 결핍도 없는 천의무봉 그 자체이다. 몸의 절대적인 상징이 알이라고 할 수 있다. 모든 몸들이 동일한 동기감응성을 지니고 있는 것은 아니다. 몸은 처음 생명이나 탄생의 순간 이후에는 그 원형성을 상실하게 된다. 몸의 각각이 분리되면서 어떤 것은 퇴화되거나 상실되고 또 어떤 것은 과도하게 비대해지기도 한다. 몸 중에서도 뇌가 그 중심으로 부상하면서 회음부가 주변으로 밀려나고, 시각이 비대해지면서 촉각과 같은 감각이 주변으로 밀려난 것이 대표적인 예이다. 몸이 이러한 주변부로 밀려나거나 상실된 존재성을 회복하기 위해서는 무엇보다도 몸의 원형을 되살려야 한다. 몸의 시작이자 처음으로 돌아간다는 것은 곧 그것이 알의 존재성을 지닌다는 것을 의미한다.

시인은 몸의 시작이자 처음인 알로 돌아가려 한다. 하지만 원형 그대로

의 알은 이미 그것을 깨고 나오는 순간 상실한 것이나 다름없다. 알은
이제 혼적으로만 존재할 뿐이다. 따라서 알로 돌아가기 위해서는 우선
그 혼적들을 찾아 그것을 재구성해야 한다. 시인은 그것을 인간의 몸,
그중에서도 몸의 처음이자 시작의 원형성을 다른 누구보다도 많이 지니
고 있는 아기와 몸의 끝에서 다시 시작으로 돌아가려는 노인을 통해서
그것을 발견하고 또 재구성하려고 한다. 아이의 몸에서 노인의 몸으로,
시작에서 끝으로, 다시 끝에서 시작으로 이어지는 이 관계성이란 둥긂에
대한 확인이자 발견이라고 할 수 있다.

> 우리는 똑같이 두 팔 벌려 그 애를 불렀다 걸음마를 가르치고 있었다
> 그 애가 풀밭을 되뚱되뚱 달려왔다 한 번쯤 넘어졌다 혼자서도 잘 일어섰
> 다 그 애 할아버지가 된 나는 그 애가 좋아하는 초콜릿을 들고 있었고
> 그 애 할머니가 된 나의 마누라는 그 애가 좋아하는 바나나를 들고 있었다
> 그 애 엄마는 아무것도 들고 있지 않았다 빈손이었다 빈 가슴이었다
> 사실 그는 그럴 필요가 없었다 달려온 그 애는 우리들 앞에서 조금 머뭇거
> 리다가 초콜릿 앞에서 바나나 앞에서 조금 머뭇거리다가 제 엄마의 품으
> 로 뛰어들었다 본시 그곳이 제자리였다 알집이었다 튼튼하게 비어 있는,
> 아, 둥글구나!
>
> —「아, 둥글구나 · 알34」 전문

시인은 아기가 엄마의 품으로 뛰어드는 것을 보고 둥글다는 사실을
발견한다. 아이의 행동은 처음으로 되돌아가는 것이다. 아이의 제자리는
엄마의 자궁 곧 알집이다. 아이의 자궁으로의 회귀는 아이에게만 국한된
것이 아니라 그곳으로부터 나온 모든 존재들에게 해당되는 하나의 존재
론적인 사건이다. 할아버지와 할머니도 머지않아 아이처럼 자신이 나온

자궁 속으로 되돌아갈 것이다. 「눈물」에서 치매에 걸린 어머니를 보면서 "꼬박꼬박 조으시다가 아랫목에 조그맣게 웅크려 잠드신 모습을 보니 영락없는 자궁 속 태아의 모습이셨더라는 것"이라고 한 것이 이를 잘 말해준다. 둥글다는 것이 이러하다면 그것은 장구하고도 숭고한 존재의 형식이라고 할 수 있다.

그런데 이러한 존재의 형식을 가능하게 해주는 토대는 다름 아닌 몸인 것이다. 모든 존재들이 처음으로 되돌아가려는 그 회기의식은 몸이 있기에 가능한 것이다. 시인의 표현대로라면 그것은 '몸을 하는 몸'이 있기에 가능한 것이다. 몸이 몸을 하고(생산하고) 그 몸이 다시 몸을 하는 그런 일련의 끊임없는 시작과 끝의 순환과 재생을 통해 이 우주의 존재가 그 모습을 유지하고 있는 것이다. 우리는 그 순환과 재생의 무한성을 인식하지 못하기 때문에 선조적인 존재론에 갇혀 인간과 우주의 몸을 통한 교감을 느끼지 못한 채 기계론적인 건조함과 분열되고 파편화된 의식을 가지고 살아가는 것이다. 만일 우리가 이러한 몸을 하는 몸의 무한한 순환과 재생의 과정을 깨닫는다면 세상은 또 달리 이해되고 해석될 것이다. 몸이 무한한 순환과 재생의 과정에 놓이면 팔색조에서의 현부의 넘나들기처럼 자유롭게 혹은 자연스럽게 삶을 가로지르면서 아우를 수 있는 것이다. 세상을 둥글게 본다는 것은 단순한 형식을 넘어 실천의 장까지 아우르는 존재 의미를 지닌다고 할 수 있다. 세상이 둥글다는 것을 깨달은 자는 이분법적인 우열의 논리로 어떤 존재를 의미화하지 않을 뿐만 아니라 그 이면에 내재해 있는 웅숭깊은 의미를 발견하고 그것을 실천의 장으로 투사한다.

4. 상징의 무게와 몸의 깊이

「순금純金」에서 시인은 집에 든 도둑을 '손님'으로 치환한다. '집에 도둑이 들었다'가 시인에 의해 '집에 손님께서 다녀가셨다'로 바뀐 것이다. 일반적인 잣대로 보면 도둑은 악한 존재이다. 하지만 시인은 도둑을 그렇게 보지 않는다. 그것은 단순한 동정이나 연민에서 비롯된 것이 아니다. 그것은 '상징의 무게' 때문이다. 시인은 순금을 '순도 백 프로로 나의 행운을 열 수 있는 열쇠의 힘' 또는 '순도 백 프로로 내가 거북이처럼 장생할 수 있는 시간의 행운들'로 상징화한다. 시인은 도둑이 훔친 것은 그러한 상징이 아니라 순금 덩어리라는 하나의 사물이라고 이해한다. 이것은 시인이 존재의 무게를 단순한 사물에서 느끼는 것이 아니라 상징을 통해 느낀다는 것을 의미한다. 시인은 '상징의 무게가 늘 함께 있다'고 말한다. 그렇다면 시인은 왜 이렇게 느끼는 것일까?

이 물음에 대한 답은 '몸이 깊다'에 있다. 시인은 '언제나 상징의 무게가 늘 함께 있다 몸이 깊다'라고 말한다. 몸이 깊은 이유는 상징의 무게가 늘 함께 있기 때문이라는 것이다. 시인이 순금을 도둑맞고도 그 도둑으로부터 등을 돌릴 수 없는 것은 상징 때문인 것이다. 상징이 시인으로 하여금 '머뭇거리게 하'고 '등 돌리지 못하게 어깨를 잡'은 것이다. 상징의 무게가 몸의 깊이를 결정한다면 여기에서 말하는 상징은 어떤 존재론적인 깊이를 가지는가? 모든 상징이 시인을 머뭇거리게 하고 등 돌리지 못하게 하는 것은 아닐 것이다. 시인이 말하는 상징은 순도 높은 것을 의미한다. 시인은

…(중략)… 이젠 돌이킬 수 없는 일이다 상징은 언제나 우리를 머뭇거리게 한다 금방 우리를 등 돌리지 못하게 어깨를 잡는 손, 손의 무게를

나는 안다 지는 동백 꽃잎에도 이 손의 무게가 있다 머뭇거린다 이윽고
져 내릴 때는 슬픔의 무게를 제 몸에 더욱 가득 채운다 슬픔이 몸이다
그때 가라, 누가 그에게 허락하신다

—「純金」 부분

고 고백한다. 이 시에서 상징의 무게는 곧 '손의 무게'이다. 이 손이
우리를 머뭇거리게 하고 등 돌리지 못하게 하기 위해서는 '슬픔의 무게'를
지녀야 한다. 슬픔으로 제 몸을 가득 채워야 그것이 가능한 것이다. 시인
이 말하는 슬픔이란 곧 '몸이 온전히 열린 상태'를 의미한다. 이런 점에서
볼 때 상징은 눈물처럼 몸이 온전히 열린 상태에서 만들어지는 순도
높은 결정체이다. 시인은 이 순도 높은 상징을 동백 꽃잎이 지는 것에서도
발견한다. '슬픔의 무게를 제 몸에 가득 채운' 채 지는 동백 꽃잎의 모습은
온몸으로 밀고 나가는 몸의 존재론적인 사건과 다른 것이 아니다. 눈물이
나 슬픔 속에서 가장 둥글게 열린 몸을 발견한 시인의 감각이 만들어낸
상징은 그래서 더욱 견고함을 드러낸다고 할 수 있다. 눈물이나 슬픔이
둥글듯이 시인의 상징 또한 알처럼 둥글다.

그러나 시인의 상징은 알 속에 갇혀 있지 않다. 알은 깨어지기 위해
존재하는 것이다. 시인 역시 이것을 잘 알고 있다. 시인은 고백한다.
"어머니로부터 빠듯이 세상에 밀려 나온 나는 또 한번 나를 내/몸으로
세상 밖 저쪽으로 그렇게 밀어내고 싶다"(「껍질」)고, 알이 진정한 의미를
획득하기 위해서는 그것을 깨고 나가 더 큰 알, 다시 말하면 우주로
그 존재 영역을 확장할 때이다. 이러한 존재론적인 확장을 위해 시인은
'나갈 구멍'을 찾고 있다. 그 '빠듯한 틈'을 찾기 위해 시인은 자신을
비우고 비워 "쭉정이다워지는 순간"(「마른 들깻단」)을 기다리며, "의미
도 무의미도 다 통하"(「옹알이」)는 절대 경지를 또한 희구하는 것이다.

이것이야말로 몸에 대한 시인의 전폭적인 매질이 끝나지 않는 이유이고, 우리가 그를 계몽주의자라고 불러도 무방한 이유인 것이다. 상징본색에 대한 시인의 탐색은 여전히 진행 중이다.

2. 발견과 깨달음의 시학

1. 몸, 혹은 존재의 견고함──김혜순의 「文身」

김혜순의 몸은 견고하다. 이 견고함으로 인해 그녀의 몸은 90년대의 다른 작가들의 몸과 구분된다. 마광수, 장정일, 채호기, 이연주, 연왕모, 함민복, 김지하, 정진규 등으로 대표되는 몸은 다소의 인식의 차이는 있지만 모두 확고한 덩어리로 굳어지기 전의 물렁물렁한 감각의 상태에서의 몸이다. 마광수와 장정일의 불온한 섹스에 대한 욕구와 욕망으로 꿈틀대는 몸, 채호기, 이연주, 연왕모의 병리적이고 부패한 죽음의 이미지가 집적된 몸, 함민복의 속되고 천박한 동물(돼지)적인 이미지로 치환된 몸, 그리고 김지하와 정진규의 원시적이고 우주적인 생명력이 살아 숨 쉬는 몸 등은 기본적으로 그 상상력을 몸이 가지는 생태성 혹은 생명성에 두고 있다. 이들의 이러한 상상력은 위선과 허위, 단절과 추상, 인공과 가상으로 치닫고 있는 (후기)자본주의 사회에 대한 폭로와 비판, 그리고 반성과 대안의 담론으로서 그 위상을 드러내고 있다. 이 사실은 이들이 드러내는 몸적인 담론들이 '지금, 여기'라는 시공 속에서 일정한 가치와 효용성을 지니고 있다는 것을 의미한다. 특히 몸의 생태성과 생명성의 문제를 강하게 드러내고 있는 김지하와 정진규의 사유는 환경파괴와 인간의 생존이라는 문제와 맞물려 대항 담론으로서의 입지가 강화될 것이다.

그러나 생태성과 생명성에 토대를 둔 몸적인 상상력의 부상은 지나치게 몸을 소재적이고 국부적으로 인식하게 만들었을 뿐만 아니라 미적인 거리를 확보하는 데 장애가 된 경우가 많았다. 이것은 80년대에 일기 시작한 몸적인 차이성을 기반으로 하는 페미니즘적인 글쓰기에도 적용되는 바이다. 수유, 생리, 임신, 낙태 등 여성의 몸이 가지는 생태성에 대한 강조는 남성적인 세계에 대한 단순한 한풀이의 차원을 넘어서 진정한 여성성의 발견이라는 보다 깊고 큰 사유로 나아가는 데 장애가 된 것이 사실이다. 생태성과 생명성을 강조하는 이러한 몸적인 담론들이 대체로 간과하고 있는 것은 글쓰기 주체와 그 대상인 몸과의 거리이다. 이들의 담론 속에 드러나는 글쓰기 주체와 몸의 거리는 너무 가깝다. 이들의 담론 속에서는 '감각-인지-이해-판단'이라는 사유의 단계나 깊은 반성을 통해 의식의 환원을 거치지 않은 몸이 생짜로 튀어나오는 경우가 허다하다. 미적인 체험이란 너무 가까워도 또 너무 멀어도 성립되지 않는다. 미적인 판단에 있어서 거의 고전이 되어버린 이 명제를 많은 작가들이 간과하고 있는 것은 기본적으로 이들이 존재론적인 차원에서 몸과 그것이 생산해내는 텍스트에 대한 탐구를 진지하게 수행하지 않았다는 것을 의미한다. 존재의 차원에서 보면 몸은 어떤 개념에 의해 그 의미가 결정되어 있는 것이 아니라 일정한 사유와 의식의 환원을 거친 도구들(언어)에 의해서 그 의미가 무한히 자유롭게 구성되는 것이다. 이렇게 될 때 몸은 도구들, 즉 언어에 의해 상처받지 않고 고스란히 그 모습을 드러내게 되는 것이다.

이 점에서 김혜순의 「文身」(『작가세계』 1998년 가을호)은 다른 작가의 작품에서 드러나는 몸과는 다르다.

?누가 내게 가르쳐주었니

?이렇게 재빠르게 남의 몸에 낙인 찍는 법을

?벙어리처럼 손가락으로 말하는 법을

?네 손가락 하나하나가 바늘이 되는 법을

?왜 네가 새긴 무늬들은 내 심장 박동마저 방해하니

?도대체 너는 어디에서 배웠니

?무늬에서 뿌리가 자라게 하는 법을

?뿌리 끝마다 자잘한 닻을 내리는 법을

?너 나한테 이거 하나만 가르쳐줄래

?손가락 끝에서 어떻게 보이지도 않는 잉크가 나오는 거니

?숱한 그림자를 태워 만든 그 검은 잉크가 어떻게 나오니

?너는 어째서 내 몸에 보초를 세우니

?무늬 새겨진 몸은 왜 밖으로 나갈 수 없니

?너는 왜 나를 자꾸 상처로 가두니

?내 몸속의 얇디얇은 실크 숄이 이 상처를 덮고 싶어서

?파르르 파르르 떠는 거, 너 아니

?레퀴엠보다 무거운 문신

?젖은 외투보다 무거운 문신

?그물보다 질긴 문신

?내가 그물 속의 노예처럼 울부짖는 소리 그렇게도 듣기 좋니

?그런데 어째서 아직도 이 문신은 깊어지기만 하니

?내 몸은 또 왜 이다지도 깊은 거니

−「文身」 전문

　「文身」은 다른 작가의 작품에서 쉽게 발견할 수 없는 몸의 존재성에 대한 진지한 탐구를 읽어낼 수 있다. 이 진지한 탐구는 곧 몸화에 대한 탐구이다. 몸화란 범박하게 말하면 몸 밖의 세계를 몸 안으로 끌어들여 하나의 새로운 존재를 구성하는 것을 의미한다. 이 몸화는 몸의 존재성을 드러내는 가장 기본적인 속성이면서 동시에 가장 중요한 속성이기도 하다. 이 점을 간파하고 그녀는 이 몸화의 과정을 포착해내기 위해 호기심 가득한 시선으로 탐색을 행한다. 그녀의 몸화에 대한 호기심은 단순한 호기심이 아니라 신비로움과 경이로움이 포함된 호기심이다. 이것에 대한 구체적인 예시가 바로 시행이 시작될 때마다 찍어놓은 22개의 물음표(?)이다. 시행의 끝이 아니라 맨 앞에 그것도 문장의 속성에 관계없이 찍어놓은 이 물음표는 일종의 '시적 허용'으로 몸화에 대한 호기심을 배가시키는 효과를 준다. 물음표가 먼저 오고 뒤이어 문장이 온다는 것은 여러 가지 의미로 해석할 수 있다. 첫째는 몸화의 과정이 말이나 언어에 앞서 느낌(?)으로 먼저 체험된다는 해석이며, 둘째는 몸화의 과정이 말이나 언어로는 쉽사리 표현할 수 없기 때문에 한 번의 휴지(?)를 거친 다음에야 비로소 해석될 수 있다는 것이고, 셋째는 몸화의 과정이 너무 신비하고 경이롭기 때문에 말이나 언어로 표현하는 것을 잠시 잊었다(?)는 해석이 그것이다.

　이러한 해석들은 몸이 말이나 언어와는 세계를 드러내는 데 있어서 일정한 차이가 있다는 것을 의미한다. 몸은 말이나 언어에 비해 세계를 보다 더 직접적으로 드러낼 수 있다. 몸은 자아와 세계 사이에서 오관을 모두 열어놓고 있기 때문에 추상화되고 개념화된 말이나 언어보다는 보다 구체적이고 살아 있는 세계를 함축하고 있는 존재라고 할 수 있다. 이 때문에 몸 혹은 몸화의 과정은 존재의 견고함 속에 있게 되는 것이다. 이 견고함 속에서 이루어지는 몸화의 과정은 '손가락으로 말하는 법과 손가락 하나하나가 바늘이 되는 법'을 터득한 누군가(너)에 의해 '재빠르게 찍혀진' 문신을 통해 표현된다. 여기에서 내 몸에 문신을 찍은 누군가(너)는 나 아닌 타자 곧 세계이며, 문신은 자아와 세계가 몸을 통해 만나 남긴 흔적이라고 볼 수 있다.

자아와 세계의 몸을 통한 만남은 운명적인 것이기 때문에 이 흔적은 지워질 수 없는 것이다. 지워지기는 고사하고 이 흔적에서는 '뿌리가 자라고', 그 뿌리는 내 몸속에 '자잘한 닻을 내려 내 심장 박동을 방해하고, 내 몸에 보초를 세워 나를 자꾸 상처로 가두기'까지 한다. 나는 이 흔적이 만든 상처의 감옥에서 벗어나려고 몸을 '파르르 파르르' 떨어보기도 하고 '노예처럼 울부짖기'도 하지만 그럴수록 상처는 점점 깊어질 뿐이다. 상처가 깊어진다는 것은 자아와 세계 사이의 상실과 보충을 통해 이 둘 사이의 운명적 만남이 강화된다는 것을 의미한다. 따라서 몸을 통한 자아와 세계 사이의 만남에서 비롯되는 상처는 깊으면 깊을수록 보다 더 진정한 가치를 가지게 되는 것이다.

> ?너는 왜 나를 자꾸 상처로 가두니
>
> ?내 몸속의 얇디얇은 실크 숄이 이 상처를 덮고 싶어서
>
> ?파르르 파르르 떠는 거, 너 아니
>
> ?레퀴엠보다 무거운 문신
>
> ?젖은 외투보다 무거운 문신
>
> ?그물보다 질긴 문신
>
> ?내가 그물 속의 노예처럼 울부짖는 소리 그렇게도 듣기 좋니

?그런데 어째서 아직도 이 문신은 깊어지기만 하니

?내 몸은 또 왜 이다지도 깊은 거니

—「文身」 부분

　　진정한 몸화의 과정에는 상처가 수반되며, 이 상처가 진정한 가치를 가질 수 있다는 인식은 은폐된 몸의 존재성을 탈은폐^{disclose}시키고 있는 대목임에 틀림없다. 몸이 곧 상처라는 인식은 어떻게 보면 몸이 가지는 고통스러운 실존의 모습이다. 그녀는 이러한 몸이 가지는 존재성에 대해 "몸은 몸에게 다가가고 싶은 속성 때문에 스스로가 가진 존엄성 때문에 너무나 상처받기 쉽다. 상처는 우리에게 쉼 없이 고통을 제거하라고 명령한다. 우리의 몸은 우리로 하여금 상상할 수 없던 것까지 느끼고, 가지라고 명령한다. 열린 입, 생식기, 가슴, 코 등등이 몸을 계속 과정 속에 살도록 눈뜨자마자 몸을 독려하고, 밖으로 밀어낸다. 그러나 몸은 원하는 것을 모두 갖지 못한다. 몸의 수많은 구멍들이 그 불가능한 것 때문에 하루종일 울부짖는다. 구멍의 비명은 몸의 안팎에 새겨진다"(「불교, 여성, 시의 몸」, 『현대시학』 1998년 10월호)고 말한 바 있다. 몸 혹은 몸화의 과정은 어떤 경우에도 상처 없이는 성립될 수 없기 때문에 이것에 대한 인식은 몸에 대한 소재적이거나 국부적인 논의를 넘어 본질적인 논의로 나아가는 데 일정한 계기를 제공해 줄 수 있을 것이다. 90년대 몸적인 담론을 전개한 작가 중에서 여기에 눈을 떠서 이것을 의식적인 차원에서 집중적으로 보여준 사람은 거의 없다. 만일 몸화의 과정에서 드러나는 이 상처에 대해 누군가 존재론적인 접근을 시도한다면 몸에 대한 새로운 의미들이 드러날 것이다. 바로 이러한 점에서 「文身」에서 보여준 김혜순의 몸화를 통한 몸의 존재성에 대한 탐구는 비록 몸에 대한 집적된 담론을 생산하기에는 부족한 점이 있음에도 불구하고 그 나름대로의 의미를 가진다고 할 수 있다. 그녀가 「文身」에서 보여주고 있는 이와 같은 진지한 탐구가 많아질수록 90년대에 새로운 패러다임으로 부상한 몸은 그 존재성을 확고하게 확립할 수 있게 될 것이다.

2. 몸, 혹은 깨달음의 시학──이대흠의 「몸 안의 사랑」

이대흠의 「몸 안의 사랑」에서 읽을 수 있는 것은 몸을 통한 일종의 '깨달음'이다. 이 깨달음은 익히 알고 있듯이 90년대에 들어와 몸적인 사유의 한 경지를 보이고 있는 정진규 시의 특장特長 아닌가. 그의 『몸詩』는 '시적 주체가 몸을 통해 깨달음을 얻어가는 과정'에 대한 사유에 다름 아니다. 그의 시의 이러한 '몸을 통한 깨달음'은 아직 그 개념이 온전히 모습을 드러내지 않고 있을 뿐만 아니라 다양하게 해석될 수 있는 여지를 가지고 있기 때문에 한마디로 무엇이라고 단정할 수는 없지만, 대강 그 의미들을 추슬러보면 그것은 '가시적이거나 비가시적인 모든 대상이나 사물은 건강한 몸을 기반으로 하는 사유 속에서 그 빈곤함을 면할 수 있다'는 명제로 요약할 수 있을 것이다.

'몸적인 기반의 부재'가 곧 '빈곤함'이라는 이러한 깨달음에서 우리가 한번 생각해 보아야 할 것은 '몸'과 '빈곤함'이 어떻게 연결되며, 이 '빈곤함'이 무엇을 말하는지 하는 점이다. 먼저, 왜 몸적인 기반의 부재가 빈곤함일까. 다시 말하면, 왜 몸적인 것이 기반이 될 때 세계는 풍요로울 수 있는 것일까. 다분히 철학적인 사유를 필요로 하는 이 문제는 몸이 가지는 속성에 대한 규명과 함께 이 속성에 대해 보여온 인식론적인 태도에 대한 해명을 통해 풀릴 수 있는 문제다. 이 의문에 대한 답은 김상환 교수가 『몸詩』를 평하면서 적절히 지적해낸 것처럼 그것은 몸이

"이 세계에 어떤 과도한 함량을 분만하는 기관"(『현대시학』 1994년 10월호, pp. 308~309)이기 때문이다. 즉 그것은 몸이 기본적으로 '몸을 하는 몸'의 속성을 가지고 있기 때문이다. 몸은 마치 빛이 매체를 지나면서 굴절되듯이 기본적으로 사물이나 대상을 신체의 감각기관을 통해 부풀어나게 만들고 어떤 현란한 증가 작용 속에서 이것들의 본 모습을 변형시켜 새롭게 만드는 역할을 한다. 가령 추상적이고 기하학적인 사물들도 몸에 의해 색과 소리 그리고 딱딱함과 같은 촉감을 지니고 현상하는 새로운 사물로 변형될 수 있는 것이다. 몸에 의한 이러한 사물의 성질의 변화는 단순한 변화가 아니라 그것은 '일자$^{-\ddot{\mathrm{者}}}$'에서 '다자^{多者}', '투명한 세계'에서 '애매하고 모호한 세계', 그리고 운동이나 생성 소멸이 없는 '추상적인 세계'에서 시간과 공간이 구체성과 역동성을 띠고 존재하는 '감각적인 세계'로의 변화를 의미하는 것이다.

이처럼 과도한 분만의 속성을 지닌 몸은 세계에 대한 해석 가능성의 폭을 확장하고 심화하는 데 하나의 토대로 작용하고 있는 것이다. 몸이 존재론적인 토대로 작용할 때 그동안 그 분만의 과도함으로 인해 객관적이고 과학적인 사유에서 배제되어온 주관적인 성질들, 이를테면 느낌, 감각, 감성 등이 새롭게 그 존재성을 획득하게 되는 것이다. 이 주관적인 성질들은 세계에 대한 해석 가능성의 빈곤함을 채워줄 수 있는 풍요로운 질료들이다. 그런데 이 느낌, 감각, 감성 등의 주관적인 성질을 가진 질료들은 모두 개념화되기 이전의 정서의 영역에서 성립되는 것들이다. 이것은 다시 말하면 몸이 개념화되기 전에 이미 존재한다는 것을 의미한다. 개념화란 어쩔 수 없이 언어에 의해 성립되는 것이라면, 그렇다면 몸은 언제나 언어보다 앞서 존재하게 되는 것이다. 이 때문에 흔히 몸과 언어를 분리해서 생각하는 사람들이 있다. 몸과 언어를 분리해서 생각하는 이러한 극단적인 언어 중심주의(기교주의 혹은 형식주의)적인 사고를 가진 사람들은 언어(작품)를 생산하는 주체(몸적인 존재)보다 언어 그 자체를 중시한다.

그러나 몸과 언어는 분리시켜 생각할 수 없는 성질의 것이다. 어떻게 몸을 부정하고 언어(작품)가 만들어질 수 있겠는가. 몸속에 이미 언어가 가능한 형태로 존재하고 있으며, 이렇게 현상된 언어 속에는 몸이 또한 존재하고 있는 것이다. 니체나 메를로 퐁티, 헤르만 파레트 그리고 횔덜린 이나 김수영, 정진규 등이 설파說破한 것이 바로 이것이다. 그중에서도 특히 니체가 예술에 대해 말하면서 '예술은 창작자의 몸과 행위의 산물일 뿐'이라고 한 것이라든지, 횔덜린이 '언어는 몸에 상처를 주지 않는다'(이 말은 '몸은 언어에 상처를 주지 않는다'라는 말로 바꿔도 무방하다) 라고 한 말, 그리고 김수영이 '시의 모더니티는 시인이 육체로서 추구할 것이지 시가 기술면으로 추구할 것이 아니다'라고 한 말이나 젊은 시인들을 평하면서 '언어 이전의 고통이 모자란다'고 한 비판, 그리고 정진규 시인 이 신앙처럼 믿고 있는 '직전의 힘' 등은 몸과 언어의 문제와 관련시켜 볼 때 실로 의미심장한 말이라고 하지 않을 수 없다. 이들이 설파한 말 속에 담긴 공통된 의미는 '온몸으로 밀고 나가지 않으면 하나의 세계를 가질 수 없다'는 삶의 존재성에 대한 진정함 같은 것이다.

몸속에 이미 언어가 있으며, 언어가 곧 몸이라는 사실을 통해 하나의 진정한 세계를 만날 수 있다는 이러한 사실을 안다는 것은 얼마나 큰 깨달음인가. 정진규 시인은 이 깨달음을 '몸으로 깨우치는 전폭의 매질' 이라고까지 표현하고 있다. 이것은 그가 이 깨달음을 단순한 발견의 의미를 넘어 어떤 존재론적인 차원에서 행해지는 통각痛覺의 의미로 체득 하고 있다는 것을 말해준다. 그가 보여주는 '몸을 통한 깨달음'은 몸 가벼운 시대, 참을 수 없을 정도로 가벼운 존재들이 난무하는 이 시대의 한복판을 가로지르는 '반성과 성찰의 빛'과 같은 것이다. 그의 몸적인

사유를 따라가다 때때로 동통疼痛의 무게에서 헤어나지 못하고 심한 자의
식(사실은 죄의식에 더 가깝다)에 빠지는 것은 모두 이 때문이라고 할
수 있다. 이런 점에서 그가 보여주는 '몸으로 깨우치는 전폭의 매질'은
그 자신의 깨우침을 넘어 몸 가벼운 시대를 살고 있는 모든 사람들을
깨우치는 기호로 읽어야 할 것이다. 이것은 가능하며, 이렇게 단정하는
것은 누구나 몸을 가지고 있기 때문이다. 몸은 정진규 시인만이 가지고
있는 것이 아니라 인간이라면 누구나 가지고 있는 것이며, 몸을 가지고
있는 존재라면 '몸을 통한 깨달음' 역시 가능한 것이다. 이 가능성을
이대흠 시인의 「몸 안의 사랑」(『현대시학』 1999년 2월호)은 잘 보여주고
있다.

> 전라도에 온 지 사흘이 지났는데
> 똥이 잘 나오지 않는다
> 똥이 안 나오는 것은 내가 아직
> 전라도를 소화하지 못했기 때문
> 몸 안의 사랑을 찾지 못하고
> 끓고만 있기 때문
>
> —「몸 안의 사랑」 전문

단 여섯 줄밖에 안 되는 짧은 시이지만 '몸을 통한 깨달음'과 관련하여
볼 때 이 시가 그 안에 품고 있는 의미는 제법 깊고 명증하다. 이 깊이와
명증함은 이 시가 생물학적인(생리적인) 인간의 몸의 특성을 잘 포착하여
그것을 형이상학적인 깨달음으로 연결시키고 있기 때문이다. 이 시의
기본적인 발상은 '똥'과 '소화'라는 말이 강렬하게 환기하고 있듯이 인간
의 몸이 가지는 생물학적이고 생리학적인 속성에서 비롯된다. 인간이

혹은 인간의 몸이 본질적으로 생물이고 자연이라는 점을 고려한다면 이 발상은 이미 어떤 보편성과 함께 타당성을 획득하고 있다고 할 수 있다. 이 때문에 이 시는 몸을 통한 시적 사유의 명증성을 유지하고 있는 것이다.

그러나 이 시는 이렇게 인간이라면 누구나 분비할 수밖에 없는 생리적인 현상에 의해 만들어지는 '똥'과 그것의 작용양태인 '소화'라는 인간의 몸이 가지는 생물적이고 자연적인 사유에만 머물러 있지 않다. 이 시는 생물학적이고 생리학적인 몸을 형이상학적인 차원으로 끌어올리고 있다. 이것은 시적 주체의 몸이 소화하려고 하는 대상이 '전라도'라는 사실을 통해서 알 수 있다. 이 시에 표상된 시적 주체의 몸이 생물학적이고 생리학적인 몸이라면 어떻게 '전라도'를 소화할 수 있겠는가. '소화'라는 말과 '전라도'라는 말이 폭력적으로 결합되면서 이 시에 표상된 몸은 생물학적이고 생리학적인 몸에서 형이상학적인 몸으로 거듭나는 것이다. 몸의 이러한 존재 양태는 하나의 몸이 또 다른 몸을 분만하는, 다시 말하면 '몸이 몸을 하는 것'으로 볼 수 있다.

이렇게 몸이 몸을 하면 이 시에 표상된 '똥'의 의미 역시 변할 수밖에 없다. 몸이 몸을 하기 전의 '똥'의 의미는 우리가 흔히 생각하듯이 생물학적이고 생리학적인 차원에서 현상하는 실질적인 악취를 발산하는 분비물로 해석되지만 이것이 몸을 하면 '똥'의 의미는 형이상학적인 차원에서의 세계에 대한 체험의 결과로 얻어진 어떤 '결정체'로 새롭게 해석되는 것이다. 이 과정에서 연상되는 '똥'의 양태는 크게 세 가지이다. 첫째는 "전라도에 온 지 사흘이 지났는데/똥이 잘 나오지 않는다"는 말에서 연상되는 생물학적이고 생리학적인 '똥'이고, 둘째는 '전라도를 소화하지 못했기 때문에 똥이 나오지 않는다'는 말에서 연상되는 형이상학적인 '똥'이며, 셋째는 '몸 안의 사랑을 찾지 못했기 때문에 똥이 나오지 않는다'

는 말에서 연상되는 역시 형이상학적인 '똥'이 그것이다. 이 각각의 양태를 통해 알 수 있는 것은 첫째에서 둘째, 셋째로 갈수록 '똥'의 의미가 생물학적이고 생리학적인 차원에서 형이상학적인 차원으로 그 속성이 변한다는 사실이다. 이 변화는 '똥'에 대한 해석이 그만큼 다양화된다는 것을 말하는 것이다.

몸이 몸을 함으로써 이렇게 '똥'의 해석 층위가 두터워진다는 것은 곧 몸이 또 몸을 한다는 것을 의미한다. 즉 몸이 몸을 하고 다시 그 몸이 몸을 하는 분만 행위가 계속되는 것이다. 이 시에서의 이러한 분만 행위는 '몸을 통한 깨달음'에 깊이를 더해준다. '전라도를 소화할 때, 몸 안의 사랑을 찾았을 때, 혹은 세계를 몸화할 때 비로소 똥이 잘 나온다'는 이 시의 깨달음이 결코 몸 가볍지 않고 타성에 젖은 소리로 들리지 않는 것은 모두 그 원인이 여기에 있다고 할 수 있다. 다양하게 몸의 의미를 분만하면서 '몸을 통한 깨달음'을 확산하고 심화해 간다는 것은 이 시의 시적 주체가 '몸의 소리'를 제대로 듣고 이것을 실천에 옮긴 결과라고 할 수 있다. 몸의 소리는 가볍지도 거짓되지도 않을 뿐만 아니라 나약하거나 고립적이지도 않은 순정한 소리이다. 이 몸의 소리를 쫓아 깨달음을 얻는다는 것은 '몸'과 '나'와 '세계'가 한 몸이 되는 충만한 삶의 경지를 의미하는 것이다.

그러나 이 경지는 정진규 시인이 『몸詩』에서 힘주어 강조하고 있듯이 '몸으로 깨우치는 전폭의 매질'을 통해서만이 도달할 수 있는 그런 어려운 경지이다. 이대흠의 「몸 안의 사랑」은 이 도저한 경지에 이르기 위한 입사의 첫 과정을 맛본 것에 불과하다. 앞으로 몸을 통한 이 시인의 입사의 과정이 어떻게 될지 더 지켜볼 일이다.

3. 허공을 키질하는 바람 한자락의 시 — 정끝별의 「와락」

와락이라는 말의 쓰임새가 가장 돋보일 때는 언제일까? 이 물음에 대한 답은 머리가 아니라 몸에 있다. 와락은 머리에 앞서 몸으로 존재한다. 이것은 느닷없음이 아니다. 이것을 느닷없음으로 보는 것은 머리에 의한 해석으로, 여기에는 몸의 섬세한 추이가 생략되거나 배제되어 있는 것으로 볼 수 있다. 와락이라는 행위가 일어날 때는 이미 그 안에 몸의 무거움이 내재하고 있는 것이다.

이런 점에서 와락은 몸을 던지는 행위이다. 와락의 순간에는 어떤 잡음도 끼어들 틈이 없다. 잡음이 끼어들면 와락이 일어날 수 없다. 그것은 마치 블랙홀 속으로 빨려 들어가는 것처럼 어떤 잉여적인 것도 남기지 않는다. 그렇다면 우리는 어떤 순간 이러한 몸의 투사 혹은 빨려 들어감을 경험하는가? 시인은 그것을 나와 너의 관계 속에서 규명하려고 한다. 나에게 있어서 너란 존재는 '살갗' 곧 육체는 물론 '영혼'의 심층까지 서로 관계성을 드러내는 절대적인 대상이다. 그래서 시인은

> 반 평도 채 못되는 네 살갗
> 차라리 빨려들고만 싶던
> 막막한 나락
>
> 영혼에 푸른 불꽃을 불어넣던
> 불후의 입술
> 천번을 내리치던 이 생의 나락

―「와락」 부분

이라고 노래하고 있는 것이다. 나에게 '네 살갗'은 '차라리 빨려들고만 싶은 막막한 나락'이며, 너의 '입술'은 나의 '영혼'에 '푸른 불꽃을 불어넣는', '생의 나락'인 것이다. 나와 너가 만나면 '빨려들고' 싶은 욕구와 '천번을 내리치는' 강렬한 존재론적인 사건이 일어나는 것이다. 나의 존재가 '나락' 속으로 떨어진다는 것은 곧 너로부터 도저히 헤어날 수 없다는 것을 의미한다. 이런 점에서 '와락'과 '나락'은 다른 것이 아니다.

이렇게 와락 너의 나락 속으로 떨어지면 나와 너의 경계는 해체되기에 이른다. 나가 곧 너가 되고 너가 곧 나가 된다면 나라는 존재는 있으면서 없고 또한 없으면서 있는 것이다. 나는 '너로 가득 차' 있으면서 동시에 '텅 빈' 존재가 되는 것이다. 이러한 나의 가득 참과 비어 있음은 이미 몸을 던지는 행위 속에 내재해 있다고 할 수 있다. 너를 향해 나의 몸을 던지는 행위는 잡음이 없다는 점에서 그것은 순수함으로 가득 차 있다는 것을 의미하며, 그렇게 순수함으로 가득 차기 위해서는 나의 몸이 텅 비어 있지 않고서는 불가능하다는 것을 또한 의미한다.

너에게로 와락 몸을 던진 나는 차츰 너와 하나가 되면서 '헐거워지기' 시작한다. 이 헐거움이 깊어질수록 나라는 존재는 너와 더욱 융화되어 그 안에서 무한한 자유를 만끽하게 된다. 이 자유로움의 표상이 바로 '바람'이다.

> 헐거워지는 너의 팔 안에서
> 너로 가득 찬 나는 텅 빈,
>
> 허공을 키질하는
> 바야흐로 바람 한자락
>
> ―「와락」부분

'너로 가득 차' 있기에 나는 바람으로 무화되어 드러나는 것이다. 너 안에서 나라는 존재는 '바람 한자락'인 것이다. 그 바람은 너를 뒤흔들어 놓는 강력한 존재가 아니라 '텅 빈 허공을 키질하는' 존재에 불과한 것이다. 와락 너에게 빨려든 나는 욕망의 찌꺼기를 남기지 않는다. 와락의 순수함은 바람과 통하며, 이것은 다분히 역설적이다. 와락 너에게 빨려든 것은 어떤 운명적인 존재감을 느끼게 하지만 그 무거움은 곧 아무것도 없는 텅 빈 존재감과 다른 것이 아니다.

텅 비어 있을 때만이 운명적인 존재감을 느끼고, 그것을 향해 온몸을 와락 던질 수 있는 것이다. 이것은 와락이 지니는 묘미이다. 하지만 이 시에서 보여주는 와락의 묘미는 여기에만 머물러 있지 않다. 여기에서의 와락의 묘미는 시인의 감성으로 그 빠르고 절대적인 힘과 속도를 절묘하게 붙잡아 두고 있다는 사실에 있다. 이 절묘함은 마침표 없이 이어지면서 느리고 유연한 세계를 창출하는 그 형식에서 비롯된다. 와락은 순간적인 몸짓이다. 그것은 말이나 언어 이전에 이루어지는 행위이기 때문에 그것을 드러내는 것은 고도의 감수성과 형상화 능력이 없으면 불가능한 일이다. 시인의 그 능력은 '허공을 키질하는', '바람 한자락'과 다른 것이 아니다. 이것은 진정한 와락이란 '몸의 무거움이 허공의 바람 한자락으로 화化하는 일련의 순도 높은 투사'라는 것을 의미한다. 시인의 와락이 왜 시가 되는지? 혹은 시는 왜 와락 오는지? 이 시를 읽는 내내 떠나지 않는 즐거운 의문이다.

3. 이미지와 소리의 몸

1. 무성함에 대하여——김기택의 「손톱」

김기택의 「손톱」은 무성함에 대해 생각하게 한다. 어쩌면 이 말은 지극히 당연한 것처럼 들릴 수도 있다. 하지만 손톱이 무성함으로 표상되는 경우는 결코 쉽게 발견할 수 있는 것이 아니다. 우리 몸의 일부이기 때문에 손톱이 자라는 것에 대해 그다지 민감하게 의미 부여를 하지 않는 것이 사실이다. 이렇게 되면 손톱은 소재의 차원에 머물게 된다. 손톱이 하나의 소재의 차원을 넘어 질료의 차원이 되기 위해서는 소재에 미적인 충격을 가해야 한다. 이것은 손톱의 은폐된 의미를 탈은폐한다는 것을 말해준다. 이때 중요한 것은 탈은폐의 방식이다. 가장 이상적인 탈은폐의 방식은 어떤 개념화된 도구 없이 손톱의 존재성을 드러내는 것이다.

시인이 보여준 감각이 바로 여기에 닿아 있다. 손톱의 은폐된 존재성을 드러내기 위해 시인은 먼저 그것이 '자란다'는 사실에 주목한다. 이 자란다는 사실은 모든 이들이 공감할 수 있는 어떤 보편타당성을 지닌다. 이때의 공감은 손톱이 가지는 존재성을 토대로 이루어지기 때문에 일시적이고 순간적인 것과는 다른 지속적이고 총체적인 특성을 드러낸다. 시인은 손톱이 지니는 '자란다'라는 존재성을 끊임없이 들추어내면서 그것을 점점 은유와 환유의 방식으로 예각화시키면서 시상을 전개해 나간다. '손톱이 자란다'는 '딸아이가 자란다', '택시로 갈아탄다', '해처럼 둥글게 솟아 있다'로 확대되면서 동시에 '달력', '거울', '전화', '양말', '세수'로 또한 확대된다. 전자는 유사성에 기반을 두고 있기 때문에 은유적이며, 후자는 인접성에 기반을 두고 있기 때문에 환유적이라고 할 수 있다. '손톱이 자란다'라는 사실이 이처럼 은유와 환유로 확대되면서 그것의 의미가 좀 더 심화되기에 이른다. '손톱이 자란다'라는 다소 추상적인 세계가 일상이나 현실의 세계로 다양하게 확대·심화되면서 시간이라는 구체성을 획득하게 된다. 손톱에 시간이 구체적으로 투영되면서 그것이 은폐하고 있는 존재성이 무성함의 의미를 강하게 환기한다. 손톱이 자라는 만큼 그 세계에 은폐된 시간도 자란다. 손톱이 자라는 것이 곧 시간이 자라는 것이라면 그 의미는 '무성함'이라는 인식론적인 사유의 세계를 내포하게 된다. 무성함이 무상無常함이라는 세계를 내포하게 되면 허무라든가 한과 같은 의미를 드러내기도 하고 또 그것이 망각이라는 세계를 내포하게 되면 폐허라든가 비극적인 시기 같은 의미를 드러내기도 한다.

손톱이 자라듯 일상이나 현실에서의 시간은 시인이 인식하든, 인식하지 못하든 속절없이 흘러갈 수밖에 없다. 이 속절없는 흐름을 그 누구도 막을 수 없다. 손톱은 잘라내기가 무섭게 자라고, 잘라냈던 자리를 밀어내고 그 자리를 차지하듯이 시인은 시간의 속도를 절대 따라잡을 수 없다. "아무리 빨리 달려도/손톱 자라는 속도를 쫓아갈 수 없다"는 시인의 고백이 이것을 잘 말해준다. 아무리 달려도 시간의 속도를 따라잡을 수 없다면 그 속도는 시인에게 불안과 공포의 대상으로 존재하게 되는 것이다. 시간의 속도가 주는 이 불안과 공포를 시인은

> 이 정도면 꽤 헐떡거리며 달려왔다고 생각했는데
> 달력을 넘기자마자
> 또 하껏 자라 있는 손톱이 보인다.
> 전에 깎아낸 길이보다 더 길게 자라 있다.
> 한 번도 안 깎은 것처럼 자라 있다.
> 할퀸 것도 없는데 긴 날을 세우고 있다.
> 잠깐 전화 받고 나서 보면 그 자리에 또 있다.
> 거울 안에서도 자라 있고
> 양말을 벗을 때마다 발가락에도 자라 있고
> 아침에 눈 뜨면 해처럼 둥글게 솟아 있다.
>
> ─「손톱」 부분

고 고백한다. 손톱의 자람, 다시 말하면 시간의 속도 속에 시인이 갇혀 있다는 것을 알 수 있다. 어디 한 곳 틈이나 구멍조차 없는 견고한 시간의 속도 속에 갇혀 있는 시인의 모습은 그 자체로 비극적인 운명을 강하게 환기한다. 마치 '아침에 눈 뜨면 둥글게 솟아 있는 해'처럼 자연스럽게 받아들일 수밖에 없는 비극적인 운명이 바로 시인이 그리고 있는 시간 속에 갇힌 인간의 모습이다.

시간의 무성함 혹은 무성한 시간 속에서 시인이 할 수 있는 것이란 '아이쿠, 또 늦었네'나 '시간이 벌써 이렇게 되었다니!' 같은 한탄조의 연발이라고 해도 과언이 아니다. 어찌 보면 시간의 무성한 숲에서 어쩔

줄 몰라 하는 시인의 모습이야말로 인간이 놓인 보편적인 상황이라고 할 수 있다. 시인의 의식뿐만 아니라 무의식(거울 안에서도 자라 있고)의 세계까지 지배하고 있는 시간이기 때문에 끊임없이 존재의 형이상학에서 그것을 문제 삼고 있는 것이라고 할 수 있다. 이런 점에서 시간의 무성함 속에 놓인 시인 혹은 인간의 상황을 깊이 있게 탐색하는 것이야말로 인간 존재의 이해를 위해 중요하며, 이 고통스럽지만 매력적인 일을 시인이 과장되거나 표 나지 않게 진중하게 보여주고 있다는 것은 주목에 값한다고 할 수 있다.

그의 시의 매력은 바로 여기에 있다. 어떤 대상을 존재의 형이상학의 차원에서 진중하게 탐색한 뒤 그것을 결코 화려하지 않은 수사로 넌지시 드러내는 것이 그의 시의 특장이다. 어디 손톱 없는 사람이 있겠는가? 하지만 그 손톱을 시인처럼 인식하고 있는 사람은 그다지 많지 않을 것이다. 존재의 형이상학이 아닌 시적 기교나 수사의 현란함이 넘쳐나는 시대에 이렇게 진중하고 둔중한 시선으로 존재의 이면에 은폐된 세계를 끊임없이 인식의 지평 위로 들추어내려고 하는 시인의 태도가 소중해 보이는 것은 나만의 생각이라고 할 수 없을 것이다. 시간의 무성함을 망각하고 사는 삶이 덜 고통스러울 수 있다. 어쩌면 시간의 무성함을 벗어나기 위한 어떤 틈이나 구멍도 없는 상황이라면 차라리 그것과 맞서지 않고 피하거나 망각하는 것이 현명한 방법인지도 모른다.

그러나 시인은 존재의 이면에 은폐된 시간의 무성함을 들추어내어 그것을 자신의 앞에 세우고 그것과 고통스러운 대면을 한다. '할퀸 것도 없는데 긴 날을 세우고 있'는 세계가 시간의 무성함이 주는 고통을 상징적으로 표상한다. 시인 자신을 할퀴지 않아도 그 자체로 공포의 대상이 되는 것이 바로 시간의 무성함인 것이다. 시간의 무성함으로 이루어진 숲이 긴 날을 세우고 있다고 상상해 보라. 정말로 그 긴 날로 할퀴지 않았음에도 불구하고 시인은 상처를 입게 될 것이다. 우리가 이 시를 통해 시간의 무성함으로 이루어진 존재의 세계에서 고통스럽게 피 흘리는 시인의 모습을 상상한다면 그것은 이러한 이유에서 일 것이다. 나의 이러한 생각이 부디 해석의 과잉이 아니기를 바라며 '손톱'을 넘어서는 온전한 존재의 몸의 출현을 기대해 본다.

2. 인간은 짐승의 기억을 가지고 있다 —— 이근화의 「짐승이 되어 가는 심정」

짐승이 되어 가는 심정은 어떨까? 짐승이 인간의 잠재된 본능의 다른 이름이라면 이러한 물음은 결코 유쾌한 것은 아닐 것이다. 인간은 무의식의 심층에 잠재된 본능이 그 맨얼굴을 드러내는 것에 대해 몹시 불안해한다. 이 불안은 인간의 이성이 만들어낸 일종의 금기에 대한 어김과 그것의 대가로 받게 되는 처벌에 대한 정서적인 반응이다. 이 처벌이 두려워 인간은 철저하게 짐승스러움을 숨기고 세련되고 투명한 이성을 늘 전경화한다. 그러나 투명한 이성은 인간의 그 짐승스러움을 어쩌지 못한다. 그것은 이성의 차원에 견고하게 은폐되어 있는 하나의 얼룩이다.

이성의 견고함이 약화되면 잠재된 짐승의 본능이 자연스럽게 부상한다. 인간의 이성이 약화되는 순간은 많지만 그중에서도 가장 강력한 때는 그것이 성욕과 죽음으로 변주될 때이다. 성욕과 죽음은 이성을 삼키고도 남을 만한 짐승의 본능을 표상한다. 투명한 이성의 차원에서 보면 성욕과 죽음은 가장 야만적인 것, 다시 말하면 가장 짐승의 본능에 가까운 것이 되는 것이다. 성욕의 끝이 죽음이라는 사실을 상기한다면 죽음과 관련된 징후의 출현은 이성의 차원에서 보면 가장 불안하고 위협적인 것이 되는 것이다. 이런 맥락에서 볼 때 죽음은 이성을 초월한 본능에 가까운 것이라고 할 수 있다.

시인은 "짐승이 되어 가는 심정"이라고 고백한다. 이러한 시인의 고백의 단초는 죽음으로부터 시작된다. 시인의 심정을 대변하는 것은

너는 죽었는가
노래로 살아나는가
그런데 다시 죽는가

―「짐승이 되어 가는 심정」 부분

에 잘 드러난 것처럼 '너의 죽음'이다. 죽음이란 다른 것이 아니다. 죽음은 존재 자체가 점점 희미해지는 것이고, 결국 기억과 의식으로부터 소멸하고 마는 것이다. 그러나 기억과 의식보다도 더 존재의 죽음을 가장 강렬하게 환기하는 것은 감각의 소멸이다. 너의 죽음은 너에 대한 모든 감각을 상실하는 것이다. 감각이 상실되면 기억과 의식을 통한 존재의 현현에도 한계가 있을 수밖에 없다. 시인은 그것을 누구보다도 잘 알고 있다. 잘 알고 있기에 시인은 그 감각을 회복하려고 한다.

이러한 감각의 회복은 인간의 이성을 통해서 이루어지는 것이라 이성이 추방하고 억압해온 짐승의 본능을 회복함으로써 이루어지는 것이다. 짐승의 본능을 회복하려면 먼저 인간이 지니고 있는 감각을 회복하여야 한다. 투명한 이성의 문명이 발달하면서 인간의 감각은 시각의 비대함이라는 기형적인 결과를 초래하기에 이른다. 시각이 강력한 지배력을 행사함으로써 가장 몸적인 감각인 촉각이나 후각 등은 점점 약화되어 인간이 지니고 있는 본능적인 감각을 망각 내지 퇴화하게 한 것이 사실이다. 시각은 인간의 존재를 투명하게 현현하게 하는 데는 성공할 수 있어도 그 이면에 드리워진 살과 피와 땀과 같은 물질을 현현하게 하는 데는

한계가 있다고 할 수 있다. 정신과 물질이 육화된 몸으로서의 존재를 현현하게 하는 것, 이것이야말로 시인이 짐승이 되어 가는 심정의 진정한 의미라고 할 수 있다. 시인은

　　나의 코가 노을처럼 섬세해진다

　　　　　　　　　　　　　　　－「짐승이 되어 가는 심정」 부분

나

　　나의 입술에 너의 이름을
　　슬며시 올려본다

　　　　　　　　　　　　　　　－「짐승이 되어 가는 심정」 부분

또는

　　호수 바닥을 긁는 소리
　　중요한 깃털이 하나 빠지는 소리
　　뱀의 독니에서 독이 흐르는 고요한 소리

　　　　　　　　　　　　　　　－「짐승이 되어 가는 심정」 부분

그리고

　　문밖에서 쿵쿵쿵 나를 방문하는 냄새

　　　　　　　　　　　　　　　－「짐승이 되어 가는 심정」 부분

Ⅲ. 상징과 문신

에서 알 수 있듯이 그동안 잠자고 있던 후각과 촉각, 청각을 불러내 그것을 곧추세운다. 후각과 촉각, 청각의 곧추세움은 곧 전체적인 몸의 감각의 회복을 의미한다. 시각만이 아니라 이렇게 다양한 감각들이 서로 섬세하게 혹은 은밀하면서도 강렬하게 섞이고 충돌하면서 하나의 몸을 이룬다. '나의 귀'는 단순히 소리만 듣는 기관이 아니라 "이제 식사에도 소용될 수 있을 것 같"은 미각과 후각, 촉각과 결합된 육화된 몸인 것이다. 다양한 감각들이 결합하여 몸이 회복되는 순간을 시인은 "침이 솟구친다", "식탁 위에 너의 피가 넘친다"는 말로 그 감격을 표출한다.

침이 솟구치고 피가 흘러넘치는 존재란 더 이상 투명하고 건조한 이성적인 존재를 의미하는 것이 아니다. 이것은 인간을 하나의 존재로 규정하는 것도 적절하지 않다는 것을 말해준다. 인간은 이성이나 언어에 의해 존재하는 차원을 넘어 끊임없이 살아 있는 생성 혹은 생명의 존재라고 할 수 있다. 짐승의 본능을 야만적인 것이라고 배제하고 추방해버린 저간의 인간에 대한 규정이야말로 인간을 이루는 토대 중의 토대인 몸 혹은 몸의 감각을 망각한 잘못된 규정이라고 할 수 있다.

그러나 몸의 감각을 이렇게 짐승의 본능이라고 말해버릴 때 끼어드는 어쩔 수 없는 불안은 어디에서 기인하는 것일까? 투명한 이성에 의해 규정되어 온 인간에 대한 저간의 학습 때문일까? 아니면 인간이 지니는 짐승의 본능에 대한 회복이 가져올 문명화된 인간으로서의 혼란스러움 때문인가? 그것도 아니면 너에 대한 시인의 개인적인 은밀한 경험 때문인가? 이 물음에 대해 굳이 답할 이유는 없다. 어느 쪽으로 보아도 모두 그 나름의 타당성이 존재한다. 하지만 분명한 것은 짐승이 되어 가는 심정이 결코 단순하지도 또 간단하지도 않다는 사실이다. 너라는 존재를 몸의 감각의 회복을 통해 되살려낸다고 할 때 끊임없이 환기되는 것은 너에 대한 기억이다. 그 기억은 기쁜 것일 수도 또 슬픈 것일 수도 있다.

어느 하나의 감정도, 어느 하나의 의식도 아닌 둘 혹은 그 이상의 것들이 시인의 몸을 이룰 때 여기에서 생성되는 심정은 과연 어떤 것일까?

대개 짐승의 본능을 시 속에 끌어들이는 경우 감각의 과도한 관능이나 야성을 전경화하여 이성이나 문명에 대한 아주 선명한 비판과 반성을 획득하는 것이 일반적이다. 이 사실은 시인이 짐승 혹은 짐승의 본능을 시 속에 끌어들일 때 그것에 대해 '심정'이라는 아주 멜랑꼴리한 의미를 부여한 경우는 흔치 않다는 것을 말해준다. 시인의 이 멜랑꼴리한 심정은 오랜 시간 동안 축적된 인간의 의식을 반영하는 것이라고 할 수 있다. '인간'이 되어 가는 것이 아니라 '짐승'이 되어 간다는 것은 이미 그 기표에서부터 결코 가볍지 않은 무게가 작용하고 있는 것이다. 기실 짐승이 되어 가는 것이 인간이 되어 가는 것과 다르지 않음에도 불구하고 그것이 적대적인 관계성을 지니게 된 것은 인류사의 하나의 큰 비극이라고 할 수 있다. 짐승이 되어 가는 심정에 드리워진 시인의 그늘의 깊이가 여기까지 닿아있음은 세계에 대한 또 다른 시적 발견이라고 할 수 있다.

3. 소리의 몸──조용미의 「소리의 음각」

소리란 무엇일까? 소리는 그냥 소리이다. 소리만큼 추상적인 것도 없다. 만일 순수한 추상이 존재한다면 그것은 소리가 될 것이다. 실체가 없는 것은 아닌데 그것을 눈으로 볼 수 없기 때문에 소리는 언제나 우리의 감각을 곤추 세운다. 소리만큼 감각적이고 감성적인 것이 또 있을까? 소리야말로 무소부재요 무불통지다. 이로 인해 소리는 강한 집중과 동일성의 정서를 유발한다. 특히 소리가 아름다운 리듬을 지닐 때 그 소리는 이 세상의 어떤 무엇보다도 매혹적이고 마술적이다.

소리의 리듬은 세계의 경계를 무화시킨다. 음악이 모든 경계를 초월해 인간의 마음을 사로잡는 이유가 바로 여기에 있다. 소리의 마술적인 힘은 인간이 본래부터 소리의 리듬을 지닌 존재이기 때문에 가능한 것이다. 인간은 몸이라는 형상으로 드러나지만 그 몸은 본래부터가 하나의 눈에 보이지 않는 리듬으로 이루어진 존재이다. 이 리듬은 자연 혹은 우주의 리듬과의 관계 속에서 끊임없이 변화하고 또 생성된다. 우주의 그 리듬 있는 소리가 바로 율려이고 인간의 몸은 언제나 그것을 법^法 받거나 그것에 승순^{承順}한다. 이런 점에서 소리는 본래부터 그 안에 리듬이 내재해 있다고 할 수 있다.

소리의 리듬이 인간을 넘어 자연, 더 나아가 우주를 이룬다면 비록 눈에 보이지 않는 순수한 추상의 형태로 존재하지만 그것은 '없는 것'이 아니라 분명 '있는 것'이다. 소리가 눈에 보이지 않는 순수한 추상의 형태로 존재하기 때문에 그것의 형상^{形象}은 틀이 아니라고 할 수 있다. 소리의 형상이란 곧 소리의 몸에 다름 아니다. 하지만 이때의 몸은 눈에 보이지 않는 형상 아닌 형상인 것이다. 우리는 흔히 몸을 눈에 보이는 차원에서만 이해하려고 한다. 사실 몸은 눈에 보이지 않는 차원이 그것의 형상을 결정짓는다고 해도 과언이 아니다.

우리가 눈에 보이는 차원만 절대시하는 데에는 유물론의 영향이 크다. 유물론의 관점에서 보면 몸은 하나의 물질이고, 그 안에 마음이나 정신 혹은 영혼, 넋, 얼 같은 것이 종속되어 있는 것이다. 몸속에 마음이 있다는 논리가 바로 유물론인 것이다. 유물론은 마음속에 몸이 있다는 생각을 배제하거나 배척하는 속성을 드러낸다. 마음이 몸을 결정짓는다는 생각은 눈에 보이지 않는 차원을 반영하고 있다는 점에서 소리에 대한 이해와 깊은 관계를 가진다고 할 수 있다. 소리가 하나의 눈에 보이지 않는 몸으로 존재한다면 그 몸은 눈에 보이는 차원에서 제기할 수 없는 깊이와 넓이의 대상이 될 수밖에 없다. 소리의 몸은 우리의 투명한 인식으로는 도달할 수 없는 어두컴컴한 세계를 지니고 있을 뿐만 아니라 결정되지 않는 무한한 생성과 변화 그리고 섬세한 감각까지 포괄하고 있다고 할 수 있다.

소리의 몸이 지니는 이러한 세계를 조용미는 「소리의 음각」에서 잘 보여주고 있다. 시인은

> 소리는 왜 발자국이 없는가 물처럼 흐르기만 하는가
> 당신의 목소리가 음각된 곳은 어디일까
>
> ―「소리의 음각」 부분

라고 하여 소리의 몸의 '음각'에 주목한다. 왜 양각이 아니라 음각일까? 양각이 눈에 보이는 차원이라면 음각은 눈에 보이지 않는 차원을 말한다. 이 사실은 왜 시인이 음각에 주목하는지를 잘 말해준다. 음양의 조화로 세계가 이루어지듯이 음각과 양각으로 소리의 몸이 이루어진다. 하지만 음과 양 혹은 양각과 음각의 관계에서 음(음각)은 양(양각)을 드러나게 하는 계기를 제공하고 또 그것의 특성과 성격을 결정짓고 완성하는 작용을 한다. 음이 없으면 양은 그 존재성을 구체화할 수도 또 실현할 수도 없는 것이다. 이런 맥락에서 보면 소리를 소리로서 드러내게 하는 것은 눈에 보이지 않는 차원에 놓여 있는 음각이라고 할 수 있다.

소리의 음각에 주목함으로써 시인은 소리의 몸의 심층에 은폐된 보다 많은 것을 발견하게 된다. 시인은

> 눈을 감고 당신의 목소리를 귓바퀴로 감는 순간들
> 흐린 새벽 비의 예감과 간밤의 둥근달과

건기와 우기가 목소리의 진자를 통해

귀의 가장 안쪽을 거쳐 백회와 눈꺼풀까지 스며들 때
이 음각은, 돋을새김보다 섬세하고 머나먼 나선형의 세계는

보랏빛 그늘이 섞인 어둠 속에서 눈부심의 뒤편에서
호흡할 수 있는 연약한 것들의 숨결
삼각와의 골과 만곡을 거쳐 물결처럼 번지며

잠을 깨우는 소리의 파동들
달팽이관까지의 수많은 산과 들과 개울을 지나
마침내 당신의 손은 내게 도착한다

—「소리의 음각」 부분

라고 고백한다. 시인이 드러내려는 대상은 '당신'이다. 하지만 '당신'은
스스로 드러날 수 없다. '당신'은 소리의 음각을 통해 드러날 수 있는
것이다. 시인은 '당신'의 소리 이면에 은폐되어 있는 음각을 찾아내야
한다. 시인은 소리의 음각을 "돋을새김보다 섬세하고 머나먼 나선형의
세계"로 규정한다. 이러한 규정은 시인의 음각에 대한 규정일 뿐 어떤
절대적이고 보편타당한 규정은 아니다. 다만 이 규정은 시인이 '당신'의
목소리를 관찰한 결과라는 점에서 의의가 있다. 이를 위해 시인은 눈을
감고 당신의 목소리를 귓바퀴로 감는다. 시인이 눈을 감는 것은 '당신'의
목소리에 은폐된 음각을 발견하기 위해서이다. 눈을 감으면 소리는 더욱
집중화되고 또 일체화된다.
  시인이 눈을 감고 당신의 목소리를 귓바퀴로 감는 순간 음각은 저

깊은 심층에서 그 모습을 드러낸다. 그 모습이 바로 "돋을새김보다 섬세하고 머나먼 나선형의 세계"인 것이다. 하지만 시인의 이 말은 개념화된 것이다. 다시 말하면 소리의 음각의 심층에 드러나는 개념화 이전의 감각적이고 감성적인 이미지의 세계를 수렴하여 그것을 이러한 말로 개념화한 것이다. 개념화 이전에 시인이 발견한 소리의 음각은 "흐린 새벽 비의 예감과 간밤의 둥근달과 건기와 우기", "보랏빛 그늘이 섞인 어둠 속에서 눈부심의 뒤편에서 호흡할 수 있는 연약한 것들", "삼각와의 골과 만곡을 거쳐 물결처럼 번지는 숨결", "수많은 산과 들과 개울" 등의 이미지로 변주되어 드러난다. 이 이미지들은 하나같이 흐리고 어두우며, 예감의 기운으로 가득 차 있다. 모호하고 불투명하기 때문에 소리의 음각은 보다 깊고 넓은 의미를 담지한 몸으로 존재할 수 있는 것이다.

시인은 이러한 소리의 몸을 만져보고 싶어 한다. 그러나

음각의 저 안쪽을 돋을새김으로 만져보는 이는 누구일까

소리의 물결에 잠긴 채 끝없는 계단을
철썩이며 돌아내려가는
푸른 몸은 어디까지 깊어지려는가

— 「소리의 음각」 부분

에 드러난 것처럼 시인은 그것을 만져볼 수 없다. "음각의 저 안쪽을 돋을새김으로 만져보는 이는 누구일까"에는 이러한 시인의 욕망이 강하게 투사되어 있다. 특히 돋을새김이라는 말의 표상이 그렇다. 시인이 소리의 음각의 저 안쪽을 만져볼 수 없는 이유는 소리의 몸이 점점 깊어지기 때문이다.

소리의 몸이 밖이 아니라 안으로 응축하면서 그것이 점점 팽창하기 때문에 그 깊고 넓은 세계를 만져본다는 것은 불가능하다고 할 수 있다. 시인이 할 수 있는 것이란 소리의 몸을 온전히 느끼는 것이 아니라 그 몸이 내는 철썩이는 소리를 그저 듣는 것뿐이다. 소리의 몸과의 친밀한 접촉이 아닌 일정한 거리를 유지한 채 그 소리만 듣는다는 것은 음각의 도저한 세계의 이해에 이르지 못한다는 것을 의미한다. 소리의 몸이 지니고 있는 음각의 도저함은 도저함으로 느끼고 이해하면 되는 것이다. 음각의 도저함의 세계를 어떤 개념이나 범주로 틀 지어놓고 그것의 전모를 들추어냈다고 하는 것은 눈에 보이는 드러난 차원만이 전부라고 생각하는 것과 다르지 않다. 눈에 보이지 않는 숨겨진 차원이야말로 소리의 몸이 몸이게 하는 바탕 중의 바탕이라고 할 수 있다. 소리의 음각이 깊을수록 소리의 몸을 통해 드러나는 세계는 보다 더 새롭고 신비한 예감으로 돋을새김 될 것이다.

4. 수련의 언어와 에로티시즘

1. 사랑, 역설의 에로티시즘

채호기 시의 중심 테마는 '사랑'이다. 이 주제는 『지독한 사랑』(1992)에서 시작해서 『슬픈 게이』(1994), 『밤의 공중전화』(1997)를 거쳐 『수련』(2002)에 이른다. 이러한 일련의 과정은 그 자체가 사랑의 역사이다. 하지만 이 역사는 여느 경우들과는 의미가 다르다. 그것은 그의 사랑이 곧 '몸'에 의해 이루어진 역사이기 때문이다.

그의 시에서 몸은 그 자체가 목적이다. 목적으로서의 몸은 주체로서의 몸이다. 이때의 몸은 '몸성'을 토대로 자율적인 세계를 구축한다. 그의 시에서의 몸성은 운동의 개념으로 드러난다. 몸은 하나의 정지된 대상이 아니라 끊임없이 움직이면서 세계를 탈영토화하는 존재인 것이다. 몸의 운동은 순수한 목적에 의해 이루어질 수도 있고, 대상에 대한 음험한 욕망에 의해 이루어질 수도 있다. 그의 시의 운동은 이 모두를 내포하고 있지만 그것에 대한 가치 판단의 문제를 부각시키지는 않고 있다. 그의 시에서 두드러지게 부각되고 있는 것은 이 과정에서 나타나는 운동 그 자체이다. 어쩌면 몸의 운동이 드러내는 무한한 생산성의 세계가 그의 시가 겨냥하는 바라고 할 수 있을 것이다.

그의 시의 운동은 언제나 대상을 향해 꿈틀거린다. 몸은 홀로 존재하지 않는다. 몸은 관계 속에서 존재하며, 몸성은 곧 관계성이라고 해도 과언이 아니다. 몸의 구멍은 그 관계의 통로이다. 몸의 구멍과 구멍 사이로 관계의 기氣들이 흘러들고 또 흘러나간다. 그 기의 흐름의 상태와 정도에 따라 운동의 의미가 결정된다. 이런 점에서 보면 몸성은 기본적으로 에로티시즘을 지향한다고 할 수 있다. 에로스도 넓은 차원으로 보면 몸의 기의 흘러들고 흘러나감에 지나지 않는다. 하지만 이러한 몸의 에로스는 안정되고 질서 잡힌 형태로 존재하는 것이 아니라 불안정하고 무질서 한 형태로 존재한다. 시인은 이것을 '지독한 사랑'으로 명명하고 있다.

시인이 노래하는 사랑은 단순히 육체나 정신의 차원으로 드러나지 않는, 몸의 운동 차원으로 드러나는 불안정하고 무질서한 세계이다. 따라서 시인의 사랑이 강도를 더하면 더할수록, 다시 말하면 시인이 지독한 사랑을 하면 할수록 그만큼 몸은 불안정하고 무질서하게 되는 것이다. 이것은 몸과 몸 사이의 흐름이 서로 교차되고 재교차될 때 나타나는 필연적인 현상이다. 몸과 몸 사이의 흐름은 상처를 동반할 수밖에 없다. 그것은

나는 그대의 가슴에 꽂힌 칼
분홍빛 여린 살꽃을 찢고
그대의 몸속, 거기
서늘하게 있네.

칼끝이 당신의 어디쯤을 건드리나요?

너무나 많이 흘린 피로

깊어가는 나의 상처 아물지 않네

―「상처」 전문

에서처럼 섬뜩한 상처의 이미지로 드러난다. 이때의 상처는 그것이 깊으면 깊을수록 존재론적인 진정성을 갖는다. 서로의 몸과 몸이 흐르기 위해서는 상처가 동반될 수밖에 없다는 것은 그것이 곧 죽음의 문맥을 거느리고 있다는 것을 말해준다. 그래서 시인은 "나 그대 몸속으로 들어가려면/죽음을 지나야 한다는 것 그때 알았네"(「몸 밖의 그대 2」, 『지독한 사랑』, p. 17)라고 노래한다. '나'가 '타자'의 몸속으로 들어가려면 그만큼 타자를 죽여야 하는 것이다. 사랑이 언제나 행복한 것이 아니며, 그 안에 늘 불안의 그림자를 거느리고 있는 이유가 바로 여기에 있는 것이다. 이런 점에서 사랑은 역설의 형태로 존재한다고 할 수 있다. 그것은

기차의 육중한 몸체가 순식간에 그대 몸을 덮쳐 누르듯

레일처럼 길게 드러눕는 내 몸

바퀴와 레일이 부딪쳐 피워내는 불꽃같이

내 몸과 그대의 몸이

부딪치며 일으키는 짧은 불꽃

그대 몸의 캄캄한 동굴에 꽂히는 기차처럼

시퍼런 칼끝이 죽음을 관통하는

－「지독한 사랑」 부분

에서처럼 '불꽃'과 '캄캄한 동굴(죽음)'의 상반된 이미지로 드러난다. '밝음'과 '어둠', '삶'과 '죽음'의 상반된 이미지 속에 사랑이 놓임으로써 시인의 내면은 무의식의 어두운 심층을 거느리게 된다. 그것의 구체적인 예가 바로 「몽염」 시편(1에서 13까지)이다. '몽염夢魘'에 '지독한 사랑'의 구조를 대입하면 그것은 '지독한 꿈' 혹은 '꿈의 지독함'이 된다. '지독함'이 드러내는 이 의미의 정점에는 '죽음'과 '삶'이 뒤섞여 있는 그런 어둠의 세계가 놓이게 된다. 시인은 그것을 "알을 품은 뜨거운 죽음"(「삶을 마셔 버린 사랑」, 『지독한 사랑』, p. 97)의 세계라고 명명한다.

시인이 노래하고 있는 이 지독한 역설의 세계는 어디일까? 이 물음에 대한 답을 그의 시에서 찾는 것은 그다지 어렵지 않다. "알을 품은 뜨거운 죽음"에서 그것이 곧 "자궁"(「지독한 사랑」, 「그녀의 몸－몽염 13」)이라는 것을 알 수 있기 때문이다. 그러나 자궁이 '알을 품기 위해서는 하나의 몸에서 또 다른 몸으로의 흐름이 있어야 한다. 그 흐름은 '알'을 전제로 한다는 점에서 '섹스'의 의미를 내포한다. 하지만 그의 섹스는 남녀 간의 생식의 차원에 머무는 것이 아니라 '틈'이나 '구멍'이 있는 모든 존재들로 그 의미가 확대되어 드러난다. 가령

시원한 나무살 속으로
가녀린 잎살 속으로
숨막히는 물살 속으로

음악의 귓속으로

벌집의 입술 속으로
해당화 젖은 꽃술 속으로

갈라진 틈 속으로
터진 구멍 속으로

들어가서는

낳아!

―「틈, 구멍」 부분

나

나무의 꼿꼿한 성기가
나의 질 속으로 들어온다
햇빛의 볼륨을 높여라!
내 몸을 초록음의 공명으로 부르르 떨게 하는
나무의 힘찬 射精!
초록 뒤의 더 짙은 초록 겹쳐지는 청록
뒤엉키는 녹색 바르르 떨리는 녹색
희미한 녹색
출렁이는 초록닢 사이로 비쳐드는 肥音
죽어도 좋아! 녹색의 황홀경!
죽음을 치고 튀어오르는 섹스!
나무와의 섹스

등이 바로 그것이다. 섹스에 대한 영역의 확대는 그의 시의 '성기 중심적'(「소멸과 재생의 환상」, 김주연, 『밤의 공중전화』 해설, p. 104)인 특성을 잘 보여준다. 이 특성으로 인해 그의 시는 사디즘적인 욕망과 마조히즘적인 욕망을 강하게 드러낸다. 섹스에는 이 두 욕망이 동시에 작용하지만 그 강렬함이 사랑을 충족시켜주지는 못한다. 그렇기 때문에 더 강렬하게 섹스를 하는 것이라고 할 수 있다.

몸과 몸의 섹스를 통해 사랑이 충족되리라고 보는 것은 환상이다. 사랑은 욕망이며 그 욕망은 주체의 결핍을 전제로 한다. 따라서 사랑은 언제나 차액을 남긴다. 그 차액으로 인해 욕망하게 되고, 그 욕망은 끊임없이 미끄러져 내릴 뿐 온전히 충족되지 않기 때문에 시인의 지독한 사랑은 성욕과 죽음으로 변주되어 나타날 수밖에 없다. 지독한 사랑의 정점에서 시인이 경험하게 되는 것은 '죽어도 좋다'는 말과 '황홀경'과 '죽음을 치고 튀어오르는 섹스'이다.

채호기 시에 드러나는 이러한 어두운 에로스적인 환상은 기본적으로 몸과 몸의 섹스가 하나도 아니고 둘도 아닌 상태로 존재하기 때문이다. 하나의 몸과 다른 몸이 섞일 때 흔히 한 몸이 된다고 말하지만 그것은 우리의 인식론적인 사유가 만들어낸 환상에 불과하다. 만지는 것이 만짐을 당하는 것이라는 상호 신체성 담론이 이성이나 개념이 아닌 감성적이고 정서적인 공동체의 성립에 몸이 토대가 되어야 한다는 사실을 환기시켜 새로운 패러다임을 제기한 공은 결코 작다고 할 수 없지만 몸이 가지는 불일이불이^{不一而不二}적인 특성을 간과한 것은 이 이론의 한계라고 할 수 있다. 이것은 곧 채호기 시의 중요성이 부각되는 지점이 여기에 있다는 것을 의미한다.

4. 수련의 언어와 에로티시즘

그의 첫 번째 시집인 『지독한 사랑』이 던진 문제의식도 크게 보면 여기에 해당된다고 할 수 있다. 이러한 문제의식은 두 번째 시집인 『슬픈 게이』에게로 이어진다. 이 두 시집이 차이가 있다면 『지독한 사랑』은 두 몸 사이를 전제로 에로티시즘의 문제를 주로 탐구했고, 이에 비해 『슬픈 게이』는 한 몸을 전제로 그것을 탐구했다는 점이다. 좀 더 정확히 말하면 『슬픈 게이』는 한 몸속의 두 몸을 탐구한 경우이다. 이것은 그가 탐구한 몸의 운동성이 내 밖에 있는 타자뿐만 아니라 내 안에 있는 타자와의 관계 속에서도 행해져야 한다는 사실을 의미한다.

2. 물컹물컹 쏟아지는 사랑 혹은 말

인간의 몸 안에는 여성성과 남성성이 공존한다. 일반적으로 남성은 남성성이 강한 것으로 여성은 여성성이 강한 것으로 인식된다. 이러한 일반화된 인식은 여성성이 강한 남성, 남성성이 강한 여성의 몸을 억압하면서 하나의 진리로 받아들여졌다. 그러나 인간의 몸은 언제나 정직하다. 이것은 외형으로 포장된 몸 안의 성이 언젠가는 밖으로 투사될 수밖에 없다는 것을 의미한다. 시인이 게이의 몸을 끌어들인 의도가 여기에 있는 것이다. 게이의 몸을 정직하게 드러냄으로써 시인이 겨냥하고 있는 것은 자신의 안에 있는 몸의 관계성의 회복이다. 몸 밖이 아니라 안에 은폐된 또 다른 몸성을 탈은폐시켜야 다른 몸과의 관계를 통한 운동성을 회복할 수 있는 것이다.

시인은 내 몸 안에 은폐된 이 또 다른 내 몸과의 만남을

너는 내 안의 오랜 나였구나

한 꽃 속에 모든 여성이 들어 있고
한 여성 속에 모든 꽃이 숨어 있느니
나는 내 육체의 경계를 빠져나와
네 몸으로의 험난한 벼랑을 기어오른다네

-「게이 1」 부분

에서처럼 아름답게 노래하고 있다. "한 꽃 속에 모든 여성이 들어 있고", "한 여성 속에 모든 꽃이 숨어 있"다는 자각이 있어야 "내 육체의 경계를 빠져나"올 수 있는 것이다. 하지만 이 육체의 경계 해체는 "험난한 벼랑을 기어오르"는 것처럼 일정한 고통이 따를 수밖에 없다. 내 몸 안의 또 다른 몸을 가진 존재를 인정하지 않는 세계에서의 경계 해체는 '슬플' 수밖에 없다.

시인의 이 슬픔은 차이를 인정하지 않는 억압적인 세계에서 오는 것일 수도 있고, 자신의 몸을 제대로 들여다보지 못한 데서 오는 회한 섞인 자책에서 오는 것일 수도 있다. 시인의 자책은 "내 앞에 서 있는 당신은 누구신가요?"(「게이 2」, p. 95)라는 조용하면서도 간절함이 묻어나는 물음으로부터 시작된다. 이어서 시인은 "예전에 누가 당신이 나였다는 것을 알겠어요, 예전에 누가 당신이 남자였다는 것을 알겠어요. 입술 루주에 긴 머리, 롱스커트에 굽구두, 그 속에 누가 남자를 감췄다고 하겠어요"라고 반복적으로 묻는다. 이 반복은 "누가, 내 몸을 좀 더 깊이 들췄더라면, 이미, 오래전부터 있던 한 여자를 만났을 거예요"로 마무리 된다.

이 시 속에 드러난 시인의 어조는 회한에 가득 차 있다. 이 회한은 내 몸 안에 또 다른 몸이 있다는 것을 자각한 데서 비롯된 것으로 이것은 다시 '거울'을 매개로 보다 깊이 있는 자기 성찰을 드러낸다.

> 저 거울 속으로 들어가면
> 나는 여자가 된다.
>
> …(중략)…
>
> 남자에서 여자로
> 여자에서 남자로
> 너에서 나로
> 나에서 너로
>
> －「게이 3」 부분

'거울'은 나의 내면을 비추는 질료이다. 거울을 보면 내 내면의 모습, '남자 → 여자', '여자 → 남자', '너 → 나', '나 → 너'가 그대로 드러난다. 이것은 거울을 통해 분열된 몸의 내면이 드러난다는 것을 말해준다. 내면에 은폐된 몸에 대한 자각으로 인해 그 몸의 정체성이 새롭게 부각된 것은 사실이지만 몸의 분열에서 오는 혼란은 고스란히 남아 시적 주체를 불안하게 한다. 시적 주체는 여전히 "내 몸이/내게 맞지 않"는다고 고백하면서 "몸에 갇혀/끙끙거리는/나 아닌/몸속에/다른 이의/애타는/목소리"(「게이 4」, 『슬픈 게이』, p. 98)를 듣는다.

　몸은 하나의 몸 안에서 소통이 이루어지든 아니면 둘 이상의 몸 사이에서 그것이 이루어지든 늘 불안이 존재하는 것이 사실이다. 이 불안은 몸의 죽음을 통해 해소되지만 주체가 아닌 타자의 몸의 죽음은 그것을 더욱 가중시킬 뿐이다. 타자로서의 몸이 '떠나고, 없어지고, 사라지'자

"나는 내 몸 밖에 있는 세상을 죽여버린"(「오 내사랑 에이즈 1」, 『슬픈 게이』, p. 99)다. '내 몸 밖에 있는 세상의 죽음 혹은 죽임'은 '내 몸에 대한 두려움'으로 이어진다.

그러나 그것이 몸의 운동의 소멸을 의미하는 것은 아니다. 타자의 몸의 죽음은 주체로서의 나의 몸에 대한 두려움으로 이어지지만 "내 몸의 어떤 부분에서"는 "지금까지 한번도 없었던 것, 알 수 없는 것이" "탄생하고" 또 "환생한"(p. 99)다. 몸은 어떤 상황에서도 스스로 관계성을 만들어간다. 비록 '에이즈 바이러스'가 침투해 몸을 뒤바꾸고, 낯선 체제를 만들어버리더라도 그것은 소멸이 아니라 또 다른 탄생을 위한 전로로 본다. 그래서 시인은 "죽음을 아는 몸은 순결하다"(「오 내 사랑 에이즈 2」, 『슬픈 게이』, p. 101)고 말한다. 이것은 몸과 몸의 관계성을 생의 차원에서만이 아니라 죽음의 차원에서도 이해하고 있다는 것을 의미한다.

몸과 몸의 관계에서 비롯되는 끊임없는 운동성은 『밤의 공중전화』에 오면 좀 더 정교해지고 섬세해진다. 여기에 오면 몸은 발, 젖가슴, 등, 손, 입, 입술, 눈 등으로 세분화되어 드러난다. 이 각각의 몸 기관은 나와 타자의 몸이나 나의 몸의 소통에서 볼 수 없는 감각의 섬세한 움직임들로 이루어져 있다. 그리고 이 각각의 기관은 분리되어 있는 것이 아니라 서로 접속되어 있어서 교차와 재교차를 반복한다. 이 과정에서 각 기관은 에로스적인 기계의 속성으로 변해 꿈틀거린다. "터질 듯 팽팽한 사랑"(「손의 고백」, 『밤의 공중전화』, p. 52)이 시작되는 것이다.

그가 노래하고 있는 '팽팽한 사랑'은 '위험한 사랑'이다. 그것은 '팽팽한 사랑'이 "죽음의 웅덩이에 빠졌다 나온 것처럼 젖어 있거나 죽음의 수면에 수직으로 반사되어 있"(「손의 고백」, p. 52)기 때문이다. 사랑이 죽음을 전제한다는 것은 에로티시즘의 전형적인 논리이며, 그것은 금기의 위반을 겨냥한다. '유부남과 유부녀의 사랑, 동성 간의 사랑, 근친상간의 사랑' 등이 그렇다. 이러한 사랑은 쾌락과 공포의 전율을 동시에 지닌다. 이런 점에서 그것은 쾌락 원칙과 현실 원칙의 지배를 받으며, 여기에 사랑의 묘미가 있는 것이다.

그러나 이것은 에로티시즘의 일반론이다. 그가 노래하고 있는 사랑이 특별한 것은 그것이 '손에서 나오고 이어지'기 때문이다. 손은 눈과 다르다. 눈은 '익숙한, 뚜렷한, 예측한 것만을 볼' 뿐 '획 지나가는 것, 바람이나 마음 같은 보이지 않는 것, 무엇인지 간파할 수 없는 덩어리'를 볼 수 없다. 눈은 보이는 것만을 선택하고 눈에 보이지 않는 것을 배제함으로써 시각 중심주의라는 이데올로기를 배태하게 된다. 시각은 만짐이 곧 만짐을 당하는 '접촉'과 진정한 차원의 '보살핌'의 윤리를 배제한다. 하지만 손은 어루만짐을 통해 눈에 보이지 않는 세계까지 섬세하게 감지하고 들추어낸다. 손은 뇌와 연결되어 있다. 손으로 사유한다는 말이 여기에서 나온 것이다. 손은 세계를 느끼는 통로이자 몸 그 자체이다.

따라서 진정한 사랑은 눈이 아니라 손을 통해서 이루어지는 것이다. 손으로 하는 사랑은 눈의 그것처럼 건조하고 차가운 사랑이 아니라 그것은 '물컹물컹 쏟아지는 사랑'이다. '물컹물컹 쏟아지는' 사랑은 몸으로 하는 사랑이다. 손의 이끌림에 의해 다른 사람의 '살에 용접'되고 또 '접착'되어 '무언지 모를 새로운 관계의 몸'이 탄생하는 것이다. 사랑은 투명한 논리로 해명할 수 없는 혼돈의 논리인 것이다. 손에 의해 몸과 몸이 접촉하면 사랑은 딱딱하게 굳어지는 것이 아니라 '물컹물컹 쏟아지는' 것이다. '물컹물컹 쏟아지는'에서 중요한 것은 '쏟아지는'이다. 이 말은 에로스적인 의미를 강하게 환기한다.

에로스는 삶의 충동으로 그것은 어디론가 '쏟아져'야 한다. 손에 의해 몸이 '물컹물컹'해지고, 그것이 '쏟아지'려면 틈이나 구멍이 있어야 한다.

이런 맥락에서 시인은 "너의 입은 내 몸의 탈출구"(「너의 입」, 『밤의 공중전화』, p. 64)라고 말한다. 이 입을 통해 '딱딱하게 응고되어 있던 판에 박은 내 몸은 네 몸속으로 들어가며, 흘러내리는, 윤곽이 비확정적인 액체'가 된다. 이것은 '부드러워지고 자유로워지고 혼란스럽고, 방향도 목적도 없는 힘'이다. 시인이 다른 틈이나 구멍보다 '입'을 통해 '쏟아짐'의 의미를 드러내는 것은 입이 '말'과 연결되어 있기 때문이다.

입과 입의 접촉을 통해 쏟아져 들어가고 쏟아져 나오는 것은 '말'이다.

> 이 사랑의 말들
> 너에게로 곧장 달려가고 싶은 말들
> 너의 핏속으로 뛰어들며
> 너를 불태우고 목마르게 하고 싶은 말들
>
> ─「밤의 공중전화」 부분

그러나 이 말들은 '너에게로 곧장 가지 않'고 그것은

> 너의 뇌를 혼란시키고
> 너의 눈동자를 고정시키고
> 너의 귓구멍을 간지럽히고
> 네 피부의 숨구멍을 모두 열어놓고
> 너의 콧구멍으로 흘러들
>
> ─「밤의 공중전화」 부분

어 몸의 말 혹은 말의 몸을 이룬다. 말이 개입됨으로써 사랑은 새로운 국면을 맞이한다. "사랑의 감각은 살에서 오"(「침대」, 『밤의 공중전화』,

p. 40)지만 그것을 드러내는 것은 말이다. 몸과 말의 문제는 그의 시 쓰기의 궁극이자 화두이다.

그러나 이 문제는 고단한 사유의 세계를 반영한다. 이 고단함은 몸이 어떤 사물의 세계를 감각하고 그것을 말을 통해 드러내야 한다는 일련의 존재론적인 과정에서 비롯된다. 몸이 사물을 느끼면 그것은 흔적(상처)으로 남는다. 그것은 의식적인 것일 수도 있고 또 무의식적인 것일 수도 있다. 하지만 의식화되고 무의식화되는 과정에서 이미 그 흔적들은 온전히 보존되지 않는다. 이러한 의식화와 무의식화는 그것이 곧 언어화의 과정이다. 언어는 사물의 부재하는 현존을 지시할 뿐이다. 그렇다면 언어는 존재의 드러냄이라는 가망 없는 희망이 만들어낸 환상의 산물일 뿐인가?

3. 수련의 탄생과 몸의 언어

시인은 몸과 언어의 문제에 대한 고뇌의 일단을 다음과 같이 고백한다.

(……) 어떠한 감각도 그것을 언어로 옮기는 순간 다른 어떤 것이 되고 말 것이다. 그렇다면 어떻게 하면 될까? 한 방법으로, 바닷가에서 그 '물 묻은 조약돌'이 손에 닿던 정황을 아주 세밀하게 그려볼 수 있을 것이다. 그러나 그 방법은 '물 묻은 조약돌'이 손에 닿던 생생한 느낌을 도저히 살려낼 수 없을 것이다. 그것은 생생하지도 않고, 잘 정리되고 낡은, 원형에서 많이 깎여져 나간, 더 이상 우리 몸과는 별 관계가 없는, 의식 속에 들어 있을 뿐인 추상적이고 보편적인 것뿐일 것이다. 그러면 다른 방법으로, 그 '물 묻은 조약돌'의 촉감과 거의 비슷한 감각을 언어를

통해 새롭게 이끌어내 볼 수 있을 것이다. 그럴 때 언어가 만들어내는 새로운 감각은 감각이라기보다 환각이다. 감각을 언어로 재현하는 것이 불가능하다는 것을 인정한다면 오히려 환각이 그 감각에 충실하다는 것을 인정해야만 한다.

—채호기, 「몸과 언어」, 『시와 반시』 1999년 겨울호, pp. 123~125

시인 역시 감각을 언어로 재현하는 것이 불가능하다는 것을 인정한다. 하지만 시인은 언어가 만들어내는 새로운 감각에 주목한다. 그는 언어가 만들어내는 새로운 감각을 환각으로 치환하여 사유할 것을 제안한다. 그의 제안은 신선해 보인다. 그것은 몸의 감각을 그것과의 유비적인 감각을 통해 존재의 문제에 접근하기 때문이다. 유비적인 감각은 어떤 존재를 언어로 고스란히 드러낸다는 것이 환상에 불과하다는 사실에 대한 자각에서 나온 것이다. 유비적인 감각이 오히려 언어의 개념이 가지는 추상성과 관념성을 극복할 수 있기 때문이다. 비유나 상징을 활용하는 문학적인 언어가 일상적인 언어보다 존재의 본질에 가깝다고 할 수 있는 이유가 여기에 있다. 하지만 존재에 대한 재현의 문제는 여전히 남는다. 감각이든 환각이든 그것을 드러내는 것은 어쩔 수 없이 언어이기 때문이다.

그의 네 번째 시집 『수련』은 이러한 시인의 고민의 일단을 잘 보여준다.

새벽에 물가에 가는 것은 물의 입술에 키스하기 위해서이다.
안개는 나체를 가볍게 덮고 있는 물의 이불이며
입술을 가까이 했을 때 뺨에 코에
예민한 솜털에 닿는 물의 입김은
氣化하는 저 흰 수련의 향기이다.

'새벽 물가'의 '수련'으로부터 받은 생생한 느낌을 언어화하고 있는
시이다. 이 느낌은 몸의 감각으로부터 체험한 것이다. 하지만 이 시는
몸의 감각을 직설적인 언어보다는 유비적인 언어로 표현하고 있다. "안개
는 나체를 가볍게 덮고 있는 물의 이불이며"나 "예민한 솜털에 닿는
물의 입김은" 같은 표현이 바로 그것이다. 이 유비적인 표현은 '수련'에
다가가기 위한 시적인 선택이다.

그러나 유비적인 표현에 앞서 우리기 여기에서 주목해야 하는 것은
몸 감각의 체험이다. '수련'에 다가가기 위해 시인은 "물의 입술에 키스"
를 하고, "물의 말을 듣기 위해 귀를 적신"다. '물'이 '입술'과 '귀'로
스며들면서 '수련'은 몸에 흔적을 남긴다. "氣化하는 저 흰 수련의 향기"는
그것의 구체적인 예이다. '수련'의 존재를 드러내기 위해 '물'을 몸으로
감각화하는 것은 '물'과 '수련'이 하나도 아니고 둘도 아닌 상태로 존재하
기 때문이다. "물과 수련은 부피의 굴곡도 색채의 구분도 없다"(「잠자는
수련을 응시하는 물」, 『수련』, p. 12). 그뿐만 아니라 '물'과 '수련'은
존재의 상처로 이어진 사이이다. "너의 살이 찢어지며 하얗게/보푸라기
처럼 수련이 생기"고 "너의 내부가 나를 빨아들일 때/너의 심연으로부터
뱉어낸 말이/공기 방울처럼 솟구쳐 올라"(「물 5」, 『수련』, p. 106) '수련'
이 되는 것이다. '물'과 '수련'의 불일이불이성의 관계는 다시 '물·수련'
과 '몸'의 관계로 이어지고, 이것은 다시 '몸'과 '언어'의 관계로 이어진다.

이러한 일련의 과정은 그의 시 쓰기의 과정에 다름 아니다. 시인은
'수련'을 백지 위에 현존시키는 것이 궁극적인 목적이다. '수련'이 백지
위에서 탄생하기까지의 과정을 아름답게 표현한 시가 바로 「백지의 수면
위로」(『수련』, p. 29)이다.

백지의 깊은 수심에 숨겨진 아름다운 수련.
미지근한 의식에 떨어지는
잉크 방울의 푸른 혼란.

미숙한 나의 펜은 순결한 백지 위에
깊은 상처를 남긴다.
지워지지 않는 글자들──수련을 끄집어내는 헤진 구멍들

나는 웅얼거리는 시선을 통해
백지 뒤에 숨겨진 수련의 소리를 듣는다.
꽃봉오리처럼 불룩한 종이의 배에 귀를 대면
고동치는 수련의 숨결

백지의 자궁으로 잉크가 흘러들고
수련을 잉태하고 있는 흰 백지에
분만을 준비하는 글자들의 구멍.

─「백지의 수면 위로」 부분

이 시는 몸성을 지닌 텍스트이다. '백지'가 어머니의 자궁이라면 '수련'
은 그 자궁 안에 있는 존재이다. '수련'을 잉태시킨 것은 '미숙한 나의
펜'(페니스)이다. 이 '펜'은 "순결한 백지 위에/깊은 상처"(섹스)를 남긴
다. '펜에 의한 백지 위의 상처의 흔적'이 바로 '수련'인 것이다. 이런
점에서 이 시는 '수련'의 에로스, 다시 말하면 '수련'이라는 글자의 에로스
를 보여주고 있다고 할 수 있다.

그러나 '수련이라는 글자의 에로스'란 기실 시인의 그것에 다름 아니다. 시인은 모네처럼 "수련의 육체를 가지"(「수련의 육체」, 『수련』, p. 31)고 싶어 한다. '수련의 육체'는 그 목소리와 말을 "시간이 익"(「모네의 수련 1」, 『수련』, p. 32)을 정도로 들어야만 가질 수 있다. 모네와 시인의 차이는 '빛'과 '글자'에 있다. 모네는 '수련의 육체'를 '빛'으로 드러내야 하고, 시인은 그것을 '글자'로 드러내야 하기 때문이다. 이런 점에서 시인의 '수련'에 대한 자의식은 곧 '글자'에 대한 자의식이 되는 것이다. 시인은

> 수련, 너의 매혹적인 육체는
> 이 세상에는 영원히 존재하지 않는, 그 어떤 사물도 아닌
> 백지 위에 씌어지는 글자와 같은 것
>
> —「수련」 부분

이라고 말한다. 시인은 '수련의 육체'의 존재성을 '백지 위의 글자'에서 찾는다. 이것은 얼핏 시인의 글자 중심주의적인 태도를 드러내는 것으로 오해할 수 있다. 하지만 이때의 '글자'는 세 단계(물과 수련, 수련과 몸, 몸과 언어)를 거쳐 드러난, 몸의 언어로서의 글자인 것이다. 그래서 시인에게 글자는

> 바라보고, 냄새 맡고, 쓰다듬고, 껴안고, 애무할 수밖에 없는 글자.
> 더 이상 눈으로 읽고 머리로 이해할 수 없는 여자.
> 당신처럼 임신시켜 애 낳게 할 수밖에 없는 글자.
>
> —「글자」 부분

로 인식되는 것이다. 시인의 글자에 대한 사랑은 결과가 아닌 과정으로서의 의미를 더 많이 지닌다고 할 수 있다. 글자 자체가 중요한 것이 아니라 그것이 하나의 글자가 되기까지의 과정이 더 중요한 것이다. 글자가 되기 직전까지의 몸의 감각을 통한 체험과 언어화의 과정은 글자의 몸성(글자의 육화)이 시인의 시 쓰기에 절대적인 원리로 작용하고 있다는 것을 의미한다.

4. 수련의 말 혹은 수련의 비밀

말이 넘치는 시대에 말의 빈곤을 느껴야 하는 이 기막힌 역설을 어떻게 이해해야 할까? 점점 가벼워지고 빨라지면서 가상의 공간까지 가득 채우고 있는 말들 중에 둔중한 동통의 아픔으로 우리를 사로잡는 말이 없다는 것은 슬픈 일이다. 대중문화의 표피적인 감성에 물들어 있는 지금, 여기에서 둔중한 동통의 아픔으로 다가오는 말은 그 이질성으로 인해 부담스러울 수밖에 없을 것이다.

그러나 이러한 경박함보다 더 우리를 불안하게 하는 것은 지금, 여기를 떠도는 말이 어떤 비밀스러움도 가지고 있지 못하다는 사실이다. 비밀이 없는 말은 단조롭고 권태로운 세계만을 끊임없이 생산하면서 우리를 허무의 심연으로 밀어 넣을 것이다. 말의 경박함은 그 말이 몸의 저 깊고 유연한 세계의 심연을 통해 생산되지 않았다는 것을 의미한다. 그것은 육체의 표피적인 감각의 차원에서 생산되고 또 소통될 뿐이다. 대중문화는 주로 대중매체에 의해 성립되기 때문에 사유의 집단적인 획일화를 조장하고 눈에 보이는 것만을 하나의 가치로 인식하게 할 위험성이 있다.

눈에 보이는 세계보다 보이지 않는 세계에 더 많은 비밀스런 말들이 숨어 있다. 이 말들은 개념화되고 추상화된 감각으로는 포착할 수 없다. 그것은 몸의 구체적이고 살아 있는 감각을 통해 포착할 수 있다. 몸이 감각을 열면 그 안으로 세계의 비밀스런 말들이 흘러들어 올 것이다. 몸은 언제나 세계와의 황홀한 에로스적인 향연을 준비하고 있다. 그러나 몸을 통해 세계의 말들을 읽기란 결코 쉬운 일이 아니다. 시인은 몸의 감각으로도 수련의 말을 모두 읽을 수 없다고 고백한다. 그것은 수련의 말이 언어화라는 과정을 거쳐 드러나기 때문이다. 사물과 몸, 언어가 불일이불이의 관계를 유지하면서 아주 섬세하고 긴밀하게 접촉하고 소통할 때만이 수련의 말은 비로소 드러나는 것이다.

시인은 "말이 되지 못한 것들"과 "언어로도 표현하지 못하는 여름의 비밀, 시간의 비밀, 삶의 비밀, 수련의 비밀"(「수련의 비밀 2」, 『수련』, p. 128)이 존재한다고 고백한다. 비밀의 깊이는 그것이 말을 통해 드러나지만 그것은 어디까지나 아주 적은 차원일 뿐이다. 수련의 비밀은 그것과 불일이불이의 관계로 존재하고 있는 물의 깊이만큼 깊고 또 그만큼 어둡다. 시인이 간직하고 있는 이러한 수련의 비밀은 곧 그의 시의 비밀이다. 수련의 비밀은 수련의 말을 통해 드러난다. 그의 수련과의 황홀한 사랑은 아직 끝나지 않았다. 아니 이것은 끝이 있을 수 없다. 그저 눈에 보이지 않는 저 깊은 심연의 세계에 놓여 있는 수련의 비밀이 몸의 감각과 수련의 말을 통해 황홀한 사랑을 잉태하기를 바랄 뿐이다.

5. 아름다운 허기, 닳아지는 살의 상상력

인간의 허기는 거의 본능에 가깝다. 허기가 오면 인간의 몸은 본능적으로 반응한다. 아주 자연스럽게 인간의 몸은 그 허기를 채워줄 대상을 찾는다. 이것의 가장 최초의 순수한 형태가 바로 아기가 엄마의 젖을 찾는 것이라고 할 수 있다. 아기는 엄마 젖을 빠는 행위를 통해 그녀의 몸으로부터 분리된 상실감을 회복하려고 한다. 아기의 이러한 행위는 그것이 애착이든 아니면 집착(고착)이든 세계와의 관계의 시작이라고 할 수 있다. 엄마와의 이 관계가 어떻게 설정되느냐에 따라 세계에 대한 아기의 정체성 또한 결정된다고 할 수 있다. 이런 점에서 볼 때 아기의 엄마의 젖에 대한 허기는 지극히 자연스러운 것이면서도 그것을 어떻게 조절하고 통제하느냐에 따라 세계에 대한 모습이 달라지는, 인위적인 욕망의 산물인 것이다.

젖에 대한 허기는 아기의 단계에서 소멸하고 마는 것이 아니라 성인이 되어서도 계속되는 행위이기 때문에 그것은 늘 환상이나 환영^{illusion}의 형태로 존재할 수밖에 없다. 환영은 인간을 살아가게 하는 혹은 추동하는 힘이다. 죽음의 순간까지도 젖에 대한 환영은 인간을 떠나지 않는다. 아기가 엄마 젖을 빨듯 성인이 되어서도 인간은 무엇인가를 끊임없이 빨고 있다고 볼 수 있다. 실상 엄마 젖은 출산 이후 수유기에만 나오지만 젖의 변주되고 대체된 이미지와 상징은 그 시기와 상관없이 하나의 원형을 이룬다. 젖이라는 생물학적인 대상이 추상적이고 관념적인 원형으로 변주되고 대체되면서 다양한 의미를 창출하기에 이른다. 특히 시에서의 젖의 원형은 함축성과 애매성을 동반하기 때문에 어느 정도 상투적이고 인습적인 세계에서 벗어나 낯설고 독특한 아름다움(미)의 세계를 강하게 환기한다.

시에서 젖에 대한 허기의 주체는 시인이며, 그 대상은 다양한 이미지와 상징으로 존재하는 어머니의 대체된 환영이다. 가령

한 쪽 젖이 큰 아내여, 새끼가 웃니 하나로 쪼아댄 그 검은 젖꼭지로라도 나를 짓눌러 주게. 뒷방에 쌓인 드라이 밀크 깡통을 누르는 먼지같이 흐릿하게 말고, 맨 위의 깡통이 밑의 빈 깡통을 짓누르는 것같이.

새끼가 생기더라도 우리는 우리끼리라고 다짐하였지만, 그때의 내 말은 아직 내 자신에게도 달콤하지만, 아내여 푸른 비눗물에 손목이 부어서, 빨래를 내걸려고 내미는 손등이 햇볕에 너무 따가와서

울고 섰는 아내여, 내가 짓는 죄는 그래도 새끼가 없을 때 지은 죄보다는 가벼우리. 도둑질도 간음도 죄가 아닐 때, 멸시만은 정말 죄가 된다고 하지. 내가 그대의 지아비가 되었을 때부터가 아니라, 그대가 아내가 되었다고 믿은 때부터지만.

신뢰하는 것, 긍정하는 것을 지나서 아내를 알고 나서부터는 무심하였네. 지난 시절이 그립기보다 짜증스러워서도 우리는 빨리 자고 더 많이

잤던가.

　　잠든 아내여, 두 젖이 보름 밤 언덕처럼 떠 있네.
　　나는 또 불통을 휘두르며 달려 갈까나. 작은 숲 사이로 더 어린 아이들이
따라나오고, 나는 달을 향해서처럼 이 불의 씨들을 우리 새끼 눈에 대어
보여 줄까나.

─박의상, 「아내와 함께」 전문

에서 어머니는 아내로 대체되어 드러난다. 시인이 노래하고 있는 아내는
"한쪽 젖이 큰 존재"이다. 이렇게 된 이유는 '새끼가 젖을 빨기 위해
윗니로 쪼아댔기 때문'이다. 새끼의 쪼아댐과 아내의 젖은 상생이나 공생
의 관계가 아닌 일방적인 관계이다. 새끼들이 쪼아대면 될수록 아내의
젖은 검게 바뀔 뿐이다. 아내는 나에게는 아내지만 새끼들에게는 어머니
인 것이다. 하지만 아내든 아니면 어머니이든 큰 차이는 없다. 나의 아내
에 대한 관계 역시 새끼들의 어머니에 대한 관계와 별반 다르지 않다.
나 역시 새끼들처럼 아내에게 '무심'과 '멸시'로 일관했기 때문이다. 나는
자신이 아내의 '지아비'라는 사실보다 그녀가 자신의 '아내'라는 사실만
을 기억하고 또 그것을 강조함으로써 지아비로서의 자신의 본분을 망각
하기에 이른다.
　　그러나 나는 이 사실을 자각함으로써 아내의 존재를 회복시키려는
의지를 드러낸다. 아내의 존재 회복은 검게 변한 젖꼭지를 '보름달'처럼
환한 젖꼭지로 바꾸는 것이다. 이러한 나의 생각은 "새끼가 생기더라도
우리는 우리끼리라고 다짐"한 과거의 약속에 다름 아니다. 이 약속은
아내와 어머니라는 이름으로 행해지는 일방적인 희생과 억압으로부터
벗어나 하나의 개체로서의 정체성을 회복하려는 의지가 담긴 말이라고

할 수 있다. 아내의 정체성 회복은 '검은 젖꼭지'와 '보름달' 또는 '불씨(불통)'의 선명한 대비를 통해 잘 보여주고 있다. 어머니로서 아내로서의 정체성 회복은 본인 스스로의 자각이 무엇보다도 중요하지만 그에 못지 않게 타자인 남편, 자식의 자각 역시 중요하다고 할 수 있다. 이런 점에서 시의 제목인 "아내와 함께"는 주목에 값한다. 우리는 이 '함께'라는 말을 망각한 채 살아가고 있다고 해도 과언이 아니다. 어머니와 아내는 나와 함께하는 존재가 아니라 늘 나를 도와주고 보살펴주는 존재로 간주해온 것이 사실이다. 우리는 늘 어머니와 아내에게 보살핌의 윤리를 강조(강요)해 왔다. 우리는 어머니와 아내 역시 보살핌의 대상이라는 사실을 망각한 채 단순히 자신의 허기를 채워줄 대상으로서만 인식해 왔다고 할 수 있다.

　어머니와 아내에 대한 이러한 오래된 편견과 인습은 여성의 정체성의 상실로 이어지는 것은 어쩌면 당연하다고 할 수 있다. 어머니와 아내의 젖이 보름달 같은 풍요를 되찾기 위해서는 여성 스스로가 자신의 안으로부터 안을 부수는 전략이 필요하다. 가령

　　어두운 숲에 초록의 빛나는 돌의 길이 있었다.
　　엄마는 숲 가까이 가지 말라고 하였지만, 머뭇대며, 소녀는 따라갔다. 엄마의 손을 놓고 깊숙이. 초록의 빛나는 돌의 길, 그 끝에 동굴이 있다는 걸 우린 모두 알고 있다. 기묘한 슬픔의 빛깔, 반짝이는 초록, 지구의 심장에서 길어 올린 돌들이, 모든 소녀들에게 숲을 보여주지만, 길은 금지되어 있다. 어두우므로 그 길로 가지 말라고 엄마는 말했다.

　　소녀는 동굴 속으로 들어간다. 아무도 없는 텅 빈, 울리는 제 발소리에 겁을 먹는 발자국들을 데리고, 오래 걸어, 수많은 흔적들 가운데 또 하나의

흔적처럼 되어버린 자기 발자국을 구별할 수 없을 때까지.

사람들은 말한다, 소녀가 사라진 것은 도둑 때문이라고, 집에서는 엄마
가 울고 마을엔 방이 붙는다. 한 손에서 다른 손으로 건너가야 할 보물이
사라졌다고.

소녀는 옷가지들을 벗으며, 덩달아 제 몸피가 벗어지는 것을 따라
벗으며
조금씩 피가 흐르고, 유방이 솟고
길에다 살점들을 조금씩 떼어 놓는다

— 노혜경, 「집을 나섰으므로」 부분

에서처럼 여성 스스로의 강한 자의식이 요구된다고 할 수 있다. 이 시에서
'엄마'와 '소녀'는 서로 대립한다. 둘의 대립은 '숲'을 두고 이루어진다.
엄마는 소녀에게 그 숲이 '너무 어둡기 때문에 그 길로 들어가지 말라'고
한다. 하지만 소녀는 엄마의 손을 놓고 그 숲의 어두운 길로 들어선다.
엄마가 보기에 그 길은 금기의 영역이지만 소녀에게 그 길은 '초록의
빛나는 돌의 길'인 것이다. 시인은 '초록의 빛나는 돌의 길, 그 끝에
동굴이 있다'고 말한다. 소녀는 동굴 속으로 깊숙이 들어간다. 이것은
금기의 영역 속으로의 입사入社를 의미한다. 소녀에게 동굴로의 입사는
그동안 자신을 억압해온 것으로부터의 해방을 뜻한다고 할 수 있다.
시인은 그것을 '소녀는 옷가지들을 벗으며, 덩달아 제 몸피가 벗어지는
것을 따라 벗으며 조금씩 피가 흐르고, 유방이 솟고 길에다 살점들을
조금씩 떼어놓는다'라고 표현한다. 몸의 탈피를 통한 새로운 몸으로의
거듭남에 대한 강렬한 표현이다. 마치 어떤 신성한 의식을 치르는 듯한

경외감이 느껴진다.

　이런 점에서 '유방이 솟고 조금씩 피가 흐르면'은 박의상의 「아내와 함께」의 '보름달 같은 두 젖'과 의미의 차이가 있다고 볼 수 있다. 이 차이는 젖(유방)에 대한 내발성^{內發性}과 외발성^{外發性} 사이의 차이라고 할 수 있다. 유방과 두 젖의 주체가 내발성에 입각해 그동안 자신을 억압해온 것들을 과감하게 부정하고 그것으로부터 새로운 몸을 획득하려는 강한 의지를 보인다는 것은 '집'으로 표상되는 가부장적 권력에 대한 저항과 해체를 겨냥하고 있다는 것을 알 수 있다. 마치 아내이기 이전에 한 인간으로서의 자신의 정체성을 찾기 위해 인형의 집을 뛰쳐나온 노라처럼 소녀 역시 어머니와는 다른 여성으로서의 정체성을 찾기 위해 집을 나서 자신의 무의식이 자유롭게 살아 숨 쉬는 동굴 속으로의 입사를 결행한 것이다. 이렇게 내발성, 다시 말하면 여성 안에서 안을 부수는 전략은 여성성에 대한 차이의 발견을 겨냥하고 있다는 점에서 페미니즘적인 문제의식과 함께 새로운 언어 문법의 탐색을 드러낸다고 할 수 있다.

　그러나 이러한 발견이 곧 보살핌과 같은 모성성의 전면적인 부정과 소멸을 의미하는 것은 아니다. 모성성은 그것을 해석하려는 사람들의 입장과 태도에 관계없이 부정할 수 없는 여성의 정체성 중의 하나라고 할 수 있다. 모성성이 문제가 되는 것은 그것을 여성 억압의 중요한 수단으로 이용하기 때문이다. 모성성은

　　태어난 지 세 시간
　　눈도 못 뜨는
　　아기의 작은 입술이
　　힘차게 젖을 빤다

그를 보는 동안

아기집이 사라진

내 몸속으로 전류가 관통한다

정확히는

젖이 돈다, 돌다니

와디처럼 흔적만 남은

유선이 출렁인다

어디에서 흘러든 강줄기인가

배고파 칭얼대는 아이만 보아도

뚝뚝 젖이 넘치던

풍요의 시절이 있었다

―강기원, 「젖몸살」 부분

에서 알 수 있듯이 그것은 자연스러운 것이다. 마치 '강줄기가 흘러들듯이 또는 배고파 칭얼대는 아이만 보아도 젖이 뚝뚝 넘치는 것'처럼 그렇게 자연스러운 것이라고 할 수 있다. 시인은 나(엄마)와 아이와의 이러한 교감을 "풍요의 시절"에 이루어진 것으로 명명하고 있다. 시인의 이 말은 지금은 이러한 풍요로운 교감이 이루어지지 않는다는 것을 의미한 다. "뚝뚝 젖이 넘치던 풍요의 시절"을 그리워하는 시인의 말 속에는 그것이 단순히 시인 개인의 차원을 넘어 지금, 여기 우리가 살고 있는 시대의 한 풍경을 담고 있는 것으로도 볼 수 있다. 여성의 젖이 풍요에서 빈곤으로, 융성에서 피폐로 바뀐 데에는 여성의 몸이 지니는 육체성의 문제를 넘어서는 어떤 중대한 소통의 부재가 자리하고 있다고 할 수 있다. 여성의 몸은 남성의 몸에 비해 더 신비하고 오묘한 생명의 살아 있는 실체라고 해도 크게 틀린 말이 아니다. 여성의 몸이 보여주는 임신,

출산, 수유 같은 생명 활동들은 단순히 그 행위가 여성의 몸에 국한된 의미를 드러내는 것은 아니다.

여성의 몸이 드러내는 이러한 생명 활동은 자연의 생명 활동에 다름 아니다. 자연의 생명 활동이란 고립이 아닌 관계 속에서 이루어지는 것으로 흔히 그 관계를 우리는 '우주'라는 시공간에서의 무한한 교감으로 이해한다. 우주에서의 교감은 기氣라는 구체적인 생명의 실체를 통해 이루어진다. 동기감응同氣感應의 차원에서 보면 여성의 몸과 우주는 동일한 기를 공유하고 있는 존재들이다. 여성의 몸은 소우주가 아니라 우주 그 자체이다. 여성의 몸속으로 우주적인 기가 들어왔다가 다시 나가는 일련의 과정을 통해 여성의 몸은 하나의 생명으로 존재하는 것이다. 여성의 몸의 감각은 우주의 거대한 흐름律呂 속에서 존재하는 것이다.

태양의 흑점이 커지던 날, 바람이 사라졌다
내가 도달한 다른 우주의 문은 찬바람이 걸어간 산길이었다 구불구불
끝없이 이어지는 산길을 걸어 나는 지구 몸속의 다른 별에 들어섰다
내 몸속에 내가 모르는 우주가 자전과 공전을 거듭하는 것이 훤히 들여다
보였고 화창하게 갠 날이 저녁 가까이로 찾아왔다 화창한 날 저녁엔
목숨들이 하루살이처럼 가볍게 날고, 수많은 물고기뼈들이 공중을 헤엄치
며 아무데서나 사랑을 나누었다

내가 셈할 수 있는 인간의 시간 아득한 저편으로부터 별의 여자들은
내내 이곳에서 살아왔다 잇꽃빛 번지는 노을 속에 여자가 그늘을 묻는다
여자의 푸른 유방에서 죽은 별들이 흘러나왔다 여자가 텅빈 우주를 자궁
속에서 꺼낸다 지구 표면으로 통하는 모든 문 위에 붉은 부적을 걸고
싶은 날, 내 몸에 묻어 온 독기에 찔려 여자의 손이 자꾸 허공을 짚는다

둥글고 푸른 별의 생장점이 꼬리를 끊고 흘러갔다 나는 속죄의 말을
찾지 못했다

　구불구불한 꿈을 한없이 걸어 서늘한 산길이 걸어 나온다
　인간의 마을이 저물고 내 몸 깊숙한 곳의 뼈들이 오래전 은하의 수로를
따라 흘러간다 화창하게 갠 날에 가벼워지는 목숨들, 화창한 저물녘에
별의 여자들이 자기 몸을 비우고 또 비운다 텅 빈 여자의 중심, 지구
몸속의 또 다른 별에서 지구가 눈물 한 방울로 뜨거워져 간다

―김선우, 「별의 여자들」 전문

　시인은 자신의 몸속에 우주가 존재한다고 말한다. 우주 속에 여자의
몸이 있는 것이 아니라 여자의 몸속에 우주가 있다고 말하고 있는 것이다.
여자의 '푸른 유방에서 죽은 별들이 흘러나오'고, '자궁 속에서 텅 빈
우주가 꺼내'진다. 여자의 유방·자궁과 별·우주 사이의 경계가 해체되
어 드러난다. 여자의 몸과 별(우주) 사이의 경계가 해체되어 드러난다는
점에서 여자는 곧 별이 되고, '별의 여자들'이 되는 것이다. 별의 여자들의
몸은 그 자체가 우주이기 때문에 크기를 헤아릴 수 없다. 별의 여자들의
몸은 어디가 중심인지 알 수 없고 그 몸은 텅 비어 있다. 여자의 몸속을
흐르는 은하의 수로를 따라 별들은 점점 목숨이 가벼워지면서 명멸한다.
　유방과 자궁으로 표상되는 여자의 몸은 우주와의 관계 속에서 존재하
기 때문에 '셈할 수 없는 인간의 시간 저편'에 놓인다. 우주의 시간이란
인간의 시간과는 달리 논리적으로 분명하게 드러나지 않는 무한성을
띤다. 이런 점에서 여자의 몸에서 시간의 경과를 헤아리는 것은 부질없는
일이다. 여자의 몸에 켜켜이 쌓인 시간의 흔적을 헤아려보면 그것은
무궁無窮에 다름 아니다. 여자의 '푸른 유방에서 죽은 별들이 흘러나오'고,

'자궁 속에서 텅 빈 우주가 꺼내'지는 것은 그것이 무궁한 시간 속에서 이루어진 여성의 몸과 우주 사이의 교감을 의미한다고 볼 수 있다. 여자의 유방과 자궁이 우주의 이런 흐름 속에 놓여 활발하게 동기감응한다면 여자의 몸은 무한한 생명을 얻을 수 있지만 만일 그렇지 못하다면 그 몸은 생명력을 잃고 피폐하게 될 것이다.

여성의 유방과 자궁 속에 별이 명멸한다는 사실은 하나의 인식을 통해 만들어진 관념이 아니라 실질적으로 느낄 수 있는 생명의 작용임에도 불구하고 그것을 허황된 관념으로만 인식하고 있는 것은 아직 여기에 대한 자각이 이루어지지 않았기 때문이라고 할 수 있다. 여성의 유방(자궁)이 곧 우주라는 자각이 없다면 여성의 몸이 가지는 심원함과 신비함을 이해할 수 없을 것이다. 하지만 그것에 대한 자각이 있다면

아 나는 우주를 가졌어라
벌거벗은 그대 가슴
입에 물면 한입에 바다여라
깊고 깊은 바닷속 그대 날 기다릴 때

높은 산을 뒤집어 바다를 저으니
그대 산꼭대기 입에 물고 올라오네
하늘도 그대 따라 올라와
그대는 산꼭대기 위에 우뚝 앉았어라

번개와 천둥은 하늘에서 살고
그대 앉은 자리 온갖 나무와 풀
물과 술과 꿀이 흐를 때

아 나는 우주를 가졌어라

벌거벗은 나의 마음

입에 물면 한입에 산이어라

―차창룡, 「당신의 유방」 전문

라고 노래할 것이다. 여자의 가슴, 다시 말하면 '당신의 유방'을 나는 하나의 우주로 인식하고 있다. 그래서 여자의 가슴(유방)을 한입 문 것을 '나는 우주를 가졌어라'라고 말할 수 있는 것이다. 여자의 유방이 왜 우주인지를 자각하지 못하면 이런 식의 말을 할 수 없는 것이다. '유방에서 별들이 흘러나오'고, '자궁에서 우주를 꺼내는 것'에 대한 인식이 자연스럽게 이루어진다면 '나는 우주를 가졌어라'라는 말 역시 자연스럽게 나올 수 있는 것이다. 여자의 유방이 우주라면 우리가 엄마 젖을 빨거나 아내의 젖을 한입 무는 행위는 그것을 통해 우주와 소통하는 심오하고 심원한 생명 활동이라고 할 수 있다. 이것이야말로 '온생명'에 다름 아닌 것이다.

진정한 생명은 경계를 초월한다. 여성의 유방 혹은 젖이 이 경계를 초월할 때 참신한 상상력은 탄생하는 것이다. 시인이

어머니 어머니라고

여린 마음으로 가만히 부르고 싶은

푸른 하늘에

다스한 봄이 흐르고

또 흰 볕을 놓으며

불룩한 유방乳房이 달려 있어

이슬 맺힌 포도송이보다 더 아름다워라

탐스러운 유방乳房을 볼지어다
아아 유방乳房으로서 달콤한 젖이 방울지려 하누나
이때야말로 애구哀求의 정情이 눈물 겨웁고
주린 식욕食慾이 입을 벌이도다

이 무심無心한 식욕食慾
이 복스러운 유방乳房……
쓸쓸한 심령心靈이여 쏜살같이 날러지어다
푸른 하늘에 날러지어다

─이장희, 「청천靑天의 유방乳房」 전문

라고 고백할 때 '푸른 하늘'이 '어머니의 불룩한 유방'으로 치환되는
데에는 이러한 경계를 초월하는 상상력이 작동하기 때문이라고 할 수
있다. '푸른 하늘'과 '불룩한 유방' 사이에는 '다스함'이라는 유사성이
존재한다. 이 '다스함'은 둘 사이의 유사한 속성에서 비롯된 것일 수도
있고 또 인접성에서 비롯된 것일 수도 있다. 가령 '어머니가 하늘나라로
갔다'는 차원에서 보면 인접성은 자연스럽게 성립된다. "애구哀求의 정情
이 눈물 겨웁고"에 드러난 정조를 보아도 이러한 유추가 개연성을 가진다
는 것을 알 수 있다. 이로 인해 시인은 '푸른 하늘'을 '어머니'라고 부르고
싶어 하는 것이다.

　그러나 '어머니가 하늘나라로 갔다'는 말이 드러내는 의미 차원이
여기에 머무는 것은 아니다. 왜, 사람이 죽으면 하늘로 간다고 말하는
것일까? 이것은 단순한 수사적인 차원을 넘어선 에피스테메 차원의 문제

를 함의하고 있는 말이라고 할 수 있다. 사람이 죽으면 혼백^{魂魄}이 각각 하늘과 땅으로 돌아간다는 것은 죽음의 우주적인 해석이다. 죽어서 하늘의 별이 되고 땅의 나무가 된다고 한다면 그것은 우주적인 차원의 생사관을 말하는 것이라고 할 수 있다. 사람의 몸은 기^{氣}로 이루어졌으며, 죽은 후에 기는 흩어져 혼백으로 각각 하늘과 땅으로 되돌아가고, 하늘은 '말없이' 귀신의 작용을 계속하는 것이다. 시인이 푸른 하늘에서 어머니의 유방에서처럼 다스함을 느꼈다면 그것은 이러한 우주적인 귀신의 작용이 있기에 가능한 것이라고 할 수 있다.

유방 혹은 젖에서 느끼는 '다스함'은 인간이라면 누구나 가질 수 있는 보편적인 감성이라고 할 수 있다. 어쩌면 그 '다스함'은 "아마도 당신을 만든 당신 어머니의 첫 젖 같은 것. 그런 성분으로 만들어진 당신의 첫"(김혜순의 「첫」)이기 때문에 가능한 것이라고 볼 수 있다. '어머니의 첫 젖'은 자궁에서 분리되어 나와 '나'와 '어머니'와의 이자적인 관계를 회복하기 위한 중요한 매개물이다. '어머니의 첫 젖'을 무는 순간 나는 자궁을 열고 나오면서 상실한 낙원을 다시 느끼게 될 것이고, 그것을 향한 그리움 또는 향수는 끊임없이 충동적으로 반복될 것이다. '어머니의 첫 젖'을 잊지 못하는 시인의 욕구는 '샘터'라는 이미지로 치환되어 드러난다. '어머니의 첫 젖'과 '밤새 불은 유방에 빨간 태양을 안은 여인네들이 모여드는 아침 샘터'는 다른 것이 아니다. 그래서 시인은

빨간 태양을 가슴에 안고
사나이들의 잠이 길어진 아침에
샘터로 나오는 여인네들은 젖이 불었다.

새파란 해협이

항시 귀에 젖는데

마을 여인네들은 물이 그리워
이른 아침이 되면
밤새 불은 유방에 빨간 태양을 안고
잎새들이 목욕한
물터로 나온다

—조병화, 「샘터」 부분

라고 노래하고 있는 것이다. 이 시에서 시인이 주목하고 있는 것은 '마을 여인네들'이다. 그녀들은 물을 그리워하기 때문에 이른 아침에 샘터로 나온다. 그녀들이 '물을 그리워한다'는 것은 '밤새 불은 풍만한 그녀들의 젖'과 무관하지 않다. 샘터에는 밤새 불은 풍만한 그녀들의 젖처럼 마르지 않는 물이 존재한다. 하지만 그녀들의 젖은 시간이 흐를수록 마를 수밖에 없고 나중에는 그 풍만함이 소멸될 수도 있다. 이런 맥락에서 보면 그녀들이 샘터의 물을 그리워하는 것은 풍만함을 오래도록 유지하려는 욕망 때문이라고 할 수 있다. 그녀들의 욕망은 시인의 욕망과 다른 것이 아니다. 그녀들이 늘 풍만한 혹은 불은 젖을 유지할수록 시인은 그 젖을 물고 빨 수 있는 기회와 시간이 더 많아진다. 그녀들에게 샘터는 고향과 같은 곳이고, 시인에게 그녀들의 풍만한 젖 역시 고향과 같은 것이다. '밤새 불은 젖과 빨간 태양'이 환기하는 충만함은 우리 모두가 상실한 낙원의 이미지를 강하게 지니고 있다는 점에서 낭만주의적인 성격을 띤다고 할 수 있다.

낭만주의의 모토가 미지의 세계에 대한 끝없는 동경이라면 동네 여인네들이 샘터를 찾는 행위와 시인이 충만한 그녀들의 젖을 찾는 행위는

계속될 수밖에 없다. 시인은 불은 젖을 통해 언어의 충만함을 충족 받으려
고 한다. 따라서 불은 젖은 욕망의 대상으로 존재하면서 시인으로 하여금
끊임없이 미끄러지는 환유성을 지닌 언어를 생산하게 한다. 시인의 섬세
한 감성으로 세상을 보면 여기에는 반드시 불은 젖 혹은 충만한 유방이
은폐되어 있음을 알 수 있다. 불은 젖과 시인의 교감의 정도에 따라
이 은폐되어 있는 세계가 드러나는 것이다. 이것은 일종의 발견이다.
어떤 사물이나 세계 속에 은폐되어 있는 불은 젖 혹은 충만한 유방을
발견해내는 일은 마치 감성이나 사유의 바다에 젖줄을 대는 것과 다르지
않다. 젖이나 유방의 발견은 곧 언어라는 형식을 통해 그 세계의 전모가
드러나며, 이 과정에서 중요한 것은 그것을 형상화하는 상상과 표현의
감각과 깊이이다.

> 두 팔로
> 자기의 젖무덤을
> 보듬어 안고
> 수줍은 나무,
> 이 詩句를
> 나는 잠자리에서
> 얻었다.
> 꿈에서 생시로 돌아오는
> 길목에서
> 그녀는
> 탐스러운 갈색젖꼭지를
> 내 입에
> 거득하게 물려

주었다.

—박목월, 「포도나무」 전문

이 시의 묘미는 포도나무에 은폐된 '젖'의 이미지를 자연스럽게 발견해 내고 있다는 점이다. 시인이 포도나무에 끌린 것은 송이송이 탐스럽게 열린 포도들이다. 포도나무에 열린 탐스러운 포도송이를 보면서 시인은 그것이 풍만한 젖과 같다고 느낀 것이다. 시인의 느낌이 여기까지 이르면 그 다음에 그가 하고 싶어 하는 것이 그것을 '먹는 것'이라는 사실을 유추하는 것은 어렵지 않다. 여기에서 '먹는 것'이라는 말은 중의적인 표현이다. "두 팔로 자기의 젖무덤을 보듬어 안고 수줍은 나무"와 "잠자리"가 환기하는 이미지는 상당히 에로틱하다고 할 수 있다. 그리고 그 에로틱함의 절정은 '그녀', 다시 말하면 포도나무가 "탐스러운 갈색젖꼭지를 내 입에 거득하게 물려주었다"는 대목이다. 이 표현을 통해 우리는 시인이 얼마나 충만한 상태에 놓여 있는가를 알아차릴 수 있다. 이 정도면 시인의 포도나무(그녀)에 대한 욕구가 탐욕이 아니라 아름다운 허기라고 할 수 있다. 시인이 포도나무(그녀)의 갈색젖꼭지를 물고 빠는 만큼 알알이 탐스러운 몸속의 살은 점점 닳아 없어질 것이다. 이처럼 둘의 물고 물리는 혹은 빨고 빨리는 관계에서는 어느 한쪽으로의 일방통행적인 소통은 이루어지지 않는다. 내가 너를 만지는 것이 만짐을 당하는 것이고, 내가 너를 먹는 것이 곧 먹히는 관계야말로 아기가 엄마의 젖을 빠는 과정에서 일어나는 진정한 차원의 교감과 다르지 않다고 할 수 있다.

이러한 진정한 교감은 그 주체를 한층 성숙하고 풍요로운 세계로 들어서게 한다. 일종의 통과제의 같은 것이 될 수 있다. 그것은 "꿈에서 생시로 돌아오는 길목"에서처럼 순간적으로 나타날 수도 있고 또 오랜 시간에 걸쳐 천천히 반추될 수도 있다. 가령

새끼자라가 눈을 뜨고 둠벙에서 나와

흐린 강물 헤엄치며 불러보아도

이젠 영영 보이지 않는

땀방울 송송 맺히던

진외육촌 누나의 얼굴이여

간장종지 만한 젖가슴도

쥐이빨 옥수수 같은 앞니도

세상의 강물 속으로 다 사라져 버렸다

추억의 빈 공책 빛바랜 페이지에서

옹알옹알 속삭이며

그때 그 어린 눈망울로

내 사타구니의 다 큰 자라가 미운 듯

말똥말똥 눈 흘기는 애기똥풀이여

누나여

─오탁번, 「애기똥풀」 부분

에서처럼 그것은 오랜 기억에 대한 회상 속에서 그 모습을 드러낼 수도 있다. '나'에게 '진외육촌 누나'라는 존재는 진실한 교감의 대상으로 남아 있다. 하지만 누나에 대한 나의 욕구는 온전히 충족되지 않고 남아 백일몽 같은 세계를 내 앞에 펼쳐 놓는다. 나와 누나 사이에는 온전한 욕구 충족을 방해하는 완강한 '세상의 강물'이 흐르고 있고, 시인은 이 강물 속으로 누나의 '젖가슴과 앞니' 같은 몸의 실체가 '다 사라져버렸다'고 말한다. 누나의 몸의 사라짐은 비록 나로 하여금 백일몽에 시달리게 하는 계기를 제공하지만 오히려 그것으로 인해 누나에 대한 그리움은 더욱 절실해졌다고 할 수 있다.

　어쩌면 시인에게 백일몽으로 존재하는 누나에 대한 환상은 시인의 감성이나 사유의 경직성을 뒤흔들고 해체하는 세계에 난 틈이나 구멍 같은 것이다. 틈이나 구멍이 있어야 또 다른 세계로 나아갈 수 있을 뿐만 아니라 새로운 것을 창조해낼 수 있는 것이다. 젖이나 유방 역시 틈이나 구멍이다. 그것이 틈이나 구멍이기 때문에 그것을 통해 아기와 엄마 사이의 교감이 이루어지고, 인간과 우주(자연) 사이의 교감이 이루어지는 것이다. 이런 점에서 '젖'은 하나의 인습화된 이미지나 상징으로만 존재하지 않는 살아 꿈틀대는 참신하고 변화무쌍한 이미지와 상징으로 존재하는 원형이라고 할 수 있다. '젖'은 '회음부'나 '자궁'과 함께 몸 안의 '산알(살아 있는 생명의 알갱이)'을 이루는 요체이지만 지나치게 그것이 가지는 외형적이고 표피적인 이미지나 의미만을 부각시킴으로써 그 안에 잠재해 있는 우주 차원에 이르는 보다 심원한 이미지나 의미는 부각되지 않은 것이 사실이다. '젖'이 인간의 실존을 위해 절대적인 것이지만 그것은 단순히 생물학적인 차원의 문제만이 아니라 미학적인 차원의 문제이기도 한 것이다. 실존의 허기 속에 은폐된 아름다움의 문제야말로 미학의 오래된 주제인 동시에 그것의 미래의 주제인 것이다.

IV

...

지각의 방식과
예술의 형식

1. 놀이, 신명, 몸

— 한국문화의 정체성을 찾아서

1. 문화의 보편성과 특수성으로서의 놀이

놀이는 인류의 역사와 함께 한다. 하나의 문화의 영역으로 정립되기 이전부터 놀이는 존재했다[1]고 할 수 있다. 이 사실은 놀이가 원숭이와 유인원 같은 고등 포유류의 특징[2]이면서 동시에 문화의 관점에서 놀이를 살펴보는 것을 넘어 놀이의 관점에서 문화를 살펴볼 수 있다는 것을 의미한다. 놀이의 관점에서 문화를 보면 인류가 이룩한 문화의 이면에 놀이가 자리하고 있음을 알 수 있다. 하위징아의 말처럼 "문화가 놀이 속에서in play 그리고 놀이의 양태로서as play"[3] 발달해온 것이다. 인류가 이룩한 대표적인 문화유산인 신화와 의례는 물론이고 의식주와 같은

---

1 | 요한 하위징아, 이종인 옮김, 『호모 루덴스』, 연암서가, 2011, p. 34.

2 | 스티븐 나흐마노비치, 이상원 옮김, 『놀이, 마르지 않는 창조의 샘』, 에코의 서재, 2008, p. 64.

3 | 요한 하위징아, 앞의 책, pp. 107~108.

소소한 차원에 이르기까지 놀이는 그것의 원초적인 토양으로 작용해왔다고 할 수 있다. 이런 점에서 인류는 놀이를 통해 인간과 세계의 존재 방식과 그 의미를 발견하고 그것을 기반으로 하여 문화를 발전시켜왔다고 해도 과언이 아니다. 인간의 내면에 자리하고 있는 놀이 본능과 그것의 표출이 인류 문화의 동력으로 작용해 왔다면 여기에 대한 이해와 탐구는 단순한 지적 호기심 차원을 넘어선다고 할 수 있다.

그러나 놀이에 대한 탐구는 그것의 중요성에 한참 미치지 못한다. 여기에는 여러 원인이 있겠지만 무엇보다도 먼저 이야기할 수 있는 것은 "놀이가 정의될 수 없다"[4]는 우리의 저변에 깔린 인식이다. 놀이는 어느 한 방향으로 생각을 초점화하여 그것을 일정한 개념의 구조 안에서 규정하기가 어려울 정도로 그 범주와 의미의 차원이 넓고 애매하다. 가령 놀이의 성격만 놓고 보아도 아주 엄숙하고 진지한 차원부터 아주 장난스럽고 가벼운 차원에 이르기까지 서로 상반되는 극과 극의 차원에 두루 걸쳐 있기 때문에 이것들을 포괄하는 개념을 찾아낸다는 것은 불가능한 일이다. 놀이와 관련된 논의의 중심이 '놀이가 무엇이냐'보다 '놀이를 어떻게 하느냐'에 있다는 사실은 이런 사정을 반영한 것으로 볼 수 있다. 만일 놀이가 정의될 수 없는 것이라면 무리하게 놀이를 개념화된 틀 속에서 정의하는 것보다 그것이 은폐하고 있는 의미를 자연스럽게 들추어내는 것이 더 중요할 수도 있다. 각각의 놀이가 가지는 은폐된 의미를 찾아내고 그것을 통해 놀이의 어떤 보편적인 특성을 찾아낸다면 그것이 곧 정의될 수 없는 놀이를 규정하는 최선의 방법이 될 수 있을 것이다.

놀이가 은폐하고 있는 세계에 대해서는 이미 적지 않은 논의가 있었지만[5] 그것이 놀이의 본질과 의미를 얼마나 잘 드러내고 있는지에 대해서는

---

4 | 스티븐 나흐마노비치, 앞의 책, p. 64.

의문이 든다. 문화가 놀이 속에서 그리고 놀이의 양태로 발달해 왔다면 그것은 놀이의 주체인 인간의 놀이 본능을 반영하고 있을 뿐만 아니라 인간이 생산한 문화의 속성도 반영하고 있다는 것을 드러낸다. 인간이 생산한 각각의 문화는 보편성을 지니고 있기도 하지만 그에 못지않게 또한 특수성을 지니고 있기도 하다. 이것은 문화에 따라 놀이의 본질과 의미가 다를 수도 있다는 것을 말해준다. 문화가 신 중심에서 인간 중심으로 이동하고, 국가와 민족 단위로 분화되면서 특수성은 더욱 강화되고 다양화되기에 이른다. 문화적 특수성의 다양한 분화는 곧 놀이의 본질과 의미의 다양한 분화로 볼 수 있다. 이 과정에서 우리가 간과하지 말아야 할 것은 문화적 특수성 혹은 놀이의 특수성을 결정하는 주요한 인자의 존재이다. 『호모 루덴스』에서 하위징아는 이 주요한 인자에 대해 깊이 있게 탐구하고 있지 않다. 그가 여기에서 주로 탐구하고 있는 것은 놀이가

---

5 | 서양의 경우 놀이와 관련하여 플라톤은 『법률』에서 인간은 신들의 놀이를 놀아주는 노리개라는 말을 한다. 이 말은 놀이가 인간과 신의 존재성을 포괄하면서 궁극적으로는 신을 지향한다는 것을 의미한다. 인간의 감각을 억제하면서 신의 영성을 자각한다는 것은 놀이가 지니고 있는 고전적(원시적)이면서도 본질적인 속성이라고 할 수 있다. 한편 실러는 『인간의 미학적 교육에 대하여』에서 놀이 충동에 대해 이야기하고 있다. 그는 놀이 충동을 도덕 충동과 감각 충동 사이를 적절하게 조절하고 통제하는 것으로 이해하고 있다. 만일 놀이 충동이 없다면 인간은 도덕 충동과 감각 충동 사이에서 인간으로서의 정체성을 제대로 모색할 수 없다는 것이 그의 논리이다. 플라톤과 실러의 이러한 놀이 개념을 적절하게 인용하고 비판하면서 인간이라는 존재를 '호모 루덴스'로 규정한 이는 요한 하이징아이다. 『호모 루덴스』에서 그는 놀이를 자발성, 규칙성, 탈일상성, 창조성, 우월한 충동성, 집단성 등으로 정의하고 있다. 하지만 이러한 정의가 놀이를 온전히 정의했다기보다는 그것이 가지는 특성을 그 나름대로 드러낸 것이라고 할 수 있다. 따라서 이러한 규정이 놀이의 정의에 육박했다고 볼 수 없으며, 다만 놀이의 본질과 의미를 규정하는 데 일정한 도움이 되는 것은 분명한 사실이다.

가지는 보편성이다. 그는 이 보편성을 규정하기 위해 놀이와 놀이 아닌 것의 구분에 자신의 많은 시간을 할애하고 있다. 놀이의 특수성과 관련해서는 그리스어, 영어, 산스크리트어, 중국어, 라틴어, 게르만어, 알공킨어, 셈어, 일본어 등 세계 각국의 언어 중에 놀이와 관련된 단어를 찾아 그것의 개념 풀이 정도에서 논의를 그치고 있다.

문화 혹은 놀이의 보편성이란 다양한 특수성 속에서 자연스럽게 생성되는 것이라는 점을 고려한다면 하위징아의 "놀이하는 인간(호모 루덴스)"에 대한 규정은 분명한 한계를 드러낸다고 할 수 있다. 이런 맥락에서 볼 때 어쩌면 호모 루덴스에서 정작 중요한 것은 세계 여러 민족이나 국가의 다양한 문화와 놀이에 대한 깊이 있는 이해라고 할 수 있을 것이다. 하위징아의 논의에 공감하면서도 이 책을 읽는 내내 뭔가 허전함을 떨칠 수 없었던 것은 바로 그의 문화와 놀이에 대한 논의가 '지금', '여기' '나'를 있게 한 한국 문화와 놀이와는 거리가 있는 흐름을 보여주었기 때문이다. 그의 논의의 중심에 내가 없다는 느낌은 분명 그의 논리로부터 내가 소외되고 배제되고 있다는 것을 의미한다고 볼 수 있다. 문화와 놀이에 대한 논의의 중심에 내가 놓이기 위해서는 그것들의 특수성을 결정하는 주요 인자를 발견하는 일이 무엇보다도 중요하다.

그렇다면 이 인자를 어떻게 발견할 수 있을까? 한국문화 역시 놀이 속에서 놀이의 양태로 발달해왔다면 그 놀이가 존재하게 된 이유가 있을 것이다. 하지만 어떤 이유나 목적으로 존재하게 된 놀이도 그것이 놀이 주체의 관심과 적극적인 행동을 이끌어내지 못한다면 곧 소멸하고 말 것이다. 놀이가 하나의 놀이로써 존재하는데 이것은 다른 어떤 것보다 중요하다고 할 수 있다. 그렇다면 놀이 주체의 관심과 적극적인 행동이란 구체적으로 무엇이란 말인가? 이 말은 있는 그대로 보면 크게 문제될 것이 없다. 하지만 '특수성'의 관점에서 보면 이야기는 달라진다. 놀이로서의 한국문화 혹은 한국문화로서의 놀이에서 놀이 주체의 관심과 적극적인 행동이 의미하는 특수성은 다른 문화에서의 놀이와 달라야 된다는 당위성을 넘어 실제로 남다른 데가 있다. 한국문화에서는 놀이 주체의 관심과 적극적인 행동을 표상할 때 '신명神明'이라는 말로 그것을 드러낸다. 한국문화에서 놀이와 신명은 도저히 떼려야 뗄 수 없는 관계이다. '신명 나게 놀아보자'라는 말이 지극히 자연스럽게 들리는 이유가 바로 그것이다.

한국문화에서 신명과 놀이가 이렇게 자연스럽게 한 몸으로 들리는 데에는 역사적인 시간 속에서 형성된 어떤 필연성이 내재해 있기 때문이다. 한국문화에서의 놀이는 신명의 차원에서 이해되고 해석되어야 한다. 신명 없이 우리의 놀이를 이야기하면 그것은 놀이의 정수를 건드리지 못하는 것과 같다. 우리 놀이의 궁극적인 목적은 신명 나게 놀기 위한 것이다. 그냥 노는 것 혹은 재미있게 노는 것과 신명 나게 노는 것은 이미 단어가 주는 어감에서도 차이가 나지만 그것의 이면을 들여다보면 더 큰 차이가 날 것이다. 이 차이야말로 다른 놀이와 차별화되는 우리 놀이의 특수성이라고 할 수 있다. 신명의 관점에서 우리의 놀이를 보면 그것이 그냥 놀거나 단순히 재미만을 추구하는 것이 아니라 우리만의 독특한 가치와 의미를 추구하는 것이라는 사실을 알게 될 것이다.

2. 신명풀이와 한국적 놀이 양식의 탄생

한국문화와 우리 놀이의 특수성을 말해주는 신명은 기본적으로 동아시아의 세계관을 반영하고 있다. 신명神明이라고 할 때 그 '神'은 서양에서 말하는 'God'과는 다르다. 여기에서의 '神'은 '天地'를 말한다. 이것은

'神'이 '天地' 혹은 '自然'처럼 끊임없이 변화하고 생성하는 '功能'으로서의 존재라는 것을 의미한다. '明'은 '神', 다시 말하면 '天地自然'이 행하는 이 끊임없는 변화와 생성이 한치의 오차도 없이 명명백백하게 구현되는 것을 말한다. 동아시아인들은 이러한 일련의 과정을 '天地神明'이라고 명명했다. 동아시아인들이 천지신명께 무엇인가를 빈다는 것은 바로 이런 맥락에서 이해할 수 있을 것이다. 신명의 의미가 천지신명에서 유래한다는 것은 우리의 놀이에 이것이 내재해 있다는 것을 말해준다. 특히 천지신명의 신을 모시는 주술성이 강한 '굿'에서 강하게 드러난다.

그러나 천지신명은 인본주의적인 전통이 깊어지면서 인간의 내면에서 생명운화의 지극한 공능을 발견하고 그것을 표출하려는 '人之神明'에 의해 약화되기에 이른다. 이 말은 『孟子』「盡心上」에 나타나는데 이것은 곧 신명이라는 용어가 인간화하여 내재화된 흔적[6]이라고 할 수 있다. 이러한 흔적은 최한기에서도 발견할 수 있는데, 그는 천지만물과 함께 사람도 '活動運化'를 기본 특징으로 하는 '氣'를 표출해서 공감을 얻으려고 한다고 보았다. 그가 말하는 이 기가 바로 '神氣'이며, 이 신기가 곧 '神明'인 것이다. 이런 점에서 "사람은 누구나 신기 또는 신령을 지니고 살아가지만, 천지만물과의 부딪힘을 격렬하게 겪어 심각한 격동을 누적시키면 그대로 덮어두지 못해 이 신기를 발현하거나 신명을 풀지 않을 수 없는 지경에 이르는 것"[7]이다. 최한기의 논리대로라면 신명은 '신명풀이'로 이어져야 하는 것이다.

천지자연처럼 인간 역시 신명을 지닌 존재이기 때문에 자신의 안에 들어 있는 밝음과 어둠, 기쁨과 괴로움, 성스러움과 속됨, 고요함과 소란

---

6 | 허원기, 『판소리의 신명풀이 미학』, 박이정, 2001, p. 46.
7 | 조동일, 『탈출의 원리 신명풀이』, 지식산업사, 2006, pp. 316~317.

함 등 음양의 세계를 밖으로 풀어내야 한다. 신명풀이에 있어서는 지위고하가 따로 있을 수 없다. 일찍이 "한국사상사의 세 시기를 각기 대표하는 원효·이황·최제우가 모두 노래 부르고 춤추며 흥을 돋우는 행위로 자기 생각을 펴고자 한 것은 한국사상사가 신명풀이 이론의 역사"[8]임을 잘 말해준다. 하지만 이렇게 인간의 저 깊숙한 곳에 자리하고 있는 신명을 풀어내기 위해서는 구체적인 방법이 필요하다. 우리가 간단히 떠올릴 수 있는 것은 '말'을 하거나 '노래'를 부르거나 아니면 '춤'을 추는 것이다. 조금만 생각을 하면 간단히 떠올릴 수 있는 것이지만 이것이야말로 신명풀이 방법의 요체를 지니고 있다고 할 수 있다. 말로 신명을 풀 때, 노래로 풀 때 그리고 춤으로 풀 때 그 각각의 방식이 다르기 때문에 그것의 결과로 나타나는 신명풀이의 형식 또한 다르다고 할 수 있다.

그러나 신명풀이를 위해 말, 노래, 춤을 제각각 독립적으로 행하지 않고 그것을 동시에 행한다면 그 효과는 어떻게 될까? 이 물음에 대해 누군가가 제각각 독립적으로 할 때보다 그 효과가 배가될 것이라고 말한다면 그것은 정말 옳은 답일까? 그것이 꼭 그렇지 않다는 것을 우리는 자신의 경험에 비추어 금방 알 수 있다. 말, 노래, 춤은 모두 자신의 몸을 통해 행하는 것이기 때문에 신명을 풀어내는 정도의 차이를 직접 감지할 수 있다. 자신의 안에 있는 신명을 풀어낼 때 말, 노래, 춤에 차이가 있으며, 이것의 정도는 개인차가 있지만 일반적으로 춤〉노래〉말의 순이라고 할 수 있다. 이와 관련하여 『禮記』의 「樂記」에 있는 다음 대목은 시사하는 바가 크다.

[說之故言之] 言之不足 故長言之 長言之不足 故嗟歎之 嗟歎之不足

---

8 | 조동일, 위의 책, p. 315.

故不知手之舞之 足之蹈之也(기쁘고 즐거워 말을 한다. 말을 해도 만족할
수가 없다. 그래서 말을 길게 해 본다. 그래도 만족할 수 없다. 그래서
말소리를 높게 낮게 길게 짧게 해서 불러 본다. 그래도 만족할 수 없다.
그래서 절로 손을 흔들어 춤을 추다 발을 구르고 온몸을 흔든다)[9]

자신의 안에 있는 기쁘고 즐거운 것들을 밖으로 풀어내기 위해 말도
하고 말소리를 높게 낮게 길게 짧게 하기도 하지만 만족할 수 없어 결국
온몸을 흔든다는 내용이다. 자신의 안에 있는 신명을 말, 노래, 춤으로
풀어내 만족을 얻으려는 행위는 자연스럽게 순차적으로 일어난 일이다.
이것은 말보다는 노래가 노래보다는 춤이 신명풀이의 강도가 높다는
것을 은연중에 드러내는 것으로 볼 수 있다. 춤이 말이나 노래에 비해
그 강도가 높은 이유는 그것이 온몸으로 이루어지는 행위이기 때문이다.
말이나 노래 역시 몸으로 이루어지는 행위이긴 하지만 그것은 어디까지
나 몸의 정태적이고 부분적인 차원을 온전히 넘어서지 못하고 있는 것이
사실이다. 말이나 노래할 때보다 온몸을 흔들며 춤을 출 때 우리 몸은
세계를 향해 활짝 열리고 이 틈 속으로 어떤 대상(타자)이 활발하게
드나들면서 생생하고 야생적인 현존성을 강하게 불러일으킨다.

우리가 몸으로 체험하는 신명의 정도는 홀로 있을 때보다는 여럿이
함께 있을 때 더 클 수밖에 없다. 몸이 어느 한 부분이 아닌 온몸일
때에는 활동운화活動運化로써의 '기氣'의 흐름이 충만하기 때문에 신기
혹은 신명 또한 충만해져 저절로 신명풀이가 이루어지는 것이다. 우리의
몸만큼 '생성生成의 공능功能'을 보여주는 것도 없다. 눈에 보이지 않아서
그렇지 우리 몸에는 365종의 표층경락과 360종의 심층경락이 있다. 여기

---

9 | 윤재근, 『東洋의 本來美學』, 나들목, 2006, p. 126.

에 우연히 열린 혼돈혈까지 고려하면 820개 내지 8백 60개 정도의 경락이 있는 것이다. 이 경락들이 우리의 생명생성 활동을 관장하고 치유한다. 만일 이 과정에서 그 '음양생극陰陽生剋'의 이진법적 생명생성 관계가 무디어지거나 서로 충돌하거나 하여 근본 치유력이 소실될 때 그 밑에 있는 360류의 심층경락, 즉 '기혈氣穴'에서 문득 예기치 못한 치유력이 불쑥 솟아오르는 법인데, 이 솟아오름을 '복승複勝'이라 부르고 그 복승의 실체를 '산알'[10]이라 부른다.

우리의 몸이 이러한 특성을 보인다는 것은 그만큼 그것이 움직임과 생성 활동을 통해 시간과 공간을 무한한 순환적 확장과 반복적 차이 그리고 무한히 열린 체계와 구조로 만들어 놓고 있다는 것을 의미한다. 몸이 지니고 있는 무한한 생성의 역동성을 고려한다면 왜 말이나 노래(소리)보다 춤이 더 신명풀이의 방식으로 적합하고 그 강도 자체가 상대적으로 높은지를 이해할 수 있을 것이다. 온몸으로 춤을 추면 몸 하나하나의 경락, 경혈, 틈으로 밖의 세계와 활발하게 조응을 이루어 천지자연 혹은 우주가 그대로 몸 안에 들어오게 된다. 장횡거와 왕부지 같은 기철학자들이 우리 인간의 몸을 '우주적인 氣가 모였다가 흩어지는 것'으로 이해한 대목이 이것을 잘 말해준다. 또한 우리가 윗사람의 안부를 물을 때 '기체후일향만강氣體候一向萬康'이라고 하는 말을 쓰는데 이것이 의미하는바 역시 이와 다르지 않다. 기력氣力과 체후體候가 늘 한결같음을 유지하여 평안한 상태란 기 혹은 혈의 흐름이 활발한 상태를 의미한다. 기의 흐름이 활발하면 천지자연과의 생성의 공능 또한 활발할 수밖에 없다. 이것은 몸을 통해 천지자연이 행하는 끊임없는 변화와 생성이 한치의 오차도

---

10 | '산알'의 존재를 밝힌 이는 김봉한이다. 김봉한에 대해서는 이 책의 122쪽 각주 21을 참조

없이 명명백백하게 구현되는 것, 곧 천지신명의 구현을 말한다.

몸 안에서 이렇게 명명백백하게 신명이 일어나면 당연히 그것을 풀어야 하고, 이 신명풀이를 위해 말, 노래, 춤의 형식이 동원된 것이고, 그 결과가 굿, 탈춤, 살풀이춤, 농악, 판소리, 시나위, 민요, 산조 등 한국문화의 특수성을 지니고 있는 우리의 대표적인 놀이 양식의 탄생이다. 이 양식들은 말, 노래, 춤이 모두 결합된 것(굿, 탈춤, 농악), 노래와 춤이 결합된 것(살풀이춤), 말과 노래가 결합된 것(판소리, 민요), 노래만으로 된 것(시나위, 산조) 등으로 구분할 수 있다. 이 양식들 모두 신명풀이를 행하지만 온몸의 논리로 보면 그중에서도 굿과 탈춤이 주목된다고 할 수 있다. 하지만 신명이 굿과 탈춤에서만 두드러진다고 말하는 것은 아니다. 이것은 어디까지나 상대적인 것이다. 가령 판소리의 경우만 놓고 보더라도 그것은 신명 혹은 신명풀이의 양식이라고 할 수 있다. 인간의 몸이 내는 소리에 대해서는 이미 『黃帝內徑』 「邪客篇」에서 '天有五音, 人有五臟', '天有律呂, 人有六腑'라고 밝힌 바 있다. 이런 맥락에서 보면 판소리에서의 그 그늘이 드리워진 걸걸한 소리 곧 수리성은 '인간의 몸이 낼 수 있는 소리의 온갖 가능성을 최대로 추구하고 있다'[11]고 해도 크게 잘못된 말이 아닐 것이다. 판소리에서는 소리와 함께 사설, 관중, 판 등 신명을 일으키고 그것을 풀어낼 만한 여러 조건을 갖추고 있어서 늘 신명과 관련하여 활발한 논의가 이루어지고 있는 것이다.

그러나 판소리에서의 몸은 굿이나 탈춤과 비교하면 '동動'보다는 '정靜'에 가깝다고 할 수 있다. 굿은 몸속에 신령이 깃들고 그 신령을 매개로 몸 밖의 신들과 교접하여 신명을 불러일으키는 양식이고, 탈춤은 신이 깃든 탈을 쓰고 마당이라는 열린 공간에서 관객과 호응하면서 인간 세상

---

11 | 허원기, 앞의 책, p. 54.

의 '온갖 궂은일이나 변고, 액, 재앙 등으로 인한 맺힌 응어리를 풀기 위해 까탈 부리며, 거짓꾸며 춤추고 노는 행위'[12]를 통해 신명을 불러일으키는 양식이다. 마을굿의 신명풀이가 탈춤으로 발전해 왔다[13]는 점을 고려한다면 탈춤은 신에서 인간으로 주술성에서 예술성으로의 변모된 양식으로 볼 수 있다. 이러한 변모는 신명의 의미를 약화시킨 것이 아니라 더욱 강화시켰다고 할 수 있다. 마을굿에서 '신을 나타내는 서낭대를 들고 풍물을 치고 춤추고 돌아다니면서 신이 내려 신명이 난 것을 표현한 것'이 극(탈춤)이 되면서 이러한 신이 내린 감격과 놀이에 참가하는 사람들을 안으로 단결시키고 놀이에 참가할 수 없는 사람들을 밖으로 공격하는 억압에 대한 시위의 의미가 더욱 분명'[14]해지기에 이른다. 이것은 굿에서 탈춤으로 변모하면서 놀이 혹은 놀이성이 강화되었다는 것을 의미한다. '신명 나게 한판 놀아보자'는 우리 문화의 놀이 혹은 놀이성이 탈춤에 와서 비로소 그 모습을 드러낸 것이라고 할 수 있다.

3. 탈, 춤, 마당 그리고 몸

탈춤의 신명 나는 놀이성은 기본적으로 이 양식의 특성을 말해주는 '탈', '춤', '마당'에서 기인한다. 먼저 탈춤에서의 탈은 신격을 상징한다. 이것은 탈춤이 굿에서 발전한 것이기 때문이다. 연희자가 탈을 쓰는 순간 그는 변신을 부여받는다. 이때 연희자의 변신은 부정적으로 나타나

---

12 | 채희완, 『탈춤』, 대원사, 1999, pp. 15~16.
13 | 조동일, 앞의 책, p. 129.
14 | 조동일, 위의 책, p. 129.

기도 한다. 우리가 흔히 '사람의 탈을 쓰고 그런 짓을 하다니'라든가 '아는 게 탈', '배탈이 났다' 등에서 그것은 탈의 부정성을 드러내는 것이다. 하지만 탈은 신격을 통한 '벽사진경辟邪進慶'의 살풀이를 목적으로 하고 있기 때문에 그 안에 보다 많은 긍정적인 요소를 지니고 있다고 할 수 있다. 연희자가 탈을 쓴 것은 자신의 음험한 이중성을 드러내기 위한 것이라기보다는 현실의 여러 가지 제약으로 인해 왜곡된 자신의 시각이나 태도를 탈을 씀으로써 바로잡기 위함으로 볼 수 있다. 이것은 '대상과 자신이 무분별하게 일치되는 감정이입이 아니라 비판적 거리의 성립이라는 소격효과'[15]와 다르지 않다. 기존의 왜곡된 상황이 탈의 힘을 통해 개선되면 숨어 있던 놀이성과 함께 신명풀이에 대한 욕구가 강하게 일어나게 된다.

탈춤에서 탈이 놀이판을 트게 하는 역할을 한다면 춤은 몸을 통해 이루어지는 본격적인 놀이 행위를 의미한다. 놀이판에서 춤을 추는 자는 진정한 놀이의 주체이다. 탈춤에 등장하는 연희자의 동작 하나하나가 여기에서는 그대로 춤이 된다. 연희자가 맡은 배역이 누구냐에 따라 춤의 동작이 달라지지만[16] 탈춤, 더 나아가 한국 춤은 '정중동靜中動'을 기본으로 하고 있다. 여기에서 '정은 맺는 것으로, 중은 어르는 것으로 동은 푸는 것'[17]으로 드러난다. 맺고 어르고 푸는 과정 속에서 연희자는

---

15 | 채희완, 앞의 책, p. 15.

16 | 봉산탈춤의 경우를 보면, 각 과장(마당)마다 '사상좌춤', '목중춤', '사당춤', '노장춤', '사자춤', '양반춤', '미얄춤' 등으로 주로 등장인물을 본떠 붙여진 것이다. 이 중 노장춤은 대사는 없고 춤과 마임으로만 구성되어 있는 독특한 면모를 드러낸다(이윤재, 「봉산탈출의 노장춤 연구서」, 『춤, 탈, 마당, 몸, 미학 공부집』, 민속원, 2009).

17 | 정병호, 『한국춤』, 열화당, 1985, p. 185.

'몰입을 통한 신령과의 일체감과 신비체험, 굴절되고 억압된 생명력을 한꺼번에 풀어 헤쳐 돋우는 창조적인 체험'[18] 등과 같은 신명을 맛보게 되는 것이다. 연희자의 동작 하나하나는 그대로 탈춤의 시간이라고 할 수 있다. 연희자의 몸 안에 '천지신명과 우주만물과 동서고금의 시간이, 과거와 미래가 지금 현재 여기 내 육체 안에, 내 정신 안에 있음으로 동시에 거기로 가는 내 주체도 거기로 가는 나에게서 시작한다'[19] 주체성의 회복으로서의 신명이 드러나는 것이다. 탈춤의 동작 하나하나 속에서 연희자는 각자 각자의 주체적이고 독립적인 시간을 살고, 그것을 통해 절대적인 자유와 해방감을 체험하기에 이른다.

탈이 놀이판을 트고 춤이 본격적인 놀이 행위를 하기 위해서는 여기에 걸맞은 공간이 있어야 한다. 이때 간과하지 말아야 할 것은 '걸맞은 공간'이라는 말이다. 만일 탈춤이 마당이 아닌 현대 서양의 연극에서와 같은 무대에서 이루어진다면 어떻게 될까? 분명한 것은 마당에서와 같은 놀이성과 신명이 드러나지 않을 것이라는 사실이다. 이런 점에서 탈춤이 행해지는 마당은 공간으로서의 독특한 지위를 가진다고 할 수 있다. 마당과 무대의 가장 큰 차이는 마당이 일상과 연속되어 있는 데 반해 무대는 일상과 단절되어 있다는 점이다. 이 차이는 곧 연희자와 관객 사이의 연속과 단절의 문제로 이어진다. 마당에서는 연희자와 관객이 자연스럽게 넘나들 수 있을 뿐만 아니라 관객은 '다시선적 혹은 전지적인 시선을 지니게 되어 연희자의 동작에 따라 판의 지형도가 수시로 변하는 개방적이고 역동적인 판의 원리가 형성'[20]된다. 관객이 줄곧 연극 진행에

---

18 | 채희완, 『공동체의 춤 신명의 춤』, 한길사, 1985.
19 | 김지하, 『탈춤의 민족미학』, 실천문학사, 2004, p. 62.
20 | 이영미, 『마당극 양식의 원리와 특성』, 시공사, 2001, p. 284.

I. 놀이, 신명, 몸

389

개입하기 때문에 '탈놀이가 대동놀이로 진행되어, 싸움의 승패를 나누는 데서 신명풀이가 최고조에 이르고, 탈놀이가 끝난 다음에는 관중 모두가 나서서 함께 춤을 추는 난장판 군무가 벌어지는 것'[21]이다. 연희자와 관객의 넘나듦이 절정에 이르러 마당이 하나의 '난장판'이 되는 경우는 서양의 현대 연극에서는 찾아볼 수 없는 광경이다.

이처럼 탈춤은 탈과 춤 그리고 마당이 하나로 어우러져서 신명풀이를 통해 놀이의 진수를 보여주는 집단성, 현재성, 즉흥성이 강한 극이지만 그것이 하나의 극인 이상 그 나름의 서사구조를 지닌다고 할 수 있다. 탈춤의 서사 단위는 막과 장이 아니라 '마당'이다. 그런데 이 마당은 서구 연구에서처럼 시작과 끝 혹은 발단, 전개, 위기, 절정, 결말 같은 닫힌 구조가 아니라 시작과 끝이 따로 없는 열린 구조로 되어 있다. 탈춤의 마당은 각 마당마다 서로 다른 주제를 다루고 있으며, 그 각각의 마당은 분절되고 독립되어 있다.

한 마당은 한 탈춤 속에 놓여 있으나 한 탈춤이 지향하고 있는 공동 목적을 향하여 독자적으로 활약하고 어디에도 구애됨이 없이 자유롭게 존재한다. 부분이 전체를 위해서 구속되어 봉사하는 것이 아니라 부분이 전체 속에서 전체를 대표한다. 그러므로 각각 상이한 마당은 독자적으로 분리되어 공연될 수 있고, 또 공존하여 한꺼번에 보여질 수도 있는 것이다. 몇 개의 마당만 선택적으로 공연되어도 무방하다. 각 마당 사이에 논리적 필연성이 없어 관중은 사건 전개의 결말에 초점을 맞추지 않고 사건 전개의 과정에 초점을 맞춘다. 또 몇몇 마당이나 대목만 보아도 좋다. 그러기에 탈판을 들락거리며 자유롭게 구경하여도 된다. 또한 보지 않은

---

21 | 조동일, 앞의 책, p. 320.

마당이나 대목이라고 해서 그 내용이나 진행 과정을 모르는 바도 아니다. 탈춤이 사건 규명극이라기보다는 사건 향유극이고, 현실 인식극이라기보다는 현실 해소극에 가깝다는 것은 탈춤이 스토리텔링식과 같은 사건 전개상의 필연성이 크게 문제가 되어 있지 않다는 점을 강조하고 있는 말이 된다. 관중은 극의 흐름을 잘 알고 있다. 또한 흐름을 놓쳐도 크게 문제가 안 된다.[22]

　탈춤이 가지는 마당극으로서의 속성을 적절하게 지적한 이 대목이야말로 탈판의 진면목을 드러내고 있다고 할 수 있다. 채희완이 여기에서 말하고 있는 탈판의 요체는 '부분이 전체 속에서 전체를 대표한다는 것', '결말이 아닌 과정에 초점을 맞춘다는 것', '규명과 인식보다는 향유와 해소라는 것' 등이다. 탈판과 관련하여 그가 말하고 있는 것은 '생명' 혹은 '생명성'의 원리를 닮아 있다. 생명의 원리에서는 개체 생명을 중시한다. 각각의 개체가 그 안에 신령스러움, 다시 말하면 생명을 내재하고 있을 뿐만 아니라 그 생명은 생명의 역사 전 과정을 그 안에 지니고 있다. 이런 점에서 한 개체 생명은 전체 생명의 부분이 아니라 그 자체로 전체 생명인 것이다. 결과보다는 과정을 중시하는 것은 생명의 원리에서 생명을 '無始無終'한 것으로 이해하는 것과 다르지 않다. 이것은 생명의 시간 단위가 '알파는 과거, 에덴이고, 오메가는 예루살렘, 묵시록의 시간'[23]이라는 서구의 시간관과는 다른 '지금, 여기 현재의 나'가 중요하다는 동양적인 시간관을 드러내고 있다. 전체 우주 차원에서의 생명에는 시작이 끝이 없다. 생명은 규명과 인식 같은 이성의 논리보다는 향유와 해소

---

22 | 채희완, 『탈춤』, 대원사, 1999, pp. 106~107.
23 | 김지하, 앞의 책, p. 58.

같은 감성의 논리를 토대로 하고 있으며, 이 향유와 해소 속에 치유로서의
생명의 의미가 투영되어 있다고 할 수 있다.

　마당극으로서의 탈춤이 지니는 생명의 원리는 이 극이 연희자와 관객
의 안에 내재하고 있는 신명을 밖으로 표출하는 신명풀이 극으로서의
지위를 말해주는 것이다. 저 연희자와 이 연희자 그리고 저 관객과 이
관객의 몸속에서 움직이면서 다시 몸 밖으로 확산하는 이 기운은 결과적
으로 마당 전체를 살아 있는 기, 다시 말하면 살아 있는 놀이판으로
만들어 놓고 있다고 볼 수 있다. 마당이 살아 있다는 것은 이 마당 자체가
하나의 "끊임없이 활동하는 무無"[24]라는 것을 의미한다. 활동하는 무는
생명의 가장 중요한 속성 중의 하나이다. 이때 무는 "아무것도 없는
것이 아니라nothing 있음을 전제로 한 없음"[25]이다. 비가시적인 무의 논리
로 보면 탈판은 연희자와 관객 그리고 마당 사이의 눈에 보이는 관계
차원을 넘어 이들 사이의 눈에 보이지 않는 관계 차원에서 끊임없이
기의 흐름이 계속되고 있는 것이다. 연희자의 동작 하나하나는 그 안으로
흘러드는 관객의 기(동작)와 마당(우주)의 기의 흐름들이 교차하고 재교
차하면서 끊임없이 생성하고 변화하는 신명의 장이다.

　탈춤의 이러한 신명풀이로서의 놀이성은 이 양식을 서구나 동양의
다른 국가의 연극과 비교해 보면 확연히 그 성격을 알 수 있다. 이와
관련하여 조동일은 서구와 인도 그리고 우리의 극이 가지는 미적 효과를
비교하여 그 성격을 밝히고 있다. 그에 의하면 서구의 극은 '카타르시스
catharsis', 인도의 극은 '라사rasa', 우리 극은 '신명풀이'라는 미적 효과를
지향한다는 것이다. 이런 전제 하에 서구, 인도, 우리의 극을 비교하면

24 │ 김지하, 『흰 그늘의 미학을 찾아서』, 실천문학사, 2005, p. 75.
25 │ 이재복, 『비만한 이성』, 청동거울, 2004, p. 133.

먼저 작품의 구조에서 카타르시스와 라사는 '완성된 닫힌 구조', 신명풀이는 '미완성의 열린 구조'의 방식을 드러내며, 언어의 사용에서 보면 카타르시스와 라사는 '시', 신명풀이는 '놀이'를 지향한다는 것이다. 그리고 관중의 반응에서 보면 카타르시스와 라사는 '수동적 수용', 신명풀이는 '능동적 참여'로 정리할 수 있으며, 세계관에서는 카타르시스와 라사는 '별도로 설정되어 섬김을 받는 신', 신명풀이는 "사람 자신 속의 신명"[26]을 지향하는 것으로 비교가 가능하다는 것이다.

　서구와 인도의 극과의 비교를 통해서도 알 수 있듯이 우리의 극, 그중에서도 탈춤은 우리만의 독특한 극의 성격과 구조를 지니고 있다고 할 수 있다. 이 사실은 탈춤의 원리 안에 우리의 사상과 철학이 녹아 있다는 것을 말해준다. 신명 혹은 신명풀이로서의 놀이성을 극대화하고 있는 탈춤은 민중의 단순한 놀이의 양식 중 하나라는 차원을 넘어 여기에는 늘 신명을 가지고 인간과 세계 혹은 우주(천지신명)와 소통하려 한 우리 문화의 정수가 자리하고 있다고 할 수 있다. 탈춤을 포함하여 우리의 민속극에는 비극이 없다. 비록 비극에 근접한 경우가 있다고 하더라도 그것이 한으로 남지 않도록 신명풀이를 통해 밖으로 표출함으로써 기쁨과 즐거움悅之의 미적 효과를 창출한다. 대립이나 갈등에서 오는 공포와 연민의 감정을 안으로 향하게 해서 내적인 평정과 정화를 꾀하는 서구의 카타르시스적인 방식이나 우호적인 인물들 사이에서 발생하는 갈등을 쉽게 극복하고 행복한 조건을 타고난 주인공이 예정된 바에 따라서 부귀를 얻고 승리를 구가하는 라사의 방식과는 달리 싸우면서 화해하고 화해하면서 싸우는 과정을 통해 억압된 생명력을 풀어내 밖으로 표출시킴으로써 기쁨과 즐거움을 추구하는 신명풀이의 방식은 서로 상반되는 것을

---

26 | 조동일, 앞의 책, pp. 297~361 참조.

배제하거나 소외시키지 않고 그것까지도 포용하면서 신명 나는 놀이를 통해 대동의 장으로 함께 가는 그런 세계인 것이다.

이 탈판 혹은 놀이판에서는 현실에 주저앉아 함몰되어 버리는 자도 없고, 현실을 무시한 채 지나치게 미래를 낙관하는 자도 없다. 이 놀이판에서는 '신명 난 살풀이로서 현실에 대들면서 그것을 향유하는 자'만이 있다. 우리 민족 혹은 우리 민중들이 "눈물어린 웃음과 함께 능청스런 공격적 친화력"[27]으로 모질고 고통스러운 세월을 잘 감내하면서 살아올 수 있었던 힘의 원천이 바로 여기에서 비롯된 것이라고 할 수 있다. 이런 점에서 '신명 나게 한판 놀아보자'라고 할 때 그 판이 꼭 탈판만을 지칭하는 것이 아니라 우리네 일상의 삶의 현장을 지칭하는 말이 될 수도 있다는 것을 간과해서는 안 될 것이다. 우리에게 탈판과 같은 놀이판은 곧 "살판"[28]이었던 것이다. 살판이란 잘하면 살 판이요 못하면 죽을 판이라는 뜻에서 붙여진 말이다. 이것은 마치 '난장판'이 신명 혹은 신명 풀이의 절정으로 소멸과 생성의 경계에 놓여 있는 상태와 다르지 않다. 이 살판이나 난장판에서 중요한 것은 이 죽을 판을 살 판으로 바꾸고, 살 판을 죽을 판으로 바꾸는 주체가 바로 우리 혹은 나 자신이라는 사실이다.

4. 현대판 길놀이·탈놀이·뒷놀이

'신명 나게 한판 놀아보자'는 말 속에 담긴 우리 선대의 삶의 멋과

27 │ 채희완, 앞의 책, p. 130.
28 │ 심우성, 『남사당패 연구』, 동문선, 1994.

향유 정신이 우리 문화의 아이덴티티를 형성해 왔고, 그것이 앞으로도 계속 전승되어야 한다는 데에 이의를 달 사람은 없을 것이다. 하지만 근대 이후 급속한 서구화와 도시화가 진행되면서 우리의 대표적인 놀이 양식인 굿, 탈춤, 살풀이춤, 농악, 판소리, 시나위, 민요, 산조 등이 서구의 근대적인 문화 양식으로 대체되거나 여기에 밀려 국가나 정부의 보호나 지원으로 겨우 명맥만 유지하는 경우도 발생하게 되었다. 한국문화의 특수성을 지니고 있는 우리의 대표적인 놀이 양식들의 퇴조는 문화가 놀이 속에서 놀이의 양태로서 발달해온 것이라는 점을 고려한다면 그것은 단순한 놀이의 문제가 아니라 한국문화 저변에 자리하고 있는 우리의 정신적이고 물질적인 세계의 문제라고 할 수 있다.

가시적인 차원에서 보면 이미 한국문화는 서구문화의 아류라고 해도 과언이 아니다. 문화가 서로 충돌하고 섞이면서 혼종성을 유지하는 것이 문제가 되는 것은 아니지만 우리의 경우에는 근간 자체가 끊임없이 위협 받아온 상태이기 때문에 그것이 비록 가시적인 차원이기는 하지만 이러한 현상 자체가 불안한 것은 사실이다. 서구문화를 포함한 외래문화에 대한 우월감은 자연스럽게 우리 문화에 대한 열등감이나 자괴감으로 이어지고 이것이 도를 넘은 시기가 바로 개발독재와 군부독재로 인해 민중의 주체성과 자율성이 억압을 받은 60~80년대라고 할 수 있다. 하지만 이러한 이해는 가시적인 차원에서 이루어진 것으로 이것의 불안은 한국 문화에 대한 비가시적인 차원의 움직임을 전혀 고려하지 않았다는 데에 있다. 가시적인 차원에 집중하면 근대 이전의 한국문화의 흐름을 간과하기가 쉽다. 근대 이전 한국문화의 역사란 끈질긴 외세의 문화적 침투 속에서도 우리 문화의 아이덴티티를 보존하고 그것을 새롭게 형성해 왔다는 놀라운 사실의 기록이다. 많은 사례 중에서도 자주 문자의 창제를 이야기하지만 우리는 문자나 언어를 넘어선 비가시적인 흐름을 보아야 한다. 이런 비가시적인 흐름은 대개 몸을 통해 이어진다. 말, 노래, 춤으로 성립되는 우리의 대표적인 놀이 양식인 굿, 탈춤, 살풀이춤, 농악, 판소리, 시나위, 민요, 산조 등은 모두 몸으로 행해지는 한국문화의 유산이다.

몸으로 이어지는 비가시적인 흐름을 보지 못하면 근대 이후의 상황들을 서구문화에 의한 한국문화의 질식 내지는 소멸로 인식하기 쉽다. 하지만 한국문화의 절망적인 상황에서 우리가 체험한 것은 '비가시적인 흐름의 가시화'이다. 이것은 마치 '음양생극陰陽生剋'의 이진법적 생명생성 관계가 무디어지거나 서로 충돌하거나 하여 근본 치유력이 소실될 때 그 밑에 있는 360류의 심층경락, 즉 '기혈氣穴'에서 문득 예기치 못한 치유력이 불쑥 솟아오르는 '복승複勝' 현상을 방불케 한다. 이 복승의 실체가 바로 '2002년 월드컵'과 '촛불집회'이다. 특히 2002년 월드컵에서 드러난 복승은 우리 문화의 산알, 다시 말하면 살아 있는 생명체의 실체를 보여준 하나의 역사적인 사건이라고 할 수 있다. 이 갑작스러운 복승 현상에 대해 서구의 반응은 '집단 히스테리', '나치의 예감', '또 하나의 파시즘' 등 주로 부정적인 것이 대부분이었고, 우리 지식사회는『창작과 비평』,『당대비평』,『문화과학』,『황해문화』등을 중심으로 여기에 대한 분석을 내놓았다. 이들이 내놓은 분석을 보면 "한국의 근대적 문화의 기질, 혹은 비동시성의 동시성을 경험하게 만드는 문화적 촌스러움의 현상"(이동연), "이율배반성"(김홍준), "육체적 소진의 즐거움"(노명우), "콜리건Korligan이라는 상대적으로 폭력성이 낮은 집단의 출현"(김종엽), "새로운 대중의 출현"(최원식) 등 매우 다양하다. 이 중에서 최원식의 "더 이상 정보통제가 불가능하고 정보를 분석·해석할 뿐 아니라 생산해 내기까지 하는 대중 집단, 그간 변혁운동을 꿈꾸던 이들이 한결같이 그리던 군중이 출현했는데 정작 지식인들은 당황하고 있다"[29]는 발언은 의미심장한 데가 있다.

그가 말하는 지식인들의 당황이 다분히 새로운 대중의 출현으로 인해 무기력에 빠진 지식인 사회에 대한 성찰과 반성의 맥락에서 나온 것이지만 그 이면을 들여다보면 여기에는 월드컵 현상에 대한 해석 불능이 자리하고 있다. 늘 변증법적인 방법론과 환원주의적인 시각을 가지고 있는 우리 지식인들에게 '붉은악마 현상'은 해석 불능의 괴물과 같은 것일 수밖에 없다. 우리 지식인들이 붉은악마 현상을 해석하기 위해서는 한국문화 속에 자리하고 있는 신명과 놀이의 패러다임에 대한 이해가 선행되어야 할 것이다. 하지만 이것이 곧 붉은악마 현상과 우리의 신명과 놀이의 패러다임 사이의 기계론적인 연속성을 말하는 것은 아니다. 기계론적인 대입보다는 둘 사이의 유비적이고 상동적인 관계를 추적하는 일이 무엇보다도 중요하다고 할 수 있다.

2002년 월드컵 당시 붉은악마 현상을 '길놀이-탈놀이-뒷놀이(뒤풀이)'로 이어지는 우리의 탈춤의 진행 과정으로 풀어보면 좀 더 이해가 쉬울 것이다. 먼저 앞놀이라고 할 수 있는 길놀이를 보면 탈춤에서는 놀이꾼들과 구경꾼들이 어울려서 탈놀이판으로 가는 일종의 행진이다. 길놀이의 참여는 누구의 강제에 의해서 이루어지는 것이 아니라 전적으로 자율적이다. 탈춤에서 길놀이를 하는 이유는 탈놀이를 위한 구경꾼, 다시 말하면 관객을 모으기 위해서이다. 관객을 많이 모으기 위해 길놀이에서는 '풍악', '사자', '악대', '소등대', '팔선녀', '수양반', '난봉가대', '양산도패', '연등' 등의 행렬이 함께 한다. 이런 점에서 탈춤의 길놀이는 가시성의 왁자함 내지 풍요로움을 과시한다고 할 수 있다. 탈춤의 길놀이

---

29 | 최원식, 「월드컵 이후 한국의 문화와 문화운동」, 『창작과비평』, 2002년 가을호.

를 월드컵 당시 붉은악마 현상에 적용하면 길놀이의 참여 방식은 비가시적이라고 할 수 있다. 인터넷이나 모바일 등을 통해 각자 각자가 개체적으로 활동하면서 네트워킹을 형성하기에 이른다. 이들의 이러한 참여의 방식은 국가나 단체 같은 권력 집단의 통제에서 벗어나 자율적으로 사고하고 행동하는 것을 전제로 하여 이루어지는 네트워킹을 말한다. 인간의 이성이나 감성이 거대한 권력 집단의 통제에서 벗어나 자유롭게 세계 속으로 미끄러져 내릴 때 진정한 차원의 유목이 이루어지는 것이다. 이것은 개체 각자 각자의 자율성의 발로이면서 동시에 "집단 지성"[30]의 구현이라고 할 수 있다. 파시즘적인 속성을 은폐하고 있는 집단 히스테리와는 분명 다른 새로운 집단 네트워킹이 가능한 데에는 어떤 중심이나 권력으로부터 벗어나 변화와 새로움을 추구하고자 하는 디지털 문명의 유목민적인 정신이 작용했기 때문이라고 할 수 있다. 인터넷이나 모바일 같은 디지털 문명에 의한 자율성과 익명성이 현대판 길놀이를 가능하게 한 것이다.

길놀이 다음은 탈놀이이지만 탈춤의 경우에는 이 사이에 '군무群舞'가 있다. 군무는 즉흥적으로 벌어지고, 춤과 풍물, 재담이 어우러진다. 이 과정에서 구경꾼은 더 이상 구경꾼이 아닌 놀이패가 된다. 구경꾼은 군무를 통해 서로 친숙해지고 자신들이 이 판의 객이 아니라 주인이라는 것을 인식함으로써 놀이판의 주체로 거듭난다. 군무에 이어 본격적인 탈놀이가 시작되고, 군무에서 어울림을 통해 하나가 된 구경꾼은 놀이패의 동작, 소리, 말 하나하나에 적극적으로 반응하면서 놀이판을 역동적으로 끌고 가는 주체가 된다. 탈춤의 탈놀이를 월드컵 당시 붉은악마 현상에 적용하면 놀이의 방식 역시 유사한 점이 많다. 비록 놀이패로서의 선수가

---

30 | 피에르 레비, 권수경 옮김, 『집단지성』, 문학과지성사, 2002, pp. 38~44.

IV. 지각의 방식과 예술의 형식

398

2002년 월드컵 당시 서울시청 앞 광장에 모인 붉은악마의 응원 모습 1

2002년 월드컵 당시 서울시청 앞 광장에 모인 붉은악마의 응원 모습 2

직접 마당에서 행위를 하는 것은 아니지만 대형 스크린을 통해 그 행위를 보면서 이들의 동작, 소리, 말 하나하나에 적극적으로 반응하면서 놀이판을 역동적으로 끌고 간다. 이들이 동이족의 조상으로 알려진 치우천왕 분장을 하고 태극기 문양의 페인팅을 한 모습은 마치 탈춤에서 탈을 쓴 놀이패를 연상시킨다. 이들이 보여준 이러한 적극적인 반응의 방식은 '대~한민국'이라는 외침과 '짝짝짝 짝짝'이라는 박수 행위 속에도 잘 드러나 있다. 이것은 탈춤에서의 '불림'과 '장단', 판소리에서의 '추임새' 같은 것이다. 행위자와 관객 사이의 적극적인 교호작용의 하나라고 볼 수 있다. '짝짝짝 짝짝'이라는 이 행위에 대해 김지하는 '3박 플러스 2박' 곧 '엇박'으로 이해하고 있다. 그는 이것을 "짧았다, 빨랐다 느렸다, 이리치다 저리치다, 어울렸다 흩어졌다, 대립했다 통일했다, 움직이다 고요했다 하는 혼란스러운 균형으로서 민족문화의 핵심이자 민족음악의 기본"[31]이라고 한국 민족문화의 패러다임 하에서 적극적으로 해석하고 있다. 이 현대판 불림과 장단 혹은 추임새는 행위자와 관객을 하나로 묶고 그 안에 잠재해 있는 신명을 불러일으키는 강력한 동인으로 작용한 것은 부인할 수 없는 사실이다.

탈놀이가 끝나면 그대로 끝이 아니라 뒷놀이, 다시 말하면 뒤풀이가 기다린다. 길놀이, 탈놀이, 뒷놀이의 과정이 말해주는 것은 우리의 춤에서 맺고, 조이고, 푸는 과정과 다르지 않다. 맺고, 조이는 과정 못지않게 그것을 푸는 과정을 중시한 것이 바로 탈춤과 같은 우리의 놀이 문화 양식이다. 우리의 놀이 양식이 뒷놀이를 중시한 것은 공연이 이루어진 장소(마당)가 곧 일상의 장소라는 사실을 느끼게 하고, 놀이 자체가 놀이 패의 것인 동시에 관객의 것이라는 사실을 직접 몸으로 느끼게 하기 위해서이다. 이런 점에서 어쩌면 뒷놀이는 끝이 아니라 또 다른 시작을 알리는 놀이판 혹은 살판이라고 할 수 있다. 탈춤의 뒷놀이는 월드컵 당시 붉은악마 현상에서도 드러난다. 탈놀이, 다시 말하면 경기가 끝난 뒤에서 이들은 돌아가지 않고 거리로 나서 그 신명을 이어간 것은 탈춤에

---

31 | 김지하, 『화두——붉은악마와 촛불』, 화남, 2003, p. 27.

서 마당이 하나의 판이었듯이 여기에서는 거리가 하나의 판이었다는 데서 비롯된 것으로 볼 수 있다. 2002년 월드컵 당시 대표적인 놀이판이었던 서울 시청 광장은 폐쇄된 광장이 아니라 수많은 길들이 모여들고 다시 흩어지는 길의 속성을 지니고 있는 열린 공간인 것이다. 이런 점에서 2002년 월드컵 당시의 붉은악마의 응원을 '거리 응원' 혹은 '길거리 응원'으로 부르는 것은 타당하다고 할 수 있다.

2002년 거리를 가득 메운 붉은악마의 물결은 그 후 촛불시위와 또 다른 월드컵의 거리 응원으로 이어지면서 다양한 변주를 거듭해 오고 있으며, 그것에 대해 평가절하하거나 적극적인 의미부여를 하지 않는 것은 이 현상의 본질과 가치를 제대로 인식하지 못한 우매함의 소치라고 할 수 있다. 우리가 이 현상에서 주목해야 하는 것은 여기에 적극적으로 참여해 하나의 신명 나는 놀이판을 연 사람들의 이면에 자리하고 있는 맺고, 조이고, 풀어야 하는 일련의 삶의 과정에서 생겨난 억압에 대한 해소와 치유에 대한 바람이다. 이 현상을 집단히스테리나 파시즘의 출현 등 병리적인 것으로 이해한 사람들에게는 이들의 바람이 일시적이고 천박한 욕구의 충족이나 욕망의 분출 정도로밖에 인식되지 않기 때문에 그것을 비정상적인 것으로 몰아 통제와 조절의 대상으로 치부해 버리는 것이다. 놀이판의 신명풀이를 통해 민중이 억압된 것을 해소하고 치유하려는 한국문화의 속성과 패러다임은 비단 우리에게만 가치 있고 의미 있는 것은 아닐 것이다.

이러한 해소와 치유를 등한시하는 문화는 '탈'이 날 수밖에 없다. 더욱이 이들의 참여가 자발적이라는 점은 시사하는 바가 크다. 이것은 일종의 '자기조직화self-organization 현상'이다. 일리야 프리고진 식으로 말하면 자기조직화는 개별적으로 갖지 못한 특성이나 행동이 전체구조 속에서 자발적으로 돌연히 출현하는 '창발성創發性 · emergence'이라고 할 수 있다.

붉은악마 현상에 참여한 주체들이 보여준 것도 바로 이 자기조직화와 창발성이다. 이로 인해 "이들이 내뿜은 에너지의 힘은 매우 강하며 어떤 위협에 직면했을 때 경이로운 능력"[32]을 발휘한다. 이런 점에서 이 현상을 서구의 변증법이나 진화론과 같은 환원주의적인 원리로 이해하는 것은 불가능하다. 하지만 이것은 새로운 것은 아니다. 이미 탈춤과 같은 신명풀이를 특징으로 하는 우리의 놀이 문화 양식 속에 내재해 있는 원리이다. 우리 민중들에게 놀이판은 이들이 어떤 위협이나 고통에 직면했을 때 전체 구조 속에서 그것을 해소하고 치유할 수 있는 창발적인 힘을 발견하고 이를 기반으로 하여 삶을 역동적으로 향유하고 운용하는 방법을 몸으로 깨닫는 하나의 생명 혹은 생성의 장이라고 할 수 있다.

5. 세계 문화의 지평으로서의 한국문화

대동의 신명 나는 놀이판이 한국문화의 한 패러다임으로 자리하고 있다면 지금, 여기에서 그것은 어떤 모습으로 그 정체성을 드러내고 있는 것일까? 이 물음에 대한 답은 우리의 놀이 문화가 지니고 있는 '미완성의 열린 구조', '능동적 참여', '놀이성', '사람 자신 속의 신명', '몸을 통한 전체 구조 속에서의 개체적 융합', '우발성', '반대일치', '기우뚱한 균형', 창발성' 등을 지금 우리의 문화가 얼마만큼 유지하고 있느냐의 문제와 다르지 않다. 지금, 여기에서의 우리 문화, 특히 영화, 드라마, 대중가요, 애니메이션, 게임 같은 우리의 대중문화는 서구문화의 미적 체계와 미적 효과를 근간으로 하는 경우가 많다. 문화란 기본적으로

---

32 | 이인식, 「촛불시위 감상법」, 『조선일보』, 2004년 3월.

그것이 '혼종성hybrid'을 드러낸다는 점에서 이러한 경향을 무조건 비판만 할 수는 없다. 하지만 문제는 한국문화의 패러다임을 이어가려는 의도로 창작된 것들조차 우리 문화의 정체성을 제대로 구현하지 못하고 있다는 점이다. 가령 한국문화의 계승자로 널리 평가받고 있는 임권택 감독의 화제작인 〈서편제〉(1993)나 〈취화선〉(2002)에서 '아버지가 딸을 눈멀게 하는 장면'과 '장승업이 도자기에 그림을 그리다가 가마 속으로 기어들어 가는 장면' 등이 바로 그것이다. 〈서편제〉에 대해 조동일 교수는 "恨을 쥐어짜는 판소리로 규정한 점", "한으로 카타르시스의 방책을 삼으려 하다가 청중에게 외면당한 광대를 저주받은 시인처럼 그린 점"[33] 등은 분명한 오류라고 비판한다. 이와 같은 맥락에서 〈취화선〉 역시 장승업의 광기어린 한을 세속과는 단절된 초월의 방식이라든가 신명을 통한 승화가 아닌 단순한 기벽의 카타르시스적인 효과를 통해 그것을 드러내고 있다는 사실은 비판받아 마땅하다고 할 수 있다.

한국문화의 특수성이 이렇게 잘못된 시선과 해석으로 왜곡된다면 도대체 한국문화의 정체성은 어떻게 정립될 수 있겠는가? 한국문화의 정체성의 문제는 최근 한류를 주도하고 있는 'K-POP'의 경우도 예외는 아니다. K-POP은 문화의 혼종성을 드러내는 것으로, 여기에는 서구식의 음악 체계와 음악 스타일과 한국식의 음악 체계와 음악 스타일이 혼재되어 있다. 이것은 미국의 대중음악을 이야기하는 'POP'에 한국을 의미하는 'K'에서 그것을 확인할 수 있다. 한국문화의 정체성과 관련해서 좀 더 많은 관심을 두어야 할 것은 K이다. 이 K에는 한국 특유의 아이돌 육성시스템, 높아진 한국의 국제적 위상과 인적 네트워크, 아시아 대중문화 시장의 성장, 현지화 전략 등의 현재적인 것과 한국문화의 패러다임으로

---

33 | 조동일, 앞의 책, p. 269.

이야기할 수 있는 과거의 것이 내재해 있다. 여기에서 이야기하고 싶은 것은 후자이다. 지금 K-POP을 주도하고 있는 것은 '남성 그룹(슈퍼주니어, 2PM, 비스트, 샤이니 등)', '여성 그룹(소녀시대, 원더걸스, 카라, 티아라 등)'에서 알 수 있듯이 '그룹'이다. 하지만 그룹은 K-POP이 세력을 떨치고 있는 아시아나 아메리카, 유럽에서도 존재한다. 그렇다면 한국의 K-POP 그룹들은 이들과 어떤 차이가 있을까?

이 물음에 대한 답은 쉽지 않지만 이것을 신명풀이를 목적으로 하는 탈춤과 같은 우리의 전통적인 놀이 양식과 비교해 보면 어떤 그 나름의 해답이 나오지 않을까? 앞에서 이야기한 우리의 놀이 양식의 차원에서 보면 이들을 설명할 수 있는 용어로 '군무群舞'라는 것이 적합할 것 같다. 그룹 자체보다는 '춤추는 그룹'이 중요한 것이다. 개인보다는 그룹이 춤을 춘다는 것은 곧 개별적으로 갖지 못한 특성이나 행동이 전체구조 속에서 자발적으로 돌연히 출현하는 창발적創發的인 '에너지(힘)'를 의미한다. 개인보다 그룹이 춤을 춤으로써 신명이 배가될 수 있다. 그룹의 춤은 몸과 몸의 연대를 통해 하나의 역동적인 네트워크를 이루기 때문에 그것을 바라보는 관객들로 하여금 여기에 적극적으로 참여하게 만든다. 이것은 "대상이 분리되지 않고 외부 없는 내부가 되는 몸의 특성"[34] 때문이라고 할 수 있다. 춤을 추는 가수의 몸과 관객의 몸이 분리되지 않고 외부와 내부가 동시에 존재하는, 다시 말하면 가수와 관객의 몸이 보면서 보여지는 혹은 만지면서 만짐을 당하는 상호 교호 작용이 일어나는 것이다.

군무에서 몸이 하나의 토대가 되는 것은 우리의 굿이나 전통 민속극뿐

---

34 | 조광제, 『몸의 세계, 세계의 몸——메를로 퐁티의 '지각의 현상학'에 대한 강해』, 이학사, 2007, p. 64.

만 아니라 이렇게 K-POP 그룹의 춤에서도 마찬가지이다. 군무에서 몸이 없으면 신명은 일어날 수 없다. 몸은 군무의 주체이면서 동시에 신명의 주체인 것이다. 우리가 '립싱크$^{\text{lip sync}}$'는 가능하지만 몸을 싱크할 수는 없다. 몸은 그 자체가 행위의 주체이기 때문에 동작 하나하나가 그대로 춤을 추는 사람의 현존 혹은 부재하는 현존을 드러낸다. 왜, 신명나는 놀이를 목적으로 하는 우리의 전통문화 양식이 몸을 토대로 행해졌는지 이러한 사정을 고려한다면 이해가 될 것이다. 붉은악마의 신명도 몸을 전제하지 않으면 그 현상을 제대로 해명할 수 없을 것이다. 온라인상의 익명성과 자발성이 오프라인상의 몸으로 이행되어 엄청난 신명을 만들어낸 것이지 만일 그 몸이 없었다면 그것은 한낱 엑스터시나 카타르시스 차원의 효과에 그쳤을 것이다. 오프라인과 온라인, 에코(아날로그)와 디지털, 리얼리티와 버추얼 리얼리티 사이에는 반드시 몸이 있어야 한다. 후자의 세계에서 발생하는 과도한 욕구와 욕망, 집단 히스테리, 엑스터시 효과, 자살 등과 같은 문제는 몸이 전제되지 않으면 해결될 수 없는 성질의 것이다.

　지금, 여기 우리의 놀이판은 마당보다는 방, 몸보다는 뇌, 신명보다는 카타르시스, 아날로그보다는 디지털, 주체보다는 구조(체제), 공중^{public}보다는 대중^{mass}, 사람보다는 자본, 영성靈性보다는 물성物性, 지각보다는 감각을 지향하는 흐름 속에 놓여 있다. 지금, 여기를 살아가고 있는 사람들은 이 흐름 속에서 그것에 동화되기도 하고 또 그것에 저항하기도 하면서 각자가 향유하는 놀이를 통해 신명풀이를 하고 있다고 할 수 있다. 각자가 어떤 놀이를 향유하는지는 취향의 문제이지만 문화가 놀이 속에서 놀이의 양태로서 발달해온 점을 고려한다면 어느 한 문화의 '퍼스펙티브^{perspective}'와 '지평'을 위해서 그 문화의 정수를 들여다보는 것은 중요하다고 하지 않을 수 없다. 이런 점에서 '놀이, 신명(신명풀이), 몸'을 우리 문화의 원리로 이해하고 그것을 토대로 우리 문화의 과거, 현재, 미래를 성찰할 때 비로소 한국문화의 전망과 지평은 열릴 수 있을 것이다. 놀이, 신명, 몸이라는 우리의 문화 원리가 단순히 한국적인 특수성을 넘어 어떤 인류사적인 보편성을 지니고 있다는 점을 지금, 여기의 여러 문화 현상 속에서 발견한다는 것은 우리 문화를 위해서도 또 세계 문화를 위해서도 의미 있는 일이라고 할 수 있다.

2. 지각의 방식과 예술의 형식

– 이청준의 「시간의 문」을 중심으로

1. 존재와 형식의 발견

　이청준 문학에 대한 관심은 그의 사후 확대일로에 있다. 문학 역시 연구를 표방한다는 점에서 대상의 성격이 무엇보다도 중요하다. 그의 문학의 목적은 단순한 문체적인 감수성과 감각, 서술 대상에 대한 직접화된 노출, 이념 편향성, 무분별한 대중 추수주의, 체험의 생경함이나 일방적인 의식의 주관성 강조 등에 있지 않다. 이러한 예들은 우리 문학이 드러내고 있는 중요한 특징들이며, 이것들은 긍정적인 면보다 부정적인 면을 더 많이 내재하고 있다고 볼 수 있다. 어떤 문학이 이러한 면을 지니고 있다면 그것은 연구 대상으로서의 흥미와 지속가능성을 약화시키는 요인으로 작용하게 될 것이다. 우리의 근현대 문학이 이것으로부터 자유롭지 못할 뿐만 아니라 문학 연구의 방향을 표피적인 인상주의나 사회·문화적 실증주의 차원으로 몰아가게 한 원인이 된다. 문학 연구가 다양한 해석적 방법을 필요로 하는 것이 사실이지만 연구 대상이 그만한 조건을 지니고 있지 못하다면 그 방법에 한계가 있을 수밖에 없다.

이청준의 문학은 이 한계로부터 벗어나 있다. 그의 문학은 지적인 성격이 강하다. 그는 자신의 문학적 대상에 대해 집요할 정도로 꼼꼼하게 탐색하고 깊이 있게 성찰한다. 이것은 일종의 '지적 호기심'으로 볼 수도 있고 또 '지적 자의식'으로 볼 수도 있다. 전자보다 후자의 성격이 강해지면 "경험적 현실을 관념적으로 해석하고 상징적으로 표현하는 경향"[35]이 강하게 드러난다. 지적 자의식의 과잉으로 볼 수도 있는 이러한 경향은 그를 관념적인 작가로 불리게 하는 한 요인이 된다. 하지만 그의 지적 자의식 혹은 문학의 관념성은 최인훈의 사색적인 관념성과도 다르고, 이문열의 낭만적인 관념성과도 다르다. 그의 문학의 관념성은 현실의 구체적인 형상을 지니고 있는 현실과 관념의 상호 침투적이고 길항적인 차원의 관념성이다. 이것은 그의 문학에 드러나는 관념이 개인의 주관적인 정신 속에서만 이루어지는 것이 아니라 대상으로 주어지는 객관 현실과의 관계 속에서 이루어진다는 것을 의미한다.

현실과 관념 혹은 주관과 객관 사이의 긴장은 어느 한쪽으로의 쏠림이나 함몰의 위험성으로부터 벗어나게 함으로써 다양한 세계 이해의 방식과 문학적 형식의 탄생을 가능하게 하고 있다. 만일 둘의 관계에서 그것이 현실 쪽으로 쏠리게 되면 사실성이, 관념 쪽으로 쏠리게 되면 추상성이 부각될 수밖에 없을 것이다. 사정이 이러하다면 현실과 관념 모두를 포괄할 수 있는 매개 영역이 필요한데 그는 이것을 '글쓰기'에 대한 의미 탐색을 통해 실현하고 있다. 글쓰기 방식에 대한 다양한 시도라든가 그것이 표상하는 인간과 세계에 대한 새롭고 낯선 의미들로 인해 현실과 관념 사이의 긴장은 하나의 문학적 지평을 열어보이게 된다. 1965년

---

35 | 권영민, 『한국현대문학사』, 민음사, 1999, p. 205.

「퇴원」에서 시작해 2007년 『신화의 시대』[36]에 이르기까지 그의 문학은 줄곧 현실과 관념, 주관과 객관, 허무와 의지, 본질과 현상, 삶과 예술 사이의 긴장 속에서 다양한 의미를 생산해 왔다고 할 수 있다.

「병신과 머저리」(1966), 「매잡이」(1968)로 대표되는 1960년대 그의 문학은 현실에 대한 관념적인 해석이 강하게 드러나고, 「소문의 벽」 (1972), 『당신들의 천국』(1976), 「잔인한 도시」(1978), 「살아 있는 늪」 (1979) 등으로 대표되는 1970년대 그의 문학은 정치적, 사회적으로 억압되고 획일화된 현실 구조 속에서 진실과 자유에 대한 의지를 상징과 알레고리의 형식으로 드러내면서 정치적인 감각이 부각되고 있으며, 「시간의 문」(1982), 「비화밀교」(1985), 『자유의 문』(1989)으로 대표되는 1980년대 그의 문학은 개인과 집단의 이상적인 삶과 공동선 같은 인간의 존재 일반에 대한 보다 심층적인 탐색을 시도하고 있다. 그리고 1990년대를 거쳐 2008년 작고할 때까지 그의 문학은 비록 미완으로 남겨지기는 했지만 『신화의 시대』(『본질과 현상』 2006년 겨울호~2007년 가을호)가 잘 보여주고 있듯이 정치와 예술, 현실과 신화, 개인과 집단의 통합이라는 인간 삶의 총체적인 모습을 형상화하는 데에 모아져 있다.

이처럼 이청준의 문학은 시대에 따라 일정한 변모 양상을 보여주고 있다. 특히 인간 존재와 그것을 가능하게 하는 조건에 대한 탐색은 대립과 갈등의 차원을 넘어 융화와 화해의 논리로 나아가고 있다는 점에서 그 의미를 찾을 수 있다. 하지만 그의 문학 세계의 변화는 변증법적인 것은

---

36 | 『신화의 시대』는 이청준의 마지막 장편소설이다. 이 소설이 단행본으로 출간된 것은 2008년(물레)이지만 이미 『본질과 현상』 2006년 겨울호에 첫 회를 시작으로 2007년 가을호까지 총 4회가 연재되었다. 모두 3부로 기획되었지만 작가가 작고하면서 1부만 연재된 채 미완성으로 남게 되었다.

아니다. 어느 한쪽의 배제가 아니라 숨은 차원의 드러남 같은 것으로, 이 논리대로라면 융화와 화해란 이미 대립과 갈등의 현상 이면에 은폐되어 있는 것이 된다. 이것은 어느 것이 어느 것에 종속되어 있거나 어느 것이 우월하고 어느 것이 열등하다는 차원에서 세계를 이해하는 것이 아니라 각자 각자가 짝이 되고 어떤 관계 속에서 드러나기도 하고 은폐되기도 하면서 존재한다는 식으로 세계를 이해하는 것을 말한다. 그의 문학이 지니는 이러한 존재 일반에 대한 논리는 이미 초기작부터 내재되어 있는 것이지만 그것이 본격적으로 드러나기 시작한 것은 1980년대 이후라고 할 수 있다.

이청준의 문학 세계에서 1980년대는 중요한 의미를 지닌다. 그는 그동안 자신이 추구해온 부조리한 현실과 인간 조건에 대한 글쓰기의 변화를 요구받기에 이른다. 이렇게 그가 자신의 글쓰기에 대한 반성의 계기를 가지게 된 데에는 1980년 5월 광주항쟁이 주요한 원인으로 작용한다고 볼 수 있다. 그에게 광주는 고향 못지않게 자신의 부끄러움의 원형을 고스란히 간직한 곳이자 글쓰기의 원천을 제공하고 있는 곳이다. 이런 곳에서 끔찍한 살육이 자행되던 때에 그는 여기에 없었던 것이다. 역사의 현장에 자신이 부재한 데서 오는 자의식은 그가 계속 지녀온 고향에 대한 죄의식으로 발전하면서 '시간'(「시간의 문」, 1982), '벌레'(「벌레이야기」, 1985), '횃불'(「비화밀교」, 1985), '강물'(「흐르는 산」, 1987) 등과 같은 상징과 알레고리를 만들어내기에 이른다. 이 각각의 질료들은 부재의식(시간), 용서(벌레), 소망(횃불), 화해(강물) 등의 문제를 제기하는데 이것은 80년 광주에 대한 죄의식의 발로이면서 동시에 80년대적인 시대정신을 내포하고 있는 그의 문학적 태도로 볼 수 있다.

그런데 그의 80년대적인 시대정신은 단순히 현실에 대한 사실적인 서술을 통해 드러난다기보다는 존재에 대한 현상학적인 해석 방식과 다양한 상징적인 장치를 통해 드러난다. 그중에서도 「시간의 문」은 인간의 존재를 가능하게 하는 시간에 대한 탐색과 여기에 대응하는 "예술의 형식의 완결성에 대한 추구라는 새로운 테마는 예술에 대한 그의 신념을 확인할 수 있는 근거"[37]가 되는 텍스트이다. 이 소설에서 그의 시간에 대한 탐색은 지적인 작가로서의 면모와 함께 시간을 예술의 형상화 과정과 연결시킴으로써 감성적인 작가의 면모 또한 보여주고 있다. 사진이 시간이라는 존재의 문제와 관계되고, 그것이 자연스럽게 사진의 존재방식을 결정하기 때문에 삶과 예술의 관계를 분리가 아닌 통합의 상태에서 인식하고 있음을 알 수 있다. 삶과 예술에 대한 이러한 인식 태도는 그가 견지해온 현실과 관념, 허구와 의지, 주관과 객관, 본질과 현상에 대한 문제의식과 시대정신을 이해하는 데 중요한 입각점으로 작용하고 있다.

2. 지각장의 훼손과 미완의 예술

이청준의 문학에서 「시간의 문」이 문제적이라면 그것은 아마 이 소설이 인간의 존재와 예술의 성립 조건을 '시간'이라는 구체적인 질료를 통해 제시하고 있기 때문일 것이다. 인간이라는 존재를 가능하게 하는 가장 중요한 조건이 시간이라는 것은 누구나 다 아는 사실이지만 구체적으로 그것이 어떤 점에서 그러한지에 대해서는 이해가 부족한 경우가 있을 수 있다. 인간의 존재를 가능하게 하는 데 있어서 시간은 관념적이고 추상적인 조건이 아니라 대단히 구체적이고 실재적인 조건이다. 이것은

---

37 | 권영민, 앞의 책, p. 292.

시간이 '지각장'[38]과 관계되어 있기 때문이다. 시간은 지각을 통해 구체화된 세계이며, 이런 맥락에서 볼 때 지각장은 시간의 흐름으로 가득 차 있다고 할 수 있다.

이렇게 지각된 세계는 개인의 주관적인 정신에 의해서도 또 대상에 의한 객관적인 존재 자체만으로도 이루어지지 않는다. 우리가 흔히 하나의 세계를 개인의 주관적인 정신 내에서 새롭게 만들어지는 것으로 인식하고 있거나 아니면 그러한 정신과 관계없이 어떤 사물이나 대상은 그 자체로 존재한다고 인식하는 경우가 있다. 하지만 세계는 이렇게 해서 '탈은폐' 되는 것이 아니다. 하나의 세계는 이미 존재하고 있고 그 은폐된 차원을 지각에 의해 들추어낼 때 성립되는 것이다. 이런 점에서 지각된 세계라는 말 속에는 주관적인 의식과 객관적인 대상을 동시에 고려하는 인식 태도가 은폐되어 있다[39]고 할 수 있다. 세계가 주관적인 의식과 객관적인 대상 사이의 관계 속에서 성립된다는 사실은 그 세계를 흐르는 시간이 단선적으로 질서정연하게 어느 한 방향으로 나아가는 것이 아니라 지각의 경우처럼 복잡하게 서로 충돌하고 얽히면서 존재한다는 것을 말해준다.

---

38 | 모든 감각은 어떤 장에 속한다. 내가 시각적 장을 가진다고 말하는 것은 위치에 의해 내가 존재들, 즉 가시적 존재들의 체계에 접근하고 열려 있다는 것을 의미하고, 그것들이 일종의 원초적 접촉을 통해 자연의 은총을 받아 내 쪽에서의 어떤 노력도 없이 나의 시선이 마음대로 할 수 있다는 것을 의미한다. 따라서 그것은 시각이 선개인적인 것임을 의미한다. 그와 동시에 그것은 시각이 언제나 한계를 가진다는 것을, 나의 현실적 시각의 주위에 언제나 보여지지 않는, 심지어 볼 수 없는 사물들의 지평이 있다는 것을 의미한다. 이런 점에서 시각은 어떤 장에 구속된 사고이다(메를로 퐁티, 류의근 옮김, 『지각의 현상학』, 문학과지성사, 2004, p. 331).

39 | 조광제, 『몸의 세계, 세계의 몸』, 이학사, 2007, p. 65.

지각된 세계 혹은 그 세계를 흐르는 시간이 드러내는 존재성은 현실과 관념, 주관과 객관, 허무와 의지, 본질과 현상, 삶과 예술 사이의 긴장을 함의하고 있다. 그가 「시간의 문」이라는 소설에서 존재의 가장 중요한 테마인 시간의 문제를 들고 나온 데에는 이러한 의도가 내재해 있는 것이다. 그가 이 소설에서 줄곧 문제 삼고 있는 것은 '시간의 흐름'이다. 시간의 흐름이 전제되어야 온전한 지각장이 드러나고, 세계는 그 은폐된 의미를 탈은폐 하게 된다.[40] 여기에서 '탈은폐'는 다양한 의미를 드러낸다. 이 소설에서의 시간의 흐름은 작가의 삶과 예술에 대한 태도가 반영된 것은 물론 80년대라는 시대에 대한 알레고리로 읽을 수 있는 단초가 제시되어 있다. 이와 같은 문제는 시간과 같은 직접적인 존재론적인 테마의 제시는 아니지만 줄곧 그의 문학의 근간을 이루어 온 것이 사실이다. 하지만 이 소설에서의 그것은 보다 특별한 의미를 지닌다.

이 소설에서 문제 삼고 있는 시간의 흐름, 다시 말하면 현재 시간의 부재가 특별한 의미를 지니는 것은 무엇보다도 그것이 '사진'을 통해 이야기된다는 점에 있다. 시간의 흐름과 관련하여 사진이 부상한다는 것은 곧 지각장에 변화가 발생할 수 있다는 것을 말해준다. 그동안 그의 소설에서의 지각장은 주로 '몸'이나 '말(언어)'에 의해 성립되었다고 할 수 있다. 그중에서도 특히 「줄광대」, 「매잡이」라든가 남도 사람 시리즈인 「서편제」, 「소리의 빛」, 「선학동 나그네」, 「새와 나무」, 「다시 태어나는 말」 등 전통적인 장인의 삶을 그리고 있는 소설에서는 몸이나 말의 직접적인 작용에 의한 지각장의 성립을 보여주고 있다. 몸이나 말에 의한

---

40 | 몸은 현재와 과거와 미래를 함께 결합한다. 내 몸은 시간을 분비한다. 아니, 오히려 내 몸은 사건들이 서로를 밀쳐내지 않고 현재의 주위에 과거와 미래의 이중적인 지평을 처음으로 투사하는 자연의 장소가 된다(조광제, 위의 책, p. 319).

지각장의 성립은 근대 이후 테크놀로지의 발달로 인해 점차 약화되거나 소멸되는 양상을 보이고 있다. 몸과 말의 소멸은 사물이나 대상에 대한 직접적인 의식의 소통이 단절된다는 것을 의미하며, 이것은 곧 지각장이 간접화된 의식을 통해 성립된다는 것을 말해준다. 이 소설들은 바로 여기에 대한 그의 반성적인 성찰의 산물이라고 할 수 있다. 그는 몸과 말에 의한 지각장의 성립을 다시 구현할 수 없는 지나간 시대의 산물로 인식하지 않고 있다. 그가 궁극적으로 겨냥하고 있는 것은 그것의 회복이고 「시간의 문」 역시 그 연장선상에 있다.

줄타기, 매잡이, 판소리 등이 아니라 사진이 등장하면서 자연스럽게 몸이나 말이 아니라 카메라가 그 자리를 대신하게 되면서 이러한 문제는 다시 그의 의식을 지배하게 된다. 「시간의 문」의 '유종열'을 통해 그가 제기한 문제 역시 여기에 있다. 이와 관련해서 이 소설에서 그가 제기하고 있는 문제는 크게 두 가지로 보인다. 하나는 유종열의 후배인 '나'를 통해 제기하고 있는 '현재 시간의 부재'이고, 다른 하나는 유종열 자신에 의해 제기되고 있는 '대상과의 거리의 단절'이다. 나에 의해 보여지는 유종열은 현실을 외면하고 과거를 통해 미래의 시간을 살고 있는 존재이다. 현재가 부재한 과거, 현재가 부재한 미래, 과거를 통해 미래의 시간을 사는 존재가 유종열이라면 그는 시간의 흐름 속에 놓여 있는 것이 아니라 시간의 단절 속에 놓여 있는 것이다. 시간이 흐르지 않고 단절된 상태에서의 세계란 어떤 미래적인 지평도 부재하다는 것을 의미한다. 이것은 기본적으로 유종열이 놓여 있는 세계가 온전한 지각장을 지니고 있지 못하다는 것을 말해준다.

유종열의 사진에서 현재의 시간이 부재하다는 것은 단순히 자신이 찍은 사진을 바로 현상하지 않고 시간이 지난 뒤에 현상한다거나 아니면 그 사진 속에 현재 대상이 부재하다는 것을 뜻하는 것은 아니다. 자신이 찍은 사진을 바로 현상하더라도 이미 그것은 과거의 것이 될 수밖에 없고, 그렇게 되면 현상의 시간은 현재 시간의 부재라는 문제에 근본적인 원인은 될 수 없다. 또한 그의 사진 속에 대상이 부재하다는 문제 역시 현재 시간의 부재에 대한 근본적인 원인은 되지 못한다. 그의 사진 속에는 '나무', '산', '강', '바다', '하늘' 등과 같은 대상이 존재한다. 이것으로 보면 그의 사진의 근본 문제는 현상의 시간도, 그 대상도 아닌 것이다. 그의 사진 속의 이러한 자연들이 근본적인 해결책을 제시하지 못하는 것은 그것들이 활발하게 지각 작용을 불러일으키지 못하고 있기 때문이다. 현재 시간의 부재를 회복하기 위해서는 이 대상들과의 활발한 지각 작용이 있어야 하는데 지금 그것이 이루어지지 않고 있는 것이다. 소설 속에서 '나'는 그것이 그가 찍는 대상이 자신이 살고 있는 시대의 '사람들'과 그들의 '삶'이 아니기 때문이라고 생각한다.

　

"저 거리를 좀 나가보아요."

내가 아직 유 선배와 하숙을 함께하고 있던 시절, 그게 내가 유 선배를 몰아세우며 자주 지껄여댄 힐난의 소리였다.

"사람들과 몸을 부딪치며 함께 길거리를 걸어보세요. 서로 발들을 밟고 밟히면서 사람들이 들이마시는 공기를 함께 들이마시면서 말입니다……."

그것은 바로 아까 김 형이 그의 사진에 대해 지니고 있었던 것과 똑같은 불만에서 나온 것이었다. 그 무렵엔 나도 유 선배에 대해 늘상 그런 불만을 느끼고 있었으므로.

그것은 이를테면 자신이 살고 있는 시대와 그 시대의 사람들에 대한 일종의 이웃으로서의 사랑의 이야기였다.[41]

'유종열'의 사진에 대한 '나'의 비판이 잘 드러나 있는 대목이다. 신문사의 사회부 기자이기도 한 '나'의 입장에서는 '미래를 찍는다'는 그의 사진이 기실은 당대의 사람들과 그들의 삶을 외면한 '비겁한 몽상'에 불과한 것으로 보일 뿐이다. '나'의 비판은 현실의 차원에서 관념과 추상을 비판한 것으로 볼 수 있다. '나'의 인간과 세계에 대한 인식은 동시대적인 공동운명체론에 닿아 있다. '나'의 이러한 논리는 사유보다는 지각에 가깝다. "사람들과 몸을 부딪치며 함께 길거리를 걸어보세요. 서로 발들을 밟고 밟히면서 사람들이 들이마시는 공기를 함께 들이마시면서 말입니다……."에 나타난 '나'의 논리는 '몸'을 기반으로 한 감성 혹은 정서공동체의 논리를 연상시킨다. 지각장의 차원에서 보면 '나'의 인식 태도는 '만지면서 만짐을 당하는 상호 신체성'에 기반을 둔 소통이라고 해도 과언이 아니다.

　이러한 유종열에 대한 '나'의 비판적인 태도는 그가 사람을 사진 속에 담기 시작하면서 강한 호기심으로 바뀐다. '정성희'라는 여인과의 동거에 이은 결혼, 월남전의 취재가 그로 하여금 변화를 불러온 것이다. 하지만 사람의 얼굴을 찍은 그의 사진들에 대해 '나'는 불안감을 느낀다. 그가 찍은 월남전 사진들과 난민선의 모습은 자연물들에서 발견할 수 없는 생생함을 느끼게 했지만 '나'는 그 생생한 "비극의 초상들"[42]에게서 '암울스런 절망감과 부끄러운 자기 배신감'과 함께 "미래의 구원의 빛"[43]을 발견해 내지 못한다. '나'의 그의 사진에 대한 일련의 태도 변화의 이면에는 그의 "죽음 앞에 추궁과 힐난으로 그의 사진에 깊이 관심해 온 동료로

---

41 | 이청준, 『시간의 문』, 열림원, 2000, p. 191.

42 | 이청준, 위의 책, p. 204.

43 | 이청준, 위의 책, p. 212.

서의 마음의 빚을 갚으려"[44]는 의도가 자리하고 있다. 하지만 그에 대한 '나'의 깊은 관심에도 불구하고 '나'는 그의 사진에 담긴 의미를 온전히 읽어내지 못한다. '나'는 그의 사진에 대한 고민이 찍힌 대상이라든가 미래의 구원과 같은 데에 있다고 보았지만 그의 고민은 그것을 훨씬 넘어서 있으며, 이런 점에서 '나'는 그의 은폐된 의미를 들추어내고 발견해내는 자라고 할 수 있다.

유종열의 고뇌는 무엇을 찍느냐보다 어떻게 찍느냐에 더 무게 중심이 놓인다. 물론 그도 말하고 있듯이 그 대상이 자연물이나 전쟁터의 참상들이냐에 따라 느끼는 강도는 다를 수 있다. 그는 그 대상들이 '산이나 바다냐' 아니면 '전장터의 참상들이냐'에 따라 맞서 오는 것이 다르다는 것이다. 그에 의하면 전자의 경우에는 '맞서오는 것이 없'지만 후자의 경우에는 자신이 "카메라를 버릴 수 없도록 순간순간 그 대상들이 자신에게 맞서온다"[45]고 말한다. 하지만 아무리 그것이 카메라를 버릴 수 없을 정도로 맞서온다고 하더라도 그것은 자신과 다른 쪽에 놓여 있기 때문에 대상의 차이는 그의 고뇌에 근본적인 것이 될 수 없다. 그가 정작 고통스러워하는 것은 '대상과의 거리'이다. 자신이 든 카메라를 향해 맞서오는 대상일지라도 그것은 자신과는 다른 쪽에 놓여 있다는 사실에 그는 절망한다. 이 대상과의 거리를 고민하고 있었기 때문에 '나'에 의해 제기된 문제에 대해서 그는 주장이나 설득이 아닌 이해를 구하는 차원의 태도를 취할 뿐이다. 또한 그는 "미래로 나가는 시간의 문을 열어본 적이 있었느냐'는 '나'의 질문에 대해 '한 번도 없었다'"[46]고 답한다.

---

44 | 이청준, 위의 책, p. 213.
45 | 이청준, 위의 책, p. 206.
46 | 이청준, 위의 책, pp. 198~199.

"사람을 찍어도 역시 마찬가지더군, 사진의 사람들은 언제나 저쪽이고 나는 이쪽이거든, 공간이 지워지질 않는단 말이에요."

어쩌다 한 번씩 그의 작업실을 찾아가 볼라치면 그는 여전히 실망과 불안에 젖어 있곤 하였다.

"찍히는 사람과 찍는 사람. 대상과 나, 언제나 둘은 그런 관계지. 둘 사이엔 엄청난 거리의 벽이 있거든. 그래, 바로 그 거리의 벽이에요. 그 두꺼운 거리의 벽을 뚫고 들어갈 수가 없어요. 참으로 엄청난 카메라의 숙명이지. 그 거리가 사라져주지 않는 한 우린 서로 다른 차원의 세계에 따로따로 떨어져 있을 수밖에 없어요. 벽을 뚫고 넘어가 함께 있거나 같은 시간의 흐름을 탈 수는 없어요. 그런 때 대상의 시간을 찍는다는 것은 그저 그 시간을 정지시키는 것 이외에 아무것도 아니에요. 문제는 결국 이놈의 지워지지 않는 거리와 공간인데……."[47]

'찍히는 사람과 찍는 사람' 사이에서 유종열이 읽어낸 것은 '절망적인 거리'이다. 도저히 사라져 주지 않는 이 거리를 그는 '거리의 벽'이라고 명명한다. 이 벽은 '뚫고 들어갈 수'도 또 '넘어갈 수'도 없다. 거리의 벽으로 인해 '대상과 나'는 차원이 다른 세계에 '따로따로 떨어져 있을 수'밖에 없기 때문에 '같은 시간의 흐름을 탈 수'가 없다. '나'와 '대상'이 같은 시간의 흐름 속에 있어야 존재론적인 사건이 발생하고, 세계는 실체감과 부피감을 지니게 된다. 거리의 벽이 사라지고 '나'와 '대상'이 같은 시간의 흐름을 탈 때 드러나는 세계란 지각장이 온전히 구현된 그런 세계를 말한다. 우리는 지금 같은 지각장에서 같은 시간의 흐름을

47 | 이청준, 위의 책, p. 209.

타고 있기 때문에 대상에 대해 실체감과 부피감을 느끼면서 사는 것이다. 만일 우리가 같은 지각장에 있지 않다면 그것을 느낄 수 없을 것이다.

'나'와 '대상'이 같은 지각장에 있지 않기 때문에 이러한 느낌이 불가능하며, 그것은 마치 사진 밖에서 사진 안을 보는 것과 다르지 않다. 사진에 찍힌 대상은 정지된 상태로 존재한다. 여기에서 정지의 의미는 사진 밖의 '나'와 사진에 찍힌 대상이 같은 시간의 흐름 속에 있지 않다는 것을 의미한다. 같은 시간의 흐름 속에 있지 않으면 지각에 의한 어떤 온전한 느낌이나 이해도 불가능하다. 그가 '포탄에 몸이 찢긴 병사의 신음과 절규, 굶주림 속에 쫓기는 피난민들의 참상, 사신의 모습처럼 검붉게 치솟아 오르는 화염의 위세와 공포'[48]로 가득 찬 생생한 월남전의 모습들을 사진으로 담아내면서도 그것에 절망한 이유가 바로 여기에 있다. 그는 이것들을 '카메라 앞에 시간의 문을 열어주지 않은 현상들'[49]이라고 규정한다. 이 시간의 문이 열리지 않는 한 월남전의 생생한 참극은 뚫고 들어갈 수도 넘어갈 수도 없는 거리의 벽의 형태로만 존재할 뿐이다. 그가 절망해 마지않는 거리의 벽은 그 자신이 이쪽에서 카메라를 통해 그 대상을 재현하는 한 결코 사라질 수 없다.

'나'와 '대상' 사이의 거리의 벽이 사라지지 않는다면 카메라를 통해 재현된 대상은 온전할 수 없다. 그는 이것을 극복하기 위해 다양한 시도를 한다. 앞서 살펴본 것처럼 먼저 찍히는 대상에 대한 변주를 통해 그것을 모색한다. 그는 대상을 자연물에서 인간으로 바꾼다. 정적인 자연물에서 동적인 인간으로의 변주는 '나'와 '대상' 사이의 긴장을 강화하여 거리의 벽을 사라지게 하려는 의도로 볼 수 있다. 이러한 변주 과정에서 그는

---

48 | 이청준, 위의 책, pp. 204~205.
49 | 이청준, 위의 책, p. 207.

'자율성' 혹은 '자발성'에 대한 중요한 자각을 하게 된다. 그는 자신이 찍은 월남전의 참상의 모습들은 타율적으로 이루어진 행위라고 판단하여 그것을 더 이상 찍지 않고, 대신 어린아이의 얼굴을 자발적으로 찍는다. 이 자율성을 기반으로 하여 그는 다양한 사람들의 모습들을 재현 대상으로 삼아 그들의 삶의 한가운데로 나아가게 된다. 이러한 체험의 확대·심화는 '나'와 '대상' 사이의 거리의 벽에 대한 인식으로 이어져 찍는 자와 찍히는 자, 재현 주체와 재현 대상, 자아와 세계, 시간과 공간, 현실과 추상, 삶과 죽음, 시선과 욕망 등 사진으로 표상되는 예술의 존재 방식에 대한 이해의 길을 열어보이게 된다. 그의 거리의 벽에 대한 집요한 탐색과 성찰은 어떤 확실한 결과보다는 그 복잡한 과정에 은폐되어 있는 인간의 존재 방식과 예술의 형식에 대한 메타포가 진정한 묘미라고 할 수 있다.

3. 지각장의 복원과 예술의 완성

찍히는 사람과 찍는 사람 사이의 거리의 벽에 절망한 유종열의 선택은 그 견고한 벽에 대한 탐색의 포기가 아니라 심화와 확대로 나타난다. 그는 절망의 근원인 찍히는 자와 찍는 자가 숙명처럼 지닐 수밖에 없는 이쪽과 저쪽 사이의 지워지지 않는 거리와 공간에 대해 끝없이 고심을 계속한다. 그의 고심은 피사체에서 그것을 찍는 카메라로 옮겨가면서 더욱 치열해진다. 그는 "사람을 찍는다 해도 대상과 렌즈 사이의 공간의 방해로 사진의 시간이 죽어버린다"[50]고 말한다. 이것은 카메라를 매개로

----

50 | 이청준, 위의 책, p. 209.

대상을 찍을 때 나타나는 보편적인 현상으로, 카메라의 렌즈가 열리고 닫히는 순간에 그 대상은 늘 순간으로 정지해 버릴 수밖에 없는 것이다. 이렇게 되면 찍는 사람은 그것을 어느 때 현상하는 것에 관계없이 과거의 어느 한순간의 정지된 모습만을 볼 수 있는 것이고, 이 사진의 정지된 순간은 과거·현재·미래로 흐르는 시간 속에 존재할 수 없게 되는 것이다.

카메라에 의해 찍힌 대상은 현존하면서 부재하는, 좀 더 정확히 말하면 차원이 다른 부재의 세계를 연상하게 할 뿐이다. 하지만 연상은 온전한 지각장을 성립시킬 수 없다. 연상은 지각과는 다른 의식 작용이다. 연상은 지각과 관계없이 인간의 주관적인 정신구조 내에서 발생한다. 지각에 의해 존재하는 세계란 이것 하고는 차원이 다르다. 이 논리 하에서는 연상 혹은 사유가 아니라 지각이 먼저 작용함으로써 하나의 세계가 성립되는 것이다. 세계는 자신의 정신의 구조 내에서 구성되는 것이 아니라 이미 그것은 지각장의 형태로 존재하는 것이다. 이 지각장에 은폐된 세계를 발견하고 그것을 개념이나 이념과 같은 도구적인 연관성이 아닌 탈은폐의 차원에서 발견하는 것이 바로 진정한 의미의 세계인 것이다. 이 세계에서는 시간의 정지란 있을 수 없다. 시간의 흐름 혹은 흐르는 시간으로 이루어진 세계는 하나의 '지평'을 드러낸다는 것을 말한다.[51]

하나의 세계가 단절이 아닌 연속적인 흐름 속에서 지평을 드러낸다는 것은 그 세계가 부피감과 입체감으로 존재한다[52]는 것을 말한다. 이쪽과 저쪽이 다른, 연속적인 시간의 흐름을 지니지 못한 세계에서의 그의 불안과 절망은 부피감과 입체감이 느껴지지 않은 데서 오는 것으로 볼

51 | 조광제, 앞의 책, pp. 20~28.
52 | 메를로 퐁티, 앞의 책, pp. 397~401.

수 있다. 이런 점에서 그가 겨냥하고 있는 거리의 벽이 사라진 세계는 지평적인 의식이 끊임없이 작동하고 있는 지각의 장이다. 지각의 장은 몸으로 느끼는, 대상과의 직접적인 의식의 상태로 존재하기 때문에 세계의 은폐된 영역까지 그 의미가 미친다고 할 수 있다. 이것은 지각에 의해 현현하는 세계가 가시적인 차원을 넘어 비가시적인 차원까지 아우른다는 것을 말해준다.[53] 지각장에서는 눈에 보이지 않는다고 존재하지 않는 것이 아니다. 시간의 흐름으로 이루어진 지각장에서는 모든 존재들이 서로 연결되어 있는 관계로 눈에 보이지 않는다고 그 대상을 없는 것으로 간주할 수 없다. 눈에 보이지 않지만 그 대상은 전체적인 시간의 흐름 속에 놓여 있는 것이다. 이것은 시간의 흐름 속에 놓여 있는 대상에 어느 한 사람의 지각(시선)만이 아니라 다른 사람들의 지각(시선)이 동시에 작용한다는 것을 의미한다.

유종열이 사진 속에 찍힌 대상에 대해 어떤 이물감 같은 것을 느끼는 데에는 그것이 자신과 같은 차원의 지각장에 존재하지 않기 때문이다. 사진 속에 찍힌 대상들이 2차원의 평면성의 세계에 존재하는 것이라면 그는 3차원의 입체성의 세계에 존재하는 것이라고 할 수 있다. 둘 사이의 지각의 차이는 분명하다. 사진 속의 사과와 거실 책상 위에 놓인 사과에 대해 우리가 느끼는 반응을 떠올려보면 둘 사이의 차이를 잘 알 수 있을 것이다. 둘 사이의 차이는 몸으로 직접 느껴지는 것으로 여기에 이성적인 판단을 개입시킬 이유는 없다. 몸으로 느껴지는 지각의 장에서는 어떤 대상도 의식 주체와 분리될 수 없다. 그 대상은 늘 사유에 앞서 의식 주체의 직접적인 지각 작용 속에서 존재한다. 하지만 사진 속의 자연물이

---

53 | 메를로 퐁티, 남수인 외 옮김, 『보이는 것과 보이지 않는 것』, 동문선, 2004, pp. 187~222.

나 인물들의 경우에는 그의 직접적인 지각 작용이 미칠 수 없다. 그는 사진 속에 찍힌 월남전의 참혹한 장면들을 보면서 이쪽과 저쪽, 평면과 입체, 과거와 현재, 기억과 지각 사이의 심연에 대해 절망하고 고통스러워한다.

그러나 그는 시간의 벽이 지니는 이 견고함에 대해 좌절하거나 허무한 태도를 보이지 않는다. 그는 시간의 벽을 '시간의 문'으로 바꾸려는 의지를 포기하지 않는다. 그는 "미래를 향한 시간의 문을 허망한 추상과 꿈으로서가 아니라 살아 있는 인간의 삶 가운데서 찾아내려"[54]고 한다. 그가 찾아내려고 한 '살아 있는 인간의 삶 가운데'란 그 속에 자신의 몸이 놓여 있지 않으면 발견할 수 없는 세계이다. 그의 몸은 늘 그 가운데 있는 것이 아니라 그 바깥에 있어서 여기에 이를 수 없다. 몸이 바뀌지 않으면, 다시 말하면 몸에 의한 지각장이 바뀌지 않으면 미래를 향한 시산의 문은 열리지 않을 것이다. 몸에 의한 지각장의 변화는 정신에 의한 관념으로는 바뀔 수도 또 바꿀 수도 없는 몸의 온전한 바뀜 혹은 이동으로써만 가능한 일이다. 지각장이 은폐된 세계를 온전히 드러나게 하는 바탕이라면 그 지각장을 가능하게 하는 것은 인간의 몸이다. 몸은 사유에 앞서 이미 그 안에 하나의 세계를 지니고 있다. 이러한 몸의 존재성을 과연 그가 얼마나 인식하고 있는지, 그것에 대한 자각의 정도가 그의 미래를 향한 시간의 문을 여는 중요한 관건이 되리라고 본다.

이게 도대체 어찌 된 노릇인가.

사진 속엔 분명 유 선배로 보이는 사람의 모습이 하나 담겨 있었다.

그것도 물론 옛날에 미리 찍어둔 것이 아니었다. 해상 유랑선을 찾아

---

54 | 이청준, 앞의 책, p. 217.

헤매던 마지막 취재길에서 찍혀진 모습이다. 모습이 그리 분명한 것은 아니다. 사진의 화면은 사방이 바다다. 해무로 어슴푸레해진 바다 저편에 난민선으로 보이는 배가 한 척 떠 있고, 화면의 중간쯤엔 한 사내가 그 난민선을 향해 작은 보트를 저어가는 중이다.

카메라의 초점은 바로 그 난민선을 향해 해무 속으로 노를 저어가고 있는 사내에게 맞춰지고 있는데, 마치 그 바다의 안개 속으로 배를 숨겨 올라가고 있는 듯한 사내의 모습은 유 선배의 그것으로밖엔 읽힐 수 없는 것이었다. 내게 느껴져 온 예감이 그러했고, 여자가 부러 그것을 지니고 와서 내게 보여준 연유가 그러했다.[55]

유종열의 아내인 정성희가 건넨 한 장의 사진을 보고 '나'는 왜 놀란 것일까? 이 놀람이 중요한 것은 그동안 대상과의 거리에 절망하면서도 미래를 향한 시간의 문에 대한 의지를 포기하지 않은 그의 의지에 대한 결과가 여기에 제시되어 있기 때문이다. '나'의 놀람에는 그의 대상과의 거리에 대한 이면을 온전히 읽어내지 못한 무지도 엿볼 수 있지만 그것보다는 그의 갈망을 옆에서 지켜보면서 자신도 모르게 그의 의지에 동화되어간 자의 기쁨을 더 크게 엿볼 수 있다. '나'는 "유 선배가 그토록 갈망해오던 미래의 시간을 분명하게 보게 된 것 같았다. …(중략)… 그 미래의 시간과 함께 그가 흐르고 있음을 눈과 가슴으로 느낄 수 있었다"[56]라고 말한다.

이렇게 '나' 자신이 놀란 데에는 사진에 찍힌 대상 때문이다. 사진 속에는 자신이 전혀 예상하지 못한 유종열이 있었던 것이다. 그의 등장은

---

55 | 이청준, 위의 책, p. 223.
56 | 이청준, 위의 책, p. 238.

찍는 자와 찍히는 자 사이에 가로 놓여 있는 벽을 단번에 사라지게 한 일대 사건으로 볼 수 있다. 그의 오랜 절망과 고뇌를 종식시킨 것은 '카메라'가 아니다. 카메라는 그것이 "사람을 찍거나 무엇을 찍거나 그가 거기서 찍어내는 것은 모두 죽어 굳어간 시간"[57]만을 찍는다는 것을 그는 이미 알고 있었다. 그가 원한 것은 카메라에 의해 찍힌 피사체가 아니다. 이것은 카메라에 의해 찍힌 대상이 유종열 혹은 작가 자신이 추구하는 미의 형식에서 볼 때 그것이 온전한 것이 아니라는 사실을 드러내는 일종의 메타포이다. 그가 추구하는 삶의 궁극적인 형식이나 예술의 형식을 카메라로 담을 수 없다고 한 작가의 의도는 삶과 예술의 온전함 내지 완성에 대한 강한 자의식을 드러내기 위한 일종의 전략이라고 할 수 있다.

삶과 예술의 완성을 위해 그가 선택한 것은 카메라가 아니라 '몸'이다. 그는 카메라를 버리고 직접 자신의 몸을 저쪽 세계로 투사한 것이다. 자신의 시선이나 정신의 구조에 어떤 대상을 가둔 것이 아니라 몸 혹은 몸에 의해 이루어진 지각장에 그것을 풀어놓은 것이다. 몸은 이쪽에 있고 대상은 저쪽에 있는 상태가 아니라 몸이 이동함으로써 이쪽과 저쪽의 거리가 사라지고 하나로 통합된 진정한 차원의 지각장이 탄생한 것이다. 이 사진에 대해 '나'는 "자신의 몸으로 화면을 직접 연출해 찍은 사진, 그래서 자신이 그 미래의 모습이 되고 있는 사진"[58]이라고 평한다. '나'의 평에서 주목할 점은 이 사진이 몸의 연출에 의해 탄생한 것이라는 사실과 이로 인해 자신이 미래의 모습이 되고 있다는 사실이다. 몸으로 지각되는 세계에서만이 자신이 진정한 주체로 거듭날 수 있다는 해석은

57 | 이청준, 위의 책, p. 209.
58 | 이청준, 위의 책, p. 240.

그의 오랜 고통의 과정이 말해주듯이 쉽게 얻어질 수 있는 자각이 아니다.

'나'는 그의 이러한 깨달음을 함께 공유해야 한다고 말하고 있다. 하지만 정성희의 고백처럼 그것은 '함께 흐를 수 없는 것'이다. 그의 미래를 향해 흐르는 시간은 그가 몸으로 세계와 부딪혀서 획득한 시간이다. 이 시간의 흐름 속에 함께 있기 위해서는 '나'도 그와 같은 과정을 직접 몸으로 행해야 한다. 이런 점에서 그 시간은 "자신이 흐르도록 해야 하는 것"[59]이다. 스스로 자신의 시간을 흐르도록 해야 한다는 그녀의 말 속에 담긴 의미는 유종열의 역동적인 도정을 통해 작가가 스스로에게 던지는 화두라고 할 수 있다. 그가 난민선을 향해 해무의 바다로 노를 저어가는 모습은 자신이 스스로 흐르도록 한 시간 속으로의 항해이다. 그것은 "하나의 시간의 소용돌이"이며, "소멸과 탄생이 함께 물결치는 광대무변한 시간의 용광로"이자 "맹점盲點의 투영"[60]과 같은 것이다.

이런 점에서 볼 때 어쩌면 그가 궁극적으로 남기고 싶어 한 사진은 이것 한 장인지도 모른다. 이 한 장의 사진을 얻기 위해 그는 홀로 해무의 바다 같은 세계로 뛰어든 것이다. 그의 투신은 죽음을 강하게 환기하고 있다는 점에서 비극적이다. 하지만 그 죽음은 한 장의 사진을 탄생시킨다. 소멸과 탄생이 함께하는 이 아이러니한 상황을 뚫고 그가 한 장의 사진을 세계의 한가운데로 투사하고 있는 모습은 피투성이로서의 존재를 연상케 한다. 사진 한 장 얻기 위해 그가 보여준 대상에 대한 다양한 탈은폐 전략들은 예술의 존재 방식에 대한 메타포로 해석할 수 있다. 예술이 주체와 대상 혹은 자아와 세계 사이의 미적 긴장을 통해 성립된다는 점에서 보면 그가 한 장의 사진을 얻기 위해 끌어들인 피사체, 거리,

---

59 | 이청준, 위의 책, p. 243.
60 | 이청준, 위의 책, p. 243.

원근법, 초점, 재현, 매개, 해석 등은 그것을 해명하기 위한 미학의 개념들이다. 그의 이러한 시도들은 다양한 미학적인 장치와 방식을 통해 자신의 문학적 지평을 넓혀온 작가의 행로와 닮아 있다는 점에서 메타포적이다. 특히 해무의 바다 위의 난민선과 홀로 그것을 향해 노를 저어가는 그의 모습은 스스로 자신의 시간을 흐르도록 해야 하는 고독한 존재의 그것에 다름 아니다.

작가의 장인정신에 대한 메타포로 손색이 없을 정도로 사진에 찍힌 그와 바다, 안개, 난민선, 보트, 노 등이 드러내는 의미는 강렬하다. 그가 카메라에 의해 찍히는 대상에 절망하면서 자신의 몸을 직접 그 세계 속으로 던진 데에는 그가 찍힌 사진 속의 대상들이 말해주듯이 그것은 기존의 낡고 상투적인 개념이나 관념으로부터 벗어난 혹은 기존의 사유에 의한 상상이나 표현에 의해서 가공되지 않은 직접적인 의식이 살아 있는 미적 "소여所與"[61]의 세계에 대한 갈망 때문이라고 할 수 있다. 그가 카메라를 버리고 직접 자신의 몸을 세계 속으로 투사함으로써 '소여들의 질서 잡힌 무리'로 되어 있는 지평의 바다에서 "솟구쳐 오르는 내재적인 의미"[62]를 발견하게 되는 것이다. 그가 몸에 의한 이러한 지각장을 구현하기 위해 단행하는 일련의 행위들은 어떤 도구적 연관성도 없이 은폐된 세계를 드러내려 한다는 점에서 낯선 미학적인 충격을 불러일으키기에 부족함이 없다. 바다로 표상되는 낯선 바다로의 투신은 치열한 미적 세계에 대한 탐색을 통해 예술의 형식을 완성하려는 장인의 강한 의지와 진정성 있는 태도를 드러낸 것으로 볼 수 있다.

---

61 | 소여란 사유에 의해 가공되지 않은 직접적인 의식을 말한다. 이 소여에서 어떤 의미들이 탄생하며, 이것은 사물의 즉자성과도 관계된다고 할 수 있다 (메를로 퐁티, 앞의 책, pp. 483~490).

62 | 조광제, 앞의 책, p. 26.

4. 문학의 지평, 지평으로서의 문학

　　이청준이 「시간의 문」을 통해 드러내는 문학적 지평은 매우 강렬하다. 이 강렬함은 기본적으로 그의 진지한 장인정신에서 비롯된 것이다. 하지만 우리가 여기에서 주목해야 할 것은 작가가 그것을 드러내는 방식이다. 그는 이 소설에서 인간의 존재 방식과 그에 대응하는 예술의 존재 방식을 문제 삼고 있다. 이 과정에서 그가 고민한 것은 어떻게 하면 인간의 존재 방식을 온전히 예술의 존재 방식으로 담아낼 수 있느냐 하는 것이다. 그가 선택한 방식은 지각에 의한 존재의 드러냄이다. 인간이 존재하는 다양한 모습을 온전히 담아내기 위해서는 그것을 개념이나 관념 같은 도구적 연관성에 입각한 방식은 실패할 수밖에 없다. 그는 이러한 사실을 카메라에 의한 '사진'을 통해 잘 보여주고 있다. 사진은 대상을 드러내는 순간 그것을 정지시키는 숙명을 지니고 있다고 판단하면서 그의 고민은 깊어진다. 하지만 그는 이 고민을 포기하지 않고 결국 그 방법을 찾아내는데 바로 그것이 '몸의 이동'을 통한 지각장의 구현이다.

　　지각장의 구현은 세계를 부피감과 입체감의 차원에서 느끼고 이해한다는 것을 의미하며, 이것은 은폐된 세계를 탈은폐한다는 점에서 낡고 상투적인 세계에 대한 저항과 해체를 목적으로 하는 예술의 존재 방식과 다르지 않다. 이런 점에서 몸의 이동을 통한 그의 지각장의 구현은 곧 예술의 존재를 영원한 시간의 흐름 속에 위치시키려는 의지로 해석할 수 있다. 유종열을 통해 드러나는 작가의 인간과 예술의 존재 방식에 대한 태도는 인간 혹은 인간의 삶과 예술 모두를 온전히 회복하려는 것으로 볼 수 있다. 인간(인간의 삶)과 예술 중 어느 한쪽을 배제하거나 소외시키지 않으려는 태도는 그가 줄곧 견지해온 문학적 방향이지만 그것이 이 소설에 와서 부각된 데에는 1980년 5월 광주항쟁의 발발과 여기에 대한 그의 부채의식이 작용했기 때문이라고 할 수 있다. 이 부채의식은 그의 소설에서 월남전의 참상으로 치환되어 나타나고, 그는 이것을 담기 위해 몸을 던진다.

그러나 그는 그 참상에 함몰되지 않는다. 그는 대상과의 팽팽한 긴장을 유지하고 있다. 이 긴장은 그가 몸을 던져 시간의 흐름 속에 위치하는 데 성공했기 때문에 가능한 일이다. 만일 그의 몸이 시간의 흐름 속에 놓여 있지 않다면 그의 삶도 또 예술도 그 존재의 지평을 획득하지 못할 것이다. 몸이 전쟁의 참상 속으로 이동하면서 그동안 카메라에 의해 정지된 시간이 흐르게 되고, 그 흐름은 다른 대상들과의 관계 복원으로서의 의미를 지니게 되고, 비로소 닫혔던 지평이 열리게 되는 것이다. 그에게 부채의식을 가져다준 1980년 5월 광주항쟁의 역사적 지평은 자신의 몸을 여기에 투사시켜 그것이 하나의 지각장을 이룰 때 온전히 드러날 수 있다. 거리로 나가 살아 있는 사람들의 모습을 찍으라는 '나'의 힐난에 대해 그것을 단순한 충고 이상으로 받아들이지 않는 그의 태도의 이면에는 참상의 온전함을 드러내기 위해서는 단순한 반영이나 재현을 넘어 그것을 지각의 장에서 수행할 때 가능하다는 것을 이미 자각하고 있었기 때문이다.

그가 제시하고 있는 방식은 삶도 예술도 모두 아우를 수 있는 어떤 지평성을 드러낸다고 할 수 있다. 그가 말하는 시간의 흐름 위에서 보면 과거는 과거로만 존재하는 것이 아니라 그것은 현재 그리고 미래까지 이어지는 연속성의 의미를 잉태한 것이 된다. 그가 몸의 이동을 통해 비극적 참상이 전개되는 바다로 들어간 것은 결과적으로 현재적인 시간으로의 입사를 통해 미래의 시간으로 통하는 문을 발견하는 계기가 되기에 이른다. 아울러 그것은 과거로부터 흘러온 것인 동시에 사라지지 않고 남겨진 흔적이기도 한 것이다. 작가가 이 소설에서 말하려고 한 것이 이와 같다면 그에게 상처와 부채의식으로 남겨진 광주항쟁에 대한 탈은폐 방식과 그것의 예술적인 형상화 역시 이와 다르지 않다고 할 수 있다. 이것은 그의 인간, 역사, 예술에 대한 시각이 경험적이거나 물질적이지 않고 현상적이라는 것을 말해준다. 현상이 인간의 의식의 자율성을 기반으로 한다면 그의 인간, 역사, 예술을 바라보는 시각은 이 자유로운 의식의 기반 위에서 이루어지게 된다. 그의 이 자유로운 의식이 심화되고 확대되어 지평적인 체화의 형태로 드러난 예를 「비화밀교」(1985), 『자유의 문』(1989), 『신화를 삼킨 섬』(2003), 『신화의 시대』(2008) 등에서 발견할 수 있다. 그가 「시간의 문」에서 보여준 지각의 방식과 예술의 형식 혹은 인간의 존재 방식과 그에 대응하는 예술의 형식의 문제는 그의 문학의 근간을 이루면서 우리 문학의 미래를 향해 흐르는 시간 위에 놓여 있다고 할 수 있다.

3. 그늘로서의 굿의 형식과 한국 소설의 지평

– 황석영의 『손님』을 중심으로

1. 전쟁의 내면화와 외상의 계보학

한국 현대문학이 하나의 사적인 맥락을 이루는 데 결정적인 영향을 준 사건은 단연 6·25 전쟁이라고 할 수 있다. 6·25 전쟁은 식민지와 분단으로 이어지는 흐름을 수렴하면서 동시에 개발 독재와 민주화 시대로 이어지는 흐름을 추동하는데 중요한 계기를 제공하고 있는 것이 사실이다. 6·25 전쟁의 이러한 성격은 그것이 곧바로 한국 현대사 혹은 한국 현대문학사의 성격을 결정짓는다는 점에서 문제적이다. 한국 현대사가 미증유의 상태에 놓이면서 온갖 애매모호하고 복잡한 세계가 잉태되고, 그것을 해명하거나 해결하려는 노력이 치열하게 전개되어 왔다고 할 수 있다. 하지만 6·25 전쟁과 그것을 물적·형이상학적 토대로 하고 있는 한국 현대사는 여전히 많은 부분이 미해결의 장으로 남아 있으며, 이것을 어떻게 드러내고 또 어떻게 해석하느냐에 따라 다양한 형식과 내용이 탄생하게 되는 것이다. 한국 현대사의 미해결의 장은 그대로 한국 현대문학사의 미해결의 장으로 침투되어 들어오면서 그것에 대한 반영과 굴절을 통해 어떤 문제의식을 우리 앞에 던져 놓는다.

한국 현대문학사에서 6·25 전쟁을 기반으로 하고 있는 문학이 제기하고 있는 문제의식은 간단치가 않다. 이 문제가 단순히 개인의 상상력과 표현의 차이로만 드러나는 것이 아니라 시대와의 긴밀한 관계 속에서 이루어질 수밖에 없는 성질을 지니고 있기 때문이다. 6·25 전쟁이 이념의 차이에서 발생한 것이라는 점을 고려한다면 각각의 시대에 따른 이념에 대한 시각과 태도의 변화는 주목에 값한다. 먼저 6·25 전쟁이 일어난 1950년대에는 그것과 일정한 거리를 두고 바라볼 수 있는 여유와 태도가 부재한 상황이었기 때문에 이념의 편향이 강하게 드러난다. 선우휘, 오상원, 김동리, 염상섭, 황순원, 이무영 등의 소설에서는 반공이데올로기의 강화라는 우파적인 시각이 강하게 투영되어 있어서 전쟁에 대한 객관적이고 균형 잡힌 시각을 상실하고 있을 뿐만 아니라 눈에 보이지 않는 전쟁의 심층에 은폐되어 있는 의미를 제대로 드러내지 못하고 있다. 1950년대 소설이 지니는 이러한 한계를 1960년대에 와서는 어느 정도 극복되기에 이른다. 최인훈은 『광장』에서 좌우의 이념 편향에서 벗어나 좌도 우도 아닌 제3의 이념을 선택하고 그것을 합리적이고 과학적인 방식으로 접근해 들어감으로써 한국 소설의 새로운 지평을 열어보였으며, 김승옥은 「무진기행」과 「서울 1964년 겨울」과 같은 소설을 통해 6·25 전쟁 이후 우리의 삶이 어떻게 내면화되어 드러나는지를 섬세한 감수성을 통해 보여줌으로써 새로운 소설 미학의 가능성을 열어보였다[63]고 할 수 있다.

최인훈과 김승옥으로 대표되는 1960년대적인 시각과 감수성은 1970

---

63 | 권영민, 『한국현대문학사』, 민음사, 1993, pp. 203~205.

년대 작가들에게 일정한 영향을 미쳤으며, 이들에 오면 작가의 주관성에 입각한 다소 관념적이고 모호한 세계가 사회 현실이라는 구체적이고 객관적인 세계와 만나면서 전쟁의 실상을 탐색하려는 태도를 보인다. 전상국, 윤흥길, 이청준, 김원일, 조정래, 이동하, 김용성, 김문수, 현기영 등의 소설에서 확인할 수 있는 세계가 바로 그것이며, 여기에는 산업화와 도시화로 인한 사회학적인 상상력의 대두라는 1970년대적인 특성이 작용한 것으로 볼 수 있다. 하지만 이들이 보여준 사회학적인 상상력은 '개발 독재' 혹은 '유신'으로 표상되는 시대의 장벽에 부딪혀 그 넓이에 비해 깊이를 확보하지 못하는 한계를 드러낸다. 이러한 깊이의 확보는 이념에 대해 보다 자유로운 상황이 만들어진 1980년대에 와서 가능해진 다. 흔히 '운동으로서의 시대' 혹은 '해금 시대'로 표상되는 1980년대의 경우에는 이념에 대한 주체적이고 자유로운 판단이 가능해짐에 따라 그동안 금기시되어 온 좌파적인 이념성을 노출시키는 것은 물론 좌파적 인 인물을 주인공으로 내세우는 상황에까지 이르게 된다. 이태의『남부 군』이나 조정래의『태백산맥』이 보여준 세계는 우 편향의 논리를 바꿔놓 는 계기를 마련했다는 점에서 의의가 있을 뿐만 아니라『태백산맥』의 경우에는 6·25 전쟁을 외세에 의한 것이 아니라 민족 내부의 모순에 의해 발생한 것으로 해석함으로써 한국 전쟁은 물론 식민지와 분단 그리 고 개발 독재와 민주화 시대로 이어지는 흐름에 대해 새로운 반성과 성찰의 길을 제시했다고 할 수 있다.

한국 전쟁과 이념에 대한 작가의 이러한 변화는 분명 금기에 대한 해체를 겨냥하고 있다는 점에서 한국 문학의 의미 있는 사건이라고 하지 않을 수 없다. 좌파적인 인물의 시각으로 한국 사회를 의미화하고 있다는 것은 그만큼 작가가 이념의 억압으로부터 자유롭다는 것을 말해줌과 동시에 그동안 한국 현대소설사의 한 흐름을 형성하고 있는 '분단문학'의 진일보한 모습이자 성과임을 말해준다. 하지만 이념에 대한 금기의 해체와 그 억압으로부터의 자유로움이 곧 6·25 전쟁에 대한 실체에 접근한 것이라고 말할 수 있을까? 전쟁과 이념에 대한 작가의 변화가 비록 그것들에 대한 진일보한 모습이자 성과를 보여주고 있는 것은 사실이지만 이것은 어디까지나 밖으로 드러난 '이념'에 대한 차원에서이지 안으로 내면화되어 있는 '외상'에 대한 차원에서 그렇다고는 말할 수 없을 것이다. 1960년대 이후 내면화되기 시작한 이래 전쟁으로 인한 외상의 소설적인 형상화는 1970·80년대를 거쳐 1990년대로 이어지면서 하나의 거대한 소설사적인 흐름을 형성하고 있는 것이 사실이다.

1960년대 이전 손창섭의 소설들도 이러한 계보에서 크게 벗어난 것이 아니라면 6·25 전쟁으로 인한 외상의 소설적인 형상화는 1950년대의 손창섭, 1960년대의 김승옥, 황순원, 이청준, 1970년대의 김원일, 윤흥길, 1980년대의 박완서, 1990년대의 이청준, 2000년대의 황석영으로 이어지면서 한국 현대문학사의 중요한 장으로 기능해 왔다고 할 수 있다. 손창섭의 「비오는 날」(1953), 김승옥의 「건」(1962), 「무진기행」(1964), 「서울 1964년 겨울」(1965), 황순원의 『나무들 비탈에 서다』(1960), 이청준의 「병신과 머저리」(1966), 김원일의 「어둠의 혼」(1973), 윤흥길의 「장마」(1973), 박완서의 「엄마의 말뚝」(1980), 이청준의 『흰옷』(1994), 황석영의 『손님』(2001) 등은 한국 전쟁으로 인한 외상의 정도가 얼마나 깊고 치유하기 힘든 것인지를 보여줌과 동시에 그것이 우리 삶의 무의식적인 심층에까지 닿아 있다는 것을 잘 보여준다. 이것은 기본적으로 전쟁에 대한 작가의 체험의 차이와 그것을 인식하는 태도의 차이에서 비롯된 것이라고 할 수 있다. 작가가 어떤 위치와 상황에서 전쟁을 체험했고 그것을 또한 어떻게 인식하느냐의 문제는 외상의 소설적 형상화에 커다란 영향을 미친다. 외상의 소설적 형상화의 과정에서 우리 작가들이 궁극적으로 겨냥한 것은 외상의 탈은폐 전략과 그것의 치유의 방식이다. 미증유 혹은 전대미문으로 표상되는 한국 전쟁이 행사하는 거대하고 전면적인 폭력의 실체와 그것으로 인해 외상에 시달리는 인간군상들의 모습을 온전히 드러내고 그 상처를 치유해야 하는 일련의 과정이 작가 자신이 부여받은 소명이라고 인식하게 된 것이다.

그러나 전쟁을 직접 체험한 세대든 그렇지 않은 세대든 그것을 객관적인 거리를 두고 형상화해내는 일이라든가 그것을 치유하는 방식이라든가 하는 데에 일정한 차이를 드러내고 있다. 이 차이를 해결하기 위해 작가 나름의 다양한 방식을 선보이고 있지만 이 미증유의, 전대미문의 괴물 앞에서는 정도라는 것이 없어 보인다. 가령 그 괴물을 최인훈처럼 과학적이고 합리적인 방식으로 실체에 접근해 들어가는 경우도 있고, 또 윤흥길처럼 샤머니즘이라는 비이성적이고 비합리적인 방식으로 접근하는 경우도 있을 수 있다.[64] 하지만 둘 중 무엇이 더 타당한 방식이라고 섣불리 단정할 수는 없다. 그런데 여기에서 한 가지 간과하지 말아야 할 점은 전쟁으로 인한 외상의 정체가 투명하지 않을 뿐만 아니라 한국적인 정서를 강하게 드러내고 있다는 사실이다. 서로 상이한 이념이나 사상이 충돌하면서 우리 한국인의 내면에 잠재되어 있는 복잡한 정서가 교차하고 재교차하면서 도저히 이성적이고 합리적인 인식을 통해서는 해명할 수 없는 세계가 나타나게 되고, 그 심층을 들여다보기 위해 한恨이라든가 정情과 같은 한국인의 정서 구조에 대한 탐색과 함께 굿이라든가 살풀이 춤과 같은 전통적인 양식에 대한 관심으로 이어지기에 이른다. 이런 점에서 윤흥길의 「장마」와 이청준의 『흰옷』, 황석영의 『손님』은 한국의 전통적인 양식에서 외상에 대한 치유 방식을 찾고 있는 소설로

---

64 | 김윤식, 『1950년대 문학 연구』, 예하, 1991, pp. 36~37.

분류할 수 있을 것이다. 윤흥길과 이청준이 남도의 정서와 전통 양식에서 그 치유 방식의 원천을 구하고 있다면 황석영은 황해도 지방의 정서와 전통 양식에서 그것을 구하고 있다. 또한 그는 황해도 지방의 '진지노귀 굿'이라는 양식을 자신의 소설의 내용은 물론 형식에 적극적으로 수용함으로써 한국 전쟁으로 인한 외상에 대한 치유 방식에 독특한 문제의식과 소설적 지평을 제시하고 있다고 할 수 있다.

2. 손님으로서의 기독교와 맑스주의

황석영의 『손님』이 던지는 가장 강렬한 문제의식은 그가 6 · 25 전쟁으로 인한 외상의 치유 방식 혹은 화해의 방식으로 선택한 것이 왜 황해도 지방의 '진지노귀굿'이냐 하는 데에 있다. 이와 관련하여 작가는 '지노귀굿은 망자드촐를 저승으로 천도하는 전국적인 형식의 넋극'이며 "아직도 한반도에 남아 있는 전쟁의 상흔과 냉전의 유령들을 이 한판 굿으로 잠재우고 화해와 상생의 새 세기를 시작하는 것이 작가의 본뜻"[65]이라고 말한다. 작가의 이 말에서 확인할 수 있는 것은 지노귀굿의 선택이 전쟁으로 인해 상처받은 망자의 넋을 위로하고 화해와 상생의 새로운 세기를 열어가기 위해서라는 사실이다. 작가가 이 소설을 쓴 본뜻이 여기에 있음은 의심의 여지가 없지만 이것만이 작가의 본뜻이라고 이해하는 것은 또 하나의 진정한 의도를 간과해버릴 수 있다는 점에서 위험하다고 할 수 있다. 망자의 넋을 위로하고 화해와 상생의 세기를 열어가자는 작가의 말은 지극히 당연한 의례적인 말에 불과하며, 그가 지노귀굿을

---

65 | 황석영, 「작가의 말」, 『손님』, 창작과비평사, 2001, p. 262.

선택한 보다 진정한 의도는 '기독교'와 '맑스주의'에 대한 비판에 있다.

그는 기독교와 맑스주의를 "식민지와 분단을 거쳐 오는 동안에 우리가 자생적인 근대화를 이루지 못하고 타의에 의해서 지니게 된 모더니티"[66]라고 규정한다. 그의 논리대로라면 기독교와 맑스주의는 우리의 자생적이고 자율적인 모더니티를 성립시키는 데에 방해가 된 부정적인 존재들인 것이다. 이런 맥락에서 그는 이 둘을 서구의 병으로 인식하여 그것을 부정하고 멀리했던 '천연두'에 견주고 있다. 당시 조선의 민중들은 이 천연두를 '마마'나 '손님'이라고 하여 두려움과 공포의 대상으로 인식하였던 것이다. 그가 보기에 기독교와 맑스주의 역시 천연두처럼 우리의 생명을 앗아가 버릴 수 있는 두려움과 공포의 대상이라는 점에서 마마나 손님에 다름 아닌 것으로 인식한다. 그의 주장에서 주목해야 할 것은 기독교를 맑스주의와 함께 서구의 병 곧 마마로 인식하고 있다는 점이다. 맑스주의에 대한 비판이야 근대 이후 지금까지 계속되어오고 있는 우리 사회의 한 현상이지만 자생적이고 자율적인 모더니티에 방해가 되었다는 이유로 기독교를 부정하고 비판한 경우는 흔치 않기 때문이다.

이러한 그의 논리는 사회주의 체제에서의 기독교 비판과 부정의 논리와 유사한 면이 없지 않아 보이며, 어쩌면 이것은 자본주의 체제에서의 맑스주의 비판과 부정의 논리에 함몰되어버린 사람들에게서는 발견할 수 없는 태도인지도 모른다. 기독교와 맑스주의가 우리의 자생적인 모더니티의 형성에 부정적인 영향을 미쳤다는 그의 생각은 단순한 관념의 산물이 아니라 당시의 현실 상황에 대한 그 나름의 판단에서 비롯된 것이라고 할 수 있다. 그는 "전통시대의 계급적 유산이 남도에 비해 희박했던 북선(북조선) 지방은 기독교와 맑스주의를 개화로 받아들였

---

66 | 황석영, 위의 책, pp. 261~262.

다"[67]고 말한다. 이러한 그의 관점은 북선, 특히 서북 지방이 서양문물과 기독교의 유입으로 인해 문명의 세례를 다른 지방에 비해 많이 받았다는 해석과는 그 태도를 달리하는 것으로 여기에는 그의 반외세적이고 주체적인 사회·역사의식이 작용한 결과라고 할 수 있다. 전통시대의 계급적 유산이 결핍되어 있는 상황에서의 기독교와 맑스주의의 유입은 그것을 하나의 개화, 유길준 식으로 이야기하면 그것은 우리 실정에 맞는 자주적인 개화인 '실상개화實狀開化'가 아니라 남의 것을 무조건 모방하려는 '허명개화虛名開化'에 가까운 것으로 볼 수 있다.[68]

주체적이고 자주적인 차원이 아닌 허명의 차원에서 받아들인 기독교와 맑스주의는 그것이 지니고 있는 진정한 의미를 왜곡하거나 자신의 편의대로 해석함으로써 그 기반의 허약성을 드러내고 되고, 급기야는 끔찍한 비극을 불러오기에 이른다. 대부분의 북선 사람들이 기독교나 맑스주의를 받아들이는 방식은 교리나 사상이 지니고 있는 본질적이고 원리·원칙적인 차원으로서가 아니라 자신이 처한 상황에 따라 그때그때 편의적으로 선택하고 행동하는 양상을 띠기 때문에 개인적인 감정이나 이익에 휘둘리기 쉬운 허약한 구조를 드러낸다. 북선 지방의 기독교인들 중에는 선대로부터 내려오는 기독교적인 전통을 지니고 있는 이들이 없는 것은 아니지만, 그 전통이라는 것도 조선 후기와 구한말에 서양의 선교사들에 의한 타설적인 선교에 의한 것이거나 성경을 통한 것이지 오랜 시간 생래적으로 체득한 경우가 아닌 것이다. 또한 이들 중에는 서양에 대한 단순한 호기심이나 사회주의 체제에서 자신의 땅과 재산을 지키기 위한 수단의 하나로서 기독교를 받아들인 경우도 적지 않다.

---

67 | 황석영, 위의 책, p. 262.
68 | 유길준, 『서유견문』(유길준전집 1권), 일조각, 1971, p. 381.

기독교에 대한 북선인들의 이러한 태도는 맑스주의에 대한 이들의 태도에서도 그대로 드러난다. 이들에게 맑스주의는 조직적인 의식화 학습을 통해 주입되는 경우도 있지만 이들이 이러한 이념을 선택한 데에는 지주와 같은 기득권층에 대한 단순한 적대감과 자신과 가족의 안위를 위해서 선택하는 경우가 대부분이었다. 이 말은 이들이 가지고 있는 신념이라는 것이 지극히 가변적이고 표피적이라는 것을 의미한다. 이런 맥락에서 볼 때 『손님』에서 기독교와 맑스주의 진영을 대표하는 문제적인 인물인 '류요한', '류요섭', '이찌로(박일랑)', '리순남', '조상호' 등이 보여주는 일련의 사고와 행동이야말로 교리와 사상이 '결핍된 주체'의 모습 바로 그것이라고 할 수 있다. 이들 사이에 벌어지는 적대감은 기독교와 맑스주의 사이의 교리와 사상에 대한 갈등과 대립에서 비롯된 것이라기보다는 토지 분배와 개인적인 원한에서 비롯된 것이다. 부농 집안의 요한과 상호 그리고 머슴과 고용인 신분인 이찌로와 순남 사이에는 토지 개혁을 계기로 서로 적대적인 위치에 놓이게 되고 결국 요한이와 상호에 의해 모두 죽임을 당하게 된다. 이들의 이러한 대립은 세계를 단순하게 선과 악으로 보는 이분법적인 사고에서 비롯된 것으로, 기독교인들이 맑스주의자들을 대하는 태도에서 그것을 잘 알 수 있다.

이건 모두가 기독청년들이 거사한 일이야. 물론 남에서도 한독당이며 반공청년들이 들어와 함께 거사를 했지. 저들이 맑스의 자본론을 들이댄다면 우리에게는 성경이 있었다. 이제 우리는 주님의 십자군이요 저쪽은 사탄의 세력이 되구 말았지. 이건 우리 할아버짓적부터 조선이 개화하면서 시작되었던 거야.

그래두 아직까지 동네에서는 그렇게 마주 나가지는 못했어. 조선 사람이란 게 인정에 약하지 않느냐 얼굴 대놓구 막무가내로 해보지는 못하거든. 그런데 천지가 개벽할 일이 일어나기 시작한 거다. 그게 무엇이냐. 조상 대대로 물려받아온 땅을 **빼앗는** 거야. 토지개혁이 실시되었지. 그것두 처음 보는 생면부지의 놈들이나 타지에서 온 놈들이 나타나서 총칼 들이대고 마구잡이로 **빼앗으면** 분하면서도 힘이 모자라고 생판 남이니 한차례 실컷 울면 그만이겠는데, 이건 그것두 아니야. 늘상 코를 맞대구 한집에서 살기두 하구 들이나 산에서 일두 같이 하구 천렵을 나가 고기 잡아 어죽도 같이 끓여먹구 함께 발가벗구 헤엄두 치구, 하여간에 소싯적 부터 사타구니에 거웃이 날 때까지 한 마을에서 뒹굴어온 놈들이 안색을 싹 바꾸고 나타나서 땅을 내놓으란 거야.[69]

　　기독교인인 요한이 맑스주의자들을 대하는 태도가 잘 드러나 있는 대목이다. 요한은 기독교와 맑스주의 혹은 기독교인들과 맑스주의자들을 '성경'과 '자본론', '십자군'과 '사탄'으로 구분 지어 인식하고 있다. 기독교인들과 맑스주의자들 사이의 싸움을 주님의 십자군과 사탄으로 간주하는 그의 의식의 이면에는 자신은 선하고 정당하며 상대방은 악하고 부당하다는 이분법적인 사고가 내재해 있는 것으로 볼 수 있다. 이때 주님은 그에게 경외감과 숭고함의 대상으로 기능하면서 자신의 사고와 행위에 정당성을 부여하게 된다. 이렇게 되면 실재의 부재 상태를 인식하지 못한 채 그것을 사실로 받아들이는 일종의 이데올로기에 대한 환상[70]이 작동하게 된다. 그 자신의 사고와 행위가 주님에 의해 정당성을 부여받게 된다고 착각하게 되면 그는 아무 거리낌 없이 어떤 일이든지 하게

---

69 | 황석영, 앞의 책, pp. 123~124.

70 | 슬라보예 지젝, 이수련 옮김, 『이데올로기라는 숭고한 대상』, 인간사랑, 2002, p. 390.

된다. 이것은 대상에 대한 숭고가 파시즘적인 차원으로 넘어가게 된 상태를 의미한다.

요한이 무차별적으로 사람들을 살육하는 과정에서 이 논리는 끊임없이 작동하게 되는데 나중에는 살육의 대상이 바뀌게 된다. 처음 요한의 살육 대상은 이찌로와 순남이 같은 맑스주의자였으나 나중에는 같은 기독교인인 상호가 된다. 살육의 대상이 기독교인이든 아니면 맑스주의자든 상관없이 그는 사람들을 죽인다. 사실 자신은 기독교인이고 상대는 맑스주의자라는 공식은 공식을 위한 공식일 뿐이고 둘 사이의 경계가 해체되면서 죽이는 자와 죽임을 당하는 자만 남게 된다. 죽임의 대상과 그 목적이 단지 욱하는 감정에 지나지 않는다는 사실을 알게 되면서 그는 "자기 자신까지도 증오하기"[71]에 이른다. 처음부터 자신이 기독교인 이라는 사실을 분명하게 자각하지 못한 채 자동화된 상태에서 단지 생존을 위해 살육을 감행하면서 그것에 대해 강한 허무감을 느낀다. 자신이 감행하는 살육이 허무의 차원으로 떨어진다는 것은 자신을 추동시키는 이데올로기적인 환상이 더 이상 작동하지 않는다는 것을 의미한다.

이데올로기적인 환상이 환멸로 바뀐다는 것은 요한이 실재의 부재 상태를 인식하게 되었다는 것을 말한다. 그의 자각은 평상심의 회복을 의미하는 것이라기보다는 어떤 것도 욕망하지 않는 죽음의 상태를 의미하는 것이라고 보는 편이 타당할 것이다. 살육 이후 그의 삶은 의미의 공백 상태에서 죽음을 호흡하면서 살아도 사는 것 같지 않은 삶을 영위할 수밖에 없었을 것이다. 동생 요섭에게 "너 구신을 어떻게 생각하느냐"고 묻는 대목이라든가 "난 구신을 수없이 봤다"[72]고 말하는 대목에서 우리는

---

71 | 황석영, 위의 책, p. 248.
72 | 황석영, 위의 책, p. 13.

그의 의미 공백 상태에서의 삶을 유추해 볼 수 있다. 조선 민중들에게 천연두가 마마 혹은 손님이었듯이, 근대 시기 북선 사람들, 특히 황해도 사람들에게 기독교와 맑스주의 역시 마마나 손님이었고, 비록 동생 요섭에 의해 '골편(뼛조각)'으로 돌아와 고향 땅에 묻히기는 했지만 요한 역시 이들에게는 마마나 손님인 것이다. 이 소설은 마마와 손님의 존재를 우리의 전통적인 무속의 한 형식인 굿으로 풀어낸 서사물이라고 할 수 있다. 작가가 소설의 제목을 손님이라고 한 이유가 바로 여기에 있으며, 이 '손님굿'에 은폐되어 있는 의미를 잘 들추어내는 것이 이 소설에 대한 해석의 묘미라고 할 수 있다.

3. 한, 신명 그리고 헛것의 윤리학

황석영의 『손님』이 황해도의 진지노귀굿 열두 마당을 기본 얼개로 하여 씌어졌다면 이러한 형식을 통해 작가가 겨냥하고 있는 것은 망자에 대한 소원풀이에 있다고 해도 과언이 아닐 것이다. 지노귀굿에서 지노귀가 진혼鎭魂의 의미를 지니고 있다는 점에서 그것은 죽은 사람의 넋을 달래거나 한을 씻겨 극락왕생하게 하는 일종의 의식이라고 할 수 있다. 작가는 이 소설을 진지노귀굿 열두 마당을 기본 얼개로 하여 씌어졌다고 말하고 있지만 이것은 누구를 대상으로 하여 굿을 행하느냐에 따라 그 명칭이 달라질 수 있다. 만일 망자가 죽은 지 3년 안에 하는 경우라면 그것은 '진지노귀굿'이 되겠지만 망자가 죽은 지 3년 후에 하는 경우라면 그것은 '묵은 지노귀굿'이 되고, 살아 있는 상태에서 하는 경우라면 그것은 '산지노귀굿'이 된다. 작가가 그것을 진지노귀굿이라고 한 것은 '류요한'이라는 인물에 초점을 맞추었기 때문이라고 볼 수 있지만 그것을

'이찌로(박일랑)'나 '리순남' 그리고 전쟁 중에 희생당한 사람들에 초점을 맞추었다면 그것은 '묵은 지노귀굿'이 될 것이고, 또 '류요섭'이나 '안성만', '요섭의 형수', '다니엘(류단열)', '박명선' 등에 초점을 맞추었다면 그것은 '산지노귀굿'이 될 것이다.

작가가 그것을 진지노귀굿이라고 했다면 그것은 이 소설이 류요한에게 초점을 맞추고 있다는 것을 의미한다. 이 소설의 서사가 요한의 삶의 행적을 동생인 요섭이 추적하면서 전개되고 있다는 점을 고려한다면 그를 초점화하고 있다는 지적은 설득력을 얻는다. 지노귀굿의 형식을 취하고 있는 이 소설에서 요한이 초점화된 데에는 굿의 주인공으로서의 조건을 그가 충분히 갖추고 있기 때문이다. 무엇보다도 그는 한이 많은 인물이다. 그의 한은 6·25 전쟁 상황 속에서 구체적인 형상을 지니게 된 것으로 여기에는 의식화되지 않고 무의식의 심층에 자리하고 있는 살의와 파괴, 위반, 배제, 소외 같은 자아의 어두운 면으로 이루어져 있다. 자아의 밝음을 가리는 이 어두운 무의식의 '그림자'는 그를 점점 죽음의 깊은 심연 속에다 유폐시켜 놓으려 한다. 만일 그가 죽음의 심연 속에 유폐되어 있는 채 삶의 역동적이고 생성적인 차원으로 나오지 못한다면 그 한은 더 이상 한으로서의 기능을 하지 못할 것이다. 한이 그 기능을 다하기 위해서는 그것으로부터 솟구쳐 오르는 또 다른 힘의 원천이 전제되어야 한다.

우리가 흔히 '원한'이라고 하는 것은 한과는 다른 힘의 원천이 전제되지 않은 상태를 말하며, 이 원한을 제대로 풀어내지 못하면 극락과 같은 좋은 곳으로 가지 못하고 혼이 구천을 떠돌 수밖에 없는 것이다. 혼이 극락을 가지 못하고 구천을 떠돌면 그것을 잘 천도하여 그곳에 이르게 해야 하며, 그것을 행하는 의식이 바로 굿이다. 작가가 굿의 형식을 들고 나온 데에는 이러한 의도가 깔려 있으며, 요한이 지니고 있는 한을 풀어내기 위한 장치들이 굿의 형식 속에 다양하게 포진해 있는 이유이기도 하다. 요한이 자신의 한을 풀어내기 위해서는 먼저 그것을 자유롭게 말할 수 있는 장이 마련되어야 한다. 그가 자신이 지니고 있는 한을 이야기한다는 것은 곧 무의식의 심층에 자리하고 있는 어두운 면을 의식의 차원으로 들추어냄으로써 그 어둠을 밝음으로 바꿀 수 있는 계기를 마련한다는 것을 의미한다. 이것을 위해 작가는 진지노귀굿의 열두 마당을 기본 얼개로 하여 소설을 구상하기에 이른다. 굿에서의 '마당'이라는 형식은 열린 구조로 되어 있기 때문에 다른 사람들과의 대화적인 관계가 가능하다. 마당의 열린 구조는 요한의 어두운 무의식의 세계를 밝은 의식의 세계로 추동시킬 수 있다. 이것은 어두운 무의식의 그림자를 배제하거나 소외시키는 것이 아니라 그것을 의식의 밝은 세계와 이중적 교호 작용 속에 둠으로써 어둠 속의 밝음 혹은 밝음 속의 어둠이라는 모순된 역설로서의 생명을 토대로 하는 새로운 세계의 탄생을 함의하게 된다.

어둠 속의 밝음, 한 속의 흥거움 같은 것이 서로 교차하고 재교차하면서 끊임없이 활동이 오래 지속되다 보면 자연스럽게 신명이 일어나고 어두운 무의식의 심층에 자리하고 있는 원한이 풀어지게 된다. 이 풀어짐은 희, 노, 애, 락이라는 감정을 서서히 삭이고 어르는 과정에 다름 아니다. 얼마만큼 감정이 삭여지느냐에 따라 한이 신명으로 바뀌느냐 아니냐가 결정된다. 한 인간의 한이 삭임의 과정을 거쳐 신명의 차원에 이르게 되면 그 한은 사라지게 된다. 작가가 열두 마당을 배치하고 그 각각의 과정을 거치게 한 데에는 이러한 한을 넘어서 신명에 이르는 원리를 염두에 둔 것이라고 할 수 있다. 각 마당마다 요한을 포함해 요섭, 이찌로, 순남, 상호, 성만, 형수 등으로 시점을 바꿔가면서 배치함으로써 이들로 하여금 충분히 한을 삭일 수 있는 기회를 준다. 어떤 사건을 두고 입장이 서로 다른 인물들이 그것에 대해 이야기하다 보면 이들 사이에 대화적인 관계가 만들어지고, 그로 인해 맺혔던 감정의 응어리들이 얼리고 풀리면서 독특한 미학의 세계가 생겨나게 되는데 그것이 바로 '그늘'의 세계이다.

그늘의 세계가 성립하려면 한을 넘어 신명으로 이어지는 충분한 삭임의 과정이 있어야 한다. 판소리에서 이 그늘이라는 말을 즐겨 사용하는데 이 경우에는 신산고초의 과정을 거치면서 매끈하고 세련된 천구성에 대비되는 걸걸하고 탁한 수리성을 얻게 되는 미학적인 사건을 가리킨다. 이 소설이 겨냥하고 있는 바도 이와 다르지 않다. 판소리꾼이 듣게 되는 최고의 찬사는 '그 사람의 소리에는 그늘이 있어'라는 말이다.[73] 마찬가지로 이 소설에서 작가가 듣게 되는 최고는 찬사는 '이 소설의 서사에는 그늘이 있어'라는 말이라고 할 수 있다. 요한을 중심으로 다양한 인물들이 겨냥하는 바가 6·25 전쟁으로 인해 발생한 외상을 치유하거나 한을 풀어내는 일이다. 여기에서 삭임의 과정이 중요하다는 것을 여러 번 강조했으며, 그것의 성공 여부는 요한을 중심으로 전개된 굿의 형식을 통한 한의 삭임의 과정 곧 맺고 어르고 푸는 과정이 과연 얼마나 생생하게 역동적으로 진정성 있게 제시되고 있는지를 보면 알 수 있다.

요한과 이 소설의 인물들이 지니고 있는 한을 풀어내려면 그들 감정을 응어리지게 한 사건과 대면하게 해야 한다. 한을 지닌 인물들이 그 원인이 되는 사건을 은폐하려고 하다 보면 그것을 딛고 또 다른 차원으로 나아갈 수 없게 된다. 한이 신명의 차원으로 나아가게 하기 위해서는 그들로 하여금 스스로 자신의 감정을 응어리지게 한 장 속으로 들어가 그것을 즐기게 해야 한다. 만일 타자에 의해 그들의 의식이나 행위가 통제되고

---

73 | 김지하, 『김지하 전집 제3권』, 실천문학사, 2002, pp. 284~304.

조절되어 스스로 그것을 즐기지 못하게 되면 한의 실체와 만날 수 없게 되어 신명의 차원으로 나아가게 못하게 될 것이다. 그들로 하여금 자신의 한의 실체와 만나 그것을 자연스럽게 즐기게 할 때 그동안 한의 그림자로 잠재되어 있던 새로운 이중적인 교호 작용을 통해 새로운 감정이나 세계가 추동되고 또 생성되게 되는 것이다. 작가는 요한과 이찌로, 순남, 상호, 형수, 요섭, 다니엘, 명선 등을 마당으로 불러내어 그들의 희, 노, 애, 락과 신산고초의 장면과 대면하게 함으로써 그들에게 있었던 비극적인 사건들로 인해 응어리진 감정과 한을 풀어내려고 한다. 이때 이들이 대면하게 되는 것은 전쟁으로 인해 살육이 벌어지는 시공간과 그 속에 놓인 자기 자신의 모습과 자신과 관계된 사람들이다. 과거 기억 속에서나 존재하는 사건들을 마당으로 불러들여 그것을 '지금, 여기'라는 현재진행형의 장에 올려놓음으로써 그 사건들은 생생한 구체성을 확보하게 된다. 전쟁으로 인한 살육의 현장으로부터 떠나 한평생을 살다가 죽은 요한의 한은 무엇보다도 자신이 죽인 사람들과의 대면을 통해 일정한 삭임의 과정을 거쳐 풀어지는 것이라고 할 때 다음 장면은 의미심장한 데가 있다.

우리 식구덜 한군데 묻어달라.

나는 대답하지 않았어. 그냥 아이들에게 눈짓만 했지. 청년들이 전화선을 전봇대의 발디딤 핀에다 걸고는 사정없이 아래루 당기더군. 끄윽, 하는 이상한 소리가 들리면서 다리를 버둥대며 순남이 몸이 위로 끌려올라가는데, 전화선을 당기고 있다가는 그 아래 핀에다 걸고 빙빙 돌려서 매어버렸다. 우리는 잠시 둘러서서 순남이의 숨이 끊어지기를 기다리고 있었어. 축 늘어졌는가 하면 다시 발을 웅크리고 버둥대고, 그의 턱 아래로 살을 파고든 상처에서 흐른 피가 목덜미로 흘러 내리더라. 나는 몇발짝

앞으로 다가섰지. 그러곤 허리춤에서 권총을 빼서 그의 가슴을 겨누어 한방 쏘았어.[74]

전쟁 중 요한의 살육은 이루 다 헤아릴 수 없을 정도로 행해져 왔지만 그중에서 그를 가장 고통스럽게 한 것은 바로 이처럼 자신과 기억과 체험을 공유한 사람을 죽여야 하는 경우일 것이다. 한 동네에서 형님 아우하면서 볼 것 못 볼 것 함께 한 순남이를 죽여야 하는 요한의 심정이 어떠했는가는 그가 전화선에 묶여 전봇대에 매달려 피를 흘리고 있는 순남이를 권총으로 쏘는 행위에 잘 드러나 있다. 비록 자신이 처해 있는 입장이 달라 서로 적이 되어 죽고 죽여야 하는 상황이기는 하지만 그것을 행하는 순간에 느꼈을 심적 고통은 이루 다 헤아릴 수 없을 것이다. 이 심적 고통은 그대로 행위 당사자의 내면 깊숙한 곳에 자리하면서 끊임없이 그를 불안하게 하고 괴롭히는 무의식의 그림자로 존재하게 되며, 그로 인해 요한은 의식의 밝은 차원으로 나서지 못한 채 늘 어두컴컴한 세계에서 마치 죽은 사람처럼 살아갈 수밖에 없는 것이다. 한평생 살면서 그를 가장 불안하게 하고 괴롭혔을 이 장면을 묻어둔 채 그것을 마당이라는 열린 장으로 내놓지 않는다면 그것은 원한으로 남아 죽은 그의 혼은 구천을 떠돌게 될 것이다.

이렇게 요한처럼 한이 많은 사람들은 보다 적극적으로 자신의 한을 발생시킨 곳으로 돌아가 그것을 즐겨야 한다. 요한에 의해 당시의 장면이 열두 마당이라는 형식 속에서 되살려지고 있기는 하지만 이것은 어디까지나 환상에 지나지 않는다. 그 당시의 시공간을 그대로 되살리는 것은 불가능하며 그것을 대체하는 이러한 환상 혹은 이미지의 재현을 통한

---

74 | 황석영, 앞의 책, p. 218.

향유만이 가능하다. 이런 점에서 요한은 자신이 되살려낸 환상을 환상으로서 즐겨야 한다. 그 환상을 즐기다 보면 자신이 결핍되어 있는 것이 충족되면서 한 또한 서서히 풀리게 된다. 굿의 행위를 통해 체험하게 되는 엑스터시도 이러한 원한풀이의 일종이며 그것은 궁극적으로 신명을 겨냥한다. 사실 굿판 혹은 굿 마당이 궁극적으로 겨냥하는 것은 거방지게 한바탕 놀아보는 것이라고 해도 과언이 아니다. 이런 점에서 『손님』은 작가가 열두 마당을 만들어 전쟁의 외상을 앓고 있는 이들을 여기에서 한바탕 거방지게 놀 수 있게 마련한 자리라고 할 수 있다. 정신분석학에서 말하는 "환상의 윤리학"[75]도 그 목적이 이와 다르지 않다.

진지노귀굿의 형식을 빌려 이들의 한을 신명 나게 풀어내려고 한 작가의 의도가 과연 얼마나 소기의 성과를 거두고 있는지에 대해서는 좀 더 곰곰이 따져보아야 하겠지만 이런 식의 시도는 왠지 낯익으면서 새롭다. 이 소설에서 줄곧 어느 한쪽에 치우치지 않게 균형 잡힌 입장에서 열두 마당을 이끌어가고 있는 류요섭의 태도는 작가의 의도를 반영하고 있다고 볼 수 있다. 이 소설의 가장 인상적인 대목 중의 하나는 한이 많아 저승으로 가지 못한 채 구천을 떠도는 귀신이 된 류요한과 리순남의 혼령이 출몰하여 살아 있는 류요섭, 안성만과 대화를 나누는 장면이라고 할 수 있다.

---

75 │ 증상과 환상이 겹쳐진 'sinthome'는 후기의 라깡이 만든 단어로 정신분석의 윤리학이다. 환자에게 증상은 살아가는 동력이다. 그것이 그가 미쳐 버리거나 파괴되지 않고 현실을 견디는 길이요. 무(無)를 이겨내는 길이다. 아무것도 없는 것보다는 낫지 않은가. 증상을 제거하는 것이 아니라 증상과 친해지게 하는 것, 이것이 환상의 윤리학이다. 분석의 최종단계는 환자가 증상의 참모습 속에서 존재이유를 발견케 하는 것이다. 그래서 증상은 분석이나 소통을 거부하는 부정적 얼룩이면서 긍정적 상황이 된다(권택영, 「대중문화를 통해 라깡을 이해하기」, 『현대시사상』 1994 여름호, pp. 104~105).

이게 아마 마지막 자리가 될 게다. 우리가 모두 한자리에 모였다.

요섭은 벽을 따라서 길게 늘어선 헛것들을 둘러보았다. 한 여남은 명이 되어 보였다. 그것들은 그믐밤에 마당의 빨랫줄에 걸린 흰옷가지들같이 암흑에 덜 물든 좀 더 밝은 어둠처럼 보였다.

성만이두 밖으로 나오라우.

하는 소리에 돌아보니 순남이 아저씨가 외삼촌의 방 앞에서 그를 불러 내는 중이었다. 외삼촌도 요섭처럼 거실로 어정어정 걸어나왔다. 그는 누가 시키지 않았는데도 요섭의 옆에 와서 서더니 벽가에 늘어선 헛것들을 둘러보았다. 순남이 아저씨가 말했다.

우리가 요한이럴 데레가기 전에 갸가 죽인 사람덜이랑 풀어줄라구 기래. 죽으문 자잘못이 다 사라지디만 짚어넌 보구 가야디.

살아 있는 요섭과 외삼촌은 거실의 위쪽에 앉고 요한 형과 순남이 아저씨의 헛것은 그들의 맞은편 아래쪽에 앉았는데 다른 마을사람들의 헛것들은 벽가에 서 있던 자리에서 스르르 미끄러져내려 자리를 잡았다. 그들은 남녀만 어렴풋하게 분간될 뿐이고 누가 누군지 확실하게 알아볼 수는 없었다.[76]

죽은 자와 산 자의 경계가 해체된 상태에서 순남이가 하는 행동은 누가 가해자이고 누가 피해자인지 알 수 없게 한다. 그것은 경계와 구분과 같은 차이와 대립의 의미가 이들의 죽음과 함께 사라졌기 때문이다. 하지만 순남이는 그것에 대해 '짚어는 보아야 한다'고 말한다. 이것은 누가 잘 했나 잘못 했나를 따지는 것이 아니라 있었던 사실을 그대로

---

76 | 황석영, 위의 책, p. 194.

드러내는 것에 불과하며, 이렇게 해야만 요한이의 한을 풀어줄 수 있기 때문이다. 순남이가 성만이를 포함해서 마을 사람들을 모두 한 자리에 모이게 한 이유가 바로 여기에 있다. 순남이의 말처럼 중요한 것은 '요한이를 데려가기 전에 그가 죽인 사람들로 인해 생긴 한을 풀어주는 것'이라고 할 수 있다. 산 자와 죽은 자, 죽인 자와 죽임을 당한 자가 어우러져 그 응어리진 것을 짚어보고 또 풀어주지 않으면 한을 넘어 신명의 차원으로 넘어갈 수 없다.

그런데 여기에서의 신명이란 어떤 별도로 설정되어 섬김을 받는 신에 의해 이루어지는 것이 아니라 사람 자신 속의 신명에 의해서 이루어지는 것을 말한다. 이것은 마당을 기반으로 하여 이루어지는 굿, 탈춤, 살풀이춤, 농악 같은 우리의 전통적인 양식들에 해당되는 바이다. 이런 점에서 이들이 모두 마당에 모였다는 것은 그 신명 혹은 신명풀이를 할 수 있는 최적의 조건이 갖추어졌다는 것을 의미한다.[77] 이 소설에서 열두 마당의 마지막인 '뒤풀이'는 그것의 한 현현이라고 할 수 있다. '하무자귀', '몽달귀', '신선귀', '호구귀', '목맨 귀신', '물귀신', '하탈 귀신'[78] 등 온갖 한스런 귀신들이 모여 한바탕 거방지게 놀아나는 장면은 어두운 무의식의 그림자가 밝은 의식의 차원을 추동하는 생의 감각으로 가득 차 있다. 귀신들의 신명 난 굿판이 벌어지는 마당은 이들의 움직임에 따라 무한히 확장되기도 하고 또 무한히 새롭게 생성되기도 하면서 삶과 죽음을 넘어 드는 역동적인 세계로 거듭난다.

요섭과 성만의 눈에 보이는 헛것이란 삶과 죽음의 경계 어디쯤에 있는

---

77 | 박강의, 「굿의 연행론적 접근을 통한 마당극 양식론 연구」, 『춤, 탈, 마당, 몸, 미학 공부집』, 민속원, 2009, pp. 932~959.

78 | 황석영, 위의 책, p. 258.

존재의 한 형태라고 할 수 있다. 이것은 어느 한 면만을 보거나 그것을 지닌 사람의 눈에는 보이지 않는다. 이것은 밝음과 어둠, 삶과 죽음, 기쁨과 슬픔, 선과 악, 한과 흥, 시작과 끝, 남과 여, 흑과 백, 해와 달, 공과 색, 음과 양을 동시에 보거나 그것을 지닌 사람의 눈에만 보이는 세계이다. 헛것 속에 산 자와 죽은 자, 죽인 자와 죽임을 당한 자가 보이고 이들이 한데 어우러져 신명풀이를 하는 장면은 이러한 태도를 가진 자이기 때문에 가능한 것이다. 헛것이 눈에 보이는 차원 저 밑에 놓여 있는 눈에 보이지 않는 차원의 산물이라면 그것은 투명하고 합리적인 이성이 작동하는 이 견고한 현실로부터 추방당한 또 다른 현실일 수 있다. 요섭과 성만의 눈에 보이는 이 헛것을 '아 그것은 헛것이야'나 혹은 '왜 헛것을 보고 그래'라고 치부해버린다면 그 세계를 우리는 제대로 들여다볼 수 없을 것이다. 헛것은 아무것도 없는 세계^{nothing}가 아니라 우리가 눈으로 볼 수 없고 또 우리의 눈으로 보이지 않는 저 무의식의 그림자로 존재하는 그런 그늘의 세계라고 할 수 있다. 밝지도 어둡지도 않은, 밝으면서 어둡고 어두우면서 밝은, 어둠과 밝음이 서로 이중적으로 교호하는 이 모순과 역설의 세계야말로 우리의 투명하고 합리적인 이성의 논리로 해명되지 않는다는 이유로 우리가 소외시켜버렸거나 망각해버린 또 다른 진정한 세계가 아닌가? 어쩌면 전쟁으로 인한 외상과 그것에 대한 치유 혹은 한을 넘어서는 신명과 그것에 대한 삭임과 풀이는 우리의 투명하고 합리적인 인식으로 해명할 수 없다는 이유로 배제해버린 헛것과 같은 이러한 세계에 대한 발견과 성찰로부터 시작되어야 하는 것은 아닐까?

4. 그늘의 미학, 생명의 서사

황석영의 『손님』이 드러내는 세계는 단순한 카타르시스와는 다르다. 서구 문학 양식의 한 요소를 이루고 있는 희랍 시대 아리스토텔레스가 말하는 카타르시스란 "연극(비극)을 통해 공포와 연민의 감정을 불러일으켜 무의식의 어두운 세계를 정화하려는 치료효과를 목적"[79]으로 한다. 인간의 어두운 내면을 투시하고 그것을 들추어낸다는 점에서는 『손님』에서 황석영이 제시하고 있는 '진지노귀굿'과 다르지 않지만 그 어두운 내면에 맺힌 세계를 풀어내는 방식과 그것이 지향하는 세계관에서는 일정한 차이를 드러낸다. 비극을 통해 이루어지는 카타르시스의 경우 대립과 갈등이 이분법적인 양상으로 전개되다가 파국을 맞이하지만 진지노귀굿을 토대로 하고 있는 『손님』의 경우에는 어느 한쪽이 배제되거나 소외되는 것이 아니라 서로 어우러지면서 맺혔던 감정들이 흥이나 신명의 차원으로 질적 변화를 일으키게 된다. 이것은 '사람은 누구나 신명을 지니고 있으며, 그것을 발현하면서 살아가는 존재'라는 인식에서 비롯된 것이다. 신명이 별도로 설정된 "신으로부터 오는 것이 아니라 사람 자신 속에서 발흥"[80]하기 때문에 그것을 풀어내는 과정, 다시 말하면 어르고 삭이는 과정이 수동적이기보다는 능동적인 차원에서 행해진다고 할 수 있다.

이렇게 한 맺힌 응어리를 어르고 삭이는 과정이 닫힌 무대가 아닌 열린 마당에서 이루어짐으로써 그것이 죽임이 아니라 살림 혹은 생명의 속성을 지니게 되는 것이다. 6 · 25 전쟁으로 인한 비극과 이 과정에서

---

79 | 아리스토텔레스, 천병희 옮김, 『시학』, 문예출판사, 2002, p. 77.

80 | 조동일, 『탈춤의 원리 신명풀이』, 지식산업사, 2006, p. 361.

발행한 한은 극단적인 원한^{怨恨}의 감정을 드러내면서 서로가 서로를 살육하는 '원한풀이'로 이어진다. 이것은 '공격적이고 퇴영적인 정서에서 비롯된 한'으로 볼 수 있다. 하지만 『손님』에서의 한은 여기에 머물러 있는 것이 아니라 원한을 지닌 사람들끼리 서로 어우러지면서 자신의 원한은 물론 상대의 원한에 대해 아파하고 따뜻한 마음으로 그것을 감싸 안는, 정^情에 기반 한 어름과 삭임이 이루어진다. 소설 속에서 자신을 살육한 요한을 따뜻하게 품어 안는 순남과 이찌로의 모습은 그것이 원을 넘어 정의 차원으로의 질적 변화를 시도하고 있는 것으로 볼 수 있다. 이것은 "공격적 · 퇴영적인 한의 정서가 우호적 · 진취적 정서로 발전한다"[81]는 의미를 내포한다. 이 한의 질적인 변화 내지 도약은 서로 상반된 것의 일치라는 상생과 상극의 원리를 기반으로 한다. 이 반대일치의 과정은 "정반합에 의한 변증법적인 지양 · 종합"[82]과는 다른 것이다. 서로 반대되는 것을 배제하거나 소외시키지 않고 하나의 생, 다시 말하면 힘의 차원으로 나아간다는 것은 한이 어름과 삭임의 과정을 통해 신명으로의 질적인 변화를 이룬다는 것을 말해준다. 이런 점에서 한이 지니고 있는 정서나 감정의 가능성은 삶의 윤리뿐만 아니라 예술이나 미학의 윤리와도 긴밀하게 연결되어 있다.

한의 신명으로의 질적 변화는 6 · 25 전쟁으로 인한 갈등과 대립을 어떻게 화해시키느냐 하는 문제와 또 그로 인한 외상을 어떻게 치유하느냐 하는 문제와 맞물려 있다. 『손님』이 보여주고 있는 일련의 과정이 한에 대한 충분한 어름과 삭임의 과정을 통해 신명의 차원으로 온전한 질적 도약을 하고 있는지에 대해서는 의문의 여지가 있다. 류요한의

---

81 | 천이두, 『한의 구조 연구』, 문학과지성사, 1994, p. 38.

82 | 천이두, 위의 책, p. 52.

죽음과 류요섭의 고향 방문으로부터 촉발된 한풀이 혹은 신명풀이의 과정은 황해도 진지노귀굿 열두 마당이라는 굿의 양식을 통해 그것을 구현하고 있다. 소설의 서사가 굿의 서사와 대응되면서 산 자와 죽은 자, 죽인 자와 죽임을 당한 자가 마당을 통해 자신의 내면에 응어리진 것을 끄집어내기도 하고 또 전쟁 당시 자신이 처했던 상황을 일정한 거리를 두고 객관적으로 바라볼 수 있기도 하면서 그 응어리를 어르고 삭일 수 있는 조건이 자연스럽게 만들어지게 된다. 소설 속에서 번갈아 가면서 등장하는 인물들에게서 느낄 수 있는 것은 이들이 정이 많은 존재들이라는 사실이다. 정이 많기 때문에 이성적이고 객관적인 판단보다는 감정에 휘둘려 서로가 서로를 죽이는 살육을 저질렀지만 또 그 정 많음으로 인해 그것을 아파하고 보듬어 안으려고 하는 태도는 "정이 많으면 한도 많고, 한이 많으면 정도 많다"라는 한국인의 "정한구조"[83]를 드러낸다.

이러한 한스런 존재들이기에 그것을 최대한 깊이 있게 풀어내는 일은 무엇보다도 중요한 것이다. 이 한을 굿의 양식으로 풀어내려고 한 작가의 의도의 이면에는 전쟁으로 인한 한을 어떻게 풀어내고 또 어떻게 화해를 해야 하는지에 대한 고민과 함께 그것이 어떻게 하나의 예술과 미학의 기본 원리로 성립될 수 있는지에 대한 고민이 내재해 있는 것으로 볼 수 있다. 한이 미의 원리로 탐구된 것은 이미 오래된 일이고 신명은 그 한의 한 부분으로 혹은 우리의 굿, 판소리, 탈춤을 구명할 때 간헐적으로 논의되었으며, 한과 신명을 아우르는 그늘의 미적 원리에 대해서는 이렇다 할 만한 논의가 거의 이루어지지 않았다. 한, 신명, 그늘은 서로 긴밀한 관계 속에서 존재하기 때문에 논의의 과정에서 교차하기도 하고

---

83 | 천이두, 위의 책, pp. 33~38.

또 재교차하기도 하지만 그 미학의 가장 위에는 그늘이 있다고 할 수 있다. 하지만 이 그늘은 한과 신명의 변증법적인 종합의 산물이 아니다. 그늘은 어느 한쪽을 배제하거나 소외시키는 논리에 의해 탄생한 세계가 아니라 어느 한쪽이 드러나기 위해서는 다른 한쪽이 그 배후의 바탕이 되어 주고 그것이 끊임없이 바뀌고 변화하는 그런 생성 혹은 생명의 세계이다. 이런 맥락에서 보면 그늘이 강하게 드리운다는 것은 미적 생성 혹은 생명의 세계의 탄생을 암시한다고 할 수 있다.

황석영의 『손님』이 드러내는 세계가 그늘의 원리 아래 있다면 이러한 미적 원리를 통해 이 소설이 궁극적으로 겨냥하고 있는 것은 무엇일까? 작가가 이 소설에서 제기하고 있는 문제 중의 하나는 6·25 전쟁의 원인을 우리의 외부보다 내부에서 찾고 있다는 점이다. 기독교와 맑스주의로 표상되는 외세적인 것이 전쟁의 한 원인으로 간주되고 있기는 하지만 작가의 궁극적인 의도는 여기에 있지 않다. 기독교와 맑스주의가 외부에서 들어온 것이기는 하지만 작가가 주목한 것은 이것들이 한국적인 상황에서 어떻게 변화하고 굴절되어 드러나느냐 하는 것이다. 이 과정에서 기독교와 맑스주의는 한국적인 정서와 만나 한, 신명, 그늘과 같은 미학적인 원리를 낳게 된 것이다. 이러한 미학의 원리는 굿, 탈춤, 판소리, 살풀이춤, 산조, 민요 등과 같은 우리의 전통적인 양식을 이루는 토대이며, 여기에는 우리의 감정과 인식의 구조가 고스란히 내재해 있기 때문에 『손님』에서 그것을 활용한 우리 식의 화해와 치유가 가능했다고 볼 수 있다. 굿과 소설은 모두 일정한 서사구조를 지니고 있다는 점에서 작가의 시도가 무모하다거나 억지스럽다기보다는 하나의 필연적인 서사의 흐름을 자연스럽게 추동해내고 또 생성해내기에 이른다. 어쩌면 이것이 그가 말하는 "과거의 리얼리즘 형식에 대한 과감한 해체"[84]인지도 모른다. 그의 시도가 온전한 깊이와 완성도를 보인다고는 할 수 없지만 그동안 우리 문학사에서 오랜 논쟁의 대상으로 존재해온 6·25 전쟁과 여기에서 비롯된 외상과 치유, 화해의 문제에 대해 한국적인 미학의 토대를 이루고 있는 한, 신명, 그늘과 같은 원리를 통해 신선한 도전과 실험을 감행하고 있다는 점에서는 의의가 크다고 할 수 있다. 무엇보다도 그것이 공허한 파멸이나 허무의식과 같은 죽임의 서사를 지향한다기보다는 끊임없는 모순과 역설의 삶의 문맥 속에서 전쟁으로 인한 외상과 같은 여러 문제들을 '맺고 어르고 푸는' 일련의 생명의 서사를 지향하고 있다는 점에서 특히 그렇다.

---

84 | 황석영, 앞의 책, p. 260.

4. 무자성無自性의 논리와 선적禪的 감각

1. 고은 시의 내적 논리와 선

　고은의 시에 대한 연구는 주로 변모 양상에 초점을 맞추어 이루어져 왔다. 그의 시를 초기, 중기, 후기 3단계로 구분하는 일은 이제 거의 일반화되었다고 해도 과언이 아니다. 『피안감성』(1960)에서 『신언어의 마을』(1967)에 이르는 시기를 초기로 하고, 『문의마을에 가서』(1974)를 기점으로 연작 장시 『만인보』(1986)와 장편 서사시 『백두산』(1987)을 발표한 시기를 중기, 그리고 『뭐냐』(1991)와 『순간의 꽃』(2001) 등을 발표한 시기를 후기로 보고 있다. 초기 시에서는 생에 대한 절망과 허무를 탐미적인 감상성과 불안정한 정서로 표출한 시적 세계를 드러내고 있고, 중기 시에서는 이러한 초기의 자기혐오나 허무 의식을 떨쳐버리고 역사와 현실에 대한 참여의 태도를 강하게 드러내고 있으며, 후기 시에서는 선적 감각이 투영된 단시의 형태를 선보이고 있다.

　고은 시의 이러한 변모 양상은 출가와 방랑벽, 자살기도 등으로 점철된 시인의 불우한 개인사가 반영된 것인 동시에 식민지와 6·25 전쟁, 분단 등으로 이어지는 고난의 우리 근현대 역사와 사회 현실에 대한 시인의 의식이 반영된 것이라고 할 수 있다. 개인과 국가 혹은 개인과 민족은 분리할 수 없을 정도로 깊은 관계를 유지하지만 다른 어떤 시인보다 그에게 이 문제는 특별하다고 할 수 있다. 초기 시에서 보여주는 허무 의식은 단순히 개인의 성격에서 기인하는 것이 아니라 6·25 전쟁으로 인해 발생한 것이라는 점에서 그것은 곧 역사의식이나 현실 인식과 무관하지 않다고 할 수 있다. 시인은 "50년대의 허무 의식이란, 그 시대의 모든 것이 파괴된 폐허와 초토 그리고 인간의 심정이 치명상을 입게 된 상태에서는 그 시대에 대한 현실 인식과 역사의식 자체를 곧 허무 의식이 유지시켜 준 셈"[85]이라고 말한다. 자신의 시에 대한 변호 내지 변명으로 들릴 수도 있지만 그의 초기 시에 드러나는 허무 의식은 생의 의지를 상실한 전쟁 이후의 상황을 사실적으로 반영한 시대정신의 산물이라고 할 수 있다.

그러나 시인의 말에서 무엇보다도 중요한 것은 그가 시대에 대한 현실 인식과 역사의식 자체를 망각하지 않고 있다는 점이다. 이것은 70년대 이후 그가 "지독한 자기혐오나 허무감을 떨쳐버리고 역사와 현실 앞에 자기를 세우기 시작하"[86]는 일과 깊은 관련이 있다. 『문의마을에 가서』에 잘 드러나 있듯이 그는 자신 안에 깃든 허무의 그림자를 떨쳐 버리기 위해 삶과 죽음과의 치열한 싸움도 마다하지 않는다. 문의마을에 가서 그가 본 것은 삶과 죽음을 동시에 아우르는 균형 잡힌 현실 감각이다.

85 | 고은, 「고은 시인과의 대화──그의 문학과 삶」, 『고은 문학의 세계』, 신경림·백낙청 엮음, 창작과비평사, 1993, p. 21.

86 | 권영민, 『한국현대문학사』, 민음사, 1993, p. 242.

삶과 죽음이 하나도 아니고 둘도 아니라는 논리를 새롭게 인식하게 되면서 그의 시는 세계와의 팽팽한 긴장을 유지하기에 이른다. 『만인보』와 『백두산』에서 보여주는 "폭 넓고 깊은 역사의식을 포괄 할 수 있는 상상력의 힘"[87]이 바로 그것이다. 자기 자신과 세계에 대한 보다 유연하고 균형 잡힌 감각을 유지하게 되면서 현실에 대한 인식과 역사의식은 냉철함과 실천성을 회복하게 된다.

고은의 시적 변모 양상이 이렇게 자기 실천과 변혁의 과정을 유지할 수 있다는 것은 시인과 시인의 시 세계를 일관되게 흐르는 내적인 논리가 존재한다는 것을 의미한다. 그렇다면 그 내적인 논리란 무엇일까? 이 물음과 관련하여 시인은 다음과 같은 시사적인 발언을 한 바 있다.

> 시는 원래 선적인 것입니다. 언어를 극소화하거나 언어의 법칙성으로부터 해방되는 새로운 세계입니다. 그렇다면 굳이 선시니 하고 판별할 까닭도 없어요. 하지만 나는 선 냄새를 맡은 사람이고 감옥에서도 책에 물리면 선으로 책의 싫증을 치료하기도 했지요. 언어문자와 비문자 사이에서 나는 탕아입니다. 그리고 선 자체가 화엄경 세계의 대체계에 대한 민중적·재야적인 저항으로 생긴 수행의 영역입니다. 6조 혜능은 중이 아닙니다. 절의 노복이었어요. 그런데 5조가 법을 비밀리에 전수해서 망명시켰지요. 또 3조 승찬^{僧璨}도 중이 아니라 속인입니다. 이렇듯이 선의 계보 자체가 엄숙한 체계와 전통·권위를 내버린 자유의 정신행위이지요. 여기에서 선이 역사적일 수 있는 근거가 생겨납니다.[88]

---

87 | 권영민, 위의 책, p. 244.
88 | 고은, 앞의 책, p. 30.

이 글의 요체는 '시는 원래 선적인 것'이고 '선 자체가 화엄경 세계의 대체계에 대한 민중적·재야적인 저항으로 생긴 수행의 영역이라는 것'이다. 전자의 경우는 시와 선을 동일한 것으로 인식하고 있다는 것을 말한다. 시와 선에 대한 이러한 인식은 시보다는 선에 더 강조점이 놓인다. 일반적으로 시와 선은 언어에 대한 인식과 운용의 차원에서 동질성을 드러내지만 그것이 추구하는 궁극적인 목표는 다르다. 시는 아름다움을 추구하지만 선은 깨달음을 목표로 한다. 이렇게 서로 차이가 있음에도 불구하고 시인이 그것을 동일한 것으로 이야기하고 있다는 사실은 그만큼 시에서 선적인 논리를 강조하고 있다는 것을 의미한다.

후자의 경우는 선에서의 실천의 의미를 이야기하고 있다는 점에서 중요하다. 시인이 생각하는 선의 궁극적인 실천이란 '화엄경 세계의 대체계', 다시 말하면 문자로 된 경 그 자체에 있는 것이 아니라 민중이나 재야의 살아 있는 현실의 장 속에 있다는 것을 의미한다. 원래 선종에서도 무시선無時禪 무처선無處禪이라고 하여 시간과 처소를 가리지 않고 선을 수행해야 한다고 말한다. 하지만 선이 세속을 등지고 사람들로부터 고립되어 진리를 구하는 것이라는 생각이 광범위하게 확산되어 있는 것이 사실이며, 여기에 대해 시인은 선이 가지는 '엄숙한 체계와 전통·권위를 내버린 참다운 자유의 정신 행위'로서의 실천의 의미를 강조하고 있다. 한때 출가하여 승려가 되었다가 환속한 후 자유실천문인협의회, 민주회복국민회의, 한국인권운동협의회, 민주헌법쟁취국민운동본부, 민주주의와 민족통일을 위한 국민연합 등 재야 운동의 중심에서 활동한 시인의 전력은 선의 궁극적인 실천이란 차원과 결코 무관하다고 볼 수 없을 것이다.

시인의 선에 대한 이러한 인식은 시에서도 자연스럽게 드러난다. 이런 점에서 그의 시의 출발을 '불교취佛敎趣의 선시禪詩'로 규정하는 것은 정당하다고 할 수 있다. 그의 '불교취佛教趣는 대상을 직관적으로 파악하는 선적禪的인 요소'를 많이 가지고 있으며, 이로 인해 그의 시는 선을 이해하지 않고서는 해석할 수 없는 '경귀스타일'로 되어 있는 것이 사실이다.[89] 그의 시를 불교취의 선시로 규정하는 것은 그다지 어려운 일은 아니다. 하지만 이러한 규정이 허무와 소멸, 직관, 경구 같은 선의 부분적인 의미 범주의 차원에서 이루어지고 있다는 점에서 현실이나 실천과 같은 선의 본질적인 의미 범주를 배제할 위험성이 언제든지 존재한다. 이와 관련하여 백낙청은 '선과 리얼리즘과의 회통'을 통해 그 위험성으로부터 벗어나려고 한다. 그는 "고은의 근작 시집들에서 확인되는 선시적 요소와 리얼리즘적 요소의 공존가능성은 편의적인 공존이라기보다 양자의 본질적 친연성에 바탕한 일치의 가능성"[90]이라고 말한다. 그가 말하는 양자의 본질적 친연성이란 "시적 주체가 처한 때와 장소와 목전의 작업이 요구하는 만큼의 전형적이고 총체적인 현실인식"[91]이다. 이런 점에서 볼 때 그가 이상적으로 생각하는 선은 '선외선, 다시 말하면 현실묘사가 풍부하고 절실한 무시선 무처선'을 의미한다.

백낙청의 선에 대한 생각은 고은이 말하는 '선 자체가 화엄경 세계의 대체계에 대한 민중적·재야적인 저항으로 생긴 수행의 영역이라는 것'과 다른 것이 아니라고 할 수 있다. 선에 대한 인식의 중심에 총체적인 현실 인식이나 민중적·재야적인 저항으로 생긴 수행의 영역이 놓인다는 것은 선의 의미를 시대정신과의 관련성 속에서 해명하고 있다는 것을 말해준다. 하지만 선에 대한 이러한 인식이 고스란히 시적 형상화로

---

89 | 김윤식·김현, 『한국문학사』, 민음사, 1991, p. 276.

90 | 백낙청, 「禪詩와 리얼리즘」, 『고은 문학의 세계』, 신경림·백낙청 엮음, 창작과 비평사, 1993, p. 165.

91 | 백낙청, 위의 글, p. 152.

이어진다고 볼 수 없다. 고은의 시에서 엿보이는 선적 감각 중에는 선 밖의 선에 충실한 것도 있지만 선을 위한 선 내지 선 안의 선에 충실한 것도 있다. 그리고 그의 시의 지배적인 논리가 선임에도 불구하고 그것이 뚜렷하게 선인지 아닌지 판단하기가 애매한 경우도 많다. 이런 점에서 그의 시 전체를 놓고 선적 논리를 온전히 파악한다는 것은 대단한 공력을 필요로 하거나 아니면 불가능할 수도 있다.

그의 시편들 중에서 비교적 선적 논리가 뚜렷이 드러난 것으로는 『뭐냐』(1991)와 『순간의 꽃』(2001)을 들 수 있다. 이 시편들은 "예의 장광설을 지양하고 선시적 분위기가 담긴 단시 형태를 띠고 있는 것이 대부분"[92]이다. 『뭐냐』는 시인 자신이 '고은선시高銀禪詩'라고 명명하고 있고, 『순간의 꽃』은 자신이 오래 공부한 시간론인 "찰나 혹은 순간 속의 무궁"[93]을 시적으로 형상화한 것이다. 시인 자신이 직접 선시라고 밝힌 점도 있지만 시를 보면 누구나 쉽게 그것이 선의 논리에 입각해 창작되었음을 알 수 있다. 이 사실은 그의 시를 관통하는 선의 논리를 이 두 시집을 통해 어느 정도 해명할 수 있다는 것을 의미한다. 어쩌면 이 해명이 선이 본래 지니고 있는 의미를 궁구해내지 못할지도 모른다. 하지만 그의 시의 선적 감각과 논리를 이해하는 데에는 적지 않은 도움을 주리라고 본다.

2. 깨달음으로서의 공간과 선적 감각

고은의 『뭐냐』는 선적인 깨달음을 겨냥한 시집이다. 단시 형태에 절제

---

92 | 송기한, 『고은』, 건국대학교 출판부, 2003, p. 116.
93 | 고은, 「이 시의 길을 가면서」, 『순간의 꽃』, 문학동네, 2001, p. 117.

된 언어와 비약적이고 초월적인 감각을 통해 미적인 세계와 삶의 진리를 드러냄으로써 이 시집은 선미禪美와 선감禪感의 성취라는 그의 시의 한 특장을 잘 보여주고 있다. 하지만 이것이 곧 그의 시의 선적인 감각의 온전한 성취를 의미하는 것은 아니다. 『뭐냐』에는 "본래적인 의미의 선시적 특성, 즉 현실세계를 완전히 넘어서는 완강한 관념성과 초논리적이고 불가해한 오도悟道의 세계 안에 담겨 있는 불교사상 등의 요소들은 굉장히 약화"[94]되어 있을 뿐만 아니라 "발신자와 수신자가 온전한 깨달음에 이르렀거나 확철대오한 수행자가 아니기 때문에 선이 가지는 의사소통 구조가 약화"[95]되어 있는 것이 사실이다.

시와 선은 세계 인식과 언어 표현의 차원에서 동질적인 면을 가지고 있지만 각각이 추구하는 궁극적인 목적은 차이가 있다. 선의 궁극은 '지성' 혹은 '통각의 세계'에 있고, 시의 궁극은 '감성의 세계'[96]에 있다고 할 수 있다. 시와 선의 궁극적인 목적이 다르다면 과연 선시란 가능한 것일까? 시와 선의 결합 혹은 통합이라고 하는 선시란 기실 어중간한 절충의 양식이 아닐까? 이러한 의문에 답하기 위해서는 시를 쓰는 선승과 선을 노래하는 시인 사이의 상호 보충적이고 상호 대리충족적인 관계에 대해 말해야 할 것이다. 선승이 시를 쓰는 것은 깨달음을 얻는 데에 시라는 양식만큼 효과적인 것이 없기 때문이고, 시인이 선을 노래하는 것은 세계에 대한 인식의 깊이를 확보하는 데에 선만큼 효과적인 것이 없기 때문이다. 이런 점에서 볼 때 고은이 선시를 쓰는 것은 언어 표현과

---

94 | 고형진, 「禪詩와 無意味詩」, 『현대시세계』, 청하, 1992년 봄호, p. 200.
95 | 서덕주, 「현대 선시 텍스트의 생성과 해체성 연구」, 서강대박사학위논문, 2004, p. 16.
96 | 김준열, 『禪의 要諦』, 법보원, 1964, pp. 14~15. 자명, 「禪文學의 世界」, 『韓國佛教學』 17권, 1992, p. 376.

세계 인식의 차원에서 새롭고 깊이 있는 시를 창조하려는 욕망과 관련이 있다고 할 수 있다. 『뭐냐』는 시인의 이와 같은 의도가 반영된 것이라고 할 수 있다.

그러나 시인의 의도 중에서 『뭐냐』에 드러난 두드러진 특징 중의 하나는 '엄숙한 체계와 전통·권위를 내버린 참다운 정신 행위'이다. 이 행위는 선이 지향하는 것임은 두말할 필요가 없다. 선의 덕목 중에서도 가장 중요한 것이라는 점을 고려하면 이것에 대한 강조는 그다지 새롭거나 이상할 것이 없다. 하지만 선에서의 이러한 파격과 자유를 유난히 강조하는 데에는 어떤 숨겨진 의도가 있다고 할 수 있다. 그가 말하는 파격과 자유의 행위는 겉으로 보면 체계와 전통·권위 같은 것을 향하고 있지만 기실 그것은 엄숙한 체계와 전통·권위를 내버리지 못하는 시인 자신을 향하고 있다고 할 수 있다. 시인 자신을 향한 비판과 반성의 기치를 내세움으로써 자연스럽게 "1990년대 유행을 탄 선시 아닌 선시들에 일침을 놓게 되는 계기"[97]도 마련하기에 이른다.

> 법화경 구원실성^{久遠實成}
>
> 이제까지
>
> 내가 네놈한테 실컷 맞았다
>
> 이제부터
>
> 네놈이 내 방망이 맞는다
>
> 어이쿠!
>
> 맷집 좋다
>
> 어이쿠!

---

97 | 백낙청, 앞의 글, p. 153.

어이쿠!

법화경 도망쳤다 농사꾼 떠난 들 넓다

— 「법화경」 전문

시인의 참다운 정신 행위는 '법화경'을 버리는 것이다. 법화경이란 모든 불교 경전 중의 경전이다. 불교의 핵심 진리를 담고 있고 있기 때문에 불교에 입문하는 사람들에게 법화경은 절대적인 권위의 상징으로 존재한다. 시인 역시 법화경을 통해 성불久遠實成의 의지를 불태운다. 하지만 시인은 진정한 성불이란 법화경과 같은 경전을 통해 이루어지는 것이 아니라는 사실을 깨닫는다. 그 깨달음의 순간을 시인은 '법화경'과 '나'의 위치 전도를 통해 강렬하게 드러낸다. 깨달음을 얻기 전에는 법화경이 '위'였고 내가 '아래'였다면, 깨달음을 얻은 후에는 오히려 내가 '위'가 되고 법화경이 '아래'가 되기에 이른다. 위와 아래의 위치 전도는 언제나 유쾌한 상대성의 원리라는 속성을 지니고 있기 때문에 유머러스한 상황이 연출될 수밖에 없다.

법화경의 신성함이 한순간에 '네 놈'으로 명명되면서 비속한 것으로 전락하고 마는 이 카니발적인 세계에서는 욕설과 방망이질이 격렬하게 진행되면 진행될수록 깨달음의 강도는 높아진다. 법화경을 향해 마구 방망이질을 하는 나의 모습은 진리를 향해 용맹정진하는 구도자의 모습에 다름 아니다. 이런 점에서 법화경을 향한 요란한 방망이질은 '침묵'이나 '할喝'과 다른 것이 아니다. 시인은 법화경 속에서 진리를 구하는 자신의 태도에 대해 사정없이 방망이질을 함으로써 그동안 자신을 가두고 있던 체계와 전통·권위로부터 자유를 획득하려 한 것이다. 시인의 행위는 그 대상이 법화경에서 '벽암록'(「벽암록」)으로 다시 벽암록에서

'선종의 계보'(「허튼소리」)로 이어진다. 특히 달마에서 시작해 혜가, 홍인, 혜능으로 이어지는 선종의 계보를 혜능, 홍인, 혜가, 달마로 역전시키고 그것을 패륜의 가문이라고 몰아세우는 시인의 태도는 가히 압권이라고 할 수 있다.

이렇게 시인이 경이나 계보 자체를 강하게 부정하는 데에는 언어 밖에서 언어를 구하고 경전 밖에서 경전을 구하는 것이 선의 궁극임에도 불구하고 그것을 망각하거나 행하지 않고 있는 사람들을 향한 따끔한 일갈一喝의 의미를 지닌다고 할 수 있다. 시인이 경이나 계보에 얽매이는 것을 무엇보다도 강하게 꾸짖는 데에는 개인의 자유로운 정신에 대한 깨달음만을 겨냥하고 있는 것은 아니다. 시인에게 보다 더 두려운 것은 언어 밖의 언어, 경전 밖의 경전으로 표상되는 현실에 대한 망각이다. 시인이 생각하는 진정한 깨달음은 현실의 장 속에서의 수행을 통해 얻어지는 것이다. 무시선無時禪하고 무처선無處禪한 현실을 강조함으로써 『뭐냐』에서는 공간이 새롭게 부상하기에 이른다.

시인이 궁극적으로 지향하는 선의 실천궁행이 현실에서 이루어진다고 할 때 먼저 중요하게 부상하는 공간은 '산'이다. 시인에게 산이 중요하게 부상하는 이유는 그것이 언제나 현실과 긴밀하게 연결되어 있기 때문이다. 산은 현실로부터 벗어나게 하는 도피처인 동시에 다시 그 현실로 들어서게 하는 공간이다. 이 사실은 산이 시인으로 하여금 현실로부터 벗어나게 해 자신을 성찰하고 반성하게 하는 공간이면서 동시에 자신을 산에 안주하게 하는 것이 아니라 현실로 되돌아가게 하는 행위의 내발성內發性을 가능하게 하는 공간이라는 것을 의미한다. 어떤 경우에는 약이 되기도 하고 또 어떤 경우에는 독이 되기도 하는, 파르마콘pharmakon의 속성을 지닌 산은 시인의 중요한 선적인 깨달음의 공간이라고 할 수 있다. 시인의 산을 통한 깨달음의 과정은 시 속에서 '입산-수행-하산'의 구도로 드러난다. 먼저 입산을 보자.

크게 그르쳤다
차라리
일주문에서 돌아갈 일

－「대웅전」전문

일주문은 입산의 상징적인 표상이다. 일주문, 다시 말하면 산문^{山門}은 입산하기 위해 들어서는 첫 번째 문이다. 통과제의로서의 일주문을 들어서는 순간 세속의 번뇌를 잊고, 한마음^{一心}으로 진리의 세계를 향해 용맹정진해야 하는 것이다. 하지만 시인은 자신의 입산이 '크게 그르쳤다'고 할 정도로 후회스러운 행위였음을 고백하고 있다. 이러한 깨달음은 즉흥적으로 이루어진 것이 아니라 오랜 수행의 과정을 거쳐서 이루어진 것이다. 비록 시인은 자신의 입산을 후회하고 있지만 일주문을 들어서기 전과 후는 분명히 다르다고 할 수 있다. 그것은 깨달음 때문이다. 깨달음을 얻기 전과 후는 자신 안의 부처를 발견하느냐, 못하느냐 만큼이나 다른 차원을 의미한다고 할 수 있다. 본존불을 모신 대웅전 앞에서 대오각성이 이루어지고 있다는 점에서 깨달음과 그에 따르는 수행 과정의 진정성을 향한 시인의 강한 의지를 엿볼 수 있다.

저문 산더러
너는 뭐냐

너 뭐냐 뭐냐……

－「메아리」전문

시인의 수행의 의미가 '너는 뭐냐'에 함축되어 있다. 이 말은 가장 중요한 선적인 화두 중의 하나이다. 이 말의 형식과 내용은 간단하지만 여기에는 인간과 세계에 대한 무궁무진한 질문이 내재해 있다고 할 수 있다. 어떤 깨달음에 이르기 위해 '너는 뭐냐'라는 화두를 붙잡고 그것과 한판 싸움을 벌여야 하는 일은 고독하고도 지난한 과정임에 틀림없다. 특히 이 싸움의 성격이 자기 자신을 향하고 있다는 점에서 더욱 그렇다. 시인이 '저문 산더러 너는 뭐냐'라고 하지만 기실 그 화두는 자기 자신에게 던지는 질문이라고 할 수 있다. '너는 뭐냐'라는 화두에 대해 시인은 이렇다 할 만한 답을 하지 못한다. 시인이 할 수 있는 일은 '너는 뭐냐'라는 말을 끊임없이 되풀이하는 것이다. '너 뭐냐 너 뭐냐……'라는 형식이 바로 그것이다.

시인이 저문 산더러 하는 '너는 뭐냐'라는 말은 공허한 메아리처럼 들린다. 어떤 진리에 대한 답을 구하기 위해 산문을 들어섰지만 돌아오는 것은 텅 빈 메아리에 불과하다는 인식이 여기에 배어 있다고 할 수 있다. 시인의 말이 이렇게 공허한 메아리로 느껴지는 데에는 '너는 뭐냐'가 환기하는 언어적인 감각 때문이기도 하지만 그것을 보다 더 확고하게 인식하게 하는 것은 '하산' 때문이라고 할 수 있다. 시인의 하산은 자신이 산문에 들어 구하려는 진리에 대한 회의가 있었기 때문에 단행된 일이라고 할 수 있다. 시인이 입산해서 구하려는 진리가 무엇인지는 시 속에 구체적으로 드러나 있지 않다. 그러나 분명한 것은 시인이 산(입산)에 대해 깊은 회의와 허무를 드러내고 있다는 사실이다.

돌아다보니

아뿔싸

내려온 산 온데간데없다

여기 어디메인가

뱀허물로 가을바람 시시부지 뒤척이는바

―「산을 내려오며」 전문

시인은 자신이 '내려온 산'이 '온데간데없다'고 말한다. 지금까지 있던 산이 없어졌다는 말은 다분히 유심론적인 표현이다. 시인의 이 말은 입산과 하산에 대한 인식의 차이를 잘 보여준다. 시인이 산에 있을 때(입산)는 분명히 산은 거기에 있었으며, 시인과 산은 하나였지만 시인이 산에서 내려 왔을 때(하산) 그 산은 온데간데없이 사라졌고, 시인과 산은 더 이상 하나가 아닌 상태에 놓이게 된 것이다. 거기에 분명히 있던 산이 사라졌다는 것은 산에서 구하려던 진리가 한낱 부질없는 망상에 지나지 않는다는 것을 깨달았다는 것을 의미한다. 이제 시인은 그 진리를 산이 아니라 다른 곳에서 구하려고 한다. 시인의 '여기 어디메인가'와 '뱀허물'은 그것에 대한 시작을 알리는 한 표현으로 볼 수 있다.

시인이 일주문을 통해 입산했듯이 하산 역시 일주문을 통할 수밖에 없다. 일주문을 경계로 하여 입산과 하산의 의미가 결정된다면 시인이 말하는 '산의 내려옴'은 곧 속세로의 복귀를 의미한다. 속세로의 복귀는 진리의 구함에 대한 끝이 아니라 새로운 시작을 의미한다. 산이 개인적인 수행을 통한 깨달음의 공간이라면 속세는 수많은 현실적인 타자와의 관계를 통한 깨달음의 공간이라고 할 수 있다. 어쩌면 속세라는 현실적인 공간이 산이라는 공간보다 더 치열한 용맹정진의 구도자적인 자세를 요구하는 진정한 차원의 깨달음의 공간이라고 할 수 있을 것이다. 시인은 「길을 물어」에서

이로부터 중생을 물어라

부처가 뭐냐고 묻는 멍청이들이여

중생을 물어라

배고프면

밥을 물어라

달빛에 길을 물어

유자꽃 피는

유자꽃 피는 항구 찾아가거라

항구의 술집을 물어라

묻다가 묻다가 물어 볼 것 없어!

─「길을 물어」 전문

라고 노래하고 있다. 시인은 '부처가 뭐냐'고 묻지 말고 '중생이 뭐냐'고 물으라고 한다. 이 말은 부처가 어디 따로 있는 것이 아니라 중생이 곧 부처고 그 중생 안에 부처가 있다는 것을 의미한다. 중생은 산이 아니라 속세에, 관념이 아니라 현실의 공간에 존재하기 때문에 시인은 '밥을 묻고 술집을 물으라'고 말한다. 특히 백년설의 「대지의 항구」라는 대중가요를 패러디해서 시인은 술집이 가지는 세속의 이미지를 더욱 강화시킨다. 밥과 술집은 중생의 삶을 가장 본능적으로 혹은 원초적으로 체험할 수 있는 질료들이다. 시인이 물으라고 하는 밥과 술집은 식욕과 색욕 혹은 성욕의 대상으로 산에서는 금기시하는 것들이다. 하지만 시인은 오히려 그 금기시하는 것을 물어야 한다고 말한다. 이것은 성과 속의 경계 해체를 의미한다. 성속이 일여一如하다는 인식은 시인이 성스러운 산에서 속된 현실로 내려오면서 이미 예견된 것으로 이것은 피안과 차안,

세간과 출세간, 천상과 지상, 현상계와 본질계, 순간과 영원 등 세계를 이원론적으로 구분하려는 인식에 대한 강한 부정을 드러내는 것으로 볼 수 있다.

중생의 세속적인 삶 속에 부처가 있고, 그들이 가는 길을 물어 볼 것이 없을 때까지 물어야 한다고 말하는 시인의 태도는 때와 장소를 가리지 않고 선을 수행하는 구도자로서의 면모를 잘 드러낸다. 시인의 말처럼 '묻다가 묻다가 물어 볼 것 없'는 상황에까지 이르면 그 다음에는 어떤 일이 일어날까? 더 이상 물어 볼 것이 없는 상황이란 침묵의 상태를 말하는 것이라고 할 수 있다. 선의 세계에서의 침묵은 수행의 중단이 아니라 가장 치열한 수행의 일종이다. 침묵의 과정 속에서 말의 논리를 훌쩍 뛰어넘는 새로운 논리가 발생한다. 그것이 바로 비논리와 역논리로 명명되는 선의 논리이다. 선의 언어가 목적으로 하는 깨달음의 세계가 바로 역논리와 비논리를 통해 드러나는 것[98]이다. 이것은 하나의 모순이면서 동시에 역설의 의미를 지닌다고 할 수 있다. 이 모순과 역설은 선의 세계를 이해하는 데 핵심적인 논리라고 할 수 있다.

> 감옥에 가면 도인道人이 시글시글하구나
> 살인강도며 강도살인이며
> 강도살인미수며 지랄이며
>
> 여기 대구교도소 꽉 채우느라
> 팔공산 절간마다
> 도인은커녕

---

98 | 김운학, 『佛敎文學의 理論』, 일지사, 1981, p. 96.

도인 죽었다 깨어난 것도 없이 풍경소리 댕그랑

—「팔공산」 전문

이 시에서의 모순과 역설은 '감옥'과 '팔공산 절간'을 동일한 것으로 간주하고 있는 데서 발생한다. 대개 도인道人은 절간에 있는 것으로 인식하는 것이 상식이다. 하지만 시인은 이러한 고정관념을 깨고 도인은 절간에만 있는 것이 아니라 감옥에도 있다고 말한다. 심지어 시인은 절간보다 감옥에 도인이 더 많다고까지 말한다. 신성한 절간이 단번에 감옥으로 전락하면서 신성한 것과 속된 것, 선한 것과 악한 것 사이의 경계가 해체되기에 이른다. 감옥과 절간 사이의 경계 해체는 시인의 입산과 하산의 의미를 상징적으로 표상한다고 할 수 있다. 시인이 깨우치려고 하는 도道란 절간보다 오히려 감옥에서 그것을 더 잘 발견할 수 있으며, 우리가 진리를 구하고 깨달음을 얻기 위해서는 감옥, 절간이라는 기표의 허울을 벗어버리고 그 안에 내재해 있는 본래적인 것을 찾는 것이 중요하다고 할 수 있다.

시인의 속세로의 하산이 궁극적으로 지향하는 바가 여기에 있다면 시인이 자신에게 던진 '너는 뭐냐'라는 화두에 대한 답 역시 여기에서 찾아야 할 것이다. 감옥에서 도를 발견하려는 시인의 태도는 억압과 구속의 세계로부터 벗어나 자유와 해방을 추구하려는 시인의 의지에 대한 하나의 메타포로 읽을 수 있을 것이다. 시인을 억압하고 구속하는 감옥의 메타포는 개인적인 일상의 공간을 넘어 역사적인 현실의 공간으로 확대되어 나타나기도 한다. 가령 「남과 북」에서 시인은

묘향산 보현사 주지가 전화를 걸었다
해남 대흥사 주지가 전화를 받았다

요새 어떤가 여기 부처가 돌아앉았네

여기도 돌아앉았다네

거기뿐이 아니었다

남과 북 모든 부처들이 돌아앉았다

제법이로군 놈들

— 「남과 북」 전문

이라고 말하고 있다. 이 시에서 우리가 주목해 보아야 할 대상은 '부처'이
다. 시 속의 부처는 절간에 고이 모셔놓은 그런 부처가 아니다. 이 시
속의 부처는 현실의 문제에 대단히 민감한 그런 부처이다. '남과 북 모든
부처들이 돌아앉았다'에 잘 드러나 있듯이 남과 북의 부처들은 현실
상황에 대해 매우 못마땅해 하고 있다. 이러한 부처에 대해 시인은 '제법
이로군 놈들'이라고 말한다.

부처에게 반말을 함으로써 시인과 부처의 위치가 전도되고, 이것을
통해 시인은 부처에 대한 자신의 생각을 거리낌 없이 표출하기에 이른다.
시인은 부처가 현실 문제에 대해 무감각하기를 바라기보다는 그것에
대해 적극적인 관심을 가지고 참여하기를 바란다. 현실 상황이 자신의
생각과는 다르게 진행되자 돌아앉아버리는 부처의 모습은 현실에 대한
비판 정신과 부정 정신을 강하게 환기한다고 할 수 있다. 남과 북이라는
역사적인 현실 공간에 선적인 논리를 개입시켜 그것을 날카롭게 통찰하
는 시인의 감각은 새로운 선시의 가능성을 보여주고 있다고 할 수 있다.
남과 북이라는 역사적인 현실 공간은 산이라는 공간을 넘어선 새로운
깨달음의 공간이라고 할 수 있다. 그의 시가 보여주는 이러한 특성은

그의 선을 단순히 탈구조주의적인 차원에서 이해하는 것을 넘어 리얼리즘 문학의 차원에서 이해[99]하게 한다. 그의 시『뭐냐』에 제시된 공간은 그것이 산이든 아니면 감옥이나 술집과 같은 세속적인 것이든, 혹은 남과 북처럼 역사적인 현실 공간이든 모두가 깨달음의 대상이라는 점에서 일정한 공통점을 드러낸다. 하지만 그 깨달음의 정도와 의미는 공간에 따라 일정한 차이를 드러내며, 이 차이는 그의 선적 감각의 한 특장을 이룬다고 할 수 있다.

3. 깨달음으로서의 시간과 선적 감각

고은의 선적 감각은『순간의 꽃』(2001)에 오면 시간에 대한 인식을 통해 구현된다.『뭐냐』(1991)가 공간을 통해 선적 감각을 구현한 것과 비교하면『순간의 꽃』에서의 이러한 양상은 주목해 볼 만하다. 선적인 깨달음이 공간보다 시간을 통해 이루어진다는 것은 그 특성상 세계에 대한 성찰이 좀 더 눈에 보이지 않는 혹은 지각 불가능한 차원으로 확대된다는 것을 의미한다. 시간과 공간은 분리할 수 없는 것이지만 이 둘 중 어느 것을 더 전경화하느냐에 따라 존재의 양태는 달라질 수 있다.『순간의 꽃』에서 강조하고 있는 것은 '찰나 혹은 순간 속의 무궁'과 같은 시간의 세계이다.

이러한 시간관은 대단히 역설적이다. 어떻게 순간이 무궁이 될 수 있는가? 이것이 가능하려면 시간은 절대 계기적인 흐름 속에 놓이면 안 된다. 과거의 시간 다음에 현재의 시간이 오고, 다시 현재의 시간

---

99 | 백낙청, 앞의 글, p. 166.

다음에 미래의 시간이 온다는 논리는 이 역설의 의미를 해명할 수 없다. 순간이 무궁이 되기 위해서는 과거, 현재, 미래가 상즉상입相卽相入의 관계 속에 있어야 한다. 과거 속에 현재와 미래가 있고, 현재 속에 과거와 미래가 있으며, 미래 속에 과거와 현재가 있다는 논리가 바로 그것이다. 하나가 여럿이고 다시 여럿이 하나인 세계卽多 多卽一에서는 시작과 끝이 없는 것이다. 이런 점에서 과거에서 현재를 거쳐 미래로 흘러가는 절대적인 시간이란 존재하지 않는다.

시인이 구현하는 '순간 속의 무궁', 다시 말하면 '찰나刹那 가운데 영겁永劫이 있다'는 논리는 "찰라 혹은 다겁多劫이 곧 일념一念"[100]이라는 선승들의 논리와 다르지 않다. 이것은 시간이 생각의 분별에 지나지 않는다는 것을 의미한다. 생각에 따라 시간이 각기 다르게 나타나기 때문에 그것은 절대성이 아닌 상대성을 띄게 되는 것이다. 따라서 시간에 대한 마음의 분별심이 없으면 자연히 시간은 없어지게 된다. 시간은 그 실체가 없으며, 시작도 없고 끝도 없는 공허한 것에 불과한 것이다. 시인이 말하는 '순간 속의 무궁' 또한 공허한 것이다. 이러한 시간관은 '시간이 연기에 따라 생멸할 뿐 아니라 空하다는 것'을 드러내며, "근대적 시간의 무게에 무기력한 인간을 자유롭게 하는"[101] 또 다른 시인이 추구하는 선적인 감각이라고 할 수 있다.

『순간의 꽃』이 보여주는 세계는 이러한 시간관에 대한 이해가 없으면 그 의미를 온전히 파악할 수 없다. 제목 없이 단장들을 이어놓은 형식과 허무와 소멸, 직관, 경구 같은 선적인 내용으로 이루어진 시집은 낯섦과

---

100 | 오형근, 「불교의 시간론」, 『불교학보』 29집, 동국대학교불교문화연구원, 1992, p. 78.

101 | 오현숙, 「들뢰즈와 불교의 시간론」, 『동서비교문학저널』 제16호, 한국동서비교문학학회, p. 131.

난해함을 동시에 지니고 있다는 점에서 불교적인 시간관에 대한 이해가 없으면 시인이 추구하는 선적인 감각을 제대로 음미할 수 없는 것이 사실이다. 『순간의 꽃』이 현란한 수사가 아닌 사물과 현상에 대한 구체성과 교감이 가능한 시어를 사용하고 있기는 하지만 논리적인 비약과 압축, 전치, 여백 등의 선적인 논리와 표현이 지니는 깊이와 묘미를 제대로 음미하기 위해서는 순간 속의 무궁 혹은 시간이 연기에 따라 생멸할 뿐만 아니라 공空하다는 유심唯心 사상에 대한 깨달음이 전제가 되어야 한다고 할 수 있다. 가령

> 소쩍새가 온몸으로 우는 동안
> 별들도 온몸으로 빛나고 있다
> 이런 세상에 내가 버젓이 누워 잠을 청한다
>
> ─『순간의 꽃』, p. 12

를 보자. 이 시에 사용된 언어는 단순하고 명징하다. 또한 시적 논리에 현란한 수사 같은 것도 없다. 하지만 이 시의 의미는 쉽게 파악되지 않는다. 3행밖에 되지 않는 짧은 시이지만 논리적인 비약과 압축, 여백 등이 이 시를 이루고 있기 때문이다. 이 시를 이해하기 위해서는 먼저 '소쩍새가 온몸으로 우는 것'과 '별들이 온몸으로 빛나는 것' 사이의 관계를 해명해야 한다. 이성의 투명한 논리로 보면 이 둘 사이에는 어떤 관계도 없는 별개의 사건으로 인식된다.

그러나 연기법 하에서 보면 사정은 달라진다. 연기법에서는 존재의 동일성 자체를 인정하지 않는다. 이 논리대로라면 소쩍새는 소쩍새의 동일성을 가지고 있지 않다. 소쩍새는 다른 존재와의 관계 속에서만 의미를 지닌다. 그렇다면 동일성 자체를 인정하지 않는 이 논리는 어디에

서 비롯된 것일까? 소쩍새의 동일성이란 소쩍새를 자성自性의 논리로 본 데서 생겨난 것이다. 하지만 연기법에서는 소쩍새를 자성이 아닌 무자성無自性으로 본다. 자성이 없기 때문에 모든 존재는 있음과 없음, 같음과 다름이라는 구분과 차별로부터 벗어날 수 있는 것이다. 자성은 집착이며 무자성은 그것으로부터 벗어난 무한 자유이다.[102] 자성이 없기 때문에 소쩍새는 별들과 구분되거나 차별화되지 않는다. 소쩍새가 별들이 되고, 별들이 다시 소쩍새가 되는 세계가 바로 이 무한 실상의 연기의 세계인 것이다.

우리가 소쩍새가 온몸으로 우는 것과 별들이 온몸으로 빛나는 것을 시간적으로 구분한다거나 차별화하는 것은 인간의 생각이 만들어낸 분별에 지나지 않는다. 이 두 사건은 시간에 대한 마음의 분별심이 없으면 각기 따로 일어난 사건이 될 수 없다. 무한 실상의 관계망 속에서 보면 이 두 사건은 둘이 아니며不二, 여기에서 시간은 그 실체가 무화되기에 이른다. 시작도 없고 끝도 없는 무한 실상의 연기법 속에서 이 두 사건을 시간의 분별을 통해 이해한다는 것은 불가능할 뿐만 아니라 그것은 또한 공허한 것에 불과하다고 할 수 있다. 그것이 공허하다는 것을 알기에 시인은 '이런 세상에 내가 버젓이 누워 잠을 청할' 수 있는 것이다. 시인의 이러한 무한한 자유로움은 이 두 사건의 실상이 마음에 있으며, 그 마음으로 연기의 세계를 깨달은 데서 비롯된 것이라고 할 수 있다.

이처럼 연기의 실상을 깨달은 자의 눈으로 보면 우리가 이성이나 일상의 분별의 논리로는 발견할 수 없는 세상의 은폐된 진리가 드러난다. 그 탈은폐된 진리 중의 하나가 바로 삶과 죽음에 대한 해석이다. 연기의

---

102 | 이재복, 「한국 현대시와 선」, 『한국언어문화』 39집, 한국언어문화학회, 2009, p. 272.

실상을 깨닫지 못한 자에게 삶과 죽음은 하나가 아니라 둘이 될 수밖에 없다. 삶과 죽음의 분리라는 분별심은 시간에 대해 초월적인 사유를 하지 못하기 때문에 시간의 실체를 부정하거나 그것이 공空하다는 인식을 하지 못한다. 삶과 죽음이 시간의 지배 속에 놓여 있으면 그 유한성으로 인해 '나' 혹은 '자아'에 집착하게 된다. 불가에서 말하는 아상我相이 바로 그것이다. 나에 집착한다는 것은 곧 자신의 욕망에 집착한다는 것을 의미한다. 나에 집착하면 절대 무한 실상의 자유와 해방을 의미하는 해탈의 경지를 경험할 수 없다. 그래서 시인은

> 초신성은 멸망으로만 빛납니다
> 멸망으로만
> 새로운 별입니다
> 나는 누구누구였던가
> 아득하여라
> 아득하여라
>
> — 『순간의 꽃』, p. 31

라고 노래하고 있는 것이다. 시인이 추구하려는 것은 나를 넘어선, 다시 말하면 나의 무화無化이다. "나는 누구누구였던가/아득하여라"에 드러난 사실은 나의 동일성에 대한 회의이다. 시인의 이 말에서 알 수 있는 것은 나의 누구누구로의 무한반복이다. 나가 끊임없이 무한반복되어 드러나기 때문에 시인은 아득할 수밖에 없는 것이다. 나의 동일성의 해체는 곧 시간의 분별심의 해체와 다른 것이 아니다. 시간의 분별심이 해체됨으로써 '초신성은 멸망으로만 빛난다'는 깨달음을 얻게 된 것이다. 멸망이 곧 생성이 되고 생성이 다시 멸망으로 이어지는 무한 실상의

해체된 시간 속에서 나라는 존재는 동일성이 아닌 관계성으로만 존재할 수 있는 것이다.

삶과 죽음이 혹은 멸망과 생성이 무한히 반복된다는 인식은 변하지 않는 본질이나 근원이 있다는 논리를 해체하여 무상無常과 공허空虛가 세상의 진리라는 의미를 내포하고 있다고 할 수 있다. 이 세상에 존재하는 것은 모두 소멸할 수밖에 없으며, 그 소멸은 끝이 아니라 또 다른 생성의 시작이라는 논리는 지독한 역설이면서 모순이라고 할 수 있다. 이 역설과 모순 속에 진리가 은폐되어 있으며 그것을 발견하는 자가 바로 시인이라고 할 수 있다. 시가 세계에 은폐된 진리를 발견하는 양식이라면 역설과 모순의 논리로 깨달음에 이르는 선과 긴밀한 관계에 놓일 수밖에 없다. 이러한 역설과 모순은 세계의 이면에 은폐되어 있는 보편적인 현상임에도 불구하고 우리가 그것을 깨단지 못하는 것은 나 혹은 아상의 집착에서 벗어나 보다 깊고 큰 우주의 현묘한 도를 발견하지 못하기 때문이라고 할 수 있다.

아직은 고향이더라

어릴 적 가재 잘 잡던
수남이도 죽었다 한다
수남이와 함께
가재 숨은 돌
번쩍 들어올리던
상문이도 죽었다 한다
방아달 경호도 죽었다 한다

눈 녹은 뒤 보리밭 오래 푸르더라

―『순간의 꽃』, p. 28

    이 시에는 세계의 이면에 은폐된 역설과 모순이 선명하게 제시되어 있다. 그 역설과 모순이란 다름 아닌 소멸과 생성을 통해 드러나는 하나의 현상이다. 시인이 노래하고 있는 대상은 고향과 그 고향의 친구들이다. 그런데 고향이든 고향의 친구들이든 모두 소멸과 생성이라는 시간의 흐름 속에 놓일 수밖에 없는 존재들이다. 시인은 어릴 적 고향에서 함께 한 친구들이 하나 둘 죽었다는 소식을 전해 듣는다. 친구들의 죽음은 시간의 개념으로 보면 하나의 소멸이다. 만일 시인이 소멸을 일상의 분별심으로 인식하고 있다면 고향 친구들의 죽음은 자신과의 영원한 이별 혹은 분리가 된다.

    이렇게 되면 시인 자신도 곧 친구들처럼 죽게 될 것이라는 사실에 대해 두려움과 공포를 느끼게 될 것이다. 시인의 분별심이 만들어낸 두려움과 공포는 죽음 이외의 다른 세계를 보지 못하게 한다. 만일 분별심이 없다면 죽음 이외의 다른 세계, 곧 삶 혹은 생성의 세계를 보게 될 것이다. 죽음과 삶 혹은 소멸과 생성이 분리되어 있는 것이 아니라 통합되어 있다는 사실을 깨닫게 되면 두려움과 공포는 사라지게 될 것이다. 시인은 소멸과 생성이 분리되어 있지 않다는 사실을 보다 강렬하게 환기하기 위해 '눈 녹은 뒤의 푸른 보리밭'이라는 질료를 사용하고 있다. 눈으로 덮여 있다가 드러나는 푸른 보리밭은 죽음의 어두운 이미지와 선명한 대조를 이룬다. 이것은 푸른 보리밭을 전경화함으로써 죽음이 곧 끝이라는 인식을 강하게 뒤집으면서 생성의 차원을 새롭게 부각시키는 효과를 준다.

    눈이 녹아 푸르게 드러나는 보리밭처럼 소멸은 생성을 은폐하고 있다.

시인에게는 그 은폐된 차원을 볼 수 있는 눈이 있다. 소멸이 지배적인 상황 속에서도 그 안에 은폐되어 있는 생성의 기운을 발견할 수 있는 시인의 눈은 반대 일치라는가 극과 극은 서로 통한다는 모순과 역설의 논리를 관통하고 있다고 할 수 있다. 하지만 이러한 논리에 대한 통찰과 혜안은 소멸이든 아니면 생성이든 그것은 수사적인 차원에서 이루어지는 것이 아니라 수행의 산물이라고 할 수 있다. 이때 중요한 것은 소멸의 극 혹은 생성의 극에 이르는 수행 체험이다. 소멸이나 생성의 극에 이르지 못하면 연기법적인 시간의 원리와 역설과 모순 같은 수사학적인 원리를 자각할 수 없다. 시인 역시 이것을 누구보다도 잘 알고 있기에

　　　재가 되어서야
　　　새로운 것이 될 수 있다 하더이다
　　　10년 내내
　　　제 불운은 재가 되어본 적 없음이더이다

　　　늦가을 낙엽 한 무더기 태우며 울고 싶더이다
　　　　　　　　　　　　　　　　　　　　　　－『순간의 꽃』, p. 95

라고 말하고 있는 것이다. '재가 되어서야 새로운 것이 될 수 있다'는 인식은 마음을 통한 깨달음의 순간을 표현한 것이라고 볼 수 있다. 재가 되거나 깨달음의 순간을 거치고 나면 새로운 차원이 열리는 것이다. 여기에 연기법의 논리를 적용하면 이 사실은 재가 되어야 무한 실상의 관계 속으로 편입이 가능하다는 의미가 된다. 만해가 '타고 남은 재가 다시 기름이 된다'고 했을 때 그 의미 역시 이와 다르지 않다. 재가 기름이 된다는 것은 무한 실상의 관계 속으로 편입된다는 것을 말하며,

이때 재가 기름이 되는 것은 물리적인 시간이 아니라 수행자의 마음에 의해 만들어지는 시간을 의미한다고 할 수 있다. 수행자에 따라 재가 되는 시간은 무수히 달라질 수 있기 때문에 그 시간은 절대적인 시간이 아니라 상대적인 시간이며, 우리가 일상에서 사용하는 분별심에 의해 만들어진 시간과는 차원이 다르다. 이런 점에서 보면 연기법에서의 시간 은 무의미하거나 실체가 없는 무화된 세계를 지칭하는 것이라고 해도 무방하다. 실체가 없는 무화된 시간의 차원에서 보면

장날 파장 때
지난해 죽은 삼만이 어미도
얼핏보였다
저승에서도 장 보러 왔나 보다

—『순간의 꽃』, p. 43

라는 상상과 표현이 결코 과장된 것이 아님을 알 수 있다. 이승과 저승의 경계를 훌쩍 뛰어넘어 서로 상즉상입하는 경지에 이르렀을 때 우리는 비로소 선적인 깨달음을 얻었다고 말할 수 있다. 이것은 찰나의 순간 속에서 무궁을 깨달으려 한 사실에 다름 아니다. 그런데 찰나 속의 무궁이 라는 선적인 깨달음은 이 시에서처럼 일상이나 현실의 장에서 이루어질 때 그 의미가 배가 된다고 할 수 있다. 이때의 일상이나 현실은 과거, 현재, 미래가 모두 동시적으로 작용하는 그런 시간의 장을 말한다. 사실상 이런 장에서는 시간 자체가 무화되고 말기 때문에 그것이 행사하는 속박 으로부터의 벗어나 자유와 해방감을 체험할 수 있다. 시인이 『순간의 꽃』에서 도달하고자 한 시적 경지가 바로 여기에 있음은 두말할 필요가 없을 것이다.

4. 선적 논리와 전망으로서의 시

고은의 시를 지배하는 내적 논리가 선이라는 사실은 그의 문학을 이해하는데 시사하는 바가 크다. 그의 선은『뭐냐』와『순간의 꽃』등의 시집과 장편소설『화엄경』에 잘 드러나 있듯이 속세와의 연을 끊고 어떤 성스러운 장소에서 참선을 통해 깨달음을 얻는 것을 겨냥하고 있는 것이 아니라 속세의 질펀한 삶을 가로지르면서 여기에서 구원을 모색하고 참된 깨달음을 얻는 것을 겨냥하고 있다. 장르의 특성상『화엄경』이 주로 구원을 모색하는 구도자의 태도와 과정을 내러티브의 형식을 통해 보여주고 있다면『뭐냐』와『순간의 꽃』은 절제, 압축, 비약, 초월 등 단시 형태의 언어를 통해 보여주고 있다. 시와 소설 모두 그의 문학의 논리를 이해하는데 중요한 토대를 제공하지만 선의 요체가 불립문자不立文字, 직지인심直指人心 등 침묵과 직관의 형태로 존재한다는 점을 고려한다면 소설보다는 시가 여기에 더 부합한다고 할 수 있다.

『뭐냐』(1991)와『순간의 꽃』(2001)은 출간 시기가 10년 정도의 차이를 보이지만 선의 논리와 감각을 통해 진리에 대한 깨달음의 과정을 모색하고 있다는 점에서는 맥을 같이한다고 할 수 있다. 하지만『뭐냐』가 깨달음의 과정을 산, 항구, 감옥, 남과 북 등 주로 공간을 통해 구현하고 있다면,『순간의 꽃』은 '찰나 혹은 순간 속의 무궁'과 같은 시간에 대한 인식을 통해 그것을 구현하고 있다는 점에서 일정한 차이를 드러낸다. 이러한 차이는『뭐냐』의 상상력이 개인적인 일상의 공간을 넘어 역사적인 현실의 공간으로 확대되고 있다는 것을 의미한다. 이로 인해 그의 선은 단순히 탈구조주의적인 차원을 넘어 리얼리즘 문학의 차원에서 이해되기도 한다. 이에 비해『순간의 꽃』은 선적인 깨달음이 공간보다 시간을 통해 이루어지기 때문에 그 특성상 세계에 대한 성찰이 좀 더 눈에 보이지 않는 혹은 지각 불가능한 차원으로 확대되어 드러난다고 할 수 있다.

고은의 시를 지배하고 있는 선적 논리는 성스러운 산에만 안주하는 것이 아니라 세속의 현실을 아우르고 있다는 점에서 선의 궁극에 닿아 있으며, 이런 점에서 더욱 주목할 만하다. 세속적인 현실의 장 속에서 성스러움을 추구하려는 역설의 논리야말로 진리의 진정한 의미를 담고 있다. 점점 삶의 가치와 그 이면에 은폐된 진리가 왜곡되고 부유하는 현실 속에서 순정한 언어의 형식을 통해 참된 깨달음과 구원을 추구하는 그의 시의 선은 무엇보다도 미래에 대한 전망perspective을 강하게 담지하고 있다고 할 수 있다. 지금 이 시대를 포함하여 미래 시대에 절실히 요구되는 가치는 개인을 넘어선 인류 공동의 실천적 깨우침이라고 해도 과언이 아니다. 그것은 우리가 처해 있는 위기나 각종 문제가 모두 글로벌한 차원에서 이해하고 해결할 수 있는 것이기 때문이다. 시의 감성과 선의 직관 혹은 자각의 논리가 통합하여 이루어지는 그의 시의 세계는 언어의 혼란과 해체에 직면해 있는 우리 현대시에 대해 일정한 반성의 계기와 함께 인간과 세계에 대한 보다 깊이 있는 통찰력을 제공하리라고 본다.

5. 감각 덩어리와 지평으로서의 시

1. 존재란 무엇인가?

인간과 세계를 이해하는 데 있어서 가장 중요한 토대가 되는 것은 무엇일까? 이 물음에 대해 대부분의 사람들은 다른 그 무엇보다도 먼저 '존재'라는 말을 떠올릴 것이다. 이것은 존재라는 말이 인간과 세계에 대한 구체적인 존립 근거와 조건을 담지하고 있기 때문이다. 그동안 존재는 철학의 주요한 탐구 대상이 되어 왔으며, 이 과정에서 여기에 대한 다양한 해석이 행해져 왔다. 존재와 관련한 논의의 중심에는 우선 '무엇을 존재로 보느냐'하는 문제가 놓인다. 이 문제의 저변에는 모든 것이 다 존재일 수는 없다는 인식이 자리하고 있다. 이런 맥락에서 많은 이들이 존재를 자신이 처해 있는 입장이나 태도 혹은 상황 속에서 규정하고 있다. 하지만 다양한 규정의 이면을 들여다보면 존재를 형이상학의 영역 속에서 이해하려는 뿌리 깊은 역사적 인식을 발견할 수 있다. 하나의 존재를 모든 것이 가지는 본질적이고 변하지 않는 속성으로 본다거나 눈에 보이는 물리적인 대상이나 사물 너머 참된 이데아적인 것 또는 신, 절대자, 존재자와의 관계 속에서 그것을 규정하려고 하는 예 등은 모두 형이상학적인 사유의 산물이라고 할 수 있다.

형이상학의 차원에서 존재에 접근하면 생생하게 살아 있는 현상의 장을 배제함으로써 원초적이고 본질적인 세계의 의미를 상실할 수 있다. 우리가 어떤 존재를 존재로서 드러내는 데에는 일단 현상의 장에서 발생하는 사건을 개념화하거나 기호하해서는 안 된다. 하지만 형이상학자들은 현상의 장을 이해하고 판단하기 위해서는 그것을 현상 그 자체로 보아서는 안 되고 현상을 기하학적인 즉자나 이성의 과정을 통해 객관화시켜 바라보아야 한다고 말한다. 이들이 보기에 현상의 장은 이성 이전의 세계로 그것은 불투명할 뿐만 아니라 어떤 의미나 진리도 지니고 있지 않은 혼란스러운 부정의 장일 뿐이다. 현상의 장이 지니고 있는 불투명함과 혼란스러움은 자연스러움과 생생함이 그대로 살아 있는 세계를 말하는 것으로 그것은 이성에 의해 만들어지거나 구성되어지기 전의 상태를 드러낸다. 이런 점에서 볼 때 형이상학에서 현상의 장에서의 생생한 세계를 배제한다는 것은 곧 이성 이전의 감각의 존재를 배제한다는 것에 다름 아니다.

현상의 장에서 감각을 배제한 채 존재를 이야기한다는 것은 마치 삶을 이야기하면서 숨과 혈맥을 배제하는 것과 다르지 않다. 존재가 이성에 의해서 구성되고 객관화되기 전에 감각의 형태로 그것이 드러난다고 할 때 그것은 과연 이성주의자들이 말하는 것처럼 존재의 온전한 모습이라고 할 수 없는 것일까? 존재가 이성이 아니라 감각이라는 사실에 대해 그것이 정당하지 않다는 것을 누가 말할 수 있는 것일까? 이러한 질문에 대해 우리는 어떻게 답해야 할까? 사실 근거나 척도란 누가 정하느냐에 따라 결정되는 것이지만 존재의 경우 그것은 이러한 결정에 앞선다고 할 수 있다. 어떤 생각을 통한 결정 이전에 이미 하나의 현상은 벌어져 있는 것이다. 하나의 현상에 대한 이성적인 이해와 판단은 사건이나 사태가 벌어지고 난 이후의 일이다. 존재는 현상 그 자체이며, 언제나 현상은 감각을 통해 그 세계를 드러낸다. 존재와 현상 혹은 존재와 현상의 장을 서로 연관 짓다 보면 하나의 세계는 감각으로 충만되어 있다는 것을 알 수 있다.

존재는 생각 이전에, 다시 말하면 생각을 통해 구성되거나 만들어지기 이전에 이미 거기에 감각의 형태로 놓여 있다. 이런 점에서 존재란 감각에서 출발해서 인지를 거쳐 이해와 판단의 과정으로 계기적으로 전개되는 것이 아니라 감각에 존재의 온전한 형태가 내재해 있는 것으로 볼 수 있다. 우리가 어떤 사건이 벌어지는 현상의 장에 있을 때 그 현상은 따로따로 하나씩 하나씩 만들어지거나 구성되어지는 것이 아니라 한꺼번에 총체적인 형태로 감각된다. 이것은 우리가 방문을 열고 들어섰을 때 어디에 창이 있고, 침대가 있고 또 옷장이 있는지를 알아가지 않고 한눈에 그것의 위치와 상태가 들어오는 체험을 한 경우를 통해 알 수 있다. 존재가 한꺼번에 총체적인 형태로 감각되는 것은 감각의 주체와 감각의 대상이 분리되어 있지 않고 하나로 융합되어 있다는 것을 말해준다. 존재가 곧 감각이라면 감각의 주체와 감각의 대상 사이에서 행해지는 일련의 과정이 존재의 의미를 결정한다고 할 수 있을 것이다.

존재의 진정한 의미가 여기에 있다면 그 존재는 감각 주체의 의식 속이나 감각 대상의 객관적인 차원에서 생겨나는 것이 아님을 알 수 있다. 감각 주체와 감각 대상 사이에서 행해지는 일련의 과정이란 감각 주체에 의해 감각 대상이 감각되는 것을 말한다. 하지만 이 과정은 그렇게 단순하지 않다. 가령 감각 주체가 어떤 대상을 직접적으로 감각하지 않는다면 그 대상은 존재의 장에 포함되지 않는 것인가? 어떤 대상이 감각 주체에 의해 감각되지 않는다고 하더라도 그 대상은 감각될 수 있는 가능성을 지니고 있는 것으로 볼 수 있다. 존재란 총체적인 감각으로 드러나는 것이기 때문에 어떤 대상이 직접적으로 감각 주체에 의해 '주의 l'attention'[103]의 상태에 놓이지 않는다고 하더라도 늘 가능성으로 은폐되어 있다고 보는 것이 타당하다. 그렇다면 존재에 대한 이러한 규정이 왜 이렇게 복잡한 양상을 띠는 것일까? 감각 주체와 감각 대상 사이의 상호작용이 개념화된 공식으로 매끈하고 투명하게 정의되지 않고 왜 이렇게 복잡하고 애매모호한 것일까?

존재가 총체적인 감각으로 드러나기 위해서는 정신의 차원에서 그것을 바라보아서는 불가능하다. 이성에 의한 사유 속에서 감각을 이해하려고 하는 흐름들을 보면 감각이 지니는 불투명하고 애매모호한 의미가 제거된 채 순수하고 투명한 세계를 제시한다. 하지만 이 세계는 이성에 의한 감각 주체에 의해 사물이나 대상을 구성하기 때문에 살아 있는 경험이나 체험보다는 그것이 평면화된 양태를 드러낸다. 경험이나 체험의 평면화는 이성을 발생시킨 근본 토대가 되는 세계의 존재를 망각하게 한다. 이성이야말로 우리가 살고 있는 이 세계에서 생겨난 것이며, 이성을 제대로 이해하기 위해서는 객관 세계의 이쪽에 있는 체험된 세계에로 되돌아가야 한다.[104] 경험과 체험의 세계는 우리가 살아가는 과정 속에서 이루어지는 생명활동 자체를 의미하며, 이것은 곧 존재가 감각에서 발생하는 것이지 그것의 발생 조건을 논리적으로 따지는 데에서 비롯되는 것이 아니라는 것을 말해준다. 삶이 혹은 존재가 단지 감각을 사는 것이지 그 사이의 인과적인 관계를 논리적으로 따져서 삶을 경험하고 체험하는

103 | 메를로 퐁티, 류의근 옮김, 『지각의 현상학』, 문학과지성사, 2004, pp. 70~103.
104 | 조광제, 『몸의 세계, 세계의 몸』, 이학사, 2007, p. 60.

것이 아니라는 것이다.

　이처럼 존재가 감각을 사는 것이 지극히 당연하고 자연스러운 삶의 한 과정이라는 사실을 가능하게 하는 발생론적인 토대가 있어서 가능한 것이며, 그것이 바로 '몸'이라고 할 수 있다. 존재의 문제를 이성이나 정신주의에 입각한 해석이나 유물론적인 해석의 차원을 넘어 감각에 의한 현상의 차원으로 나아가게 한 결정적인 계기를 제공한 것이 바로 몸이다. 존재의 토대가 몸이 되면서 그동안 비본질적이고 끊임없이 변화하는 속성을 지닌 것 혹은 물리적인 대상이나 사물 너머 참된 이데아나 신, 절대자와는 거리가 있는 것으로 간주되어 배제되어 온 감각이 새롭게 부상하기에 이른다. 현상적인 감각의 배제는 존재의 '부피감' 혹은 '두께'의 상실로 이어져 왔다고 할 수 있다. 이것은 마치 평면 스크린에 투영된 사물의 영상을 진짜라고 믿고 그것이 존재의 참모습(실체)이라고 믿어온 것과 다를 바 없다. 평면 스크린에 투영된 사물과 실재 세계 속에 놓인 사물은 우리가 몸으로 느끼는 감각에서 큰 차이가 있다. 이 차이는 곧 존재의 차이에 다름 아니다. 우리는 몸이 있어서 단순히 세계 속에 놓여 있는 것이 아니라 그 속에 거주할 수 있는 것이다. 존재는 이성이나 정신으로부터 발생하는 것이 아니라 몸 혹은 몸의 감각으로부터 발생하는 것이다. 이러한 태도야말로 그동안 존재에 대해 가져온 개념화되고 관념화된 사유들을 바꿀 수 있는 '게슈탈트 스위치'로서의 혁명성을 지닌다고 할 수 있다.

2. 몸과 감각덩어리로서의 세계

　몸이 존재의 토대가 됨으로써 세계는 하나의 '감각 덩어리$^{la\ masse\ sen-}$

sible'로 현상하게 된다. 이 세계의 존재 자체가 원래 불투명하고 애매모호한 상태를 드러내는 것은 순전히 그것이 감각으로 충만해 있기 때문이다. 세계 속에 거주하는 몸은 늘 세계에로 그 방향이 주어져 있다. 이 사실은 세계 속에 거주하는 몸의 감관이 늘 세계로 열려 있다는 것을 의미한다. 몸과 세계의 관계가 이러하다면 이 둘 사이에서 벌어지는 감각 작용은 구체적으로 어떻게 전개되는 것일까? 몸이 세계를 감각화한다는 것만으로는 둘 사이에서 벌어지는 감가 작용을 제대로 해명할 수 없는 것은 당연하다. 몸이 세계를 보고 듣고 느낀다고 할 때 무엇보다도 먼저 고려해야 할 것은 감각 주체와 감각 대상 사이의 관계와 성격이다. 몸의 감각 작용의 차원에서 보면 감각 주체와 감각 대상은 상호 소통성과 동질성에 기반을 두고 있다. 감각 주체에 의해 사물이나 대상이 감각될 때 감각 주체는 곧바로 감각 대상이 된다. 이것은 감각 주체인 몸이 이미 감각 대상과 동질적이기 때문이다. 이런 점에서 "몸은 사물과 동질적이며, 몸이 사물을 볼 수 있는 것은 몸이 보이기도 하기 때문"[105]이다.

몸의 본질이 여기에 있다면 그 몸은 두 개의 차원을 가진 존재이며, 이것을 메를로 퐁티는 특별히 "살la chair"[106]이라고 명명하고 있다. 그가 말하는 살은 존재의 원형 같은 것으로 이 논리대로라면 몸과 사물은 감각하면서 감각되고 감각되면서 감각하는 존재인 것이다. 우리가 어떤 사물이나 대상을 본다는 것은 곧 보이는 것이고, 듣는다는 것은 곧 들리는 것이며, 또 만지는 것은 곧 만짐을 당하는 것이 되는 것이다. 다소 애매모호한 감각의 이러한 점이야말로 감각의 본질이면서 동시에 존재의 본질

105 │ 조광제, 「문학과 철학에서의 감각」, 『파라 21』 2004년 여름호, p. 25.
106 │ 메를로 퐁티, 남수인·최의영 옮김, 『보이는 것과 보이지 않는 것』, 동문선, 2004, p. 357.

인 것이다. 몸과 사물이 감각하면서 감각되는 존재라는 것은 우리가 눈으로 볼 수는 없지만 이것들이 존재하는 세계 자체가 마치 기^{氣}의 흐름처럼 끊임없이 무수한 에너지(파동)로 가득 차 있다는 것을 말해준다. 감각이 무수한 에너지의 흐름과 같은 것이라면 그것은 존재를 이루는 원형이지 "사물의 껍질이나 의식에 표상된 것"[107]이 아니다.

감각으로 충만한 세계에로 열린 몸은 어쩌면 그 감각이 모였다가 흩어지고 흩어졌다가 다시 모이는 것에 불과할 수 있다. 몸에 난 감관, 곧 구멍 속으로 끊임없이 감각이 흐르는 과정은 치열한 실존의 과정을 드러내는 것이라고 할 수 있다. 감각으로 충만한 몸은 감각으로 충만한 세계와 대응된다. 감각으로 충만한 세계에서는 단일한 감각만으로 의미가 드러나지 않는다. 이 세계에서 우리가 무엇을 본다는 것은 곧 그것이 보는 것으로 그치는 것이 아니라 듣고, 맛보고, 만지는 온갖 감각들이 공존한다는 것을 의미한다. 어느 하나의 단일한 감각만으로 세계는 존재하지 않으며, 우리가 세계에 대해 부피감이나 두께를 느낀다면 그것은 순전히 이러한 감각의 공존 때문이라고 할 수 있다. 우리가 흔히 시공간으로 인해 존재의 구체성을 느낀다고 하지만 좀 더 구체적으로 말하면 이것은 그 시공간이 감각의 공존으로 이루어져 있기 때문인 것이다.

존재가 감각의 공존으로 이루어진 세계는 이성적인 사유에 의해서 가공되지 않은 직접적인 의식의 상태를 드러낸다. 현상학에서 이 세계를 흔히 "소여$^所與$"[108]라고 한다. 사유에 의한 기교나 수사에 앞서 만나는 직접적이고 실질적인 세계는 감각으로밖에 현출 될 수 없다. 소여의 세계는 감각의 덩어리로 존재함으로써 동질적인 감각의 덩어리인 몸과

---

107 | 조광제, 「문학과 철학에서의 감각」, p. 27.
108 | 메를로 퐁티, 『지각의 현상학』, pp. 60~65.

만나 이성적인 사유에 의해 드러낼 수 없는 현상의 장을 이룬다. 몸으로 감각되는 세계는 개념화의 틀로 구성된 세계에서와는 달리 인과론적이고 결정론적인 상상으로부터 자유롭다. 하나의 세계에서 발생하는 사건은 개념화된 틀을 토대로 그것을 바라보기 때문에 과거는 물론 현재 그리고 미래의 의미는 이 안에서 결정될 수밖에 없다. 하나의 세계를 이런 식으로 인식하게 된다는 것은 세계를 개념화된 도구적인 연관을 통해 탈은폐한다는 것을 말해준다. 진정한 존재란 어떤 개념화된 도구적인 연관성 없이 세계에 은폐된 의미를 탈은폐하는 것이라는 점을 고려한다면 소여는 존재의 이해에서 중요하다고 하지 않을 수 없다.

소여의 의미가 이러하다면 그 세계를 발견하는 일은 개념화되어 있지 않은 영토를 드러내는 일에 다름 아니다. 우리가 흔히 세계를 낯설게 하는 방법의 하나로 다양한 수사를 이야기하지만 사실 그것보다 앞서 고려해야 할 것은 개념화되지 않은 영토에 대한 발견이다. 수사란 어쩔 수 없이 개념화의 과정을 거칠 수밖에 없다. 이런 점에서 소여는 수사 이전의 실재하는 세계라고 할 수 있다. 세계 내의 사물을 개념적으로 접근하면 그것이 은폐하고 있는 감각의 파동을 체험할 수 없다. 감각의 파동인 사물은 고정되거나 단선적인 논리로 존재하지 않고 끊임없이 변화와 생성의 복잡하고 애매모호한 형태로 존재하기 때문에 도그마나 매너리즘에 빠질 위험성이 작다. 이성에 의한 정신 작용의 한 과정인 개념화를 거부한다는 점에서 소여는 과학이나 투명하고 명석판명함을 주요한 원리로 하는 철학과는 그 궤를 달리한다. 소여의 세계는 이러한 과학이나 철학보다는 그것과 대척점에 있는 예술, 그중에서도 감각적인 체험을 중시하는 음악이나 미술 그리고 시와 같은 양식에 가깝다고 할 수 있다. 우리의 몸이 아름다운 소리나 색 그리고 이미지와 리듬에 반응하는 것은 여기에 소여의 세계가 존재하기 때문이다.

　가령 길가에 핀 꽃 한 송이를 보았다고 하자. 우리는 그것에 대해 생각하기에 앞서 몸속의 감각의 떨판이 떨리는 것을 먼저 느낀다. 길을 가다가 우연히 한쪽 길옆에 피어 있는 이 꽃을 보았을 때 우리의 몸이 떨렸다면 그것은 이 꽃과 내 몸 사이에 교감이 일어났기 때문이다. 이때 이 꽃은 한꺼번에 와락 다가와 내 몸의 떨판을 흔들었을 것이다. 이 꽃의 색깔이 어떻고, 암술과 수술, 꽃대와 꽃받침이 어떻고 하는 그런 일련의 과정을 통해서 이 꽃을 받아들인 것이 아니라 그냥 한꺼번에 내 몸으로 빨려들어 온 것이다. 그렇다면 이 꽃은 왜 이렇게 한꺼번에

와락 내 몸으로 빨려들어 와 몸속의 떨판을 떨리게 한 것일까? 이 물음에 대한 답은 단순하다. 꽃이 감각 덩어리이고 내 몸 역시 감각 덩어리이기 때문이다. 꽃과 몸이 감각 덩어리라는 것은 이 둘이 끊임없는 파동을 일으킬 수 있는 잠재적인 조건을 지니고 있다는 것을 의미한다. 둘 사이의 파동의 정도는 소여의 정도에 비례한다. 만일 이성에 의해 개념화되기 전의 세계가 꽃의 총체성을 대부분 차지하고 있다면 둘 사이의 파동은 격랑이 일듯 심하게 요동칠 것이다.

꽃의 이러한 양태는 과학으로 해명할 수 없는 세계이다. 이 꽃을 개념화해버리면 그 꽃은 감각의 생생함을 상실하게 되고 이것은 곧 꽃의 죽음을 의미한다. 과학이 이 꽃을 개념화하는 순간 감각 덩어리는 딱딱하게 굳어지고 말 것이다. 우리가 흔히 과학이 꽃의 신비를 해명했다고 하지만 엄밀하게 말하면 그것은 신비의 해명이 아니라 인간의 이성을 통해 그것을 해체하고 또 재구성한 것이라고 할 수 있다. 인간이 과학적으로 꽃의 수술이나 줄기를 잘라서 현미경으로 그 조직을 구체적으로 밝혀냈다고 하더라도 그것이 곧 우리가 꽃과 마주쳤을 때 느낀 총체적인 감각의 그 격한 파동과는 같을 수가 없다. 과학은 결코 감각의 파동을 온전히 드러낼 수 없다. 과학이 발달하여 좀 더 자세하게 꽃잎, 꽃받침, 줄기, 뿌리 등의 조직을 밝혀낸다고 하더라도 그것은 감각 덩어리인 꽃의 신비를 밝혀내는 것이 아니라 오히려 그것을 더욱 은폐하는 결과를 초래하는 것이 되고 말 것이다. 이것은 마치 사람의 몸을 해부하여 전시해 놓고 그것이 '인체의 신비'라고 말하는 것과 다르지 않다. 과학이 세계의 신비를 밝힌다고 벌이는 일의 대부분이 기실은 그 신비를 은폐하고 파괴하는 아이러니한 상황에 다름 아니라는 점을 상기할 필요가 있다. 어쩌면 화이트 헤드의 말처럼 우리 인간은 길가에 아무렇게나 피어 있는 저 꽃의 신비조차도 제대로 해명하지 못하고 있는 과학에 대해 마치 그것을 신처럼 맹신하고 있는 것은 아닌지 반성해 보아야 할 것이다.

몸이 그렇듯이 세계 역시 감각의 덩어리이다. 세계 내에 있는 감각의 덩어리인 사물들 역시 감각의 덩어리인 몸이 드러낼 때 어떤 도구적 연관성도 없는 소여의 은폐된 세계가 탈은폐될 것이다. 감각의 덩어리로서의 몸은 감각의 대상이 바뀌면 몸의 감각 또한 바뀔 수밖에 없다. 감각의 대상은 급속하게 자연적인 것에서 인공적인 것, 특히 디지털적인 것으로 바뀌고 있다. 이렇게 감각의 대상이 디지털적인 것으로 바뀌면 우리 인간의 몸은 자연적인 것과 디지털적인 것 사이의 팽팽한 긴장 속에서 감각 작용이 이루어질 수밖에 없다. 디지털 테크놀로지의 기술이 발달하면 우리의 몸 자체가 점점 사이보그화되어 가는 것은 자명하지만 그와 더불어 생식 기능을 하는 인간으로서의 몸에 대한 자의식 또한 증가하게 될 것이다. 사이보그화의 문제는 단지 인간의 몸에 국한된 것이 아니라 그것을 토대로 하고 있는 다양한 분야에 고스란히 영향을 주게 된다. 사이보그화되어 가고 있는 몸에 대한 자의식은 '컴퓨터가 할 수 없는 것'에 대한 고민으로 이어지기도 한다. 허버트 드레퓌스 교수의 일련의 작업처럼 어쩌면 컴퓨터가 결코 할 수 없는 것 중의 하나가 우리 몸의 감각 작용을 통한 음악이나 미술 그리고 시에서의 상상과 표현이 아닐까 한다. '지금, 여기' 거대한 네트의 세계를 살아내고 있는 우리의 몸은 어느 한 곳에 집중해 그것을 깊이 있게 천착하지 못하고 끊임없이 주의를 분산시켜야 하는 평면의 구조에서의 지각 작용 속에 놓여 있다. 이것에로의 함몰의 위험성을 강하게 드러내고 있는 우리의 몸은 이 복잡하고 불확실한 세계 속에서 지각 작용을 통해 그것을 드러내야 하기 때문에 몸의 감관들은 늘 비명을 지르고 있는지도 모른다.[109]

---

109 | 이재복, 「모니터킨트의 탄생」, 『현대시』, 2012년 7월호.

디지털 문명을 향해 열린 우리의 몸의 떨판이 그 세계와 부딪히면서(지각 작용을 하면서) 생성해내는 주름 혹은 주름살은 그대로 '지금, 여기' 우리의 모습이라고 할 수 있다.

3. 감각과 언어 사이의 거리

몸이 세계의 존재태를 고스란히 드러낸다면 그것은 어디까지나 감각 작용의 결과이다. 몸이든 아니면 사물이든 모두가 감각 덩어리이기 때문에 '소여'와 '지평'이라는 세계를 가능하게 했다고 볼 수 있다. 몸과 사물의 만남이 감각 작용의 과정이라면 그것은 분명 인지나 이해, 판단, 다시 말하면 이성을 통한 정신 작용 이전의 일이다. 이것은 감각 작용이 존재의 가장 원초적인 모습을 나타낸다는 것을 말해준다. 이런 맥락에서 보면 존재란 감각 덩어리를 토대로 이루어지지만 그것을 온전히 드러내는 일은 도구적 연관성 없이 은폐된 세계를 드러내는 일만큼이나 어렵다. 이 어려움을 우리는 심심찮게 경험한다. 길가에 핀 아름다운 꽃과 맞닥뜨렸을 때 우리는 여기에 대해 구체적인 분석을 한다기보다는 그저 온몸이 떨리는 전율을 느끼고 있거나 아니면 '아'나 '야' 같은 감탄사만을 연발한다. 감각의 주체와 감각의 대상이 불러일으키는 현상의 장을 고스란히 지니고 있는 몸은 그것을 주름으로 남긴다.

그러나 몸의 주름이 곧 우리가 말하는 음악이나 미술, 그리고 시는 아니다. 몸의 주름은 몸 밖으로 투사되어 표현이라는 양식을 획득할 때 비로소 이러한 예술의 영역에서는 의미가 있다. 음악은 소리, 미술은 색 그리고 시는 언어라는 표현 양식을 획득해야 한다. 감각과 관련해서 볼 때 다른 양식에 비해 시는 그것이 문자라는 점에서 덜 감각적이라고 할 수 있다. 근대 이후 시에서 노래(소리)가 분리되어 나가면서 시의 감각은 시각 중심으로 발달해 왔다. 근대시 운동이 이미지즘 운동과 거의 동일시되어온 이유가 바로 여기에 있으며, 시의 양식 내에서 감각을 발생시키기 위한 다양한 시도가 이루어지기에 이른다. 언어를 매개로 하는 문학 장르 중에서 시가 감각의 덩어리에 가장 가깝다. 시는 언어를 표현 수단으로 하지만 그 언어가 개념화된 틀을 넘어 감각의 세계를 겨냥하고 있기 때문에 시라는 양식에서 언어는 늘 초월적인 속성을 지닌다. 이런 이유로 시인들은 사물에 존재성을 부여하는 것을 언어로 인식하는 경향이 강하다. 가령 김춘수가

내가 그의 이름을 불러 주기 전에는
그는 다만
하나의 몸짓에 지나지 않았다.

내가 그의 이름을 불러 주었을 때
그는 나에게로 와서
꽃이 되었다.

내가 그의 이름을 불러 준 것처럼
나의 이 빛깔과 향기에 알맞는
누가 나의 이름을 불러 다오.
그에게로 가서 나도
그의 꽃이 되고 싶다.

우리들은 모두

무엇이 되고 싶다.

너는 나에게 나는 너에게

잊혀지지 않는 하나의 눈짓이 되고 싶다

—김춘수, 「꽃」 전문[110]

라고 했을 때 시인이 전경화하고 있는 것은 '명명'이다. 이름을 불러줄 때 꽃이 꽃으로서의 존재성을 획득하게 된다는 논리는 어떻게 보면 유명론에 가깝다. 명명된 꽃과 실재하는 꽃의 관계는 자의적인가 아니면 필연적인가? 이때 자의적인 것과 필연적인 것을 나누는 기준이 어디에 있는지를 한번 생각해볼 필요가 있다. 이 기준은 감각이어야 한다. 감각의 주체인 나의 몸과 감각의 대상인 꽃 사이의 관계가 감각을 통해 이루어진 것인지 아닌지 하는 것과 그 언어가 감각을 토대로 한 것인지 아닌지 하는 것을 살펴보면 알 수 있다. 전자의 경우는 시 속의 내가 꽃을 '하나의 몸짓'으로 말하고 있는 대목에서 잘 드러난다. 나에게 꽃이 몸짓이라는 것은 그것이 감각의 덩어리라는 것을 의미한다. 몸짓은 움직임이요 그것은 곧 파동이다. 꽃이 몸짓으로 다가온 것은 나의 몸 역시 감각의 덩어리이기 때문에 가능한 것이다.

　이러한 감각 작용 후 명명이 이루어진다. 즉 나의 몸과 꽃의 몸짓 사이에서 감각 작용이 벌어진 후 명명이 이루어지는 것이다. '내가 그의 이름을 불러 주었을 때 그가 와서 꽃이 된 것'은 단순한 자의적인 명명이 아니라 감각으로 이어진 필연적인 명명이라고 할 수 있다. 시인의 명명은 이런 식으로 행해진다. 나와 꽃의 명명뿐만 아니라 나와 타자(그 누구)와의 명명 역시 이런 식으로 이루어진다. 시인은 "내가 그의 이름을 불러

---

110 | 김춘수, 『김춘수 시전집』, 현대문학, 2004, p. 178.

준 것처럼/나의 이 빛깔과 향기에 알맞는/누가 나의 이름을 불러 다오."라고 말한다. 시인이 자신의 '빛깔과 향기에 알맞은' 명명을 해달라는 것은 명명이 감각에 뿌리를 두고 있다는 것을 의미한다. 시인의 논리대로라면 감각을 토대로 하지 않는 명명은 존재로서의 자격이 없다. 인간이든 아니면 사물이든 존재하는 모든 것들은 감각을 토대로 이어져 있다. 시인은 "너는 나에게 나는 너에게/잊혀지지 않는 하나의 눈짓이 되고 싶"어 한다. 몸보다는 몸짓, 눈보다는 눈짓이 되고 싶어 하는 시인의 말 속에 존재를 감각 덩어리로 인식하려는 그의 태도가 강하게 내재해 있음을 알 수 있다.

시인의 존재에 대한 이러한 태도는 낯선 세계의 탄생으로 이어진다. 개념화된 언어를 넘어 감각에 뿌리를 둔 언어의 구사는 감각으로 충만한 세계를 우리 앞에 펼쳐놓는다. 이때의 언어는 개념 너머의 낯선 세계를 강하게 환기한다. 개념화된 언어는 개념화된 세계를 낳고, 감각으로 충만한 언어는 감각으로 충만한 세계를 낳는다. 감각으로 충만한 언어에는 이미 감각 주체와 감각 대상 사이의 교접이 활발하게 이루어져 개념화된 세계에서와는 달리 우리가 그 세계를 미리 결정할 수도 또 지금의 언어의 모습에 의해 미래의 모습이 결정되어 있는 것도 아니다. 미래의 모습이 결정되어 있지 않기 때문에 세계는 늘 가능성으로 열려 있다. 이 세계는 개념화된 언어의 세계 속에서 살아가는 사람에게는 불투명하고 애매모호할 수 있다. 세계 속에 있는 각각의 사물들의 파동이 언어를 통해 교차하고 재교차하면서 이루어지는 현상의 장(감각의 장)은 심해의 출렁이는 파도의 모습과 다르지 않을 것이다. 가령

남자와 여자의
아랫도리가 젖어 있다.

밤에 보는 오갈피나무,

오갈피나무의 아랫도리가 젖어 있다.

맨발로 바다를 밟고 간 사람은

새가 되었다고 한다.

발바닥만 젖어 있었다고 한다.

—김춘수, 「눈물」 전문[III]

에 드러난 세계는 개념화된 언어의 세계라고 하기에는 너무 감각적이다. 이 시의 세계 속에 존재하는 각각의 사물들 사이에는 인과성이 약하다. 그것은 '남자와 여자의 아랫도리'와 '오갈피나무의 아랫도리', 그리고 '맨발로 바다를 밟고 간 사람의 발바닥'이 왜 젖어 있는지 그것에 대해 논리적으로 투명하게 증명할 수 있는 근거가 제시되어 있지 않은 데서 확인할 수 있다. 이 시의 세계는 논리적인 투명함보다는 불투명하고 애매모호한 감각으로 충만한 상태를 드러낸다. 이 시를 자세히 보면 감각의 주체인 시인과 감각의 대상 사이의 감각 작용이 일어나고 있는 것은 사실이지만 둘 중에 특히 주목해야 할 존재는 감각의 주체이다. 지금 감각의 주체는 눈물을 흘리고 있으며, 그 눈으로 풍경을 보고 있다. 그 눈물 흐르는 눈으로 풍경을 보고 있기 때문에 '남자와 여자', '오갈피나무', '바다'의 풍경이 젖어 있는 것이다. 감각 주체의 눈물이 아래로 흐르듯 '남자와 여자', '오갈피나무' 역시 아래로 흘러 아랫도리가 젖어 있는 것처럼 느껴지는 것이다. 여기에 멀리 떠나간 사람, 다시 말하면 이별에서 오는 상실감으로 인해 '새' 혹은 '발바닥만 젖어 있는 새'가 감각되어 끼어든 것이다.

III | 김춘수, 『김춘수 시전집』, 현대문학, 2004, p. 260.

자신이 감각한 세계를 '젖어 있음'으로 표현한 것은 시인의 소여의 산물이다. 이별이나 상실의 순간에는 남자, 여자, 나무, 바다 등 모든 사물들이 젖어 있는 감각의 상태로 존재하는 것은 당연하다. 이 순간이야 말로 감각되는 대상이 감각 주체 속으로 몰입되는 것이다. 이렇게 되면 감각의 주체는 감각의 대상이 되고 또한 감각의 대상은 감각의 주체가 되는 것이다. 감각의 주체와 감각의 대상이 동질적인 차원에 놓이는 상태란 곧 그 세계가 감각 덩어리라는 것을 말해준다. 존재하는 세계가 모두 젖어 있는 상태에서의 감각의 충만함이란 「눈물」이 은폐하고 있는 소여에 다름 아니다. 이 시는 눈물에 대해서 분석하고 설명하려고 하지 않고 시인 자신의 몸에 감각화되는 세계를 언어를 통해 고스란히 드러내 놓고 있다. 자신의 몸과 사물이 잉태하는 감각의 세계를 직접적인 진술을 통해 드러냄으로써 소여의 생생하고 원초적인 의미를 되살려내고 있다. 우리는 이 시를 상당한 수사를 동원해 세계를 상징적으로 드러내고 있는 작품으로 해석하지만 감각 작용을 통한 소여의 관점에서 보면 그것은 수사가 아닌 직접적인 진술에 가깝다.

시에서 언어를 통해 감각의 덩어리인 세계를 드러낸다는 것은 몸을 가진 존재로서는 당연한 것이다. 하지만 이 존재들이 드러내는 세계는 각기 다르며, 이 차이가 감각의 현상의 특성을 말해준다고 할 수 있다. 하나의 사물도 감각의 주체가 놓여 있는 위치와 상태에 따라 각기 다르게 보이는 것은 물론이고, 그것에 대해 얼마만큼의 주의를 기울였느냐에 따라서도 그 모습이 달라진다. 이것은 고정적이고 확정된 사물의 모습이란 존재하지도 않으며 또 존재할 수도 없다는 것을 의미한다. 사물은 끊임없이 변화하고 또 생성과 소멸을 거듭하는 존재이다. 감각이 왜 영원불변한 이데아의 세계나 선험과 절대 정신의 세계로부터 배제되고 소외되었는지 사물과 감각의 이러한 점을 고려한다면 충분히 이해가

갈 것이다. 우리가 흔히 그의 시 세계를 이야기할 때 감각적인 실체가 아닌 관념적인 것으로 규정하는 경우가 지배적이다. 그의 "시의 시적 대상이 감각적인 실체로서 인식되는 것이 아니라 다분히 관념적"[112]이라는 지적은 감각의 의미를 단순히 '감각 인상'의 차원으로 협소하게 이해한 데서 비롯된 것이라고 할 수 있다. 그의 시에 드러나는 시적 대상은 "언어가 지시하는 개념적인 사실을 순식간에 올라타고서 천지만물의 깊은 감각적인 상태를 향해 상승한다"[113]고 볼 수 있다.

이 말은 「눈물」에 개념이나 관념이 개입되어 있지 않다는 것을 의미하는 것은 아니다. 현상의 세계를 언어로 표현한다는 것 자체가 이미 개념적이고 또 관념적인 것이다. 하지만 여기에 함정이 있을 수도 있다. 이 시에서처럼 시인이 드러내는 세계는 서로 다른 대상들의 병렬로 인해 인과적이지 않고 단절되어 버린 느낌을 주지만 이것이 곧 현상의 장을 추상화하고 관념화한 것이라고 단정할 수는 없다. 이 세계는 감각하지 않고서는 드러낼 수 없는 감각의 구체적인 공존이 강렬하게 느껴질 뿐만 아니라 비록 불투명하고 애매모호하기는 하지만 사유에 의해서 가공되지 않는 직접적인 의식으로서의 소여를 강하게 환기 받는다는 점에서 개념이나 관념을 넘어선다. 이 시를 접하는 순간 시적 대상들이 메마르고 견고한 기하학적인 세계보다는 물렁물렁한 감각의 덩어리들이 엉켜 있는 세계로 느껴진 것은 이 시의 언어들이 몸과 감각적인 동질성을 유지하고 있기 때문이라고 할 수 있다. 존재의 원형인 살을 내재하고 있는 우리의 몸은 언어와 직접적으로 통하며, 언어로의 운동성과 행동성을 나타낸다. 감각으로 충만한 언어는 "몸으로 길을 열고 몸의 어떤 자세를

---

112 | 권영민, 『한국현대문학사』, 민음사, 1993, p. 137.

113 | 조광제, 「문학과 철학에서의 감각」, p. 33.

요구하고 행동을 요구한 강력한 운동적인 표정을 갖춘"[114]다. 이 시의 언어는 미세한 행동을 불러일으킨다. 이런 점에서 볼 때 이 시에 대해 몸의 떨판이 일정한 떨림을 보여주었다는 것은 이 시가 개념이나 관념 너머의 감각적인 상태를 지니고 있다는 것을 말해준다.

4. 시의 지평, 지평으로서의 시

어떤 시가 좋은 시인가? 어쩌면 이것은 우문일 수 있다. 좋은 시에 정답이 있는 것이 아니기 때문이다. 각자의 취향이나 세계관에 따라 얼마든지 좋은 시의 기준이 다를 수 있다. 하지만 여기에서 우리가 한 번쯤 생각해 보아야 할 것이 있다. 좋은 시는 누가 보아도 좋다고 하는 경우가 바로 그것이다. 다소 정도의 차이는 있어만 누가 보아도 좋은 시는 있게 마련이다. 나는 그 좋은 시의 기준을 '몸의 떨림'의 정도로 보고 싶다. 어떤 시를 보고 우리의 몸이 떨렸다면 여기에는 분명 우리를 매혹시키는 미적인 작용이 일어난 것으로 볼 수 있다. 우리가 미학을 "감성의 학"[115]이라고 한 것은 그것이 감성 혹은 감각을 토대로 하고 있다는 것을 의미한다. 감성이나 감각이 전제되지 않는 아름다움이란 존재할 수 없다. 이런 점에서 우리가 좋은 시의 기준을 몸의 떨림의 정도로 정하는 것은 당연하다고 할 수 있다.

몸의 떨림이 없는 시, 시가 하나의 감각 덩어리가 아닌 기하학적인 구성체로 존재하는 경우 과연 그것을 시라고 할 수 있을까? 떨림이 없는

---

114 | 조광제, 『몸의 세계, 세계의 몸』, p. 317.

115 | 김문환 편, 『미학의 이해』, 문예출판사, 1989, p. 68.

시는 생명이 없는 몸과 다르지 않다. 생명은 언제나 시간의 흐름 속에 있을 때 존재성을 지닌다. 몸 혹은 몸의 감각성은 달리 보면 그것은 시간성에 지나지 않는다. 몸의 현재는 과거와 미래의 감각이 관통하고 있는 것에 다름 아니며, 이런 점에서 감각의 총합은 그대로 시간의 총합이 된다. 과거와 미래가 현재에 통합하면서 그 시간은 부피와 두께, 곧 주름을 생성한다. 시간의 주름 혹은 감각의 주름은 단순한 기억이나 예상이 아닌 그것들이 현재 속에서 통합된 상태를 말한다. 한 편의 시가 오래도록 많은 이들에게 관심의 대상이 되고 사랑받는 이유는 그 시가 시간의 주름 혹은 감각의 주름을 지니고 있기 때문이다.

주름이 많은 시는 그 안에 감각의 덩어리를 내재하고 있으며, 그 감각은 시간의 흐름 속에 놓여 있어서 쉽게 단절되거나 소멸하지 않는다. 감각은 시간뿐만 아니라 공간의 공존을 의미한다. 감각의 이러한 속성은 어떤 사물이나 대상이 홀로 보이는 것이 아니라 다른 여러 장과의 관련 속에서 보이는 것과 같은 이치이다. 우리가 어떤 한 사물을 볼 때 앞면이 아닌 뒷면을 볼 수 있는 것은 내가 보지 못하는 것을 다른 사물이 보기 때문이다. 공간에 있는 사물들은 모두 공존하므로 홀로가 아닌 그 장을 배경으로 하여 자신을 드러낸다고 할 수 있다. 우리는 어떤 사물이든지 그것의 전모를 보는 것이다. 이것은 마치 자신의 등이 보이지 않는다고 하여 그것을 보지 못한다고 하는 것과 다르지 않다. 자신의 등은 보지 않아도 이미 거기에 있다는 것을 안다. 등은 몸의 지평 구조 속에 있는 것이다. 마찬가지로 사물은 현상의 장의 지평 구조 속에 있다.

좋은 시는 언제나 지평을 열어 보인다. 열린 지평을 제시하고 있는 시는 절대 독아론 혹은 유아론에 빠지지 않는다. 시가 열린 지평의 구조를 지니고 있어야 시간과 공간이 감각으로 충만한 세계를 이룰 수 있다. 사물의 전모를 본다는 것은 시각만이 아니라 청각, 촉각 등 모든 감각들이 본다는 것을 말한다. 우리는 보는 것에 대한 이상한 편견이나 고정관념에 사로잡혀 있는 경우가 있다. 보는 것은 어떤 것을 지배하고 통제하려는 의미에 앞서 모든 것을 총체적으로 감각하려는 의미를 지니고 있다. 눈으로 사물이나 세계를 보기 때문에 그것이 구성과 개념에 앞서 감각으로 다가오는 것이다. 봄에는 늘 지평이 자리하고 있고, 그 지평으로 인해 세계는 가능성으로 존재한다. 감각으로 충만한 시의 경우 지평은 개념으로 환원되지 않는다. 이 사실은 "사유가 감각세계로부터 끊임없이 재충전의 힘을 끌어낼 수 있다는 것"[116]을 말해준다. '지금, 여기'의 사유는 너무 노쇠해 있거나 피로해 있다. 시적 사유, 이를테면 시적 상상과 표현 역시 너무 노쇠해 있거나 피로해 있다. 근본적으로 시적 사유는 감각으로부터 솟구쳐 올라야 한다. 언어 없이 시적 표현이 불가능하기 때문에 어쩔 수 없이 개념과 관념의 흔적을 온전히 떨쳐버릴 수는 없지만 시는 그것들을 넘어 감각으로 충만한 현상의 장에서 시적 지평을 드러내야 할 것이다. 이 세계에 은폐되어 있는 '몸짓이나 눈짓' 혹은 '빛깔과 향기'를 불러내어 여기에 이름을 부여하고 그것이 지평의 구조 속에서 주름으로 남을 수 있도록 움직이는 자가 바로 시인이다.

---

116 | 미셸 콜로, 정선아 옮김, 『현대시와 지평 구조』, 문학과지성사, 2003, p. 14.

6. 씻김의 제의와 넋의 서사

1. 신화의 부활과 삶의 진경

이청준의 문학은 늘 진행형이다. 그의 문단 경력은 올해로 43년에 접어든다. 하지만 그의 이력을 단순한 시간 개념으로 이해해서는 안 된다. 그의 43년은 남들과 다른 의미 층위를 가지기 때문이다. 우리 문인들 중에는 등단작이 곧 대표작인 경우도 있고, 또 초기작이 그의 문단 이력의 중심을 차지하는 경우도 있다. 그리고 단지 작품 하나로 문학사에 이름을 올린 그런 작가도 있다. 이에 비하면 이청준은 어떤가?

그는 1965년 사상계에 「퇴원」으로 등단을 한다. 이 작품은 그렇게 주목을 받지 못한 것이 사실이다. 또한 세인의 주목을 받을 만한 그런 뛰어난 작품성을 지니고 있다고도 볼 수 없다. 이 작품의 비중은 그의 등단작이라는 사실에 쏠려 있다고 할 수 있다. 이처럼 그의 등단은 요란하지도 또 화려하지도 않았다. 하지만 그는 「병신과 머저리」(1966), 「별을 보여드립니다」(1967), 「매잡이」(1968) 등을 잇달아 내놓은 뒤, 1970년대에 들어서면서 「소문의 벽」(1971), 「떠도는 말들」(1973), 『당신들의 천국』(1976), 「잔인한 도시」(1978), 「살아 있는 늪」(1979) 등과 같은 문제작을 내놓는다. 그는 일약 70년대를 대표하는 '지적이면서도 관념에 빠져들지 않으며, 현실 세계의 부조리와 불합리를 냉정하게 포착하여 그 자신의 독특한 소설적 구도 속에 담아 놓고 있는 작가'(권영민)로 부상하게 된다.

그의 소설 작업은 80년대에 들어와서도 계속된다. 80년대에 들어서 그는 『잃어버린 말을 찾아서』(1981), 『낮은 데로 임하소서』(1981), 『시간의 문』(1982), 『쓰여지지 않는 자서전』(1985), 『비화밀교』(1985), 『자유의 문』(1989) 등 현실의 부조리와 불합리에서 한 걸음 더 나아가 인간 존재의 본질적인 삶의 양태에 대한 탐구를 통해 그것의 비극적인 세계를 진지하게 드러낸다. 인간 존재와 그가 놓여 있는 세계에 대한 집요할 정도로 진지한 성찰은 그의 문학을 단순한 인간 존재의 외면을 넘어 내면에 이르는 깊이를 확보하고 있다는 평가까지 가능하게 하고 있다.

1990년대 이후에도 그의 소설 작업은 계속될 뿐만 아니라 좀 더 다양한 차원에서 이루어진다. 『흰옷』(1994)이나 『축제』(1995), 『목수의 집』(2000), 『인문주의작 무소작씨의 종생기』(2000) 등의 소설은 물론 13편의 동화가 수록된 산문집 『광대의 가출』(1993), 『수궁가』 등 판소리 동화 다섯 권과 『한국전래동화 1, 2』(1997) 등 동화 작업을 수행하기에 이른다. 동화에 대한 관심은 여러 각도에서 조명이 가능하지만 이것 역시 소설 작업의 연장선상에서 이해할 수 있다. 90년대에 와서 보다 직접적으로 드러나긴 했지만 그의 소설 저변에 면면히 흐르는 것은 한국적인 한의 세계와 그것의 승화이다. 90년대에 들어와서 영화로 제작되어 화제가 된 『서편제』와 『축제』가 보여주는 세계가 바로 그것이다. 『서편제』는 『남도 사람』(1976) 연작 중 한 편으로 이 소설은 남도의 한의

미적 혹은 예술적 승화라는 의미가 강하게 투영되어 있다. 여기에서의 한은 순전히 한국적인 전통에 뿌리를 두고 있다. 『축제』는 이청준 문학의 원형을 간직한 어머니를 대상으로 쓰여진 소설이다. 여기에서는 한보다는 죽음을 통해 그것을 넘어서는 승화의 의미에 초점을 두고 있다.

그가 이처럼 한국적인 전통을 새삼스럽게 부각시키고 있는 이유는 무엇일까? 이 물음은 그의 문학 세계를 이해하는 데 중요한 단초가 될 수 있다. 90년대 이전은 물론 이후에 이르기까지 그의 문학을 관통한 주요 테마는 역사와 현실의 부조리와 불합리에 대한 탐구라고 할 수 있다. 이 탐구는 상당히 지적인 차원에서 이루어져 왔으며, 그것은 기본적으로 이성이 통어하는 정신세계이다. 역사와 현실 혹은 인간과 세계에 대한 이해가 정신의 차원에서만 드러날 수 없음은 물론이다. 정신은 투명하지만 그것은 세계를 보는 데 한계가 있다. 정신의 투명함은 욕망이 엉켜서 끈적거리는 저 무의식의 심층을 볼 수 없다. 하지만 정신의 투명함이 볼 수 없는 것이 저 무의식의 심층뿐일까?

거기에 한 가지 더 덧붙인다면 그런 헤매임 끝에서나마 근자 들어 어떤 어슴푸레한 길 표시 빛줄기를 만나게 된 탓도 잇을 듯싶다. 나는 몇 년 전 지난 시절의 작품을 한데 묶어내는 작업 중에 생각이 미친 일로, 지금까지 내 소설은 꿈(이념)과 힘의 질서가 지배하는 현실 세계와 그를 밑받침하는 역사적 정신태의 한계 안에 머물러 온 느낌이었다. 그 현실과 역사의 유전적 침전물로서의 태생적 정서가 담겨 있을 넋(종교성과 맞먹을 우리 신화와 신화적 서사)의 차원이 결여되어 보인 것이다. 내 소설이 여태껏 긴 세월 어둠 속 길을 헤매 온 것은 그렇듯 우리가 누구인지 본모습을 결정짓는 첫 번 요소라 할 우리 신화와 신화성에 소홀한 탓이 아니었던지 싶을 지경이다. 그리고 우리 민간 신화 거의가 우리 무속과 굿 문화의 원형을 이루어 이어져 왔음에 비추어, 근자 들어 내가 그 무속의 현세적 덕목(삶의 구원)을 주제로 한 졸작 소설『신화를 삼킨 섬』을 쓴 것도 그런 뒤늦은 깨달음 때문이 아니었는지 싶다. 더욱이 그 무굿의 주된 기능이 원혼을 씻김解寃에 있음을 상기할 때(씻김굿은 대개 사자의 죽음과 저승행의 재연을 통해 사자의 원망을 위무하고 생자의 슬픔을 해소한다), 그간의 내 소설집 또한 어느 면 자신의 결핍과 상처를 채우고 위무하는 씻김과 치유의 한 과정이기도 했음에랴.

―이청준, 「나는 왜, 어떻게 소설을 써 왔나」,『본질과 현상』 2007년 겨울호,

pp. 224~225

자신의 소설 쓰기에 대한 고백의 형식으로 이루어진 글이다. 그의 고백은 반성적인 인식을 포함한다. 그의 반성저 인식은 자성에 가까우며, 그것이 궁극적으로 향하고 있는 것은 근원적이면서 본질적인 것이다. 그는 그것을 '현실과 역사의 유전적 침전물로서의 태생적 정서가 담겨 있을 넋의 차원'이라고 말한다. 이 넋은 '우리가 누구인지 본모습을 결정 짓는 첫 번 요소'이며 그것은 신화와 신화성 속에 내재해 있다는 것이다. 그의 이러한 인식을 통해 알 수 있는 것은 정신의 투명함이 볼 수 없는 세계가 바로 넋 혹은 영혼의 세계라는 사실이다. 그는 이 넋을 종교성과 맞먹는 존재로 간주하고 있다.

자신의 소설 쓰기에서 결핍되어 있는 것이 넋이라는 것은 눈에 보이지 않는 삶의 진경을 체험하고 싶은 욕구를 드러낸 것인 동시에 인간을 초월한 어떤 절대적인 힘의 숭고함을 체험하고 싶은 욕구를 또한 드러낸 것이라고 할 수 있다. 신화의 세계란 우리가 침범할 수 없는 신성하고 숭고한 차원이라는 점에서 현실의 '꿈(이념)과 힘의 질서'와 그것을 '밑받 침하는 역사적 정신태'가 도달할 수 없는 혹은 뚫고 들어갈 수 없는

신성하고 숭고한 금기의 세계인 것이다. 이런 점에서 신화는 현실의 바깥에 존재하는 세계처럼 보인다. 하지만 신화가 실질적으로 체현되기 위해서는 현실이라는 시공이 필요하다. 이것은 신화가 현실 안에 존재한다는 것을 의미한다.

넋의 발현태인 신화는 정신의 발현태인 소설보다 시간적으로 윗자리에 놓이며 그것은 인간을 넘어 신의 영역까지 확장된 서사의 의미를 반영한다. 소설은 근대적인 물질성과 정신을 기반으로 단생한 장르이나, 이러한 근대적인 것은 신화를 배제하거나 억압한 상태에서 그 존재성을 획득하기에 이른다. 이에 따라 자연히 넋이라는 것도 근대적인 물질성과 정신의 영역에서 배제되어 존재할 수밖에 없었고, 그 결과 인간의 삶의 결핍과 상처를 치유해 줄 온전한 양식을 가질 수 없었던 것이다. 신화는 근대적인 구조가 생산하는 피로와 불안 그리고 공포로부터 벗어나게 한다. 그것은 신화가 근대적인 구조가 상실한 우주와 자연에 대한 구조를 드러내기 때문이다. 신화는 본래 우주와 자연으로부터 잉태된 것이다. 우주와 자연은 절대적으로 크기 때문에 공포와 불안을 야기하지만 그것은 오래 가지 않는다. 곧 안정을 회복하여 그것으로부터 어떤 숭고함을 강하게 느낀다. 숭고는 배제와 억압이 아닌 융화와 해방의 소통 구조를 드러낸다. 우리가 신화에 빠져드는 이유가 바로 여기에 있다.

2. 씻김의 제의와 소설의 형식

이청준 소설의 신화 혹은 신화성에 대한 탐색은 어떤 맥락을 유지해 왔는가? 그는 자신의 소설에 대해 '꿈(이념)과 힘의 질서가 지배하는 현실 세계와 그를 밑받침하는 역사적 정신태의 한계 안에 머물러 온 느낌'이라고 말하고 있다. 이 말 속에는 신화 혹은 신화성의 결핍에 대한 반성적인 인식이 강하게 드러나 있다. 그의 소설이 보여준 지적이고 관념적인 경향도 이러한 역사적 정신태 안에서 서사 구도 자체가 결정되어 왔기 때문이다. 하지만 그의 이러한 반성적인 고백에도 불구하고 그의 소설의 큰 맥락에는 신화 혹은 신화성이 강하게 내재해 있는 것이 사실이다.

신화가 모더니즘적 세계관이 드러내는 피로를 넘어서는 어떤 속성을 드러낸다면, 그의 소설이 보여주는 정신의 균열에서 오는 환상이라든가 소문이나 말이 가지는 비고정성과 혼란, 인간의 의지를 넘어서는 초자연성 그리고 서구의 이성적이고 합리적인 세계관으로는 해명할 수 없는 한국적인 한과 무속의 세계는 그의 소설이 신화와 긴밀하게 연결되어 있다는 것을 의미한다. 또한 그의 대표작으로 꼽히는 『당신들의 천국』에서 보여주는 헛되고 거짓된 욕망은 신화에 대한 현대적인 의미까지 포괄하고 있다. 그러나 그의 소설에 드러난 이러한 신화의 의미는 대부분 그가 의식하지 않은 상태에서 행해진 것이다. 본격적으로 여기에 대한 의식을 가진 상태에서의 창작은 『신화를 삼킨 섬』으로부터 비롯된다. 이 소설은 제주 4·3사건을 형상화한 것이다. 4·3은 그 비극성과 현재성의 관점에서 주목받아온 역사적인 사건이다. 작가 역시 이 점을 주목하고 있지만 정작 이 소설의 의미는 여기에 있기보다는 다른 데에 있다.

『신화를 삼킨 섬』의 의미는 작가의 역사에 대한 태도와 그것을 해석하는 방식에 있다고 할 수 있다. 4·3은 엄청난 역사의 비극성을 드러낸 사건이기 때문에 그것을 소설적으로 형상화하려는 것은 작가의 의무이자 원천적인 욕구의 표현이라고 할 수 있다. 하지만 역사는 사실 그대로를 재현하는 차원을 넘어 해석의 차원에서 새롭게 규정될 수 있다. 4·3이나 6·25 같은 미증유로 남아 있는 역사적 사건은 작가로 하여금 해석의 욕구를 자극한다. 이 과정에서 드러나는 방식은 크게 두 가지이다. 하나는 역사적인 사건을 이성적으로 접근하는 방식이고 다른 하나는 그와는 대조적으로 그것을 비이성적, 이를테면 샤먼이나 신화적으로 접근하는 방식이다. 『신화를 삼킨 섬』이 택한 방식은 후자이다. 문학사적으로 보면 윤흥길의 『장마』에 그 맥이 닿아 있는 접근 방식이다. 최인훈의 『광장』이 6·25 전쟁의 발발 원인인 이념이나 이데올로기에 대해 비록 삼각연애 구도라는 형식을 빌리기는 했지만 이성의 투명한 논리로 접근한 것과는 달리 『장마』는 그것의 불가능성을 샤먼을 통해 해소해 보려고 한 것이다.

『신화를 삼킨 섬』에서 그가 강조한 것 역시 투명한 이성의 논리로 볼 수 없는 불투명한 세계라고 할 수 있다. 전쟁이 남긴 한과 같은 상처를 투명한 논리로 온전히 해소할 수 있다는 것은 이성 중심주의의 지독한 오만과 독선이라고 할 수 있다. 4·3에 의해 야기된 한과 상처는 어떤 제의적인 형식을 통해 회복될 수 있는 것이다. 그것은 전쟁의 상처가 육체나 정신을 넘어 혼(넋)의 차원까지 닿아 있기 때문이다. 제의란 혼을 달래는 의식을 말하는 것이며, 그것의 대표적인 예가 바로 '굿'이다. 이 소설에서는 '씻김굿'이 그 제의의 한 방식으로 드러난다. 씻김굿을 통해서 작가가 달래려고 한 것은 역사의 비극 속에서 원한을 품고 명멸해 간 민중의 넋이다. 역사란 어느 한 개인이나 국가의 이데올로기적인 권력에 의해 유지되는 것이 아니라 민중의 집단화된 무의식과 그것의 실현을 통해 이루어지는 것이다. 역사의 해석에 대한 이러한 시각은 서구의 모던한 논리로는 해명할 수 없는 한국적인 인식의 특수성이 내재해 있다고 할 수 있다.

『신화를 삼킨 섬』의 이러한 인식은 『신화의 시대』로 이어진다. 『신화의 시대』는 이제 겨우 1부가 끝났을 뿐이다. 앞으로 이 소설이 어떻게 전개될지는 알 수 없다. 다만 한 가지 분명한 것은 역사에 대한 해석을 역사의 정신태가 아닌 그것의 침전물인 신화의 차원에서 해석하고 있다는 사실이다. 1910년대에서 1930년대에 이르는 어두운 역사의 시간을 신화의 시대로 규정하고 그러한 관점에서 이야기를 전개하고 있다는 것은 그의 서사 흐름에서는 독특한 설정이라고 할 수 있다. 한 편의 서사가 신화의 구도를 드러내기 위해서 다른 무엇보다도 먼저 고려해야 할 것은 무엇일까? 신화가 신에 관한 이야기라면 그 '신'에 대한 의미를 먼저 고려해야 하지 않을까? 하지만 소설의 배경은 신들이 살던 고대가 아니라 지금, 여기인 것이다. 이것은 소설이 신화의 구도를 지니기 위해서는 주어진 지금, 여기의 상황을 신화화해야 한다는 것을 의미한다. 어떻게 그것이 가능할까? 우선 이야기의 핵심 구성 요소인 인물, 사건, 배경을 신화에 맞게 새롭게 재창조하는 것이다.

그러나 이 세 요소들은 각기 분리되어 있는 것이 아니라 통합되어 있다. 이 소설에서 작가의 이러한 의도는 '태산'이라는 인물을 중심으로 이루어진다. 태산이라는 인물의 신화화는 여느 신화가 그렇듯이 출생담으로부터 시작된다. 태산의 출생은 범인들의 그것과는 차이가 있다. 태산은 선바위골로 흘러들어온 한 떠돌이 행려객의 소생이다. 그녀의 신상은 철저히 비밀에 가려져 있다. 그녀는 "제 이름인지 마을 이름인지 모를 자두리라는 소리만 되풀이하"(『본질과 현상』 2006년 겨울호, p. 255)기 때문에 그냥 '자두리'로만 불린다. 그녀는 "요령 없는 일손 편집증"(p. 256)에다 "저녁 잠자리를 한 곳에 정하고 지내지 못하는 버릇"(p. 257)이 있다. 그녀의 잠자리 수수께끼는 마을 사람들의 입을 타고 흘러 다니면서 온갖 소문을 만들어내기에 이른다.

자두리와 관련된 소문은 점점 불어나 결국에는 헛구역질과 배부름이라는 하나의 사건으로 구체화된다. 그런데 이 사건이 드러내는 문제는 그녀의 뱃속에서 자라는 씨앗이 누구의 것인지 모른다는 사실이다. 모를 수밖에 없는 것이 그녀의 몸을 건드린 남정네의 수가 여섯이기 때문이다. 사건의 일단은 이렇다. "선바위골 뒷산 너머로 이 지역 사람들이 흔히 '큰산'이라 부르는 천관산^{天冠山}"(p. 267)이 있다. 봄가을 철만 들면 근동지역사람들은 이 산으로 스며들어 돌탑을 쌓곤 했는데 남정네 여섯이 산행을 한 것도 이 때문이다. 이들의 산행과 자두리의 사라짐이 겹쳐지고, 점차 자두리의 배가 불러오면서 산행에서의 일이 드러나게 된다. 그녀의 배부름과 씨앗에 대한 의혹이 소설의 전반부를 지배한다. 하지만 그 의혹은 그녀의 갑작스러운 실종으로 증폭되다가 제3장에 와서 외동댁의 토설로 그 비밀이 밝혀진다.

자두리는 스스로 선바위골에서 사라진 것이 아니라 좌수댁의 용의주도한 계획 아래 빼돌려진 것이다. 좌수댁은 조카며느리가 후사를 잇는 것에 실패하자 자두리를 조카 집에 숨긴 다음 마치 조카며느리가 아이를 출산한 것처럼 꾸며 그 아이(태산)로 하여금 대를 잇게 한다.

이러한 일련의 과정이 태산의 출생담이다. 이 과정에서 우리가 주목해야 할 대목은 천관산의 산행과 탑쌓기이다. 태산의 출생이 여섯 남정네와 자두리의 몸 섞음을 통해 이루어지지만 그것이 단순한 성폭행이라는 의미 차원을 넘어 어떤 신비스럽고 초자연적인 이야기를 담지하고 있다는 점은 그의 출생담이 신화의 차원과 닿아 있다는 것을 의미한다.

어느 시절 누가 무슨 뜻으로 시작한 일인지는 분명치 않지만, 사람들은 언제부턴지 그렇게 산속을 찾아들어 며칠씩 머무는 동안 산나물과 약초를 캐고 산과일을 따는 일 외에 산길 곳곳에 각기 자기 마을 이름의 크고 작은 돌탑을 하나씩 쌓고 돌아갔다. 그야 원래 이 산 이름이 탑산이었고, 탑산사라는 절까지 있었던 사실을 상기하면 그 유래나 의미를 쉽게 떠올릴 수 있었다. 하지만 사람들 간엔 더러 맨 첫 번 돌탑이 세워진 때가 산정 봉수대의 불이 꺼지고 나라의 명운이 쇠락하면서부터였음을 기억하고 있는 걸 보면, 그리고 각기 모양과 크기가 제각각인 돌탑들이 해를 더할수록 경쟁하듯 늘어가는 것을 보면, 그것을 세우는 뜻이 그렇게 단순하지만은 않아 보였다. 헐벗은 산을 돌탑으로 다시 꾸미고 긴 세월 짓밟히고 스러져간 이 땅의 소명을 되일으켜 세우는 격이라 할까. 분명한 뜻이나 목적이 밝혀진 일은 없었지만, 그 탑들에는 그것을 세운 인근 고을 사람들의 말없는 공감과 모종의 간절한 기원이 깃들고 있음이 분명했다.

―『본질과 현상』 2006년 겨울호, p. 269

여섯 남정네가 올라간 천관산은 '긴 세월 짓밟히고 스러져간 이 땅의 소명'과 '사람들의 말없는 공감과 모종의 간절한 기원이 깃든' 그런 신성한 곳이다. 이런 곳에서 여섯 남정네와 한 모자라는 여인이 몸을 섞었다는 것은 불경 그 자체이지만 이것을 액면 그대로 현실의 논리에 입각해 해석해서는 안 될 것이다. 이들의 몸 섞음에는 거역할 수 없는 운명으로서의 어떤 초자연적인 힘이 작용한 것으로 볼 수 있다. 작가의 의도 역시 여기에 있기 때문에 태산의 아버지가 누구인지 구체적으로 밝히지 않은 채 소문의 불투명함 속으로 그것을 던져놓고 있다. 태산은 "산행꾼 집 사람들은 물론", "동네 남정들 누구도 닮은 데가 한 구석도 없"(『본질과 현상』 2007년 여름호, p. 228)다. 시간의 흐름에 따른 망각도 이유가 되겠지만 사람들은 태산을 '갈데없는 큰산 자식' 혹은 '큰산 산신령이 점지해준 천관산 자식'이라고 부른다.

태산 역시 처음에는 장굴씨(양아버지)와 큰산 사이에서 헷갈려 하지만 "보통학교 입학식 날 큰산을 본 이후부터 장굴씨 대신 천관산이 진짜 제 아비의 모습으로 자리잡아버리기 시작한"(『본질과 현상』 2007년 가을호, p. 240)다. 태산이 천관산 자식이라는 이야기는 단순히 지나가는 말의 차원을 넘어 민중의 원망의 상징적 표현이라는 차원을 드러낸다고 할 수 있다. 마을 사람들에게 천관산은 단순한 산이 아니라 탑쌓기의 행위가 보여주듯이 이들 사이의 공감과 간절한 기원이 깃든 신성한 산이다. 이런 점에서 볼 때 태산은 이들의 공감과 기원이 탄생시킨 상징적인 인물이라고 할 수 있다. 마치 아기장수가 제주 사람들의 공감과 기원을 상징하는 것처럼 태산 역시 그러한 것이다. 따라서 그는 보통 사람들과 다른 비범함을 지닐 수밖에 없다. 태산의 비범함은 다양한 차원에서 드러난다. 먼저 소유에 대한 개념에 있어서 사적 차원보다는 공적 차원의 논리를 우선시 한다. 가령

> 태산은 언제부턴지 잡기장이며 연필 따위 다른 아이들의 학습용품에 네것 내것을 구별하는 일이 없다 했다. (…중략…) "넌 임마 다시 사면 되잖아. 느인 연필 한 자루도 못 사 가지고 다니는 쟤네보다 부자니께. 안 그래?" 일방적인 결정으로 상대 아이의 불평을 억눌러 버리곤 한다는 것이었다.
>
> ―『본질과 현상』 2007년 가을호, p. 242

나

> "우리 저 버린 이삭 배 하나씩 따먹자. 주인이 까치밥으로 남겨둔 거니께 우리가 따먹어도 아무도 상관 안할 거다."
>
> ―『본질과 현상』 2007년 가을호, p. 244

에 드러난 태산의 모습은 가진 자와 못가진 자 사이의 계급적 차별을

넘어 평등을 지향하는 코뮌commune주의적 이념이나 환상을 은연중에 드러낸다. 그의 이러한 모습은 일제강점기와 해방을 거쳐 분단으로 이어지는 역사의 격랑 속에서 민족주의 내지 사회주의 혹은 공산주의 사상으로 발전할 가능성을 함축하고 있다고 할 수 있다. 가진 자와 못가진 자의 대립과 갈등이 일제강점기의 경우에는 일본과 조선이라는 차원으로 이분화되면서 민족주의적인 색채를 강하게 드러냈다면, 해방 이후 분단의 시대에는 자본가와 프롤레타리아 차원으로 이분화되면서 사회주의적인 색채를 강하게 드러냈다고 할 수 있다.

태산의 이러한 모습은 그의 영웅주의적인 태도와 맞물리면서 더욱 예각화되기에 이른다. 그는 어린애답지 않은 어엿한 말씨로, "아는 것이 힘이다", "사람은 배워야 사람답게 살 수 있다", "지금은 우물 안 개구리식의 케케묵은 동네 한문글방 공부만으로는 온전히 살아갈 수 없는 세상이 되었다"(p. 248) 식의 신식학교 취학 유세를 하고 다니기도 하고, "산길에 잘못 발을 삐어 절뚝거리는 아이를 작은 등과 어깨로 저 혼자 끝까지 부축해 데려온 일이 알려져 그 아이 집 사람들과 이웃을 감복시키기도 한"(p. 248)다. 또한 그는 공주 역을 맡은 아이가 웅덩이에 신발을 빠뜨리자 "제 붉은 곤룡포 자락으로 가슴에까지 차오른 흙탕물을 이리저리 휘젓고 다녀 그 여자아이의 신발을 찾아준"(p. 250)다.

태산의 이러한 당돌함은 아이의 의식과 행동 수준을 넘어서는 것이긴 해도 그것이 공포와 전율의 대상이라고 하기에는 순수함 같은 것이 존재한다고 할 수 있다. 하지만 다음의 예는 사정이 다르다. 그는 어린 나이에도 불구하고 제도화되고 인습화된 메커니즘을 이용해 자신의 권력을 행사하는 용의주도함을 보인다.

(가) 형식적이나마 한동안 모임의 규칙을 실천해 나가다 보니 좌장

격인 태산의 태도는 그게 아니었다. 태산은 회원들의 모든 일거일동을
규칙대로 따르기를 요구했고, 그를 어길 때는 곤장쇠 담당에게 가차없는
매질을 명령했다. 하루하루 모임 활동을 반성하고 각자 허물의 벌책 양을
정하는 것은 마을이 가까워지는 그 마장재 고갯마루에서였는데, 형벌의
경중이나 매질의 댓수를 정하는 데에 어떤 기준이 정해져 있는 것이
아니니 태산이 일방적으로 정하고 다른 아이들은 거기 따라 찬성의 박수
를 쳐 보이는 식이었다. 거기다 댓수가 몇 대로 정해지든 태산은 그 매질을
그저 시늉질로 끝내게 하지도 않았다.

—『본질과 현상』 2007년 가을호, p. 256

(나) 하지만 그것은 이장의 경솔한 언동이었다. 어떤 연유나 경로로
해선지 태산은 이미 그 말뜻을 짐작할 수 있었음이 분명했다. 그가 잠시
침묵 끝에 이장 어른을 똑바로 쳐다보며 새 주문을 내놓았다.

"알았습니다. 그럼 제 아비 큰산 노릇을 해 주실 어른들을 말씀해
주십시오."

이장은 제 덫에 제가 걸려든 격이었다. 어둠 속에서 추궁하듯 세찬
눈빛을 쏘아오며 버티고 선 녀석 앞에 이장은 당황스럽고 후회가 되었지
만 이제 와선 어떻게 발을 뺄 수가 없었다. (…중략…)

그러니 그것으로 태산은 이날 밤 그 이장어른으로부터 옛 큰산 산행꾼
들의 확실한 명단을 확보하게 되었고, 연이나 이날 밤 그의 행적은 다시
복배네로 순칠네로 삼식이네로, 한 집 빼놓지 않고 늦게까지 밀행을 이어
간 것이었다.

—『본질과 현상』 2007년 가을호, p. 263

(가)에서의 태산은 형식이나 규칙을 공정하고 엄격하게 준수하는 판정

관의 모습을 보이기도 하지만 정작 여기에서 전경화되고 있는 것은 독재자로서의 그의 모습이다. 그는 형식이나 규칙과 같은 메커니즘을 자신의 독재 권력을 유지하고 그것을 행사하는 데 이용하고 있다. 이것은 마치 민중을 위한다는 이유로 절대적인 평등과 같은 도저히 실현 불가능한 이상을 내세우는, 혹은 그것을 빌미로 자신의 독재 권력을 영구히 존속하려는 욕망을 강하게 드러내는 전형적인 독재국가의 형상을 띠고 있다. 이렇게 되면 민중이 없는, 독재자 한 사람을 위해 민중이 존재하는 독재의 이념이나 이데올로기 과잉의 집단이 되는 것이다. 이런 집단에서의 독재자는 공포의 대상이거나 아니면 숭고한 대상으로 존재한다. 전자의 경우는 민중이 독재자의 독재를 인식하는 경우에 가능하며, 후자의 경우는 그것을 인식하지 못한 채 독재자의 욕망이 곧 민중 자신의 욕망이라고 착각하는 상상계 속에 갇혀 있을 때 가능하다. 상상계에서 민중은 행복할 수 있지만 그것은 어디까지나 거짓된 환상 속에서 가능한 것이다.

(나)에서의 태산의 모습은 이미 정치적인 논리를 몸에 익힌 그런 인물로 그려지고 있다. 이장 어른에게 자신의 출생 비밀을 정치적 협상 카드로 내밀어 그를 꼼짝 못 하게 하는 태산의 태도는 영악함을 넘어 공포와 전율을 느끼게 한다. 순수한 사람은 절대로 그런 카드를 제시할 수 없다. 태산의 출생 비밀은 그에게 하나의 외상(트라우마^{trauma})이다. 만일 그가 순수한 사람이라면 오히려 비밀을 은폐하려고 할 것이다. 감히 그것을 자신의 입지를 위한 협상 카드로 제시하려고 하지 않을 것이다. 정치란 태산이 보여준 것처럼 자신의 권력이나 야망을 성취하기 위해서라면 그 어떤 것도 모두 이용 대상이 될 수 있다. 우리가 흔히 말하는 문제적인 인물이란 자신이 가진 결핍을 충족하기 위해 욕망으로 들끓는 그런 사람을 말하는 것이다. 태산이 바로 그런 인물이라고 할 수 있다.

태산이 얼마나 문제적인 인물인지 선바위골 어른들은 물론 그의 양아버지인 장굴씨와 약산댁도 알지 못한다. 그의 문제성을 인식한 사람은 다름 아닌 바로 작가 자신이다. 보통 소설에서 작가가 개입하는 경우는 텍스트를 통제하여 자신이 지향하는 이념이나 이데올로기를 상대 혹은 독자에게 주입하려는 계몽성을 강하게 드러낼 때이다. 하지만 작가가 개입하면 텍스트 자체가 경직될 수 있다. 바흐찐 식으로 이야기하면 그것은 단성적인 소설이 되는 것이다. 태산을 이야기하면서 작가는 직접 텍스트에 개입한다. 태산에 대해 그는

> 장차 그 성품이 어떻게 자라고 변해갈지도 가늠할 수 없었고 가늠해 보려 하지도 않았다. 다시 말해 그 태산 속에 무엇이 자라고 있는지를 알거나 눈치채지 못했다. 여기서 잠시만 미리 말하자면 이때쯤엔 그것이 장차 태산의 길지 않은 생애에 얼마나 많은 파란과 비극을 불러오게 될지를 짐작조차도 못한 것이었다.
>
> ─『본질과 현상』 2007년 가을호, p. 251

라고 말한다. 태산의 미래에 대한 작가의 두려움은 그가 얼마나 문제적 인물인지를 말해준다고 할 수 있다. 그의 문제성은 곧 소설에서의 사건의 복잡성으로 이어지며, 그것이 다시 일제강점기와 해방 그리고 분단이라는 우리 근현대사의 가장 비극적인 시대와 만나면서 우리의 상상을 초월하는 새로운 서사에 대한 전망으로 이어질 것이다. 태산의 신화 혹은 신화성이 그 안에 내포하고 있는 것이 바로 이것이라고 할 수 있다.

태산이 앞으로 몰고 올 파란과 비극은 그의 '성품이 어떻게 자라고 변해가'느냐에 따라 가늠해 볼 수 있지만 이것이 곧 그의 파란과 비극이 개인적인 성품의 문제로 환원될 수 있다는 것을 말하는 것은 아니다. 이 대목에서 우리가 주목해야 할 것은 그가 신화적인 인물이라는 점이다.

그중에서도 그의 출생담 속에 드러난 아비가 누구인지 모르는 대목을 특히 주목해야 한다. 그의 소설이 보여주는 아비 모름은 아비 없음과는 다른 것이라고 할 수 있다. 비록 남정네 여섯 명 중 누가 아비인지는 모르지만 그중에 태산의 아비가 있는 것은 확실하다. 다만 그 존재가 분명하게 드러나 있지 않기 때문에 태산을 드러내놓고 책임질 아비는 없는 것이다. 이렇게 아비가 아들을 보호하고 책임을 져야 함에도 불구하고 그렇게 못하기 때문에 아들(태산)이 스스로 신화적인 존재로 거듭난 것은 아닐까? 이 소설에서 태산의 신화성은 아비에 의해 불어넣어진 것도 또 만들어진 것도 아니다. 그것은 천관산에 의해 불어넣어지고 또 만들어진 것이다.

태산이 천관산 산신의 아들이라는 것은 민중의 원망이 만들어낸 일종의 메타포라고 할 수 있다. 그는 그러한 민중을 훨씬 능가하는 비범한 인물이지만 그의 비범성은 작가의 말처럼 엄청난 파란과 비극으로 귀결된다면 이것은 또 하나의 아기장수 설화의 비극적인 반복 아닌가? 어쩌면 아비 모름이라는 이야기 속에 이미 그의 이러한 비극이 은폐되어 있었는지도 모른다. 아비로부터 배제되거나 버림받은 아들의 운명은 그 자신이 다시 온전한 아비로 존재할 수 없다는 사실이다. 모방해야 할 아비가 부재한 상태에서 아들이 온전한 아비가 된다는 것은 불가능한 일이다. 모방해야 할 아비의 부재 속에서 아들은 아비가 되려고 하지만 그것은 언제나 크게 넘치거나 모자랄 수밖에 없는 것이다. 태산의 의식과 행동의 과도한 넘침과 모자람의 원인이 바로 여기에 있는 것이다.

태산에게 아비는 부정할 수도 또 긍정할 수도 없는 존재이다. 만일 그가 아비의 존재를 긍정하면 그는 아비의 부정함을 인정해야 하고, 또 그것을 부정하면 영원히 아비 없이 지내야 하기 때문이다. 태산의 아비에 대한 딜레마는 제대로 된 온전한 아비를 가지지 못한 채 살아온 비극적인 역사의 주인공인 민중의 모습을 반영하고 있다고 할 수 있다. 그래서 작가가 그리는 신화의 세계는 한 점 균열이 없는, 시공이 온통 진리로 충만한 그런 행복한 시대는 아니라고 할 수 있다. 오히려 그가 그리는 신화의 세계는 역사의 침전물로써의 온갖 과도한 욕망이 교차하고 재교차하는 어둡고 거친 실존의 장이라고 할 수 있다.

3. 신화의 창조와 전망으로서의 신화

이청준은 우리 시대의 마지막 장인이다. 온몸으로 한 땀 한 땀 수를 놓듯 밀고 나가는 글쓰기는 이제 우리 문학에서는 더 이상 볼 수 없을 것이다. 지금 이 시대는 여전히 글쓰기에 대한 욕구는 강하지만 그것이 생산성을 담보하지 못한 채 순간적이고 감각적인 배설의 차원에 머물러 있는 것이 사실이다. 이것이 어디 작가의 탓으로만 돌릴 수 있는 문제인가? 지금, 여기에서의 우리 문화의 지층이 가벼움과 천박함으로 이루어져 있기 때문에 글 자체에 목숨을 걸고 끊임없이 새로운 아우라를 창출해내려는 의지를 가진 그런 진지한 문인은 나오지 않을 것이다.

이런 점에서 그가 신화의 문제를 들고 나온 것은 주목에 값한다. 그가 들고 나온 신화의 문제는 그 자신의 글쓰기에 대한 반성적인 인식과 결핍을 채우기 위한 목적성만을 지니고 있는 것은 아니다. 어쩌면 그것은 근대 이후 우리의 리얼리즘이나 모더니즘 차원의 글쓰기가 추구해온 이념 지향이나 파편성에 대한 반성을 거느리고 있다고 할 수 있다. 신화는 그의 말처럼 "현실과 역사의 유전적 침전물로서의 태생적 정서가 담겨 있을 넋의 차원"(「나는 왜, 어떻게 소설을 써 왔나」, 『본질과 현상』 2007년 겨울호, pp. 224~225)과 연결되어 있다고 할 수 있다. 이것은 근현대사를 거치면서 우리가 상실한 민족적 아이덴티티와 여기에서 비롯된 외상을 재인식하여 새로운 서사를 구축하려는 의지에 대한 반영이라고 볼 수 있다.

우리 근현대사의 결핍과 상처는 우리 문학이 감당해야 할 문제이며, 그것에 대해 여러 차원에서 다양한 접근이 있어왔다. 하지만 그 방식이 우리 식이 아니라 저쪽, 다시 말하면 가해자들의 문화나 역사에서 비롯된 방식이었던 것이다. 이로 인해 "결핍과 상처를 채우고 위무하는 진정한 차원의 씻김과 치유"(p. 225)는 이루어지지 않았던 것이다. 근대문학이 문학으로서 존재성을 지닐 수 있었던 것은 그것이 근대 국가의 형성과 민족 공동체의 성립에 절대적인 기여를 했기 때문이다. 국민과 민족 구성원들을 하나로 묶어 상상 공동체를 형성하는 데 기여를 했기 때문에 문학은 그 존재 가치와 효용성을 유지할 수 있었던 것이다. 우리 근현대 문학 역시 이러한 역할을 수행해온 것이 사실이다. 하지만 상상 공동체를 이루는 데 중요한 토대가 되는 정서적인 차원, 특히 결핍과 상처를 위무하고 치유하는 데는 소홀했던 것이 사실이다. 이것은 문학을 통한 단순한 화해도 또한 억지 화해도 아닌 것이다. 그것은 우리의 삶의 일부인 지극히 자연스러운 그런 하나의 제의였던 것이다.

이러한 우리 가까이 있으면서도 우리가 잃어버리고 있던 의식을 작가는 새롭게 찾아내려고 한 것이다. 이런 점에서 '우리는 아직 근대조차 제대로 인식하지 못했을 뿐만 아니라 그것을 온전히 구현하지도 못하고 있다'는 지적이 네거티브의 의례적인 말이 아니라는 사실을 제대로 인식해야 할 것이다. 더욱이 40년이라는 긴 문학적 궤적을 거쳐 그 연장선상에서 작가가 들고 나온 신화는 그의 역사와 현실에 대한 진지한 탐구 정신이 낳은 장인의 혼의 산물이라고 할 수 있다. 『신화의 시대』는 이제 겨우 1부가 끝났을 뿐이다. 앞으로 2부, 3부 혹은 그 이상 이어지면서 끊임없이 새로운 신화를 만들어갈 것이다. 특히 일제강점기 말기와 해방 그리고 분단으로 이어지는 격동의 시기를 가로지르게 될 태산의 행보와 그의 파란만장하고 비극적인 삶이 어떻게 전개될지 몹시 기다려진다. 신화는 하나의 운명으로 주어지기 때문에 아름답기도 하지만 또한 그것을 만들어가기 때문에 더 아름다운 것이다.

인명 찾아보기

용어 찾아보기

(ㅊ)

(ㅈ)

몸과 그늘의 미학

초판 1쇄 발행 2016년 4월 15일

지은이 이재복 | 펴낸이 조기조 | 기획 이성민, 이신철, 이충훈, 정지은, 조영일 | 편집 김장미, 백은주 | 인쇄 주)상지사P&B | 펴낸곳 도서출판 b | 등록 2003년 2월 24일 제12-348호 | 주소 151-899 서울특별시 관악구 난곡로 288 남진빌딩 401호 | 전화 02-6293-7070(대) | 팩시밀리 02-6293-8080 | 홈페이지 b-book.co.kr / 이메일 bbooks@naver.com
ISBN 979-11-87036-05-0 93810
값 24,000원

이 책은 2010년도 정부재원(교육부)으로 한국연구재단의 지원을 받아 연구되었음(NRF-2010-812-A00209 / 원과제명 「몸과 권력의 사회사」)